簡明中國當代文學

崔明芬　石興澤　編著

社会科学文献出版社
SOCIAL SCIENCES ACADEMIC PRESS（CHINA）

本出版物的出版獲得澳門理工學院資助

出版項目編號：RPP/ESLT-01/2015

目　錄

下篇：1978～1999

小　序

　　本書是繼《簡明中國現代文學》之後，我們編著的關於中國當代文學教學用書。

　　我們一個在澳門，一個在大陸，在不同的學術和教學背景中，從事中國現當代文學教學與研究多年，對中國當代文學教學及其研究有很多切身感受，也有很多思考。有很多在別人看來不甚切合實際的編寫教學用書的設想，但這部書並沒有能夠真正反映我們對中國當代文學的理解和把握，也沒有完全體現我們教學用書的設計和理想。

　　原因很簡單，我們從教多年，深知教學用書不同於學術著作。學術著作重學術個性，著作者可以把自己系統研究後最富有創建性的學術見解寫在著作裏，爲相關研究提供新方法、新材料、新思路、新觀點；而教學用書則既要考慮研究對象，也要照顧使用者的需要，講究穩妥、穩健、穩重，講究規範嚴謹，把基本知識、基本內容、基本觀點寫進去。教學用書可以有個性，也要有新意，但必須建立在科學、嚴謹、規範的基礎上。本書寫作過程中，我們時常受到教學用書的規範和限制，無法伸展學術個性的觸角，放開思想暢談個人觀點。

　　在中國當代文學教學用書浩繁林立的情況下，我們編寫這部以"三基"爲主要內容的教學用書，還有必要嗎？或者說，既然我們與衆多教學用書的編寫者一樣，恪守"三基"、"三穩"規範，沒有超越教學用書的限制，它又有哪些存在和流佈的價值呢？

　　這就說到本書的編寫"體例"。

　　中國當代文學，就其基本維度而言，應該包括大陸、台灣、香港和澳門兩岸四地的文學現象。這是毋庸置疑的，也是必需的。但通觀現在中國當代文學的諸多教學用書，並沒有完全放眼兩岸四地，沒有容納兩岸四地的全部內容。著作者的視野，或者局限在大陸，而將台、港、澳文學忽略，乃至省略；或者立足大陸文壇，而將台、港、澳文學僅僅作爲邊角餘料簡單提及。無論哪種情況，都沒有將兩岸四地置放在同一平台上全面審視，也沒有真正打通大陸與台、港、澳四地文學的聯繫。所謂"中國"當代文學，其實是大陸當代文學，或者説是大陸視野和標準下的"中國"當代文學。與通行的著述相比，《簡明中國當代文學》是一本真正意義上的"中國"當代文學，是以舉目四地、淡化大陸標準爲編寫旨趣的中國當代文學。崔明芬教授的澳門理工學院身份和海外教學背景爲貫徹兩岸四地提供了天然的認知標準和視角便利，並在價值標準多元的宗旨下確定編寫體例、編寫對象和篇章結構。這就避免了大陸視野和標準所帶來的大陸主體或者獨體的偏頗，進而成就了這部著述的如下特點。

首先，我們將一向不被重視和看好的澳門文學平放在編寫視野之內，並有意識地給予足夠多的篇幅，對當代視閾的澳門文學做了全面系統的介紹，爲大陸讀者打開認識澳門文學的大門，以鼓勵和促進澳門文學及其研究的發展繁榮。澳門文學幾乎占全書總字數的六分之一。

其次，將台灣和香港文學平放在編寫視野之內，對兩地文學做了比較全面和系統的介紹。與其他著述相比，台灣和香港文學的比重明顯加強，各用了兩章的篇幅，其評價也疏離大陸標準，做出切合兩地實際的審美介紹。台、港兩地幾乎占總字數的三分之一。

最後，台、港、澳文學佔據了較多的篇幅，大陸文學自然壓縮不少。我們在取舍尺度上從嚴把握，在介紹評價時力求簡練，在概括分析時力求精準，在遵守教學用書"三基"原則下盡可能地體現我們的識見。如第一章大陸五十至七十年代文學概述部分，我們沒有依照慣例縱橫概括，而是着眼於五十至七十年代文學實際談生成發展，結合時代要求與作家創作追求的矛盾梳理作家創作機制的調整。著述也許簡單淺顯，卻是我們的感受和認識。

敝帚自珍，聊以爲序。

作　者

2014. 12

上 篇

1949～1977

第一章　中國當代文學的發生與發展

中國當代文學與現代文學密切相關，有人說是一篇文章的上下兩章，有人說當代文學是現代文學的自然延續。中國當代文學是在現代文學的基礎上生成發展的。現、當代的界限是 1949 年，標誌性事件是第一次中華全國文學藝術工作者代表大會。第一次文代大會標誌著中國現代文學的結束，也標誌著中國當代文學的開端。中國現代文學的當代性轉折及中國當代文學的發生發展是通過作家創作機制的調整實現的。調整，是一個艱苦卓絕的過程。為什麼調整？調整過程及調整結果如何？這是理解中國當代文學發生發展的鑰匙。

第一節　中國當代文學形成的歷史語境

1949 年中華人民共和國成立，是中國歷史上翻天覆地的歷史性變革。共和國成立後所從事的建立人民當家做主的社會主義國家的偉大社會實踐，舉凡政治、軍事、經濟、文化、教育各個領域的一切活動，均為作家創作機制調整和中國當代文學發生發展提供了堅實的基礎。而第一次全國文代大會的召開及會議主題，則為作家創作機制調整和當代文學發生發展提供了方向和依據。

1949 年 7 月，中國共產黨及人民軍隊剛剛進駐北平才三個月，人民共和國還沒有宣佈成立，就急切地籌備召開中華全國第一次文藝工作者代表大會。未來的共和國領袖對那次大會給予高度重視，毛澤東、朱德、董必武等親臨會場，或者歡迎，或者祝辭，表現了他們對會議的高度重視和對作家的熱情關懷，共和國的未來總理周恩來則代表黨中央作了被視為大會綱領的《政治報告》。大會內容非常豐富，其核心內容則是提出了當代文學的發展方向，用通俗的語言表述就是：用勞動人民所喜聞樂見的語言形式，反映工農兵群眾新的生活和精神面貌，塑造工農兵形象，為工農兵服務，為社會主義政治服務。這是新的時代對作家提出的神聖要求，也是當代作家應該承擔的莊嚴使命。這些要求在後來的文學運動和方針政策中不斷出現新的表達方式，增添新的內容，也不斷具體化和系統化，強化其權威性，但基本精神卻始終如一。因此形成的時代語境，對調整作家的創作機制，實現文學大轉折，起到了重要的指導作用。

全國第一次文藝工作者代表大會　　　毛澤東在第一次文代會上

　　時代要求如是，20 世紀四五十年代之交的作家的創作和思想機制如何呢？

　　創作機制，無論對群體而言還是就個人而論，都是十分複雜的。在此，我們權且將創作機制簡化為寫什麼、怎樣寫和為什麼寫三個層面，分而析之。

　　先看寫什麼。寫什麼在顯在層面上是題材和人物問題。就此而言，絕大多數作家曾寫和習慣於寫以及準備寫的，大都是自己熟悉的內容。作家隊伍形形色色，所寫題材和人物也形形色色，如巴金多寫在封建大家庭和社會夾縫中生活的人物及其命運，老舍擅寫北京市民社會的灰色生活和精神狀態，曹禺從"雷雨"寫到"原野"，暴露的是"損不足以奉有餘"的社會現實，表現在此苦苦掙扎的靈魂；艾青、丁玲、趙樹理等解放區作家多寫勞動人民在民族解放和革命戰爭的廢墟上、在階級壓迫和剝削的困境中生存、掙扎、痛苦、反抗及其奮鬥的生活經歷。與巴金等作家相比，他

們所寫更接近時代要求；但也都是"過去"的題材和人物，缺乏當代社會
所要求的內容。

　　寫什麼在深層面上是表現什麼，即創作主題。按照流行的說法，中國
現代文學有三大主題：啟蒙，即五四時期盛行的以暴露國民愚昧、麻木、
落後、保守、渙散等精神狀態、揭露封建專制及其封建禮教、啟發個性意
識覺醒為主要宗旨的啟蒙主題；救亡，即在強敵入侵、民族生死存亡的嚴
重時期，揭露暴敵的罪惡、表現民族的痛苦災難、張揚抗敵救國的英勇精
神、鼓舞國民投奔抗敵前線英勇殺敵、以救亡圖存為宗旨的救亡主題；翻
身，即揭露國民黨及其地主資產階級壓迫人民、剝削人民的罪行，宣傳革
命理論，鼓動階級意識，教育人民在共產黨領導下組織起來，推翻國民黨
及地主資產階級統治，以翻身求解放為宗旨的革命主題。主題不同，表現
也千差萬別，但三大主題都與痛苦、災難、暴力、罪惡、血和淚等連在一
起，而且，作家大都站在優越于人民、先覺於群眾的高度說話，對人民進
行有關啟蒙、救亡、翻身的宣傳教育。而這，是與時代要求、與時代對作
家與人民關係的認定有距離的。

　　再看怎麼寫。首先是作家用什麼眼光看取社會和人生。國統區作家大
都用啟蒙主義、民族主義、人道主義作為思想武
器觀照社會人生，因而他們的作品大都表現啟
蒙、救亡、民主、自由、個性解放等主題，這且
不說；解放區走來的作家如趙樹理、丁玲、艾青
等，經受了革命理論熏陶和革命鬥爭實踐的鍛
煉，具有堅定的無產階級立場和高度的階級鬥爭
覺悟，但缺乏共和國所要求的社會主義政治內
容，因而他們中的許多人如因寫《我們夫婦之
間》名噪一時的蕭也牧，就被認為用小資產階級
的低級趣味描寫高貴的勞動人民，而艾青雖然苦
苦追求，仍被認為感情陳舊，跟不上時代發展的

《我們夫婦之間》

需要。這樣的批評自然過於苛刻，但也說明他們與時代要求還有一定
距離。

　　寫什麼在審美層面上是審美情趣和藝術追求問題。大多數作家都習慣

蕭也牧

於按照自己的藝術追求和審美情趣表現自己對社會人生的認識，雖然曾經長期提倡"大眾化"，但在實際創作中，他們的藝術追求、審美情趣、藝術形式、描寫方法等等，仍停留在"化大眾"的層面上，即使描寫工農兵生活和思想感情，也具有濃郁的知識份子味，書生氣十足，而與工農兵的情感和情趣相去甚遠。誠如邵荃麟所批評的那樣，他們把國民寫成"一群可憐的示眾小丑，農民的單純樸質，被幾千年來封建文化折磨成的愚昧無知，麻木與殘廢，被變成小市民茶餘酒後滿足好奇心理的材料，農民所忍受的殘酷的命運被因為構成情節曲折的演義材料"，甚至有人"把路邊的紙屑裝在色情的盆景裏，貼上'農民文學'的招貼，到市場上去兜售"。① 這是針對國統區某些作家的創作而言的；延安解放區的作家接受了"為工農兵服務"、"普及第一"、民族傳統與民族形式等思想理論，其創作具有通俗性、民族性、群眾性，但他們中許多作家的創作仍脫離勞動人民的欣賞趣味和欣賞能力，如艾青，共和國成立後也曾經寫過《藏槍記》、《女司機》這類詩作，但更看重個性風格的展示；而丁玲所提倡的"一本書主義"真如批評者所理解的那樣，那麼"這本書"的藝術境界恐怕也與勞動人民的欣賞能力相去甚

《文藝雜誌》

遠，與時代所要求的"勞動人民喜聞樂見的形式"存在相當的距離。

最後看為什麼寫的問題。作家們眾說紛紜，大體說來，他們的創作在總體精神上服務於反帝反封建的偉大鬥爭，但具體而直接的動因往往是宣洩積鬱，表現自我，捎帶著作用于社會和人生。誠如廢名所言："宣傳自己，而非替別人說話。"至於以創作謀稻粱，把寫作當成謀生手段，也是

---

① 邵荃麟：《伸向黑土深處》，載 1945 年 5 月《文藝雜誌》新 1 卷第 1 期。

不言而喻或曰並不羞愧的心理。從為自我的"此岸"出發，到達為城市市民和文人淑女看的"彼岸"，是那時作家創作的基本目的。老舍坦言："為誰寫呢？多半是為我自己，小半是為讀者；我有了讀者，不可放棄。我的讀者是誰呢？大概地說，他們多半是小市民和一部分知識份子……他們講趣味，我寫的有趣味。這時節，我還是為自己寫作，不過捎帶著要顧及讀者。這裏所謂的'顧及讀者'並不是我要給他們什麽教育的意思，而是要迎合他們的趣味。"① 這是真誠的表白，也是頗有代表性的聲音。延安解放區的作家經過 1942 年的整風，接受了《講話》的指示精神，有了明確的創作追求。這追求，與共和國的要求，從總體上看並無差別，但在為人民與為政治、為總體目標與為具體任務問題上，也有距離。比如趙樹理，他說為農民而寫，寫的是農民所關心的問題——如農村幹部的生活作風和思想作風問題，壞人混進幹部隊伍給工作、給農民帶來危害的問題，這些內容，沒有違背"二為"方向，但與具體的時代要求相矛盾（這矛盾帶有先天性，因為為人民與為政治常常存在矛盾），因而他的寫作常常陷於困境。

"寫什麽"、"怎麽寫"和"為什麽寫"涵蓋了作家創作機制的主要內容，而從這三個方面看，剛剛跨進新時代門檻的作家的創作機制，與時代所賦予的光榮使命和歷史任務即時代要求之間都存在很大距離。

這是不允許的。時代要求作家緊跟時代車輪前進，迅速有力地反映偉大時代前進的風貌；文學被看作革命事業大機器上的齒輪和螺絲釘，必須隨著時代機器飛速運轉，而不允許任何鬆弛懈怠。因此，消除距離，解決矛盾的方法不是時代遷就作家創作，而是作家應該放棄自我，適應時代需要，無條件地追隨時代前進。否則，就是自外於人民，自外於時代，就要被剝奪創作權利、逐出文壇！而要適應時代要求，就要響應時代號召，對自己的創作機制乃至思想機制進行深刻調整。

第二節　調整：艱難而悲壯的過程

文學創作是個體性極強的創造性精神勞動。寫什麽、怎麽寫和為誰寫

---

① 老舍：《毛主席給了我新的文藝生命》，載《人民日報》1952 年 5 月 21 日。

均應本於作家的審美追求。審美追求是極其廣闊的自由空間，轉型期作家大都享有過廣闊空間。但進入當代社會之後，卻要按照時代要求寫作，按照規定的內容和方法寫作，無論被迫還是自覺，這樣的轉換都十分艱難。儘管作家們熱烈地表示要積極響應時代號召，努力調整創作機制，全心全意地建設當代文學事業，但真正調整起來，卻是異常艱難的事情。

因為，創作機制是經過多年實踐逐漸形成的，由經驗、定勢、追求、感性、理智等內容組成的複雜的思維和意識系統。其間的各部分，相互作用和制約，一經形成，就帶有恒定性。對作家來說，這是重要的僅次於生命的心理系統。對如此龐大的心理系統進行調整，並非易事。調整，對他們中的很多人來說，是對文學故我的否定，是自我意識的泯滅，是獨立精神的放棄，甚至意味著高尚追求的失落！對此，他們還沒有足夠的心理準備，也缺乏實踐的自覺。

調整是艱難而悲壯的過程。

在大調整、大轉折時期，報紙社論、紅頭文件、權威講話、署名文章，以及帶有指導性的通訊報導，頻頻出台，以各種形式闡述社會主義的方針、政策、宗旨、綱領、任務、目標、要求、功能和特點，由此形成導向明確、規定具體、聲勢浩大、話語集中、密度超常的輿論空間。歷史轉折時期的權力話語的權威性、號召力特別大。每有新的指示或指導性意見出台，有關部門都要通過行政組織召集會議，組織學習，座談討論，領會精神，提高認識，統一思想，強化自覺。轉折時期的作家特別虔誠。他們對各種權力和權威話語都奉若神明，認真學習，深刻領會，生怕理解不深，執行不力，辜負偉大時代，對不起高貴的人民。即使權力和權威話語的某些內容與自己的創作實際有距離、跟自己的經驗和見解相衝突，作家也不會懷疑權力和權威話語，而是克服障礙，使思想和行動統一到權力和權威話語上來。接受理論規範是政治態度問題，服從需要是政治實踐，容不得懷疑和猶豫，更不允許討價還價。這對改變思想觀念，調整創作機制，起了極其重要的作用。

開展文學理論問題的討論和爭論也是調整和轉變的重要措施。圍繞學習和貫徹中華全國第一次文代會精神，圍繞理解和落實革命領袖的講話、題詞、批示，圍繞理解和落實共和國的文藝方針，以及由此所引發出來的某些具體理論，都曾經展開過認真而熱烈的討論。影響較大的討論計有：關於"可不可以寫小資產階級"問題，關於文藝與政治的關係問題，關於文藝的"傾向性"問題，關於文學創作的"趕任務"問題，關於戲劇創作中反歷史主義問題，關於塑造社會主義英雄人物問題，關於社會主義創作方法問題，關於如何接受文學遺產問題……這些雖然系"偽問題"，但在轉折時期卻顯得至關重要，而通過討論和爭論，對於廓清文學理論問題，確立當代文學觀念和價值標準，解決創作的實際問題，均起到很大作用。

文學批評在調整過程中發揮作用。與理論討論相比，文學批評具有針對性、指導性、具體性等特點，可以起到一般號召和理論宣導起不到的作用。在歷史轉折時期，多數作家的創作思維還停留在"昨天"的軌道上，而對"今天"的實踐和明天的發展，茫然不知所措。在此情況下，具有現實針對性的批評指導就顯得特別重要。無論對具體作家創作，還是對整體文學發展，都是如此。批評具有兩面性。科學的批評能夠指導作家走出迷津，走向坦途，走向成熟，能夠促進時代文學的健康發展，而荒謬、褊狹的批評則往往容易形成誤導，引導作家誤入歧途，延緩時代文學發展。為促使作家迅速適應時代要求，保證"二為"方向的貫徹執行，新中國成立初期曾就許多文學現象進行批評。

主要表現在兩個方面。肯定性批評，通過對代表時代文學發展方向的作家作品進行肯定，樹立典型，加強示範，給作家指出可行的途徑。如對谷岈的《新事新辦》、馬烽的《結婚》、魯煤等人的《紅旗歌》等作品的批評。雖然作品比較幼稚、描寫粗糙，但描寫了新生活、新人物、新風尚，符合時代要求，茅盾、周揚等權威的批評家著文讚揚，並借此闡述和宣揚共和國的文學主張，使作家學有榜樣，趕有目標。而對過去作品的再批評，也起到規範現在創作的作用。否定性批評，則是指出某些創作存在的問題，幫助作家調整創作思路，走到社會主義道路上來。大調整、大轉折時期"不合格"的作品似乎格外多，而批評家嚴格執行時代標準，對很多創作進行用語嚴厲的批評，影響較大的就有對於蕭也牧的

《工作著是美麗的》

《我們夫婦之間》、白刃的《戰鬥到明天》、陳學昭的《工作著是美麗的》、方紀的《讓生活變得更美好吧》、碧野的《我們的力量是無敵的》、路翎的《窪地上的"戰役"》、石揮根據朱定的小說改編的同名電影《關連長》……通過批評，作家們進一步明確了寫什麼和為什麼寫的問題及應該注意的具體事項，進一步明確了怎麼寫即對什麼人採取什麼態度、寫成什麼形象、什麼矛盾怎麼解決、採取什麼方法，等等。對這些問題的明確，從理論和實踐兩個方面規範了作家的創作，有效地促進了作家舊創作機制的消解與新機制的建構。

《我們的力量是無敵的》　　　《戰鬥到明天》　　　《關連長》電影海報

　　發動文學運動和文藝思想鬥爭。在現、當代文學轉換時期，政治家關心並介入文藝問題，要求文藝服從政治鬥爭，而作家理論家的政治熱情高漲，也往往從政治角度思考文藝問題，致使很多創作和學術問題被視為政治問題，為徹底解決問題，採取政治鬥爭的方式，開展大規模的文學運動和文藝思想鬥爭。比如認定《武訓傳》宣揚改良主義、投降主義、奴顏媚骨，《清宮秘史》是宣揚"賣國主義"，甚至連前面提到的《我們夫婦之間》等作品也要上昇到政治高度去認識。一場場文學運動和文藝思想鬥爭發動起來，並且由文學界迅速擴展到全國各行各業，大張旗鼓，興師動眾，高密度的興論空間給當事者造成巨大的興論和精神壓力。而文學創作和學術研討變成政治表態、政治發言和思想彙報，文學批評、學術爭鳴變成政治批判，即通過政治鬥爭和行政措施解決藝術和學術中的分歧。如當時開展的關於電影《武訓傳》的討論和爭論，關於《紅樓夢》研究中唯心論的批判，關於胡風文藝思想的批判和鬥爭，以及對丁玲、陳企霞問題的處理，對艾青、蕭軍等人進行的"再批判"等等，都是由藝術和學術問題引起，中經文學與政治的交叉，上昇到政治層面，最後做出政治結論而宣告勝利結束。作家在這些運動和鬥爭中接受教育，觸及靈魂，提高覺悟，更新觀念，其創作機制的調整，更是題中應有之意。

開展大規模的知識份子思想改造運動。共和國成立初期，人們以急切的心情建設社會主義文學事業。但對包括作家在內的知識份子估計不足，認為大多數知識份子都不同程度地存在"地主階級和資產階級的思想"，存在"資產階級唯心主義和個人主義"，而文藝界"存在著更大的資產階級小資產階級思想的包圍"，因此認定文藝工作的首要任務就是幫助文藝工作者確立工人階級的思想領導，也就是通過思想改造在文藝工作者中去掉非無產階級思想，樹立工人階級思想。這種改造固然有利於貫徹"二為"方向，但思想改造卻與當時開展的"三反"、"五反"與鎮壓反革命的政治鬥爭攪和在一起，思想改造運動也就昇級變質，思想問題、文學問題均成為政治態度、政治立場問題。而一旦與政治聯繫在一起，自然要用政治鬥爭的方式解決。其結果將大批作家推到被改造的位置上，在革命群眾的批判監督中改造；而知識份子的政治熱情被煽動起來之後，也積極參與其中，虛心接受改造，甚至變著法子否定自己，把自己的過去說得一無是處，以表現現在的覺悟和進步。如老舍就曾說："二十多年來，我的思想，生活，作品都始終是在小資產階級裏繞圈圈"，"都慢慢地癱瘓了"，他說他所受的是資產階級教育，具有資產階級的優越感，清高，名利思想等壞習氣，他願意像鬥爭惡霸那樣割棄這些壞習氣。[①] 思想改造運動聲勢浩大，且曠日持久——作為運動，思想改造至 1952 年秋算是基本結束；但在實際生活中，知識份子始終被認為屬於資產階級，因而始終處在被改造的位置上，一直沒有摘掉"資產階級"這頂帽子，也就始終不能加入"人民"的行列。在這種時代語境和心理壓力下，作家只能是虛心接受時代要求，不斷清除舊的思想意識，其創作機制的調整也就是順理成章

① 《八年所得》，載《新觀察》1957 年第 19 期。

的事情。

上述措施，交叉進行，推拉攪摁，擇善使用。文藝界風雨如晦卻又凱歌陣陣，眾作家似癡若狂，帶著鐐銬跳舞。他們為推動現代文學的當代轉換，促進當代文學事業的順利發展，經歷了如此多的磨難，仍舊忠心耿耿，無悔無怨。

第三節　創作模式的形成及其特徵

以上我們以"調整"為中心詞，對轉型期所採取的一系列措施進行了歷史主義的陳述。我們翻開那段歷史，也打開了作家思想和感情的大門，從歷史的隧道裏見識了那個時段所開展的一些活動，也見識了那個時段作家的思想和感情世界。對於認識中國現代文學的當代轉換具有重要作用。但這還遠遠不夠。現在我們走出歷史，理性地審視那時所做的工作，深刻地認識中國當代文學形成的致因機制。

從某種意義上說，對作家思想和創作機制進行調整有其合理性。時代發生了深刻的變革，作家的思想和創作也應該發生變化。否則，就無法實現作家思想和創作機制的轉變，也無法實現文學大轉折，進而創建社會主義文學模式。但離開這個政治邏輯的規定性分析，就會發現，那個時代所採取的措施，所進行的作家思想和創作機制的調整，均存在明顯的偏頗和嚴重的問題。

要求作家接受時代需求固無不可，但過分強調為工農兵服務、為政治服務，並且提出只有塑造工農兵形象、反映工農兵生活才算為工農兵服務；把文學當成政治的工具，要求創作配合政治運動、圖解政策、跟形勢、"趕任務"等；過於強調適應工農兵的欣賞能力和審美習慣，要求作家按照工農兵的欣賞水準寫作等，這些理論和要求既不嚴謹科學，也不符合創作規律，用這些內容統一和規範作家的思想，指導創作，既限制了藝術生產力發展及作家藝術才華的發揮，也造成圖解政策、配合運動寫作的氾濫，嚴重影響了共和國文學的繁榮發展，影響了20世紀文學轉折的向度和品質。

展開新形勢下的文學理論研討是必要的，但在研討過程中，由於政治及其他因素影響，討論既不能深入，而且常常陷入歧途：政治性表態影響科學的理論探討，也影響科學理論的闡述和張揚，致使正確的理論觀點受批判遭揚棄，而庸俗社會學理論卻得到肯定和張揚，不僅導致作家理論修養的平庸，而且形成嚴重誤導，將作家的理論思維、藝術探索和精力投資浪費在一些偽問題上，限制了作家藝術才能的發揮。

文學批評本是明辨是非優劣、指導文學健康發展的有效形式，但批評標準的褊狹和批評情緒的偏激，致使良莠混亂：有價值的藝術探索受到批判，遭到遏制，粗製濫造受到褒獎，樹為榜樣。而尖銳的政治性批評充斥文壇，形成卓有成效的誤導，不僅嚴重地影響了作家的藝術探索和創新，而且將作家的創作牢牢地限制在固定的“政治—文學”模式裏，整個文學也因此而顯得獃板枯燥，缺乏生機和活力。

在文學運動和文藝思想鬥爭中，嚴重地混淆了文學和政治的界限，誤把藝術和學術問題當作政治問題，用行政命令和政治鬥爭的方式處理藝術探討和學術爭論中的問題，致使許多有才華的作家、理論家被逐出文壇，有些作家因害怕招惹是非早早離開文壇，許多作家在經歷了一次次運動之後失去了藝術探索和追求真理的勇氣，文學創作失卻生機活力。而聲勢浩大的知識份子改造運動則將絕大多數作家網羅其中，人人都要過關，個個進行靈魂洗澡，一番脫胎換骨的改造之後，作家們逐漸失去自我，成為任意改塑的軟泥。而他們的自尊、自信、自愛、文人操守和氣節也就蕩然無存，在西方人文思想影響下形成的現代知識份子的獨立意識、批判精神、叛逆性格、民主要求也蕩然無存。他們夾著尾巴做人，作馴服工具，作宣傳員，作以歌聲娛人的百靈鳥。叫寫什麼就寫什麼，叫怎麼寫就怎麼寫，而且以能夠聽命為榮，以有聽命的資格為樂。

經過艱苦卓絕的努力，對作家創作機制的調整取得明顯效果：有力地促進了中國現代文學的當代轉換，迅速地確立了中國當代文學模式。

所謂調整，就是有意識地除舊佈新。對於作家來說，也就是思想和創作機制的解構和重構。

解構是從否定開始的。那個時代的作家，無論新老，都忙不迭地否定“舊我”。他們毫不珍惜過去所進行的艱難的藝術探索，用血汗凝成的文學成就，也無視在特定歷史條件下他們艱苦勞作的社會和文學意義，輕易地用當下標準檢討過去，否定過去，以否定得徹底、檢討得深刻表示收穫和進步。老舍是有著輝煌的文學成就和光榮的創作歷史的老作家，他的筆一向關懷下層人民的疾苦，且是語言形式大眾化的積極實踐者和宣導者，他製作民間通俗文藝，用車夫走卒的語言寫景抒情，而作品的情節安排、人物塑造、幽默藝術和審美情趣，均表現出工農兵喜聞樂見的特點。按說，他可以坦然甚至自豪地面對過去。然而他卻愧疚地說："我也描寫過勞苦大眾，和受壓迫的人。不過那是因為我自幼受過苦，受過壓迫，願以借題發揮，把心中的怨氣發洩出來……""在抗日戰爭中我就寫過京戲鼓詞之類的通俗文藝，為大眾'服務'。其實呢，這點'服務'精神遠不及我的自高自傲：我自居為全能的文藝家，連京戲鼓詞也會寫！不管寫什麼，我總是由證明我是個文人出發。"① 老舍非常痛心："現在，我幾乎不敢再看自己在解放前發表過的作品。那些作品的內容多半是個人的一些小感觸，不痛不癢，可有可無。"人民文學出版社計劃出版他的多卷本文集，他總是不肯："我那些舊東西，連我自己都不想看，還叫別人看什麼呢。"② 這在當時是一種帶有普遍意義的心態。郭沫若、茅盾、丁玲、夏衍、歐陽予倩、艾青、趙樹理、歐陽山、柯仲平、康濯、王亞平、秦兆陽、卞之琳、光未然、碧野、張庚、阿壟、舒蕪、蕭也牧、黃藥眠、白刃……大凡較有名氣的作家，有資格在報上發表文章的作家都將他們的檢討發表在報刊上，以此表示自己的進步。

　　清除舊意識是為了接受新觀念，解構是為了建構。大轉折時期的作家們以宗教般的虔誠解除舊思想和創作的包袱，也以文學新人的形象出現在共和國文壇上。老舍要通過自己的創作實踐"證明我是新文藝隊伍裏的一名小卒，雖然腿腳不俐落，也還咬著牙隨著大家往前跑"③。何其芳雖然感到"翅膀沉重""壓得我只能在地上行走"，但堅定地表示："為了我們年輕的共和國"，要"像鳥一樣飛翔，歌唱"，直到完全唱完"胸腔裏的血"。④ 馮至覺得自己"有信心"改變自己。艾青面對批評表示：沒有理由

① 老舍：《毛主席給了我新的文藝生命》，載《人民日報》1952 年 5 月 21 日。
② 老舍：《生活，學習，工作》，載《北京日報》1954 年 9 月 20 日。
③ 老舍：《毛主席給了我新的文藝生命》，載《人民日報》1952 年 5 月 21 日。
④ 何其芳：《回答》，選自《何其芳詩稿》，上海文藝出版社，1979。

懷疑我能夠成為新時代的詩人。卞之琳的選擇更讓人震驚和遺憾，四十年代，他曾經寫過一部七八十萬字的長篇小說，叫《山山水水》，分上下兩部，寫抗戰中男女知識份子的生活和精神狀態。在那個大調整、大轉折的時代語境中，迫於塑造工農兵形象、反映工農兵生活的輿論壓力和關於"可不可以寫小資產階級"討論的影響，他感到自己的創作不符合時代要求，遂將其付之一炬！而老舍則乾脆取消了創作三部反映清末社會生活的長篇小說的計劃，集中全部精力寫工農兵、為社會主義政治服務的作品。卞之琳燒書和

《何其芳詩稿》

老舍"擱置"都帶有典型性，反映了那個時代作家們共同的取捨和選擇。

現在我們來看調整結果即中國當代文學模式的確立。經過作家艱苦卓絕的努力，中國現代文學傳統和格局逐漸消失，當代文學模式很快形成。這是一個異乎前後、也不同於左右的模式，既是在中國文學發展史上的一大景觀，也是人類文學發展史上極其罕見的標本。這一模式的基本特徵是：堅持為工農兵服務、為社會主義政治服務的方向；塑造工農兵形象，反映工農兵生活和精神風貌，表現社會主義革命和建設取得的偉大成就，鼓舞勞動人民走社會主義道路，創造英雄業績；批判封建主義和資產階級思想意識，揭露帝國主義的罪惡，樹立集體主義思想觀念；採用社會主義現實主義其後改為革命現實主義和革命浪漫主義相結合的創作方法；重視民族形式，普及第一，適應勞動人民的欣賞水準和情趣。

這個模式帶有"階段性"特點，主要指中國當代文學前三十年的創作。進入新時期之後，中國當代文學在新的社會文化背景和開放的歷史語境下發生了巨大變革，呈現出新的文學精神風貌。對此，我們將在其後的章節中適時介紹。

第二章　五六十年代的詩歌（大陸）

第一節　五六十年代詩歌概述

　　五六十年代詩歌是在為政治服務、為工農兵服務的時代語境影響下起步發展的。在十幾年的發展歷程中，受"二為"方向及詩學之外其他因素的影響，走了很多彎路，有很多詩人詩作在政治強力的制約下付出九牛二虎力，寫作七拼八湊詩，或者緊跟政治運動寫作，圖解政策條文；或者政治表態，勉強抒情，言不由衷；或者筆力向外，用工農兵喜聞樂見的的語言形式表現勞動人民的生活和鬥爭，寫身外之事，代他人抒情。這些都影響著詩歌藝術的發展完善，影響著詩歌創作的品質，出現"詩多好的少"的現象。但泱泱大國，煌煌詩人，五六十年代也取得很大成就，收穫了不少好的詩作。

　　中國当代诗歌是在新中國成立的歡呼聲中産生的。五星紅旗在天安門廣場上昇起，標誌著中華民族結束了長期以來戰爭動蕩黑暗落後的舊時代，建立了人民當家做主的新社會新時代，這是開天闢地的變革。當五星紅旗昇起、革命領袖莊嚴宣佈中華人民共和國、中央人民政府成立的時候，詩人們無不熱血沸騰歡欣歌唱，由此形成當代詩歌的第一個主題思潮，而推動這一詩潮的卻是從舊中國走來的詩人們。他們經歷了戰亂和黑暗，目睹了貧窮和落後，為祖國新生付出了心血和勞動，對於共和國新生意義的理解和感受更為深切。他們放聲歌唱，歌唱新中國，歌唱五星紅旗，歌唱社會主義祖國。影響較大的有郭沫若的《新華頌》，何其芳的

《我們最偉大的節日》和胡風的長詩《時間開始了》，艾青的《國旗》、《我想念我的祖國》，馮至的《我的感謝》，柯仲平的《我們的快馬》，田間的《天安門》，朱子奇的《我漫步在天安門廣場上》，王莘的《歌唱祖國》，石方禹的長篇抒情詩《和平的最強音》，阮章競的《祖國的早晨》等。詩人用不同的語言形式歌唱歡呼，表達激動的心情，抒發了共和國成立之初億萬人民的熱烈情緒，反映了共和國在風雨中成立、中國人民為之付出巨大努力的悲壯現實。對於新中國的歌唱主題具有巨大的生命力，伴隨著當代詩歌走了很長很長的路。

何其芳　　　　　　　柯仲平　　　　　　　郭沫若

　　與歌頌共和國成立密切關聯的詩歌主題是揭露旧社會黑暗罪惡，控訴國民黨反動派對於人民的剝削和壓迫，表坭勞動人民在舊社會的悲慘生活和悲劇命運。詩人以不同的笔墨寫道，旧社會勞動人民當牛做馬，吃不飽穿不暖，新社會人民當家做主；舊社會把人變成鬼，新社會勞動人民翻身做主人；舊社會拆散有情人，新社會使有情人終成眷屬，諸如此類的詩歌內容是眾多詩人萬變不離的主題內核。如馮至的《韓波砍柴》，寫了一個窮苦出身的勞動者旧社會被逼死，只能在夜裏出現；阮章競的《漳河水》，則寫三個女性新舊社會不同的婚姻和命運，通過對比揭露舊社會的罪惡，歌頌新社會的優越；田間的《趕車傳》，則以史詩般的規模在廣闊的歷史背景上歌頌了時代變革和人民生活命運的變化。這些都是較為有影響的作品。

　　當代詩歌第二個主題詩潮是歌唱抗美援朝的偉大鬥爭。根据当时宣傳，新中國成立引起世界資本主義陣營的恐慌，美國在朝鮮半島發動戰爭，戰火燒到鴨綠江畔，嚴重地威脅著新中國的安全。儘管新中國剛剛成

立，百廢待興，國力薄弱，但為保家衛國，保衛世界和平，毅然出兵朝鮮。抗美援朝是新中國成立後的重大事件，舉全國之力，牽全國之心；詩人更是表現出極大的熱情創作了很多表達抗美援朝志向，闡述抗美援朝意義，維護世界和平，歌頌志願軍戰士和朝鮮人民軍英勇戰鬥事蹟，歌頌中朝人民友誼，歡呼抗美援朝勝利的詩歌。抗美援朝題材的詩作中，未央的《槍給我吧》、《祖國，我回來了》是廣為傳誦的名作。李瑛的

《志願軍贊》

《在朝鮮戰場上有這樣一個人》、田間的《給一位女郎》、張永枚的《新春》等熱情歌頌了中華兒女的獻身精神和中朝人民的戰鬥友誼。《志願軍讚》、《英雄讚歌》等是那個時代頗有影響的作品。

　　與抗美援朝同時出現的主題詩潮是，詩人們從不同的角度描寫經濟建設成就，歌頌在勞動中湧現出來的英雄人物，讚揚忘我勞動的精神。社會主義革命和建設取得的成就吸引著詩人的目光，鼓舞著詩人們的情緒，他們懷著建設祖國、獻身祖國的熱情，投入火熱的經濟建設，謳歌人民群眾生產勞動的熱情。李季到玉門油田，表現石油工人的勞動熱情和建設祖國的精神；阮章競離開他所熟悉的漳河兩岸，到內蒙古草原鋼城，寫煉鋼工人為摘掉落後帽子、支援農業建設大煉鋼鐵的沖天幹勁；馮至歌頌鞍鋼工人；戈壁舟寫秦嶺高原的築路英雄；聞捷則写新疆少數民族人民生產勞動的場景和美好的愛情；邵燕祥、梁上泉、顧工、雁翼等青年詩人都以極大熱情描繪社會主義建設的動人情景。勘探隊的井架和帳篷、開山的炮聲、高高的煙囪、馬達的轟鳴……都成為詩人描寫和歌頌的對象。隨著時代的前進，社會主義建設事業全面鋪開，詩歌描寫和讚頌的內容也不斷擴大，為社會主義建設服務卻始終如一。

1956 年"百花齊放、百家爭鳴"的方針頒佈之後，詩歌的取材領域比較開闊，描寫内容豐富多樣，且表現深度有所加強，藝術形式的嘗試也有新的起色。郭小川在創作《向困難進軍》表現熱烈的革命詩情的同時，也寫了《致大海》、《雪與山谷》等情緒深沉而複雜的詩歌；流沙河的《草木篇》對於生活中的陰暗面予以揭露和抨擊，表現手法也超越簡單直白而運用隱喻象徵的手法；穆旦的詩寫出了新我與舊我、感情和理智的矛盾鬥爭；邵燕祥為青年女工的死鳴不平，探究死的原因（《賈桂香》），均顯示出值得稱道的創新精神。其他詩人如公劉、呂劍、蘇金傘、白樺、梁南、孫敬軒、昌耀、高平……也都喊出了自己的聲音，為單調而高亢的詩壇增加了新鮮的音符。但這些詩人隨後都因此罹難，被打成右派，逐出詩壇。

1957 年之後，詩歌與現實的關係更加直接，服務時代政治的功能得到強化。先是"大躍進"新民歌對詩人詩作產生了重大影響，《紅旗歌謠》（郭沫若、周揚主編）成為詩歌的樣板，新民歌則被視為中國新詩發展的方向。全民詩歌運動轟轟烈烈，反映了大躍進年代詩歌的荒唐，也配合了荒唐的大躍進運動。"大躍進"民歌在語言形式上簡單直白，缺少藝術含量。全民寫詩違背了藝術規律，卻被樹為樣板，號召學習，照樣創作，對文人詩歌創作也產生了很大影響，很多詩人"改了洋腔唱土調"，"改寫民歌體"，失去了創作個性和藝術風格。

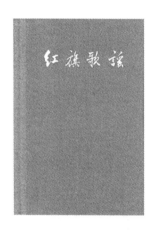

《紅旗歌謠》

大躍進之後，詩歌緊緊地綁在時代政治的戰車上，在表現内容和藝術形式兩個方面受到限制。五十年代末至六十年代初，因為大躍進的後遺症和自然災害嚴重，政策得到調整，詩國天空陽光一現，詩人的創作個性和才氣得到發揮，郭小川創作了《林區三唱》、《甘蔗林——青紗帳》，李瑛寫了一些反映戰士生活的詩歌，張志民用白描的手法寫人民公社社員生活勞動的場景。但好景不長，階級鬥爭理論成為時代輿論的綱領，對詩人詩作產生了很大影響，詩歌表現空間驟然縮小，表現形式也受到諸多限制。

豪言壯語代替了抒情，圖解政策代替了生活描寫，最後淪為假大空。此後，雖然也有詩人堅持個性寫作，但十分有限。

總之，五六十年代詩人與時代同步前進，詩歌反映了社會前進的腳步，表現出鮮明的時代特色，取得了很大成就，也走過坎坷道路，積累了豐富經驗，也留下深刻教訓。无論怎麼説，那都是詩歌發展史上難忘的一頁。

第二節　何其芳的喜悦與苦悶

在五六十年代政治和文學語境中，對很多詩人來說，存在著時代要求與創作追求之間的矛盾，很多有成就、有個性的詩人因為無法調和其間的矛盾，或者被迫、或者無奈地離開詩壇；也有一些詩人，如何其芳和艾青，努力適應時代需要，為當代詩歌藝術發展貢獻自己的才華，但堅持了一段時間之後，便停止了詩歌創作。他們為當代詩歌留下了彌足珍貴的詩作，而他們的離開則留下了那時代詩人精神和命運的剪影。

何其芳（1912～1977）是一位具有理論修養和創作成就的詩人。出生于四川萬縣（今重慶萬州），1936年與李廣田、卞之琳出版詩歌合集《漢園集》，為"漢園三詩人"之一。有詩集《預言》、《夜歌和白天的歌》，散文集《畫夢錄》等。

《漢園集》

《夜歌和白天的歌》

《畫夢錄》

何其芳抗戰期間輾轉到延安，曾在魯迅藝術學院任教，後任魯藝文學系主任。他接受了毛澤東文藝思想，成為革命詩人和理論家，為共和國誕生做出了貢獻。新中國成立後，以高昂的革命激情寫出了《歡呼盛大的節日》，表達了那個時代詩人因新中國成立而無比激動的情緒，同時也表達了那個時代人民的心聲。他滿懷激情地走進新時代，願意為共和國獻出自己的藝術才華，為共和國歌唱，歌唱時代變革和人民生活、思想感情的變化，但時代沒有為他歌唱提供合適的舞台，共和國詩歌理念的變化和時代要求使他感到極不適應，與他的詩性追求有很大距離。

時代要求詩歌創作為工農兵服務、為社會主義政治服務，對此以及“二為”口號所包含的豐富內容，何其芳非常清楚，因為他是從延安走來的詩人；但作為一個有深厚的文學修養和創作個性的詩人，何其芳有自覺的藝術追求，他追求藝術完美，習慣于融化古今中外詩歌藝術手法表現自己的個性意識，在語言錘煉方面形成了獨特的思維方式。“我喜歡那種錘煉，那種色彩的配合，那種鏡花水月。我喜歡讀一些唐人的絕句，那譬如一微笑，一揮手，縱然表達著意思但我欣賞的卻是姿態”。他的寫作也帶有這種傾向，即使在新中國日益濃重的工農兵文學語境中，他仍然堅持自己的詩學思想。1953 年在北京圖書館主辦的講演會上，他就詩歌問題發表演講，指出“詩是一種最集中地反映社會生活的文學樣式，它飽和著豐富的想像和感情，常常以直接抒情的方式表現，而且在精煉與和諧的程度上，特別是在節奏的鮮明上，它的語言有別於散文的語言”①。雖然強調了詩歌的服務職能，但偏重於語言形式的獨特性。作為負有一定職責的詩人，他願意響應時代號召，寫作與時代要求相一致的詩歌，但創作經驗和理論自覺形成強大的心理力量，他無法走進時代要求的軌道上。他曾經因此而苦悶，在修改《夜歌與白天的歌》時曾經為過去詩歌情緒的表達而感到羞愧，痛苦地問自己：“當時為什麼要那樣反復地說那些感傷、脆弱、空話啊。有什麼了不得的事情值得那樣纏綿悱惻，一唱三歎呵。現在自己讀來不但不同情，而且有些感到厭煩與可羞了。”② 但他在放棄舊的思想情緒和

---

① 《關於寫詩和讀詩》，《何其芳文集》第 4 卷，人民文學出版社，1983，第 450 頁。

② 《〈夜歌與白天的歌〉後記》，《何其芳全集》第一卷，河北人民出版社，2000，第 518 頁。

寫作習慣之後卻找不到表現新感受的語言和方法，甚至找不到共和國誕生時那種勃發的激情。

在政治需求和創作追求、新我和舊我的尖銳矛盾中，他知道怎麼做，但新我的理性自覺卻抵擋不住舊我的情感傾斜，他的一首詩寫了兩年的時間，表現了理性與情感、適應時代要求與服從創作追求之間的矛盾。《回答》集中反映了他痛苦和矛盾的情緒，也表現了那個時代很多詩人的苦悶無奈的情緒。該詩寫於 1952 年，完成於 1954 年。兩年多時間交出一份不完滿的答卷。

《回答》共九節，前五節完成於 1952 年 1 月，後四節完成於 1954 年勞動節前後。前五節寫時代變革和時代要求，引出需要回答的問題，後四節站在時代需要的高度，按照時代要求作出回答。這種回答充滿時代話語，也注定了回答的艱難。詩的題目是"回答"，在巨大的社會變革和詩歌轉型時期，作為一個著名詩人，應該怎樣面對時代提出的要求？如何解決時代要求與個性追求之間的矛盾，寫作無愧於時代要求的詩篇？詩的第一節寫道：

> 從什麼地方吹來的奇異的風，
> 吹得我的船帆不停地顫動：
> 我的心就是這樣被鼓動著，
> 它感到甜蜜，又有一些驚恐。
> 輕一點吹呵，讓我在我的河流裏
> 勇敢的航行，借著你的幫助，
> 不要猛烈得把我的桅杆吹斷，
> 吹得我在波濤中迷失了道路。

"奇異的風"自然不是自然界的風，而是時代革命的風浪，不知道而且覺得"奇異"，説明詩人對於"風"的茫然不解，也就是不知道當時為什麼要對詩歌創作和詩人提出那麼苛刻的要求；但儘管不理解，卻感受到這種風的力量，吹得船帆顫動，作為革命詩人他希望借著時代的東風前進，卻又害怕"风"過於猛烈把桅杆吹斷，吹得迷失道路。這種矛盾的情緒伴著低沉的傾訴顯示出詩人固有的風格。在接下來的幾節中，詩人進一步剖析心靈的矛盾，有時舊我佔據優勢，表現另一類感情，憂傷時光流逝，收穫稀少的痛苦，也有些詩句表現詩人對於時代風浪的感受以及接受時代風浪的理性傾向。兩種情緒此起彼伏地糾纏在一起，詩人時或感到甜蜜，時或感到驚恐。在經歷了痛苦的糾纏之後，詩人決定在時代的召喚中獲得力量，戰勝舊的思想情緒，寫出時代需要的詩篇，"為了我們年輕的共和國"，要"像鳥一樣飛翔，歌唱，／一直到完全唱出你胸脯裏的血"。但詩的第九節卻又寫道：

> 我的翅膀是這樣沉重，
> 像是塵土，又像有什麼悲慟，
> 壓得我只能在地上行走，
> 我也要努力飛騰上天空。
> 你閃著柔和的光輝的眼睛
> 望著我，說著無盡的話，
> 又像殷切地從我期待著什麼——
> 請接受吧，這就是我的回答。

　　詩人要"努力飛騰上天空"，卻又感到"翅膀是這樣沉重"，因而他的回答是無力的，空泛的，說明詩人最後也無法平衡時代要求和自我追求之間的矛盾，因而也就無法做出明確的回答。詩人的回答是無力的，但個性操守卻是彌足珍貴的。

第三節　艾青的困惑與追求

　　艾青是位經歷過黑暗專制壓迫，也經歷過延安革命鬥爭生活洗禮的革命詩人。在那個改朝換代、除舊佈新的偉大時代，他沉浸在革命鬥爭勝利的巨大喜悅中，同許多詩人一樣，以飽滿的政治熱情和崇高的獻身精神投身新時代革命和建設大潮。他頻頻出現在時代政治舞台上，在新中國成立初期所進行的各種政治運動如接管城市、土地革命、鞏固新生政權、建立

艾　青

對外友好關係、保衛世界和平⋯⋯和文藝運動，文藝思想鬥爭如批判電影《武訓傳》、反對舊劇改革的庸俗傾向、揭批所謂"胡風反革命集團"等等中，他都表現出很高的革命覺悟和政治熱情。在浩浩蕩蕩的文藝大軍中，他雖然不以激進而引人注目，但在有影響的詩人中，他算得上表現突出的一人。頻繁的社會活動提高了艾青的政治地位和政治聲譽，進一步強化了他的政治意識，他對現實的方針政策有著較之一般詩人更為深切的理解和執行的自覺。他從意識形態的角度、高度認識和思考文藝問題，其詩學理論中融進了許多政治學内容。某些文章表明，他的詩學思想與那時所倡導、所宣傳的理論觀念非常一致。他是那個時代"詩學政治化"理論的贊同者、闡釋者，甚至是倡導者、鼓吹者。他在《文藝與政治》中按照毛澤東《講話》精神闡述二者關係，強調文藝必須為政治服務；在詩歌評論中極力推崇毛澤東所提倡的、那個時代盛行的"政治—藝術"統一論；而在《詩的形式問題——反對詩的形式主義傾向》中，他把反對形式主義提高到能否堅持"社會主義現實主義"的原則去認識，其詩學思想的政治色彩以及他對那個時代文學觀念及其理論的認同由是可見。

共和國初期，他以高昂的政治熱情和創作激情從事創作。國旗國徽剛剛確定，他就按照毛澤東的闡述寫了《國旗》；在中蘇友好的熱烈氣氛中，他及時寫作《史達林萬歲》、《獻給史達林》等詩，頌揚史達林（斯大林）的功績；在聯合世界被壓迫民族反對殖民統治，尤其是在宣傳抗美援朝的聲浪中，他連續寫了《亞細亞人，起來》、《前進，光榮的朝鮮人民》、《消滅侵略者》、《警告》等詩，率先表現旗幟鮮明的政治立場；在反對所謂"胡風反革命集團"的鬥爭中，他寫了《什麼"芽子"》、《把奸細消滅乾淨》等詩，表明他的革命態度；北京拆除東四街上的四個牌樓拓寬市内馬路，他及時寫作《好！》表示贊同；修建官廳水庫，他寫作《官廳水庫》以示慶賀⋯⋯艾青有時確如批評家所期待的那樣，以高度的政治熱情寫作迅速反映新時代新生活的詩篇。他甚至還曾經寫出了這樣的詩行："楊家莊有個楊大媽，她的年齡五十八，身材長得很高大，濃眉大眼闊嘴巴；身穿粗布藍襯衫，不戴簪來不戴釵；没有説話先就笑，心直口快要數她”（《藏槍記》），寫過“夜行八百，日行一千，逛的是大街，住的是客棧”（《女司機》）這樣的詩句！

　　但他的表現没有得到時代的認可，反而受到尖鋭的批評。周揚、郭小川等人批評他對於新時代新生活缺少熱情。艾青當然不甘落後。他全面檢查了自己的創作，沉痛地説：“作為一個詩人，我已經感到慚愧，作為一個新中國的詩人，我更慚愧，……我没有寫了什麽令人滿意的作品。”他堅定地表示：“我以為：没有理由可以懷疑，我能為社會主義歌唱，參加革命就是為了實現社會主義。”他決心克服創作“危機”，寫出無愧於偉大時代的詩篇。

《艾青選集》

　　他克服了創作“危機”，但不是在反映新時代的創作中，而是“南美行吟”。1954 年七八月間，為推動世界和平運動，也為慶賀智利詩人聶魯達五十誕辰，艾青與蕭三等人有過一次長達兩個月的南美之行，途經莫斯科、日内瓦、里約熱内盧等四大洲的許多國家和地區的城市，最後到達智利首都聖地亞哥。按説，這樣走馬觀花似的參觀訪問，浮光掠影般的遊覽考察，緊張勞頓，身心疲憊，没有廣泛接觸和深切體驗，很難寫詩；但艾青卻詩思泉湧，接連寫了二十多首，其中包括像《礁石》、《維也納》、《珠貝》、《海帶》、《在智利的海岬上》、《一個黑人姑娘在歌唱》等膾炙人口的詩篇。其中《礁石》是意象鮮明、意藴深邃、彰顯個性風格的詩篇：

　　　　一個浪，一個浪
　　　　無休止地撲來，
　　　　每一個浪都在它腳下
　　　　被打成碎沫，散開

　　　　它的臉上和身上

像刀砍過的一樣

但它依然站在那裏

含著微笑，看著海洋。

這些詩是艾青本時段詩歌創作的重要收穫，也是解讀共和國初期艾青詩歌創作的重要文本。與同時期國內題材的詩歌相比，"南美行吟"在寫作上有兩大特點：一是没有任何限制地自由寫作，艾青遠離時代要求的"山陰道"，擺脫了内容和形式的限制，回到久違的自由天地，無所顧忌地運用自己擅長和喜歡的語言形式表現所見所聞所感所思；二是艾青的創作個性得到盡可能充分地發揮，他所往訪的國家和地區，大都和舊中國一樣飽受殖民統治之苦，那裏充滿黑暗、貧困、壓迫以及抗争和渴望——這正是艾青詩心敏感的區域。那裏的現實很容易激發艾青深切的同情，誘發創作個性意識復蘇，他幾乎不用特意醞釀和苦心經營，下筆就能寫出詩意盎然的詩章。"異地開花"，這一奇特的現象，從某個方面説明，艾青國内題材詩歌創作的平庸，不是"江郎才盡"，而是時代要求與創作個性的矛盾令他難以適應；同時也説明，在艾青身上，個性追求是生命力頑強的種子，無論在什麼情況下，只要遇到適宜的土壤和氣候，都能結出豐碩的果實！

第四節　敍事詩與聞捷的《天山牧歌》

在為政治服務、為工農兵服務的方針指導下，理論界做出了按照工農兵的欣賞能力和習慣創作為其所喜聞樂見的形式，寫工農兵生活、塑造工農兵形象、表達工農兵感情的簡單化理解，認為只有寫工農兵生活才符合為工農兵服務的宗旨。知識份子被當做小資産階級，而時代要求文學表現無産階級的思想感情，並且這要求帶有強制性。詩歌是一種主觀性、抒情性很強的文體，但在此時代語境中，詩人只好關閉個人情感的閘門，到工農兵生活的廣闊天地尋求表現和謳歌对象，而時代生活也以極大的熱力吸引著作家的興趣，詩歌的寫實敍事功能得到大力開發，於是寫新人新事、表現時代的變化便成為詩歌創作的一大景觀。本時期長篇敍事詩十分發達，據統計多達近百首，其中，李季的《菊花石》、《生活之歌》、《楊高傳》（共 3 部）、《向昆侖》，阮章競的《金色的海螺》、《白雲鄂博交響詩》，田間的《長詩三首》、《英雄戰歌》、《趕車傳》（共 7 部），李冰的《趙巧兒》、《劉胡蘭》，臧克家的《李大釗》，郭小川的《白雪的讚歌》、《深深的山谷》、《一個和八個》、《嚴厲的愛》和《將軍三部曲》，艾青的《黑鰻》、《藏槍記》，聞捷的《復仇的火焰》、《東風催動黃河浪》，喬林的《馬蘭花》，王致遠的《胡桃坡》等影響較大。而很多抒情短詩也大都包含著人物、故事、場景的成分，帶有敍事詩的因素。

本時期敍事詩創作成就突出、影響較大的是聞捷和李季。

李季是著名詩人，延安時期因《王貴和李香香》聞名天下，新中國成立後，他以主流詩人的身份穩居詩壇，也以主流詩人的自覺響應時代號召，到祖國建設最需要的地方去。他舉家搬到玉門油礦，深入石油工人生活，廣交石油工人朋友，寫下了一系列表現石油工人生活和思想情感的詩歌。《楊高傳》、《生活之歌》等 7 部長篇敍事詩之外，還有短詩集《玉門詩抄》、《玉門詩抄二集》、《致以石油工人的敬禮》等六部短詩集。他的詩以石油工人為歌頌和描寫對象，復以他們的心理體驗石油工人的生活和思想感情，以熟悉他們的工作、理解他們的心靈、表現他們的思想情緒為榮。他將敍事、抒情融為一體，同時學習和借鑒了鼓詞、民歌、古典詩詞和新詩的表現手法，帶有明顯的說唱色彩，頗受石油工人及勞動群眾的喜愛。李季的石油詩創作取得了重要成就，產生了很大影響。他也因此被譽為"石油詩人"。

聞捷是五十年代卓有影響的詩人。

聞捷（1923～1971）原名趙文節，江蘇省丹徒人。《天山牧歌》是聞捷的第 部詩集，也是當代文學史上第一部反映邊疆少數民族生活的抒情詩集，收入詩人 1952 年至 1955 年詩作，包括《博斯騰湖濱》、《吐魯番情歌》、《果子溝山謠》和《天山牧歌》四個組詩，《貨郎送來春天》等九首散歌，一首敍事詩《哈薩克牧人夜送"千里駒"》。詩集用優美的筆調描繪了天山腳下、和碩草原、吐魯番盆地和博斯騰湖畔的哈薩克、維吾爾、蒙古等少數民族生活和

聞 捷

勞動的情景，抒發對於新生活的濃烈情思。詩人將細膩的筆觸深入兄弟民族青年男女的內心世界，表現他們在新中國成立後思想感情所發生的新變化，表現他們對祖國的忠誠和對家鄉的熱愛，讚美他們的勞動熱情和純真的愛情。

《天山牧歌》

在藝術表現方面，《天山牧歌》有很多獨到的地方。首先，熔敘事和抒情為一爐，詩中大都有人物，且人物性格敞亮純真，故事雖然不複雜，但優美動情，情節單純富有情趣。詩人借助于人物塑造、故事情節和生活場景的描寫，表達新疆兄弟民族生活的變化，歌頌青年男女純真的愛情和高尚情操，抒發詩人對於新生活的熱愛，對祖國的讚美。鮮明的人物和優美的故事與濃郁的詩情融為一體，使作品輕鬆活潑，富有情趣，既增加了可讀性，也具有很強的藝術感染力。其次，把愛情與勞動有機地結合在一起，《天山牧歌》是愛情詩。新中國成立後，愛情詩很少，表現得如此真摯、動人、強烈的尤其少見。作品所表現的愛情是在勞動過程中產生的，隨著勞動過程發展變化，在勞動結束收穫，有些青年男女的愛情經歷了春種、夏播和秋收幾個階段。勞動是愛情產生的基礎，也是青年男女選擇的必備條件和最高標準。作品寫愛情，其實也是表現青年男女愛祖國、愛家鄉、愛勞動、積極上進的思想情操，表現新疆人民積極向上的精神面貌。最後，用牧歌的形式表現頌歌的內容。聞捷是位革命詩人，他懷著飽滿的政治熱情從事詩歌創作，自覺地為社會主義政治服務，他的詩是頌歌，讚美詩，但他沒有將頌歌簡單化，而是用清新明麗的語言、和諧勻稱的節奏，優美動人的韻律創造生動活潑的情景，營造濃郁的牧歌情調，提煉單純和美的意境，在柔和、明快、明朗的牧歌風格和濃郁的地域特色中蘊含著強烈的時代氣息，在詩意豐盈的意境中完成政治性主題，收到很好的藝術效果。

《蘋果樹下》較多地反映了詩集的藝術特色和詩人的創作個性。這首詩構思精巧，新穎別致，畫面清晰，詩情濃郁。詩人用蘋果比喻愛情，蘋果從含苞、開花到結果的過程，也是愛情萌芽、發展和成熟的過程，勞動和愛情巧妙糅合在一起，使勞動的歡樂和愛情的甜蜜和諧統一，表現出具有時代氣息的愛情理想。作品描摹人物心理，剖析人物内心世界生動細膩。作品對吐魯番的小夥子追求愛情的熾熱執著和姑娘純樸天真的心理，進行了細膩逼真、惟妙惟肖的表現。小夥子對姑娘產生了愛情，從春天起就在果園裹用歌聲向姑娘暗示和傳情，"枝頭的花苞還沒有開放，/小夥子就盼望它早結果。"而辛勤勞作又單純的姑娘這時還沒有愛情的萌動，"奇怪的念頭姑娘不懂得，/她說：別用歌聲打擾我"。小夥子追求受挫，依然執著，且性子很急，"果子才結得葡萄那麼大，/小夥子就唱著趕快去採摘。"姑娘純樸天真，沒有回應，"滿腔的心思姑娘猜不著，/她說：別像影子一樣纏著我。"到了成熟的金秋，愛情也到了成熟的季節，姑娘好像是猛然領悟了從春天到夏天所發生的一切，開始發急了："姑娘整天整夜地睡不著，/是不是掛念那樹好蘋果？這些事小夥子應該明白，/她說：有句話你怎麼不說？"姑娘其實是對小夥子有好感的，只是由於單純而沒有想到愛情方面去，現在猛然領悟過來了，便有些迫不及待。整首詩充分展示出小夥子熱烈追求的急切心情和姑娘由不解到萌動感情的心理變化過程，描寫得細緻入微。

《天山牧歌》之外，聞捷還創作了長篇敘事詩《復仇的火焰》。該詩從1959 年開始寫作，計劃寫三部。第一部《動盪的年代》和第二部《叛亂的草原》分別出版於 1959 年和 1962 年。第三部《覺醒的人們》因十年動亂的衝擊而未能完成。

第五節　政治抒情詩和郭小川的詩歌創作

五六十年代是一個抒情的年代。新中國成立以及成立後所發生的巨大變革諸如開國大典、抗美援朝、經濟建設成就、憲法頒布，以及大躍進運動、學習雷鋒活動等等，均激發起詩人飽滿的政治詩情，雖然詩人們屢屢遭受時代政治運動的打壓，不斷有人離開詩壇，但直到"文化大革命"發生，他們始終情緒飽滿地投身時代政治運動。時代熱浪激發了政治熱情和創作詩情，也催生了政治抒情詩，不僅郭沫若、蕭三、何其芳、艾青、胡風、臧克家、梁宗岱、柯仲平這些老詩人寫過政治抒情詩，而且徐遲、力揚、袁水拍、呂劍、方敬、李季、阮章競、張志民、嚴辰、公木、魏巍、聞捷、沙鷗、蔡其矯也曾經是政治抒情詩的創作者，李瑛、雁翼、顧工、公劉、白樺、梁上泉、張永枚、周良沛、高平、流沙河、孫靜軒等隨著共和國一道成長的青年詩人也曾經激情勃發，有過政治抒情詩的嘗試。

從藝術淵源上說，五六十年代政治抒情詩的爆發除了時代政治因素之外，主要有兩個方面：一是自"五四"以來中國新詩就有崇尚宏偉激昂、直抒胸臆的浪漫詩風，如郭沫若的《女神》等作品；而30年代"左聯"的詩歌和艾青、田間抗戰期間創作的鼓動性詩歌也是重要的資源；二是受西方19世紀浪漫派詩人，尤其是蘇聯革命詩人如馬雅可夫斯基等的影響，從切入現實政治到藝術表現，都給當代政治抒情詩提供了直接的參照；而把詩歌當做"炸彈和旗幟"的誓言則在形成時代文學理念的同時，也為政治抒情詩創作提供了有力的借鑒。

本時期較有影響的"政治抒情詩"有郭沫若的《新華頌》、何其芳的《我們最偉大的節日》、胡風的《時間開始了》、石方禹的《和平的最強音》、邵燕祥的《到遠方去》、沙白的《大江東去》、嚴陣的《竹矛》、張志民的《擂台》、未央的《祖國，我回來了》等。郭小川的創作成就最為突出。

郭小川

郭小川（1919～1976），原名郭恩大，河北豐寧人，抗戰期間參加革命工作，1955年開始詩歌創作。第一首政治抒情詩是獻給全國青年社會主義建設積極分子大會的《投入火熱的鬥爭》。該詩以磅礴的氣勢、奔放的激情號召青年公民響應黨的號召，投身火熱的鬥爭，初步顯示出政治抒情詩創作的才華和特點，而階梯式藝術形式的運用對於政治感情的抒發也起到很好的效果。此後熾熱的詩情一發而不可收，陸續寫下《向困難進軍》、《在社會主義高潮中》、《閃耀吧，青春的火光》等以《致青年公民》為總題的組詩，在青年讀者中產生了熱烈反響。

但郭小川不滿意已經取得的成就，也不滿意用政治性語言激勵讀者的詩體形式，五十年代中後期開始多方面的藝術嘗試，努力克服議論多於描繪的缺點，並從題材和藝術形式方面進行了富有成效的探索，創作了敘事詩《白雪的讚歌》、《深深的山谷》、《一個和八個》和長篇敘事詩《將軍三部曲》、敘事詩《嚴厲的愛》以及抒情詩《望星空》。他力圖從人民生活中提煉詩情，努力發掘革命戰士的心靈美，並借助於巧妙而奇異的構思表現出來。但由於左傾思潮氾濫，《白雪的讚歌》、《深深的山谷》和《望星空》以及當時尚未出版的《一個和八個》、《嚴厲的愛》被認為"思想感情不健康"，受到批評。六十年代郭小川創造了"新辭賦體"和"新散曲體"兩種詩體，代表性作品有《廈門風姿》、《鄉村大道》、《甘蔗林—青紗帳》、《青紗帳—甘蔗林》、《祝酒歌》、《昆侖行》等，熱情地歌頌了中國人民在困難面前堅定樂觀的情緒。"文化大革命"開始後，他受到迫害，被剝奪了寫作和發表作品的權利，但他仍然堅持創作。《團泊窪的秋天》和《秋歌》等作品表現了詩人對於嚴峻現實和複雜鬥爭的嚴肅思考和戰鬥激情，標誌著他這一時期的創作高度。

郭小川的政治抒情詩塑造了個性鮮明的抒情主人公形象。其抒情主人公無論在何種情況下，都保持戰士的品格和戰鬥的精神，他也因此被譽為"戰士詩人"。郭小川很少描摹生活，不太重視寫實，而偏重於激情的抒發。他的詩熱情而豪邁，樂觀而昂揚，卻又富於哲理。他善於把自己對人生和社會的理解化為閃耀的思想火花，與熱烈的感情抒

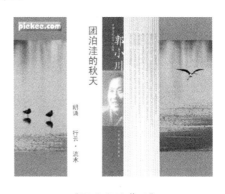

《團泊窪的秋天》

發融會在一起。他的詩是激情與理性、形象與哲理的統一。

郭小川詩歌的藝術特色主要表現在對詩歌語言和詩體形式的不懈探索。他創造性地繼承感物言志的古代詩詞傳統，并就詩體格式進行了多方面嘗試，樓梯式、自由體、新辭賦體、新散曲體等在他的詩中得到了廣泛的運用。最初寫詩，他採用"樓梯式"的形式，詩行的分切，服從於思想的強調和激情抒發所要求的節奏。後來在新民歌影響下，他創造了"短句體"，如《林區三唱》，詩行跌宕多姿，韻律齊整，音樂感強，節奏分明，注重對仗。《白雪的讚歌》等敘事詩則是新中國成立後常見的"半自由

體”，或四行一節，或六、八行一節，押腳韻，方便於敍述事件，表達縝密細緻的思想感情。而《春暖花開》、《將軍三部曲》等作品則又吸取了散曲、小令的特點，短促的句式、跳蕩的音節、明白如話的語言、靈活多變的韻律等等，被人稱之為“散曲式”的自由詩體。《祝酒歌》、《青松歌》則在自由體的形式上較多地吸收民歌比興的表現手法，《廈門風姿》、《甘蔗林—青紗帳》和《鄉村大道》為了表現熱烈開闊的情思，重新運用長句作為詩體的基本句式，但與早期的“樓梯式”有很大不同。這些詩的句子雖較長，但組織得嚴密而整齊，行與行、段與段之間也大體對稱。抒情方式上，詩人採用鋪張渲染、反復詠歎的方法，以達到感人的藝術效果。人們把這種詩體稱為“新辭賦體”，認為它是詩人在繼承我國古代楚辭、漢賦基礎上的一大創造，對於表現詩人汪洋恣肆的情思比較適宜。

《團泊窪的秋天》寫於 1975 年 9 月。當時，郭小川被關押在天津市郊靜海縣團泊窪幹校隔離審查。殘酷的迫害並未動搖詩人的堅強意志，他以“是戰士，決不能放下武器，哪怕是一分鐘；要革命，決不能止步不前，哪怕面對刀叢”的無產階級英雄氣概進行寫作，深情地抒發了政治高壓下詩人強烈的戰鬥豪情與革命樂觀主義精神。在藝術上，詩人從描繪秋天景物入手，借景抒情，寓動於靜，意在渲染一個極其寧靜的氣氛，以反襯人們內心世界的並不平靜，大有“於無聲處聽驚雷”之勢。寧靜的氣氛渲染過後，筆鋒轉向深沉的發問：“團泊窪，團泊窪，你真是這樣靜靜的嗎？”“誰的心靈深處——沒有奔騰咆哮的千軍萬馬！”“誰的大小動脈裏——沒有熾熱的鮮血流響嘩嘩！”深刻地表現了平靜的外表下人們心中積蓄的強烈的反抗情緒。詩人通過一連串的排比句式直抒胸臆，抒發無產階級戰士的革命情懷：“戰士自有戰士的性格，不怕污蔑，不怕恫嚇；一切無情的打擊，只會使人腰杆挺直，青春煥發。/戰士自有戰士的抱負，永遠改造，從零出發；一切可恥的衰退，只能使人視若仇敵，踏成泥沙。/戰士自有戰士的膽識，不信流言，不受欺詐；一切無稽的罪名，只會使人神志清醒，頭腦發達。/戰士自有戰士的愛情，忠貞不渝，新美如畫；一切額外的貪欲，只能使人感到厭煩，感到肉麻！”這些警句，既是詩人精神品格的自我寫照，也是對革命戰士鬥爭精神的藝術概括。深沉有力，擲地有聲，且深刻含蓄，讓人回味無窮。

第三章　五六十年代的散文（大陸）

第一節　五六十年代散文創作概述

五六十年代的散文走了很多彎路，也取得了很大成績。走彎路一方面是因為政治對散文的影響太大太深，無論作家的創作還是散文藝術的發展，無論散文理念還是評價標準，都受制於時代政治的影響，而五六十年代的政治道路既不平坦，散文發展也曲折回返。另一方面，因為散文輕便靈活，服務社會直接迅速，受到社會各方面的重視，也激發了作家的創作情緒，很多小說家、劇作家、詩人都加入了散文寫作隊伍，社會其他人士如學者、機關幹部、新聞記者、工農兵學商也都嘗試散文寫作，衆人拾柴火焰高，散文時常出現繁榮景象。既有量的顯赫，也有質的優異。

新中國剛剛成立，散文便出現令人欣喜的成績。歌頌新社會、新生活的散文還沒顯示出實績，"朝鮮通迅"便湧現出來，魏巍的《誰是最可愛的人》感情真摯，格調高昂，舉國傳頌；巴金的《我們會見了彭德懷司令員》、《生活在英雄們中間》，楊朔的《鴨綠江南北》，劉白羽的《朝鮮在戰火中前進》等，都從不同角度謳歌了志願軍英雄和中朝人民的深情厚誼。此類題材的作品結集有《朝鮮通訊報告選》、《志願軍一日》、《志願軍英雄傳》等。是新中國散文園地收穫的第一批成果。

在為工農兵服務、為社會主義政治服務的輿論環境中，作家們紛紛關閉自我生活和情感的園地，離開陽光照不到的書桌，到工農兵生活的廣闊天地尋找表現對象。如巴金所說，"我離開陽光照不到的書桌，第一次在廣大的群眾中間，如此清楚地看到人民光輝燦爛、如花似火的錦繡前程，我感覺到心要從口腔裏跳出來，人要縱身飛上天空，個人的感情消失在群眾的感情中間，溶化在群眾的感情中間，我不住地在心裏說：我要寫，我要寫人民的勝利和歡樂，我要歌頌這個偉大的時代，歌頌偉大的人民，我要歌頌偉大的領袖。在舊社會中受盡欺凌的知識份子，那個時候誰不曾有過這樣的感情呢？"老舍的《我熱愛新北京》，艾蕪的《屋裏的春天》，柳青的《一九五五年秋天在皇甫村》，靳以的《到佛子嶺去》，秦兆陽的《王永淮》、《老羊工》，何為的《第二次考試》，郭風的《葉笛》，柯藍的《早霞短笛》，碧野的《天山景物記》，李若冰的《在柴達木盆地》……是其中的佼佼者，結集出版的有《祖國在前進》、《經濟建設通訊報告選》等。

1956 年"雙百"方針頒佈，作家解放思想大膽創作，文藝性散文一度出現"復興"的局面，散文小品和抒情散文略有起色。冰心的《小橘燈》，楊朔的《香山紅葉》，陶鑄的《松樹的風格》，劉白羽的《日出》，秦牧的《社稷壇抒情》，碧野的《天山景物記》等作品，或歌頌理想、情操，或描繪河山、景物，均以新的時代精神、優美的文筆和灑脫的風格成為當代散文中的精品。而老舍的《養花》、魏巍的《我的老師》、菡子的《黃山小記》等作品的出現，則說明散文的取材開始回到"自己的園地"，抒發個性情感。1957 年的反右運動如冬雨嚴霜，將散文園地打得七零八落，作家的個性風格和情感抒發受到進一步遏制，而 1958 年"大躍進"則似熱風狂潮吹昏了作家的頭腦，革命回憶錄、"三史"被當作進行革命傳統教育、鞏固新生政權的重要舉措，《紅旗飄飄》和《星火燎原》等大型叢書隆重推出。題材廣泛，內容豐富，既有革命領袖、革命先烈、著名英雄人物事蹟及重大歷史事件的回憶，也有無名英雄及革命鬥爭中各方面生活的記述，有一般記敘文，也有頗有文采的紀實文學，因為很多文章經過編輯把關潤色，既有很強的紀實性和教育意義，也有較好的可讀性。但就總體來說，缺少精品，因為那是一個浮躁的年代，散文被綁在時代政治戰車上，作家根本來不及細細打磨。

60 年代初期，國家經濟和人民生活及其命運遭遇困難，政策調整，民主空氣濃厚，散文創作相當活躍。當時文學界進行了以改善文學和政治關係為中心點的調整。報告文學與雜文獲得較大發展，1963 年被稱為 "報告文學年"，很多作家、理論家和報告文學愛好者撰寫文章，就報告文學的文體特點進行討論，雖然理論建設不盡如人意，没有真正解決報告與文學的關係，但對於提升報告文學創作的水準、促進報告文學發展仍起到一定積極作用。出現了如黃宗英的《小丫扛大旗》、穆青等的《縣委書記的好榜樣——焦裕祿》、佟希文的《毛主席的好戰士——雷鋒》、魏鋼焰的《紅桃是怎麼開的?》之類的優秀作品；雜文有良好的傳統，魯迅開創了雜文創作道路，提供了良好的藝術傳統和資源，以 "三家村" 劄記為代表的雜文創作在激濁揚清、鞭笞假醜惡方面仍優於其他文體，發揮了很好的社會作用。

　　抒情散文一度興旺，作為直接展現作家性情和文體意識的散文，在這一時期受到重視。作家群起，佳作迭出，1961 年被稱為 "散文年"。是年，《人民日報》開闢 "筆談散文" 專欄，衆多的散文作家、理論家和對散文感興趣者撰寫文章，就散文理論問題進行探討。散文的理論建設和散文理念得到明確和加強，"形散神不散" 得到較為普遍的認可，對於擺脱通訊式散文的困擾、促進散文藝術水準的提昇起到一定促進作用。以楊朔為代表的散文作家重視借鑒我國古典散文和五四以來的散文小品的藝術經驗，試圖建立屬於自己的藝術個性。楊朔、劉白羽、秦牧、吳伯簫等一批中年作家的創作形成了較為成熟的個性風格，推出如楊朔的《雪浪花》、《荔枝蜜》，劉白羽的《日出》、《長江三日》，秦牧的《土地》、《花城》，吳伯簫的《記一輛紡車》、《歌聲》等一大批優秀作品；而巴金的《從鎌倉帶回的照片》，冰心的《櫻花贊》、《一支木屐》，曹靖華的《憶當年，穿著細事切莫等閒看》，魏鋼焰的《船夫曲》，碧野的《武當山記》，方紀的《揮手之間》、《桂林山水》，嚴陣的《牡丹園記》，李健吾的《雨中登泰山》，袁鷹的《青山翠竹》……也是那個時代散文的重要收穫。

　　當然，即使在這個難得的陽春季節，散文創作發展空間也十分有限。儘管作家的個人經歷和體驗進入寫作的可能性得到加強，但情感觀念難以超越意識形態規範，藝術方法的選擇和借鑒受西方影響也相對較少，即使以魯迅為代表的五四文學傳統，也得不到有效的繼承。這一時期的散文對 "詩化" 的追求和技巧的營造，既是散文藝術品質提高的表現，也是用藝術的精緻化來彌補創造空間的欠缺、政治性內容充塞、散文的審美功能嚴重削弱的一種策略。而這也是形散神聚的散文理念及楊朔散文模式廣有市場的重要原因。

1964 年開始，極左路線氾濫，階級鬥爭綱舉目張，當代文學進入蕭索時代，散文的天空烏雲密佈，預示著災難即將來臨。

第二節　魏巍的《誰是最可愛的人》

新中國成立初期，美國在朝鮮半島發動侵略戰爭，威脅著新生的共和國的穩定和安全。為保家衛國，維護世界和平，中國人民組成志願軍赴朝參戰。同時組織很多作家到朝鮮前線，深入生活，採訪體驗，寫下很多相關題材的作品。魏巍是成就突出的一位。

魏　巍

魏巍（1920～2008）河南鄭州人，原名魏鴻傑，筆名有紅楊樹。20 世紀 30 年代開始發表作品，抗戰期間寫作詩歌、通訊，長篇敘事詩《黎明的風景》獲晉察冀邊區文學藝術界聯合會頒發的“魯迅文藝獎金”。有詩集《黎明風景》、《紅葉集》、《魏巍詩選》和短篇小說出版，反映抗美援朝戰爭生活的長篇小說《東方》於 1983 年獲首屆茅盾文學獎。《東方》生動地描繪了抗美援朝戰爭的全過程，包括主要的戰役和戰鬥，同時巧妙地把統帥部和基層指戰員聯繫起來，把志願軍和朝鮮軍民聯繫起來，把前方和後方聯繫起來，把國外和國內聯繫起來，作者精心結構，縱橫捭闔，背景廣闊，氣度恢宏。《東方》與另兩部作品《地球的紅飄帶》、《火鳳凰》構成“革命戰爭”三部曲。

魏巍 1950 年底赴朝鮮前線，和志願軍一起生活戰鬥，創作了《前進吧！祖國》、《依依惜別的深情》等優秀散文。《依依惜別的深情》是一篇蕩氣迴腸的抒情散文。作者用寄情於物的手法，將惜別的深情壓縮在經過精心提煉的典型形象和細節之中，語言如詩，如吟如訴，情感迴旋，低沉優美。作者抓住分別前夕人們思想感情的變化進行細緻描寫，調動各種手段，不斷地醞釀蓄勢，為分別時刻的感情爆發作了深厚的鋪墊，使"依依惜別的深情"這一主題表達得深刻蘊藉、濃烈感人。

魏巍散文影響最大、最廣泛的是《誰是最可愛的人》。作品以飽蘸深情的筆墨描寫了抗美援朝戰場上志願軍英雄的事蹟，深切地表現並熱情歌頌了中國人民志願軍高度的愛國主義精神和高尚情操，賦予志願軍以"最可愛的人"之美譽。作品所以取得巨大成功，首先在於他對書寫对象的深刻理解和深切感受。魏巍對志願軍英雄們的生活、戰鬥和精神風貌有深刻的體驗，對戰士懷有深厚的感情。志愿军战士是"最可愛的人"，這種印象和情感真摯強烈，是他每時每刻都想向讀者傾訴的一種感情。所以作品一開始就說：

《誰是最可愛的人》

"在朝鮮的每一天，我都被一些東西感動著，我的思想感情的潮水，在放縱奔流著。它使我想把一切東西，都告訴給我祖國的朋友們。但我最急於告訴你們的，是我思想感情的一段重要經歷，這就是，我越來越深刻地感覺到誰是我們最可愛的人！"濃烈的感情溢於字裏行間，貫穿作品始終。其次，選材典型，事蹟感人。在與志願軍相處的日子裏，作者積累了大量的素材，擁有很多感人的事蹟，用以說明志願軍是"最可愛的人"的素材很多很多，作者精心選取松骨峰戰鬥、馬玉堂戰火中救小孩和戰士們防空洞就著雪吃炒麵等三個動人的故事，每個故事都表現了志願軍戰士高尚情操的一個側面，有的說明戰士在戰場上英勇頑強，有的說明戰士對朝鮮人民充滿愛心具有國際主義精神，而從戰士們的苦樂觀中可以感受到戰士們的高尚情操。三個故事各自獨立，卻又密切關聯，均具有典型性，層層深入地展示了志願軍戰士的性格、胸懷和品質。三個故事印證了一個感受，說明一個主題：志願軍確實是最可愛的人。再次，作品將抒情、議論、敍述、描寫融為一體，深化了主題，強化了抒情效果。三個故事是作品的主體構成，他用低沉而富有感情色彩的語言講述故事，伴以生動的描寫語言，真摯動人，生動形象；而作品開頭、結尾及中間適時地加入抒情的文字，以激發讀者的情感共鳴，同時伴以精闢的議論文字，將故事的思想內涵昇華到愛國主義、國際主義的高度去認識，用以說明志願軍戰士是最可愛的人。多種筆墨穿插運用，收到很好的藝術效果：抒情增加的感染力，議論如畫龍點睛提昇了情感高度，敘述如促膝談心對面交流，增加了故事的真實感和親切感，描寫則增強了故事的生動性和形象性，尤其是細節描寫，給人印象深刻，難以忘懷。抒情和議論與敘述和描寫的有機結合則增強了故事的生動性和形象性，避免了抒情和議論的空洞和空泛。最後，作品語言富有詩意，魏巍是位詩人，喜歡詩，也曾經寫過詩，在詩歌創作方面有較好的成績。詩歌寫作訓練了他的語言思維和駕馭能力，他的散文帶有鮮明的詩性：生動形象，文采飛揚，酣暢淋漓，具有很強的節奏感和音樂性。

第三節　楊朔的散文

50 年代散文創作中，楊朔是創作成就大、藝術境界高、影響廣泛的一位。楊朔（1913～1968），原名楊毓瑨，山東蓬萊人。1939 年參加中華全國文藝界抗敵協會，從事抗戰文藝創作，有中篇小說《帕米爾高原的流脈》、長篇小說《三千里江山》等。楊朔散文的代表作有《荔枝蜜》、《蓬萊仙境》、《雪浪花》、《櫻花雨》、《香山紅葉》、《泰山極頂》、《畫山繡水》、《茶花賦》、《海市》等。

楊朔是一位革命戰士，參加過抗日戰爭、解放戰爭和抗美援朝。在血與火的戰鬥中，他和戰士們"一起生活，一起戰鬥，經歷著共同的痛苦和歡樂"，人民戰士崇高的精神境界給他深刻教育。他變文人的思想感情為戰士的思想感情，願做一名普通戰士。他說"搖搖筆桿子寫點東西，比起人民創造歷史的偉大鬥爭，渺小得連肉眼都看不見，有什麼值得誇耀的？"他認為自己的勞作微不足道，個人只是滄海一粟。他以"一粟"即平凡人的眼光看取現實，以平凡人的心態感受生活。他執著地表現平凡，竭力發掘平凡中的偉大。他的散文是寫給平凡而偉大者的歌。

楊朔是具有詩人氣質的散文作家。他心地純真，多情善感，常常以美好的感情作為判斷事物的標準。新中國成立及成立後的巨大變革，激發了

楊 朔

他的政治熱情和創作熱情，他將全部詩情用於表現和歌頌美好的生活以及建設美好生活的人們。

楊朔的散文藝術植根于中國古代文學的沃土。古典詩文中所表現的思想觀念、情感傾向在潛移默化中培養了他的人格意識，使他成為傳統型的知識份子。如潔身自好的修養和“獻身不惜作塵泥”的精神，都與古代仁人志士根連枝接。而他受辱後的以死洗冤，以死明志，以死抗爭，突出地顯示出他文化心理的傳統性。他的藝術思維始終與傳統詩文保持着密切聯繫。在那避談風花雪月、鄙視花草蟲魚、強調貼近生活的理論語境中，他卻像古代文人那樣，酷愛山水自然，追求“天人合一”的境界；在那強調為工農兵服務、普及第一的理論語境中，他卻追求“陽春白雪”，把散文當作詩來寫！楊朔説得很明白：“我在寫每篇文章時，總是拿著當詩一樣寫。動筆寫時，……總要像寫詩那樣，再三剪裁材料，安排佈局，推敲字句，然後寫成文章。”這種自覺導致了散文創作的個性追求：一是詩的意境；二是詩的結構；三是詩的語言；四是詩的抒情方法，如托物言志，借景抒情。

楊朔是傳統型的知識份子，其思維方式是封閉性的，聚焦式的。這種思維方式在散文創作中的突出表現，一是確定和強化焦點。楊朔的創作，也像畫家作畫，大都在畫面上選擇一個固定的藝術視點（即焦點），以此透視和構思畫面上下、左右、遠近的層次和輪廓，製造整體性的思想意境。“焦點”一旦確定，便刪削蕪叢，排除雜念，運用一切優質材料，調動一切藝術手段，強化焦點。二是結構佈局的封閉性特徵。楊朔散文的結構藝術，有口皆碑。結構佈局的封閉性也很突出。他苦心營造的名篇，大都落入抑揚頓挫、鋒回路轉，曲徑通幽，卒章顯志的套式之中。這種結構套式，頗符合古代詩人啟承轉合的結構法式，如《荔枝蜜》，對蜜蜂“感情上疙疙瘩瘩”（啟）——喝荔枝蜜動了情想看蜜蜂（承）——看到蜜蜂，熱愛蜜蜂（轉）——讚美蜜蜂變成蜜蜂（合）。無論怎樣啟、承、轉，楊朔最後都落實到“合”上，藝術的妙處就是要合得自然，合得藝術，合得完整。

楊朔散文的結構精美。他愛美，追求美，按照美的原則組織材料。什麼是美的原則？因人而異，在楊朔看來，古典詩歌是美的濃縮，短短幾行，變化萬端，小巧玲瓏卻又波瀾起伏，何等精緻！他像古代詩人寫詩那樣結構散文——當然，"像"並不是模仿，啟發的是藝術追求，不是啟發者本身。他的散文，如《雪浪花》、《荔枝蜜》、《茶花賦》……均匠心獨運，精心安排，山水人物，花草蟲魚，應有盡有，舞榭歌台，長廊短廓，佈局巧妙，結穴奇異，篇幅固然小，但由於精心佈局，令人流連忘返，讚歎不已，從結構體式上看，屬"蘇州園林式"。

《三千里江山》

楊朔由小說改行創作散文。從事散文創作前，他已是蜚聲文壇的小說家，有《帕米爾高原的流脈》、《三千里江山》問世。小說創作的主要任務就是通過一定的故事情節塑造典型的人物形象。長期的藝術實踐使他在塑造人物、組織情節方面積累了豐富的創作經驗，也形成了寫作定勢。即使改寫散文，其思路仍向小說的軌道滑過來，由此形成了異於別人的創作個性。他注意人物，雖然不像寫小說那樣精心刻畫人物性格，但仍然通過人物的行動、語言刻畫出具有一定性格的人物形象，如劉四大爺，老泰山，普之仁，君子……作品情節性強，有些情節貫串到底，成為藝術畫面伸展的主線，有些情節始終圍繞一個人物展開，如《雪浪花》、《海市》等，頗似小說。即使小說性不明顯者，人物和情節也是他散文作品的基本構成，抽去這些內容，楊朔的散文將不成其爲散文！

楊朔的散文主要表現為詩意美。楊朔愛詩，尤其酷愛中國古典詩歌，對其進行過專門研究，有較好的詩學修養；他也曾經寫過舊體詩，懂得舊體詩的奧妙，也懂得如何運用筆墨營造詩的意境。他像寫作舊體詩那樣寫作散文，其散文具有濃濃的詩意。他用清新凝煉的文字畫山繡水，配以美好品格的人物，繪製出一幅幅優美的圖畫；而純真感情的注入，美好願望的寄託，使他常常創造出情景交融的藝術境界，引人入勝；而那曲徑通幽、變化多姿的結構藝術，則在意境美之外又增加了曲幽美，使其散文作品詩意盎然，給人美的享受。

第四節 秦牧的散文

秦牧（1919～1992），原名林阿書，廣東澄海人，出生於香港。1938年開始在廣州報刊上發表作品。結集出版的散文集有《長河浪花集》、《長街燈語》、《花城》、《秦牧旅遊小品選》、《潮汐和船》、《花蜜和蜂刺》等十餘部。另有《藝海拾貝》及姐妹篇《語休採英》。

秦牧是一位學者，他以學者的身份感受時代，觀察生活，說明事理，其散文帶有學者散文的特點，具有強健的理智性，按照某種邏輯程式有條不紊地操作。他認為創作不動情不行，太動情也不行，蘸著淚水寫作是他所不為的。他也動情，但不感情用事，動情後常常冷處理，對觸動情感的事物進行認真觀察，深入思考，聯想取類，提煉昇華，爾後才動筆為文。他筆下的人物事態知識材料，是他藝術思考的棋子，招之即來，揮之即去，看上去帶有很大的隨意性，其實受著理智的支配，用以說明某個道理。這是他學者散文的第一點。

學者散文的第二點是他的清靜超脫。他既不像楊朔等作家那樣"投身"生活，也不像劉白羽那樣"採訪"生活，他更多的時間是泡在書房裏，徜徉在知識的海灘上。他思想的觸角或許深入生活的"鬧市"，但整個人卻在清靜的書齋。錢鍾書先生曾說："有了門，我們可以出去；有了窗，我們可以不必出去。窗子打通了大自然和人的隔膜，把風和太陽逗引進來，使屋子裏也關著一部分春，讓我們安坐了享受，無須再到外面去找。"秦牧也因有窗而不外出。他以談天說地的敍述方式和口吻，講述某些事實，說明某些事理——如授課然。在他的"講授"中，也時有描述，或情感揮灑，但大都與議論分析混在一起，他似乎只是要告之人們某時某地有某人某事，既不想引人入勝，也不過分地煽動讀者的感情。這種"談話風"，讓人在超脫中清醒，在清醒後思索生活的真諦。

其三，學者散文最明顯的表現是作品的知識性。他的散文缺乏楊朔式的人物刻劃和花草點綴，支撐材料的是知識。他用娓娓動聽的敍述語言，將讀者領進知識的海灘，撿拾知識的貝殼。親知聞知切知，不一而足；自然知識、社會知識雙管齊下。眾多知識串連在一起，說明某個道理。因而，讀秦牧的散文，你會聯想到周作人、林語堂，雖然難免"掉書袋"之嫌，卻時時獲得哲理性的啟示。而這，也正是秦牧散文創作的個性所在。

《藝海拾貝》

作為一位學者，秦牧對社會主義文學理論雖然表現出相當大的興趣，也曾熱切地關注，但藝術根源卻主要是西方文學。一部《藝海拾貝》，標示著他在西方文學藝海裏遨遊拾貝的同時，也深刻説明，他的藝術之根深深地紮在西方文學的厚土裏，且因為根深土沃，難以確指。他的文學思想和創作追求比較寬泛。首先，他認為散文的概念應當寬泛。他説散文是海闊天空的領域，除了記敘抒情狀物寫景之外，還應有談天説地談得遠一點的，如三言兩語的偶感錄，知識小品，私人日記、書簡之類。其次，功利思想的寬泛性。他既不像劉白羽那樣以戰鬥性強弱論得失，強調時代性、政治性；也不像楊朔那樣調和詩學與政治學的統一，他所重視的是思想性，這是一個遠比政治思想寬泛得多的概念，是人文性，哲理性。再次，對藝術風格的寬泛性理解。秦牧自由地馳聘在美與善的無限空間。他重視創造，執意要突破題材的限界，開拓新的表現領域；突破體裁的規範，嘗試新的形式。他還提出強化散文的趣味性，"給人以愉快和休息"，不要一味地"莊嚴"，他甚至提出，不要回避自我，要由著自己的心性創作，表現出自己的個性來。《賭賽》不是秦牧的代表作，但藝術結穴的傾斜卻反映出秦牧散文的追求，也頗能説明上述差異。作品選擇農民與少爺打賭，似乎是要表現階級對立——這是那個時代作品的基本內容和構成模式，但實際上卻在於説明"力氣的事情，深深無底的，練久也就行了"這樣一個道理。正是這該濃卻淡，該淡卻濃，似是卻非的內容意向，顯示出秦牧異於他者的創作個性。

秦牧的文化心理在東西文化雜存的土地上生成。其思維方式便帶有明顯的外向型發展的特點。這不僅表現在他的大散文觀念，他的寬泛的功利意識，他把題材看作海闊天空的領域，他對創造性的強調，而且表現在創作過程中。他的思路不囿於某事某地某人，而是在無限廣闊的時空中展開；上下五千年，縱橫八萬里，複雜的人類社會，神奇的自然界，浩瀚的書海，沸騰的生活，都是他思想馳騁的天地，正像《社稷壇抒情》中所說，他憑著思想和感情的羽翼，拜會"古代的詩人、農民、思想家、志士，看他們的舉動，聽他們的聲音，然後又穿過歷史的遂道，回到陽光燦爛的現實"，抒發做一個歷史悠久的民族子孫的自豪。正是這樣的思維方式，使他的散文在立意、題材、結構、佈局……方面表現出開放性特點。

另外，秦牧由雜文改寫散文，雜文寫作所形成的創作定勢影響著他的散文寫作，因而，其散文大都帶有雜文痕跡。雜文是用文藝的方法進行論述。秦牧的散文大都有一個明確的論點，即他所說的思想，這是他散文作品的靈魂。論點（思想）一經確定，他便用若干知識——自然知識和社會知識說明這個思想，行文過程實際上就是論證的過程。眾多的知識也就是論據。《藝海拾貝》固然如是，即使敘事散文也常在敘述中說明中心論點，如《贊漁獵能手》；在抒情散文如《土地》中，他從歷史和日常生活中的見聞侃侃談起，以土地為對象，時而展現新時代的風貌，時而追敘慘痛的歷史，時而歌頌新社會的建設者和保衛者，時而寫到古代的公子王侯、封疆大吏，時而又將筆觸延伸到殖民者的暴行，從古到今，從草木禽獸到人情世態、到故事傳說、到現代科技，在一篇散文作品中，他講述了十幾個關於土地的故事，實際上是用這些材料證明一個論點：土地是偉大的，地母是神聖的，要珍惜土地，美化土地。因為他的作品文筆優美，敘述描寫雜糅且伴以激情揮灑，故不給人論證感。但從整體構成看，他的散文是用眾多的知識論述某個論點。

第五節　劉白羽的散文

在 20 世紀五六十年代有成就的散文作家中，劉白羽是個性鮮明的作家。

劉白羽（1916～2005），北京人。1936 年發表第一篇小說《冰天》，次年出版小說集《草原上》。抗戰開始後赴延安參加革命，經歷了抗日戰爭和解放戰爭。革命戰爭生活給他提供了豐富的創作源泉。他以飽滿的熱情創作了中短篇小說《政治委員》、《戰火紛飛》、《無敵三勇士》、《火光在前》，以及報告文學集《為祖國而戰》等。

其散文集有《火炬與太陽》、《早晨的太陽》、《紅瑪瑙集》、《晨光集》。

劉白羽

其散文具有強烈的時代感，充滿革命激情，文筆粗獷豪放，富於詩意，風格獨特。長篇小説《第二個太陽》以解放戰爭時期人民解放軍渡江南下為廣闊背景，成功地塑造了我軍高、中級指揮員和普通戰士的光輝形象，榮獲了第三屆茅盾文學獎。另有長篇傳記文學《大海——記朱德同志》和長達 70 多萬字的長篇巨著《風風雨雨太平洋》。

劉白羽從投身革命鬥爭開始，就像戰士拿槍戰鬥一樣，把筆當作戰鬥武器，適應革命鬥爭需要掌握和使用這個武器。他説從事寫作"是參加戰鬥的方式"，無論在什麽情況下，表現什麽事物，都賦予被表現對象戰鬥色彩和戰士風骨。在其作品中，戰爭、戰鬥、戰火、戰線以及與此相鄰的鬥爭、英雄、犧牲等頻頻出現，足以説明戰士意識的濃烈。至於他在理論文章如《論報告文學》中從"戰鬥性"出發界定這一體裁的諸特點，就更典型地説明戰士意識是他的主導意識。他以戰士的胸懷擁抱生活，嚮往金戈鐵馬的搏鬥，雄偉壯麗的事業。下面的事物對於劉白羽具有重要意義：黎明，破曉，晨光，朝霞，勝利，凱歌，火炬，火焰，太陽，日出……他用這些材料以及修飾這些材料的詞語如沸騰，燦爛，磅礴，奔騰，壯烈，莊嚴，閃耀，崇高……建構他散文藝術的大廈，因而他的散文，氣勢磅礴，色彩瑰麗，充滿戰鬥氣息和戰士的豪氣！

《第二個太陽》

《朝鮮在戰火中前進》

《大海——記朱德同志》

劉白羽文學視野較为寬廣。他喜歡屠格涅夫，酷愛《獵人筆記》，他把"筆記"隨身帶在身邊，一有空閒就翻來欣賞，"入而與之俱化"，他也像屠氏那樣，用飽蘸激情的文字，色彩強烈的筆墨，描繪山水自然。無論歌頌驚心動魄的戰爭還是描寫沸騰的建設事業，都雜有大段大段的風景描寫，這成為他的散文，特別是遊記散文的重要内容。《長江三日》是其接受影響的很好説明。作品寫他由重慶乘船沿江而下，經三峽到武漢三日旅程的見聞與感受，生動地展示了長江宏偉秀麗、千姿百態的壯美雄姿，同時賦予自然景觀以豐富的社會政治内涵，他要激勵人們努力掌握事物的客觀規律，戰勝一切困難、奮勇前進，創造更加美好的明天。刘白羽追慕高爾基。在其論文中，他引《一月九日》作為藝術典範，以高爾基的理論作為根據，從"戰鬥性"的角度界定散文特寫的特質和功能，即見一斑。正是在高爾基及其所代表的無產階級文學理論影響下，形成了他的文學思想和創作追求。其核心内容是強調散文的戰鬥性。劉白羽對此做過詳盡的闡述，其思想指向就是要以追風般的速度反映時代生活，使之成為時代生活的記録。他固然不輕視藝術技巧，但目的是加強戰鬥性，因為在他看來，藝術性愈強，政治作用也就愈大，愈有戰鬥力。他也十分看重作品的情感性，但情感基調和灌注方式都應著眼於戰鬥——戰鬥性是出發點，也是目的地。

劉白羽從事散文寫作前主要寫通訊報導，小説創作頗有成就，但只是他的"業餘愛好"，寫通訊報導則是他的任務和職業。多年的寫作實踐形成創作定勢作用著散文寫作。首先，他用通訊報導的尺度界定散文，説明散文，強調散文的新聞性和時代性，認為散文是輕騎兵，要迅速及時地反映時代前進的腳步。其次，他習慣於站在時代的制高點上俯視生活，根據時代鬥爭的需要選擇那些最能表現時代精神的大事物作為表現對象，他將政治熱情全部傾注到對象之中，最大限度地發揮作品的戰鬥作用。《日出》系寫景狀物之作，作者顯然受毛澤東關於"早晨八九點鐘太陽"的啟示，而賦予新中國以相同的意義，這足以顯示出作品的時代性和政治性。最後，他總是選擇那些能充分反映時代發展的事物作為描寫對象，這就決定了構建他散文世界的多是具有鮮明的時代特點的大事物，大場面。其散文如《人民與戰爭》、《新社會的光芒》、《光明照耀著瀋陽》、《北京的春天》、《橫斷中原》、《火炬映紅了長江》、《我們在審判》、《舉國歡呼的時刻》……醒目地反映了他散文創作的個性。

劉白羽在戰士意識和記者寫作定勢的支配下寫作，他飽蘸激情，重筆塗抹，歷史的斷片與現實的場景隨著作者感情意識的激流交替出現，對比組接，連綴成體，對比鮮明的圖片連接在一起構成他的散文結構體式："圖片連綴式"。他的散文主要由若干圖片連綴而成。這圖片並非黑白照片或生活寫真，他用強烈的帶有感情色彩的文字著色，筆墨凝重，汪洋恣肆，語言華麗，文采飛揚，如比例失調的水墨畫，彩色濃烈，瑰麗多姿，給人以鮮活感。劉白羽散文主要呈現繪畫美。

第四章　五六十年代的小説（大陸）

第一節　五六十年代小説創作概述（一）

20世紀五六十年代的小説受政治文化影響很大，發展迅速，特色明顯，在題材主題、形象塑造、藝術風貌等方面均有突出变化，而在貼近時代發展、反映時代變革、為現實服務等方面更是做出了積極努力。

農村題材的小説創作成就較為突出。

農村題材小説有較為豐厚的基礎。魯迅、沈從文為鄉土文學奠定了堅實的基礎，而丁玲的《太陽照在桑乾河上》和周立波的《暴風驟雨》則對當代農村敘事產生了更為直接的影響。眾多作家的農村生活的經歷和經驗也為農村敘事提供了方便條件，五六十年代的新老作家隊伍中，具有農村經歷的作家占較大比例，趙樹理、柳青之外，還有周立波、康濯、馬烽、西戎、劉紹棠、浩然、劉澍德、王汶石等均取得較好的成績。周立波的《山那邊人家》和《山鄉巨變》，康濯的《春種秋收》，馬烽的《三年早知道》、《太陽剛剛出山》，李準的《不能走那條路》、《李雙雙小傳》，劉澍德的《橋》、《歸家》，西戎的《賴大嫂》，浩然的《豔陽天》，王汶石的《風雪之夜》等均為那個時代有影響的作品。

在農村作家創作隊伍中，取得突出成就的是趙樹理和柳青，關於他們的作品還將介紹，這裏要説的是李準、孫犁、劉紹棠、浩然等人的創作。李準（1928～2000）是五六十年代的文學新人，依靠扎實的生活積累創作了《冰雪消融》、《灰色的篷帆》、《蘆花放白的時候》、《耕耘記》等多部中短篇小説。影響較大的是《不能走那條路》和《李雙雙小傳》。他注意塑造農村新人，但比較成功的形象卻是由後進向先進轉化的人物，前者通過宋老定和東山父子的矛盾，寫農村土改後出現的新的貧富差距，有的農民分到土地後因不善耕種還會失去，而由於傳統觀念作祟，新的剝削思想也可能在新的農民中滋生，這是值得警惕的現象。後者是中篇小説，拍成電影後影響很大，作品反映的是大躍進時期的生活，主要表現先進與落後、公與私兩種思想的衝突。妻子李雙雙掙脫傳統思想羈絆走出家庭，為維護集體利益而與丈夫產生矛盾，在喜劇性的衝突中歌頌了她大公無私的思想品格，批判了丈夫孫喜旺落後守舊、自私自利的思想觀念。在藝術上，李準善於把社會矛盾置於家庭環境之中，善於表現喜劇性的生活場面和人物性格，在輕鬆幽默中反映前進的社會現實。

丁玲作品《太陽照在桑乾河上》　　周立波作品《暴風驟雨》

孫犁（1913~2002）原名孫樹勳，新中國成立後擔任《天津日報》文藝副刊編輯。在中國當代文學史上，被視為非文學的自覺時代具有自覺的創作追求的作家。中篇小説《鐵木前傳》完成於1956年，是他1953年下鄉參加合作化運動、體驗新農村生活的產物，但這種產物並非“順產”。他在農村看到的是，由於人的地位變化或其他方面的原因，人與人之間的關係發生了意想不到的變化，原本純樸的人際關係變得複雜起來。他不滿意這種變化，希望人與人之間關係自然而淳樸，像他小時候所感受到的那

樣。他要表現時代的變化，更要表達童年時代那
種情感。作品以農業合作化運動為背景，在較為
廣泛的社會背景上，表現了鐵匠傅老剛和木匠黎
老東，以及兩個青年（九兒和六兒）在新中國
成立前後不同的時代背景下的交好與交惡。兩個
老人曾經是同過甘苦、共過患難的朋友，他們的
孩子也在童年時代建立了深厚的感情，但進入社
會主義時代之後，他們常常出現分歧，兩個孩子
關係也發生了變化。作品以人際關係的變化為線
索，表現了農業合作化運動對農村社會、農民生
活、精神風貌和人際關係所造成的深刻影響，在

孫犁

正面肯定農村合作化運動的同時，注重人物內心生活的挖掘，對北方農村的
人情美、人性美表示了深情的回憶和由衷的讚美。小説保持了孫犁小説的特
點，詩意濃郁，語言清新，格調明快，形象樸實，性格鮮明，是同類作品中
較有特色的一篇，為農業合作化小説留下別具特色的一筆。

劉紹棠

劉紹棠（1936～1997）河北通縣人，13 歲
發表作品，被視為神童作家，16 歲在《中國青
年報》上發表《青枝綠葉》，後來被編進了高中
課本，暴得大名。20 岁出版了《青枝綠葉》、
《山楂村的歌聲》、《運河的槳聲》、《夏天》、
《中秋節》等短篇小説集和中篇小説，顯示出飽
滿的社會熱情和洋溢的青春才氣。其作品語言清
新流暢，情節單純明快，風景豔麗如畫，具有濃
厚的鄉土氣息；但因為生活閱歷簡淺和文學素養
單薄，才氣有餘而深度不足，其創作人物缺少個
性，行為缺少依據，情節簡單，發展變化帶有演
繹政治運動的痕跡。1954 年到北京大學讀書，豐富了文學知識，提高了理
論水準，加強了文學修養，對社會現實的認識有所深化。1956 年加入中國
作家協會，受強烈的創作欲望影響離開北京大學專門從事寫作。在此期
間，憑著青春意氣發表了一些對文藝理論和創作現實不滿的言論，引起文

藝界高層的強烈不滿。他拒絕接受批評，並創作了《西苑草》，在張揚青春個性、對簡單機械的學校黨組織生活進行批評的同時，也對文學現實流露出不滿情緒。其作為被視為狂妄，被打成右派份子，剝奪創作權力，直到 21 年後才平凡昭雪，重回文壇，重溫鄉土文學的舊夢，創作了《蒲柳人家》等一係列反映京東大運河畔鄉村牧歌般生活的作品。

浩　然

　　浩然（1932～2008）是一位有生活積澱和創作實力的作家，1956 年發表《喜鵲登枝》登上文壇，其後潛心創作，推出長篇小說《豔陽天》，獲得巨大榮譽。作品圍繞京郊東山塢農業生產合作社麥收前後發生的一系列矛盾衝突，塑造了蕭長春、焦淑紅、馬之悅、彎彎繞等個性鮮明的人物形象，描繪了農業合作化時期北方農村的社會風雲和生活畫卷，細緻地刻畫了農村各階層人物的思想性格和精神風貌，批判了舊的思想和敵對勢力對農業合作化運動的阻撓和破壞，歌頌了在階級鬥爭的風浪中成長起來的新生力量。

小說的情節曲折豐富，結構完整緊湊，矛盾尖銳集中，人物性格鮮明，語言樸素曉暢，生活氣息濃郁，是農村現實題材的力作。但也帶有較為明顯的時代局限，人物關係的設置、人物性格的確定、矛盾衝突的形成和發展均符合那個時代的標準，也均顯示出“左傾”思潮和階級鬥爭理論影響的痕跡。其後創作了《金光大道》，藝術表現力更趨成熟，但生活積澱遠不及《豔陽天》厚實，而極左思潮和“文化大革命”影響的痕跡更為突出。他給作品主要人物取名高大泉，無意中成為那個時代文學人物塑造的通病，很多學者談論“文革”期間的人物形象，均以“高大全”稱謂。“文革”結束後，浩然創作了《蒼生》、《樂土》等作品，“文革”痕跡削弱很多，生活實感得到強化，受到讀者認可。《蒼生》獲得中國首屆大眾文學獎。

第二節　五六十年代小說創作概述（二）

　　五六十年代革命歷史題材的小說創作取得顯著成績。新中國成立後，為了鞏固新生政權，主流意識形態運用各種形式對人民進行革命傳統教育，回顧革命鬥爭歷史，緬懷革命先烈是政治教育的重要内容，而小説創作是重要的藝術形式。而英雄敍事的審美心理積澱，也有利於革命鬥爭題材小説，尤其是抗日戰爭、解放戰爭題材小説的發展。

五六十年代出現了很多優秀的作家作品。短篇小説方面，有王願堅的《黨費》、《糧食的故事》，劉真的《長長的流水》、《英雄的樂章》，峻青的《黎明的河邊》、《黨員登記表》，茹志鵑的《百合花》是革命歷史題材小説重要的收穫。長篇創作也有不錯的收穫，影響較大的有杜鵬程的《保衛延安》，柳青的《銅牆鐵壁》，劉白羽的《火光在前》，吳強的《紅日》，曲波的《林海雪原》，李英儒的《野火春風斗古城》，馮德英的《苦菜花》，劉流的《烈火金剛》，馮志的《敵後武工隊》，陸柱國的《踏平東海萬頃浪》，袁靜的《紅色交通線》，李曉明、韓安慶的《平原槍聲》等。

王願堅（1929～1991）山東諸城人，1944年參加革命，經歷了抗日戰爭和解放戰爭，新中國成立後參加革命回憶錄《星火燎原》叢書的編輯工作，為其創作奠定了基礎。短篇小説集有《黨費》、《後代》、《普通勞動者》。其作品主題集中，情節單純，感情飽滿，極具感染力。他善於將人物置於特定的境境中，表現人物特殊境遇中的情感心理和行動方式，歌頌他們崇高的精神境界。特定境遇有兩層含義：一是他的創作多數寫第二次革命戰爭時期紅軍主力長征後蘇區人民的鬥爭生活，這是革命最困難的時期，也是鬥爭

王願堅

最艱難的地區，革命者生存都很困難，堅持鬥爭更屬不易，“時間”和“地點”的選擇為塑造人物、突出主題創造了條件。第二層意思是精心設置，將人物置於生死攸關的考驗面前，讓人物做出非同尋常而又大義凜然的選擇，以表現人物堅強的革命信念和崇高的精神品質。如《黨費》寫女共產黨員黃新用醃制的鹹菜作為黨費交給黨組織，看到多日不見油鹽的女兒伸手去抓她用來交納黨費的“鹹菜”，狠心從女兒手裏奪下來以保證堅持敵後鬥爭的遊擊隊員的生活，以及被捕前鎮定的神態和感人的語言；《糧食的故事》寫郝青標為了把糧食送上山，讓自己的兒子用腳步聲引開

敵人，以犧牲兒子的巨大代價，將鄉親們湊集起來的糧食送給在山上堅持鬥爭的紅軍戰士……這些看似匪夷所思的事情，在作品所設置的特定境遇中卻極具意義，對於表現人物的崇高精神、表現主題、傳達創作意圖均起到很好的作用。

峻青

峻青（1922~）山東海陽人，抗戰時期參加革命，既有革命鬥爭的生活體驗，也有較長的寫作訓練，這為他的創作成功和風格形成奠定了堅實基礎。《黎明的河邊》、《馬石山上》、《黨員登記表》等，均在當時產生了很大影響。他的大部分作品寫山東半島根據地的鬥爭生活，寫抗日戰爭和解放戰爭時期革命戰士和農村共產黨員英勇鬥爭的事蹟，也寫一些現實題材的作品，但成就和影響遠不如戰爭題材的小說。

峻青戰爭題材的作品集中在兩個時間"結"上：1942 年和 1947 年。前者是抗戰最艱苦的階段，後者國民黨進攻膠東解放區，昌濰平原淪為敵後，還鄉團瘋狂反攻倒算，根據地形勢嚴峻。時間選擇決定了其創作具有殘酷性和悲壯性特點。殘酷性是說他有意識地渲染戰爭的殘酷和革命鬥爭的艱苦，為此他往往把人物置放在驚心動魄的戰爭場面，尖銳複雜的矛盾旋渦中，讓其經受血與火、生與死的考驗，在生與死的危難時刻刻劃人物性格，表現人物不畏犧牲、英勇殺敵的革命精神。《黎明的河邊》寫 1947 年國民黨軍隊進攻膠東解放區，通訊員小陳一家為掩護武工隊隊長通過敵人封鎖區而英勇獻身。作品始終把小陳置於尖銳激烈的矛盾衝突之中。他危難中受命，要帶領兩名武工隊負責人連夜突破敵人的封鎖線，到濰河以東開展工作。路上遭遇種種艱險：遭遇敵人，開展激戰；滂沱大雨，迷失方向；來到濰河岸邊，事先準備的船隻被沖走；河水暴漲，過河難度增加；黎明來臨，隱身困難；敵人發現了他們，河邊發生激戰；陰險的敵人捆綁著他的母親和弟弟作人質，步步向他逼進；危急關頭，他聽從母親的召喚，開槍向敵人射擊，母親和弟弟犧牲後，他強忍著巨大的悲痛，在身負重傷的情況下，抱住還鄉團頭子跳下了濁浪滾滾的濰河。作品通過種種艱險，塑造了年輕的小陳這一勇敢機智、忠於革命事業的英雄形象。悲壯性是説峻青善於將人物置於險惡的境遇中，讓其與兇殘的敵人進行驚心動魄的搏鬥，在鬥爭中犧牲生命。《馬石山上》、《最後的報告》的主要人物均壯烈犧牲。死亡是峻青戰爭敍事的結局，但他的目的不是寫悲劇，那也不是寫悲劇的年代，悲與壯高度融合形成的風格。悲壯性來自兩點：一是英雄人物經歷了血與火的鬥爭，死得轟轟烈烈，他們大無畏的精神振奮讀者心靈，而非悲觀絕望的感覺。二是英雄人物的犧牲換取了革命事業的成功，洋溢著革命樂觀主義和革命理想主義的精神。《黎明的河邊》寫小陳和他的母親、弟弟死了，但他的父親卻掩護武工隊負責人渡過濰河，恢復了慘遭破壞的黨組織，革命事業轟轟烈烈開展起來。《黨員登記表》寫女共產黨員黃淑英被捕，敵人連續十個晝夜對她嚴刑拷打，她堅貞不屈，最後壯烈犧牲，而她的母親卻把完好的黨員登記表交給黨組織，黨組織沒有受到損害。《馬石山上》以一個班戰士的壯烈犧牲粉碎了敵人的圍剿，並換取了兩千多群眾的轉移。由此可見，峻青的小説雖然殘酷，雖然描寫死亡，但給人以信心和力量。

茹志鵑（1925～1998）祖籍浙江杭州，生於上海，1943年參加新四軍，在部隊文工團工作，1950年開始發表作品，1958年發表《百合花》一舉成名，此後陸續推出一批描寫解放戰爭和現實生活的短篇小説，大都收在《高高的白楊樹》和《靜靜的產院》兩個集子裏。《百合花》是其成名作，也是其代表作。其創作特色主要是，將重大的歷史事件和複雜的鬥爭置於背景深處，通過時代大合唱中的小插曲反映大時代的側影。作品寫淮海戰役期間發生在後方包紮所裏的事情，通過具體的生活場景反映軍民之間的魚水關係，揭示戰爭勝利的原因在於軍隊保護人民的生命、人民群眾對解放軍的大力支持。作者長於細節描寫，通過生動感人的細節表現人物的心理，塑造人物形象，她的作品沒有驚心動魄的矛盾鬥爭，沒有曲折離奇的故事情節，只有豐富真實的細節。如《百合花》寫通訊員送“我”到後方包紮路上所經歷的種種，寫通訊員揭被子遭拒後的神態，寫新媳婦知道通訊員死後細心縫被子的細節，對於表現人物、突出主題均起到很好的作用。因為“小插曲”和細節的作用，使茹志鵑的作品風格委婉，柔美，細膩，如“一朵純潔秀麗的鮮花，色彩雅致，香氣清幽，韻味深長”。茹志鵑為金戈鐵馬、充滿殺氣的文壇帶來了杏花春雨，吹進了清新雋逸的空氣。

百合花　　　　　　　静静的産院　　　　　　高高的白楊樹

第三節　"百花"年代的小説創作

1956 年中央颁布"百花齊放、百家争鳴"方針（簡稱"雙百"方針）之後，文藝界出現了百花盛開的繁榮局面。这短暂的时间被形象地稱為"百花"年代。

"百花"年代的作品可以分成兩類：一類是"干預生活"、暴露矛盾、揭露社會陰暗面，批判幹部隊伍中的官僚主義思想作風和工作作風，其中有王蒙的《組織部來了個年輕人》、李國文的《改選》、白危的《被圍困的農莊主席》、耿簡的《爬在旗杆上的人》等；另一類則深入人物靈魂深處，描寫婚姻、愛情和家庭生活，表現婚姻和愛情的複雜性，主要有宗璞的《紅豆》、鄧友梅的《在懸崖上》、陸文夫的《小巷深處》、豐村的《美麗》等。

这些作品不僅思想傾向異於以前公式化、概念化的創作——諸如粉飾現實、回避社會矛盾、不敢批判幹部隊伍中存在的保守落後、官僚主義等消極因素，諸如把婚姻、愛情當作政治、階級關係的附屬品，進而做出簡單化處理等創作弊端，而且在藝術方面也有不俗的表現。前者如王蒙的《組織部來了個年輕人》寫青年教師林震被調往區委組織部工作，他懷著滿腔熱情開展工作，卻事與願違，他熱情工作的精神得不到應有的理解和支持，常常遭受挫折，由此對組織部的工作產生了疑惑和不滿。在林震心目中神聖的區委組織部充滿官僚作風，不僅挫傷了林震的工作熱情，更為黨的事業帶來嚴重損失。組織科長在黨員發展中弄虛作假，主持工作的副部長劉世吾則是一個有能力、無熱情的官僚主義者。他有光榮的歷史，進城後隨著地位和生活的變化，精神渙散，思想麻痹，不願工作，敷衍塞責；他有理論有水準，知道什麼事情應該怎麼做，但失卻工作熱情，以"就那麼回事"應對各種情況。這是一個頗有深度的官僚主義者的形象。作品以清純委婉的筆墨和富有詩意的景物描寫營造了濃郁的時代氛圍，通過林震與劉世吾的矛盾提出一個內涵嚴肅的問題。小説發表後，震動中國文壇，並且引起了毛澤東主席的關注。

毛澤東在知識份子問題會議上　　《組織部來了個年輕人》　　　《紅豆》

　　後者如《紅豆》，則通過江玫和齊虹的愛情故事深刻地揭示了人物情感的複雜性，愛情的獨立性。江玫和齊虹都是大學生，他們因為對於音樂的愛好有了共同語言，在交往中產生了愛情。隨著北平解放的臨近，他們產生了分歧，江玫接受革命影響積極迎接北平解放，齊虹則受家庭影響遠離人民革命。思想分歧導致感情破裂，齊虹最後飛往美國，而江玫則留下來迎接北平解放。分手是必然的，但作品沒有像當時流行的愛情描寫那樣，對他們的愛情作簡單化處理，把愛情緊緊綁在政治人生的車輪上，使其成為政治的附庸，而是弱化政治作用，回到愛情本身。首先，江玫和齊虹因美妙的音樂溝通心靈彼此意識到對方的存在，又因某種説不出的力量使他們互相吸引進而相愛；其次，在其發展過程中，愛情始終按照自己的邏輯軌道行進，政治態度分歧出現之後，曾經有人勸江玫離開齊虹，江玫對這位銀行家的少爺也多有不滿，但仍然不能割斷情思，她始終愛著齊虹；而齊虹也始終愛著江玫。在這裏，家庭背景、政治信仰動搖不了他們的愛情，人生道路上的一般性分歧也不能阻止他們相愛。如果不是政治局勢發生重大變革，銀行家子弟必須遵父命離開北平逃往美國，他們也許繼續愛下去；即使到最後時刻，他們也都不能迅速果斷地分手，纏綿悱惻，難以割捨。作品寫江玫溫柔地代他系好圍巾，拉好了大衣的領子，一言不發；齊虹把江玫領到路燈下，看著她搖頭，說："我原來預備搶你走的。你知道麼？看你，我預備了車。飛機票也買好了。不過，我看了出來，那樣做，你會恨我一輩子。你會的，不是麼？"而江玫看見他的臉因痛苦而變了形，他的眼睛紅腫，嘴唇出血，臉上充滿了煩躁和不安。她想說點什麼，但說不出來，好像有千把刀子插在喉頭。她心裏想："我要撐過這一分鐘，無論如何要撐過這一分鐘。"她覺得齊虹冰涼的嘴唇落在她的額頭上，然後汽車響了起來。周圍只剩下了一片白，天旋地轉的白，淹沒了一切的白。齊虹帶著對江玫的愛恨然離去，江玫以頑強的意志力撐過最後一分鐘，她雖然表示"不後悔"自己的人生抉擇，但也沒有放棄她的愛。作品以此表明，愛不屬於思想政治範疇，也不一定取決於政治功利目的，愛是情感的溝通，是心靈的撞擊，真正的愛是很難割捨，很難忘記的。作品以江玫重回舊居、睹物思情的方式回憶往事，情調感傷而低沉，增強了故事感染力。

　　"百花"年代的作品多方面地顯示出作家藝術探索的勇氣，也標誌著小說創作所達到的時代性高度。但命運多舛，"百花"年代很快被反右鬥爭所取代，上述作品也被視為"毒草"，作家被打成右派遭受不公正的待遇，理論和藝術探索的觸角也因此萎縮。

第四節　五六十年代工業題材的小説

　　20 世紀五六十年代描寫工業建設和工人生活的創作並不顯著。但也有值得記錄的收穫。有些工人出身的作家登上文壇，寫自己熟悉的生活，取得一定成就，如胡萬春、唐克新、費禮文、陸俊超等。他們滿懷熱情地歌頌新社會工人階級的勞動熱情和精神風貌，記錄工業生產的成就和工人階級前進的腳步，但從整體上看，有生活積累，有歌頌的熱情，但藝術修養欠缺。有关部门曾經組織有創作成就的作家深入工廠體驗生活，于是就有了杜鵬程的《在和平的日子裏》，周立波的《鐵水奔流》，艾蕪的《百煉成鋼》，草明的《火車頭》、《乘風破浪》，蕭軍的《五月的礦山》，以及周而復反映城市生活的《上海的早晨》等較為重要的收穫。

　　杜鵬程（1921～1991），陝西韓城人。他滿腔熱情地深入工廠，創作了中篇小説《在和平的日子裏》，通過鐵路建設工地的一個橫斷面，描繪了經過戰爭洗禮的人們在和平建設事業中所經受的新的考驗。作者以充沛的革命熱情，提出了發人深思的人生課題：在新的歷史時期，一個革命者應該有怎樣的生活？這是那個時代一個比較重要的問題。他的回答是：只有不畏艱險、激流勇進的人，才能跟上歷史前進的步伐。

杜鵬程

　　周立波因為《暴風驟雨》獲得斯大林文學三等獎，在新中國成立後頗有影響，而他本人創作熱情高漲，隨後又深入工廠熟悉工人生活，積極探索新的創作領域，創作了《鐵水奔流》。作品表現了中國工人階級為恢復工業生產所表現出來的巨大熱情。但這種熱情卻因為缺少深切感受而滯於表面，儘管《鐵水奔流》也產生了一些影響，但遠不如農村題材的《山鄉巨變》成就突出。

蕭　軍

　　蕭軍（1907～1988）是個性意識很強的作家，新中國成立後到撫順煤礦體驗生活，他的職務是資料室主任，卻常常擠到悶罐裏，和礦工們一起到幾百米深的煤洞子裏採煤、運煤，跟工人們生活在一起。憑藉深切的生活體驗，創作了長篇小説《五月的礦山》，這是新中國第一部反映煤炭工人生活的長篇小説。作品描繪了解放了的礦工們為支援解放戰爭而開展紅五月勞動競賽的熱烈情景，表現了他們的主人公精神，塑造了魯東山、楊平山等先進工人形象，同時也批判了危及礦工安全的官僚主義者。文筆粗獷遒勁，描寫細緻簡潔，場面真實而充滿激情，人物有高度而不拔高，尤其是魯東山這一形象，充分顯示出蕭軍塑造人物的特點。他是工人礦工的先進形象，勞動模範，但性格帶有粗莽野性，思想有缺點和局限。他正直、勇敢、高尚，卻有嚴重的虛榮心和個人英雄主義。作品準確地把握人物性格特徵，成功地展示了他從不成熟到成熟、從不完善到逐步趨於完善的成長過程。蕭軍追求生活的原生態，人物情節渾然天成，是這部作品的特色，也是蕭軍的創作風格，因野性而張顯力度，因素樸而富有生命力。但在提純拔高的文學語境中，作品及作者均受到不公正的待遇，因彭真關照得以出版，隨後又遭《文藝報》的錯誤批判，視其為“一部歪曲現實、歪曲人民、歪曲革命、瘋狂地宣傳反動毒素的書籍”。

草　明

草明（1913～2002）“左聯”時期的作家，新中國成立後主要從事工業題材的小説創作，被視為新中國工業題材小説的拓荒者。東北解放後深入電廠體驗生活，1948 年創作中篇小説《原動力》，此後陸續推出長篇小説《火車頭》和《乘風破浪》。《乘風破浪》以增産 25 萬噸鋼産量為線索，描寫了幹部與群衆、革新與守舊、個人與集體、事業與愛情多種矛盾糾葛，塑造了李少祥、宋紫峰等形象，在歌頌了中國工人階級勞動熱情和英雄主義精神的同時，也批判了無視群衆力量的保守思想和官僚主義作風。故事發生的背景是 1957 年反右鬥爭和 1958 年大躍進，帶有明顯的時代痕跡和局限，但在當時卻産生了較大影響。

周而復的《上海的早晨》雖然涉及工廠和工人，但屬於城市小説，具體説是反映民族工業改造的小説。作品規模宏大，構思嚴謹，情節紛繁，人物衆多，塑造了不同性格的資本家形象，顯示出老作家的藝術造詣。

總之，20 世紀五六十年代小説創新和發展空間受到很大限制，很多作品因為重視政治宣教作用而表現出明顯的不足。但衆多作家的積極努力，仍取得可觀的成就。

第五節 軍事題材小説與《保衛延安》、《紅日》

在當代小説門類中，軍事題材是成就比較突出的一族。究其原因，中國革命經歷了數十年的武裝鬥爭建立了新政權，不少作家直接參與了武裝奪取政權的戰爭，經歷了戰爭生活的洗禮，那是他們一生中最重要的經歷，最深刻的體驗，最寶貴的精神財富，即使進入和平建設年代，他們也念念不忘那段生活經歷，深切懷念那些為新中國成立做出貢獻、英勇犧牲的戰友。而新生政權也要求文學用中國共產黨的歷史觀點來反映中國現代戰爭史，向廣大讀者宣傳革命鬥爭歷史，發揮服務政治的作用。衆多戰爭親歷者的參與，充實了作家隊伍，也改變了時代文學的格局。革命戰爭題材的小説遂成為那個時代文學創作中最富有生氣的部分。

抗日戰爭和解放戰爭是衆作家競相反映的熱門題材。袁靜、孔厥的《新兒女英雄傳》、孫犁的《風雲初記》等一系列表現華北抗日根據地戰鬥生活的作品率先拉開了戰爭小説的序幕。抗戰時期敵後鬥爭的傳奇故事如知俠的《鐵道遊擊隊》、劉流的《烈火金剛》、馮志的《敵後武工隊》、雪克的《戰鬥的青春》因具有較強的故事性、通俗性而受到讀者的歡迎。解放戰爭題材的創作也取得很好的成就。碧野的《我們的力量是無敵的》、杜鵬程的《保衛延安》、峻青的《黎明的河邊》、蕭平的《三月雪》、吳強的《紅日》、曲波的《林海雪原》、瑪拉沁夫的《茫茫的草原》等小説，都是當時引人注目的作品。到了 60 年代，柯崗的《逐鹿中原》、陳立德描寫北伐戰爭的《前驅》比較有影響。此外，朝鮮戰爭爆發以後，許多作家被安排到前線去體驗生活，組織創作了一些作品，巴金的《團圓》、路翎的《窪地上的"戰役"》、楊朔的《三千里江山》等作品也產生了較好的影響。

《林海雪原》

軍事題材小説的創作者大都有深厚的生活積累、深切的生活體驗和較長時間的創作準備，這些優勢在一定程度上彌補了他們文化水準和藝術修養的不足，加上專業作家和出版社編輯的幫助潤色，有些作品風格鮮明，特色突出，有很強的故事性和吸引力，出版後引起較大反響。如曲波結合自己在東北牡丹江地區林海雪原的剿匪經歷創作的《林海雪原》，寫一支由 36 個偵察兵組成的解放軍小分隊，在東北長白山林區和綏芬草原追剿國民黨殘餘勢力和土匪的故事。作品帶有濃厚的傳奇色彩，如漫天風雪的林海雪原，乳頭山、威虎山的險要地勢，剿匪戰鬥的驚險故事，殺人如麻的土匪組織，機智勇敢的剿匪英雄，神秘的山神廟，神奇的獵人……以及作品的章節回目、情節結構、語言風格、人物搭配等，都使作品帶有很強的神秘色彩和傳奇色彩，並因此得到廣大讀者的青睞。

軍事題材的長篇小說影響較大的是杜鵬程的《保衛延安》和吳強的《紅日》。

杜鵬程

杜鵬程（1921～1991），原名杜紅喜，20 世紀 40 年代開始發表作品。1954 年出版的長篇小說《保衛延安》引起很大反響，為五六十年代戰爭題材的小說創作提供了範式。首先，《保衛延安》是當代第一部正面描寫大規模戰爭的優秀長篇小說。作品通過青化砭伏擊戰、蟠龍鎮攻堅戰、長城線上的運動戰，以及沙家店殲滅戰等不同類型的戰鬥場面，全面地描寫了舉世聞名的延安保衛戰及其重大意義。作家在描寫陝北戰場的同時，著眼全局，把延安保衛戰置於解放戰爭全局的大背景上認識，使其與"劉鄧大軍挺進大別山"、"陳謝大軍東渡黃河"等軍事行動相呼應，展現出中國人民解放軍由戰略防禦轉入戰略進攻的宏大軍事畫卷。戰爭是作品故事的主體構成，但作者又不局限於戰爭，在描寫不同類型的戰爭及其勝利的同時也揭示出勝利的原因，如指揮員的運籌帷幄、戰士的勇敢頑強等，再就是人民群眾的支持，延安保衛戰的勝利是人民戰爭的勝利。其次，作品從革命英雄主義的審美原則出發，塑造了連長周大勇和團政委李誠，以及王老虎、孫全厚、寧全山等戰士形象。周大勇具有革命英雄主義精神，鋼鐵的意志，勇猛、機智、沉著、靈活的戰鬥作風。青化砭戰鬥，他衝鋒陷陣，把個人生死全然置之度外；蟠龍鎮攻堅，他智勇雙全，出色地完成誘擊敵人的任務；長城線上，連隊陷入敵軍重圍，與主力失去聯繫，他指揮戰士在敵群中左衝右突，表現出剛毅勇猛、機智沉著的性格特徵。周大勇淳樸善良，愛護下屬，關心他人，是從普通百姓中成長起來的英雄，作品很注意表現周大勇英雄性格的形成過程，使其形象豐滿，真實可信。最後，塑造了高級指揮員彭德懷的形象。對彭德懷雖著墨不多，卻將他身上統帥與普通士兵、首長與人民的不同特點和諧地統一在一起。為我軍高級幹部形象塑造提供了經驗。

　　軍事題材的創作取得重大成就的是《紅日》。作者吳強（1910～1990），江蘇漣水人，從小熱衷於古代通俗小說，1933年開始發表作品，參加左翼作家聯盟，從事革命文藝活動。1938年參加新四軍，解放戰爭期間參加漣水城、萊蕪、孟良崮、淮海等著名戰役。長篇小說《紅日》於1957年出版，對中國當代軍事文學創作產生重大影響。

《紅日》

　　作為軍事題材的長篇小說，《紅日》的成就和經驗是多方面的。首先，作品比較好地處理了戰爭與日常生活的關係，以戰爭為主，兼及其他。寫戰爭，場面宏偉壯闊，描寫悲壯慘烈；寫後方醫院，寫戰爭間歇的日常生活，真實細緻，富有生活氣息。金戈鐵馬的戰場廝殺和纏綿溫馨的愛情故事，硝煙彌漫的戰鬥和清風霽月般的愛情，交相輝映，張弛結合，疏密有度，雄渾中見精微，悲壯中有纏綿，結構嚴謹而有立體感，情節大開大闔波瀾起伏。為軍事題材的創作做出了有益的嘗試。其次，比較好地處理了戰爭與人的關係。作者不僅僅把人物作為“戰爭中的”人來刻畫，而是把戰爭作為人物生活經歷的一個部分加以表現。作品中的人物並不只是因為戰爭而存在和活動，他們都首先作為一個人，帶著他們在戰爭以外的歷史參與戰爭，因而是戰爭中的“人”。《紅日》不僅寫出了作為軍長的指揮員的戰鬥生活，也寫出了作為一個普通人的日常和私人生活，表現了戰爭以外的感情生活，等等。把筆觸伸至人物內心，寫他們勝利時的喜悅和歡樂，失敗時的痛苦和焦慮。既有高度的原則性，又有豐富的人情味。通過豐富多彩的戰爭生活的具體描寫，塑造了人民軍隊英勇善戰的群體形象，同時對我軍高級指揮員軍長沈振新，以及團長劉勝、連長楊守軍、戰士王茂生等形象作了較為個性化的描寫；即使反面人物張靈甫也沒有簡單化處理。《紅日》為戰爭題材小說的人物塑造、情節安排、著墨輕重提供了成功的經驗。

第六節　趙樹理的小説創作

在當代小説創作中，尤其是 20 世紀五六十年代農村題材的小説創作中，趙樹理是成就突出、引人矚目的作家。

趙樹理（1906～1970），山西省沁水縣尉遲村人，曾因《小二黑結婚》、《李有才板話》、《李家莊的變遷》等作品蜚聲文壇。新中國成立後的創作主要有長篇小説《三里灣》、短篇小説《登記》、《"鍛煉鍛煉"》等。

趙樹理

趙樹理是一位農民作家。"農民作家"的含義包含兩個方面：首先是寫農民，其作品大都取材於中國北方農村生活，塑造各類農民形象，反映農民的思想感情和實際問題，表達和維護農民的利益；再就是為農民寫，為照顧農民的欣賞水準和欣賞趣味，他的作品有很強的故事性，語言樸實生動，風格幽默活潑，適合勞動群衆的欣賞習慣和情趣。他是一位成熟的作家，有較為豐富的創作經驗，憑藉堅實的農村生活經驗，寫出了那個時代比較優秀的作品。如《"鍛煉鍛煉"》寫於 1958 年，帶有明顯的"大躍進"的痕跡，但他真實地反映了群衆對於集體勞動懷有抵觸情緒，具有很強的認識意義。

《三里灣》是新中國成立後趙樹理最重要的作品。1951 年，趙樹理回到熟悉的太行老區，參加了試辦農業合作社及老社的擴建工作，發現農業社擴大中存在某些問題，於是創作了《三里灣》。這是中國當代文學史上第一部反映農業合作化運動的長篇小説。

小說描寫的是三里灣村農業合作社擴社過程中發生的故事。故事主要發生在有著複雜關係的四個家庭之間，通過家庭內部關係的變化反映了農村社會主義改造初期出現的新氣象和新矛盾，也就是農業社擴大與部分人自私自利思想之間的矛盾，意在揭示農業合作化運動的意義及前景，歌頌堅定不移地走農業合作化道路的社會主義新人，批評影響農業合作化進程的落後人物及其思想，在展示農業合作化運動光輝前景的同時，說明告別舊的生產關係、建立新型的生產關係的艱巨性和複雜性。作品是為配合農業合作化運動而

《三里灣》

創作，但作者堅持現實主義創作原則，力圖將文學的真實性與主題的傾向性結合起來，既有濃郁的生活氣息，而又較少圖解政策的痕跡，既配合了時代需要，也較多地保持了作家的創作個性，比較好地表現了創作意圖。

故事中的四個家庭，是馬家、袁家、范家和王家。馬家家境殷實，主人馬多壽為人精明圓滑，外號“糊塗塗”，老婆外號“常有理”。馬家有四個兒子，其中一個外出工作，一個參了軍，餘下兩個在家務農。小兒子馬有翼是中學生，有些稚氣和軟弱，但思想比較進步。馬家有一塊地叫“刀把地”，是農業社開渠必經之地。馬家不願入社，也反對開渠；農業社開不成渠，馬家便可利用自家的優勢拉住互助組的幾戶人家，繼續走個人致富的路。袁家的當家人袁天成雖然是黨員，但思想退坡，他諸事依從老婆“惹不起”的主意，“惹不起”是“常有理”的妹妹，因為這層關係與馬家形成反對擴社的“利益共同體”。他們的女兒小俊是玉生的媳婦，受母親和姨媽影響較大，常和積極分子玉生吵鬧，因要錢買絨衣不成便以離婚相要挾。范家是村長范登高家，范家在土改中得利過高，其後便一門心思走個人發家致富的路，思想行動上與黨的路線抵觸很大，引起眾人極大不滿。她的女兒靈芝是中學生，思想進步，決心與父親的資本主義傾向做鬥爭，動員入社。這三個家庭的情況不同，但在抵制合作化運動、反對擴社、對擴社積極分子心懷不滿是他們相同的態度。與上述人家不同的是王金生家庭。王家是農村新型家庭的代表。王金生是村黨支部書記，他文化

水準不高，但頭腦清醒，為人公道寬厚，很受眾人擁戴；弟弟玉生熱情能幹，心靈手巧，掌管全社的技術工作，常搞些小發明；妹妹玉梅是個積極上進的青年，識大體，潑辣能幹，再加上能幹厚道的父親和賢良的母親，組成一個和諧進步的家庭，令人羨慕。王家與其他三家的關係很複雜，玉生的妻子小俊是袁天成的女兒，他們離婚後，范登高的女兒靈芝喜歡並嫁給玉生，馬多壽的小兒子有翼喜歡金生的妹妹玉梅。由此組成錯綜複雜的關係，演繹出曲折多變的故事。

《三里灣》在藝術形式上保持了作者一貫的風格，寫農民，為農民寫，力求通俗易懂，雅俗共賞；敘述語言口語化，簡潔曉暢，採用講故事的形式；在敘述中，注意故事的完整性，並且運用評書中"保留關節"的手法調整情節節奏，如王金生小本子上"高、大、好、剝"那幾個奇怪的字、刀把地、一張分單、幾對青年人的感情糾葛、范登高問題等，一個關節連一個關節，高潮迭起，起伏曲折，引人入勝。在塑造人物上，作者保留著善於給人物起綽號的習慣，如"糊塗塗"、"常有理"、"惹不起"等，一個外號引發一段生動有趣的故事，通過解釋外號的來歷講故事，也概括了人物的性格特徵，故事生動，幽默風趣，給人留下深刻印象，人物性格也得到初步彰顯。在性格刻畫上，採用白描手法，用幾句話、幾個動作便寫活一個形象的人物。作品主要歌頌王家幾個人物，在金生、玉生、玉梅幾個身上著墨不少，但給讀者留下深刻印象的卻是"糊塗塗"、"常有理"、"惹不起"幾個落後形象。對這些人物，作品或者用辛辣的諷刺，或者是幽默戲謔，揭示他們違背時代潮流、時常碰壁的場景，收到喜劇性效果。"糊塗塗"寫得最精彩，他是一個精明過人又善於守拙的富裕中農的形象，極端自私狹隘，又落後愚昧，為保住"刀把地"阻止擴社，他與兒子機關算盡，最終卻擋不住合作化高潮的到來。范登高、"常有理"、"惹不起"等人物形象也各具風姿，活脫傳神。

第七節　柳青的《創業史》

在當代農村題材的小說創作中，柳青的《創業史》被視為成就大、品位高、影響廣的力作，在 20 世紀五六十年代文學史上具有突出地位。

柳青（1916～1978），原名劉蘊華，陝西省吳堡縣人。新中國成立後他在陝西長安縣皇甫村落戶 14 年，對陝北農民生活有豐厚的積累。主要作品有短篇小説集《地雷》，中篇小説《咬透鐵》，長篇小説《種穀記》、《銅牆鐵壁》，代表作是《創業史》。

柳　青

《創業史》以梁生寶互助組的鞏固發展為線索，表現了蛤蟆灘各階層人物之間尖鋭、複雜的鬥爭，深刻地表現了我國農業社會主義改造運動中農村各階層人與人之間關係的新變化、新組合，形象地展示出我國農業合作化時期的農村現實和農民群衆的精神風貌，真實地反映了告別舊的生産方式、擺脫舊思想觀念的桎梏、走農業合作化道路的現實艱難性和歷史必然性。

《創業史》

《創業史》所描寫的是陝北農民艱難創業的故事。梁三是蛤蟆灘上的勤勞農民，其父艱難創業，給他留下了三間正房，為他娶了妻子。在經歷了妻亡牛死、天災人禍的打擊之後，他賣掉祖傳的房子，只剩下空蕩蕩的草房院。1929 年陝北大旱，梁三在女性災民群裏領回寶娃子母子二人，組成家室。為創立家業，他拼死拼活苦幹 10 年，生活依然如舊。

舊社會農民的創業只是引子，作品的主體是寫新中國農民的創業史。新中國成立後，蛤蟆灘發生了深刻變革，梁家分到了十來畝稻田。梁三產生了新的創業希望。他打算父子倆拼打幾年，實現創業夢想。梁生寶將全部精力花費在互助組上，對養父的創業計劃置之不理。梁三不理解兒子的志向，對他的作為十分不滿。梁生寶成立互助組，將不同的家庭組織在一起，共同生産和收穫。這種形式體現了社會主義政治經濟體制的發展方向，引起社會各階層的關注。圍繞梁生寶互助組的生存發展，作品主要展示了四組矛盾。

首先是來自富裕中農郭世富的挑戰。作品開始寫郭世富蓋上新瓦房，上樑的鞭炮聲響徹了哈蟆灘，吸引了農民豔羨的目光，也吸引著農民回到傳統的生產方式上，而對互助組的道路產生懷疑情緒。因為當時，春荒籠罩著蛤蟆灘。互助組的人吃飯都成問題，而郭世富卻有能力蓋新房，這本身就是對比和挑戰。此後，作品還寫道，在活躍借貸時，郭世富外善內奸，跟黨的號召相對抗，搞"合法鬥爭"，以分化和瓦解互助組。

其次是富農姚士傑的陰謀破壞。經過土改運動，姚士傑的經濟優勢受到削弱，在政治上屬於敵對階級，表面上老實積極，內心深處對新社會、對互助組懷有刻骨的仇恨，暗地裏進行破壞活動，妄圖搞垮互助組。在活躍借貸其間，他偷放高利貸，破壞政府的借貸活動；梁生寶率眾進山之後，他處心積慮要搞垮互助組，佔有了互助組成員栓栓的妻子素芬，並指使素芬去誣陷梁生寶，敗壞梁生寶的名譽，以達到分裂互助組的目的。在他的陰謀策劃下，梁生祿、栓栓兩家與互助組疏遠了。

再次是郭振山的消極阻撓。郭振山精明強幹，頭腦靈活。新中國成立前他也是受苦人，土改時他表現積極，成為既得利益者。身為蛤蟆灘的當家人，他熱衷於發家致富，對互助組冷漠旁觀。他明明走的是一條錯誤道路，卻裝腔作勢，指手劃腳，一派家長作風。他的冷漠於無形中起著分化互助組的作用。而他動員梁生寶的戀人徐改霞去城裏當工人，更分散了梁生寶的精力。

對梁生寶來說，最大的困難在於養父的不理解、不支持。梁三並沒有做過什麼分裂互助組的事情，甚至在內心深處關心梁生寶，但他具有濃厚的小農經濟思想，恪守傳統的生產方式，本身就是對互助組的阻礙力量，而他因不理解養子的創業意義，而常跟他找彆扭，對他冷嘲熱諷，稱其為"梁偉人"，還揚言跟他分地分家，各走各的路。他代表了幾千年的習慣勢力，比"三大能人"還有市場，也有阻礙力量。梁生寶雖然理解養父，但養父的不理解卻給他帶來感情傷害和精神負擔，也影響到其他人對互助組的理解和態度。梁三是個有深度的農民形象。

面對這些挑戰和困難，梁生寶做出了切實有效的回應，作品就此塑造了一個踏實能幹的社會主義道路帶頭人的形象。在農民吃飯、生存遭受嚴重威脅的時候，梁生寶他們既要幫助互助組度過春荒，又要籌劃一年的生產，鞏固互助組規模。但他手中既無錢又無糧，還要接受各種勢力的挑戰。在困難面前，梁生寶没有心慌急躁，也没有被壓垮放棄，而是採取積極措施尋求克服困難的出路。當莊稼人都把羨慕的目光投向富裕中農郭世富時，他跑到郭縣買回稻種，在互助組内搞稻麥兩熟，化解了郭世富蓋房上樑的挑戰，把人們的注意力集中到糧食增産措施上來了。"活躍借貸"失敗，他組織人們進山割竹，解決了困難户的糧食和互助組的肥料問題。這些看起來很"平凡"的行動，在蛤蟆灘莊稼人的心底掀起重重波瀾，使他們看到了社會主義的優越性。他將全部精力花費在互助組事業上，影響了戀人徐改霞的情緒，她雖然喜歡梁生寶，卻無法理解他的冷漠，而梁生寶雖然暗戀著徐改霞，但為了不影響工作和黨的榮譽，他抑制自己的感情，故意疏遠徐改霞。由於郭振山的作用，徐改霞進城當工人，與情人分手，梁生寶雖然有情緒波動，但没有影響帶領農民走社會主義道路的決心。姚士傑唆使素芬誣陷梁生寶，有人提出退出互助組，梁生寶承受了巨大的精神壓力，但没被摧垮。割竹隊完成了任務，挣了錢，解決了互助組的困難，局勢出現好轉。秋天，梁生寶的互助組獲得了大豐收，蛤蟆灘的統購統銷工作也提前完成。互助組顯示出優越性和發展實力，很多人要求加入，退出去的人家重新回到組裏。梁三老漢開始信服梁生寶，支持他的事業。經過縣裏的培訓，梁生寶帶領互助組成立了全區第一個農業社——燈塔社。梁生寶的創業取得成功！

《創業史》結構宏偉，氣勢磅礴，充分顯示出柳青雄渾而勁健的藝術風格。按照創作計劃，《創業史》全書共分四部。第一部寫互助組階段，第二部寫農業生產合作社的鞏固和發展，第三部寫農業合作化運動高潮，第四部寫全民整風和大躍進，直至農村人民公社建立。"文革"期間作家受到迫害，被剝奪了 10 年創作時間，宏偉的創作計劃未能實現。這是一大憾事。

第八節　梁斌的《紅旗譜》

《紅旗譜》是 20 世紀五六十年代長篇小説創作的重要收穫，在形象塑造、藝術結構、情節安排、民族風格等方面均表現出鮮明的特點，在某些方面達到了那個時代的藝術高度。

梁　斌

梁斌（1914～1996），原名梁維周，河北蠡縣人。他长期在冀中生活、戰鬥和工作，有深厚的生活基礎和強烈的創作欲望。《紅旗譜》於1957年底出版，反響熱烈。1962年開始寫第2部《播火記》（1963年出版）和第3部《烽煙圖》（1983年出版）。這三部小説構成了一幅波瀾壯闊、豐富多彩、生動逼真的冀中農民革命鬥爭的畫卷。其中藝術成就最高、社會影響最大的是《紅旗譜》。

小説以朱老忠、嚴志和兩家三代同馮老蘭一家兩代的鬥爭歷史為主線，描寫了中國共產黨領導下的反割頭稅運動和保定二師學潮鬥争，藝術地概括了大革命前後中國北方農村和城鎮的階級鬥爭和革命運動，反映了中國農民革命由自發反抗到有組織的鬥爭的歷史進程。它既真實地寫出了農民階級同反動統治階級以及日本帝國主義的尖銳對立，農民和中國共產黨所領導的民主革命的血肉關係，農民心靈的演變，又再現了中國農民走向革命的歷程，深刻地總結了兩千多年來農民鬥爭的歷史經驗，形象地説明中國農民只有在中國共產黨的正確領導下，組織起來，鬥爭才會勝利。

《紅旗譜》

《播火記》

《烽煙圖》

《紅旗譜》是一部描繪農民革命鬥爭的壯麗史詩。作品雖然也吸收借鑒了國外小説的藝術經驗，但底色卻是民族形式和民族特色。在人物塑造上，主要採用古典小説常用的通過人物的行動，特別是個性化的語言，刻畫人物的性格。作品語言，從辭匯到語法，都注意語言的個性化、口語化、生活化，充滿濃厚的鄉土氣息。民族風格還表現在對於地方風景和風光、地區特色的生活方式，尤其是民風民俗的出色描寫和生動展示，如生活習俗、年節禮儀、生活情趣、語言禁忌、家長里短、民風民情、春種秋收等，都具有濃濃的北方農村生活氣息，也都顯示出鮮明的民族特色。作品的民族特色突出地表現在情節結構方面。作品具有很強的故事性，結構不是章回體，卻有意識地借鑒了中國古典小説的藝術形式和結構技巧，每部分六七千字，故事相對獨立，若干故事單位環環相扣，組成一個大的故事單元，全書由幾個相對完整的故事單元組成。

作品開頭是全書的"楔子"：朱老鞏"大鬧柳樹林"，生動地描寫了老一代農民朱老鞏為保護鎖井鎮四十八村人民共有土地挺身而出，與地主馮老蘭（馮蘭池）開展英勇悲壯的鬥爭。以此揭開朱、嚴兩家農民與惡霸地主馮家的血海深仇，為朱老忠被迫闖關東、二十五年後回鄉復仇做了鋪墊。主體部分是朱老忠重回鎖井鎮，為報殺父之仇經歷了艱難曲折的歷程。作品分幾個故事單元陸續展開。圍繞"朱老忠回鄉"，作品補敘了朱老忠逃離後二十多年間鎖井鎮人民的生活和鬥爭，以及對手馮老蘭的情況，交代了朱老明、嚴志和等幾個主要人物，也揭開了新的鬥爭的序幕。"脯紅鳥事件"朱老忠借此鼓勵孩子們的鬥志，教育孩子們提高警惕。氣急敗壞的馮老蘭瘋狂報復，指使人將大貴抓去當兵。朱老忠壓住內心的憤怒，囑咐大貴好好操練槍桿，準備將來報仇。這個故事單元為朱老忠和馮老蘭之間的矛盾造勢，也為朱、嚴兩家後代與地主馮老蘭的鬥爭作了鋪墊。運濤偶遇賈湘農以及他與春蘭的愛情風波、運濤的被捕和老奶奶的死，卻對於表現朱、嚴兩家的深情厚誼，刻畫朱老忠的性格，交代故事發生的背景，以及其後故事的開展起到了重要作用。經過幾番鋪墊，重頭戲"反割頭稅"的故事開始。從江濤回鄉發動群眾到朱老忠在家門口安鍋宰豬，從劉二卯當街挑釁到馮老蘭派兒子馮貴堂代表割頭稅承包商向縣衙門求救，再到反割頭稅大會和示威遊行，最後朱老忠、嚴志和、大貴等農民勝利後舉行入黨儀式，以及農民滿懷喜悅過春節，故事開展得有聲有色，幾個重要人物的性格得到深刻表現。

"保定二師學潮"是作品的壓軸戲，中心人物是江濤，作品細緻地描寫了在共產黨領導下青年學生為開展抗日活動而掀起的愛國運動，充分表現了江濤鬥爭生活的各個方面，表現了他機智、勇敢的鬥爭精神。城市學生的鬥爭牽引著父輩的心，朱老忠、嚴志和前來支援學生，他們打扮成車夫給學生送米送面，支持學生的愛國活動。馮家第二代馮貴堂煽動反動政府鎮壓學生，軍警衝破學生防線，逮捕愛國學生，江濤被捕，嚴志和悲痛欲絕。朱老忠救出張嘉慶，學潮失敗，革命火種播撒在冀中平原大地。故事至此，在完成《紅旗譜》內容的同時，也為下一部的故事埋下伏筆。

《紅旗譜》重要的藝術成就是塑造了朱老忠這一人物形象。他既有中國農民英雄的傳統性格，又洋溢著無產階級的革命精神。其鮮明的思想性格特徵，主要表現在三個方面，可以用他的三句話概括。一句話是"馮老蘭把刀架在脖子上，咱也要揭他兩過子"，表現出他強烈的階級仇恨。朱老忠從小經歷了家破人亡的慘劇，父親為維護四十八村人民的利益英勇抗爭，悲壯犧牲，這種精神給他很大影響，姐姐屈辱而死加深了他的仇恨，走南闖北的經歷賦予他剛強勇敢的性格，他發誓報血海深仇。入黨後，個人仇恨轉化成階級仇恨，使他更加勇敢堅強。二句話是"為朋友兩肋插刀"。他具有慷慨好義、濟危扶困、舍己為人的高尚美德。他身上具有古代英雄的俠義精神，但與古代英雄又不相同，他的慷慨好義主要是對於窮苦人家。在嚴家遭受打擊的時候，他把嚴家的事當作自己的事，主持嚴家的喪事，幫助嚴志和排憂解難，代他濟南看望關在監獄裏的運濤。對階級兄弟的情深似海，義重如山，對晚輩青年的體貼慈愛，情深意切，表現出俠肝義膽和長者情懷。三句話是"出水才看兩腿泥"。朱老忠有勇有謀，有韌性的鬥爭精神，不為一時的失敗受挫而氣餒，而悲觀失望。在困難和挫折面前，他想得開想得遠，既堅持鬥爭又講究策略。在大貴受到暗算被抓去當兵時，全家人都感到壓力，而他所想的則是讓大貴出去摔打摔打，得到鍛煉，回來報仇；嚴志和因為困難不讓江濤上學，他不僅把牛賣掉接濟他，而且想到培養"一文一武"的報仇模式，讓朱、嚴兩家的第三代增長見識。入黨後，他將這種精神發展為對於革命事業的堅定信念和理想希望，即使鬥爭失敗，也不氣餒，堅信革命必勝。在朱老忠身上，既集中了中國農民的傳統性格，又體現了新時代農民革命的特色。朱老忠的生活鬥爭道路，是中國農民英雄向無產階級先鋒戰士轉化的真實寫照。

朱老忠之外，作品還塑造了嚴志和、朱老鞏、嚴老祥、運濤、江濤、大貴、春蘭以及朱老明、朱老星、伍老拔、老驢頭、老套子等农民形象，大都个性鮮明，讓人厤久難忘。

第九節　楊沫的《青春之歌》

《青春之歌》是楊沫的代表作，也是中國當代文學史上第一部正面描寫知識份子鬥爭生活的優秀長篇小説，具有重要的時代意義和文學史價值。作家楊沫（1914～1995）原名楊成業，原籍湖南湘陰，生於北京一個官僚地主家庭。新中國成立後开始文學创作，《青春之歌》之外，另有《芳菲之歌》、《英華之歌》等。

楊　沫　　　　　《青春之歌》

作品以"九一八"事變到"一二·九"運動五年的政治鬥爭為背景，詳細而具體地描述了林道静的成長過程，成功地塑造了林道静這個成長中的英雄人物。

林道静是一個由小資産階級知識份子磨煉為堅定的共産主義戰士的藝

術典型。她的成長歷程經歷了由幻滅到希望，由幼稚到成熟，由眷顧個人到關心國家的重大轉變。她為抗婚離家出走，幻想能夠到社會上自謀生路，然而殘酷的現實使她的希望一次又一次地破滅，最後走投無路，只能以死抗爭。余永澤的出現為她點燃了愛情的火花，使她重新燃起了對"生"的渴望。然而看到余永澤對自家佃農表現出極端的自私和吝嗇的本性後，林道靜開始瞭解余的本質。當林道靜對革命充滿激情時，余永澤不僅沒有給予支持，相反卻對她進行諷刺打擊。在認清了余永澤狹隘、平庸與自私的本質後，林道靜便開始下決心與余永澤分手，但她沒有立即與余永澤決裂，而是徘徊、猶豫了好一陣子——余畢竟救過她的命，而且兩個人曾經相愛過，這就使作品具有了更大的真實性。她在共產黨員盧嘉川等革命青年的啟發教育下，最終克服了思想意識上的軟弱，與余永澤進行了徹底決裂，走上了革命的人生征程。

林道靜的成長道路經歷了三次決裂：第一次是與舊的封建家庭的決裂，求得了個人的解放；第二次是與充斥著小資產階級情調的小家庭的決裂，目的是爭取民族的解放；第三次是與舊的自我的決裂，最終成為一個堅定的無產階級戰士。林道靜形象的典型意義在於說明：知識份子只有把自己的命運同國家命運、民族命運緊密地結合在一起，才能有遠大的前途，才會使自己的人生散發出璀璨的光芒。

作為當代文學史上第一部描寫學生運動、表現知識份子成長道路的優秀長篇小說，《青春之歌》的出版有著非同尋常的文學史意義。

首先，是獨特的選材。由於特殊的時代背景，知識份子處於一種非常低下的地位。在文學中占據著統治地位的是工農兵群眾。《青春之歌》把知識份子作為主人公來寫，是當代文學史上的一個開拓，所以出版後受到大量讀者的歡迎，引起了強烈的反響。

其次，對知識份子形象的成功塑造。《青春之歌》最大的成功之處在於以廣闊而靈敏的視角塑造了不同類型的知識份子形象，反映出特定階段知識份子的複雜心態，細緻地描繪出知識份子的內心世界。塑造得最成功的是主人公林道靜的形象，一個從富有正義感、反叛封建婚姻的個人奮鬥者，成長為堅強的共產主義戰士的知識份子的典型。資產階級知識份子的典型代表，一心追求名利、陶醉於個人幸福而無法自拔的余永澤；寧死不屈、同敵人進行殊死鬥争的革命知識份子代表盧嘉川、江華、林紅；認清敵人面目最終走向鬥争道路的王曉燕父女等人物，也给人留下深刻印象。通過對以林道静為代表的衆多知識份子的刻畫以及對他們革命歷程的描繪，作品成為一部知識份子鬥争的歷史，也成為特定時代知識份子不同心態的真實寫照。

另外，如同作品的題目一樣，小説始終洋溢著青春主題。作品中的人物主要是青年知識份子，而他們所從事的事業也是充滿激情的事業，並且，這些青年知識份子的身上，大都具有著充沛的精力和革命的激情。從盧嘉川遭遇酷刑後的話可見一斑："只要有一口氣，只要血管裏還有一滴血在流動，那麼，他便不應當放棄鬥争——不論是對敵人，還是對自己'叛逆'的身體。"無論是環境的變化還是精神與肉體的折磨，都不會改變他們的信仰與激情，以及為革命獻身的精神；這些年輕的知識份子始終保持著充沛的活力和青春的追求。

第十節 革命傳統教育小説《紅岩》

為鞏固新生政權，20世紀五六十年代開展多種形式的革命傳統教育。教育青少年發揚革命傳統，繼承先烈遺志，建設社會主義。文學被視為進行教育的重要形式之一。小説在書寫革命鬥争歷史、塑造革命英雄形象、謳歌革命前輩精神方面發揮了重要作用。《紅岩》的教育作用尤其突出。

《紅岩》的作者羅廣斌、楊益言是重慶中美合作所集中營的幸存者，他們經歷了牢獄之災，接受了嚴刑之苦，目睹了許多革命烈士英勇犧牲的壯烈場面。羅廣斌（1924～1967），四川成都人。1948年9月因叛徒出賣在成都被捕，先後被囚禁於渣滓洞、白公館監獄。楊益言（1925～），四川武勝縣人。1948年8月被捕，囚禁于重慶"中美合作所"渣滓洞，對重慶渣滓洞的牢獄生活有親身體會，重慶解放前夕被營救出獄。

《紅岩》是国民党反動勢力潰逃前大屠殺的幸存者根據自己的親身經歷寫成的帶有實錄性質的一部作品。它所描寫的是特殊背景下特殊環境中的特殊人物的鬥争故事：在全國即將解放，反動勢力面臨全面崩潰，山城重慶還掌握在國民黨手裏，在他們掌管的監獄裏，瘋狂鎮壓政治犯，拷打共產黨人，試圖破壞地下黨組織。而用共產主義理想和信念武裝起來的共產黨人，雖然身陷囹圄，雖然遭受毒刑拷打，但他們英勇不屈，頑強地與敵人進行鬥爭，而且在精神和心理上，壓倒關押他們的敵人，表現出大無畏的英雄氣概，用鮮血和生命譜寫了共產黨人的正氣歌。作品所描寫的殘酷鬥爭場景、崇高的英雄形象和傳奇性的故事情節，共產黨人的革命精神和堅強意志，崇高的信仰和高尚的情操，感天地，泣鬼神，教育了不止一代青年。江姐、許雲峰、成崗等則成為那個時代革命精神的代名詞，在革命傳統教育中發揮了巨大作用。而《紅岩》也因此成為那個時代影響最廣泛、知名度最高的優秀長篇小說之一，是那個時代對青少年進行共產主義理想和革命傳統教育的教科書。

《紅岩》

羅廣斌

楊益言

小說取名"紅岩"，頗有深意。紅岩是重慶市內的一處地名，抗戰期間中共南方局和八路軍駐重慶辦事處設在紅岩，是革命者神往的地方。作品取名"紅岩"，不單是地理學意義，也不是因為作品故事發生的主要地點在紅岩，其深意在於，紅色被視為革命的顏色，岩石質地堅硬，"紅岩"象徵革命者堅硬和堅韌的精神品格。

《紅岩》所描寫的是重慶解放前夕殘酷的地下鬥爭，主體是獄中鬥爭。故事發生的歷史背景是：解放戰爭正以雷霆萬鈞之勢向大西南推進，重慶正處於全面包圍之中，盤踞在這裏的反動勢力進行著垂死挣扎，殘酷地迫害關押在"中美合作所"集中營裏的政治犯。為表現這種在全局上革命處於絕對優勢而在局部處於暫時劣勢的局面，作品將筆觸從渣滓洞、白公館伸展開去，把殘酷的獄中鬥爭、重慶地下黨的活動和學生運動，以及川北農村的武裝鬥爭等幾條線索交織在一起，描繪了重慶解放前夕革命者同敵人進行的最後較量，從一個重要側面反映了解放戰爭走向全面勝利的鬥爭形勢和時代風貌。作品的基本情節以渣滓洞和白公館內的敵我鬥爭為中心，適當地照顧市內地下党領導的學生運動和工人鬥爭，以及華鎣山區的武裝鬥爭。

　　這是兩種政治軍事力量的較量，更是兩種精神力量的較量。作品以這兩種較量為核心，集中描寫了革命者為迎接解放、挫敗敵人的囂張氣焰而進行的最後決戰，歌頌了在酷刑考驗下共產黨人的堅強意志、堅定信仰和堅貞節操，塑造了許雲峰、江姐、成崗、龍光華、劉思揚、余新江等眾多可歌可泣的革命英雄形象，深刻地展示了革命者崇高的精神境界和堅強的革命意志。許雲峰、江姐、齊曉軒、華子良、成崗、劉思揚、余新江等在生命被摧殘、被毀滅的時候，堅定沉著，從容不迫，無論面對怎樣兇惡的敵人，置身怎樣艱險的處境，他們都是精神的強者。渣滓洞那些革命者通過鬥爭改變自己的生活條件，過新年的時候興致勃勃地在牢房裏貼春聯、開聯歡會，戴著腳鐐手銬唱歌跳舞，使得看守他們的特務躲在機槍後面發抖。而那些充滿戰鬥激情的悲壯豪邁的詩歌，更直接地體現了革命者的偉大人格和崇高精神境界。成崗被捕後遭到嚴刑拷打，堅貞不屈，敵人往他身上注射美國新藥，使他處於心智模糊狀態，但頑強的意志使他戰勝了藥物作用，他嚴守黨的秘密，保持了共產黨人的節操。許雲峰被捕後，特務頭子徐鵬飛軟硬兼施卻無法從他那裏得到任何有價值的東西，他們之間進行過幾次較量也從沒占過上風。潰逃之前，徐鵬飛到地牢裏宣佈許雲峰死刑，許雲峰自信、坦蕩地笑了，笑得徐鵬飛心裏發抖。在形式上，是徐鵬飛對許雲峰的宣判，但在精神上，卻是許雲峰對徐鵬飛末日的宣判。

　　江姐是作品塑造得最為感人的形象。她在去川北的途中看到丈夫的頭被割下掛在城牆上示眾，痛苦和悲哀幾乎把她擊倒，但她忍住了眼淚，將悲憤深深地壓在心底。通過敵佔區，見到縱隊司令員"雙槍老太婆"後，她強忍悲痛，堅決要求到丈夫生前戰鬥的地方工作。在獄中，她受盡了折

磨，兇殘的敵人把竹簽釘進了她的十指。面對毒刑，她堅定地表示："毒
刑拷打是太小的考驗，竹簽子是竹做的，共產黨員的意志是鋼鐵鑄成的!"
黎明即將來臨，勝利的歡呼已經隱約可聞，她卻被敵人拉出去殺害。面對
死亡，"她異常平靜，沒有激動，更沒有恐懼與悲戚。黎明就在眼前，已
經看見晨曦了。這是多少人嚮往過的時刻啊! 此刻，她全身心充滿了希望
與幸福的感受，帶著永恆的笑容，站起來，走到牆邊，拿起梳子，在微光
中，對著牆上的破鏡，像平時一樣從容地梳理她的頭髮"。她平靜地與難
友們告別，鼓勵他們堅持鬥爭，迎接勝利；而她自己則勇敢地面對死亡，
她説："如果需要為共産主義的理想而犧牲，我們每一個人，都應該、也
可以做到——臉不變色，心不跳。"這是一個令人感到親切和崇敬的形象。

第五章　五六十年代的戲劇文學（大陸）

第一節　新中國成立初期新生活的讚歌

在強調教育作用、要求戲劇為現實政治服務的理論語境中，戲劇文學因為服務性能直接突出而受到廣泛重視。如老舍所說，他本不會寫劇本，但戲劇感染力強，教育作用大，所以克服困難堅持寫劇本。這是劇作家的創作心理，也反映了那個時代社會對於戲劇文學的理解和要求，由此營造出良好的戲劇環境，促進了戲劇文學，尤其是現實題材的戲劇文學的發展。但對於宣傳功能的過分重視、對於作家藝術追求和創作個性的限制，影響了戲劇藝術的提昇，因此 20 世紀五六十年代沒有特別優秀的劇作。如下幾種創作現象值得重視。

最先出現在戲劇舞台上的新生活的讚歌。人民共和國成立揭開了新的時代篇章，劇作家撫摸着舊中國留下的創傷，滿懷政治豪情地走進新生活的激流，迅速推出一批反映時代變革和生活變遷的劇作，營造出新中國第一個創作劇潮。這股劇潮隨著現實生活畫面的全面展開而涉及工廠、部隊、城市、農村等各個領域，並隨著時代的發展而變化和深化反映的內容。

最早用話劇這一藝術形式歌頌新社會新生活的是老舍，他的《方珍珠》通過民間藝人生活和命運的變化，揭露了舊社會的黑暗，歌頌了翻身解放，歌頌了人民政府。隨着工業建設的大規模展開，描寫工人生活的作品陸續出現，工人形象成為話劇舞台上一道靚麗的風景線。《紅旗歌》（劉滄浪等集體創作、魯煤執筆）最早描寫工人生活和精神面貌，《在新事物面前》（杜印、劉相如、胡零編劇）緊隨其後，熱情歌頌了在工業建設這一新事物面前革命幹部已有和應有的進取精神、實幹態度和謙虛好學的思想作風。從某種意義上說，《考驗》（夏衍）是《在新事物面前》主題的延續，作品批判了在新的歷史條件下悄然滋生的官僚主義工作作風和思想作風，在表現廣大工人工作熱情和主人公精神的同時，也歌頌了優秀幹部的民主作風和科學態度。就題材性質而言，戰爭生活不大適合話劇藝術，但有些劇作家是從硝煙彌漫的戰爭中走過來的，也有些劇作家曾經到抗美援朝戰爭中體驗生活，因而戰爭題材的作品比較搶眼。《戰線南移》（胡可）、《鋼鐵運輸兵》（黃悌）、《保衛和平》（宋之的）等從不同角度和層面反映了抗美援朝戰爭中志願軍英雄的感人事蹟和崇高精神，但因與生活貼得太近，作家還沒來得及將生活和感受化為生動的藝術形象，所以作品大都比較粗糙。胡可的《戰鬥裏成長》因有較長時間的情感積澱和創作準備而達到相當的藝術高度。相對于"現實"而言，《戰鬥裏成長》描寫的是"過去"；但戰爭的硝煙還沒完全退去，作品的生活概括、主題提煉、形象塑造也都具有"現實"意義。作品通過趙鋼一家三代人的命運遭際反映了舊社會勞動人民的苦難命運，揭示了參加革命隊伍、在革命戰爭中鍛鍊成長是必然的和正確的出路這一真理。相對而言，描寫農村生活的話劇顯得較為遲緩。因為工業、部隊、城市生活急劇變革吸引了劇作家的注意力，他們還沒有來得及走進農村，對那裏發生的變革尚缺乏深刻瞭解，所以在其他題材領域話劇創作火熱的時候，這方面的創作還比較平靜，直到1953年才出現安波的《春風吹到諾敏河》、孫芋的《婦女代表》等描寫農村生活變革、塑造農村新人形象的作品。

新中國成立初期新生活的作品，包括書籍、話劇

上述作品題材不同，藝術成就和境界不同，卻有許多相同特點。首先，熱情歌頌新社會，新生活，新事物，新人物，是社會主義新時代的頌歌。儘管有的作品在揭露和批判方面特別突出（如《戰鬥裏成長》對舊社會人民苦難生活的描寫、《考驗》對官僚主義的批判），但作品的重心和意圖卻是歌頌。這與以前的劇作形成鮮明對比。其次，作家在及時歌頌和描寫新社會新生活的同時，沒有忽視和回避現實中的問題，有些問題是舊社會遺留下來的，沒有隨着舊時代結束而消失，如某些工人的守舊和落後思想（《紅旗歌》）；有些則是新生活土壤裏滋生的，如楊仲安的官僚主義工作作風和思想作風（《考驗》），對這些消極現象真實而深刻地描寫顯示出現實主義特點，與50年代後期的劇作形成明顯對比。再次，劇作家關注現實，重視作品教育作用，也沒有忽視藝術追求，《戰鬥裏成長》、《考驗》等作品達到相當高的藝術境界。《戰鬥裏成長》以人立戲，人戲並重，既重視性格刻畫，也重視戲劇衝突，且在形象塑造、情節結構、人物語言，以及主題提煉、藝術概括等方面都顯示出較高的藝術造詣；《考驗》則巧妙地運用對比方法安排人物關係，組織矛盾衝突，在情節發展、人物語言，以及主題集中和立意深刻等方面都保持了老劇作家的特點。

上述劇作在當時引起較大反響和高度重視，導引和推動着當代話劇緊貼着現實生活軌道迅速前進，形成歌頌新社會新生活的劇作潮。但前進的道路並不順暢。此後不久，"左傾"文藝思想開始影響文學創作，戲劇藝術的本質特點和創作規律受到嚴重干擾，進而導致重宣傳、輕藝術以及公式化、概念化現象出現。但發展的歧途無損於良好的開端，作為中國當代話劇史上第一股劇潮，新生活的頌歌是值得重視的。

第二節　百花時代的"第四種劇本"

"第四種劇本"大都出現在1956～1957年間。

此前，因過分強調為現實政治服務，創作中出現了配合政治運動、圖解方針政策現象，出現了回避矛盾、歌功頌德現象，描寫現實題材的作品偏離了現實主義軌道，作家耗費心血卻寫不出有思想和藝術品位的作品，讀者不滿意，作家也感到苦惱和壓抑。隨着新社會生活畫面的鋪展，消極落後、醜惡黑暗等現象越來越突出地表現出來。劇作家對誇飾現實以及公式化、概念化現象越來越不滿，對越來越萎縮的批評空間和批判鋒芒越來越不滿。他們渴望擺脫干擾和束縛，按照自己對生活和藝術的理解進行創作。1956年頒布的"雙百"方針營造出寬鬆的創作環境，滿足了劇作家的心願，蘇聯"解凍"文學和"干預生活"的主張啟發了作家的思路，他們解放思想，直面現實，創作出與頌歌型作品的風格基調相異的"第四種劇本"。

"第四種劇本"這一名詞是黎弘（劉川）在評論楊履方的《布穀鳥又叫了》時提出來的。[①] 他認為當時話劇舞台上只有工、農、兵三種劇本，每種劇本都有固定的"框子"，《布》劇突破了三個既有框子，是忠實"生活的獨特形態"的"第四種劇本"。這個名詞在當時並沒引起太多注意，但隨着時間推移而得到越來越多的人的認可，其所指已經不單是《布穀鳥又叫了》，還包括《洞簫橫吹》（海默）、《同甘共苦》（岳野）、《人約黃昏》（趙尋），以及《新局長到來之前》（何求）等眾多作品。這些作品的思想內容、藝術風格不盡相同，卻有着某些共同特點。

與其他作品相比，"第四種劇本"最突出的特點是寫人，按照"人"實有和應有的思想、感情、意識塑造形象，而不是把"人"當作抽象的符號，"按階級配方來劃分先進與落後"，"按党團員群眾來貼上各種思想標籤"[②]，按照人物的社會角色和政治屬性描寫其職責、義務、工作和作為，表現其"類"的屬性。這些作品沒有塑造多少出色的人物形象，但有意識地避免了"簡單地把人分成正面和反面人物"[③]，注意到人物性格的複雜性，"不僅描寫了他們的社會生活，也接觸了他們的家庭生活、個人生活、感情生活"[④]，既寫了人物性格的主導方面，也寫了次要方面，既寫了人物的表徵，也深入人物內心，表現複雜的性格內涵。省農村工作部的副部長、縣委書記、農業合作社主任、團支部書記、共青團員、復員軍人……都是具體的"這一個"，不論職務高低，屬於何種黨派，都有人的七情六欲。高級幹部有痛苦和憂傷，縣委書記也有私心雜念，普通婦女也

① 《第四種劇本——評〈布穀鳥又叫了〉》，《南京日報》1957年6月1日。
② 《第四種劇本——評〈布穀鳥又叫了〉》，《南京日報》1957年6月1日。
③ 岳野：《有關〈同甘共苦〉的幾點感受》，《北京日報》1957年2月4日。
④ 轉引自《中國當代文學參閱作品選》第1冊，福建人民出版社，1983，第661~663頁。

有高尚的情操。而在政治生命高於自然生命，党團員的價值大於自身價值的年代，童亞男響亮地回答：“我不拿自己的幸福來換你那個‘前途’！”“我要，要愛，愛到底！”“開除了我的團籍，我也要愛！”

“第四種劇本”在戲劇衝突和情節結構方面也與“衆”不同。流行話劇如劉川所概括的那樣，“工人劇本：先進思想與保守思想的鬥爭。農民劇本：入社與不入社的鬥爭。部隊劇本：我軍和敵人的軍事鬥爭”①，鬥爭的發展過程也大都有一定的程式。“第四種劇本”突破了清規戒律和框子模式，按照生活原有的形態設置人物關係，根據人物性格組織矛盾衝突，按照衝突的内在邏輯推動情節發展。《布》、《洞》、《同》都涉及農村生活，都寫了加入農業合作社及社内生活，但“入不入社”不是矛盾衝突的焦點，作品表現的也不是在此問題上兩條路線的鬥爭。《洞》寫的是農民加入農業合作社而這個願望不能實現的問題，其中自然暗含著政治鬥爭和政策分歧的内容，但矛盾癥結卻不是單純的“路線問題”，而含有個人或曰性格問題：縣委書記安振邦好大喜功，為樹立“典型社”而弄虛作假，阻止劉傑帶領小劉莊農民加入農業合作社而造成“燈下黑”，“路線鬥爭”轉化為“性格矛盾”，作品更加真實可信。《布》“通過青年男女的生活、愛情、勞動與理想等問題，以及由此而產生的矛盾與鬥爭，用喜劇的形式，揭示出‘人才是建設社會主義的寶貝’，‘要關心人’這個主題思想”。②《同》通過孟時荊、劉芳紋、華雲三人的情感糾葛寫人的社會責任、家庭義務和婚姻愛情等問題，用富有戲劇性的事實表現生活本身。

“第四種劇本”的第三個特點是對生活的“干預”。在強調歌頌社會主義、歌頌工農兵生活的理論語境中，“第四種劇本”不可能缺少歌頌的内容，但相比之下，批判現實的内容增加了許多，而且是作品中最扎實、最生動的部分。有的作品創作動因就是基於對某些消極現象的批判。《洞簫橫吹》寫到，土地改革已經結束，有些農民還沒擺脫貧困，還處在饑寒交迫中，劉傑的母親貧病交加，靠高利貸度日，村裏的領導權掌握在蛻化變質的村長和富裕中農手中，村民們不堪忍受其苦渴望黨帶領他們走上集體

---

① 《第四種劇本——評〈布穀鳥又叫了〉》，《南京日報》1957 年 6 月 1 日。
② 楊履方：《關於〈布穀鳥又叫了〉的一些創作情況》，《劇本》1958 年第 5 期。

富裕的道路，但受到官僚主義者安振邦的冷落和壓制。作品不僅寫出了新社會農民生活的"慘狀"，而且將批判的鋒芒對準縣委書記，從而顯示出干預生活的力度和批判現實的勇氣。《布》則用喜劇的形式批判了農民的封建思想和基層幹部"不關心人"的思想作風和領導作風，批判了利用組織名義和手中的權力干涉戀愛婚姻、壓制個性和干涉自由的行為。《同甘共苦》、《新局長到來之前》等也都對現實生活中的消極現象進行了批判。

"第四種劇本"因其批判性而顯示出思想價值和藝術價值，因打破清規戒律、新人耳目而獲得好評，但命運多舛。"反右"鬥爭以後，思想和藝術民主空氣淡薄，極左路線氾濫，庸俗社會學取代了科學的文學觀和健康的文學批評，上述作品受到批判，被斥之為"毒草"。"第四種劇本"的寫作也被迫中斷。

第三節 "大躍進"期間的話劇

"大躍進"話劇出現在 20 世紀 50 年代末期。1958 年的"大躍進"違背了社會發展規律和經濟規律，也違背了藝術創作規律。当年提出"大放戲劇衛星"、"建設共產主義文藝"等口號是荒唐的。《文藝報》連续發表《文藝放出衛星來》、《掀起文藝創作的高潮！建設共產主義的文藝!》的專論和社論，《劇本》緊隨其後，《要放出戲劇創作上的"衛星"》、《為共產主義的戲劇藝術而奮鬥》之類的文章連篇累牘，營造出戲劇"大躍進"的火爆氣氛。在其鼓動下，作家們表現出高亢的創作熱情，他們遵從革命現實主義和革命浪漫主義相結合的創作方法吹奏起共產主義文藝暢想曲。"大躍進"戲劇或者产生於"大躍進"、"放衛星"的狂熱歲月，或者受"大躍進"浮誇風的影響，描寫"大躍進"時期生活，雖然发表稍晚也屬於"大躍進"話劇。"大躍進"話劇數量多，据相关文章統計，單是工人農民的劇本就"數以萬計"。其作品參差不齊。影響最大、也最能代表"大躍進"話劇風格和成就的是《烈火紅心》、《十三陵水庫暢想曲》和《降龍伏虎》。

《烈火紅心》（八場話劇，《劇本》1958 年第 10 期）的作者劉川，曾經提出"第四種劇本"的概念，在"大躍進"狂潮鼓動下，創作了《青春之歌》、《烈火紅心》兩個劇本，後者的創作體現了"大躍進"精神：

從熟悉素材到完成僅用了 50 多天時間。評論界認為，《烈火紅心》經過加工能夠成為"共產主義文藝衛星"，"是 1958 年的好戲"。

作品圍繞製造電偶管而展開矛盾衝突，情節結構與那時的"工業戲"類同：以復員軍人許國清為代表的工人打破迷信，敢想敢做，按照總路線精神自行研製電偶管；而以錢行美為代表的知識份子則迷信外國，迷信教條，輕視群眾的智慧和力量，堅持按資本主義國家發展耐火器材的道路發展耐火材料工業。其結果，許國清等人衝破重重困難製造出包括電偶管在內的二千多種新產品，滿足了工業建設需要，創造了工業戰線上的奇跡，而"專家"、"權威"及其主張則受到嘲笑和批判。作品表現並適應了"大躍進"年代的狂熱情緒，但在藝術上卻保持了寫"人"的藝術追求，許國清、楊明才、錢行美等性格比較鮮明。

《十三陵水庫暢想曲》（十三場話劇，《劇本》1958 年第 8 期）是田漢的劇作。作品寫十三陵水庫工地建設的勞動情景，場面宏大，火爆，人物眾多嘈雜，由工、農、兵、學、商、黨、政、男、女、老、少百餘人組成熱鬧高亢的勞動"交響樂"，傳遞出"大躍進"的火熱氣氛，體現了狂熱年代的特點。作品大話空話充斥，空想當作事實宣揚，科學精神、客觀規律被任

《十三陵水庫暢想曲》

意踐踏，主觀意志和主觀努力被無限誇大。作品視野開闊，手法新奇，人鬼同台，暢想未來，熱烈誇讚當代勞動英雄之外，還有古人現身遭批判和對未來的暢想。第十三場寫 20 年後，遊人穿著綾羅綢緞到庫區遊覽，坐"原子艇"，住星際賓館，過共產主義生活，少年不知"慈禧太后"、柳條管、窩窩頭，麻雀、耗子、臭蟲、蚊子成為"稀有動物"，個人主義成為"稀有思想"，台灣已經解放，我們的現代工業、農業和科學文化都趕上美國超過英國……廉價的共產主義暢想正反映出那個時代的狂熱特點。

《降龍伏虎》（十三場話劇，《劇本》1959 年 3 月，作者段承濱）寫"大躍進"期間，一個小山村為支援省裏大煉鋼鐵而在龍涎河上架橋引發的故事。科學考察：龍涎河水急浪大，水底是泥沙，架橋墩如"海底撈

《降龍伏虎》

月"，只能架鋼索吊橋，但工期略長；群衆的願望是儘快支援鋼鐵生産，不管水文地質情況，一定要趕在兩個月之內架起符合多、快、好、省精神的木拱橋。結果，鋼索吊橋被認為脱離實際，畏難保守，遭否定；違背科學的蠻幹則被當作革命英雄主義受到充分肯定和熱情歌頌。降龍伏虎——荒唐的思維和狂熱的情緒反映出時代的荒唐，無論是當時還是現在，都缺乏驕人之處；稱其為"十年來不多見的一個好戲"在很大程度上是民族形式的運用。作者借鑒戲曲和古典小說的藝術形式和手法，營造火爆熱烈的舞台氣氛，組織帶有古代傳奇色彩的情節和衝突，塑造具有民族性格的人物。民族形式的運用促進了話劇民族化，既得到群衆好評，也得到專家讚許。

　　一定時期的文學是當時社會風貌的反映，在把文學當作時代精神傳聲筒的時候，其反映更直接，更切近，更迅速。文學所反映的，是泡沫還是泥沙？是假象還是真諦？作家們當時並不十分清楚，他們只是根據某種需要把看到的、感到的、聽到的、遇到的如實寫下來。時代風貌表現為歷史進步性，如實描寫或許具有較強的生命力；作家處在被扭曲或荒唐的年代，如實描寫就會隨著時代的被否定而變得蒼白無價值。現在看來，"大躍進"話劇浮泛誇飾，但在當時，卻透着幾分真誠，幾分激動，因而都曾激起較大反響，得到較高評價。現在將這一現象寫在這裏，當然不是因為當時的榮耀和文學史地位，而是因為，那確實是輕易繞不過去的現象。它們從某個方面記載着當代文學曲折和苦澀的歷史。

第四節　六十年代階級鬥爭題材的話劇

　　表現階級鬥爭內容的話劇批量生產是進入 20 世紀 60 年代以後。

　　這一現象出現有著複雜的社會背景。1962 年 9 月中国共产党召开八屆十中全會，階級鬥爭成為黨的基本路線，反映現實生活、表現階級鬥爭成為指令和時尚，一大批階級鬥爭題材的話劇應運而生，推動十七年話劇達到高潮。從話劇文學發展的內在機制看，表現階級鬥爭主題的話劇經歷了在現實生活中提煉到闡釋理論觀念的過程。廣義地說，描寫革命鬥爭和社會變革的很多作品都涉及階級鬥爭內容。與60年代初這次劇潮聯繫比較緊密的是1959年發表的《槐樹莊》。

《槐樹莊》是新中國成立十周年獻禮篇目。作者胡可是位嚴肅的現實主義作家，《槐樹莊》保持了他一貫的藝術追求，並形成鮮明的“胡可風格”。首先，在社會發展進程中剪輯具有重大意義的生活橫斷面，反映時代的發展變化。作品從1947年到1958年十一年歷史進程中截取土改、農業合作

《槐樹莊》

社、高級社、反右鬥爭、人民公社等幾個橫斷面，通過人物生活和精神面貌的發展變化及其一系列富有戲劇性和生活情趣的矛盾衝突，藝術地再現了中國農民推翻地主階級的統治，打破小農經濟的枷鎖，組織起來，在社會主義道路上昂首前進的輝煌歷程，熱情歌頌了中國共產黨和社會主義道路。其次，胡可堅持刻畫性格、以人立戲的藝術追求，並在人物形象塑造方面表現出突出特點。他善於運用生動的細節刻畫人物性格，如貧困農民李老康土改時分到地主的新棉襖，先是不敢相信，穿上後看到崔治國冷冷的面孔惶恐地脫下，在群衆鼓動下又揚起拳頭穿上，穿—脫—穿，生動地刻畫了這個老農民豐富的內心世界和鮮明的性格。人物語言性格化。《槐樹莊》語言精練，深刻，高度性格化，具有豐富的潛台詞。劉老成帶領群衆分財產，崔治國問：“貧農團誰負責任？”劉老成先是環顧左右而言他，經一再追問，只好說：“主席不在家……委員們倒是有幾個。”崔問：“你是不是委員？”劉老成說：“就算是吧！……有什麼事呀？”崔治國憤恨囂張、劉老成膽小怕擔責任的情態躍然紙上。善於安排戲劇性矛盾衝突，藉以刻畫性格。打破封建生產關係，把農民引向社會主義道路，是一場深刻革命，從土改到人民公社，中國農民每前進一步都經歷著尖銳鬥爭。作者將矛盾衝突集中到郭大娘身上，寫她與地主崔老昆父子之間的衝突，與劉老成保守落後思想的衝突，通過衝突表現出她堅定不移的階級立場，高度的政治鬥爭覺悟，寬廣的革命胸懷，塑造了這個帶領農民走社會主義道路

帶頭人的形象。

《槐樹莊》獲得重大藝術成就，也產生了廣泛影響。在強調階級鬥爭的年代裏，《槐樹莊》的現實主義精神和良好的藝術追求被忽視，而階級鬥爭的内容被突出和強化，對 60 年代初的創作有着重要啟示。

《霓虹燈下的哨兵》

60 年代初表現階級鬥爭主題的劇作中，《霓虹燈下的哨兵》尤為突出。作品根據 "南京路上好八連" 的先進事跡創作。八連是當時廣為流傳的先進典型，他們身居燈紅酒綠的繁華鬧市，發揚艱苦樸素的革命傳統，"抗腐蝕，永不沾"，顯示出可貴的精神品質。为表現階級鬥爭主題，劇作者大膽創造，把故事 "定格" 在上海剛解放時那個複雜的社會背景下，移植和增添了國民黨潰退前安排特務和殘餘勢力製造反革命爆炸事件的情節，並賦予日常生活作風以階級鬥爭的内涵：艱苦樸素的生活作風不僅是革命戰士的本色和對革命傳統的繼承，而且與戰勝 "香風" 毒霧侵襲、打退資產階級 "糖衣炮彈" 進攻密切關聯。把驚險的階級鬥爭和無形的思想鬥爭兩條線有機地結合在一起，突破了描寫部隊生活只寫營房、操場、戰場的平淡格局，增強了作品故事情節的戲劇性和矛盾衝突的複雜尖銳性，顯示出很強的藝術魅力；同時也賦予作品較為豐富的思想内容——在大規模的革命戰爭結束後，尖銳複雜的階級鬥爭依然存在，階級敵人不甘心他們的失敗，試圖玩弄各種反革命伎倆進行破壞和搗亂，革命戰士要像忠誠的哨兵一樣，在改造客觀世界的同時，改造自己的主觀世界，經受嚴峻鬥爭的考驗，始終保持革命的堅定性和警惕性，保持艱苦樸素的革命本色。

作品主題思想深刻，藝術特點突出。其一，嚴肅的思想内容與輕鬆的喜劇風格相結合，使作品既有社會教育性，也有娛樂性。喜劇性的風格源於喜劇性的人物，魯大成的魯莽，洪滿堂的風趣，陳喜無意識地告別優良傳統，都為作品增加了喜劇色彩。其二，強烈的戲劇性與濃郁的生活氣息相結合，使作品既有藝術魅力，也真實可信。作品頗有 "戲"：有形和無形的鬥爭線索縱橫交錯，情節發展跌宕起伏，戲劇懸念扣人心弦，矛盾衝突緊張激烈，這些戲劇性的内容被置於南京路這一繁華的鬧市中，並且通過一系列生活質感很強的細節表現出來，通過諸如新皮鞋與舊襪子，下飯館和送鮮花等日常生活表現出來，收到很好的藝術效果。其三，人物塑造很成功，嫉惡如仇、性格急躁的連長魯大成，敏感沉靜的指導員陸華，質樸憨厚的趙大大，幽默樂觀的洪滿堂，淳樸善良、性情溫柔、胸懷寬廣、品質高尚的春妮，都算得上性格鮮明的形象；最具有典型意義的當然是陳喜，進駐上海後，他放鬆了革命警惕，丟掉了人民軍隊的革命傳統，被資產階級思想腐蝕，變得虛榮自私，貪圖享樂，薄情寡義，險些被階級敵人利用，後經多方面教育挽救，幡然猛醒，恢復了革命戰士的本性。其發展變化具有豐富的社會内涵和典型意義。此外，作品語言簡練，性格化，細節生動、豐富、傳神，以及對比手法的運用、電影手法的借鑒，都增強了作品的藝術性和表現力，使其成為十七年話劇文學中難得的佳作。

第五節　老舍和他的《茶館》

在 20 世紀五六十年代的戲劇創作中，老舍是成就突出、影響廣泛的劇作家。

老舍（1899～1966）北京人，原名舒慶春，字舍予，滿族正紅旗。新中國成立後，老舍的主要創作成就在戲劇方面，較有影響的作品有《方珍珠》、《龍鬚溝》、《春華秋實》、《青年突擊隊》、《西望長安》、《紅大院》、《女店員》、《全家福》、《神拳》等。《龍鬚溝》演出後獲得巨大成功，他因此獲得“人民藝術家”的稱號。《茶館》是老舍戲劇創作的代表作，因巨大的思想容量、鮮明的創作個性、突出的藝術成就、高超的藝術表現力得到廣泛讚譽，是當代戲劇藝術的經典性作品，被西方社會譽為“東方舞台上的奇跡”。

老　舍

老舍創作《茶館》是要“埋葬三個時代”，作品共三幕，每一幕都擔負着埋葬一個時代的任務。老舍是從貧困的市民中成長起來的作家，熟悉

下層市民，更看重在歷史底層挣扎的小人物。他要通過小人物的生活和命

《茶館》

運反映歷史的發展演變，讓小人物擔當埋葬舊社會的重任。第一幕是埋葬清朝統治。作品寫戊戌變法失敗後發生在裕泰大茶館裏的事：外國侵略勢力氣焰囂張，民族主權受到嚴重侵犯，白銀大量外流，國弱民窮，危機四伏；上層社會守舊派與維新派矛盾重重，一批志在振興中華的仁人志士起而變法卻遭到殘酷鎮壓，保守勢力在經過短暫的驚恐之後氣焰更加囂張，他們不因鎮壓了維新運動而善罷甘休，還在大肆搜查維新餘黨，妄

圖徹底消滅維新力量，而具有維新思想的愛國志士沒有因失敗遭鎮壓而改變主張，有些資本家試圖通過實業救國；有錢人荒淫無恥，驕奢淫逸，為一隻鴿子的歸屬而發生大規模的械鬥，連老態龍鍾的太監也要花二百兩銀子買個姑娘當老婆，而下層人民卻貧困不堪，有人被逼無奈將自己的閨女賣給太監當老婆，有人連自己的孩子也賣不出去！第二幕埋葬的是軍閥混戰時代。袁世凱死後，帝國主義在中國的代理人即各路軍閥為爭奪勢力範圍大打內戰，戰爭給人民帶來巨大災難，大批災民流離失所，物價飛漲，民不聊生，王利發的茶館還沒開張，就遭到巡警、特務的敲詐，人民的財產和生命得不到基本保障，唐鐵嘴一類的社會渣滓卻如魚得水，活得有滋有味。第三幕寫抗日戰爭勝利後，國民黨特務和美國兵在北平橫行的時代。國民黨借接受日偽逆產鯨吞百姓財產，封建勢力猖獗，特務橫行，愛國有罪，學生運動慘遭鎮壓，王利發、常四爺和秦仲義三個老人走投無路，自撒紙錢埋葬自己，也埋葬那個時代。

　　從藝術上看，老舍選擇茶館並且確定與之相適應的故事片段是精彩的藝術構思，對於表現主題具有十分重要的意義。一個大茶館就是一個小社會，聚合了三教九流五行八作各種人物，囊括了各種複雜現象及社會矛盾，容納了豐富的社會內容，便於反映時代的各個方面，是埋葬舊時代的最佳選擇；同時《茶館》是“片段的藝術”——是人物的生活片斷，故事情節的片斷，矛盾衝突的片斷。以片斷為單位，集片斷為整體，最大限度地切近生活實際：因為茶館裏大都是來去匆匆的過客，很難組成有相當長

度的完整的戲劇性故事。這些"片斷"看上去雜亂無章，其實具有內在的邏輯性，因為每一個片斷都訴説着某一方面的歷史內容，衆多片斷構成了歷史在某一時期的整體風貌。老舍像一個藝術高超的調度師，將三教九流、各色人等集中到裕泰茶館裏，他們雖然各行其是，卻又共同演繹着一齣悲喜劇，一齣包羅萬象卻又精煉嚴謹的悲喜劇。每個人都扮演著極為重要的角色，缺了誰都不行。衆多人物來到茶館裏，看似偶爾碰在一起，其實既自然又必然：宮廷太監不輕易到茶館裏來，但要安一個家，卻又不能不來這裏買人；維新的資本家也不輕易來茶館，但維新失敗了，秦仲義要走實業救國的路，就要來茶館考察，以便提高租金，擴大企業規模，施展政治抱負——機緣巧合，兩個不可能見面的人就碰在一起，演繹出上層社會維新與守舊之間的矛盾。這一切安排得天衣無縫，無懈可擊，比真的還真！

　　《茶館》最突出的特點表現在人物塑造方面。這是老舍最為自負的地方。他多次説假如劇本有可取之處的話，那就是有人物，他説他的作品全仗着人物支撐。老舍不依賴戲劇性的故事情節表現人物性格的發展變化和層次遞進。其作品如《茶館》，沒有完整、曲折、複雜、帶有傳奇色彩的情節，只是一些看上去有些散亂的情節"片斷"。如

老舍和導演演員親切交談

第一幕就寫了近 20 個有內在聯繫而無承襲關係的情節片斷，套用人們評價秦牧散文的話來説就是用"埋葬清朝統治"的主題串連起歷史生活的散珠碎玉；各色人物來到茶館偶然與茶館裏的人發生了交往或矛盾，形成人小不等的情節片斷，由此編排成一幕大戲。老舍就用這些片斷完成人物性格刻畫。老舍依靠的是情節片斷，至於人物其他方面的生活以及故事情節的"發展"、"高潮"之類，他並不在意。他的目的是人物，只要完成了人物性格刻畫，就萬事大吉。

　　與此相關的是老舍不依賴矛盾衝突表現人物性格特點。他很少將人物逼到生死攸關的時刻進行考驗，逼着人物在尖鋭的矛盾衝突中、在激烈的對抗中做出反應和抉擇。他只將人物置於某種日常的生活和人事關係中，讓人物在日常交往中説出"掏心窩子的話"，憑藉這些掏心窩子的話完成

人物性格的"亮相"。龐太監與秦仲義的對話一向被視為內涵豐富的矛盾衝突，是守舊派與維新派在維新變法失敗後發生的一場遭遇戰。就是這樣"驚心動魄"的矛盾，老舍也寫得不動聲色，坦然平靜。對話發生的自然，進展的自然，結束的自然，猶如日常生活中兩人見面打招呼，相互問候，說嚴重些也就是互不服氣，站在各自立場上鬥嘴皮子——在日常生活中極易看到的鬥嘴皮子。老舍在看似平常鬥嘴的描寫中把人物的性格特徵、政治立場、社會地位、實力較量表現得淋漓盡致。舉重若輕，以平常心態處理尖銳對立，在日常生活畫面上完成人物性格刻畫，這是老舍區別田漢和郭沫若的地方，也是他的特點和高明的地方。

《茶館》劇照

第六節　田漢和他的《關漢卿》

田漢（1898～1968），原名壽昌，湖南長沙人。畢生從事文藝事業，創作了話劇、歌劇 60 餘部，電影劇本 20 餘部，戲曲劇本 24 個，歌詞和新舊體詩歌近 2000 首。他創作的《義勇軍進行曲》經聶耳譜曲傳唱全國，被定為中華人民共和國國歌。新中國成立後，創作的最重要作品是《關漢卿》。

《關漢卿》是古代人民藝術家的讚歌，作品塑造了以關漢卿為首的古代藝術家的群像。在這些人物身上，既有田漢的生活和情感體驗，也有

田　漢

與他同時代藝術家們的影子。田漢雖然也寫到和禮霍孫、阿合馬等高層人

物，並且把阿合馬當作矛盾一方，進行揭露，但他們只是招之即來、揮之就去的"情節人物"，沒有深入描寫。他的藝術視界集中在關漢卿、朱簾秀等藝術家身上。

田漢借助曲折傳奇的故事情節表現人物性格的發展變化。他將關漢卿的一生濃縮在《竇娥冤》的寫作中。圍繞劇本寫作設置人物，安排人物關係，編織故事，推進情節發展。作品人物眾多，關係複雜，故事完整，有頭有尾，情節曲折，帶有傳奇性，頗符合開端、發展、高潮、結局的傳統模式。但這些都是"策略"：關係複雜是為了表現人物性格的不同方面，情節曲折是要揭示人物性格的發展變化。關漢卿路逢朱小蘭冤案，產生寫劇本為其鳴冤申屈的念頭，表現他的平民意識和感情；寫作過程受葉和甫勸阻，關漢卿拒

《關漢卿》

絕恫嚇和利誘，夜以繼日地寫作，表現他文人的良知和為民請命的決心；演出產生強烈反響，卻又節外生枝，阿合馬通牒：不改不演掉腦袋。緊急關頭關漢卿挺身而出，冒着生命危險捍衛作品的正義立場，為友人開脫，表現他為真理勇於犧牲的精神；在監獄裏，他怒斥文人敗類葉和甫，寫詞贈戀人朱簾秀，表示"將碧血，寫忠烈，做厲鬼，除逆賊"的決心和忠貞不渝的愛情，歌頌他人民藝術家的凜然正氣和高貴氣節……人物的性格隨著故事情節的發展變化由表及裏逐漸得到表現。情節是性格發展的歷史，也是負載體，沒有情節及其曲折發展，關漢卿的性格就不能得到多方面表現。

《關漢卿》劇照

通過尖銳激烈的矛盾衝突突出人物性格是《關漢卿》重要的藝術特徵。如果説情節發展變化為人物性格的邏輯推進提供了"歷史"依據，那

麼，發展過程中若干衝突則是橫剖面，關漢卿的性格特徵在激烈的衝突中得到"特寫"、"定格"般的表現：在是否寫劇本抨擊草菅人命的貪官污吏問題上，與葉和甫的矛盾衝突表現關漢卿人民藝術家的感情和堅定立場；在是否刪改問題上，與阿合馬的衝突表現他捍衛真理、堅持正義的勇氣；在是否走開問題上與朱簾秀的矛盾，以及與阿合馬的正面衝突表現他捨生忘死、不畏強暴的英雄氣概；在拒絕收買、痛斥葉和甫的矛盾鬥爭中，表現他的高風亮節和凜然正氣；在死亡的考驗中，表現他忠貞不渝的愛情……作品第八場寫關漢卿一掌將葉和甫打倒在地，教訓他說："我關漢卿是有名的蒸不爛、煮不熟、捶不扁、炒不爆，響噹噹的銅豌豆。"田漢為了刻畫關漢卿的性格特徵，將他放在尖銳激烈的矛盾衝突中進行蒸、煮、捶、炒，其銅豌豆般的性格因此得到突出表現。有縱向的發展過程，也有橫向的突出定格，縱橫交錯，關漢卿的性格得到多側面、有深度的表現。

田漢是一位浪漫主義劇作家，《關漢卿》充滿理想主義色彩。關漢卿路見不平，冒着風險寫劇本為下層婦女朱小蘭伸冤；為捍衛真理，抨擊權臣，他臨危不懼，視死如歸；他將碧血，寫忠烈，做厲鬼，除逆賊，是一個高大完美的藝術形象。朱簾秀雖然只是個歌妓，但她重情義，有正義感，為伸張正義，揭露權貴，不畏強暴，勇於犧牲，是女中豪傑。朱簾秀疾惡如仇，雖慘遭迫害，但忠貞不屈。其他人等，如楊顯之、王和卿、欠要俏以及劉大娘一家，也都是通情達理、勇於救苦救難的熱心腸。《關漢卿》塑造了由民間藝術家和下層勞動人民組成的理想主義群像，歌頌了一個在殘酷專制下不畏強暴、勇於抗爭、團結上進的英雄群體。

《關漢卿》的浪漫主義詩情表現在三個方面：一是以詩入劇，《蝶雙飛》和《沉醉東風》兩首優美動人的詩鑲嵌在情節發展和人物命運的關鍵時刻，增加了濃濃的詩情；二是用詩一般的語言表現人物的內心世界，發自肺腑，如泣如訴（第八場朱簾秀面對即將到來的死亡那大段台詞）；三是營造如詩如畫的場面，如盧溝橋送別，關漢卿觸犯權貴被逐出大都，文朋詩友、歌妓群眾前來相送，長堤、垂柳、名橋、流水、田野，構成一幅如詩似畫的場景，離情別緒洋溢其中，一曲《沉醉東風》將詩情推向高潮，大大增強了作品的浪漫主義色彩。

第六章 "文革"期間的文學

發生在 20 世紀六七十年代的"文化大革命",不僅是中國歷史上奇特的社會政治現象,也是世界歷史上奇特的社會政治現象;與其相關的"文革文學"也同樣是令人驚歎的"奇特"。這"奇特"的現象包含極其豐富的社會政治和歷史文化內涵。

第一節 "文革文學"發生的歷史必然

任何重要歷史現象出現都有其必然性。"文革文學"儘管奇特、突兀,也有其必然性。其必然性包括歷史和現實兩個方面。

"文革文學"的歷史成因可以追溯很遠很遠。它的形成經歷了由隱及顯、由弱到強、脈絡清晰的發展過程。尋其根源,可以追溯到發生在 20 世紀 40 年代的延安文藝整風。從當時民族解放和革命鬥爭的需求看,開展文藝整風或許有其重大現實意義,但整風過程及形式卻在很大程度上為日後文學運動的開展,也為"文革文學"的出現埋下了"伏筆":政治領袖從民族解放和政治鬥爭的高度所規定的文學政治性內容,以及通過整風解決文藝問題的方式方法,或者為後來文學發展指明了方向,或者開了先河。

進入當代社會之後,在野偏居的政黨成為執政黨,將延安文學傳統及領導文藝的經驗推而廣之。毛澤東主席的《講話》成為當代中國文學的理論綱領,而整風所採取的形式則延續下來成為解決共和國文藝問題的"正常"形式。文學的政治性功能特點隨着"文藝—政治"運動開展而一再突出和加強。無論在讀者眼中還是在作家心目中,文學都徹底失去自己獨立的個性品格淪為政治的奴僕和工具。為實現中國現代文學的當代轉換，調整作家的思想和創作機制，所開展的一系列"文學—政治"運動，如圍繞電影《武訓傳》所開展的討論，對《紅樓夢》研究中所謂資産階級唯心論的批判，對胡風文藝思想的批判等，都紊亂了文學與政治的界限，用行政

評《海瑞罷官》的圖書

命令，甚至政治鬥爭的方式解決文學問題。文學政治化取消了文學藝術的本質特點，忽視了創作規律，造成文學文本的枯燥乏味、影響文學藝術發展和文學品格提昇，而文藝運動及其政治化措施則嚴重地打擊了創作主體的創作積極性，造成創作隊伍的嚴重減員。發展到 60 年代，就出現了由文學爭端引發的"文化大革命"——"文革"是從批判吳晗的《海瑞罷官》、批判"三家村"開始的。"文革文學"這荒誕的文學現象出現也就應"文革大革命"之運而發生，並且"蔚為壯觀"。

　　"文革文學"出現的現實基礎是"文化大革命"。"文革"是現代中國歷史上最荒謬的年代。現實的荒謬和政治的混亂導致作家的悲劇命運和文學的奇形怪狀。"文革文學"發生發展的直接原因是《紀要》——其全稱是《林彪委託江青召開的部隊文藝工作座談會紀要》。《紀要》宣告了文藝界的罪狀，導致了大批判，導致了"文化大革命"，也促生了"文革文學"。"文革"期間所發生的一切災難和悲劇，大都可以從中找到原因。事實上，災難和悲劇的製造者正是依據《紀要》肆無忌憚地製造災難和悲劇，而廣大文藝工作者不作任何辯解就俯首謝罪也與《紀要》有重要關係。《紀要》為災難和悲劇提供了堂皇而有力的理論根據。

　　《紀要》是林彪、江青兩個反動集團相互勾結炮製出來的。1966 年 1 月底，江青找到在南方養病的林彪，一番密謀策劃之後，由林彪授意，江青到上海召開了部隊文藝工作座談會。《紀要》就是根據會議座談情況由江青、張春橋、陳伯達等加工整理而成。據林彪給中央軍委常委的信中云："毛主席作了三次修改。"1966 年 4 月《紀要》作為中央文件批發全國，而後又全文發表。在愚昧和狂熱的年代，人們對毛澤東的指示奉若

"聖旨",從不猶疑。因而 1971 年"九·一三"事件發生後,林彪雖然叛逃摔死,但由他委託制定並以他的名義頒佈的《紀要》,也只是在檔案名目上去掉"林彪委託"幾個字,其内容仍然發揮其強大的威懾作用,仍然是迫害作家、踐踏文學的理論綱領。

《紀要》駭人聽聞地提出了所謂"黑八論",即"寫真實"論、"現實主義廣闊道路"論、"現實主義深化"論、反"題材決定"論、"中間人物"論、反"火藥味"論、"時代精神匯合"論,以及"離經叛道"論。但要害卻是"文藝黑線專政"論。其中説:"文藝界在建國以來""基本上没有執行"無産階級文藝路線,"被一條與毛主席思想相對立的反黨反社會主義的黑線專了我們的政,這條黑線就是資産階級文藝思想、現代修正主義的文藝思想和所謂三十年代的結合"。以"政治路線"判定作家的是非功過和作品優劣、進而對作家作品進行徹底否定本身就存在嚴重問題,所做的判斷也是根本錯誤的。它忽視了新中國成立以來文藝界為貫徹毛澤東文藝思想所進行的艱苦卓越的努力,忽視了作家為落實毛澤東的一系列指示而改造思想、更新觀念、調整創作機制所付出的巨大犧牲,忽視了毛澤東文藝思想始終占主導地位,在毛澤東文藝思想指引下當代中國文學的突出特色和重大成就……這些基本事實,對作家創作予以全面否定。

這個從歷史邏輯到基本事實都荒謬的論斷卻得到普遍認可,並顯示出巨大的殺傷力和毀滅性。在那個"路線決定一切"、"路線對一切都對、路線錯一切都錯"的荒唐歲月,林彪、江青兩個反動集團依仗手中的權力,也利用廣大群衆的狂熱盲從,利用作家的集體無意識心理,對作家們進行封建法西斯專制。文藝界從此遭遇滅頂之災。

第二節 作家的悲劇命運及其抗争

"文藝黑線專政論"為廣大作家派定了罪行,不容辯解申訴,也不給説明改正的機會和權力。幾乎所有作家都與"文藝黑線"連在一起成為"牛鬼蛇神",幾乎所有作品都成為毒草,幾乎所有刊物都因發表毒草被查封,幾乎所有的文藝組織被砸爛。肉體摧殘與精神折磨雙管齊下,將作家推進萬丈深淵。

老舍是共和國成立後跟形勢最緊、創作最勤奮的老作家，他忠實地執行毛澤東文藝思想，寫了許多歌頌黨和人民政府、歌頌領袖和新社會的作品，被海外人士諷刺為共產黨的"應聲蟲"。但在"文革"中他卻被視為資產階級反動權威，遭到"無產階級專政鐵拳"的重擊。罪名是"莫須有"的，打擊突如其來，真所謂"禍起蕭牆"。老舍無法忍受，也無力承受對他的誣陷和殘酷迫害，以自殺結束了自己的生命。在含恨自殺的作家中，老舍不是第一個，更不是最後一個。在他前後就有傅雷、田漢、楊朔、鄧拓、聞捷、趙樹理、海默……

老舍這樣的作家隨着肉體被消滅靈魂也消失，雖屬千古沉冤，但沒有經受太多的精神折磨；那些活下來的作家則被推到人間地獄受盡煎熬。巴金也是緊跟時代前進的作家。共和國剛剛成立，他就響應時代號召把書桌從陽光照不到的角落搬到工農兵生活的廣闊天地，熱情地表現人民的歡樂和幸福，歌頌社會主義建設所取得的巨大成就。但按照"文藝黑線專政論"的邏輯，他被指控為"黑老K"，整日遭受批鬥。有段時間，"我每天在'牛棚'裏面勞動、學習、寫交待、寫檢查、寫思想匯報。任何人都可以責罵我、教訓我、指揮我……可以隨意點名叫我出去'示衆'，還要自報罪行"。[1] 巴金的"罪行"禍及蕭珊——一個純樸善良的女性，只因她是巴金的妻子，也給關進"牛棚"，掛上"牛鬼"的牌子，陪鬥，掃大街，甚至遭受銅頭皮帶的毒打！殘酷折磨損害了她的健康，有病不能及時醫治，痛苦地死去！巴金的經歷具有代表性。"文化大革命"期間，死了許多人，毀了許多家，許多作家的才華被無端地浪費，許多寶貴的生命消耗在牛棚、"五七"幹校、監獄、勞改以及無休止的檢討之中！肉體遭受重創，靈魂被嚴重傷害。不是委屈的死去，便是屈辱的苟活。

20世紀的中國作家並非逆來順受的奴隸。他們畢竟接受過西方現代人文精神薰陶，意識深處積澱着古代中國仁人志士的人格精神。現代人格意識的自覺和古代諤諤之士的氣節以及個體生命的尊嚴，形成巨大心理力量，促使他們中的許多不甘於無休止的折磨和侮辱，以種種方式表示不滿和抗爭。在那"專政"和恐怖的年代，作家的抗爭主要表現為下列幾種方

---

[1] 《懷念蕭珊》，《巴金選集》第九卷，第390頁。

式：第一，像老舍那樣自殺。自殺，對於他們來説，不是弱者的選擇，而
是抗爭的極端，他們以死表示最強烈的反抗和最大的蔑視。第二，像蕭军
那样抗拒。無論在遭受批鬥毒打之時，還是在監獄牛棚之中，他們都不服
軟，不低頭，不屈從折磨者的擺佈，以強硬的態度捍衛自己的尊嚴。因不
顧忌場合和環境，往往得到更殘暴的折磨，甚至是悲慘的結局，但他們那
倔強的生命形式和硬漢子精神卻令人敬佩。第三，像巴金那樣"順從"。
他們接受"欽定"的《紀要》及其種種的謬論，接受罪名和批鬥，接受慘
無人道的折磨和不公正待遇；而在經歷了愚弄欺騙污辱打擊之後，逐漸清
醒，自知無力回天，以表面的順從爭取自己生活和生命的空間，但在私下
裏，卻是厭惡和蔑視。第四，把握時機進行合法反抗。在經過摧殘，看厭
了江青等人的政治伎倆之後，他們尋找時機與其進行鬥爭。圍繞電影《創
業》所進行的鬥爭便是衆多抗爭形式之一。影片送交文化部審查，江青所
控制的文化部羅列十大罪名，不准發行。編導冒着極大的政治風險寫信轉
呈毛澤東主席，就有關情況進行説明。毛澤東看後於 1975 年 7 月 25 日做了
批示："建議通過發行。"抗爭取得胜利，振奮了文艺工作者的精神。第五，
以地下的形式與惡劣環境進行斗争。在文禍叢生的艱難歲月，少數作家以堅
強的信念和頑強的毅力偷偷寫作，更有一些文學青年也以文學的方式表達其
複雜的情緒。由此造成與"幫派文學"、"瞞和騙文學"迥異，與"三突出"
創作模式相悖的"地下文學"的大量出現和秘密流傳，最典型的是張揚的
《第二次握手》，而許多的"朦朧詩"也大都有相同的經歷。第六，聲勢浩大
的群衆性文學抗爭。"文化大革命"發展到後期，其荒唐和混亂達到極致，
江青反動集團的政治陰謀和醜惡面目充分暴露，人民群衆憤怒至極，難以忍
受，遂爆發了大規模的群衆性文學運動——天安門詩歌運動。人们的抗爭由
隱蔽到公開，由個體到群體，由具體作品到文學運動。雖然遭到鎮壓，但它
預示着文學的黑暗時代即將過去，陽光燦爛的文學時代就要到來。

第三節　命運迥異的幾種文學樣式

文學是人類記錄生活、抒發感情、表達思想的重要形式。當代中國文
學是新中國思想意識形態的重要構成，在當代社會政治生活中發揮著重要

作用。尽管林彪、江青兩個反動集團瘋狂"革"文化和文學的"命",迫害作家,禁錮文學作品,搞垮文藝組織,封殺文藝刊物,卻没有造成文學空白。綜觀"文革"期間的文藝園地,其顯在的文學式樣主要有如下幾種。

猖狂得勢的"陰謀文學"。"文革"後期,江青集團為達到篡奪黨和國家最高權力的目的,廣造反動輿論,"陰謀文藝"便是他們宣傳政治主張的重要形式。所謂"陰謀文藝",是指那些從寫作動因到炮製過程,從文本内容到藝術表現,都是根據政治圖謀編造出來的,是政治陰謀的組成部分。其代表作如《反擊》、《盛大的節日》、《歡騰的小凉河》等,赤裸裸地宣傳江青反動集團的"政治綱領",為他們歌功頌德,塗脂抹粉,甚至直接配合他們的政治陰謀。"陰謀文學"違背了創作規律,歪曲了社會現實,藝術粗糙,表現拙劣,但别有圖謀,故被特别看重,大肆推崇,風光一時。

《盛大的節日》

氾濫的"瞞和騙"文學。封建法西斯專制營造了人人自危、相互提防的緊張空氣和人際關係。中國人陷入"瞞和騙"的沼澤,文學不敢面對慘澹的現實和悲劇人生,瞞和騙文學氾濫成災。"瞞和騙"文學最主要的功能特點是欺騙,隱瞞,回避矛盾,掩蓋落後,粉飾現實,歌舞昇平。"文化大革命"使政治混亂,經濟蕭條,封建思想文化的沉渣泛起,愚民教育盛行,群氓肆虐,民無寧日,但文學作品仍大唱讚歌,熱情歌唱"文化革命"的大好形勢,諸如"紅旗飄飄"、"東風浩蕩"、"鶯歌燕舞"、"凱歌陣陣",諸如"人民群衆鬥志昂揚,社會各條戰線捷報頻傳"……如此誇飾描寫褻瀆了藝術,踐踏了文學,對廣大人民竭盡麻痹、愚昧、誤導之能事,造成極壞的社會效果。

走紅的"樣板戲"。"樣板戲"是"文革"期間獨特的文學式樣,也是獨特的社會政治學現象。它是江青為撈取政治資本、竊居高位所採取的政治性文學措施。"文革"前,江青是部隊文化工作委員會的委員,憑藉特殊身份和政治地位組織某些作家、藝術家對《紅燈記》、《沙家浜》等作品進行加工改造，然後樹為"革命樣板"，大肆宣傳。他們還根據"樣板戲"的創作演出總結出"三突出"、"三陪襯"、"三結合"等理論經驗，推而廣之，用以規範文學創作。而江青則被稱為京劇革命的"旗手"，且因嘔心瀝血培植開闢了無產階級文藝"新紀元"的"樣板戲"而"功德卓著"，青雲直上，成為中央政治核心的要人。

奇龍白虎團劇照

沙家浜劇照

白毛女劇照

"樣板戲"的情況相當複雜。既不能因與江青集團的政治權謀關係密切而簡單否定，也不能因有一定藝術魅力而給予過多肯定。首先，"樣板戲"中的許多作品是文藝工作者的創作，遠在"文革"之前就已發表或演出，因有較高的藝術水準而得到廣大觀眾的喜愛。而江青也正是因為這些戲劇有較好的基礎，才表示"關心"，重點"培養"，樹為"樣板"；其次，在成為"樣板戲"的過程中，江青確曾參與"指導"，有些戲劇從人物形象到故事情節，從舞台表演到台詞唱腔都發表過意見。但她的"指導"因過分要求高大完美，強調政治功利性而脫離生活，缺乏真實性，缺乏人情味和藝術感染力，公式化、概念化、程式化現象嚴重；最後，參與具體改編的是一些文藝工作者，雖然貫徹了江青的主觀意圖，但也凝聚着劇作家、藝術家的才華和心血，因而有些戲劇在某些方面達到很高的藝術境界，顯示出很強的藝術生命力。

備受壓抑的現實主義文學。現實主義是文學的優良傳統。即使在"文革"期間，在"瞞和騙"文學氾濫、"陰謀文學"得寵的文學環境中，也有一些作家和準作家忠實於現實，忠實於自我，忠實於藝術，創作了直面現實、抨擊醜惡的現實主義作品。"文革"期間的現實主義文學包括許多"地下文學"，也包括遭受批判的《創業》、《園丁之歌》等。最典型的則是"天安門詩歌"。

"天安門詩歌"

"天安門詩歌"亦稱"四五詩歌"。1976年3月底至4月初，成千上萬群衆聚集在天安門廣場，悼念周恩來總理及革命先烈。他們將詩歌（挽聯）寫在花圈上，擺在紀念碑周圍，有人高聲朗讀，有人熱情傳抄。天安門廣場成為詩歌的海洋，至4月5日清明節達到高潮。天安門詩歌創作的特定形式決定了其思想藝術特色。其主要内容，一是歌頌周恩來總理的崇高人格和豐功偉績，表達深切的緬懷之情，如《深切悼念周總理》、《總理和人民》等，這類詩歌占多數。二是揭露江青反革命集團的政治陰謀和醜惡嘴臉，表現與之進行鬥爭的決心，如《向總理請示》、《揚眉劍出鞘》等。在藝術上，因系群衆性創作，整體水準不高，上乘之作很少，但也有鮮明的特點。首先，藝術形式靈活多樣，豐富多彩，有小令、五律、七律、絕句、長短句、自由詩等。其次，語言通俗、樸實，具有民間性和群衆性，且具有很强的表現力和藝術性，如《向總理請示》就利用諧音將江青等人的名字藏進去，表達人們的嘲諷和蔑視，而《總理與人民》等則用樸實和雷同的語言表達出真切而豐富的情感内容。

天安門詩歌最突出的特點是現實主義創作原則得到貫徹。詩歌作者們生活在江青反動集團的封建法西斯專制之下，"文網"縱橫交錯，"文禍"頻頻發生，他們卻"冒天下之大不韙"，直面現實、堅持真理，寫詩揭露江青等人的罪行，表現出可敬的現實主義精神。正是這種精神賦予它非凡的社會意義和文學史意義。其社會意義在於表達了億萬人民的心聲，反映了人心向背，顯示出人民群衆的力量，為粉碎江青反動集團、結束"文化大革命"奠定了堅實基礎。其文學史意義在於，詩歌所表現的現實主義精神鼓舞了衆作家和作者，為他們衝破禁區、打破束縛提供了精神力量。正是在天安門詩歌精神鼓舞下，"文革"剛剛結束，文學創作便顯示出巨大的生命活力和勃勃生機。就此而言，天安門詩歌拉開了新時期文學的序幕。

幾種式樣，幾種境遇，其間的消長演化將"文革"文學的蕭條衰敗表現得特別充分。

第七章　五十至七十年代的台灣文學

第一節　五十至七十年代詩歌概述

　　國民黨政府潰敗台灣後，為適應其政治需要而極力推行所謂"戰鬥文藝"運動。這是以"反共抗俄"、"反共復國"為主旨的文藝運動。

　　1950 年 5 月，台灣召開了所謂"全國文藝協會"第一次大會，強調台灣文藝家的"天職"，就是要把"反共救國"作為"神聖"的任務；文藝作品要充分表現"戰鬥精神"，在全台全面開展一場"戰鬥文藝"運動。為推動"戰鬥文藝"運動開展，成立了"中華文藝獎金委員會"，並確定以"反共抗俄意識"為主要評選標準。"戰鬥文藝運動"幾乎佔領和壟斷了所有的文藝發表園地，《文藝創作》、《半月文藝》、《新文藝》、《中國文藝》、《文藝月報》、《軍中文藝》等刊物均成為"戰鬥文藝"的園地；當時影響比較大的報紙副刊諸如《中央日報》、《民族報》、《公論報》、《新生報》亦成為"戰鬥文藝"運動推波助瀾的生力軍。"戰鬥文藝"開始無節制氾濫。眾多作家從事"戰鬥文藝"寫作，以"時代歌詠"、"愛國愛民"為主題的作品形成風氣。

　　"戰鬥文藝"運動壟斷台灣文壇長達 10 年之久。台灣詩歌正是在這種環境下開始了艱難的發展歷程。

　　1950 年，紀弦與覃子豪等人藉台灣《自立晚報》創辦了《新詩週刊》，其後又聯合了一批詩人創辦了國民黨退守台灣後的第一個正式詩刊《現代詩》。1956 年紀弦在《現代詩》基礎上發起成立了"現代派詩社"，鄭愁予、林泠、方思、林亨泰、蓉子、羅門、季紅等众多诗人加盟。《現代詩》第13期推出"現代詩社成立專號",刊登了《現代派公告》第一號,宣佈了他們拋棄傳統、"全盤西化"的詩歌主張。其主張不僅引起保守詩人的不滿,即使同是現代派詩人如覃子豪也表示了異議,并著文批評,由此引發了論爭。台灣現代詩運動在這場論爭中蓬勃展開。

"藍星詩社"是50年代台灣第一個現代派詩社,成立於1954年3月,覃子豪是"藍星詩社"的社長。主要同仁有余光中、夏菁、鍾鼎文等。"藍星詩社"組織鬆散,沒有統一的宗旨,強調自由創作,但詩社社員的作品大都既有現代氣息,接受西方做詩技巧,也尊重傳統,藝術取向穩健持重,不同程度地存在唯美和新古典主義傾向。詩社創辦了多種詩歌刊物,如《藍星詩刊》、《藍星週刊》、《藍星叢刊》等。是當時卓有影響的詩歌社團,對台灣詩歌發展產生過較大促進作用。

藍星詩社

50年代末,"現代派"和"藍星"已成衰敗之勢,"創世紀"脫穎而出。其成員借紀弦離職、《現代詩》改版之際招兵買馬,吸收"現代派"和"藍星"的成員發展壯大,成為60年代台灣詩壇一個舉足輕重的現代詩社。"創世紀詩社"成立於1959年10月。由於其骨幹成員瘂弦、洛夫、張默都是軍人,所以又有"軍中詩社"之稱。這個詩社曾三變其旨,開始是"戰鬥詩",繼則是"新詩民族型",而後在1959年拉起"超現實主義"的大旗,最終成為台灣現代派的中堅和核心。《創世紀》詩刊大量介紹西方詩潮,宣導所謂純粹經驗的美學,一再強調詩的"世界性"、"超現實性"、"獨創性"和"純粹性",發表了大量實驗性作品。《創世紀》所宣導的超現實主義，將台灣現代詩運動推向了第二個高潮。

"現代派"、"藍星"和"創世紀"的詩歌主張和理論觀點各異，彼此之間因此曾經歷過兩次大規模的激烈論爭，對台灣現代詩的創作發展産生了廣泛的影響。

第一次大論爭出現在 1957 年。1956 年，紀弦提出現代詩的"六大信條"，主張"橫的移植"，反對"縱的繼承"，引起了很多詩人的不滿，紛紛口誅筆伐。覃子豪表現最為活躍。其《新詩向何處去？》對紀弦的主張提出質疑。指出："外來的影響只能作為部分之營養，經吸收和消化之後變為自己的新血液。新詩目前極需外來的影響，但不是原封不動的移植，而是蛻變，一種嶄新的蛻變"，"若完全為橫的移植"，"自己將植根於何處？"詩社其他成員羅門、余光中也發表文章參加討論。論爭持續至 1958 年底才結束。由於雙方態度激烈多於冷靜，雖唇槍舌劍，但對一些重大問題仍未做出深入探討。

另一次大論爭發生在 1959～1960 年，並引起了一些大學教授和專欄作家的關注。焦點問題仍是如何對待傳統。言曦、寒爵等幾位專欄作家對現代派詩背叛傳統、逃避現實、思想頹廢等表現進行激烈批評和全面否定，震撼了詩壇，引來了現代派詩人規模浩大的全面反擊。

這兩次論爭並未完全遏制現代詩背離傳統和全盤西化的道路，但也確實引起了一些重要現代派詩人的自我反思和調整。如紀弦後來就修正了自己的某些觀點，甚至提出取消造成詩壇重大偏差的"現代派"三個字。余光中也經歷了由西化到回歸傳統的創作過程。另外，三個詩社在隊伍上其實並無嚴格界限，在創作上也表現出許多相近的思想藝術特徵。

三足鼎立的現代派詩社支撐起台灣詩歌的格局，而他們的理論研討對於深化台灣詩歌理論研究、認識詩歌藝術特點和規律、促進詩歌藝術發展具有重要意義。

台灣 50 年代詩歌在反共文學和政治高壓下艱難維持，而 60 年代詩壇屬於現代主義的天下。在現代主義的夾縫中，"葡萄園"詩社和"笠"詩社艱難地邁出前進的步伐。"葡萄園"詩社成立於 1962 年 4 月，同年 7 月創辦《葡萄園》詩刊。其成員有王在軍、文曉村、古丁、史義仁、李佩征、宋後穎、藍雲等。"葡萄園"主張為"明朗化"與"普及化"，提出詩人應"認識傳統"並"建設中國風格",基本精神是對現實鄉土的關懷。這對 70 年代台灣新詩發展有一定的影響。"葡萄園"詩社成立標誌著現實主義詩潮的崛起。"笠"詩社成立於 1964 年 6 月,由吳瀛濤、林亨泰、趙天儀、薛柏谷、王憲陽、杜國清等台灣省籍詩人發起,創辦《笠詩刊》。詩人逐漸擺脫過份強調"橫的移植"的西化現象,歌唱自己生存的大地及人民,使現代詩學回歸本土。"笠"詩社成立是現實主義詩潮中興的又一標誌,也是台灣新詩本土意識覺醒的標誌。其主張可概括為:發揚本土精神,批判現實人生。

至 70 年代,台灣現代主義詩歌衰微,現實主義詩潮進入高峰,其詩歌發展呈現返歸傳統,擁抱鄉土,關懷現實的態勢。

第二節 台灣詩歌的懷鄉情結和余光中的《鄉愁》

鄉愁,是中國詩歌歷久彌新的主題。歷朝歷代詩人都用詩歌表達他們對於故鄉的思念,中國詩歌史上有很多膾炙人口的思鄉詩。半個多世紀以來,由於歷史的原因,海峽兩岸長期處於隔離的狀態,大批原籍大陸的人遷往台灣,成為遊子。對故土的羈念、對家園的渴望成了台灣人一種較為普遍的心理情結。眾多台灣詩人在他們的作品中抒發了濃淡不等的思鄉情緒,形成台灣詩歌的重要主題。余光中的《鄉愁》之外,還有紀弦的《一片槐樹葉》,鄭愁予的《夢土上》、《錯誤》,席慕容的《鄉愁》,洛夫的《邊界望鄉》,瓊瑤的《剪不斷的鄉愁》等。

余光中(1928～),祖籍福建永春,生於江蘇南京,1947 年入金陵大學外語系,1948 年隨父母遷香港,次年赴台,就讀於台灣大學外文系。1952 年畢業,次年與覃子豪、鍾鼎文等共創"藍星"詩社。1952 年出版第一部詩集《舟子的悲歌》,其後陸續出版了《藍色的羽毛》、《鐘乳石》、《五陵少年》、《白玉苦瓜》、《天狼星》等近 20 本詩集。

余光中受到多重文化教育和藝術薰陶,他兼收並蓄,轉益多師,其詩歌創作複雜而多變,變化軌跡大體反映了台灣詩壇 30 多年來的一個走向,即先西化熱衷於現代派,而後回歸傳統,當然回歸不是退守和因循,回歸之後的創作也殘留著現代藝術元素。他的創作因題材而異,表達意志和理想的詩，大都顯得壯闊鏗鏘，而描寫鄉愁和愛情的作品，多數顯得細膩而柔綿。他所追求的是現代意識與傳統意識的有機融合，自覺地將傳統與現代、東方與西方熔為一體，形成了既古樸典雅又恬淡清新，既沉鬱頓挫又明快熱烈、求新嬗變的詩歌風格。

余光中

具體來說，余光中最初的創作深受中國古詩、五四新詩及英美古典詩歌傳統的影響。出版於 1960 年的兩部詩集《萬聖節》和《鐘乳石》中很多詩作，是他對現代詩的實驗之作。詩中出現了一些奇特的意象、歐化的句子，從靈感到藝術的表達都趨向"現代"。在美國留學期間，他和很多留學生一樣產生了強烈的孤獨感，意識到自己在異國他鄉是一個"無根的過客"，而早期接受的傳統文化教育喚起濃厚的思念祖國、懷念故鄉的情緒，其民族意識和愛國感情得到昇華。1961 年發表長詩《天狼星》，表示要與現代詩"惡性西化"告別，回歸到民族詩歌的道路。《蓮的聯想》標誌著詩人完成了向傳統的回歸。到 70 年代，余光中的詩歌創作無論在思想內容、詩歌藝術上都有卓越的成就，獲得了創作的大豐收。

《白玉苦瓜》

余光中詩歌中最有魅力的部分，是他表現傳統意識和鄉土觀念的那些詩作。湘江楚水、秦月漢關等古典意象表明了他對故土的熱愛和眷念。在《白玉苦瓜》中，詩人從一個特定的角度切入民族的歷史文化，通過對珍藏在台北"故宮博物院"的一件白玉雕苦瓜的詠歎，表現出深刻的主題和濃重的情愫。"白玉苦瓜"是一個蘊藏著深邃的象徵意義的意象。中華民族用奶液餵養著這隻"苦瓜"，"鍾整個大地的愛"在它身上，在經歷了似睡似醒、從容成熟一場千年大寐後，它"仍翹著當日的新鮮"。詩人滿懷熱情地讚美"苦瓜"的不朽，在歷史和現實的交會點上具象地呈示出民族文化的精髓。

余光中的鄉愁詩繼承了我國古典詩歌中的民族感情傳統，具有深厚的歷史感與民族感。同時，台灣和大陸人為地長期隔絕、飄流到孤島上去的千千萬萬人的思鄉情懷，客觀上具有以往任何時代的鄉愁所不可比擬的特定的廣闊內容。

余光中鄉愁詩歌中流傳最廣、影響最大的是《鄉愁》。

> 小時候，
> 鄉愁是一枚小小的郵票。
> 我在這頭，
> 母親在那頭

> 長大後，
> 鄉愁是一張窄窄的船票。
> 我在這頭，
> 新娘在那頭。

> 後來啊，
> 鄉愁是一方矮矮的墳墓。
> 我在外頭，
> 母親在裏頭。

> 而現在，
> 鄉愁是一灣淺淺的海峽。
> 我在這頭，
> 大陸在那頭。

這首詩從廣遠的時空中提煉了四個意象：郵票、船票、墳墓、海峽。單純但不簡單，而是明朗、集中、強烈，沒有旁逸斜出意多文亂的蕪蔓之感；豐富但不堆砌，而是含蓄，有張力，能誘發讀者多方面的聯想。郵票使人想到兩地分離，只能靠書信傳遞思緒；船票則暗示著隔海隔水，相逢之難得；墳墓是永訣的標誌，凝聚著無限悲痛；海峽使國土分離，有鄉難回，更飽含著深廣的憾恨。

《鄉愁》

在意象的組合方面，《鄉愁》以時間的發展來縮合意象，可稱為意象遞進。"小時候"、"長大後"、"後來呵"、"而現在"，這種表時間的時序語像一條紅線貫串全詩，概括了詩人童年、青年、中年、老年漫長的生活歷程和對祖國的綿綿懷念。從情感分量和濃度來看，一層比一層深：幼年思母—青年思妻—中年喪母—老年思鄉，蘊含著渴望祖國統一的心願。它不只是詩人個人的哀愁，而是化為了台灣幾千萬人的共同心願，喊出了民族深沉的心聲，由弱而強，由緩而疾。

《鄉愁》構思精巧，既統一又富於變化。統一，就是相對地均衡、勻稱；段式、句式比較整齊，段與段、句與句之間又比較和諧對稱。變化，就是避免統一走向極端，而追逐那種活潑、流動而生機蓬勃之美。《鄉愁》共四節，每節四行，節與節之間相當均衡對稱。詩人注意了長句與短句的變化調節，從而使詩的外形整齊中有參差之美。《鄉愁》的音樂美，主要表現在迴旋往復、一唱三歎的美的旋律，其中的"鄉愁是——"與"在這頭……在那頭"的四次重複，加之四段中"小小的"、"窄窄的"、"矮矮的"、"淺淺的"在同一位置上的疊詞運用，使得全詩低迴掩抑，如怨如訴。而"一枚"、"一張"、"一方"、"一灣"的數量詞的運用，不僅表現了詩人的語言功力，也加強了全詩的音韻之美。

第三節　現代派詩歌與鄭愁予、覃子豪、紀弦

20世紀50年代台灣文壇上，籠罩著"戰鬥文藝"的陰雲，詩歌成為當局穩定局勢、鞏固地位的工具，創作走進狹窄的死胡同。在此情況下，以紀弦為首的詩人打出了現代詩的旗幟，儘管其理論主張有些偏激，但贏得廣大詩人的響應。現代詩人隊伍龐大，詩歌創作火爆，打破了戰鬥詩歌一統詩壇的局面，促進了台灣詩歌的迅速發展。

台灣現代詩派著名的詩人是紀弦和覃子豪、鄭愁予。

鄭愁予（1933～）原名鄭文韜，祖籍河北，生於山東。1955年考入台灣中興大學法商學院，並在《現代詩》季刊上發表大量詩作，是"現代派"的重要詩人，也曾參加過藍星詩社和創世紀詩社。出版了《夢土上》、《窗外的女奴》、《長歌》、《燕人行》等詩集。

鄭愁予把中國的傳統人文精神與西方現代派的表現技巧相結合，充分運用西方的藝術形式來表達中國文化精神，使內容和形式完美地結合在一起。《夢土上》是他最有影響的詩集。詩人將在祖國大陸漂泊的記憶，在台灣無法回歸的哀痛，和現代人普遍的孤獨、憂傷、失落等生命體驗融合在一起，在詩中傳達出一種恍如置身於"夢土上"的落寞情緒。《錯誤》為人們廣為傳誦。"我打江南走過/那等待在季節裏的顏容如蓮花的開落/東風不來，三月的柳絮不飛/你的心如小小的寂寞的城/借著青石的街道向晚/跫音不響，三月的春帷不揭/你的心是小小的窗扉緊掩/我達達的馬蹄聲是美麗的錯誤/我不是歸人/是個過客……"

這首詩共9行，94個字，但被人们廣為傳誦。開頭兩句寫江南小城，然後寫街道、帷幕、窗扉，最後寫打破寂靜的馬蹄聲。"我"從江南走過女子處所卻没進去，女子期盼的"容顏如蓮花開落"，等待的熾情變成了心灰意冷。最後兩句说明"我不是歸人，是個過客"，所以"我達達的馬蹄是美麗的錯誤"。這樣的安排，造成了結構上的參差錯落，因而更顯得詩意盎然。詩的語言優美，意蘊含蓄，"美麗的錯誤"耐人尋味。詩中運用了中國傳統古典詩歌的意象，如"蓮花"、"柳絮"、"馬蹄"、"春帷"、"東風"等，说明鄭愁予的詩歌意象與中國文化傳統密切關聯。詩的意象含蓄而不晦澀，具有較強的暗示性，韻味儁永，耐人咀嚼。

覃子豪（1914～1963），原名覃基，四川廣漢人。1947年去台灣，曾參與創辦《自立晚報》副刊《新詩週刊》，任主編，1954年與余光中等發起創立了"藍星詩社"，積極從事新詩推廣活動。長期主持"中華文藝函授學校"的新詩講習班,為台灣新詩成長做出了極大貢獻,被譽為"詩的播種者"和"藍星的象徵"。出版詩集《永安劫後》、《自由的旗》、《海洋詩抄》、《向日葵》等。另有诗歌理論《詩創作論》、《詩的解剖》、《論現代詩》等著作。

覃子豪

覃子豪早期詩作如 1945 年出版的詩集《永安劫後》控訴日軍對福建永安狂轟濫炸的暴行,給讀者以巨大的心靈震撼。去台灣後詩人的思想情緒發生很大的變化。詩作在内容意蘊、藝術形象、語言和表現形式等方面受現代主義詩風的影響逐漸明顯。詩的主題複雜化,抽象化。但他反對紀弦"横向移植"、"全盤西化"的主張,主張師法西方,注重傳統,為台灣當代詩歌發展清理出一條健康的道路。《追求》比較著名:"大海中的落日/悲壯得像英雄的感歎/一顆星追過去/向遙遠的天邊//黑夜的海風/刮起了黃沙/在蒼茫的夜裏/一個健偉的靈魂/跨上了時間的快馬"。詩不長,卻形象獨特,意境深邃。1955 年出版的《向日葵》,通過自身心靈的開掘使对象心靈化,心靈对象化,標誌著覃子豪現代主義詩風的加重。

在台灣詩歌現代化道路上走得最遠的是紀弦。

紀　弦

紀弦(1913～2013)原籍陝西周至,生於河北清苑,1924 年隨家居揚州。16 歲開始寫詩,是 20 世紀 30 年代中國"現代派"詩歌的重要成員。1948 年赴台,也將"現代詩的火種"帶到台灣。曾经創辦《現代詩》季刊,組織現代詩社,积极提倡新現代主義。他主張寫"主知"的詩,強調"横的移植"。詩風明快,善嘲諷,樂戲謔。著有詩集《不朽的肖像》、《飲者詩抄》、《半島之歌》等,以及《紀弦詩論》、《紀弦論現代詩》等多種。

紀弦擅長在日常生活中捕捉詩意,並注重錘煉字句,字裏行間流露出深沉的悲哀。《一片槐樹葉》寫於 1954 年,詩人遠離大陸已六年，思鄉之情與日俱增。也許偶然翻檢舊書，夾在書中的一片槐樹葉赫然跳入眼簾，由此觸動了詩人感情中最敏感的一根弦："這是世界上最美的一片/最珍奇，最可貴的一片/而又是最使人傷心，最使人/流淚的一片/薄薄的，乾的，淺灰色的槐樹葉//忘了是在江南，江北/是在哪一個城市，哪一個園子裏撿來的了/被夾在一冊古老的詩集裏/多年來，竟沒有些微的損壞//蟬翼般輕輕滑落的槐樹葉/細看時，還沾著些故國的泥土哪/故國喲，啊啊，要到何年何月何日/才能讓我回到你的懷抱裏/去享受一個世界上最愉快的/飄著淡淡的槐花香的季節？"該詩以"一片槐樹葉"為意象，寄託了思鄉盼歸的情感，開頭以槐樹葉起情，結尾以企盼重回槐花飄香的季節收尾，首尾呼應，一氣呵成。

在台灣詩壇上，紀弦以叛逆性聞名。他的詩狂野不羈，有一種天地之間獨來獨往的氣勢。他的《狼之獨步》反映了他的詩性特徵："我乃曠野中獨來獨往的一匹狼/不是先知/沒有半個字的歎息/而恒以數聲淒厲已極之長嗥/搖撼彼空無一物之天地/使天地戰慄如同患了瘧疾/並刮起涼風颯颯的令我毛骨悚然/這就是一種屬害/一種過癮。"

第四節　五十至七十年代台灣散文概述

20世紀50~70年代台灣散文與其他文類一樣，在時代政治文化影響下面臨著由現代向當代轉型的考驗，並且由於"戰鬥文藝"運動的嚴重影響，轉型是在痛苦的煎熬中完成的。但隨著時代的沿革，政治氣候的逐步改善，文化視野的開放，散文也在經歷了嚴寒侵襲之後，逐漸步入沉穩發展的階段，出現了很多作家，推出了相當數量的精品力作，成為台灣文學史上重要的一個方面軍。

這期間台灣散文發展的大體情形如下。

50年代初期，許多從大陸到台灣的中老年作家是散文園地的主耕者。他們中有些作家適應當局文藝政策的需要，創作"戰鬥散文"，表現反共情緒；也有作家因與大陸親人失去聯繫，作品中流露出懷鄉情緒，表達他們對人生和世態的理解；有些女性作家則多寫日常生活和身邊瑣事。軍隊散文作家多寫報導文學，時代色彩強烈，"戰鬥"主題鮮明。60年代形勢略為寬鬆，老作家逐漸找回失去的自我，創作富有個性的作品；青年作家藝術視野開闊，文化知識新異，受西方文化和文學影響很大，逐漸成為散文園地的生力軍，散文走向繁榮，且出現重感性、象徵和暗示的傾向。70年代散文界提出"回歸鄉土"的口號，鄉土散文漸盛。現代派和鄉土派的兩次論爭，對散文發展也起到很大促進作用。且克服了早期散文創作的極端，擺脫了較單一的創作模式，敢於面對現實，表現社會矛盾，題材範圍不斷拓寬，立意日漸深刻，出現了很多優秀散文作家。

本時期散文主要出自祖國大陸去台作家之手。這些作家來台灣前就已成名，如梁實秋、林語堂、台靜農、謝冰瑩等。他們隨著国民党政府遷台而遠離故土，並且由於政治原因至死不能歸故里，思鄉心切，有一種被放逐的哀傷和思鄉的憂愁。因此懷念家園、抒發鄉愁就成為那個時期寫得最多、表現最深切的散文，並且延續至今。"鄉愁"是台灣每一代文人揮之不去的文化胎記。那些充滿懷舊情緒、飽含人間真性情、閃耀著人性光輝的作品，用真誠的情感和樸實的描述打動了各個階層的讀者。如梁實秋的"雅舍"系列散文，保持了作者的艺术特色，取材广泛，立意深切，文笔洗練，生動有趣，從日常生活中選取不為人注意的場景，寥寥數筆的精確勾勒和恰到好處的雅淡幽默，對中國文化或普遍人性加以謔而不虐的針砭，實屬散文上品。

成名作家外，还出現了琦君、徐鍾佩、思果、吳魯芹、羅蘭、王書川、胡品清等散文作家。他們出生稍晚，在祖國大陸度過了青少年時代，基本上受到過高等教育，到台灣才真正登上文壇。但散文創作卻基本承接了五四現代散文的流風餘韻。當然，隨著社會和時代的發展以及文學自身的成熟，他們的創作顯示出了更豐富的風格，所關注的內容也有了更大的拓展，既有對故鄉刻骨銘心地思念，也有對當下生活的現世關懷，並開始呈現對"內"的關照心靈、關注自身、抒寫自身的創作傾向。

第五節　五十至七十年代台灣散文作家掠影

本時期散文創作成就較大、影響較廣的散文作家有余光中、張曉風、羅蘭和張秀亞等人。

余光中是學貫中西的學者，也是文學創作的多面手，詩歌創作成就斐然，散文創作成就非凡。他打破了傳統散文創作模式，將中西手法熔為一爐，並宣導用現代詩歌、小說、電影、音樂、繪畫、攝影等藝術開拓散文的表現空間，豐富散文的表現形式，為台灣散文提供了新的藝術形式。其散文主題多數是他在詩歌中反復吟唱的鄉思鄉愁，故國之情。余光中散文以其獨特的體驗，表達了強烈的民族意識和愛國情思。《聽聽那冷雨》借助通感手法，將無孔不入的冷雨連同深切的情思在"聽、看、嗅、舔"的通感中，營造了朦朦朧朧的感覺和"連思想也都是潮潤潤"的意境。余光中早期散文受西方現代派文藝思潮影響，主張創作技巧的全盤西化和全面現代化，用意識流等現代手法抒發內心感受，但很快就回歸民族傳統，將"民族的"與"世界的"結合起來，為台灣散文發展提供了有益的借鑒。

張曉風（1941～），筆名有曉風、桑科，江蘇銅山人，出生於浙江金華。畢業於台灣東吳大學，並曾執教於該校及香港浸會學院。她篤信宗教，喜愛創作。60 年代中期即以散文成名，1966 年出版散文集《地毯的那一端》。作品中有獨立山頂悲千古的英雄少年，也有站在氤氳梅香中的梅妃，還有在紅地毯那端默默等待的少女……可以從中領略到漢代的史傳、唐朝的詩歌、宋代的散文、元朝的戲曲的意蘊。張曉風善於從平凡微末的事物中細膩地領悟其深層的情理蘊含，以其獨特的觀物角度和人生視角，由事緣

張曉風

情及理，引發讀者對於人生和生命的新鮮感受和體驗，從中獲得美感和啟迪。如《衣履篇》，她寫了羊毛圍巾、背袋、風衣、牛仔褲、項鏈等在別人看來極普通，幾乎每個人都擁有的日常生活用品，而她所要表達的是"人生於世，相知有幾？而衣履相親，亦涼薄世界中之一聚散也——"可謂感悟獨特深刻，文筆柔婉剛勁。

羅蘭（1919～）原名勒佩芬，河北寧河人。1948 年隻身去台灣，從事音樂教育及廣播工作。其散文作品可以分成兩類。一類是懷鄉憶舊的"鄉愁"類作品，如《那豈是鄉愁》。作品動人之處首先在於作者的敘述風格，

完全承接了五四散文的風格流韻，無論是遣詞造句還是情感抒發都有明顯的 30 年代散文的影子。可見作者青少年時期受現代文學影響之深。其次，在於作者的人性關懷。文中的"大爹"是中國北方一個樸實、勤勞、節儉、溫良的農村男人，支撐著 30 幾口人的日常生活和婚喪嫁娶，無微不至地關照每一個家庭成員，且在天災人禍、戰爭連年的動盪歲月裏把敗落的家族經濟重新振興。通過"我"的觀察刻畫出了平凡而偉大的"大爹"形象。作者在篇末寫道："我豈能忘記那年的風雪，那北方古老的家園！那淒寒中如爐火般的光與熱，那屬於中華古國傳統的含而不露而真實無比的親情！"另一類寫對人生的思考，包括愛情、友情、婚姻、生活、生命、男人和女人等，如《生命之歌》、《那銀海千秋的夜晚》、《顧此失彼的現代女性》、《把優越感讓給男人》等。後一類作品標誌著女性意識的覺醒，女性對自身的價值、特徵的重視，以及對傳統的愛情、婚姻和女性位置的反思。這類作品顯示出作者獨立的文化人格和精神人格，閃現出理性和溫情的人性之光。

張秀亞（1919～2001）河北滄縣人，筆名陳藍、張亞藍。1932 年考入省立第一女師。1935 年開始發表作品。1948 年到台灣，1952 年出版到台後第一本散文集《三色菫》。著述甚豐，小說、詩歌、翻譯均曾涉筆，且有較好的成績。有散文集《三色菫》、《牧羊女》、《愛琳日記》、《曼陀羅》、《人生小景》等 20 餘種。

张秀亚

張秀亞的散文色彩繽紛，詩情濃郁，筆致秀逸。其創作多擷取身邊的物事人情和個人經歷，或寫景詠物，或描人情世態，或緣事寫情，看似小事一樁，寫來又各有情致。寫日月山川，花鳥蟲魚，則文字優美，筆調輕鬆，情景交融，充滿詩情畫意；寫對世界和人生的宗教情懷，則溫暖如炬，仁愛虔誠，悲天憫人而又積極入世；寫個人心境，則緣事而發，觸景生情，喟歎感慨，都有較強的詩情，這使她的散文自成一派，獨具特色。如《種花記》、《杏黃月》、《秋日小劄》等，都是睹物興情，移情於物的佳作。她敏感多思，洞微悉幽，能捕捉生活中種種動人的"真趣"，善於激發想象和聯想，從平凡中發掘出純真不凡的美來。如《髻》回憶了慈母一生的磨難，讚頌了母親淳厚和仁愛的心懷，感人至深，是她的代表性作品。她能靈活處理敘事、抒情、寫景和議論等技巧因素，做到虛實結合，反復渲染，組織意象，營造意境。如《没有荷葉》寫雨中的山城，夾敘夾議，寫景抒情，虛實相映，意境幽遠，詩情盎然。張秀亞的散文很講究語言的錘煉和修辭手法，用詞生動準確，散文呈現詩意美和韻律美。如《紫丁香》：

當紫丁香盛開的時候，那一片片心形的葉子更顯得綠了。心形的葉子，好像寫著一首首的讚美詩，在這樣的葉子中，深藏著那位女詩人阿梅·羅爾詩中的"黃鶯兒"，在唱著它們"短小，輕柔的歌"。在那被花朵壓得垂垂的枝柯上，有著那位女詩人歌中的崔鳥，"孵在有斑點的鳥卵上，透過無數春天的光和影，無休歇地窺望著。"至於那些芳香的花朵呢，則是"同早現的月光無聲地對談著。"

在花盛開的時候，我常常坐在它的近邊，任著時光悄悄地流走，忘記了晝，也忘記了夜。紫丁香在向著月亮無聲地細語，向著天空，向著每個人它訴說著失去的歲月，那段絢麗的日子。於是，它的香息浮漾在庭園中，那擎托著它的一片片的葉子，密密相接，使人想起一池碧水，失去的年光悄悄的附在葉片上，它在臨水自照，有如那個希臘神話中的挪希修斯，它的面上是有笑影呢，還是有淚痕？

第六節　五十至七十年代台灣小說概述

與日據時期相比，這個時段台灣作家面臨複雜的社會現實。作家隊伍、創作環境發生了深刻變化，小說創作取得較為矚目的成就。

國民黨退守台灣以後，先是"反共八股"以及"戰鬥文藝"甚囂塵上，這種政治宣傳小說雖然獲得官方扶植，卻被作家淡漠。其後，台灣本土作家繼承賴和的傳統，推出鄉土文學。到 60 年代，具有西方文化和文學背景的白先勇、歐陽子等作家學習西方，現代派小說湧上文壇，吸引了眾多作家的興趣。台灣本土新一代作家開始走上文壇，他們承襲了鄉土文學傳統，推動了鄉土文學的發展。隨著留學生作家群的湧現，台灣小說開始融合東西，逐漸成熟。同時，有些"戰鬥文藝"作者失去曾經的勃勃雄心和創作銳氣，代之以對大陸生活的懷戀追思來排解飄落異鄉的憂鬱愁悶，從中寄寓某種由於政治失落而引起的複雜情緒。各派作家群賢畢至，各展才藝，台灣小説呈現異彩紛呈、繁榮發展的局面。現就幾個重要的小説思潮作簡要介紹。

　　鄉土小説思潮。鄉土作家沿著台灣鄉土文學所開闢的道路前進，推出一批新人，湧現出一些佳作，是本時期台灣小説的重要收穫。陳映真、黃春明、王禎和、王拓、楊青矗、李喬是其中的佼佼者。這一代鄉土作家與日據時期的鄉土作家不同，他們接受的是中國語言文化教育，使用漢語文字的能力比較強，大都受過高等教育，接觸過不少西方文學。他們的創作在藝術表現形式或表現方法上都有與上一代不同的特點，顯得更加豐富與多樣。陳映真的《將軍族》敍述了發生在社會底層的一個愛情故事，謳歌了人間真情，探討了遷居台灣的大陸人與台灣本省人之間的關係，傳達了希望台灣"分離或有相分離危機的中國人重新和睦"的心聲。作家將愛情故事裏的男女主人公設計為"大陸人"和"本省人"，通過這兩個卑微小人物的互相瞭解、真誠關心、真心相愛，表現了作者消弭兩岸之間隔膜的願望。所以，"本省人""小瘦丫頭"和"外省人""三角臉"的關係，在某種程度上，也正反映了台灣和大陸不可分離的關係，作者也借此寄託了自己"一個中國"的理想。

　　台灣鄉土小説關注最多的是在社會底層掙扎受難的勞苦群衆和卑微人物的命運。如王禎和的《嫁妝一牛車》中的主人公萬發，是個只有微弱聽覺的半聾子，平日以替人拉牛車為生。他的最大願望是擁有一輛自己的牛車。但是在冷酷的現實中他卻碰得焦頭爛額，最後不得不忍受著自己的老婆和成衣商人私通的屈辱和痛苦而換得一輛牛車。王拓的短篇小説集《金水嬸》以作者所熟悉的小漁村為背景，展示了台灣漁民的辛酸和悽楚。他們默默無聞地在環境的擠壓下掙扎，或含著眼淚、屈從命運地活著，或悲慘地死去。楊青矗是台灣當代著名的工人作家。在他的小説《工廠人》和《低等人》等作品中，他對工人的苦難生活和悲慘遭遇給予了深切的同情，控訴了資本主義制度的罪惡和不合理。在對這些形形色色的人物的苦難生活和命運的描寫中，作家們並沒有忘記挖掘在這些底層勞動人民身上所蘊含著的人性的光輝。如《看海的日子》（黃春明）中的妓女白梅，在屈辱貧困的人生歷程中並沒有喪失對希望的追求，仍保持著應有的自尊和獨立精神。

現代小說思潮。現代小說思潮的代表作家主要有白先勇、陳若曦、歐陽子、王文興等。陳若曦（1938～），原名陳秀美。台灣台北人。1957年考入台灣大學外文系。1960年與白先勇、王文興等創辦《現代文學》雜誌並因此被視為現代派作家，其實她的現代傾向並不突出，即使在創辦現代雜誌的時候，也表現出明顯的寫實傾向。如早期作品注重生長環境中的鄉土民俗、市井群相，尤其刻畫中下階層的女性在父權社會體制下，被常規民俗與禁忌宰割的悲慘命運，如《欽之舅舅》、《婦人桃花》等。1966年陳若曦以台灣留美學生的身份隨夫回歸大陸，在“文化大革命”中生活了7年，離開大陸到香港後發表《尹縣長》、《耿爾在北京》等作品，受到舉世注目，成為知名作家。1979年由加拿大遷居美國三藩市，在小說題材上以美國華人社會和兩岸三地的人情世故為題材，著有長篇小說《突圍》、《二胡》以及短篇小說集《貴州女人》等。

王文興（1939～）的長篇小說《家變》既是倫理小說，又是教育小說，既有寫實的層面，又有寓言象徵的層面。它所描繪的“家變”過程，在一定程度上反映了在商業文化衝擊下，人們的價值觀念的嬗變。歐陽子（1939～）是心理寫實小說家，有“心理外科醫生”之美稱。她的作品雖然題材狹窄，囿於所謂的內在挖掘，但她懷著悲憫，以冷靜理智的筆觸，把人物“可怕”的內心忠實地暴露出來，在一定程度上反映了在歐美文化侵襲下倫理觀念的混亂，精神空虛和尋找刺激的心態。《魔女》是其代表作。

王文興　　　　　　　歐陽子

通俗小説。台灣通俗小説以言情小説、武俠小説、歷史小説影響最大。言情小説的代表作家是瓊瑤（1938～）原名陳喆，衡陽縣渣江鎮人，生於四川成都，1949 年隨父到台灣。1963 年自傳式長篇小説《窗外》出版，一舉成名。其後步入職業作家行列，並進入電視、電影製作行業，創作長篇小説《幾度夕陽紅》、《在水一方》等 64 部。瓊瑤小説的基本主題是表現情與愛，人物是理想化的才子佳人，作品内容和結構都類似電視連續劇的模式，情節複雜、高潮迭起；情感表達方式強烈而誇張；人物關係則因家庭恩怨而糾纏不清；人與人之間的誤解導致種種終生憾事和恩怨情仇；主角身世的秘密和謎底的揭曉，以及戰亂、分離和重逢，這一切無疑是通俗劇的"基本元素"。

作家的創作道路是漫長的，期間大都出現變化。如戰鬥文藝的作家們走向鄉愁文學，鄉土小説作家也會借鑒現代派的藝術技巧，豐富自己的表現手法，留學生作家也有的走向台灣社會現實，成為鄉土作家，如原來擺蕩在"鄉土"和"現代"兩者之間的李喬、季季、施叔青、李昂等，相繼從弗洛伊德的"戀母情結"、死亡和虛無縹緲的幻想中走出來面對社會，堅定地走鄉土文學的道路。李喬後來創作了反映日本殖民統治時期台灣農民苦難生活的長篇小説《寒夜三部曲》。

第七節　白先勇的小説創作

在台灣當代文壇上，有些作家，他們既受到很好的傳統文化教育和文學藝術的薰陶，也受過西方文化教育，具有廣博的西方文化知識和深厚的世界文學背景。在理智層面上，他們認同西方的現代科學文化，認為西方文化具有先進性和科學性，但在精神上卻又歸屬中國傳統文化，視其為精神家園和根。無論生活在異國他鄉還是台灣，也無論人生得意還是失意，都有強烈的孤獨漂泊感，也都渴望尋根渴望葉落歸根。有些作家作品不僅在内容上表現出精神的失落和濃郁的鄉愁，而且在藝術形式上也努力探求中西融合的道路。白先勇是比較自覺且取得顯著成就的一位。

白先勇（1937～），回族，生於廣西桂林。國民黨高級將領白崇禧之子。抗戰時期與家人輾轉重慶、上海和南京，1948 年遷居香港，1952 年移居台灣。畢業于台灣大學外國文學系。1958 年發表處女作《金大奶奶》，與歐陽子、陳若曦等創辦《現代文學》雜誌，被視為台灣現代派文學的領軍人物。出版短篇小説集《寂寞的十七歲》、《台北人》、《紐約客》，散文集《驀然回首》，長篇小説《孽子》等。

白先勇生活在大陸、台灣和美國等幾個不同的時代和社會環境，這給他的思想和創作帶來深刻的影響。他的少年時代是在國民黨官僚家庭度過的，先輩們的"顯赫"和上流社會的"氣派"，在他童年的記憶中留下了深刻的印象；到台灣後，又目睹了國民黨舊官僚的没落，以及許多離鄉背井、流落台灣的下層人民的痛苦挣扎，他們的思鄉和懷舊情緒都影響著他；在美國，旅美中國人對美國物質文明的嚮往、對祖國文化傳統的執著和飄泊海外而無根的痛苦感覺，形成複雜的思想感情，在其作品中均得到不同程度的反映。其小説可分為前後兩個時期，以《芝加哥之死》為界。前期作品受西方文學影響較重，較多個人色彩和幻想成分，思想和藝術尚未成熟。後期作品繼承中國民族文學傳統較多，將傳統熔入現代，具有很強的現實性和歷史感，藝術上也日臻成熟。

白先勇　　　　　　　　　《孽子》　　　　　　　《台北人》

白先勇小説具有很強的悲劇色彩，塑造了各種類型的悲劇人物，其中有"没落貴族"，如《梁父吟》中的樸公，《遊園驚夢》中的錢夫人藍田玉，《永遠的尹雪豔》的尹雪豔；有挣扎在社會底層的平民，如《花橋榮記》中的盧先生，《那片血一般的杜鵑花》中的王雄；有在異國他鄉的中國留學生，如《芝加哥之死》中的吳漢魂，《謫仙記》中的李彤；有老一代知識份子，如《冬夜》中的吳柱國；還有徘徊在社會邊緣的同性戀者，如《孽子》中的李青，《月夢》中的吳忠英等等。他一方面同情著他們的困境和不幸，另一方面又對他們的自我放任隨波逐流感到痛心。他懷著深切的同情塑造了眾多悲劇女性，有被侮辱被損害的勞動婦女，如《金大奶奶》中的金大奶奶，《玉卿嫂》中的玉卿嫂；有社會最底層的風塵女子，如《金大班的最後一夜》中的金大班，《孤戀花》中的娟娟。《一把青》中的朱青可以說是白先勇小說中悲劇人物的代表。在"師母"眼中，朱青是"頗為單瘦的黃花閨女"，眉眼間有著"忘俗的水秀"，靦腆而"彆扭"，但為了愛，她離家休學，與飛行員郭軫結婚。但好景不長，郭軫在飛行中出事，朱青悲痛欲絕。若干年後再見朱青時，她已是個"衣著分外妖嬈"，"沒有半點羞態"，"頗為孟浪"的女人。如她所說，"我也死了，可是我卻還有知覺"。雖然肉體上依然健全著，可是精神上的她早已被摧毀，那個羞澀的女學生早已在歲月世事這個軋碾機中被磨乾殆盡，連一點渣也未曾留下，所以她才在得知丈夫死後無動於衷。而讀者在感到背脊發涼的同時，也感歎人世變遷是如此冷酷無情。而《玉卿嫂》中的玉卿嫂是另一類型的悲劇女性。她原本是"體面人家的少奶奶"，丈夫抽鴉片死了，家道中落，被婆婆趕出家門，做了人家的老媽子。雖然淪落底層，卻總是收拾得周整，行為從不放蕩，不肯為錢違心地嫁給滿叔。她有中國傳統女人賢德的一面，全心全意地愛著慶生，照顧著慶生，因他喜而喜，因他悲而悲，最後在得知慶生另有新歡時，卻不惜與其同歸於盡。玉卿嫂將自己的一生寄託在男人的身上，最後落得一場空。

《玉卿嫂》

在藝術上，白先勇吸收了西洋現代文學的寫作技巧，融合到中國傳統的表現方式之中。如歐陽子所說，他"才氣縱橫，不甘受拘；他嘗試過各種不同樣式的小說，處理過各種不同類式的題材。而難得的是，他不僅嘗試寫，而且寫出來的作品，差不多都非常成功。白先勇講述故事的方式很多。他的小說情節，有從人物對話中引出的《我們看菊花去》，有以傳統直敘法講述的《玉卿嫂》，有以簡單的倒敍法（flashback）敍說的《寂寞的十七歲》，有用複雜的‘意識流’（stream of consciousness）表白的《香港——一九六○》，更有用‘直敍’與‘意識流’兩法交插並用以顯示給讀者的《遊園驚夢》。他的人物對話，一如日常講話，非常自然。除此之外，他也能用色調濃厚，一如油畫的文字，《香港——一九六○》便是個好例子。而在《玉卿嫂》裏，他採用廣西桂林地區的口語，使該篇小說染上很濃的地方色彩。他的頭幾篇小說，即他在台灣時寫的作品，文字比較簡易樸素。從第五篇《上摩天樓去》起，他開始非常注重文字的效果，常藉著文句適當的選擇與排列，配合各種恰當‘象徵’（symbolism）的運用，而將各種各樣的‘印象’（impressions），很有效地傳達給了讀者。”

白先勇自幼喜歡昆曲，進入 21 世紀之後，為推廣昆曲不遺餘力。他集合兩岸三地一流的創意設計家，聯手打造青春版《牡丹亭》，先後在台灣、澳門、香港和蘇州、北京、上海等地上演，場場爆滿，而且吸引了許多年輕人，被稱為中國文化史上的盛事。

第八節　鄉愁小説與林海音的《城南舊事》

從某種意義上說，“鄉愁”是文學創作的發動也是永恆的主題。古今中外很多作家的創作源於鄉愁，很多作品包含著或濃或淡的鄉愁。在台灣文學史上，鄉愁文學歷史悠久，作品豐富，是非常獨特而且具有魅力的文學創作。日據時期，台灣人民飽受侵略之苦，作家們以強烈的孤兒意識和深切的被殖民體驗創作了大量具有愛國主義情懷的小説，表達了特殊的鄉愁，可以稱得上最早的鄉愁文學，如吳濁流的《亞細亞孤兒》、鍾理和的《原鄉人》。由於歷史原因，台灣與大陸隔絕，兩岸同胞骨肉分離，親情友情被無情地隔斷，鄉愁便成了台胞心裏難以撫平的創傷，成為台灣特定環境下具有普遍性和廣泛性的文學題材。“鄉愁文學”，顧名思義就是對鄉愁情懷的抒寫，在台灣這樣特殊的地理、政治環境下，故鄉、親人和往事成為許多作家的創作源泉。鄉愁文學以"懷鄉文學"或"回憶文學"為主，取得了巨大成就。

台灣鄉愁文學主要的創作者，大概可以分為三類：一是大陸去台作家，他們被迫離開自己的故鄉到達海島，而家屬大部分留在大陸，僅僅一水之隔卻無法與親人團聚，那種思念一定是刻骨銘心，他們只能借一支筆抒發自己的鄉愁；二是土生土長的台灣同胞，他們生在台灣長在台灣，但是他們的根卻在大陸，他們期盼著有一天能到大陸拜祖尋根，領略華夏大好河山，因海峽兩岸隔絕，他們的願望也無法實現；三是從台灣到海外的作家，他們漂泊海外，深刻體會到身在異國的悲涼，他們渴望祖國繁榮富強，同時繫念海峽兩岸的土地和親人，其鄉愁更是複雜。這些鄉愁文學作家懷念故鄉，眷戀祖國，回憶往事，同時還表達了追根溯源的意願。

作為一種具有廣泛影響的文學思潮，台灣鄉愁文學在小說、詩歌、散文中均取得重要成就，湧現出很多知名作家和流傳久遠的作品。按創作體裁劃分，小說家有林海音、聶華苓、白先勇、於梨華、鍾理和、鍾肇政、吳濁流，散文有梁實秋、琦君、張秀亞、郭楓，詩人有余光中、覃子豪、紀弦、洛夫、鍾鼎文、席慕容等。當然有的作家不限於一種體裁，而是多面手，在不同體裁的作品中均表現出或濃或淡的鄉愁。

在表現鄉愁的小說創作中，影響較大的是林海音的《城南舊事》。

林海音（1918～2001）原名林含英，小名英子，原籍台灣省苗栗縣，生於日本，在北京長大。1948年8月回台灣，任《國語日報》編輯。1953年主編《聯合報》副刊，開始文藝創作。著有散文集《作客美國》、《芸窗夜讀》、《剪影話文壇》和散文小說合集《冬青樹》等十多種；長篇小說《城南舊事》、《春風》、《曉雲》以及廣播劇集《薇薇的周記》等，還有許多文學評論文章，散見於台灣報刊。

《城南舊事》

《城南舊事》是林海音鄉愁文學的代表作。作者在序言中說，"夏天過去，秋天過去，冬天又來了，駱駝隊又來了，

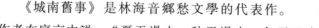

林海音

但是童年卻一去不還了。冬陽底下學駱駝咀嚼的傻事，我也不會再做了。可是我是多麼想念童年住在北京城南的那些景色和人物啊！我對自己說，把它們寫下來吧，讓實際的童年過去，心靈的童年永存下來。就這樣，我寫了一本《城南舊事》。"作品深切地回憶了她七歲到十三歲時在北京生活的情景。20世紀20年代，北京城南一座四合院裏，住著英子溫暖和樂的一家。英子以童稚的雙眼打量世界，回憶大人世界的悲歡離合，有一種説不出來的天真，卻道盡人世複雜的情感。京華古都的城垛頹垣、殘陽駝鈴、鬧市僻巷……都讓英子感到新奇，為之著迷。會館門前的瘋女子、遍體鞭痕的小夥伴妞兒、出沒在荒草叢中的小偷、朝夕相伴的乳母宋媽、沉屙染身而終眠地下的慈父……他們都曾和英子玩過、談笑過、一同生活過，他們的音容笑貌猶在，卻又都一一悄然離去。為何人世這般悽苦？不諳事理的英子深深思索卻又不得其解。50多年過去，遠離北京的英子，對這一切依然情意繾綣。

林海音在《城南舊事》"後記"裏説："這幾年來，我陸續的完成了本書的這幾篇。它們的故事不一定是真的，但寫著它們的時候，人物卻不斷湧現在我的眼前，斜著嘴笑的蘭姨娘，騎著小驢回老家的宋媽，不理我們小孩子的德先叔叔，椿樹胡同的瘋女人，井邊的小伴侶，藏在草堆裏的小偷。"僅從這個簡單的人物羅列裏就不難看出，作者雖然是書香門第出身的知識份子，但她小説裏的人物卻不局限於這個狹小的範圍之內。她關心廣大的社會，擅長描寫形形色色的社會衆生相。她小説裏的人物大都是市民階層的群相，而中心人物則是各種各樣的婦女。她致力於刻畫中國婦女的勤勞、賢達、溫柔、善良的美德，更擅于表現她們心靈的桎梏和命運的悲劇。

作品文筆生動，描寫細緻，感傷而溫馨，含蓄蘊藉，不疾不徐，溫厚淳和，而那一縷淡淡的哀愁，那一抹沉沉的相思，深深地印在她童稚的記憶裏，永不消退。作品滿含著懷舊的情調，從容地將一幅幅場景展示出來，她不刻意表達什麼，卻將一個孩子眼中的老北京，以一種自然的、不著痕跡的手段精細地表現出來。書中的一切都是那樣有條不紊，緩緩的流水、緩緩的駝隊、緩緩而過的人群、緩緩而逝的歲月……景、物、人、事、情完美結合，似一首淡雅而含蓄的詩，純淨淡泊，沁人心脾。

> 長亭外，古道邊，芳草碧連天。問君此去幾時來，來時莫徘徊！天之涯，地之角，知交半零落，人生難得是歡聚，惟有別離多……

这极具感染力的文字，传递出无限的离愁别恨。

第九節　鄉土文學與陳映真、鍾理和

台灣鄉土文學的概念，不同于中國現代文學史上的鄉土文學。鄉土文學的原始定義為使用鄉土語言描寫鄉村現實。台灣鄉土文學基於台灣殖民地的社會現實，強調台灣殖民地現實生活和民族意識的覺醒，強調民族意識的表現。甚至有人說"只要是愛國家，關心民族前途的作品，都是鄉土文學。鄉土文學是民族精神在文學上的表現"。這種說法有些寬泛，但符合台灣社會歷史，因為在日本殖民統治下，民族意識、愛國意識與台灣鄉村現實的書寫是分不開的。

台灣鄉土文學産生於 20 世紀 20 年代，奠基人是賴和。經過衆多作家不懈的努力，台灣鄉土文學獲得較好的發展。國民黨退守台灣以後，鄉土文學家以其對台灣故土的深切關懷和摯愛，以及對藝術真實的虔誠，繼續沿著台灣鄉土文學所開闢的道路前進，相繼出現了一些佳作。60 年代中期後的鄉土文學，則幾乎專指土生土長的台灣作家用寫實筆法創作的文學。60 年代後期到 70 年代，台灣鄉土文學在繼承日據時期反帝愛國精神的同時，又融入了時代素質，超越了農村范圍，關注整個下層社會貧民的生活。台灣鄉土文學成就較大的作家是陳映真和鍾理和。

陳映真（1937～）原名陳永善，筆名許南村，台北縣鶯歌鎮人。曾就讀於淡江英專（即今淡江大學）英語系，期間發表第一篇小說《面攤》。

陳映真

1968 年 7 月被台灣當局以 "組織聚讀馬列共黨主義、魯迅等左翼書冊及為共産黨宣傳等" 罪名逮捕，被判處十年有期徒刑並移送綠島。1975 年特赦出獄後，仍從事寫作。在台灣鄉土文學論戰中發表《建立民族文學的風格》、《鄉土文學的盲點》等文章，提倡鄉土文學。有長、短篇小說數十部、篇，表現民族鄉愁的作品占多數。在維護鄉土文學的論戰中，陳映真坦然宣示 "平生最大的願望，是做一個平凡而胸襟坦闊、脊骨挺直的中國人"。

《面攤》寫在都市繁榮的角落裏，一家三口以夜間擺面攤為生計，他們相依為命，相濡以情，承受著貧困和病苦的折磨。孩子體弱多病，害怕員警的搜捕而膽戰心驚，而一位警官卻給予了他们溫暖照顧，讓他們深受感動。《面攤》裏的員警與同時代作品中員警迥然不同，他並非為虎作倀，也不魚肉百姓，而是一個充滿愛心的善良的人道主義者，雖說他自己薪水有限，但還是吃面後付錢給了這困頓的三口之家。作者試圖頌揚底層人純樸的人品。

陳映真受魯迅作品的影響很大，其行文，頗有些魯迅風格，擅長用簡潔的對話來切入生活畫面，在敍述中從外在描述轉入内心感覺，利用環境氣氛點染表現沉鬱憂傷的心境。於簡潔白描中透出充滿感情的溫厚和愛心。如《面攤》寫道——

但他終於沒有忍住喉嚨裏輕輕的癢，而至於爆發了一串長長的嗆咳。等待他將一口溫溫的血塊吐在媽媽承著的手帕中時，媽媽已經把他抱往一條窄窄的巷子裏了。他雖然感覺著疲憊，但胸腔卻仿佛舒爽了許多。巷子裏拂過陣陣的晚風，使他覺得吸進去的空氣涼透心肺，像吃了冰水一般。

鍾理和（1915～1960），台灣鄉土文學的奠基人之一，祖籍廣東梅縣，出生於台灣屏東縣農家。自小便閱讀了大量文學作品，為他日後從事文學

創作打下了堅實的基礎。青年时期因與鍾平妹相
戀，遭到家庭及舊勢力反對，携恋人离家出走到
瀋陽，后舉家遷往北京。抗戰勝利後舉家回到台
灣，因窮困潦倒疾病纏身，仍堅持寫作不輟。其
生前出版《夾竹桃》，去世後逐漸引起重視，被
稱為"倒在血泊裏的筆耕者"。

鍾理和

　　鍾理和著有長篇小説《笠山農場》，另有中
短篇小説和詩歌散文多种。創作題材豐富，有的
描寫城市大雜院的平民生活，有的以自己的愛情
生活為題材，有的取材於故鄉生活，有的表現挣
扎在社會底層的知識份子生活慘狀。半自傳體小
説《原鄉人》表現台灣同胞與祖國的血肉關係，反映台胞懷念大陸，回歸
祖國的美好願望，表達了"原鄉人的血，必須流返原鄉"的信念，小説洋
溢著熾烈的愛國主義情愫。

《笠山農場》

　　《笠山農場》是他的代表作，也是台灣鄉土
文學的重要作品。小説以日據時期和光復初期的
台灣南部農村為背景，描述了笠山農場由盛而衰
的全過程，深刻地反映了台灣農村經濟的衰頽和
破敗，同時還交織著男女主人公劉致平和劉淑華
的愛情故事，表現他們反抗封建舊俗，爭取婚姻
自由的鬥爭，歌頌他們純潔真摯的愛情。作者從
自己曲折的人生經歷中吸取創作素材，在男女主
人公的身上有著鍾理和與鍾平妹的投影，體現了
作者嚮往民主、自由、科學的思想。

　　小説成功地刻畫了劉致平與劉淑華這對青年
男女形象。雖然劉淑華看到了致平的軟弱和無能，但她始終深愛著他，敢做
敢為，義無反顧地衝破封建羅網，與致平私奔，表現出莫大的勇氣和堅定的
決心。作者還以哀傷的筆調，深情塑造了阿喜嫂（淑華媽）、饒新華、張永
輝等可親可敬的形象，他們飽含辛酸的悽苦生活，正是台灣廣大農民悲苦命
運的概括性寫照。

《笠山農場》在藝術技巧上也表現得相當成熟。作品情節線索單純清晰，結構嚴謹，首尾呼應；通過人物的語言、行動、内心世界展現人物性格，使人物形象真切感人，栩栩如生。作品充滿濃郁的地方色彩和鄉土氣息，描繪了一幅幅質樸、清新的鄉土風俗畫，如獨具特色的穿著裝扮，古樸動人的對歌求婚等，均具有濃郁的鄉土氣息。

鍾理和的人生之路佈滿荊棘，自他踏上社會後一生都在貧病交加中度過。個人的苦難遭遇使他很自然地與被壓在社會底層的小人物同命相憐。他的創作始終以自己的生活遭遇為題材，反映大陸、台灣的城市居民、農民和貧苦知識份子的不幸經歷，從中探討他們的命運根源。所以，他的作品帶有濃厚、鮮明的"自傳"色彩。《笠山農場》是鍾理和的嘔心瀝血之作，其中凝聚著他的生活經驗和藝術追求，代表著他思想和藝術創作的新高度，是50年代台灣文壇不可多得的優秀作品。

第十節　留學生小說和於梨華的創作

台灣留學生文學崛起於20世紀60年代留學美國的台灣留學生群。當時，台灣很多青年學生失望于台灣社會現實，為尋求發展掀起留學美國的熱潮。他們大都浸潤著濃重的家國情結，經歷了從大陸到台灣、從台灣到美國兩次連根拔起般的苦痛。離鄉別土使他們有家無歸的精神創痛，而離開台灣則使他們漂泊海外，成為精神孤兒。他們雖然有人經過努力找到生存發展空間，但在精神上依然找不到歸宿，也就擺脫不了孤獨感的侵襲。他們中有些人拿起筆來，借助于文學創作排遣内心積郁和惆悵的情緒，留學生文學就此誕生。

"留學生文學"始自以於梨華、白先勇、聶華苓、張系國等為代表的台灣留學生作家群。於梨華被譽為"台灣留學生文學的鼻祖"。

於梨華

於梨華原籍浙江省鎮海縣，1931年生於上海。少年時期經歷了戰爭，生活漂泊不定。1949年去台灣，1953年台灣大學畢業後赴美留學。著有長篇小説《夢回青河》、《又見棕櫚・又見棕櫚》、《傅家的兒女們》，中短篇小説《也是秋天》、《三人行》、《雪地上的星星》、《白駒集》，以及散文集《新中國的女性及其他》、《誰在西雙版納》等。其創作大體上可分為兩個階段：1975 年以前，她依附美國而幻滅，投奔台灣而離棄，所寫的作品大多是一些心態小說，主題是失根的痛苦和認同的危機。1975 年她第一次回祖國大陸旅遊探親，其後又多次回國，在北京、上海、杭州、成都以及西雙版納參觀訪問，思想上發生了很大變化，認同新中國，作品主題則變為歸根的努力、認同的希望。《新中國的女性及其他》、《誰在西雙版納》、《三人行》反映了這一變化。

《新中國的女性及其他》　　　　《誰在西雙版納》　　　　　　《三人行》

　　於梨華以創作留學生文學聞名。其內容十分豐富，涉及留學生生活和精神的方方面面，可以説是留學生、留學人生活的面面觀。她的文學道路和“留學生文學”的形成、發展密切關聯，是“留學生文學”最具代表性的作家。其創作主要集中在兩點：一是留美女子的命運，二是留美華人的歸宿。後者是前者的延伸，概括了一代留學生的心路歷程，傳達了中國流浪者尋根思歸的資訊。於梨華描寫旅美留學生在學業、事業、婚姻等方面的奮鬥和挣扎，探索他們在學業成就後尋求文化上的認同、事業上的歸宿，以及自我尋求的生活經歷和心路歷程。她的作品描繪了在美國的中國人的鮮明形象。

《又見棕櫚 又見棕櫚》

《又見棕櫚·又見棕櫚》既是於犁華的代表作，也是台灣“留學生文學”的代表作。作品中的牟天磊是從大陸去台灣的青年，大學畢業後，正趕上“出國熱”，看到別人出國，他也離開台灣去了美國。臨行前，他對校門前的棕櫚樹許下了心願：“自己也要像它們的主幹一樣，挺直無畏，出人頭地。”到了美國，他邊工作邊學習，歷盡艱辛，因遠離故土、親人而引起的孤獨和寂寞使他無所適從。他獲得了博士學位，但並沒有給他帶來任何歡樂。他也有職業，卻在從事被人認為最沒有出息的教中文的工作。在美國十年了，甚至連婚姻都沒有指望。為擺脫寂寞之苦，也為能與經人介紹通信而尚未謀面的女朋友見上一面，他決定回一趟台灣。他見到了久別的父母和妹妹，也見到了從未謀面的意珊，百感交集。他想在台灣和親人中間放鬆一下“整個身體和精神”，希望找到歸宿，但返回台灣後，卻發現自己原來仍是一個“客”。他又見到棕櫚樹，當年許下的心願並沒有兌現，他默默地低下了頭。他第一次跟通信結識的情侶意珊坐在一起的時候，強烈地感到了他們之間的距離：是年齡的，也有別的。他說：“我是一個島，島上都是沙，每顆沙都是寂寞。我沒有不快樂，也沒有快樂。在美國十年，既沒有成功，也沒有失敗。我不喜歡美國，可是我還要回去。並不是我在這裏不能生活得很好，而是我和這裏也脫了節，在這裏我也沒有根。有人說海明威他們是失落的一代，我們呢？我們這一代呢，應該是沒有根的一代了吧？”牟天磊的感受在台灣人身上也很強烈，妹妹天美結婚了，有了孩子，表面上也還幸福，可是天美說她“在這裏沒有根”。他所尊敬的邱尚峰教授，抗衡旅美潮流，堅持在台灣，雖然潦倒，但尚樂觀，但邱卻說“我很寂寞，有時候悶得很苦”。沒有根的寂寞和苦悶像無形的小錘在敲打著每一個人的心。他帶著空茫的心靈回到了台灣，但在他“溶在自己國家的語言和歡笑中，坐在親人中間”的時候，他又覺得自己是站在“漩渦之外的陌生客”，產生了難以解釋的悲哀與落寞。

作品塑造了牟天磊這個“無根一代”的人物，在他身上容納了五六十年代彌漫於台灣留美學生及旅美華人心靈的孤獨感和幻滅感。小説以歸客看台灣的敍事方式，表現了一位歷經滄桑而變得同外部環境格格不入的天涯遊子根性逐漸迷失的心路歷程。這種精神上的苦痛借助於"棕櫚樹"這一物象表現出來，形象生動。留學之前，牟天磊對著棕櫚許願要"挺直無畏，出人頭地"，棕櫚成為主人公"強力意志"的象徵；十年之後棕櫚樹卻成為"心態蒼老"的牟天磊倦怠困頓的見證。"在黑夜向天空毫不畏縮的伸展著"的棕櫚樹和無根彷徨的牟天磊構成一種尖銳的對照，以一種反諷的語調完成了牟天磊根性迷失的傾訴。

於梨華生在中國，長在中國，受過中國傳統文化的薰陶，其作品具有強烈的民族感情、民族意識和民族精神。她善於剖示人物心理，尤其愛用對比的手法摹寫人物形象，新穎別致，匠心獨具，文筆乾淨俐落，寥寥數筆就能把人物寫活。她的文字形象、凝練、簡潔、清新，視角獨特，觀察敏銳，情感真摯，思想深刻，筆觸細膩，就像一個自然天成而又極富個性的美麗女性，令人讚歎不已。於梨華的作品在中國和海外華人作家中享有頗高的聲譽，不少作品被譯成英文，收入各種選集出版。

第十一節 台灣戲劇文學與李曼瑰的創作

台灣當代戲劇文學大體經歷了三個發展階段：第一階段是 20 世紀五六十年代，"反共抗俄戲劇"由盛而衰，藝術比較粗糙。第二階段是六七十年代，小劇場運動為台灣戲劇帶來生機，台灣戲劇出現轉機。第三階段是80 年代以後，戲劇重新受到重視，西方現代劇開始在台灣發展。

抗戰勝利後，台灣擺脫殖民統治，1946 年國民黨部隊接手台灣後，大陸劇團陸續到台演出，一度活躍。除了國防部、教育部等國民政府部門的勞軍演出外，大陸民間劇團應邀到台演出了《河山春曉》、《野玫瑰》、《反間諜》，以及曹禺的《雷雨》、《日出》，阿英的《鄭成功》，吳祖光的《牛郎織女》和歐陽予倩的《桃花扇》等，取得很好的效果。1947 年發生"二二八事件"，台灣形勢緊張。《壁》的作者簡國賢被指為共產黨員，慘遭殺害，戲劇演出受到限制。為緩解緊張局勢，台灣省政府邀請了大陸劇團到台，公演吳祖光的四幕歷史劇《文天祥》（又名《正氣歌》）、黃宗江的《大團圓》等，取得很好的效果，對促進台灣戲劇文學發展産生了很大影響。

國民黨政府遷台之後，許多作家和劇團先後遷台，為了製造輿論、加強統治，對抗大陸的文藝宣傳，台灣當局制定了以"反共抗俄"為國策的文藝政策，對戲劇的防範和控制更為具體和嚴厲。國民黨採取多種措施，控制作家創作，控制戲劇演出活動。为推動台灣文藝運動，設立"中華文藝獎金委員會"和"中國文藝協會"，對作家創作和藝術家的演出進行嚴格管制，同時重獎符合"反共抗俄"國策的作家作品，公營、私營話劇團隊紛紛成立，"反共抗俄劇"盛行。戲劇成為宣傳工具，藝術大受影響。

1953 年情況開始好轉，1954 年話劇的演藝逐漸提高。1955 年台灣戲劇運動逐漸步入低潮而平靜的狀態。國民黨成立中央話劇運動委員會，政府各部門和相關演出團體大力支持和協助戲劇擔負"反共抗俄"的時代使命。尤其是教育部、國防部等對戲劇運動極為重視，除了組織中華實驗戲劇團經常公演外，並公開徵求劇本，予以獎勵，還成立專門的戲劇學校，大力培植戲劇人才，台灣話劇在"反共抗俄"的道路上飛速行進。劇本内容百分之八十暴露共産黨統治下的苛政，例如《樊籠》、《人獸之間》等；百分之十是在歌頌國民黨政府的功德，例如《領袖萬歲》、《中華民國萬歲》等；百分之五是以古鑑今或虛構故事的方式來影射時局，例如《光武中興》、《漢宮春秋》等。據統計，從 1950 年 1 月到 1956 年 2 月，六年時間文獎會徵得符合"反共抗俄"的劇本共 69 種，大部分都是"勾踐復國"式的歷史訓示。

"反共抗俄"严重影響了台灣戲劇发展。至 50 年代末，出現劇本荒，大多數劇團陷入解體狀態。新世界、大華、紅樓等劇場常常演出像《漢宮春秋》、《武則天》、《西廂記》、《紅樓夢》一類的古裝戲，或迎合小市民口味的奇情劇《賭國仇城》、喜劇《乘龍快婿》、《錦上添花》等。有感於話劇藝術的衰微，李曼瑰赴歐美考察戲劇，60 年代返台後大力提倡小劇場運動，逐漸取代"反共抗俄"話劇運動的走向。

小劇場運動反對劣質戲劇藝術，認為劣質戲劇无力承担"戲劇救國"的時代任務，企圖以學院派嚴肅的工作態度挽回觀衆的信心，重建戲劇的藝術和社會地位。到 70 年代初，經過廣大戲劇工作者的艱辛努力，台灣戲劇才從反共八股的窠臼和影視等大眾傳播媒介的衝擊下擺脫出來，走上了健康發展的坦途。李曼瑰、姚一葦等嚴肅的劇作家以其對生活的嚴肅態度、對現實人生問題的關注、對戲劇藝術表現形式的多方面探索，把台灣戲劇舞台裝點得多姿多彩、有聲有色。

李曼瑰

　　李曼瑰（1907～1975）筆名雨初，廣東台山人。1923 年發表作品，1931 年燕京大學國文系畢業，研究中國古代戲劇，後赴美國密歇根大學、哥倫比亞大學進修戲劇，獲戲劇學博士學位。1940 年回國後曾任政治大學、戲劇專科學校教授。1949 年赴台，在台灣師範大學、政治大學、輔仁大學、藝專等校从事戲劇教学和研究。她大力提倡"小劇場運動"，並組織成立了"三一戲劇藝術研究社"，舉辦話劇欣賞會、"小劇場運動推行委員會"，鼓勵民間、學校組織小劇場，擴大戲劇活動的範圍。李曼瑰既是戲劇家，也是國民黨立法委員，在政界有很大優勢，為培養戲劇人才、活躍戲劇演出、推動戲劇改革、促進戲劇事業發展做出了很大貢獻。

　　她的劇本創作始於 20 世紀 20 年代。代表作是以漢代歷史為題材的系列歷史劇。"漢宮春秋三部曲"（第一部《王莽篡漢》、第二部《光武中興》、第三部《楚漢風雲》），开始带有現實政治色彩，後對《王莽篡漢》和《光武中興》进行修改，有意減弱政治色彩，著重刻畫人性，寫王莽的性格有很多矛盾，是一位"失敗了的改革家"。這齣人性的悲劇受到莎士比亞和奧尼爾劇作的影響。《楚漢風雲》則以漢初三傑中的張良為中心，寫張良和虞姬有一段愛情故事。70 年代初寫成的第二個"三部曲"是《漢武帝》、《瑤池春夢》和《望子成龍》，形象地再現了漢代的歷史風雲，劇中人物衆多，形象鮮明豐滿，富有神采，矛盾衝突錯綜複雜，結構縱橫捭闔，顯示出作者較深厚的功力。因受西方古典戲劇影響，其歷史劇也有較濃重的悲劇和哲理意味。

第八章　五十至七十年代的香港文學

第一節　香港五十至七十年代文學概述

新中國成立前後，香港作家經歷著你來我往大換班式的變化：戰爭期間去港的進步作家大部分返回內地參加新中國的革命和建設，對新中國政權持有異議和疑慮的右翼文人從內地湧入香港。他們在美國新聞處及亞洲基金會的支持下，創辦《人人文學》、《祖國》、《大學生活》等雜誌，組織出版社，鼓吹反共文學。而留港的進步作家則以三聯書店、商務印書館、中華書局為基地，在《大公報》、《文匯報》和《新晚報》三大報副刊及《良友雜誌》、《文藝世界》等刊物上發表大量作品，與反共文學浪潮抗衡。因此，20 世紀 50 年代的香港文壇籠罩著濃厚的政治文化氛圍，當時的作品大多具有鮮明的政治色彩。

《文匯報》

50 年代以後，香港文壇占主導地位的是南來作家。他們是文學創作的主力軍。長篇小說方面，有李輝英的《海角天涯》，黃思騁的《長夢》，張愛玲的《秧歌》、《赤地之戀》，唐人的《人渣》、《金陵春夢》，高旅的《困》等。散文集有葉靈鳳的《文藝隨筆》、《讀書隨筆》、《能不憶江南》，徐速的《心窗》，司馬長風的《段老師的眼淚》等。詩集有力匡的《燕語》、《高原的牧鈴》，何達的《洛美十友詩集》等。

香港本土作家也在迅速崛起。侶倫的《窮巷》之外，舒巷城出版了長篇小說《太陽下山了》、《白蘭花》，短篇小說集《山上山下》、《霧香港》，以及詩集《我的抒情詩》、散文集《倫敦的八月》等。夏易的《香港小姐日記》、《變》等也是本土作家創作的長篇力作。此外，吳羊璧、金依、海辛、張君默等作家也都在各自的創作領域嶄露頭角，成為香港文學的一支生力軍。

《窮巷》

香港是國際化大都市，50 年代中期，現代主義文學思潮在香港興起，給香港文學發展帶來深遠的影響。1955 年 8 月，由王無邪、崑南、葉維廉等合辦的詩刊《詩朵》出版。其主要作者包括杜紅、盧因、藍子（西西）等。這是香港現代詩人的第一次集結。1956 年 2 月，馬朗主編的《文藝新潮》出版。這本雜誌集翻譯、理論和創作於一體，把香港現代主義文學推向高潮。李英豪、戴天、王無邪、蔡炎培等一批年輕的作家都以開創性和實驗性的創作投入這股潮流。他們用西方文學觀念和藝術技巧表現香港在經濟迅猛發展時期所產生的社會問題和精神狀況。

60 年代開始，香港文壇政治空氣日益淡漠，隨著城市現代化進程加速，舊的文藝傳統、文藝樣式不足以表現現代人的思想深度和複雜性，從而為現代主義思潮的傳播提供了良好契機。1960 年《香港時報》推出《淺水灣》文學副刊，致力於推介西方現代主義文學，刊登了較為新銳的作品；1963 年崑南、李英豪主編的《好望角》半月刊面世，走前衛路線，刊登香港和台灣的新潮作品；《盤古》標榜自由主義，介紹存在主義、嬉皮士文藝；《文藝伴侶》推介西方荒誕劇，探索存在主義源流；《新思潮》、《中國學生週報》後期也積極提倡現代主義。留學歐美的青年學者戴天、也斯、葉維廉、亦舒等，回港後聚集在現代主義文學大旗下，熱情開展文學創作活動。現代主義思潮興盛繁榮。

適應香港高度商業化發展需要，通俗文學崛起並蔚為大觀。通俗文學以娛樂和消遣為主，追求輕鬆活潑，幽默風趣，多方面地滿足了香港各界的閱讀需求。香港通俗文學以武俠小説與言情小説為主幹，旁及歷史小説、科幻小説和框框雜文，具有快、博、雜、趣等特點，適應了市場需要。武俠小説是香港通俗文學的第一大門類。梁羽生是香港武俠小説的開山鼻祖，從50年代初到80年代，共出版了《白髮魔女傳》、《七劍下天山》、《萍蹤俠影錄》等35部武俠小説。梁羽生的大多數作品都有史實依據，他從歷史中選取素材，尤偏愛於民族衝突、朝代更替之際的風雲變幻和人事滄桑。這使他的武俠小説兼有歷史小説之長。梁羽生有很好的古典文學素養，其作品具有書卷氣。金庸後來居上，創作了15部武俠小説，幾乎部部是精品，風靡海內外。較有影響的武俠小説家還有倪匡、張夢還、風雨樓主等。

《白髮魔女傳》

《七劍下天山》

《萍蹤俠影錄》

言情小説是香港通俗文學的又一大門類。最早寫言情小説的是傑克（即黃天石），先後出版了《合歡草》、《奇緣》等20部作品，在50年代十分流行。60年代以後，依達、亦舒、嚴沁、岑凱倫等年輕一代的言情小説家，以充滿溫馨浪漫的情愛氣息的作品，在文壇初露鋒芒。他們的小説大多以現代香港社會為背景，專門描寫都市青年男女之間的愛情糾葛，有較強的時代感。

歷史小説和科幻小説是香港通俗文學的兩支勁旅。歷史小説作家以南宮博、董千里、高旅、金東方為代表。南宮博擅長古代愛情傳奇的現代加工，透過傳統的故事表現個性解放的思想，主要作品有《洛神》、《梁山伯與祝英台》、《孔雀東南飛》等。董千里則著力表現歷史進程中宮帷之內的矛盾衝突，如《玉縷金帶枕》、《董小宛》等。高旅的小說以史為據，重視史實，態度嚴謹，力求歷史真實和藝術真實的統一，代表作有《金屑酒》、《玉葉冠》等。金東方的歷史小說涉及面甚廣，其創作不囿于某個朝代，興之所至，隨意開拓，著有《賽金花》、《逐鹿記》等。科幻小說則以衛斯理（倪匡）最為著名。1963 年創作第一部科幻小說《妖火》，發表作品近百部，出版《衛斯理科幻小說全集》，其中《無名發》具有代表性。衛斯理的科幻小說想象極為豐富，情節撲朔迷離，充滿神秘色彩。

框框雜文即專欄雜文，也是香港通俗文學的重鎮。字數一般在五百到八百字之間，內容廣泛，論時事，談萬象，說文化，道世態，抒情說理，樣樣俱備。"在忙碌的生活中，框框雜文是最容易消化的早餐和下午茶，和晚上鬆弛神經的長壽電視節目《歡樂今宵》一樣，是'不可一日無此君'的大眾精神糧食"。著名的專欄作家有項莊、梁小中、吳其敏、張文達、胡菊人、黃沾、何福仁等。

進入 70 年代，香港文學環境發生了重大變化。世界經濟危機導致香港出口萎縮，工廠倒閉，股票狂跌，金融房地產業一片蕭條。香港的經濟結構由單一型向複合型轉變。香港作家更加關注現實，關心民生，出現了一批深具責任感和使命感的作品。

第二節 五十至七十年代詩歌概述

20 世紀五六十年代的香港詩歌與小說、散文相比顯得遜色，但有成就的詩人和可觀之作還是不少。

50 年代初期，香港的"綠背文學"與"紅色文學"鬥爭激烈，香港詩壇只有少數南來詩人寫些思鄉懷土作品，聊抒情懷，成就不高，影響不大。這些詩人多數是因不滿新政權逃亡香港的"難民"，其中包括馬朗、徐訏、力匡、徐速等詩人。"難民文學"的代表作家趙滋蕃除有長篇《半下流社會》外，另有萬行長詩《旋風交響曲》，其他詩人也充滿了難民心態及放逐意識，如徐速的《夏懷》，其主題是"身老香江，心在神州"的故國之思。《海天集》的作者柳木下寫"我的室廬如漂浮在波濤上"，充分表現了作者因流落他鄉而產生的無根之感。徐訏的《感覺的模糊》，寫自己懷念故鄉又無法回去，認同舊中國而對新中國倍感遙遠和陌生，生活在回憶之中而不知道明天是什麼樣子。這些詩人常將中原文化與香港文化作比較，前者是他們崇拜謳歌的對象，後者是他們鄙視和否定的目標。

按其創作的思想傾向，香港詩人分左右兩翼。左翼詩人主張回歸樸素健康的寫實主義。如詩人何達所寫支持工人運動和為下層勞動人民吶喊的詩篇，很適合街頭朗誦。舒巷城的寫實作品清新剛健，在一定程度上觸及了香港現實。他以抒情詩為主，結集出版了《我的抒情詩》和《回聲集》。《我的抒情詩》的第一輯寫友情、親情和鄉愁；第二輯主要寫男女之間的愛情。他的詩格調清新曉暢，節奏於輕緩中略帶亢奮，在當時產生了很大影響。右翼詩人力匡也曾寫過如《懷鄉》、《我不喜歡這個地方》，對於商業氣息濃厚的香港社會和不中不西的香港人情風俗表示了不認同。而他的《理想》等一批詩歌，則具有濃厚的生活氣息和真切的思想感情，詩風質樸粗獷，蘊含著深厚的人民性，對社會陰暗面的剖示毫不留情。

1955 年以後，《詩朵》和《新思潮》相繼出現，香港新詩進入一個新的發展階段。崑南、王無邪、葉維廉、馬朗等，他們不同程度地打上了存在主義、超現實主義的印跡。崑南的《布爾喬亞之歌》、馬朗的《焚琴的浪子》、《雪落在中國的原野上》，葉維廉的《賦格》等作品，堪稱香港現代詩的濫觴之作。王無邪的詩表現了 50 年代知識份子的兩難局面：既不願意認同實體的 "中國"，即自 1949 年以後的共產黨政權，又在流落異地的生涯裏不斷回憶中國文化種種優美的質素，形成對 "抽象中國" 的追思；而香港殖民地的處境無法使他們獲得生活或精神上的慰藉，導致無根、無所歸向、無所選擇的浮游狀態。這類詩歌贏得廣大讀者的青睞。

至 50 年代末、60 年代初，政治性文學鬥爭衰微，現代主義思潮呈現頗為強勁的勢頭。以也斯、戴天、綠騎士、胡燕青、西西、蔡炎培等為代表的一批新人登上詩壇。他們在放任自流、自由無羈的創作環境中產生，感情充沛，思想活躍，善於博採眾長，給香港詩壇注入了生機。李國威的《碎片》帶有存在主義的投影，鍾玲玲的《我的璨爛在1919》，宣佈四周所彌漫的虛無來自歷史的嘲弄和時間的過錯。"沒有路碑，也沒有指南針"，道出了殖民地人民無法把握生活方向和掌握自己命運的心態。年輕詩人不拘一格，或委婉，或深沉，或清朗，或激昂，各擅其長，各有各的詩路。香港現代詩也難免有走火入魔的現象，但总体上看，並未片面追求"橫向移植"，也沒有全盤否定"縱向繼承"，他們的創作方向沒有與"五四"以來的詩歌傳統完全絕緣。

70代以後，詩歌獲得長足的發展。主要由三部分詩人組成。一部分是香港本土詩人，如在《羅盤》詩刊陣地上，雲集了戴天、蔡炎培、馬覺、羈魂、也斯、古蒼梧、羅少文，西西、吳煦斌、康夫、陳炳元、陳德錦這些本地作者。他們的詩歌貼近生活，不脫離現實。類似的刊物還有《焚風詩頁》、《秋螢》，脫胎于《中國學生週報》的《大拇指週報》等。另一部分是南來詩人，其中包括黃河浪、張詩劍、傅天虹、夢如等詩人。他們用各種藝術形式表現"文革"給時代給社會帶來的重大災難。再就是南逃香港的紅衛兵新詩，如虞雪等人創作的《敢有歌吟動地哀》。還有從台灣、澳門和海外移居香港的詩人，如鍾玲玲、原甸、陶裏等。詩歌創作總的傾向是現代主義向傳統回歸，既關注現實又抒寫性靈，既有現代意識又有本土情懷。

70年代的香港新詩，通過對五六十年代"難民文學"和現代主義的深刻反省，既不囿于新月式的浪漫抒情，也不盲從西方現代派；以香港作為立足點，關注中華民族的命運，詩風從晦澀走向明朗，存在主義色彩弱化，具有本土意識的詩刊及其詩作得到蓬勃發展。香港詩人的文化身份由此從曖昧走向認同。這是一個從抒情走向描述的轉型時代，也是香港新詩踏上一個里程碑的開始。

第三節　馬朗和他的《焚琴的浪子》

在五六十年代香港詩歌發展史上，馬朗是有突出貢獻的詩人。在"綠背文學"盛行的50年代初期，他主編《文藝新潮》，推介西方現代主義文學思潮，發表香港現代派創作，扶持文學青年，為香港文學的健康發展提供了很大方便。而他的詩歌創作也取得很大成就，有力地促進了香港詩歌的現代進程。

馬朗（1933～）本名馬博良，廣東中山人，生長於華僑家庭。40年代末，在上海聖約翰大學畢業。馬朗十幾歲擔任《自由論壇報》編輯和《文潮月刊》主編，出版詩和小說集《第一理想樹》。50 年代初到香港，60 年代到美國深造，開始其外交官生涯。著作有詩集《美洲三十弦》和《焚琴的浪子》等多種。

馬朗用現代派的手法，表現了"南來"詩人的複雜情懷。其中有香港經驗，也有故土的緬懷和記憶的碎片。

《焚琴的浪子》

《焚琴的浪子》是他臨行香港前寫的詩作，可以作為面對外界的混亂和内心世界的矛盾的戲劇化喻寫。前言是"獻給中國的戰鬥者之一"，説明"焚琴的浪子"喻指那些告別文化和美的眷念，匯入行動者行列的人們。而詩後則援引《舊約·詩篇》中的話："在巴比侖的水邊我們坐下低泣，當我們記起你，呵，聖城！至於我們的豎琴，我們掛起了；在那裏面的樹上。"題前題後的文字構成一種認同而又疏離的對話關係，而全詩也是在水邊緬懷的"我們"與行動著的"他們"（焚琴的浪子即"中國的戰鬥者"）"對談"狀態中内心矛盾的戲劇性演出。詩的主調是對"燒盡琴弦"、"為千萬粗陋而壯大的手所指引"、"已血淋淋地褪皮換骨"、"以堅毅的眼，無視自己"、"去火災裏建造他們的城"的"浪子"的感佩。但詩的説話者（也是果決行動隊伍的目擊者）的傷感緬懷，卻不由自主地要延宕他們前行的腳步："去了，去了/青銅的額和素白的手/那金屬般清朗的聲音/驕矜如魔鏡似的臉。"他忍不住要讓他們在淒清的山緣回首，"最後看一次藏著美麗舊影的聖城"。這樣，當正面展開這群"褪皮換骨"的行動者的時候，便是一種臧否難分、褒貶莫辨的糾纏。"我們"似乎羨慕他們"為千萬粗陋而壯大的手所指引/從今他們不用自己的目光/看透世界燦爛的全體/什麼夢什麼理想樹上的花/都變成水流在臉上一去不返"。然而，形容詞"粗陋"與"壯大"並置，自我否定（"從今他們不用自己的目光"）以及對夢和理想不再執著，又不免讓人惋惜個人代價的沉重。説話者不由自主地又一次中斷他們決然前進的腳步，將春天召喚過來，並對他們的行動給予歷史理性的講述："春天在山邊在夢裏再來/他們的眼睫下有許多太陽，許多月亮/可是他們不笑了，枝葉上的蓓蕾也暗藏了/因為他們已血淋淋地褪皮換骨。"

　　也斯在論述馬朗的詩歌時充分注意到詩中矛盾語氣與歷史時空的關聯，認為《焚琴的浪子》中的矛盾語氣，"不僅是一種修辭方法，而是因為他確處於一個充滿矛盾的歷史時空之下，一方面對狂熱的行動有所希望，一方面對行動的結果有所猶豫"。① 這是富有見地的。但如果注意"我們"與"他們"的對話關係，注意作品言說過程的回望、"夾塞"和中斷，似乎也可以理解為抒情的自我與対象認同和疏離的糾纏。"我們"驚羨"他們"決然的行動，"以堅毅的眼，無視自己"，卻又最終將浪子焚琴的出發描繪為一個"去火災裏建造他們的城"的悲劇，反映了現代中國知識份子面對歷史時既無法認同現實，亦無法自我認同的内心狀態。《焚琴的浪子》表現的是對奔赴另一種人生的矛盾。因此，"今日的浪子出發了/去火災裏建造他們的城……"既是對"中國的戰鬥者"的喻寫，也是詩中自我的抒情喻寫。巧妙的是詩人把不同的喻指組織在共同的歸屬中：這是一種火災裏的建造，悲壯，然而徒勞。馬朗選擇的是另一種出發。寫這首詩後不久，他便離開上海，到了香港。

　　《車中懷遠人》將一種無聲的哀傷和憂鬱置於岩石一樣寂靜的車廂，讓它在平靜如水的夜色中，從一個時間駛入了又一個時間，似乎是離別情緒的流露。而《空虛》則是到港後的感受："樓台外寂寥而蒼鬱的天/伸到空中去的一隻隻手/一支支無線電杆/要抓住逝去的什麼。"《北角之夜》以朦朧的視角寫香港繁華區北角的春夜，燈影裏慢慢成熟的玄色，滿街飄蕩的薄荷酒溪流，舞娘們的纖足和捲舌的夜歌，使人們陷入一種紫水晶裏的沉醉，疲倦而又往復留連。詩人用了近乎情詩的醺然徜徉寫都市的疲倦和落寞，又用帶古典田園風味的意象寫都市的紙醉金迷，這都溶解著他個人的特殊經驗，因而也成為他特殊的話語方式。马朗的詩作顯示了從中國大陸南來香港那一代人雙重經驗的交織。詩中"春野上的小銀駒"明顯是大陸經驗，經記憶和聯想而重疊在今日之北角之上。北角有"小上海"之

① 也斯：《從緬懷的聲音裏逐漸響起了現代的聲音》，《香港文化空間與文學》，香港：青文書屋，1996，第19頁。

稱，是 50 年代上海南來文化人聚居之地。他用抒情化的緬懷，表現了對都
市生活的個體觀察和情感。

第四節　五十至七十年代散文概述

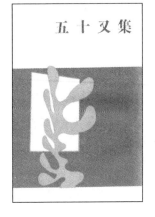

《五十又集》

20 世紀 50 年代香港散文創作數量不多，一則是可供作家發表散文的
報紙雜誌少，二則是本地散文創作隊伍尚未建立
起來。其間，從事散文寫作的主要是南來老作
家，而出版個人散文專集的只有曹聚仁、徐訏等
少數幾位作家。值得一提的是由吳其敏主編的
《五十人集》和《五十又集》，這兩部頗具份量
的散文集共收入葉靈鳳、黃蒙田、舒巷城等 87
位作家的一百篇散文，這兩本書出版於 60 年代，
但其中多數作品寫於 50 年代，是香港作家 50 年
代在散文園地慘澹經營取得的成果。

50 年代的散文多寄生在報章上。休閒野趣、
諷刺社會的雜文及"怪論"，見解獨特加港式語
言，因而有廣大讀者。"怪論"是指用唱反調來説理的雜文。"怪論"雖非
高雄開創，但其嬉笑怒罵的手法運用得嫻熟，用旁敲側擊的手法抒發政見
顯得爐火純青，成了這類通俗化雜文的一枝獨秀。其他親台文人的專欄作
品，多為懷鄉之作，文風顯得柔弱空洞，有的甚至表現為囈語式。左翼作
家黃蒙田、吳其敏、張千帆的散文參與意識多於閒暇，愛國情懷躍然
紙上。

60 年代香港散文有長足進展。隨著香港經濟的快速發展，報刊數量劇
增，為散文的大發展提供了很好的物質條件。許多作家又將在報紙副刊上
發表的散文結集出版，大量散文集的面世，成為此間文壇的可喜景觀。作
者多數是中老年作家。葉靈鳳的《忘憂草》、《百葉雜記》，曹聚仁的《魚
龍集》、《浮過了生命之海》，徐訏的《思與感》，舒巷城的《燈下拾零》，
夏果的《石魚集》，徐速的《一得》，侶倫的《無名草》，司馬長風的《長
歌集》等，都是有特色的散文集。夏易的散文集《花邊·拇指·愛》、《港

島馳筆》、《希望之歌》等大多取材于社會和人生問題，聯想豐富，對比鮮明，是她常用的手法；明朗昂揚，飽含激情是夏易散文的基調。幾位後來離港赴海外定居的老作家也寫出不少散文佳構，如李素的《心籟集》、《窗外之窗》，思果的《河漢集》，農婦的《鋤頭集》、《水牛集》等，都是各具特色、膾炙人口的散文集。

在 20 世紀五六十年代的香港散文界，女性作者很少，知名者不過十三妹、李素、農婦等幾人。到 70 年代，女性散文家異軍突起，活躍在香港文壇上。最早崛起的是 1974 年 4 月開始在《星島日報》上寫作"七好文集"雜文專欄的柴娃娃、杜良媞、圓圓、小思、陸離、尹懷文、亦舒、蔣芸、秦楚等人。黃維樑在評論她們的作品時指出："她們走在一起竟沒有成墟，沒有道張三長李四短，沒有閒聊，沒有'八卦'，這幾乎是令人吃驚的事。……她們寫的，雖不是什麼魯迅風、錢鍾書風、鄧拓風雜文，但竟然有很多篇

《七好文集》

是不折不扣的社會批評。"在"七好"之外，李碧華以她的尖銳筆調和鮮明感性，引起廣泛的注意；黃碧雲和游靜嘗試"透過獨特的、個人的精神不平衡的經驗，以文字重現一種有普遍性的集體不平衡狀態"，充滿了新的反省和新的思考。而林燕妮、何錦玲、李洛霞、孫寶玲、白韻琴、西西、鍾曉陽、謝雨凝、西茜凰、吳煦斌、方娥真、王璞等人，不論寫身邊瑣事，還是談社會人生，或開掘心靈世界，都個性活現，代表了城市女性的不同形態，顯示了香港女散文家的創作實績。

曹聚仁是本時期活躍於香港文壇的散文大家。曹聚仁（1900～1972），原籍浙江浦江，畢業于杭州第一師範。1932 年起在上海創辦文學雜誌。1950 年赴香港，專門從事寫作。曹聚仁博覽群書，著述甚豐，出版作品 70餘種。移居香港的 20 年間，曹聚仁寫得最多的是散文，曾在多家報刊上撰寫專欄。50 年代，他先後出版了《北行小語》、《北行二語》、《人事新語》等散文集，通過自己採訪實錄，報導新中國的巨大變化，展示翻身當了國家主人的中國人民的精神面貌。他在上海生活了 20 多年，對浩如煙海的上

海史料瞭如指掌，撰寫了大量有關上海地方史志隨筆，系統地介紹了上海的發展史，在香港擁有很多讀者。曹聚仁在香港的創作中最有價值的是兩部近百萬字的回憶錄：《我與我的世界》和《萬里行記》。前者是一部散文體的自傳，後者是一部抗戰時期回憶錄。《萬里行記》寫了作者任戰地記者時的見聞感受，有對日本侵略者暴行的控訴，有對祖國大好河山的讚頌，並大量介紹了各地風土人情和歷史掌故。這兩部作品兼具文學價值和史料價值。

葉靈鳳

葉靈鳳（1904～1975）本名葉韞璞，原籍南京。早在 30 年代他就活躍於上海文壇，是著名的“新感覺派”小說家之一。1938 年起定居香港，此後專門從事隨筆寫作，結集出版的作品有《北窗讀書錄》、《晚晴雜記》、《香港方物志》等。葉靈鳳隨筆的特點是知識面廣，善於旁徵博引，援古論今，文章思路明晰，邏輯嚴密，字裏行間充滿對祖國的熱愛和對美好事物的頌揚。他對祖國山川風物，特別是早年生活過的江南風光和人情習俗有著很深的感情。他對香港的歷史、地理、風土人情也作過精深的研究，寫了許多文章，其中有些作品填補了香港史研究中的空白。1963年香港南苑書屋出版了葉靈鳳的《文藝隨筆》，所收篇什大部分是他的讀書劄記。作者在後記中寫道：“我一向認為要寫這一類的隨筆，將自己讀過了覺得喜歡的書介紹出來，是應該將這本書的作者，他的生平和一點有趣的小故事融合著這本書自身來一起談談的。有時，一本書在這世間的遭遇，會與這本書的內容同樣的有趣，這都是我特別感興趣的。”葉靈鳳的這本書介紹的作品都是外國古典和現代名著，它不同于一般的文學評論集，在介紹作品的同時，還談及作家的生平、軼事和作品產生的背景情況，以推出許多鮮為人知的資料見長。從對外國名著的推介、普及角度看，這是一項有意義的工作，不僅能幫助中國讀者欣賞外國文學，並且對借外國文學的藝術技巧，提高中國作家的創作水準也大有裨益。

第五節　董橋和他的《中年是下午茶》

在香港散文園地，"學者散文"異常醒目。學者散文很多是高校教師所作。他們學識淵博，且具有很高的理論修養和駕馭語言的能力，其創作品位高，内涵豐，影響大，代表了香港散文的藝術水準，值得重視。學者散文家首先是學者，是各個學科的專家，如金耀基是社會學家，陳之藩是電子科學家，高克毅、梁秉鈞、黃國彬是翻譯家兼評論家，梁錫華、黃維樑、盧瑋鑾是現代文學研究專家，張五常是經濟學家。他們大都出過洋、留過學，知識淵博、視野開闊，其創作充滿書卷氣。

學者以知識見長。他們只要有一點感觸、一些人生的思考需要表達，或是所見所聞需要訴説，就可以從中外名人、古今故事、歷史人物、人情風俗等等裏找到引用的資料或藉以發揮的知識，尤其是古典詩詞的詩句、名人的名句、中外典故、幾乎隨手可得。梁錫華、潘銘燊、陳耀南、黃維樑、金耀基、黃國彬、陳德錦、也斯、鍾玲等是成就較大者。其作品，如梁錫華的《望洋興嘆》，從太平洋的歷史，講到宋玉高唐神女，英國詩人拜倫，西班牙鐵甲艦隊的覆没，日本偷襲珍珠港以及自己飛越北極圈苦寒之地的感受，等等。雖是三言两语，但开卷有益，给人以知性享受。潘銘燊的《音樂療法抗煙記》中講到音樂家和樂曲名很多，孟德爾松的《春之歌》，史特勞的《藍色多瑙河》，蕭邦的《即興幻想曲》以及勃拉姆斯的《搖籃曲》，应有尽有。他對音樂家和樂曲名的精通，令人佩服。金耀基的《從劍橋到牛津》對世界兩座名校的歷史、構成、名人、外觀、風格等的熟悉，也顯示了知識的豐博。学者對資料的引述，是隨著思路的活躍不斷擴展、引申的，具有鋪張性和比較性。學院派散文是學者才情、修養的自然流露，反映的是文化背景深厚的心靈，大都耐人寻味。

董橋是學者散文作家。董橋（1942～）原名董存爵，福建晉江人。1964 年畢業于台灣成功大學外文系，到香港不久即赴英倫就讀倫敦大學。獲哲學博士學位。1980 年回港任職，任《明報週刊》、《明報》和《讀者文摘》總編輯。先後結集出版《雙城雜記》、《在馬克思鬍鬚叢中和鬍鬚叢外》、《另一種心情》、《這一代的事》、《跟中國的夢賽跑》、《辯證法的黃昏》、《鄉愁的理念》、《故事》、《董橋小品》等。

董橋認為，人生無非是"關起門來種種花，看看書，寫寫字，欣賞欣賞《十竹齋箋譜》之類的玩意"。他反对"談玩喪志"的成見，認為"玩物自有其志"，"玩也是一種生活方式"。董橋"身處香港這個文化交融地，受到西方文化的深刻薰陶，而且性情更放開一些"。所以"心態自由、大膽"、"玩得更灑脫"，更"滿足自得"。

董橋

董橋的散文稱得上散文園地的"上品"。其文字"銷魂"、"嫵媚"，亦有些"靈氣"，而"神游古人、浮沉典籍"，則有胭脂氣，如閱六朝金粉。董橋"睹物思人"，他"沉迷事物"，近乎"情癡"，有點"病態"。對於散發著歲月光澤的古玩和"清麗"的女人，他内心湧動著太多的柔情、愛憐。他似重溫舊夢，他的閒散，他的濃情蜜意，他的哀愁與顧影自戀的"凄涼況味"，頗有晚清民國"遺老"的趣味。

董橋散文名篇很多，《中年是下午茶》頗為讀者稱道：

《中年是下午茶》

中年最是尷尬。天沒亮就睡不著的年齡，只會感慨不會感動的年齡，只有哀愁沒有憤怒的年齡；中年是吻女人額頭不是吻女人嘴唇的年齡，是用濃咖啡服食胃藥的年齡；中年是下午茶，忘了童年的早餐吃的是稀飯還是饅頭……

中年是雜念越想越長、文章越寫越短的年齡。可是納坡可夫在巴黎等著去美國的期間，每天徹夜躲在沖涼房裏寫書，不敢吵醒妻子和嬰兒。陀斯妥也夫斯基懷念聖彼德堡半夜裏還冒出白光的藍天，説是這種天色教人不容易也不需要上床，可以不斷寫稿。梭羅一生獨居，寫到筆下約翰·布朗快上吊的時候，竟夜夜失眠，枕頭下壓著紙筆，輾轉反側之餘隨時在黑暗中寫稿。托瑪斯·曼臨終前在威尼斯天破曉起床，沖冷水浴，在原稿前點上幾支蠟燭，埋頭寫作二三小時。亨利·詹姆斯日夜寫稿，出名多產，跟名流墨客夜夜酬酢，半夜裏回到家裏還可以坐下來給朋友寫16頁長的信。他們都是超人：雜念既多，文章也多。

中年是危險的年齡：不是腦子太忙、精子太閒；就是精子太忙、腦子太閒。中年是一次毫無期待心情的約會：你來了也好，最好你不來！中年的故事是那隻撲空的精子的故事：那隻精子日夜在精囊裏跳跳蹦蹦鍛煉身體，說是將來好搶先結成健康的胖娃娃；有一天，精囊裏一陣滾熱，千萬隻精子爭先恐後往閘口奔過去，突然間，搶在前頭的那只壯精子轉身往回跑，大家莫名其妙問他幹嘛不搶著去投胎？那只壯精子喘著氣說："搶個屁！他在自瀆！"

"數卷殘書，半窗寒燭，冷落荒齋裏"。這是中年。《晉書》本傳裏記阮咸，說"七月七日，北阮盛曬衣服，皆錦綺燦目。咸以竿掛大布犢鼻於庭。人或怪之。答曰：'不能免俗，聊複爾耳！'"大家曬出來的衣服都那麼漂亮，家貧沒有多少衣服好曬的人，只好掛出了粗布短褲，算是不能免俗，姑且如此而已。

中年是"不能免俗，聊複爾耳"的年齡。

知識豐富，視界開闊，語言精練，風格別致，比喻生動，妙趣橫生，寫出了中年的尷尬，道出了人生況味。

第六節　五十至七十年代小說概述

20世紀五六十年代的香港小說流派迭起，泥沙俱下，發展迅速，新作紛呈，表現出與內地、台灣迥然不同的格局。

新中國建立前後，有些作家對共產黨領導下的人民政府心存疑慮和恐懼，于是來到香港。其中有張愛玲、徐訏、李輝英、易君左、趙滋蕃、孫述憲（齊桓）、黃思騁、葡少夫、司馬長風、黃震遐等，加上曹聚仁、劉以鬯等中間派作家，四五十人組成香港作家隊伍。當時美國政府為顛覆新中國，把香港當成了一個橋頭堡，大搞文化戰。在美國駐港新聞處的統一部署與領導下，撥出鉅款，先後成立救濟總會（後改亞洲基金會）、孟氏基金會、友聯研究所等情報機構，並創辦一些報紙、雜誌、出版社，把"親蔣派"作家全部網羅進去，展開了強大的"美元文化攻勢"，僅"反共小說"在數年間就出版200餘部，如張愛玲的《秧歌》和《赤地之戀》、林適存的《無字天書》、趙滋蕃的《半下流社會》、李行軒的《太湖女兒進行曲》、任穎輝的《夜香港》等。由於這些小說是在美元支持下寫成，而美元又有綠色的背面，因此被戲稱為"綠背小說"。有些作品由美新聞處擬定大綱，作家虛構故事和人物，如張愛玲的《赤地之戀》，屬於"反共宣傳品"。"綠背小說"激怒了在港的"左派"小說家，他們針鋒相對創作"反蔣小說"與之抗爭。其中，寫得最多、影響最大的是嚴慶澍（唐人、洛風、阮朗）。1950年他在香港《新晚報》連載《某公館散記》，後來又陸續推出了《金陵春夢》、《草山殘夢》、《蔣後主秘錄》等，另外較有名的左派小說則數宋喬的《侍衛官雜記》。"綠背小說"與"左派小說"均為政治實用主義的產物，缺少足夠的文藝價值。

《文藝新潮》

20世紀50年代中期，"綠背小說"作家或赴台或赴美，兩派交火歸於沉寂。香港現代主義大潮湧動。1956年3月18日《文藝新潮》創刊，公開打出現代主義旗幟，香港小說出現現代主義和現實主義並駕齊驅的局面。曹聚仁的《酒店》、俞遠的《思前想後》、黃思聘的《長夢》、熊式一的《女生外向》、高雄的《新寡》、蔣牧良的《老秀才》、劉以鬯的《天堂與地獄》、夏易的《香港小姐日記》和《紅冰》、舒巷城的《鯉魚門的霧》等均屬於現實主義小說。50年代現代小說並不發達，直到1963年劉以鬯長篇小說《酒徒》問世，將香港的現代主義小說推向一個嶄新的階段。此後產生了西西（張愛倫）、也斯（梁秉鈞）、辛其氏、吳煦斌、羈魂、黃國彬等作家，出現了《我城》、《剪紙》等很有獨特風格的作品。

20世紀五六十年代香港小說最耀眼的景觀是通俗小說。通俗文學以娛樂和消遣為主，追求輕鬆活潑，幽默風趣，多方面地滿足了香港各界的閱讀需求。成就最大的是武俠小説，梁羽生、金庸之外，還有倪匡、蹄風、張夢遠、風雨樓主等作家。言情小説是香港通俗文學的又一大門類。黃天石的《合歡草》、《奇綫》等作品在 50 年代十分流行。60 年代以後，依達、亦舒、嚴沁、岑凱倫等年輕一代的言情小説家帶著溫馨浪漫的情愛氣息登上文壇。歷史小説也屬於通俗文學範疇，影響最大的是唐人，他以蔣介石一生為題材的長篇現代歷史小説《金陵春夢》八卷，出版後在海內外風行不衰。

　　70 年代以後的香港文學步入了繁榮期。影響較大的作家作品有如下幾位。唐人在寫作通俗性歷史小説的同時，還創作了大量現實題材小説。他取材于香港社會現實的《香港尋夫記》、《香港大亨》、《蒼天》、《贖罪》等小説，從不同方面揭示了金錢操縱著的香港社會現實內幕。徐訏在港期間創作的《江湖行》，反映了 20 年代中期到 40 年代抗戰勝利的社會現實，《時與光》以 "愛" 為綫索，探討人生的意義和人的命運中偶然與必然間的聯繫等問題。夏易是香港本土作家，其作品多以女性為主人公，擅長刻畫人物的心靈世界，故被稱為心態作家。其長篇小説《香港小姐日記》一舉成名，《少女日記》、《青春日記》、《日記裏的秘密》等均有很好的讀者市場。舒巷城是地地道道的香港本土作家，熟悉並擅長描寫香港草根階層的生活和心理，他的小説主要以 "過去" 的香港為寫作背景，體現了他濃厚的懷舊意識。《太陽下山了》實為一幅 40 年代末香港下層社會的浮世繪，小説沒有描寫尖鋭的矛盾和階級的對壘，而以從容的筆墨抒寫香港草根大眾溫馨的人情，作品洋溢著濃烈的人情味。徐速是香港多產作家，長篇小説《星星·月亮·太陽》寫阿蘭、秋明、亞南三個女性的愛情悲劇，她們的出身、教養、生活經歷不同，但都有美麗的容貌、善良的心地和自我犧牲的精神。她們都愛男主人公徐堅白。徐堅白是個重感情的知識份子，他不願失去她們中之任何一個，結果是與她們一起微笑著毀滅。作品格調清新高雅，沒有香港愛情小説常摻雜的庸俗、色情描寫。李輝英 1950 年移居香港，曾任香港中文大學系主任，除繼續寫抗戰生活、懷鄉思親的作品外，還寫了大量反映香港社會的短篇小説，出版了小説集《牽狗的太太》、《名流》、《黑色的星期天》等，表現香港富商巨賈巧取豪奪、流氓惡棍等黑勢力猖獗，下層社會的貧民苦苦挣扎的社會現實，被認為是香港的 "問題小説"。

本時期重要的長篇小説，有劉以鬯的《酒徒》、《島與半島》，西西的《我城》等。中短篇小説的成績也頗為可觀。劉以鬯的《寺內》、《天堂與地獄》，陶然的《旋轉舞台》、《平安夜》、《窺》，東端的《瑪依莎河畔的少女》，白洛的《香港一條街》，顏純鈎的《紅綠燈》、《天譴》，巴桐的《佳人有約》，西西的《哀悼乳房》，也斯的《島和大陸》、《布拉格的明信片》等等，都是有較大影響的中短篇小説集。這些作品大多直接切入香港的現代社會生活，描寫香港人的生存狀態、感情和心態，表現城市的律動，城市的今昔，城市與鄉村的對立，城市文明的衝突。而在表現方法上，則現實主義、浪漫主義、現代主義多元並存。

第七節　劉以鬯和他的《酒徒》

在香港 20 世紀五六十年代文壇上，追求創新，勇於實驗，成績卓著，蜚聲文壇的現代主義作家，首推劉以鬯。

劉以鬯

劉以鬯（1918～）原名劉同繹，字昌年，浙江鎮海人，生於上海。1941 年聖約翰大學哲學系畢業後，進入新聞界。1948 年赴港後，從事報刊編輯之余創作了大量的作品，主要有長篇小説《酒徒》、《島與半島》和短篇小説集《天堂與地獄》等，以及評論集《短綆集》、《看樹看林》等。

在香港文壇，劉以鬯以反傳統而著稱。他的小説突破了傳統小説的框架，廣泛採用了意識流、象徵、暗喻等現代小説技巧，在現實主義與現代主義的結合上進行了大膽嘗試，并因此被稱為"實驗小説"。"實驗小説"可分為兩大類。第一類是運用新技巧、新手法創作的創意、結構、情節、形式都有別於傳統的"性格"小説。如《天堂與地獄》是寓言與現實相結合的小説，將蒼蠅擬人化，在咖啡館裏看到三千塊錢易手一周後，深感"天堂"的齷齪，還不如"地獄"的生活純潔。那三千塊錢戲劇性的迴圈，有力地諷刺了香港社會赤裸裸的金錢關係。第二類"實驗小説"雖也運用新技巧、新手法，但主要側重於探求人物的"内心真實"。如《蜘蛛精》取材於《西遊記》，寫唐僧終於未能抵擋住蜘蛛精的誘惑，通過對人物内心世界的挖掘，表現人性的弱點。而以現實生活為題材的《打錯了》不到1500字，分上下兩段，上段沒有打錯的電話插入，發生了主人公陳熙被汽車軋死的悲劇；下段陳熙接了一個打錯了的電話，遂成為車禍的旁觀者。兩則故事情節大致相同，相互依存，缺一不可，把兩者聯繫起來比較思考，產生"驚奇效果"，發人深思。重複的結構和迥異的結局，表現了作者對人生無常的感喟，也顯示了藝術上的獨具匠心，可以引發讀者對小説的内容和形式、意念和技巧作多方面的思考。

　　《酒徒》是劉以鬯的代表作。作者把西方意識流小説中國化，在藝術方面進行了大膽實驗。主人公來自内地，是一位很有才華的青年作家，但在香港社會中屢屢碰壁。他寫的電影劇本，被導演剽竊，和朋友合辦的純文學雜誌，因銷路不暢被迫停刊。他掙扎著維護自己的理想，但現實社會迫使他不得不改變初衷，寫了《潘金蓮做包租婆》等黃色小説，以維持生計。他失去理想和信念後借酒澆愁，最終淪為"酒徒"。小説從對主人公命運遭遇的描寫中，較為深刻地揭示了現代人所面臨的生存困境，抨擊了現實社會的腐

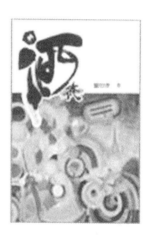

《酒徒》

敗。但這只是作品思想價值的一個方面。作品更為重要的價值在於全方位地表現了現代都市人的精神狀態和内心世界，透視了在金錢支配下現代人靈魂深處的矛盾和痛苦。主人公徘徊于現代和傳統兩種不同的價值觀之間，既清醒地意識到自己的墮落，而又難於從沉淪的精神深淵中自救。他在清醒和醉倒兩種狀態中的不斷交叉和反復，正揭示了現代人精神世界的某些本質。

　　《酒徒》在藝術上也達到了相當的高度。首先表現為意識流技巧的嫻熟運用。《酒徒》是一部嚴格意義上的意識流長篇小説，沒有故事情節，

只寫"我"在外界壓力下，心智失去平衡，借酒解愁。酒醉時，意識朦朧，酒醒時，清醒而憂愁。生活一直在半夢半醒之間度過。作家善於捕捉人物瞬間的感受和體驗，加以聯想發揮，跳躍著展開五花八門的描述抒寫，思想、情緒、回憶、夢境、幻覺等電影蒙太奇一樣連綴在一起，時序交錯，意象交疊，事件之間没有邏輯聯繫，人們的心理與思維活動也是無序的。其次，《酒徒》採用了許多象徵和隱喻的藝術手法，如小說開篇第一段寫道："時間是永遠不會疲憊的，長針追求短針於無望之中，幸福有如流浪者，徘徊於方程式的'等號'後邊。"這裏象徵隱喻著主人公濃厚的失望情緒。第一章開頭，"生銹的感情又逢落雨天，思想在煙圈裏捉迷藏"，作者把感情、思想寄寓在"落雨天"和抽煙的"煙圈裏"進行表述，就顯得耐人尋味。此外，哲理性的議論，散文化的抒情，排比句的運用，没有標點符號的長句等，都與酒徒形象和小說的内涵和諧地融合在一起，使小說充滿藝術張力。

《島與半島》

劉以鬯的《島與半島》也是深受讀者歡迎的長篇小説。曾在報刊上連載，收集起來近 70 萬字，作者壓縮成 12 萬字的小説出版，可見其嚴謹的創作態度。作品以 70 年代香港股災為寫作背景，通過主人公沙凡一家人的見聞，折射出當時香港市民在股災的破壞下的恐懼心理。小説在藝術方面顯得頗為獨特，表面上看結構比較散亂，没有貫穿始終的情節故事，所寫的只是一個個生活場景，一件件獨立的小事情，小説中亦有許多新聞消息作背景文字，語句簡短，但與正文結合起來則相得益彰、和諧統一。這種文體有些類似於美國的"新新聞主義小説"和大陸的報告文學式小説，但又有所不同，是劉以鬯在文學創作中的又一創舉。

對劉以鬯的"實驗小説"的評價存在分歧。有人認為小説没有人物没有故事情節，没有人物感情衝突，敍述顯得平板，缺乏藝術張力。但他在講求實利的商品社會裏，堅持藝術創新的精神和勇氣值得讚賞。

第八節 金庸、梁羽生的武俠小説

香港 20 世紀五六十年代文壇上，最耀眼的景觀是武俠小説。香港新武俠小説的開山鼻祖是梁羽生，但創作成就最大、影響最廣泛、最深遠的是金庸。

梁羽生（1926～2009）本名陳文統，廣西蒙山人。1949 年畢業于嶺南大學經濟系，9 月出任香港《大公報》編輯。1952 年港、澳因一件比武賽事鬧得滿城風雨，報社老總便約他寫武俠小説。他以梁羽生為筆名創作了《龍虎鬥京華》，大受歡迎，由此便一發不可收。此后 30 年間共寫了 30 餘部武俠小説，有新派武俠小説開山鼻祖之稱。代表作有《白髮魔女傳》、《七劍下天山》、《萍蹤俠影》等，不少作品被改編成電影或電視連續劇。

梁羽生

梁羽生的武俠小説大都依據史實而寫，也參考了一些野史，在收集、研究史料上捨得花功夫，這就比那些時代背景只略作點綴、與情節和人物性格缺乏聯繫的舊武俠小説高出一籌。在塑造俠士形象時，梁羽生注重表現憂國憂民、深明大義的思想境界，俠客間的爭鬥不只是門派之爭，而是正義與邪惡之間的較量。如《七劍下天山》中的凌未風和劉郁芳是一對心心相印的愛侶，但在民族危難之際，他們毅然割捨了個人戀情，投身於挽救國家命運的民族聖戰之中。梁羽生小説人物塑造有著道德教化的意圖；佈局合理，線索清晰，善於設置懸念是結構特色。而舊體詩的頻頻穿插為他的小説添了不少風采。他有時用佛教中的善惡報應處理人物命運，造成小説人物結局的簡單化和模式化，此乃一大不足。

金庸（1925～），原名查良鏞，浙江海寧人。1948 年赴香港任《大公報》編輯。50 年代後期辭去報館職務，加入長城電影製片公司，寫作電影劇本《絕代佳人》、《蘭花花》、《午夜琴聲》等。1958 年後，陸續創辦《明報》、《明報月刊》、《明報週刊》、《明報晚報》，成為香港著名的文化人。

1955 年發表《書劍恩仇錄》一舉成名。此後，他筆耕不輟，共出版 15 部武俠小說。1982 年推出《金庸作品集》。金庸把《越女劍》以外的 14 部小說書名的第一個字，做成一副對聯："飛雪連天射白鹿，笑書神俠倚碧鴛。"

《書劍恩仇錄》和《碧血劍》是早期創作，初步表現出巨大的創作潛力。他將西洋文學手法融入武俠小說創作，體現"新派"特徵。在人物形象塑造上，注重人性的描寫，寫出了亦正亦邪的武俠人物，豐富了武俠世界。《雪山飛狐》運用倒敘的形式及電影手法、心理描寫手法，將人物的百年恩怨浓缩在一天之內，構思精巧，懸念迭起，人物富有立體感。隨後的《射雕英雄傳》奠定了金庸"武林盟主"的地位。作品成功地寫出了"東邪西毒南帝北丐中神通"的傳奇故事，塑造了深具儒家文化精神的理想人物郭靖的形象；而黃蓉、老頑童周伯通、洪七公、楊康、歐陽峰等人物也具有其鮮明的個性，在武俠人物畫廊中佔有重要地位。《射雕英雄傳》因人物的千姿百態、武功的出神入化、情節的波瀾起伏、寫情的真摯自然、文筆的瑰麗多彩，被奉為武俠經典。《天龍八部》是一部充分顯示金庸博大精深學識的武俠精品。人物命運的大起大落，故事情節的驚心動魄，思想意蘊的深沉遼遠，悲喜劇因素的不斷切換，使作品內涵豐富，可讀性很強。金庸後期創作的每部小說都是精品。《笑傲江湖》以懸念結構情節，大小懸念一個接著一個，故事編排獨具匠心。而令狐沖、岳不群、左冷禪等形象塑造更見功力，人物個性十分鮮明。《鹿鼎記》是金庸最後

金　庸

《書劍恩仇錄》

《碧血劍》

一部武俠小説，也是最為奇特的一部。主人公韋小寶不會武功，也不是俠義英雄，他超越了善惡標準和是非界限，耐人尋味。作品對歷史、社會、人生表現出強烈的反諷意味，顯示出一種反文化、反武俠的傾向。

金庸小説具有深厚的文化意蘊。儒、釋、道的文化精神均得到出色表現。儒家内求張揚主體精神，外求治國平天下，《射雕英雄傳》中的郭靖充分地體現了儒家文化精神，演繹了"為國為民，俠之大者"的人格風範。《笑傲江湖》則鮮明地表現了道家思想，主人公令狐沖逍遙自在，不為虛名所迷，不為權勢所左右，不拘泥於俗禮，如行雲流水遨遊江湖。他的言行正體現了道家文化精華。《天龍八部》則充溢著對苦難人生的憐憫之心。作品中人物的命運幾乎無不與悲苦相伴。喬峰是丐幫幫主，名滿天下的江湖豪俠，因是契丹人的後代便無法在宋朝疆土上立足，災難接連降臨；段譽先是陷入難以自拔的亂倫恐懼之中，後來由邪惡身世引發負罪感使他痛苦不堪；虛竹是生於邪惡的孽子，其父竟是身犯戒律的少林方丈……作者用佛教的大慈大悲來破孽化癡，開導人物，開拓了武俠小説的思想深度。此外，金庸還將傳統文化的諸多方面，如琴、棋、書、畫、醫、相、卜、巫及山、水、花草，等等，一起融入作品中，構成和諧的藝術境界，從而提高了武俠小説的審美意識和文化層次。

金庸小説塑造了極為豐富的人物形象。傳統武俠小説以情節取勝，往往見事不見人，而金庸注重寫人性，表現人物的精神世界。同樣是女俠，黃蓉、小龍女、任盈盈、殷素素，各有其個性。同樣練"降龍十八掌"，郭靖與喬峰的性格和命運各不相同。同樣是反面人物，慕容複、段延慶、左冷禪、岳不群各有其可惡的表現。金庸還寫出了夏雪宜、林平之、謝遜、向問天等性格複雜、亦正亦邪、富有深度的人物形象。

金庸小説在武功描寫方面別具匠心。他將武功雅化，給一招一式安上美妙動聽、充滿詩情畫意的名稱，並將武功與琴棋書畫融為一體；他在武功中凸顯人格，武功成為人物性格的外化形式；他借武功表現哲學和文化精神，作品具有文化内涵。金庸小説中的武功描寫具有丰富的思想和審美内涵。

金庸小説有獨特的風格。金庸將傳統文學的結構、語言與西方文學技巧巧妙結合，並吸取了古今中外其他通俗小説，如歷史小説、言情小説、偵探小說、神怪小說等的藝術經驗。其結構宏偉而又嚴謹，放得開收得攏，前後呼應，一氣呵成；其語言將"古典"與"現代"相融合，自然流暢而又有很強的藝術表現力。

金庸的武俠小說真正突破了"雅"與"俗"的界線，受到了社會各層次讀者的歡迎，"高層讀者欣賞他的文筆，中層讀者品味他的情韻，下層讀者欣賞他的情節"。金庸把武俠小說擺進了文學的殿堂，他也因此進入了 20 世紀中國文學大師的行列。

第九節　梁鳳儀和她的《誓不言悔》

梁鳳儀

梁鳳儀（1949～），原籍廣東新會，生於香港。作為現代知識女性，梁鳳儀曾在香港和英美等地修讀過文學、哲學、圖書館學及戲劇學，獲香港中文大學博士學位；1979 年開始步入商界，創辦過香港首間菲傭介紹所，從事過證券金融廣告等行業，是香港商界知名的女強人。1986 年開始以業餘身份為香港報章撰寫專欄，1989 年起開始寫作言情小說，並創辦"勤＋緣"出版社，以商業的方式將自己的作品大規模推廣至大陸、台灣、加拿大、東南亞等地，在 90 年代中期産生了所謂"梁鳳儀現象"。她已創作出版 20餘部長篇小說，20 餘本散文隨筆集。其作品多以都市商界為背景，演繹職業女性的愛情、婚姻、家庭故事，雖以傳奇為主，但也有一定的現實性，因此亦被人稱為"財經小說"。

《誓不言悔》是一部頗能體現梁鳳儀創作追求及特色的小說。作品真實地反映了香港現代女性所面臨的各種境遇和困擾，同時給予了女性的各種解救之道，即鼓勵女性，無論在何種困境中，都要學習自立，克服自身的軟弱和狹隘，勇敢地追尋人生價值，走向更廣闊的世界。

《誓不言悔》写一個家庭婦女在丈夫變心後，傷心欲絕，"一哭二鬧三上吊"都無濟於事，便果敢地走出家庭，立志奮鬥。這一古老的母題被梁鳳儀注入了新鮮血液，即如梁鳳儀在《誓不言悔·自序》中所説："只有自強不息，站起來奮鬥，循修德修行，增強學養，沿獨立生活的途徑走才是正大光明的出路。"這令人感懷的誠摯而睿智的勸警之語，何啻只適於香港女性！它鮮明地體現了梁鳳儀對紛紜社會中所有女性的關愛。

《誓不言悔》

《誓不言悔》塑造了衆多女性形象：許曼明、周寶釧、鄭淑珍、仇佩芬、李秀環、馮湘湘、方萍、霍瑞青、邱夢還、呂媚媚、藍彤真、秦雨、常翠蓉、甘月蓮、劉笑芬、阿顧等等。她們以其獨立的個性，扮演著各種社會角色。她們或是豪門名媛、貴婦，或是律師、教師、從業員、出版商，或是理髮師、按摩師、傭人；或家財萬貫，或清貧拮據，或聰穎美麗、灑脫豪放，或庸俗勢力……在衆多性格各異的女性之中，梁鳳儀為讀者所著力刻畫的無疑是許曼明這一形象。許曼明出身于富貴之家，姿容嬌美而聰慧過人，且受過良好的教育，是個有"大學學位的"女人。丈夫丁松年是本城的名門長子，丁許兩家是世交。世交情誼加上愛情成就了他們的婚姻。婚後的許曼明衣食無愁，丈夫溫柔體貼，其生活"舒服暢順"。她相夫教子，美容交際，養尊處優，過着貴婦人的幸福生活。許曼明對這樣的生活很知足，但她想不到的是她丈夫卻另覓新歡，要求離婚，并離家出走。災難從天而降，她驚愕和無措，使出渾身解數——哭，鬧，尋死，試圖留住婚姻和家庭。但無濟於事。她擦乾眼淚，振作精神，直面慘澹人生，試圖改變自己，像勤苦勞作的職業女性一樣，早起晚歸，開拓新的生活。她先是在皮革廠做銷售，積極主動的工作熱情贏得了客戶的青睞，而她也在工作中得到滿足和充實，感受到人生的意義和快樂。後來獨自創業，開辦了樂寶速食連鎖店。她傾注了全部的心血，充分發揮著聰明才智，提煉著自身潛質，將速食連鎖店辦得有聲有色。她在磨練中變得堅強和成熟。即使丁松年再次選擇她時，她也能夠理性自持，果斷地探求是否"你心有我，我心中也有你"的問題。作者通過許曼明曲折的人生經歷説明，生为女性，如果没有獨立自覺的人格，是很難把握自己的命運、争得平等地位、獲得真正幸福的。

梁鳳儀小說的魅力，首先在於她以女性特有的細膩敍述生活流程。梁鳳儀不是一個自覺的探求者，她對生活本身的形態有較強的直覺能力。其小說的敍事結構，既不是傳統的敍事模式，也無新潮小說的敍述色彩，採用的是細緻且有些瑣碎的"生活流"式的敍述方式。《誓不言悔》以女主人公家庭、婚姻變化為主線，兼及其他許多細瑣的日常生活諸如打麻將、美容、參加餐舞會、吃飯、睡覺等等，完全以生活本身的結構順序為摹本。表面看來，似如一本毫無色彩的流水賬，可剝開表殼，便會發現作者是通過對生活原生形態的描繪，自然地傳達出豐富而真實的資訊，並緊緊抓住一些看似散亂的生活情節凝結成一個自然而有序的敍事結構體。其次，還表現在她獨具特色的語言上。《誓不言悔》語言樸實，在明暢平鋪中蘊含著人生哲理，讀來別有一番情趣。特別是在敍述描寫上，顯示出精當而獨特的語言氛圍，既簡潔明快，灑脫飄逸，又不失睿智浪漫，具有著一般女性作家少有的泱泱大氣。

第十節　五十至七十年代話劇概述

1949 年之後，有些劇作家如李輝英、姚克等南下香港，給香港戲劇界增添了生機和活力，但是他們對香港既不熟識，也無歸屬感，創作不出新的作品，而内地劇作因為政治原因又不能上演，故香港戲劇一度比較冷寂。

20 世紀五六十年代香港戲劇舞台上主要是歷史劇和翻譯劇。歷史劇的内容主要是忠孝節義故事。歷史劇有姚克的《西施》、《秦始皇》，熊式一的《西廂記》，李援華的《孟麗君》，黎覺奔的《趙氏孤兒》，柳存仁的《紅拂》，鮑漢琳的《三笑姻緣》等，均較有影响。

60 年代正值國内"文化大革命"爆發，香港的中國認同感降低，香港話劇大多"向外看"，西方戲劇取代了中國話劇，成為香港話劇學習的對象，翻譯劇成為主流。鍾景輝從耶魯戲劇院深造回來，翻譯美國作家劇目，《售貨員之死》、《小城風光》、《動物園的故事》成為話劇界的熱門。肇始於 50 年代的香港現代主義文學運動對香港戲劇也產生很大影響，出現了龍夢凝、雷沅茜、梁鳳儀等劇作家的現代主義戲劇。龍夢凝的《山遠天高》和雷沅茜《夢幻曲》表達的是現代人生的感受。梁鳳儀的劇作《夜別》所表現的，用她的話說就是"全劇的主題是說明生命的長短並不值得重視，要重視的是在或長或短的生命中究竟有沒有存在的價值；換言之亦即是說'死亡'並不可怕，可怕的是找不到一點足以使我們生命存在的意義。"①《夜別》所表現的是淺俗平實的主題，關於生命價值的闡釋近乎於實用化，其世俗化程度近於某種道德說教。《夜別》在 60 年代末 70 年代初的影響很大。現實內容的介入，世俗心理的顧忌，導致現代主義文學實驗濃度的稀釋，傳達出現代主義運動衰微的資訊。

　　從整體上看，香港五六十年代的戲劇成就明顯弱於其他文體。其原因是多方面的。從文化生態環境來看，五六十年代話劇全部是業餘性質，定位頗為模糊，影响了獨立發展。戲劇家姚克在 1968 年的"香港中國戲劇現況"研討會上說，香港話劇的發展未如理想，其原因有五：一是缺乏一個經常演出的場地；二是劇本荒和劇作家不能以編寫劇本來維持生活；三是演出費用龐大；四是娛樂稅太高（達票價的百分之二十）；五是沒有經常演出的劇團。60 年代末期大學生參與話劇活動，初見起色。70 年代香港經濟發展迅速，政府大力資助話劇演出，興建演出場所，提昇其精英主義形象，而區別於庸俗的流行文化，對促進香港戲劇發展起了很好的作用，卻背上教化市民的使命。

　　1977 年香港建成藝術中心，此後又興建了不少文娛中心和區域性的大會堂，增添了不少適合話劇上演的場地。這些場地多以大會堂劇院的設計為藍本，因此大多是千多座位的劇場，適合小劇場演出的地方較少。另外，政府補貼話劇觀眾，降低門票欵額，使話劇更為普及化和深入民間。1977 年 6 月香港話劇團成立，由香港政府轄下的市政局直接資助。這是香港話劇歷史上的一個里程碑，不但標誌著話劇經過了超過半個世紀的發展逐漸納入一個專業化的軌道，同時也給話劇已經"合法化"的資訊，從此話劇可以與音樂、舞蹈平排並列，是一種可以登大雅之堂的藝術。此後的 20 年

---

① 《訪梁鳳儀同學的一席話》，見方梓勳、蔡錫昌編《香港話劇論文集》，中天製作有限公司，1992。

間，香港話劇迅速發展，逐漸變成香港市民文化生活的一部分。

香港話劇創作在 70 年代以學校戲劇活動為中心，大多反映青年人周圍的具體問題，如昇學、會考、教育、戀愛、婚姻、家族等具體問題。成績主要在短劇方面，缺少較大規模、較深層次上描寫生活的能力。這是初期創作的普遍情況。從學校戲劇中成長起來的一部分人士，成為活躍於當今香港劇壇的中堅份子，他們創作力旺盛，正趨成熟，創作中的本土意識愈益明確。

70 年代初期的劇作有話劇《圍牆下》、《塵》等，都是相當傑出的現代主義作品。它們所表現的思想內容比其他文學作品都更加接近象徵主義、表現主義和荒誕派等現代主義精神，揭示了對人類文明前景的悲觀情緒，情節構思也比較特別、怪誕。如《圍牆下》通過一個死魂靈的“觀察”和“感歎”，表現世態的怪異，社會的隔閡和人生的虛無，而《塵》則通過巨大災變後一群劫後餘生者的自治白害表述作者對於人性本惡、人情本險的認識。

這標誌著，香港的戲劇即將迎來黃金時期。

下　篇

1978～1999

第九章 新時期文學的歷史演進

本章擬縱橫結合，对新時期文學做些粗略的扫描——似乎有必要重複那句老話：粗略，並非虛擬，因為新時期文學發展如此迅猛，成就如此可觀，現象如此複雜，問題如此棘手，單是一個短章實在難以説清，因而下面所述，確乎粗略。

為便於把握，我们將新時期文學劃分為四個時段，就每個時段文學創作和發展情況做些橫向分析。這或許會"肢解"新時期文學的發展過程，切斷其間的邏輯關係，但為了敍述方便，只能如此。

第一節 新舊交錯中的復興與嬗變

先談"復興"。提到"復興"，人們自然想到歐洲文學史上的"文藝復興"，人們將"復興"借來説明 20 世紀 70 年代末的中國文學，倒也恰切。因為結束"文革"以後，文藝工作者面臨的嚴重局面和重要任務，首先要做的也是"使舊的復活"。"復活"性的工作包括許多內容，如恢復文聯、作協等文藝組織，恢復文學刊物，恢復出版機構，恢復作家的創作權力，重新出版在歷次運動中被禁錮的文學作品……這些工作的開展對於活躍文學創作、消除重重障礙、促進新時期文學發展都起了重要作用。

任何"復興"都不是簡單的復活舊事物，都在"復活"過程中掺雜主體的價值觀念、審美追求、社會文化取向等內容。20 世紀 70 年代末中國文學的"復興"包含著豐富的現時代內容，即使看似簡單的"舊作新版"、

"恢復舊貌"也仍然如此。最典型的例子是《重放的鮮花》。該書收集 50
年代中期"雙百"方針頒佈後發表的某些作品，如劉賓雁的《在橋樑工地
上》、《本報内部消息》，王蒙的《組織部新來的年輕人》，李國文的《改
選》，鄧友梅的《在懸崖上》，宗璞的《紅豆》等等。"反右"期間，這些
作品被視為"毒草"，被批判禁錮；此時出版，則被稱作"鮮花"。"鮮
花"重放，這有意味的書名，既為新時期當代中國文學的"復興"做了深
刻的注腳，同時也包含了另一層意思：嬗變。

《歌德巴赫猜想》

"復興"的内容非常豐富，"嬗變"的含意
也極其深刻。對新時期文學發展促進作用最大
的則是現實主義精神"復興"，標誌著文學創
新和發展的也是現實主義傳統的恢復和發揚。
"文革"剛剛結束，極左路線陰影還籠罩著文
藝界、創作中的清規戒律還沒完全廢除、許多
禁區還沒宣告開禁、寫作空間還極其有限的情
況下，作家們——無論剛剛起步還是剛剛恢復
創作權力，大都能夠面對慘澹的現實，直面淋
漓的鮮血，堅持現實主義創作原則，寫出那個
時代的優秀作品。《班主任》、《傷痕》衝破禁
區，深刻揭示了"文革"在人們心靈上留下的
精神創傷，葉文福的"將軍詩"對現實生活中的腐敗行為進行了大膽抨
擊，《於無聲處》、《報春花》表現了作者"干預政治"的勇氣，《愛情的
位置》、《墓場與鮮花》突破禁區對愛情進行正面描寫，《歌德巴赫猜想》
為一向被嘲笑、受歧視的知識份子唱出一曲高亢的讚歌，改變了知識份子
在文學中的形象……一個個禁區的突破，一片片生活沃土的深入開掘，標
誌著新時期文學已經開始告別"瞞和騙"的大澤，駛進現實主義軌道，正
揚帆起航，破浪前進。

　　無論"復興"還是"嬗變"都非平穩順暢地進行。舊事物不甘心退出
舞台，還在頑強地表現自己，發揮作用。社會文化背景、政治意識形態、
流行話語導向、主體心理結構等等都還處在舊事物煙霧籠罩之中。堅冰尚
未化解，凍土依舊如斯，復興工作面臨巨大阻力。任何的復興嬗變都伴隨

著驚詫、非議、指責、壓制、攻擊，都引發激烈的爭論，如圍繞某些被冤屈的作家恢復名譽、某些作品重新出版，圍繞歌頌與暴露、寫"陰暗面"和"干預生活"等理論問題，圍繞《傷痕》、《假如我是真的》、《調動》、《在社會的檔案裏》等作品，都開展過激烈討論。所幸的是，那是一個冬去春來、新舊交替的年代，舊事物雖勢力強大但不合時宜，新事物儘管微弱但適應時代發展要求，顯示出勃勃生機。因而復興工作開展得有聲有色，文藝界充滿生機活力。

比較起來，"復興"與"嬗變"或新舊交替的工作在某些作家的創作心理上進行得更為艱難，或者說，淺層面的除舊佈新比較容易做到，因為"文革"和極左路線在理論和創作中造成的災難比較容易識辨，而深層面上的廢棄和恢復、堅持和突破卻很難推進，無論是重返文壇的老作家還是剛登文壇的文學新人，他們在短時期內還不能擺脫"文革"和極左路線所形成的時代定勢，其創作還在慣性作用下滑行。更有某些作家"背叛""文革"卻有意無意地回到"十七年"，過分地看重文學的政治功利性，甚至仍然把文學當成"工具"，自覺不自覺地用創作服務于揭批江青反動集團的政治鬥爭。那些有影響的作品，如《於無聲處》、《班主任》等都因"配合"得及時、揭露得深刻而產生強烈反響。即使頗有詩學修養的詩人如艾青，歸來之後不僅創作了配合"四五"運動平反的詩作《在浪尖上》，而且徑直地寫下"批林批孔批周公"、"反對右傾翻案風"、"文攻武衛"、"放火燒荒"、"砸爛公檢法"、"打砸搶"這樣的"詩句"，如果說他把特定時代的流行語言嵌在詩行裏透著"藝術"的話，那麼諸如"一切政策必須落實，一切冤案必須昭雪"之類，則是純粹的"政治話語"。這說明變革的艱難，也說明意識積澱的深厚，尤其是意識深處的積澱，直到很多年之後，還不能完全清除。

但時代在迅速發展，變革在深入進行。70年代末中國大地上發生了兩件驚天動地的大事，對社會及文學發展產生了巨大影響。1978年5月開展了"實踐是檢驗真理標準"的大討論，動搖了"兩個凡是"的統治地位；同年11月中國共產黨第十一屆三中全會召開，制定了改革開放的偉大戰略方針，確定了實事求是的思想路線。這對於破除迷信，掙脫束縛，解放思想，探求真理起了巨大促進作用，對於解放藝術生產力、最大限度地發揮作家的創作才能具有極其重要的推動作用。作家們歡欣鼓舞，乘風破浪，勇於探索，大膽創新，當代中國文學告別紛亂的 70 年代，昂首邁進充滿激情和希望的 80 年代。

新時期文學進入第二時段。

第二節　反思與歧議中的轉折與探索

第二階段是轉折與探索的年代，也是反思與論爭的年代。轉折與探索、反思與論爭結伴而行，彼此相依，互相促進。

所謂轉折，借用黑格爾的話說就是歷史列車大幅度修正自己的軌道，就是歷史進程的新舊交替和急劇地除舊佈新。新時期文學的轉折，則意味著新時期文學在經歷了幾年的復興和嬗變之後，脫離舊的軌道，衝破極左路線障礙，走向新的歷史時期。新時期文學轉折，是在改革開放、東西方文化大交流的社會文化背景下進行的，由"當代"向"新時期"轉換，其目的是促使中國文學大車從偏離軌道的歧途轉向符合藝術規律的大道，中國文學走出封閉的低谷，走向現代社會，走向人的心靈世界，參與世界文學大交流，最大限度地滿足廣大人民群眾的審美需要。

轉折與探索同步進行。——既然歷史車輪大幅度地轉向，轉到它所未曾走過的路向，那麼，前面的路怎麼走？轉折必然伴隨著探索，伴隨著開拓，甚至可以說轉折本身就是探索。而既然是探索，就意味著新的選擇與突破，意味著要創建新的格局。而新的選擇是否合適？新的格局又如何建設？既然重新建設，就有揚棄和繼承，那麼，揚棄什麼？繼承哪些？探索出來的是康莊大道還是狹隘的山谷？在新的探索中，作家理論家大膽地"拿來"，那麼，"拿來"的是否有益於促進中國文學的健康發展？是否符合中國國情？諸如此類問題，見仁見智，常常有不同的態度，甚至尖銳的對立。因而任何轉折和探索都伴隨著激烈的論爭，是為"歧議"。

面對新的探索，雖然也有過簡單粗暴的干涉，有過行政手段的干預，但相對而言，大都能夠以寬容、理性的態度對待。因為 80 年代是"反思"的年代，面對沉重的歷史，人們不能不進行深刻反思。"既然歷史在這裏沉思，我怎能不沉思這段歷史？"文學在歷史反思中擔當起重要角色。反思政治、文化和歷史，反思當代中國文學的歷史，也反思中國現代文學發展史。反思開闊了視野，深化了認識，而經驗和教訓更是墊高了人們的理論境界，使人們變得聰明，成熟，變得理性，寬容。面對五花八門的探索，雖然有各種各樣的看法，但沒有人阻擋轉折與探索。因為在改革開放大潮推動下，誰都不想停止不前，誰都不想回到過去。

　　文學探索在創作和理論兩個方面同時進行，全面展開。在創作方面，出現了傷痕文學、改革文學、反思文學、尋根文學等思潮，出現了意識流小説、朦朧詩、荒誕派戲劇，出現了迥異於“形散神不散”理論的散文，有些作品對愛情、知識份子、革命領袖生活、反右、軍旅、歷史等題材進行了大膽開拓和深入開掘，有些作品的探索創新涉及暴露陰暗面、干預生活、反官僚主義、悲劇，涉及人性、人情、人道主義，涉及倫理道德、婚姻關係等內容。轉折與探索在某些具體問題上也有突出表現，且大都在反思與歧議中進行得有聲有色。據不完全統計，在此期間，有上百篇作品因思想內容和藝術形式的異樣出格而引起討論和爭論，文學創作在反思和歧議中前進。

　　理论探索風生水起。受極左路線和庸俗社會學影響，當代中國文學在相當長的時期內過分看重文學的社會功利性，視文學為革命事業的“齒輪和螺絲釘”，政治的附庸，階級鬥爭的工具，進而形成文學理念的“從屬論”、“工具説”。這種理念給文學發展帶來嚴重的負面影響。反思歷史有切膚之痛；瞻望未來變革心切。1979 年 4 月《上海文學》發表評論員文章《為文藝正名——駁“文藝是階級鬥爭的工具説”》，激起熱烈反響，全國數十家報刊發表有關文章百餘篇，就文學的“名分”即文學理念、文學與政治的關係等

《上海文學》

問題展開討論。經過深入探討，廢除了“從屬論”、“工具説”，肯定了“文學是人學”命題。新的文學理念的確立，強化了文學的獨立性，突出了文學的本質特點和創作規律，有力地促進了文學向內轉——由外部世界回到人自身。文學創作表現人物性格的複雜性、多層次性，加強了文學的

思想深度和真實性，也加強了作品的藝術魅力，對於解放思想、大膽創新、促進文學的繁榮發展也都起了重要作用。

價值觀念和價值標準发生變化。在"從屬論"和"工具説"影响下，文學批評從理論觀念到批評實踐都堅持"政治標準第一"的原則，並且這個"第一"實際上取代了作為"第二"的藝術標準成為"唯一"，嚴重地傷害了作家的創作積極性，影響了文學發展。進入80年代，圍繞價值觀念及批評標準問題文藝界進行了熱烈討論，深入研究。儘管持論不一，標準各異，批評實踐紛雜，但總起來説，真、善、美取代了庸俗社會學批評。至1985年則在價值觀念和價值標準深刻變革的基礎上發生了批評方法的變革，資訊理論、控制論、系統論、闡釋學、心理分析、符號學、結構主義、接受美學……各種各樣的批評方法用於文學批評和研究，儘管運用起來還很生硬，但批評和研究的多元走向卻有效地調動了作家藝術探索的積極性，有力地推動了文學藝術的多元發展。

文學現代性問題得到正視。引發"現代性"討論的原因很多，如開放的視野引起文學家對西方現代派文學的極大興趣，從事外國文學研究的專家學者熱心地向國內讀者介紹現代派作家作品，富有探索精神的作家如王蒙則借鑒現代派手法創作了《夜的眼》、《春之聲》等帶有意識流特點的小説，高行健不僅借鑒"荒誕派"手法創作了《車站》，而且出版了《現代小説技巧初探》（1981年花城出版社出版）……種種奇特突兀的文學現象引發了關於"現代派"的大討論，《外國文學研究》、《文藝報》、《讀書》、《上海文學》等許多報刊開闢專欄，徐遲、王蒙、劉心武、馮驥才、李陀、潔民等作家評論家紛紛撰文，發表看法。討論涉及現代化與現代派、現代派與現代主義、如何認識西方現代派、我們是否需要現代派、怎樣借鑒西方現代派等問題。其中，雖然也有反對和質疑，甚至出現激烈否定的意見，但更多論者認為人類文明已發展到資訊時代、電子時代，世界在縮小，"地球村"不是幻想，開放的中國要求與世界文學接軌，對世界文學的各種流派，要像當年魯迅説的那樣："拿來"。討論普及了關於現代派文學的知識，開闊了人們的文學視界，擴大了現代派文學影響，穩固了帶有現代性特點的小説、詩歌、戲劇的地位，也促進了中國文學和文化，甚至思想觀念的現代性進程，為先鋒文學的發展奠定了基礎。

第三節　自由天地裏的多元走向

　　20 世紀 80 年代中後期文學錯綜複雜，美麗而混亂。就其審美特點綜合考察，可將林林總總的複雜現象分成主旋律文學、先鋒文學和通俗文學三類。其发展形態和文壇布局概略如下。

　　居於主導地位的主旋律文學。這是代表國家利益和先進文化發展方向的文學。它堅持為社會主義服務，為最廣大的人民群眾服務的方向，注重表現社會發展進程中主流和主導方面，發掘積極向上的力量，在歌頌光明和先進的同時，也不放棄批判某些消極因素和醜惡現象，以引導人民看社會主流，振奮精神，促進發展。它注意作品的思想內容，也看重藝術形式，但無論內容還是形式都比較正統、穩健、持中。因為它代表和適應了國家意志和意识形態話語，所以得到大力支持和提倡。它擁有眾多有創作經驗和實力的作家，因而在本時段，雖然遭遇其他文學樣式的有力挑戰和激進文化群體的不滿，卻在眾聲喧嘩、泡沫氾濫和漂散的文壇上仍起著中流砥柱的作用。

　　先鋒文學。先鋒文學是代表激進思想文化和藝術發展浪潮的文學樣式。先鋒文學具有叛逆性、超前性、異質性特點。其代表人物大都是非理性論者和某些自由主義者。除極少數在五六十年代被各種政治運動打入社會底層，經歷過煉獄般生活和精神砥礪，且有叛逆性的老作家和受西方現代主義人文思想影響極深的第二代學人中的自由主義者之外，大都是改革開放時代成長起來的青年人。他們較早和較多地接受了西方現代主義人文思想影響，形成與現存的思想文化體系迥異的價值觀和人生觀，對現有的社會文化及其理性原則進行解構、顛覆、挑戰。除極少數作家主張用自由主義解構現行意識形態，帶有明顯的現實批判傾向之外，更多的作家是在文化和審美層面解構，如新生代詩人明確提出反崇高、反理性、反深刻、反文化、反權威、反邏輯、反修辭、反語言等主張，其作品充滿如劉曉波所說的本能、感性、肉，充滿荒誕、瑣屑、卑污、死亡、虛無等非理性內容。他們消解了崇高與卑瑣的界限，並在嘲笑、調侃崇高的同時，對卑瑣、本能津津樂道，誇誇其談。因而與正統文學相比，帶有一定的"痞子"色彩。

　　先鋒文學在藝術上帶有實驗性，獨創性和超前性特徵。他們不滿現有的藝術規範和創作理性，吸收借鑒西方各種風格流派的藝術方式和藝術手法，吸收借鑒不同藝術門類和文學體裁的表現手法，其藝術世界開放且富有創新精神，在藝術構思、情節結構、人物塑造、因果關係、時空順序、敘述策略、語言修辭等方面進行大膽實驗。他們將創作當作實驗，盡情地嘗試各種藝術形式的嫁接組合。如小說按其類型計有意識流小說、心態小說、紀實小說、抒情小說、象徵小說、哲理小說、魔幻現實主義小說、荒誕派小說、黑色幽默小說、新鄉土小說、新歷史小說、意象小說、性愛小說、新狀態小說、新寫實小說、現代現實主義小說……有人著書曰《小說十八品》，豈止十八品？戲劇如荒誕派戲劇、象徵派戲劇、夢幻戲劇、意識流戲劇、多聲部哲理劇、紀實象徵異面融合劇──這還是某部先鋒劇作選中對所收集的作品進行歸類所涉及的名堂，其實這一概括遠不能涵蓋戲劇的創新，儘管戲劇在本時段是那樣不景氣。詩歌流派紛呈，影響較大的有孟浪等人的“海上詩群”，李亞偉、萬夏等人的“莽漢”主義詩派，黑大春等人的“圓明園”詩群，石光華等人的“整體主義”詩派，周倫佑等人的“非非”詩群，韓東等人的“他們”詩群，以及“城市詩人”、“大學生詩派”、“新傳統主義”、“撒嬌派”、“三腳貓派”、“極端主義”、“新口語派”等等。散文本來就是文學四大家族中的“自由”分子，這時段更是東家借、西家租，爭取異質，尋求發展，在打破“形散神不散”的藝術觀念和楊朔模式之後，呈現散無定式、文無定格的局面，如“小女人”散文，“大男人”散文，“老男人”散文，學者散文、青春散文、作家散文、記者散文……不一而足。

　　大眾通俗文學是以審美娛樂為主的文學，也是注重消閒和消費的文學。任何文學樣式都有娛樂消閒功能，大眾通俗文學把消閒娛樂發揮到極致。大眾通俗文學缺乏先鋒文學的解構和批判，也缺乏主旋律文學的歌頌和建設的積極性。它適應中下層群體最簡單、最基本的生活欲望，追求古樸簡單的生活情調和田園牧歌式的生活方式，用血緣和傳統倫理道德觀念維繫家族關係，用江湖義氣維繫人際關係，不求發展進取，只求平靜安寧。其描寫大都遠離生活現實，而將故事情節置於遙遠的過去，偏僻的荒山，在想象的時空中產生恩怨，用仁義道德或倫理規範平息矛盾。在藝術上，適應下層社會的審美心理，追求情節曲折離奇，追求偶然性和複雜性。有的滿篇廝殺格鬥，是為武俠文學；有的寫情感糾葛，是為言情文學。有軟有硬，軟的纏綿悱惻，硬的驚心動魄。人物是奇特的，或性情古怪，十惡不赦，或英俊瀟灑，完美無缺，大都是類型人物，平面性格。故事情節跌宕起伏，人物命運大起大落，作品因此頗具吸引力，令人愛不釋手，但缺乏藝術創新，其藝術價值甚至不及穩健的主旋律文學。

這種思想內容和藝術形式均缺乏新意的文學樣式，既得不到國家話語的支持提倡，也得不到激進理論批評的喝彩，但進入 80 年代中後期卻暢銷盛行，引起滾滾"熱浪"，如"瓊瑤熱"、"金庸熱"、"梁羽生熱"、"古龍熱"、"亦舒熱"、"王朔熱"……到 90 年代繼續向外擴張，出現各種各樣的"戲說"，形成波瀾壯闊的通俗文學大潮——海潮有漲有落，而通俗文學則一熱再熱，居高不下。其原因就在於它迎合了人們的消閒和娛樂心理，人們在閱讀接受中得到宣洩的快感——80 年代的中國不是消費和消閒時代，也缺乏消費和消閒的社會條件，但由於對政治爭鬥的厭倦和生活壓力的疲憊，也因為對教化性過於明顯的主旋律文學的厭倦和先鋒文學的敬畏，審美娛樂和消閒消費心理高速發展。這為大眾通俗文學提供了發展空間。但它的繁榮發展反映了文學的低迷，或者說倒退；因而雖有其合理性，但不可高估，也不宜樂觀。

第四節　市場經濟大潮衝擊下的無序發展

20 世紀 90 年代文學是 80 年代文學的繼續，其調整及調整後都割不斷與 80 年代的聯繫。因此我們考察的切入點仍然是前述三種文學樣式。

先看先鋒文學。從整體上看，90 年代以降整體環境不適宜先鋒文學生存發展。先鋒文學因解構、消解不僅得不到主流話語的青睞，反而受到很大限制；因藝術形式超前給大多數讀者造成審美障礙，而失去讀者市場，復受市場經濟冷落。在 90 年代眾多的文學期刊中，只有《花城》等少數期刊繼續發表先鋒作品，有時製造出小反響，但總起來說，無人喝彩。其作家大都風流雲散，如洪峰、余華、馬原、格非、韓東等人，逐漸轉向通俗。當然不能說銷聲匿跡。文學是需要創新、鼓勵創新的事業。在任何情況下都鼓勵一定條件下的標新立異，因而也就必然出現帶有先鋒性的文學，如《鍾山》推

《鍾山》

出的"新寫實小說"、《北京文學》宣導的"新體驗文學",上海的"新都市文學"等等。這不是嚴格意義上的先鋒文學。與80年代後期的先鋒文學相比,就其先鋒性而言,有很大距離。但在創新精神上卻近似一致。非理性內容在經過一段時間的收斂之後,於世紀之交又有所抬頭,詩歌創作中出現某些內容粗俗的作品,如表現欲望,袒露隱私,展覽醜陋等,即使80年代後期新生代作品也望塵莫及。至於新世紀出現的"下半身"寫作,將描寫對象瞄準下半身遮隱部位和羞澀器官,用粗俗的語言肆無忌憚地表現諸如拉、撒、幹、操之類的行為,更是將非理性發揮到極致。在小說創作方面則出現了衛慧、棉棉等"另類"作家,其作品也多是酗酒打架吸毒做愛展示隱私等內容,表現出明顯的"先鋒性"。與80年代後期先鋒文學不同的是,彼時在於解構社會文化價值體系和政治道德理性原則,而此時則是更多地受市場經濟影響,製造轟動效應,尋求"賣點",索取名利。

次看主旋律文學。主旋律文學在90年代獲得更大力度的扶植。為了消除自由化思想及非理性傾向已經造成和可能出現的消極影響,淨化圖書文化市場,權力機構為主旋律文學營造了良好的發展環境,採取得力措施予以扶植。中宣部設置"五個一工程",各地政府部門也設置各種各樣的獎項,如精品工程獎、創作基金獎等。有的省市及有關部門還專門劃撥經費,調動人力進行創作"攻關",宣傳"攻關",甚至評獎"攻關"。這些措施都以相當的資金、顯赫的榮譽、優厚的待遇吸引作家的精力投資,創作符合主旋律要求的作品,並且取得一定效果。眾作家紛紛回應,主旋律文學從某種意義上說確有不俗的發展。

"某種意義"在此特指寬泛的主旋律文學。主旋律文學的內涵和外延不斷變化,起初指那些歌頌光明、反映社會發展主流、寫先進人物、重大成就、令人鼓舞振奮的文學,也就是符合"二為"方向的文學,後來"與時俱進",寬泛博納,到世紀之交,隨著標準調整,條件放寬,擴展到只要不反對四項基本原則,不宣揚自由化思想,不描寫不健康的內容,不表現低級趣味，都屬於主旋律範圍。但即使從這個“意義”上看，90 年代以降的主旋律文學也不能令人十分滿意。因為創作陣容擴大了，作品數量增多了，精品佳作並不太多。優秀作品與主流話語、主旋律總是擦肩而過，走向痛苦和抗爭的民間話語和民間情懷。90 年代以降，狹義的主旋律文學雖有發展，但還是淹沒在通俗文學的大潮之中！

通俗文學依然火爆。精神低迷、價值失範的時代經濟具有強大的魔力，一向清白高雅的文學“聖地”被經濟大潮衝擊得七零八落。受此影響，很多作家在無奈和低迷中放棄靈魂關懷，推卸道義責任，“躲避崇高”，投向孔方先生懷抱。本應給人以精神享受的文學沾滿了銅臭。高雅“聖地”的守望者深表不滿，道義和使命的擔當者深表憂慮，他們呼籲救助，力挽危機，但無濟於事。因為廣大讀者在商品經濟大潮裏衝浪弄潮，身心疲憊，閱讀消閒心理甚重，他們希望在此類文學欣賞中得到宣洩娛樂。通俗文學滿足了讀者的閱讀心理，也為自己贏得了發展空間。試看 90 年代書刊市場，嚴肅文學、高檔次書刊如《當代》、《收穫》，訂數上不去，而格調庸俗的書刊遍地皆是，且銷路良好。利潤刺激投資也促進了生產。在市場經濟條件下，出版社和文學期刊以及書商們，堂而皇之地講求經濟效益。他們為獲取利潤，集中精力瞄準通俗文學這種擁有廣大讀者的文學樣式，採用商品經營的手段進行促產促銷。對作品乃至作家進行商業性包裝則是慣用的手法。八仙過海，各顯其能，文學包裝，五花八門。就像商品廣告一樣，某些嚴肅作品被冠以俗名出版發行，招徠讀者（顧客），如“野史”、“豔史”、“秘史”、“禁書”、“毀書”、“皇家藏書”，“秘笈”、“抄本”、“孤本”、“珍本”、“私家珍藏”等等，即使新版圖書也冠以各種各樣的俗名。過去出書為尋高雅書名而犯難，現在則挖空心思地求俗。商業性“包裝”施之於作家，致使文壇上出現了“文稿拍賣”、“期貨作家”、“簽約作家”、“合同創作”、“美女作家”、“另類作家”，出現了“貨幣評論”、“作品首發式”、“新聞發佈會”，以及帶有商業運作色彩的作品研討會等匪夷所思的現象。如果説這些都是顯在景觀，屬於商業性操作正常範圍，不足為怪，那麼，創作中趨俗、媚俗、低俗、庸俗、粗俗、世俗等現象則是深層表現，説明文學的商品性已經滲透到作家意識深處，滲透到文學的各個角落和層面，某些具有相當藝術修養和思想深度的作家也通過增加性描寫迎合世俗性的閱讀心理，如賈平凹的《廢都》、張賢亮的《習慣死亡》、陳忠實的《白鹿原》等；某些帶有主旋律特色的作品也通過增加通俗性、趣味性"佐料"吸引閱讀興趣，如周梅森的《中國製造》等；某些先鋒作家如余華、格非、洪峰等也回到人物、故事，且頗注意敘事策略，在策略的選擇上也表現出一定的通俗性。

通俗文學自然有其意義。其飛速發展也有其合理性。但它的無限蔓延過多地侵佔了文學空間，且使其他文學樣式也充滿"俗氣"。這無疑影響了整體文學的品質提高和藝術發展。因而在筆者看來，90 年代以降的文學發展格局，不宜過高地估價，也不能過於樂觀和期盼。

第十章　新時期詩歌

第一節　新時期詩歌概述

　　1976 年的天安門詩歌有力地冲擊了 "四人幫" 的封建法西斯專制及其 "陰謀文藝"，在思想和藝術上為新詩的進一步發展揭開了序幕。進入新時期以後，詩歌創作逐漸擺脫理論束縛，開始追求詩歌的真實性，注重發揮詩歌對社會、對人民、對自然的能動作用；追求詩歌的審美價值，注重發展藝術個性，豐富表現形式，開始了新詩創作的探索與創新。詩壇出現了百花齊放的喜人景象，詩歌隊伍多代同堂。 "文革" 後獲得 "第二次解放" 的詩人如艾青、臧克家、田間、

《天安門詩抄》

李季、魯藜、綠原、公劉、邵燕祥等，都重新煥發了創作熱情； "文革" 後成長起來的新人如雷抒雁、張學夢、舒婷、北島、顾工、梁小斌等，為當代詩歌隊伍注入了新鮮的血液，并且新鮮血液隨着青年人的成長源源不斷地涌進詩壇。

　　詩歌創作緊貼時代。先是《水調歌頭・粉碎 "四人幫"》（郭沫若）、《中國的十月》（賀敬之）、《一月的哀思》（李瑛）、《周總理，你在哪里?》（柯岩）等一大批抒寫真情、反映人民心聲的詩作，標誌著詩歌的革命現實主義傳統得到了恢復和發揚。十一屆三中全會使廣大詩人深受鼓舞，他

們表現了對現實問題的關注和思考，熱情歌頌時代主流，深入揭露和猛烈抨擊腐朽事物和生活陰暗面，出現了一批深受歡迎的詩作，如艾青的《光的讚歌》，白樺的《春潮在望》、《陽光，誰也不能壟斷》，陆文福的《將軍，你不能這樣做》等，從不同角度反映了生活中的現實畫面，充分顯示了新時期詩歌的現實主義特徵。20 世紀 80 年代，詩歌形式和表現手法日趨多樣，各種藝術風格競相發展。隨著詩歌反映社會内容的擴大和詩人藝術個性的加強，詩歌創作越來越重視藝術的獨創性。在詩體樣式上，抒情詩、政治抒情詩、敘事詩、愛情詩、哲理詩、寓言詩、諷刺詩、散文詩，以及詩劇、童話詩等都競相生長，出現了前所未有的繁榮局面。

90 年代詩歌潛隐发展。從表面看，没有了 70 年代末 80 年代初的轟動效應，遠離了備受公眾關注的中心地带，逐漸走向邊緣。但深入分析不難發現，由於政治環境的相對寬鬆，詩歌的社會使命和意識形態載體的功能逐漸減弱，而轉向相對深沉和冷靜的發展階段，以更加貼近現實生活、更加個人化的寫作方式走向詩美。在商品經濟大潮衝擊下，詩人隊伍發生分化。有的詩人移居海外，有的則棄詩從商，有的改行寫散文、小説、電視劇。但還是有一些詩人拒絕了各種物欲誘惑，堅韌而悲壯地守望在詩歌這塊精神家園裏。他們甘願寂寞，甘受清貧，恪守自己的審美理想，保留著心靈中的净土。儘管諸如 "詩歌不景氣"、"詩歌衰亡" 等論調一再甚囂塵上，但究其實，既没有走向荒漠化，也没有減少产量——據統計，每年出版詩集達五百多種，年産七八萬首詩作，超過了 "全唐詩" 的總量；詩歌進入個人化寫作的時代。

從創作思潮的角度看，新時期詩歌主要由現實主義詩歌的勃興、朦朧詩的崛起和朦朧詩後新生代詩潮組成。

新時期伊始，詩歌界現實主義創作潮流感應著時代脈搏而勃興。現實主義勃興具有深厚的社会原因。天安門詩歌運動為現實主義詩歌的復興拉開了序幕，人民對假大空詩歌的厭惡為其提供了心理基礎，理論界展開的真理標準大討論和中共第十一屆三中全會召開，掀起了思想解放運動，呼喚著文學的真實性，而一大批飽經憂患的詩人陸續歸來，長期的社會底層生活使他們更加執著于現實。正是在這樣一種背景下，中國當代詩歌産生了一個飛躍，現實主義精神空前高漲。1979 年全國詩歌座談會上，詩歌理論界提出了"説真話、抒真情"的命題。創作方面出現了直面現實、為時代吶喊的作品，如白樺的《陽光，誰也不能壟斷》、雷抒雁的《小草在歌唱》等作品，以其對生活的真實反映、積極干預與深刻獨到的詩思產生轟動效應，形成現實主義詩歌大潮，顯示了現實主義詩歌的蓬勃生命力。

在現實主義詩歌大潮湧動之際，以朦朧詩為標誌的現代主義詩潮迅速興起。十年浩劫，給一代青年人留下了深深的創傷，他們想通過詩歌宣洩內心的積郁和悲愴，表達思考、探索與追求。但殘酷的現實卻使他們前景迷茫、思想困惑和零亂，無法把自己的思考和真實的情感無遮攔地公諸於世，遂採用不確定的語言和形象，曲折迂回地傳達自己內心的體驗，從而造成了詩歌含義的朦朧、晦澀和難懂。青年詩人創作顯示出鮮明的現代主義傾向。北島、舒婷、顧城、江河、楊煉、梁小斌等人的作品表現出不同於傳統新詩的審美特徵，被稱作朦朧詩。其審美特徵主要是：其一，他們的詩作常常以冷峻的目光審視生活，以叛逆的姿態表示與舊世界的決絕和變革的願望。其二，他們高標自我，張揚個性，強調真實地表現自己的內心世界，在詩中寫出自己獨特的生活體驗，抒情個性強化。其三，他們不太重視客觀世界的再現，而偏重主觀世界的表現，由客觀真實轉向主觀真實；強調詩人的直覺，以象徵為中心，更多地採用隱喻和暗示；常常捕捉瞬間印象，尋找跳動的意念和幻覺，運用似乎雜亂的意象組合表現對生活的直感；重視詩的總體情緒而常常忽略細節，常常隨意劃分段落以表現情緒的跳躍和時空的轉換，运用意識流表現手法，從而給詩歌帶來了陌生朦胧色彩。

繼朦朧詩後，詩壇出現了更為年輕的一代詩人，他們被稱為"第三代詩人"、"後崛起詩潮"、"新生代"等。新生代不崇尚權威，把朦朧詩作為對立的參照，在反叛中尋找新的藝術範式。1986 年新生代詩歌形成一股強大的潮流，《中國詩壇 1986 現代詩群大展》會集了當時中國詩壇的新傳統主義、整體主義、非非主義、莽漢主義、新古典主義等 60 餘家詩派和韓東、于堅、李亞偉等百余名新生代詩人的作品，全景式地展現了 1986 年中國新詩流派的景觀和前傾姿勢，從此新生代詩歌成為詩壇的新的主潮。新生代詩歌的整體特徵是主張反崇高、反英雄，強化個體意識而淡化群體意識，強化平民意識而淡化英雄意識。他們更樂意表現芸芸眾生，拒絕嚴肅思考，充滿調侃和嘲諷，他們嘲弄生活也嘲弄自己。在表現手法上，新生代詩人以漫不經心的"敍述流"寫"生活流"，代替了潛心的意象營造，以冷態的生命體驗展示實際的生存狀態。在語言上，他們反語言，反修辭，強調口語而淡化意象，避開優雅走向粗俗，甚至熱衷於用粗野自由而有力度的語言表現某種審醜意識。新生代派別林立、主張紛紜，但創作實績並不豐碩，圈子之內十分熱鬧，廣大讀者卻相當冷漠，缺少精品力作，也沒有真正走向民眾。但其探索和嘗試是不容忽視的。

詩歌的演變往往與社會的演變同步進行，或者説詩歌思潮往往是社會文化思潮的具體體現與構成部分。90 年代以後，社會發展的商品化趨向使詩歌在社會文化生活中的地位日漸狹窄和窘迫。

第二節 "歸來"詩人與艾青《光的讚歌》

新時期伊始，中國文學在 17 年道路上滑行的同時，也在奮力開拓新的道路；歷史沒有完全的重復，即使"滑行者"也表現出與 17 年迥然不同的風貌。因為 1976 年天安門詩歌精神的鼓舞和對於假大空的厭倦，因為歷史積怨的深厚和思想解放運動的強勁助力等眾多因素作用，詩人堅持現實主義道路，直面現實，勇於創新，拒絕粉飾，正視災難，詩壇上湧起現實主義詩歌大潮。為新時期詩壇乃至整個文壇寫下輝煌的一頁。

為新時期詩歌發展做出巨大貢獻的是一大批飽經憂患、陸續"歸來"的詩人。雖然含冤蒙屈一二十年，握筆的手長出厚繭，吟詩的喉嚨已經有些嘶啞，但他們一出場，仍顯示出曾經有過的個性風采。艾青 1978 年帶著《魚化石》走上詩壇，作品清楚地告訴人們，他沒有因 21 年沉冤而改變本色。這是一個令人欣慰的信號。就像艾青還是那個艾青，復出的其他詩人也還是那些詩人，如馮至、公劉、流沙河、邵燕祥、白樺、梁南、沙白、葉文福以及曾卓、綠原、牛漢、蔡其矯、昌耀、趙愷，甚至辛笛、陳敬容、唐祈、杜運燮……或因早年創作的慣性作用，或因經歷了若干年煉獄般的生活悟透了詩人的使命，當然還包括其他更複雜的原因，大批復出詩人走上詩壇，推動了一个頗為壯觀的詩潮。《一月的哀思》（李瑛），《周總理，你在哪里?》（柯岩），《春潮在望》、《陽光，誰也不能壟斷》（白

樺）,《懸崖邊的樹》（曾卓）,《故園九詠》（流沙河）,《貝殼》（梁南）,
《第五十七個黎明》（趙愷）,《寓言》（昌耀）,《祈求》（蔡其矯）,《中國
的汽車呼喚著高速公路》、《憤怒的蟋蟀》（邵燕祥）,《哎，大森林》（公
劉）等一大批抒寫真情、反映人民心聲的詩作問世，標誌著詩歌的現實主
義傳統得到了恢復和發揚。

　　"歸來"的詩人詩作呈現出与前不同的幾個特點。第一，恢復和發揚
了"五四"以來現實主義詩歌的優良傳統，擯棄粉飾和虛假，突破禁區，
説真話，抒真情，結束了頌歌一統天下的局面，歌頌與暴露並行，詩歌主
題趨向深刻。第二，找回了現實主義文學的精神实質，詩的社會批判職能
空前強化。新时期诗歌的批判職能在歷史反思中得到強化，并顯示出深沉
思考和理性思變的特色。歷史反思和理性思辨增強了詩的批判深度。第
三，與傳統的現實主義詩歌相比，詩的現代意識明显增強，高揚自我，突
顯個性，大膽的懷疑精神和強烈的變革倾向都為詩歌增添了現代意識的光
彩。詩人們更多地關注人的内心世界，而不再單純崇尚對客觀世界的摹
寫；象徵、隱喻、暗示被廣泛運用，詩的跳躍性增大，而不再追求情節的
完整和情緒的連貫，克服了當代詩歌"直、露、白、淺"的不足。現實主
義詩潮強化了詩與時代、詩與人民、詩與現實生活之間的關係，對當代詩
歌的發展影響深遠。

　　《光的讚歌》是艾青重返詩壇後於 1978 年創作的一首力作。全詩以
"光"的形象為核心，以真切的情感，深邃的哲理和磅礴的氣勢，縱覽人
類社會發展和宇宙自然演變過程中光明與黑暗的搏門，熱情謳歌了"大公
無私"、"照耀四方"、"只知放射"、"不知疲倦"的"光明"，憤怒鞭撻了
使人類"沉浸在苦難的深淵"中的"黑暗"，回顧人類歷史長河中科學與
愚昧、民主與法治、前進與倒退的生死搏門，深刻地揭示了前者必然要戰
勝後者的发展規律，表達了詩人對光明的執著追求和"飛向明天"、"飛向
太陽"的樂觀精神。

　　《光的讚歌》的藝術特色首先是詩情與哲理的統一。詩人以哲學家的
頭腦和詩人的智慧，選取獨特的觀察事物和表現生活的角度與方式，把悟
出的真知灼見形象地融入詩篇，提煉出富有哲理的主題。通過描述光的過
去、現在和將來，熱情謳歌了"光"的功能——使世界"顯得絢麗多彩，

人間也顯得可愛", "一切的美都和光在一起", "光給我們以智慧/光給我們以想象/光給我們以熱情/創造出不朽的形象"。"光"具有高尚的品格,它"睿智而謙卑", "胸懷坦蕩、性格開朗", "大公無私、照耀四方", "它是無聲的威嚴/它是偉大的存在"。同時,詩人將對光的追求同人類追求進步、追求理想、為真理而鬥爭的艱難歷程聯繫起來,對人類文明發展的歷史進行回顧和思考,表達了"永遠歌頌光明", "和光在一起前進"的信念和決心。其主題蘊含著詩人對生活的深刻認識和理解,包裹著感情的漿汁,閃耀著哲理的光芒。

《光的讚歌》

《光的讚歌》凝聚著詩人的親身經歷和深切感受。第六節寫道:"我們生活著隨時都要警惕/看不見的敵人在窺伺著我們/然而我們的信念/像光一樣堅強——/經過了多少浩劫之後/穿過了漫長的黑夜/人類的前途無限光明、永遠光明。"詩人經歷了 1957 年"反右"運動和"文革"十年浩劫,深受其害,深受其苦,有過失去自由的經歷和切膚之痛,那段生活猶如漫長的黑夜。當黑夜結束,光明到來之時,他激情滿懷,寫下了這不朽的詩篇。詩人說:"愈豐富地體味了人生的,愈能產生不朽的詩篇。"(《詩論·生活》)詩人所闡發的哲理思想,是他從長期艱苦生活的風霜雪雨中孕育出來的,是他生活體驗的結晶。詩中的哲理也來自於他對習見的日常事物的提煉。日常的、平凡的東西,並不都是詩,只有當它們跟詩人的思考結合起來,並且反映出詩人獨有的創見和新意的時候,才能成為詩,才能給讀者美的享受。光,本是日常生活中的平常事物,詩人透過這平凡的事物,發現內在蘊含的詩意,賦予它深邃的哲理意義。通過對光的特徵、作用、品格,光的過去、現在和未來的描述,高度概括和深刻反映了人類有文明史以來,光明與黑暗、科學與迷信、智慧與愚昧、唯物與唯心、前進與倒退、革命與反動的生死搏鬥,揭示出前者必然戰勝後者的歷史規律和客觀真理,鼓舞人們堅定必勝的信念。

《光的讚歌》運用多種修辭手法,把哲理附著於生動的形象。運用象徵手法，使詩中所歌頌的"光"超出了自然事物的範疇，成為人類文明與進步的象徵，成為真、善、美的化身。通過對光的讚美，熱情謳歌了社會歷史的不斷進步、人類理想的永恆追求。運用比喻手法，如"世界要是没有光/等於人没有眼睛/航海的没有羅盤/打槍的没有準星"，形象地説明光能使我們明確前進的方向，對於人類生活多麼重要。運用擬人手法，將光人格化，借助於對光的形象特徵的逼真描寫，讚美了光謙虛謹慎，樸實無華而又威嚴有力的高尚品格。運用排比手法，將哲理融入強烈的抒情之中，如"讓我們以最高的速度飛翔吧/讓我們以大無畏的精神飛翔吧/讓我們從今天出發飛向明天/讓我們把每個日子都當做新的起點"，詩情在不斷深化的哲思支配下步步上昇。

第三節　第二代詩人詩作與雷抒雁的《小草在歌唱》

關於中國作家"代"的劃分眾説紛紜，很难統一；但這里的"代"是"詩齡"不是年齡，卻是比較一致的認識。這裏所説的"第一代"是説50年代登上詩壇、並且廣有詩名的詩人（包括被打成"右派"停止創作的詩人）如李瑛、邵燕祥、流沙河、孫静軒、周良沛、公劉等是共和國第一代詩人，他們中的很多人因有被趕下詩壇的經歷，故在新時期詩壇上出現屬於"歸來"的詩人。"第二代詩人"在此指新時期開始走上詩壇的詩人；朦朧詩人也是這個時期走上詩壇的，但他們的詩作"自成一體"，故單獨分析；這裏簡要介紹的是雖然也有不同程度的開拓和創新，但總起來説是按照傳統詩歌理念寫作的詩人。

這些詩人一出道便表現出非同尋常的思想和藝術力量，推出一批影響較大的詩作。葉文福的《將軍，你不能這樣做》、張學夢的《現代化和我們自己》、駱耕野的《不滿》、趙愷的《第五十七個黎明》、黄永玉的《不准!》、周濤的《野馬渡的黄昏》等，都在20世紀70年代末、80年代初的詩壇上產生了較大的影響。葉文福的"將軍詩"説一位遭"四人幫"殘酷迫害的高級將領重新走上領導崗位後，竟下令拆掉幼稚園為自己蓋樓房，全部現代化設備，耗用了幾十萬元外匯，詩人痛陳將軍革命的歷史功績，發出了痛切的勸解和嚴厲的指責，"將軍，你不能這樣做"，這樣做違背了你參加革命的志趣，背離了南征北戰浴血戰鬥的初衷，詩歌語言簡短，情感充沛有力，具有很強的感染力和批判力；《現代化和我們自己》把自我生命與歷史在現代性這一點上凝聚起來，提出迫切的時代命題。在現代化的宏偉目標面前，詩人沉痛地體察到了現實生活存在著巨大差距，以及這種差距給人的心靈造成的斷裂感和迷惑。在實現現代化的時代吶喊中，"我突然感到精神的蒼白，肺腑的空虛。／仿佛我是腰佩青銅劍的戰士，瞅著春筍似的導彈發呆；／仿佛我是剛脫掉尾巴的森林古猿，茫然無知地翻看著四化圖集"。這樣的詩句感人肺腑，啟人心智，震撼讀者心靈。《不滿》對於時代變革中的叛逆情緒及其責難发出質問："啊，誰説不滿是背棄拔類出萃的先人？／啊，誰説不滿是褻瀆德高望重的聖賢？"並就此寫下毋庸置疑的詩句："不滿：茹毛飲血的人猿才去尋覓火種，／不滿：胼手足的祖先才去摸索種田；／不滿：雄麗的趙州橋才取代了簡陋的木橋，／不滿：'精巧'的石斧才讓位于青銅的冶煉；／不滿：才産生了妙手回春的華佗，／不滿：才選就了巧奪天工的魯班。""啊，不滿正是對變革的希冀，／啊，不滿乃是那創造的發端。""不滿像兩個矛盾間過渡的橋樑喲，／不滿像一粒細胞中産生的裂變；／不滿便有所發明，有所創造，有所前進喲，／不滿將通向繁榮、通向幸福、通向完善！"

第二代詩人詩作中，影響較大的是《小草在歌唱》。作者雷抒雁，1967 年畢業於西北大學中文系，1975 年開始寫詩，出版詩集多部，獲獎多項，詩歌《小草在歌唱》獲 1979～1980 年全國中青年詩人優秀作品獎。作為五六十年代成長起來的詩人，他以飽滿的激情關注社會政治問題，寫了很多政治抒情詩，涉及社會生活中的一些重大問題，歌唱英雄，讚頌新生，抨擊腐朽，憧憬光明是诗歌创作的基本主題。他延續了"十七年"中以郭小川、賀敬之等人的詩為代表的政治抒情詩的傳統，同時又有新的發展，詩風剛

雷抒雁

勁，詩理深邃。另有一些雋永精巧的哲理小詩，有的從抽象的命題出發，加以形象化的闡釋，如《生活》、《探索》、《追求》；有的則取材於自然景

物，賦予哲理內涵。《小草在歌唱》是雷抒雁的成名作。1979年五六月間，
"文革"期間與"四人幫"鬥爭而壯烈犧牲的張志新烈士的事蹟得到公開
報導，受到了全國人民的關注，同時出現了許多詩篇，歌頌這位不惜以生
命為代價來堅持和捍衛真理的女性。如艾青的《聽，有一個聲音……》、
周良沛的《沉思》、韓瀚的《重量》、舒婷的《遺產》等。雷抒雁的《小
草在歌唱——悼女共產黨員張志新烈士》是其中的佼佼者。作者滿懷深情
地歌頌了"為光明而獻身"的烈士，深刻揭露了"四人幫"的罪惡，同時
以解剖自己來揭示張志新之死的悲劇原因和值得深思的重大問題。它以震
撼人心的思想和藝術力量贏得了讀者。其思想藝術特色主要體現在以下幾
個方面。

其一，突出了抒情主人公的形象，運用鮮明的對比，表現了英雄犧牲
在抒情主人公內心引起的強烈震撼；以"我"的自我解剖讚頌她的偉大，
寫她的英雄品格對群眾的教育和影響。詩中以"我"的昏睡烘托、對比烈
士的清醒；以"我"滿足於按時交黨費，在黨小組會上滔滔不絕地匯報思
想對比烈士像劉胡蘭、江竹筠一樣堅強的黨性；以"像松林一樣"的七尺
漢子的偉岸身軀對比能"肩起民族大廈的棟樑"的"柔嫩的肩膀"。在鮮
明的對比中，"我"感到強烈的自責："我是軍人，/卻不能挺身而出，/像
黃繼光，/用胸脯築起一道銅牆！/而讓這顆罪惡的子彈，/射穿祖國的希
望，/打進人民的胸膛！""我"為自己在"專制下，嚇破過膽子"、在
"風暴裏，迷失過方向"而感到羞恥。通過痛心疾首的對比，"我"終於領
悟到了人生的真諦："昏睡的生活，/比死更可悲，/愚昧的日子，/比豬更
骯髒！"這正是英雄的事蹟對"我"的教育和影響，也正是烈士犧牲的真
正價值之所在。當然，詩中的"我"並不僅僅是抒情主人公自己，而是與
時代、與人民相通的"大我"。"我"的覺醒，代表著被極"左"路線蒙
住了眼睛的許許多多人的覺醒。大段的自我解剖，不是單純的自我批判，
它代表了具有普遍意義的整整一代人的思考。

其二，構思新穎別致，採用了托物言志、借物抒情的方法，以"小
草"作為起興和貫穿全詩的抒情線索，賦予"小草"以象徵意義。這是一
首政治抒情詩，容易寫得空泛乏味。但詩人把小草作為抒情對應物，以
"小草"象徵人民群眾。烈士犧牲的刑場上生長著小草，小草是見證人，

是同情者，讓烈士的碧血流進脈管，在花朵裏放出清香。小草看起來平凡弱小，但它們卻又是強大的。當正義和法律變得軟弱和蒼白的時候，"只有小草變得堅強"，"只有小草在歌唱"。小草"在没有星光的夜裏，/唱得那樣凄涼；/在烈日暴曬的正午，/唱得那樣悲壯！/像要砸碎礁石的潮水，/像要沖決堤岸的大江"。小草的命運就是人民的命運，小草的性格就是人民的性格，小草的歌就是人民的歌。此外，小草柔韌、秀美，又是對女英雄美好形象的襯托。詩人在小草身上熔鑄了自己熾熱的情感，使小草的形象産生了催人淚下的藝術力量。

其三，大膽的激問和精闢的判斷，使該詩的主題具有毋庸置疑的力量。為什麽70年代還會産生出劉胡蘭、江竹筠和丹娘式的英雄？我們党號稱有三千萬黨員，五尺男兒巍峨得像松林一樣，而當風暴襲來的時候，為什麽竟讓身為女兒、妻子、母親的女子去肩負大廈的棟樑？這些問題在詩中雖然没有回答，可它卻不能不以其尖銳性引導每一個有良心、有正義感的人去思考、去反省、去總結，從而在更深廣的層面上開掘和深化了該詩的主題。

第四節　食指與朦朧詩人詩作

在新時期詩壇上，朦朧詩是影響深遠的詩潮。這一詩潮打破了多年的詩歌傳統，在藝術形式和表現手法、思想感情和審美風格等方面均有很大叛逆性。這與他們的生活經歷有很大關係。

朦朧詩人大都是五六十年代成長起來的，從小就接受了革命理想教育，初步形成了共産主義世界觀和革命人生觀。"文革"期間他們經受了生存艱難的磨練和精神荒蕪的折磨，形成了破碎的心靈，對社會、人生、前途産生了困惑、失落、懷疑、憤懣等情緒。但在心靈深處，對於民族命運和現實人生，對於未來甚至對於社會現實都懷有熱切的關心和熾熱的感情，甚至充滿理想和希望。痛苦的經歷和複雜的思想情緒使他們沉思，且在沉思中覺醒。這是詩人主體意識的覺醒，也是他們詩學意識的覺醒。他們的覺醒表現在詩學層面上，形成了人們所熟知的"新的美學原則"的覺醒。所謂新的美學原則，是説他們"不屑於表現自我感情世界以外的豐功偉績"，"不屑於作時代精神的傳聲筒"，詩人的創作追求只有一個目標：

"表現自我。"在他們看來，"過去的文藝、詩，一直在宣傳另一種非我的'我'，即自我取消、自我毀滅的'我'。如：'我'在什麼什麼面前，是一粒沙子、一顆鋪路石子、一個齒輪，一個螺絲釘。總之，不是一個人，不是一個會思考、懷疑、有七情六欲的人。如果硬説是，也就是個機器人，機器'我'。這種'我'，也許具有一種獻身的宗教美，但由於取消了作為最具體存在的個體的人，他自己最後也不免失去了控制，走上了毀滅之路"。他們則要表現出"具有現代青年特點的'自我'"。[1]

審美意識覺醒表現在詩歌的情感内容和藝術形式兩個方面。就其表現形式而言，朦朧詩重意象、輕形象，忽視因果關係、邏輯層次而重視潛意識和瞬間感覺，輕視整體性思想情感表達而以零散無序的具象表現複雜的意緒，輕視簡潔、明快、單純的藝術風格，而運用象徵、通感、隱喻等手法追求語義的多重性和複雜性，並因此導致他們的詩歌晦澀難懂。就其情感内容而言，詩人所表現的自我因人而異，構成個性色彩鮮明的群體，具有反抗現實、張揚自我個性的群體。他們本著表現内心的需求寫作，其詩作的風格特點並不相同。

食指（原名郭路生），1948 年生於山東朝城，因母親在行軍途中分娩，所以起名路生。"文革"期間插過隊，當過工人，當過兵。其詩作以手抄本的形式在社會上廣為流傳，被譽為"文革中新詩第一人"。他為空洞膚淺的抒情詩畫上了最後的句號，也預告了個性主義浪漫主義詩歌的開端。在慶祝無産階級"文化大革命"取得奪權勝利的歡歌笑語中，食指創作《海洋三部曲》，最先表現出覺醒者悲涼迷茫的情緒，感歎"像秋風卷走一張枯葉"，不知道"命運的海洋"把個人的小船帶向何方："地獄呢，還是天堂……"？在舉國熱烈歡呼知識青年上山下鄉運動的狂熱歲月，詩人在列車開動時刻感受到的卻是深切的離愁別緒，"我的心驟然一陣疼痛，一定

郭路生

---

[1]　顧城：《請聽我們的聲音》，《青年詩人談詩》，北京大學五四文學社編，1985，第 29 頁。

是/媽媽綴扣子的針線穿透了心胸。"（《這是四點零八分的北京》）在經歷了各種磨難、遭受了命運的殘酷折磨和無情戲弄、欺騙之後，詩人無視甚囂塵上的時代文學"規矩"，執著於內心世界的訴求，無所顧忌地抒發內心的悲憤："我還不如一條瘋狗！/狗急它能跳出院牆，/而我只能默默地忍受，/我比瘋狗有更多的辛酸。"（《瘋狗》）

儘管覺得自己不如瘋狗，但為了"掙脫無形的鎖鏈"，"情願放棄所謂神聖的人權"，這是覺醒的生命個體的大膽反叛。食指詩歌的魅力在於，體驗痛苦，咀嚼災難，爭天絕俗，執著追求，無論在什麼情況下都始終堅信，歷史的灰塵終有一天會被清除，未來會恢復"熱情、客觀、公正的評定"。《相信未來》是一首洋溢著悲壯而激越情懷的浪漫主義詩歌。

当蜘蛛網無情地查封了我的爐台，
當灰爐的餘煙歎息著貧困的悲哀，
我依然固執地鋪平失望的灰爐，
用美麗的雪花寫下：相信未來。

當我的紫葡萄化為深秋的淚水，
當我的鮮花依偎在別人的情懷，
我依然固執地用凝露的枯藤，
在淒涼的大地上寫下：相信未來。

舒 婷

舒婷原名龔佩瑜，祖籍福建泉州。當過工人、統計員、染紗工、焊錫工等。1979年開始發表詩歌作品。著有詩集《雙桅船》、《會唱歌的鳶尾花》，散文集《心煙》、《秋天的情緒》等。其詩歌主要表現為女性特有的憂傷的情緒。她常常帶著對美好事物的憧憬關注破碎的現實，帶著健全的人生理想關注非健全的人生形態，帶著心靈的累累傷痕表現她對於美好的社會和人生的希望。早期的詩歌受普希金、拜倫等浪漫主義詩人影響，帶有直抒胸臆的特點。朦朧詩正式登上詩壇以後，她要“開掘心靈的處女地”，並且常常“走進禁區”。在表現手法上，更多地吸收了現代主義的表現方式，重視意象營造，用意象取代情感的傾瀉，用暗示、意會表現複雜的思想情緒，尤其是那些屬於“心靈禁區”的情緒，其詩顯得深沉朦朧。《神女峰》、《致橡樹》、《惠安女子》、《雙桅船》是頗有影響的詩篇。《致橡樹》是抒寫女性愛情的詩篇，然而又不是純粹愛情詩，通過愛情傳達出獨立、自尊、自強的現代人的人格精神。

> 我如果愛你——
> 絕不像攀援的凌霄花，
> 借你的高枝炫耀自己；
> 我如果愛你——
> 絕不學癡情的鳥兒，
> 為綠蔭重複單純的歌曲；
> 也不止像泉源，
> 常年送來清涼的慰藉；
> 也不止像險峰，
> 增加你的高度，襯托你的威儀。

詩人寫道：理想的愛情是，“我必須是你近旁的一株木棉，／作為樹的形象和你站在一起”，並且“我們分擔寒潮、風雷、霹靂；／我們分享霧靄、流嵐、虹霓”。

顧城（1956～1993），12歲輟學放豬，“文革”中開始寫作。著有詩集《顧城詩集》、《顧城童話寓言詩選》等。他詩心純真，致力於構建純淨的精神家園。他天真、純淨、浪漫和真誠，喜歡用兒童的眼睛打量世界，用兒童的天真看取生活，用兒童的純淨心靈寫詩，他用兒童的真誠創造了一個浪漫主義的童話世界。當然，這個世

顧　城

界並不像傳統童話那般單純明麗，因為顧城經歷了"文革"災難，心靈上刻下了累累傷痕。他被恐懼、迷茫、痛苦、憂傷的情緒困擾著，但他沒有放棄對光明的追求，"黑夜給了我一雙黑色的眼睛/我卻用它尋找光明"。他堅持按照他的審美追求表現孩子般的奇思妙想，固執地尋找美，表現美，幻想著"用金黃的麥稭/編成搖籃/把我的靈感和心/放在裏邊/裝好鈕扣的車輪/讓時間拖著/去問候世界"。這是一個美好的世界，山石路上的"石頭也會發芽/也會粗糙地微笑/在陽光和樹影間/露出善良的牙齒"。（《小花的信念》）

　　他的童話般晶瑩的詩歌世界時常流露出悲涼、孤獨的情緒。《我是一個任性的孩子》比較集中地表現了他的理想追求及幻滅的過程。他說"我希望/每一個時刻/都像彩色蠟筆那樣美麗"，希望人們的眼睛永不流淚，希望人世間沒有痛苦和不幸，希望相愛的人永不背叛，希望所有習慣黑暗的眼睛都習慣光明，希望東方民族充滿"無邊無際愉快的聲音"。他用孩子般的天真在想象中描繪著自由、溫馨、美好、明麗的世界。但这个世界并不像他想得那样美丽纯净，理想注定破滅，也注定了他的人生悲剧。

第五節　"新生代"詩群與韓東的《有關大雁塔》

　　進入 20 世紀 80 年代中期，"朦朧詩"群體風流雲散，顯赫一時的現代詩潮日漸衰微；"復出"的詩人日漸年高，失去創作活力。即便是兩大群體還有堅持詩歌寫作者，也鮮有精品力作，即使偶有佳作，也很難形成轟動效應。而改革開放日漸深入，西方人文思潮更無阻攔地湧進國門，五六十年代輿論教育效果漸漸勢弱，在改革開放年代成長起來的詩人群體開始走上社會，走上詩壇。他們不滿意"復出"詩人的詩學主張和寫作傾向，也不滿意朦朧詩人沉重的社會包袱和詩歌語言，並且以叛逆的姿態走向詩壇。"新生代"詩群公開打出"pass 北島"的旗號出現在詩壇上。於是詩壇上出現了"新生代詩"。

　　"新生代"作為开始引人注目是在 1984 年以後。但在此之前，便已經出現與朦朧詩迥異的詩歌作品。1984 年新生代詩群的活動和寫作達到一定規模。實驗性的詩歌社團和自辦的詩歌刊物紛紛出現，比較著名的詩歌社團（或詩群）有南京的"他們"文學社，上海的"海上"詩群，四川的"新傳統主義"、"整體主義"、"非非主義"、"莽漢主義"等，此外還有"撒嬌派"、"三腳貓牌"等散見各地，而大學裏的"校園詩歌"也是"新生代"的重要構成；表達女性性別意識和獨特體驗的"女性詩歌"，由於題材、意識和表現方式的新異，也引起廣泛的關注。關於"新生代"詩歌的盛況，當時有一種可供參考的描述："1986——在這個被稱為'不可抗拒的年代'，全國兩千多家詩社和十倍百倍於此數位的自謂詩人，以成千上萬的詩集詩報、詩刊與傳統實行著斷裂……至1986年7月，全國已出的非正式列印詩集達905種，不定期的列印詩刊70種，非正式發行的鉛印詩刊和詩報22種。"[1]　自印詩刊詩集的"非正式發行"方式，雖然沒有產生多大的社會影響，但也營造了一種詩歌氛圍，顯示出不容忽視的存在。到80年代中期，他們的創作被一些刊物接受，甚至被選進詩集。1986年的10月《詩歌報》和《深圳青年報》聯合舉辦了"中國詩壇1986現代詩群體大展"，介紹了"100多名'後崛起'詩人分別組成的60餘家自稱'詩派'"，説是這一大展"匯萃了1986年中國詩壇上的全部主要"的實驗詩派。[2]　新生代詩人的創作實績並不豐碩，但他們在解構高雅、破壞秩序、打亂規律等方面的成績卻不容忽視。

　　韓東是新生代的重要詩人。《有關大雁塔》常常被當作新生代詩的典型。作者韓東1982年畢業于山東大學哲學系，在校期間開始詩歌創作，1984年冬與于堅、丁當、呂德安等在南京成立"他們"社，創辦並編輯詩歌刊物《他們》，提出"回到詩歌本身"、"回到個人"，強調個體的生命形式和日常生活，拒絕觀念和理論的干預，在詩歌語言上重視"日常語言"。他的《有關大雁塔》、《你見過大海》、《明月降臨》、

韓　東

---

① 《詩歌報》（安徽合肥）和《深圳青年報》1986年9月30日。

② 《深圳青年報》1986年9月30日。兩年後，參與大展策劃的徐敬亞等，在稍作補充後，將"大展"的材料匯集為《中國現代主義詩群大觀1986—1988》一書，由同濟大學出版社出版。

《山民》、《初昇的太陽》等是"他們"群體,甚至也是新生代詩群探索、實驗的重要文本。其詩帶有一種哲理味,嚴密、細緻、反復説明而語言則平淡無奇。

大雁塔是文明古城西安的標誌性建築,是歷史與傳統的濃縮和象徵。大雁塔的這一文化地位使它成為歷代文人墨客歌詠的對象。厚重的詩歌傳統既是新生代詩歌的養料與源泉,也成為那一代詩人突破窠臼而有所作為的巨大精神負擔。韓東的《有關大雁塔》就是解構歷史、擺脱傳統的經典文本。從内容上來看,《有關大雁塔》消解了歷史權威,消解了英雄崇拜,消解了精英文化,詩人關注的是日常生活,是平常人的生活,是世俗化的生活。對於大雁塔,韓東沒有任何的寄託和賦予,没有崇高意識和文化解讀,而只是尋常一般的建築物。"有關大雁塔/我們又能知道些什麽/有很多人從遠方趕來/為了爬上去……/然後下來/走進這條大街/轉眼不見了……/有關大雁塔/我們又能知道什麽/我們爬上去/看看四周的風景/然後再下來"。他將滿腔的激情還原為生命的散淡,對陽光下的大雁塔、作為中華文明見證者的大雁塔,不再有崇敬之心,有的只是失去激動的冷視與茫然。《有關大雁塔》不僅是對有關大雁塔的歷史及文化記憶的拒絕,更是對前代詩人寫作方式的拒絕。

從形式上看,《有關大雁塔》比較口語化,屬於口語詩歌的代表,沒有比喻,擬人等辭格,只是一種敍述,也是一種反詩化的詩歌。而諸如"發福"、"有種"等字眼的使用,以及由此所流露出來的痞子氣,無疑是追求形式上的反叛和超越的創作姿態。另外,《有關大雁塔》有敍事的成分,但不構成全體。我們很容易感受到敍述的冷漠平板、略帶嘲諷,這是敍述者故意選擇的,以傳達出他對崇高、嚴肅進行消解時的快意。其所表達的是日常生活的審美姿態。

第十一章　新時期散文

第一節　新時期散文概述

進入新時期以後，作家思想解放，文學觀念更新，散文也開始進入文體自覺時期。

首先是散文理念自覺。過去散文囿於"形散神不散"的模框，在散與不散上做文章，既限制了理論探討，更束縛了創作手腳。1987 年林非在《文學評論》上發表《散文創作的昨日和明日》，對"形散神不散"提出異議，標誌著單一的理念形態被打破，也標誌著散文理念進入多元狀態。在這種情況下，形散神不散仍不失為一種理念形態，此外派生出很多。譬如說，形不散神散。一篇散文，形式完整，結構謹嚴，可以有神，也可以無神，其"神"既可以明確表現出來，也可以"意在不言之中"，多主題，多意韻，複合調，都不離散文藝術的大轍；譬如說，形不散神不散。一篇散文，圍繞一事一物，一人一景寫下去，不旁涉，不枝蔓，短小精緻，玲瓏剔透，也可以成為散文藝術的珍品；譬如說，形散神散。一篇散文，將若干各自獨立同時又有某種內在聯繫的異質同構、或異構的集合單位組合在一起，包羅萬象，意象萬千，形成多聲部，多色調，多意蘊的《清明上河圖》式的大散文——集合式散文、組合式散文，也可能成為散文佳作。這還只是從形與神、散與不散的四度二維空間中界說，除此之外，還有很多新的理解。有的持大散文觀念，把散文看作海闊天空的領域，有的把散文當作"美文"，追求敘事抒情的精品力作。這標誌著散文理念在經過蕉雜、單一以後，在更高的層面上走向"蕪雜"——多元，走向開放。

散文理念改變和創作突破動搖了楊朔散文的文學史地位，其創作受到衆多理論家和文學史家的批評，其結構體式雖然還有一定市場（因為"詩化散文"確有提昇散文品格的意義，符合中國人的審美心理），但作為"模式"受衆人尊崇的局面已成為歷史。作家們告別歷史，率性而為，散文園地百花爭妍，其結構體式進入"散無定式"時代。有人創作了屬於自己的體式，如黃裳、林非的"學者散文"，姜德明、吳泰昌的"書話體散文"，黃秋耘、憶明珠的"雜感體散文"，巴金的"隨想錄"，劉再復的"新賦體"，王蒙的"意識流體"（《訪蘇心潮》），楊絳的"生活流"（《幹校六記》）；有的作家"信馬由韁"，有人自說自話，有的作家借鑒電影蒙太奇，有的吸收現代派的手法創造新的結構體式。生活豐富多彩，作家林林總總，每個作家都按照自己的個性創作，散文結構體式五花八門，形形色色。

散文文體的自覺和觀念的開放促進了散文藝術的發展繁榮。表現在題材方面，突出的標誌是，衆多作家把住了散文藝術的本質特性和創作規律，將目光從廣闊天地收回來，慎重地觀照自己——從過去的"廣闊天地"回到"自己的園地"。塵封的園門一經打開，幾代作家蜂擁而至，奮力開掘那荒廢了多年的沃土，栽植個體生命之樹，創造個性藝術之林，一時蔚為大觀：巴金重新回到自己的書桌，敞開胸懷，訴說自己煉獄般的生活；丁玲、楊絳翻閱生活的相冊，書寫《牛棚小品》、《幹校六記》；孫犁撿拾散落的音符，悼念亡妻……如果說，這些都是老年人的"癖好"，不足為憑，那麼，中青年作家則為新時期散文取材特點的形成寫下重重的一筆。他們珍藏不豐，也無意藉散文發掘與埋掩，卻也自覺不自覺地纏綿於身邊瑣事，往返於自己的世界：賈平凹尋找"山地"的"月跡"、"蹤跡"，王英琦感歎"少年夢的幻滅"，曹明華打開"女大學生日記"，張辛欣卻要"回老家"，喻大翔侃淡"朋友"，斯妤重溫"女兒夢"，龐儉克抒發"三十歲男人的自由"，王安憶誇讚"我們家的男子漢"……如此等等，等等如此，大都離不開"衣食住行"，大都裸露著作家的"心煙"、"心香"、"心跡"，記載著"心的形式"，就連執著地擁抱時代的郭保林也不甘示弱，索性提起筆來，寫信"給自己"！

值得注意的是，作家寫自己並不囿於自己。他們在自己的園地裏耕作

的同時，也關注著牆院以外的大千世界。巴金在
其《隨想錄》中，處處寫自己，清醒地解剖自
己，卻又時時透視和解剖社會歷史——那個把幾
代人不當成人的荒唐的社會和歷史，他要"給
'十年浩劫'作一個總結"；王英琦通過少年夢
的幻滅寫出了荒唐時代是怎樣無情地粉碎了少年
兒童的合理而又美好的理想追求；"明碼標價"
寫給自己的郭保林，則無論是低沉的呻吟還是孤
獨的自白，也無論悲憤的宣洩還是奮進的呼號，
都折射著人情世態……展讀新時期的散文，誰都
不難發現，沒有一個散文作家不耕作自己的園
地，也沒有一個作家不通過自己的耕作，或直或

《隨想錄》

曲或顯或隱地映照廣闊天地。橫亙在"自己的園地"和"廣闊天地"間的那
堵"牆"被推翻蕩平，自我與社會緊密地聯結在一起。"一粒沙裏看世界，
半瓣花上說人情"——郁達夫的話又重新記起，並且獲得新的生命意義。

　　新時期散文的突出變化還在主題構成、抒情格調、情感結構、藝術表
現手法等方面表現出從封閉走向開放的發展趨勢。隨著散文理念的更新，
隨著各類作家的介入，散文藝術的門戶還將進一步開放，繼續吸取詩歌、
小說、戲劇、繪畫、電影等藝術的表現手法，充實散文，發展散文。散文
這一古老的文體煥發出蓬勃朝氣和活力。

　　20世紀90年代是散文繁花盛開、爭奇鬥豔的年代，是散文題材廣博、
多元發展的年代，是散文更強調主體意識，更注重美學價值的年代。這其
中有以透析歷史文化，觀察社會現實，關注人類命運為主要內容的"大散
文"。這類散文視野開闊，高屋建瓴，在描述詠歎歷史風雲、文化事件的
過程中，不著痕跡地袒露作家的博大胸懷，抒寫作家的審美體驗，發散作
家的高尚人格和精神力量，因而具有強烈的思想震撼力，在讀者中產生了
巨大的影響。這類散文的部分作者是閱歷豐富，學富五車的專家、學者、
教授，故其作品又可稱為"學者散文"。季羨林、張中行、林非、蕭乾、
雷達、宗璞、楊絳、余秋雨、黃秋耘是其中的優秀代表。還有大批小說
家，詩人，藝術家加入散文創作的行列，散文創作隊伍空前壯大。專攻散

文的作家比例似乎越來越少，而兼治散文的"雙棲作家"、"多棲作家"明顯越來越多。汪曾祺、李國文、高曉聲、王蒙、劉心武、馮驥才、賈平凹、張承志、張煒、陳忠實、何士光、梁曉聲、韓少功、鄧剛等都寫出了不少頗有影響的散文佳作。

另外，新生代的創作也異常活躍，影響越來越大，其作品令人刮目相看。90年代初期和中期，多家出版社相繼推出了一批新生代散文家的散文集和合集，如《上升——當代中國大陸新生代散文選》（北方文藝出版社，1991）、《九千隻火鳥——新生代散文》（北京師範大學出版社，1993）、《蔚藍天空的黃金——當代60年代出生代表性作家展示·散文卷》①，都是較有代表性的幾部合集。新生代亦稱晚生代，是指出生於50年代末，60年代和70年代初，在90年代產生影響的一批散文家。他們大多數有大學本科學歷，有的還是碩士、博士，文化素養較好，創作起點較高。祝勇、原野、老愚、於君、止庵、摩羅、馮秋子、葉依，彭程、瘦谷、戴露、鄧浩、周曉楓、田曉菲是他們當中的突出代表。

毫無疑問，他們是真正意義的跨世紀散文家，21世紀初期的散文舞台將逐漸由他們替代一批老散文家而成為主角。

第二節　悲情散文與巴金的《懷念蕭珊》

"文化大革命"給人民帶來巨大災難，很多人經歷了苦難，目睹了死亡，但在"文革"期間卻得不到發洩。"文革"結束後，作家從苦難和悲劇中走來，回首往事痛悼故人，悲情散文，最先開啟了新時期散文創作的閘門。悲情散文內容很豐富，就懷念對象而言，主要有兩大類：一類是懷念老一輩革命家，如何為的《臨江樓記》，毛岸青、邵華的《我愛韶山的紅杜鵑》，劉白羽的《巍巍太行》，袁鷹的《飛》，菡子的《長江橫渡》，薛明的《向黨和人民的報告》，陶斯亮的《一封終於發出的信》；另一類是追憶緬懷被迫害致死的文學家、藝術家、科學家和其他民族精英，如丁甯悼念楊朔的《幽燕詩魂》，黃宗英悼念上官雲珠的《星》，金山悼念戲劇家

---

① 中國對外翻譯出版公司，1995。

孫維世的《莫將血恨付秋風》，丁一嵐的《憶鄧拓》，荒煤的《憶何其芳》，巴金追念愛妻的《懷念蕭珊》，樓適夷的《痛悼傅雷》和悼念柳青的《創業詩篇猶待續，千秋遺恨在人間》。

　　悲情散文是新時期第一個散文思潮。其突出的特點是情感性。作品所寫，大都是自己的親人或者敬仰的人，他們在"文革"期間遭受殘酷的折磨和迫害，含冤而死，作家的悲痛壓抑很久，一旦爆發便如江河決堤，很多作品宣洩哭訴，字字血，聲聲淚，是血淚凝成的文字，因此具有很強的情感性宣洩性。其二是悲劇性。作為幸存者、未亡人懷念逝者親人，其作品所寫，大都是悲慘的事實和悲劇性的命運，抒發的是悲情、悲傷、悲哀、悲憤、悲悼的情感，作者心情悲痛低沉，作品基調悲傷悽慘。其三是個人性。曾經在很長時間內，個人情感被視為小資情調而被禁止，散文寫作或者表達工農兵的思想感情，或者代替工農兵抒情，唯獨缺少個人感情。悲情散文所寫，即使對象與自己沒有私人關係，作者也從個人角度而非公眾的角度出發，表現的是私人間的關係；而更多的作品所寫對象是自己的親人，或者父親，或者妻子，或者丈夫，或者兄弟姐妹。這為散文創作打開了通向個人生活園地的世界，通向個人情感的世界。新時期初期散文創作的這些特點，均對新時期文學產生了很大影響。

　　巴金是新時期悲情散文的重要作家。《隨想錄》是他對當代文學最為重要的貢獻。

　　1978 年底香港《大公報》為巴金開闢《隨想錄》專欄，從當年 12 月 1 日發表第一篇《談〈望鄉〉》到 1986 年 8 月 20 日完成最後一篇《懷念胡風》，8 年時間共發表隨想錄 150 篇。他將 30 篇編為一集，共 5 集，依次為《隨想錄》、《探索集》、《真話集》、《病中集》和《無題集》，約 42 萬字。《隨想錄》被視為巴金個人的"文革"博物館。他回憶故人往事，揭露"文革"災難，直面社會現實，說真話，抒真情，被

巴　金

視為力透紙背、情透紙背、熱透紙背的大書。其作品不事雕琢，自然天成，情感真摯濃郁，語言酣暢淋漓，深受青年讀者喜愛。《回憶蕭珊》是

悲情散文的重要文本。

巴金與蕭珊

蕭珊是巴金的妻子。1936 年在上海與巴金相識，1944 年他們在貴陽結婚。巴金和蕭珊共同走過幾十年的人生路程。一路上，他們攜手並肩，相濡以沫。"文化大革命"開始後，他們的災難來臨，在苦難的日子裏，他們相互鼓勵，攜手共度艱難歲月。蕭珊承受了巨大的磨難，遭受了毒打和侮辱，健康受到摧殘卻得不到及時救治，滿懷傷痕和無限掛牽離開人世。蕭珊去世 6 年後，已屆古稀之年的巴金滿懷深情地寫下悼念亡妻的文字，不僅讓世人看到一個偉大作家真摯而豐富的情感世界，也為夫妻情愛樹立了不朽的豐碑。

《懷念蕭珊》是一篇悼念散文。悼文是生者對死者的追憶和悲悼，主體是紀事和抒情。本文記述了蕭珊在"文革"中因巴金而受到牽連、身心遭受折磨和迫害、健康受損、身患絕症得不到及時治療，最後帶著無盡的牽掛離開人世的悲慘遭遇，回顧了他們相識、相愛和婚後幾十年生活的點滴，重點是記敍在"文革"那段艱難的日子裏他們患難與共、相濡以沫的深厚感情，寫蕭珊柔弱而堅強、忍辱以負重，對丈夫以無微不至的關愛，充分顯示出一個偉大妻子的博大胸懷，也表現了巴金深切的悲悼之情。巴金是懷著無限的思念、深切的悲悼回憶往事、撰寫這篇悼念文章的。作品動人心弦、催人淚下，充分體現了巴金散文的思想藝術特點。作品情感真摯濃烈，豐富深沉，既有對亡妻的深切懷念和深情回憶，也有因妻子受自己連累而被折磨、受屈辱直至得病死亡的自責與歉疚，既有對林彪、"四人幫"迫害無辜、禍國殃民罪行的無比憤怒和強烈控訴，也有對夫妻受難時給予幫助的那些善良的人們的感激之情。豐富而真摯的情感充溢於字裏行間，極具感染力。結尾文字如泣如訴："在我喪失工作能力的時候，我希望病榻上有蕭珊翻譯的那幾本小說。等到我永遠閉上眼睛，就讓我的骨灰和她的骨灰攪和在一起。"對妻子的至愛至情表達得淋漓盡致。

巴金認為，"藝術的最高境界是無技巧"，《懷念蕭珊》沒有雕琢的文字和華麗的辭藻，沒有精心的結構和刻意的細節描寫，語言樸實無華，明快曉暢，結構如行雲流水，情到“渠成”，或敍事，或抒情，或議論，或描寫，多種筆墨交叉使用，渾然天成，盡顯自然素樸之美。回憶往事——他們相識相愛的情景，夫妻在“文革”期間遭受的種種磨難，他們在困境中相互勉勵的話語，蕭珊得病、去世和去世後的情景，既有事實敍述，也有情感抒發和議論自責，敍事抒情融為一爐，情景展示、氛圍營造和情感表達相得益彰。而這也決定了本文的敍事不是耐心地講述故事，決定了情節的非完整性，事實淹沒在情感當中，情節服從於抒情的需要；但巴金的抒情，也並非借助於抒情的文字虛張聲勢，而是通過具體事件的敍述平靜而深沉地表現出來。事件是片斷式的，顯得有頭無尾，但深沉的情感流貫其中，作者選擇的精到，敍述得簡潔，常常收到很好的藝術效果。如作品寫，“有一個時期我和她每晚臨睡前服兩粒眠爾通才能夠閉眼，可是天剛剛發白就都醒了。我喚她，她也喚我。我訴苦般地說：‘日子難過啊！’她也用同樣的聲音回答：‘日子難過啊！’但是她馬上加一句：‘要堅持下去。’或者再加一句：‘堅持就是勝利。’”這樣的文字事件雖然簡短，但將患難時候的夫妻深情表現出來，意味深長，讀後令人動容。巴金散文很少描寫，偶爾為之，寫人物神態，肖像，動作，話語，稍加勾勒和點染，音容笑貌躍然紙上，給人留下清晰而難忘的印象。如寫蕭珊去世時“那張慘白的臉、那兩片咽下了千言萬語的嘴唇”，她看到《徹底揭露巴金的反革命真面目》的報紙時，“她的笑容一下子完全消失”，“她那張滿是淚痕的臉還在我眼前”，“她一天天地憔悴下去”，“眼睛裏全是淚水”，寫她彌留之際，“她非常安靜，但並未昏睡，始終睜大兩隻眼睛。眼睛很大，很美，很亮。我望著，望著，好像在望快要燃盡的燭火”。這些描寫點綴在酣暢淋漓的敍述裏，蘊含著無盡的情思，給人留下難忘的印象。

《懷念蕭珊》多方面地體垷了巴金散文創作的藝術特點，是其“緬懷故人”系列散文的一篇力作，也是一篇書寫夫妻之情、緬懷亡妻之思的感人之作。

第三節　回憶散文與楊絳的《幹校六記》

新時期前十年，散文創作隊伍由老、中、青三個方面軍構成，陣容十分強大，充滿活力，佳作紛呈，精品噴湧。巴金、孫犁、秦牧、何為等老、中年作家以高產優質的作品享譽文壇，而賈平凹、謝大光等年輕作家嶄露頭角，顯示出非凡的才氣和實力，也預示了散文繁榮發展的大好局面已經來臨。而女性作家昂然崛起，以或細膩、或粗獷的筆觸書寫深切的生命體驗，是新時期散文園地一道豔麗的風景。

進入 20 世紀 80 年代後，散文創作的發展變化主要表現在如下幾個方面。其一，題材擴大，內蘊厚實，具有真情實感。散文是個體性很強的體裁，雖然也可以書寫廣闊天地，但主要還是耕耘自己的園地。隨著散文觀念的更新，散文特點的釐正，作家們迅速回望自我，書寫不同時期的生活體驗和思想經歷。散文書寫真情實感的傳統已經開始得到恢復與發揚。但作家們不限於抒情，受文化反思的時代文學思潮影響，散文作家也注重對社會災難和人生悲劇的深層反思，注重文化傳統和哲理意蘊的理性表達，出現了一批具有文化尋根意味的散文。其二，散文樣式的多樣化和表現手法上有較大突破。散文的開放性特徵得到加強，散文樣式走向多樣化，出現了小說化的散文、影視化的散文、詩化散文、戲劇體散文、日記體散文、寓言體散文和文化散文等樣式，拓寬了散文創作的思維空間，開闢了散文的新天地。散文創作在藝術手法的運用上也有探索與突破。作家們打破了以楊朔為代表的"詩化"散文模式和三段式結構，透過借鑒和融化小說、詩歌等寫作技法，在滲透與交融中豐富自身，通過借鑒和吸取外國現代派文學的表現技巧，增強散文文體的藝術表現力，使散文的結構更為靈活多樣。

楊 絳

80 年代散文影響較大的是回憶散文。作家們懷著悠悠情思回憶過去的人和事，展示那個動亂歲月中人們的生活和思想狀況，具有很高的思想藝術價值。巴金的《隨想錄》之外，還有丁玲的《牛棚小品》、何為的《山鄉的渡船老人》、蕭乾的《一本褪色的相冊》、柯靈的《小浪花》，以及孫犁的《晚華集》等許多作品，其中，楊絳的《幹校六記》影響頗大。

楊絳（1911 ~ ）江蘇無錫人，1932 年畢業于蘇州東吳大學，有劇作、小說、論文集、翻譯作品多種。散文代表作是《幹校六記》。《幹校六記》是一本紀實散文集，一共六篇，分別是《下放記別》、《鑿井記勞》、《學圃記閑》、《"小趨"記情》、《冒險記幸》和《誤傳記妄》。錢鍾書在小引中説："學部在幹校的一個重要任務是搞運動，清查'五一六分子'。幹校兩年多的生活是在這個批判鬥爭的氣氛中度過的；按照農活、造房、搬家等等需要，搞運動的節奏一會子加緊，一會子放鬆，但仿佛間歇瘧疾病，始終纏住身體。"六記所記，"'記勞'，'記閑'，記這，記那都不過是這個大背景的小點綴，大故事的小穿插。"楊絳覺得"那番往事，畢竟是我一生難忘的親身經歷，也是應該讓大家知道的一段歷史，別人的傳説都不詳、不盡、不實。我應該在自己有生之年，把這段往事公之於眾，我説的話可由我負責"。

"六記"的首記是"下放記別"，寫下放幹校时的別離之情，帶出政治運動對人性和生命的殘害。1969 年 11 月，楊絳本來打算和錢鍾書吃一頓壽麵，慶祝錢鍾書的虛歲六十歲生日，但等不到生日，錢鍾書就得下放了。次年七月，楊絳也下放幹校。送別錢鍾書，有楊絳和女兒、女婿；楊絳下放時，就只有女兒一人送她，女婿因為不能捏造名單害人，含恨自殺。火車開行後，車窗外已不見女兒的背影。楊絳這樣寫："我又合上眼，讓眼淚流進鼻子，流入肚裏。"

《幹校六記》

第二記是"鑿井記勞"。楊絳被分配在菜園班，每天早出晚歸，集體勞動，又參與掘井的工作，産生了"合群感"，從而有"我們"和"他們"的分別。"不要臉的馬屁精"、"雨水不淋，太陽不曬的"、"擺足了首長架子的領導"，是"他們"；"我們"則包括各派別、受"他們"看管的人。這種階級感情，不是基於各人的階級背景，而是基於人性。但在貧下中農的眼中，"我們"又變成了"他們"，農民對幹校學員都很見外，還常常把"我們"種的菜和農作物偷去。

第三記是"學圃記閑"。在幹校，楊絳專管看菜園，菜園距離錢鍾書的宿舍不過十多分鐘的路。錢鍾書看守工具，楊絳的班長常派她去借工具；錢鍾書的專職是通信員，每天下午要經過菜園到村上的郵電所。"這樣，我們老夫婦就經常可在菜園相會，遠勝於舊小説、戲劇裏後花園私相約會的情人了。"他們在風和日麗時，就同在渠岸上坐一會兒，曬曬太陽；有時站著説幾句話就走。錢鍾書平日三言兩語，斷續寫就的信，就在這時親自交給楊絳。楊絳陪錢鍾書走一段路，再趕回去守菜園，"目送他的背影漸遠漸小，漸漸消失。"傳統戲曲中的才子佳人相會後花園，在這裏有了新的演繹。

第四記是"小趨記情"。"小趨"是一頭黃色的小母狗，在人與人之間難以建立互信的日子，與狗倒能發展出一段真摯的感情。這頭瘦弱的小狗，因為得到楊絳和錢鍾書的一丁半點食物救濟，就成為他們忠實的朋友。後來幹校搬家，狗不能帶著走。有人傳話説，他們走後，那小狗不肯吃食，又跑又叫，四處尋找。錢鍾書説，那狗也許"早變成了一堆大糞了"，楊絳則認為，"也許變成一隻老母狗，揀些糞吃過日子，還要養活一窩又一窩的小狗。"人與狗的境況何其相似！

第五記是"冒險記幸"，記三次冒險的經歷。其中一次，楊絳在滿地爛泥的雨天隻身奔去看錢鍾書。荒天野地四水集潦，幾經磨難，冒險過河，總算到了錢鍾書的宿舍門口，錢鍾書大感驚訝，急催楊絳回去，楊絳也只是逗留一會，又隻身而返，路上的危險也就自不待言了。

第六記是"誤傳之妄"。寫錢鍾書聽聞自己將獲遣送返京，結果只是謠傳。楊絳十分失望，她想到去留的問題，便問錢鍾書，當初如果離國，豈不更好，錢鍾書斬釘截鐵地説不，他引柳永的詞自喻，就是"衣帶漸寬終不悔，為伊消得人憔悴"。幸而二人最後還是一起獲准返回北京。

《幹校六記》體現了中國傳統文學"怨而不怒"的宗旨。楊絳和錢鍾書的遭遇，雖然比不少受批鬥的知識份子要好得多，但到底是一種屈辱，也是人才的浪費，楊絳談到這段經歷，並沒有激情的吶喊。雖然説作者怨而不怒，但在字裏行間，還是對人性的醜惡有所諷刺，每多言外之音。如"小趨記情"一章，隱然處處以狗和人相對照，人不如狗的婉諷躍然欲出。那種亂世中人與狗互相依傍的情意，也令人感動。作品行文哀而不傷，怨而不怒，平和中時見機警，充分表現出了作者觀察和表現的細微及其善於在樸素的語言中留下深遠意味的特點，給讀者以想象的空間。

第四節　學者散文與余秋雨的創作

“學者散文”是 20 世紀 90 年代散文園地最為耀眼的一大景觀。

學者散文成果豐碩，已有大量文集、叢書面世，是新時期散文的重要收穫。如太白文藝出版社的《學者自選散文精華》叢書，共有《晚晴卷》、《秋實卷》和《風華卷》三冊，分別收入季羨林、張中行、金克木、楊絳、黃秋耘、徐遲、何滿子、林非、潘旭瀾、白樺、邵燕祥、余秋雨、劉夢溪、錢理群、肖雲儒、葉兆言、朱大可等 25 位學者的散文作品 249 篇，“或凝重、或博遠、或精深、或厚樸，讀來總是使人如登山巔，眼界豁然開朗，境界得以昇華”。東方出版中心的“當代中國學者隨筆”叢書，包括周汝昌的《歲華晴影》、舒蕪的《未免有情》、來新夏的《冷眼熱心》、朱正的《思想的風景》等七本，“思想、學識、情趣兼備，文字平實通俗、舒緩優美，在當代中國散文隨筆叢林中別有一種風韻”。此外，還有中共中央黨校出版社的“京華學者隨筆”叢書，新華出版社的“學人文庫”，三聯書店的“讀書文叢”，中央編譯出版社的“讀譯文叢”，上海教育出版社的“學人文叢”等等。

張中行（1909～2006），河北香河人，1935年畢業於北京大學中文系，新中國成立後在人民教育出版社擔任編輯。他學業興趣廣泛，博覽古今中外，被人譽為雜家。80 年代以來出版了散文集《負暄瑣話》、《負暄續話》、《負暄二話》、《禪外說禪》等十幾本散文集。他的“負暄三話”寫人記事，格調獨特，被人稱為“當代的《世說新語》”。“負暄瑣話”取曬太陽說閒話之義，這是他的寫作“心境”，也是行文格調：“早春晚秋，坐在向陽的籬下，同也坐在籬下的老朽們，或年不老而願意聽聽舊事的人們，談談

張中行

記憶中的一些影子。”關於“瑣話”的緣起，他說“有時想到‘逝者如斯’的意思，知識已成為老生常談，無可吟味，流轉在心裏的常是傷逝之

情。年華遠去，一事無成，真不免有煙消火滅的悵惘。"但"並没有消滅淨盡，還留有記憶。所謂記憶都是零零星星的，既不齊備，又不清晰，只是一些模模糊糊的影子。影子中有可傳之人，可感之事，可念之情，總起來成為曾見於昔日的'境'。""負暄三話"系列"復活"了與 20 世紀中國思想、文化、學術發展密切聯繫的文化人的形象，如章太炎、黃晦聞、馬幼漁、馬一浮、鄧之誠、林宰平、熊十力、馬敘倫、胡適、劉半農、朱自清等人，他抓住人格特徵，勾魂攝魄，復活了他們的生命個性，也挖掘出他們身上流動著的中國傳統血脈，積澱著的民族文化心理和特有的文化人格。季羨林在《我眼中的張中行》一文中说："中行先生學富五車，腹笥豐盈。他負暄閑坐，冷眼靜觀大千世界的眾生相，談禪論佛，評儒論道，信手拈來，皆成文章。"他说張中行的散文"融會思想性與藝術性，融會到天衣無縫的水準。在當今'學者散文'中堪稱獨樹一幟，可為我們的文壇和學壇增光添彩"。

在學者散文中，影響甚廣的是余秋雨的文化散文。

余秋雨（1946~）浙江余姚人，1988 年開始在《收穫》雜誌上連載"文化苦旅"系列散文，1992 年結集出版。隨後《山居筆記》、《文明的碎片》、《秋雨散文》、《霜冷長河》、《千年一歎》、《行者無疆》等散文集陸續出版，產生了热烈的社會反響和文学影响。

余秋雨

余秋雨散文創作的突出特點和獨特魅力主要體現在以下三個方面。

第一，氣勢恢弘，立意高遠。散文是一種主體性很強的文體，在選材立意上大都採取"以小見大"的藝術策略。余秋雨卻喜歡選取大場景、大題材，表現大主題。選材之大可從他的諸多文章標題中看出：《陽關雪》、《十萬進士》、《千年一歎》、《一個王朝的背影》、《風雨天一閣》。它們共同組成了余秋雨散文的一道亮麗的風景。《一個王朝的背影》顯示出大手筆、高立意的特點。作者開篇便道："我們這些人，對清朝總有一種複雜的情感阻隔。"這是"民族正統論"的核心思想。站在歷史的峰巔，用理性的目光注視著一代王朝幾朝天子緩緩遠去的背影，發出了這樣的讚歎：“滿族是中國的滿族，清朝的歷史是中國歷史的一部分；縱觀全部中國古代史，清朝的皇帝在總體上還算比較好的；而其中的康熙皇帝甚至可以說是中國歷史上最好的皇帝之一，他與唐太宗李世民一樣使我們這個現代漢族中國人感到驕傲！”把一個“背影”放在一個統治了中國數百年歷史的王朝身上，把一個王朝的背影和一個民族的情感阻隔放在一起進行觀照，足見選材與立意的氣魄！

　　第二，對歷史的情有獨鍾使余秋雨散文在抒情性上帶有濃重的理性思辯色彩。余秋雨對於歷史古跡情有獨鍾，他在《文化苦旅·自序》中說：“我發現自己特別想去的地方，總是古代文化和文人留下較深腳印的所在，說明我心底的山水並不完全是自然山水而是一種‘人文山水’。”訪古、尋古、探古，是他散文創作的重要內容。西到敦煌莫高窟，東至長江入海口的狼山，北達流放人犯的甯古塔，南抵天涯海角的海南島……足跡所至，目光所及，多半是負載著中國文化史的悲壯歷程和悲劇命運的歷史古跡。他所思慮的

《文明的碎片》

是：什麼是蒙昧和野蠻，什麼是文明，怎樣構建知識份子的人格精神等深刻、重大且具有強烈現實意義的問題。站在歷史廢墟上，他有時感歎中華文明衰落與斷裂，如《道士塔》、《陽關雪》、《筆墨祭》、《一個王朝的背影》等；有時追問知識份子的命運和使命，如《柳侯祠》、《風雨天一閣》、《十萬進士》、《流放的土地》等。在《筆墨祭》中，他指出，中國文化以“前後牽連的網絡”壓抑、磨損文化個體及其文化個性，使“本該健全而響亮的文化人格越來越趨向於群體性的互滲和耗散”。這樣的文化培養出來的文人，他們“生命的發射多多少少屈從於群體惰性的薰染，剛直的靈魂被華麗的重擔漸漸壓彎”，只能將生命消耗於精緻的筆墨之間，以退隱的“梅瓣、鶴羽”作為對文明、文化和民族精神的奉獻。

　　散文是一種主體性很強的文學體裁，余秋雨的散文從選材立意到抒情語言都展示出非凡的藝術魅力。他對中國散文藝術發展起到了重要的推動作用。

第五節　新時期報告文學概述

報告文學是一種新興文體。新中國成立後，報告文學因為可以及時地報告時代資訊，更充分地發揮為時代政治服務的作用而得到高度重視。1958 年《文藝報》開闢專欄，號召"大搞報告文學"，1963 年《人民日報》編輯部和中國作協邀請 30 多位作家和記者座談報告文學創作，探討報告文學寫作的理論問題，以促進發展，且頗見成效：據統計，當時報刊上發表的有影響的報告文學近百篇。但在新時期以前的文學園地中一直没有獨立的門戶，無論史家還是論者均因襲舊法，將文學分成詩歌、散文、戲劇和小說四種體裁，而把報告文學歸到散文門類。直到進入 20 世紀 80 年代，報告文學的繁榮發展才改變了史家論者的成見，將報告文學從散文中剝離出來，如以體裁分類分編論述的《當代中國文學概觀》的第二編是《散文與報告文學》，讓報告文學與散文"並駕齊驅"；研究報告文學的專著也不斷湧現，如張春寧的《中國報告文學史稿》、章羅生的《新時期報告文學概觀》、張立國的《報告文學經緯》等。這說明，報告文學開始作為獨立的文體出現在人們的視野中。

新時期報告文學繁榮發展的原因是多方面的。首先，報告文學大都選擇歷史和現實中的大事件作為報告對象，選擇具有轟動效應、牽連著億萬人心靈的事件和人物"報告"，選擇有看點和賣點的話題"報告"，無論人物命運還是事件本身，也無論遠去的歷史人物還是當下發生的事件，都以巨大的吸引力吸引著讀者的關注，舉凡汶川大地震、唐山大災難、解放大西南、甲午海軍大滅亡、胡風集團的命運，以及眾多影響歷史的巨人生活和心靈世界，都是強勢題材，都具有巨大的題材優勢，這些為報告文學爭取和擴大讀者市場贏得先機，也為報告文學發展贏得先機。

其次，報告文學經過多年發展嘗試和創新積澱，已經獲得文體獨立和自覺。廣泛地繼承了中國古代紀實文學的藝術資源，同時也善於吸收詩歌、散文、戲劇、小說以及電視、電影、繪畫、雕塑、攝影等藝術的表現手法。報告方式的多樣性和報告手法的豐富性提昇了報告文學的藝術水準，報告文學不單依靠報告對象本身吸引讀者，而且集詩歌的抒情性、散文的靈活性、小説的描寫優勢、戲劇的結構藝術、影視文學的穿插剪裁等於一體，增強了報告文學的藝術魅力，有力地促進了這一文體的藝術發展。

最後，報告文學會集了一批優秀的作家。他們有社會擔當，無論在極左路線陰影籠罩的社會文學環境中，還是在消費文化盛行、世俗審美時尚的文學語境中，報告文學作家走向社會，走向民間，走向歷史，走向底層，為被損害者被侮辱者鳴冤申屈，他們直面現實，敢説真話，充分顯示出作家的胸懷、道義和良知；而且他們具有很高的藝術追求和豐厚的藝術積澱，在藝術結構、人物塑造、心理刻畫、場面描寫等方面均顯示出很好的語言功底和出色的藝術表現能力。徐遲、黃宗英、陳祖芬、閻剛、賈魯生、趙瑜、盧躍剛、柯岩、何建明、理由、涵逸、李鳴生、劉亞洲、李延國……這是一支陣容強大、富有朝氣和創作活力的隊伍。他們以富於創造性和影響力的創作，為五光十色的文學營造了一道鮮豔奪目的風景。《地質之光》、《哥德巴赫猜想》、《大雁情》、《小木屋》、《癡情》、《奇異的書簡》、《一封終於發出的信》、《祖國高於一切》、《三門李軼聞》、《中國農民大趨勢》、《胡楊淚》、《中國"小皇帝"》、《丐幫漂流記》、《伐木者，醒來!》、《中國知青夢》、《淮河的警告》、《西部的傾訴》、《木棉花開》、《世界大串聯》、《唐山大地震》、《黃河殤》……這些作品不僅在當時產生了強烈反響，而且具有頑強的藝術生命力。

新時期文學30年，無論文學的環境多麼惡劣，遭遇怎樣的挫折，報告文學始終穩健發展，始終是廣大讀者青睞的文體。在新時期文學大格局中，報告文學又撐起文壇的半壁江山!

黃宗英和陳祖芬是新時期初期報告文學創作方面影響較大的女性作家。

黃宗英很早就致力於報告文學創作。60年代初期，她以《特別的姑娘》、《小丫扛大旗》等作品走進當代文壇。新時期以來，陸續發表了《大雁情》、《美麗的眼睛》、《橘》、《小木屋》等作品。黃宗英的報告文學大多寫知識份子生

黃宗英

活。她目光敏銳，感受深切，善於在司空見慣的生活現象中發現一些帶有普遍性的社會問題，予以及時地揭露和剖析；善於在那些默默無聞或頗有爭議的人物身上，挖掘出閃光的时代精神，熱情地肯定和讚揚。其作品構思新穎，形式活潑多樣，語言清新明麗而含蓄深沉，注重人物內心世界的探索和自己主觀情感的抒發，注重作品氛圍的渲染和意境的創造，形成了雋永而凝重的獨特風格。《大雁情》採取了“調查記”的敘述方式。作品以“我”與对象的交往為線索展開情節，開頭兩節以“她……”和“她?”為標題，表現了作者與主人公的結識過程和週邊調查的印象，主人公本人“千萬別寫我”的請求和週圍那些否定意見使作者和讀者迷惑，也激起作者和讀者去認識主人公的欲望。第三節“她”就以主人公具體的言行透示了她美好的心靈，把主人公的真實面貌顯露出來。第四節又以“她??”為標題，再次引出人們對她的不同看法，以論辯的筆調，一一廓清迷團。全篇行文如剝竹筍，如探迷津，含蓄蘊藉，跌宕多姿。作者慘澹經營而又不留斧鑿之痕。作為一位女性作家，黃宗英的作品感情細膩深沉，她不採用直抒胸臆的文字來表露，而是在與描寫對象感情的交流來抒發的。此外，深沉的抒情還體現在作品中帶有哲理思索的抒情片斷的插敘，比如寫到秦官屬所鍾愛的遠志草，作者情不自禁，由這紮根在岩石縫裏的小草生發出對歷盡艱辛的知識份子的歌頌。作品最後寫一個夢境，借大雁這個具有象徵寓意的形象表達了作者對現實生活的深沉思考。使得作品旨趣深遠，意蘊雋永。

陳祖芬

陳祖芬是當代文學史上最富有思想活力和創新意識的女性作家之一。1979 年發表第一篇作品《她創造時間》之後，連續創作了《祖國高於一切》、《共產黨人》、《經濟和人》、《我就是財富》等 60 多篇作品。其報告文學具有強烈的時代精神。她的足跡遍及全國各地，迅捷地向讀者報告著各條戰線上勞動者的非凡業績。她的作品取材廣泛，內容豐富，她寫工人、戰士、運動員、領導幹部、科學家、藝術家、改革家，謳歌他們美好的精神品質。《祖國高於一切》中的內燃機專家王運豐，為了祖國的強盛，無私地貢獻了自己的一切；《共產黨人》中的海關關長張超，為了黨的利益，執法如山，不惜四面樹"敵"。她的作品熱情洋溢、格調高昂，充滿對生活的熱愛和信心，給人以精神上的鼓舞動員。在藝術上，她始終保持著新穎獨特的風貌，其作品風格爽朗，感情熾烈，行文跌宕，節奏明快，語言機智、鋒利而流暢，議論風生，情理俱勝，又不失形象的鮮明。在表現手法上，作家作了卓有成效的多方面探索。《祖國高於一切》、《朝聖者與富翁》借鑒了意識流手法；《美》、《生命》運用了電影蒙太奇手法；《一個成功者的自述》頗似戲劇中的獨白；《起跑》又像話劇中的對話。同時，她還試圖擺脫報告文學的書卷氣，而盡可能用隨意、灑脫、風趣的筆致來表現嚴肅的生活內容。這些探索對於開闢報告文學更為自由的創作天地無疑是很有意義的。

第六節　徐遲的《哥德巴赫猜想》

在促進新時期報告文學繁榮發展的眾多因素中，徐遲的開拓創新是值得一提的。將一個時代文學的繁榮發展與一個作家的成就聯繫起來，或許有些"誇大過分"，但在粗略地考察了新時期報告文學發展之後，我們卻不能忽視這樣的事實：沒有徐遲的開拓性貢獻，新時期報告文學也許會繁榮發展；但徐遲的開拓和成就無疑為繁榮發展起著不容忽視的促進作用。在文學發展的歷史長河中，總會有一兩位作家站在階段性始端，以其創作影響此後的流向。新時期報告文學的發展卻選中了徐遲。

徐遲對新時期報告文學所產生的影響，主要是下列兩個方面。

首先，徐遲率先挺進自然科學領域，為新時期報告文學拓開了廣闊的題材空間。《哥德巴赫猜想》率先挺進自然科學領域，生動地反映了自然科學家的生活、工作和精神追求，熱情歌頌了他們高度的愛國熱情和為科學事業而獻身的精神，為20世紀中國知識份子唱出一曲曲高亢的讚歌，也為新時期報告文學拓開一片廣闊的天地。

徐遲（1914～1996）是一位老作家，對知識份子生活和命運總是給予特別關注。"文革"以前，推出報告文學集《我們這時代的人》，表現出擅長寫知識份子的特点，如《火中鳳凰》（1952）、《祁連山下》（1956）。前

者寫著名作家、文學史家鄭振鐸，因強調寫社會主義新人未能完成；後者
寫著名畫家、美術史家常書鴻獻身祖國藝術事業的動人事蹟，其中不僅涉
及豐富的繪畫和美術史知識，而且通過地質學家孫健初這條線索將筆觸伸
進地質科學領域，並且在此縱橫馳騁，流連忘返，揭開了地質科學的一
角，初步顯示出徐遲挺進自然科學領域，描寫自然科學家的意向。"文革"
結束他接續過去的創作道路，創作了《地質之光》。作品描寫著名科學家
李四光的坎坷經歷和偉大人生，他的愛國情操、科學事業和巨大成就都得
到生動表現，為中國知識份子——具體說是自然科學家唱出第一曲高亢的
讚歌。該作品的成功激發起徐遲的探索欲望，隨後寫《哥德巴赫猜想》，
標誌著徐遲真正走進自然科學領域。

《哥德巴赫猜想》

《哥德巴赫猜想》發表於 1978 年。"文革"
陰影遠沒消失，極左路線餘毒未除，在社會一般
人心目中，知識份子還沒有得到應有的尊重，其
貢獻也沒有得到應有的肯定。徐遲勇敢地挺進這
一領域，對他們的工作、事業、思想，熱情、精
神追求等等給予如此熱情地歌頌，如此大張旗鼓
地樹碑立傳，確實難能可貴。他以生動的描寫改
變了知識份子形象，以文學的形式恢復了知識份
子的名譽和地位，為以後知識份子形象塑造奠定
了堅實基礎——此後，無論報告文學還是其他體
裁，在幾年時間內，都配合現實政治輿論熱情歌
頌知識份子，塑造光彩奪目的知識份子形象。這
成為 70 年代末、80 年代初文學創作的重要內容。《哥德巴赫猜想》之後，
社會上掀起"科學家熱"，據上海圖書館編《全國報刊索引》統計，1978
年發表報告文學 274 篇，其中寫科學家和知識份子的就有 134 篇，約佔二
分之一，1979 年和 1980 年有所減少，但仍佔作品總數的三分之一左右。

徐遲所塑造的是從事自然科學研究的知識份子，向人們展示的是自然
科學領域那神奇的世界。這個領域一向被認為高深莫測，既是社會一般人
的知識"盲區"，也是作家的知識"盲區"，很多作家對自然科學望而卻
步。文學與自然科學屬於兩個世界，在相當長的時間裏很少"來往"。徐

遲深入其中，熟悉瞭解，並予以生動形象的描繪。他打開了那扇神秘的大門，向人們展示了瑰麗多彩的畫面，如激動人心的事業，富有詩意的研究，等等。他的成功既讓讀者大開眼界，驚異于盎然的詩意；更激發了作家的興趣，鼓起探索的勇氣。在徐遲身後，不少作家紛紛走進這個領域，奮力開拓和開掘，使多少年來無人問津的世界得到富有詩意的展示。一時之間，以自然科學家的工作和生活為內容的報告文學紛紛出現，蔚為壯觀。成為新時期報告文學、乃至整個文學的奇葩。如《大雁情》、《小木屋》（黃宗英），《快樂學院》（祖慰），《"修氏理論"和它的女主人》（胡思升），《走向太空》（鄭重），《中國原子彈之父》（董濱）等。徐遲開拓的是富有生命力的領域。

其次，徐遲比較好地解決了報告與文學的關係，促進了新時期報告文學的藝術發展。作為詩人，他勇敢地跨越報告與文學之間既存的柵欄，大幅度向文學傾斜。他加強了文學性，提昇了報告文學的藝術品格，為報告文學創作提供了比較成功的思路和範本，進而促進了報告文學的發展。

徐遲加強報告文學的文學性，促進其藝術發展主要表現在語言方面。報告文學既然是文學，就不應滿足于平實樸素的敘寫，不滿足於把人物行動和事件發生過程敘寫清楚。它應生動、形象、有文采。徐遲是詩人，具有豐富的辭彙和很強的駕馭能力。他追求語言的富麗堂皇，典雅華美，講究錘煉字句，也善於精工細雕，寫事狀物，鋪陳排比，氣勢恢弘，而散駢結合，抑揚頓挫，更是鏗鏘有力。他力求生動、形象，精妙傳神，把深奧枯燥的科學術語和學術研究寫得形象生動，詩意盎然，令人身臨其境，把複雜的事象和重大事件寫得詩情奔突，酣暢淋漓，五彩繽紛，搖曳多姿。這是一段概括"文革"的文字，膾炙人口，至今讀來令人心動不已：

　　　　只見一個一個的場景，閃來閃去，風馳電掣，驚天動地。一台一台的戲劇，排演出來，喜怒哀樂，淋漓盡致；悲歡離合，動人心肺。一個一個的人物，登場了。有的折戟沉沙，死有餘辜；四大家族，紅樓一夢，有的曇花一現，萎謝得好快啊。乃有青松翠柏，雖死猶生，重於泰山，浩氣長存！有的是國傑豪英，人傑地靈；幹將莫邪，千錘百煉；拂鐘無聲，削鐵如泥。一頁一頁的歷史寫出來了，大是大非，終於有了無私的公論。

　　徐遲作品的語言風格卓異，華彩四射，大大提高了作品的藝術感染力，征服了讀者，也啟發了其他作家，促進了報告文學藝術的發展。

　　徐遲加強文學性的再一表現是增強作品的抒情性。報告文學既然是"文學"，抒情是不可避免的。徐遲以詩人之心感受描寫對象，在寫作過程中常常為對象所感動，抑制不住激情揮灑，其作品具有很強的抒情性。他為人物的坎坷遭遇而憤怒，為獲得重大成就而欣喜，為崇高精神所感動，為非凡的事蹟而動情，有時達到"物我兩忘"的境界，將自己的感情轉移到對象身上，通過刻畫人物心理活動或傳達物件的情感心理表現出來，有時則跳出所描繪的世界，借助具體事物抒發滿腔激情，有時情不自禁，毫不假借，直接表現自己的情感判斷和愛憎褒貶。下面所引，是寫蒲公英的句子：

　　　　它們飛舞著，作為種籽而飛翔，而後降落到大地之上，重新定居下來了，揚暢了，生長了，以幾何級數的增長，開放了更多得多的花序，又結出更加多得多的美麗組合的果球。用不到惋惜的呵，更不需要傷感！倒不如讚揚它，詠吟它，歌唱它，歡呼它呵——大自然的素樸和華麗的統一！毀滅與生命的統一！

　　作家情感的細膩、感受的深切以及捕捉詩意的準確明敏，藝術揮灑的酣暢淋漓，均躍然紙上。

　　徐遲及其創作在共和國報告文學史上具有重要地位。

第十二章　新時期小説

第一節　新時期小説概述

　　新時期以來的小説，与此前相比有較大幅度的變化。顯示著巨大变化的第一個小説思潮是"傷痕文學"，其後是"反思文學"和"改革文學"。

　　"傷痕文學"以"文革"作為批判對象，表示現實主義的復歸。1979年反思小説的出現標誌著文學的現實主義邁向了深化階段。反思小説沿著傷痕小説的批判之路，由遠至近、由表及裏地追溯極左思潮在"文革"登峰造極之前惡化的脈絡，從政治經濟文化和人的精神等方面尋找歷史的答案。它是"傷痕文學"的自然延伸，也是更深層次的思考，是現實主義深化的必然結果。與"反思小説"幾乎同時崛起的"改革文學"，把注意力投向"四化"建設現實，呈現了一定程度的開放性，藝術視野更為開闊，對人的行為、心理、情緒等都有很大的概括力，藝術手法也有了變化。作為整體性的潮流，"傷痕"或"反思"文學至1981年達到高潮，此後勢頭減弱，但"文革"歷史在不少作家情感經驗中留下了太深的印象，故此後創作中以不同的方式被繼續發掘，且更加深刻徹底，但不再具備思潮的形态。

　　20世紀80年代中期，小説創作出現了"尋根小説"、"現代派"小説和"先鋒小説"。"尋根小説"意在"尋找民族文化精神"，以獲得民族精神自救的能力。在文學創作中，比起"傷痕"和"反思"小説，"尋根小説"在思想傾向和價值判斷上表現得複雜而曖昧。在思想傾向上，對以儒家學說為中心的體制化傳統持拒斥、批判的態度，認為在野史、傳說、民歌、偏遠地域的民情風俗，以及道家思想和禪宗哲學中有更多的文化精華。在小說藝術探索上，把對於生活情景、細節的真實描述與象徵、寓言的因素加以結合。在小說語言上，或者向著平淡、節制、簡潔的方向傾移，或者直接融進文言辭匯、句式，以加強所要創造的生活情景和人物心理的古奧。前者如阿城的《棋王》，後者如韓少功的《爸爸爸》和《女女女》。

"現代派小說"濫殤於1979年王蒙對意識流手法的運用，茹志娟等衆作家緊隨其後嘗試探索，"東方意識流"流遍小說園地。至80年代中期，劉索拉、徐星等作家出現，其現代派表現手法的借鑒轉向"現代派"內容的表現，傳遞出現代青年痛苦無奈的情緒，在小說"現代化"的道路上走得更遠。"先鋒小說"重視文體的自覺和敘述方法上的變化，与"現代派小說"相比帶有更鮮明的文體實驗的指向。代表作家有馬原、洪峰、余華、格非、孫甘露等。他們關心的是故事的形式，把敘事本身看作審美对象，運用虛構、想象等手段，進行敘事方法的實驗，有的還把實驗本身也直接寫進小說。"先鋒小說"拓展了小說的表現力，強化了作家對於個性化體驗的發掘，同時也抑制和平衡了當代小說中"自我"膨脹的傾向。總體上來看，"先鋒小說"以形式和敘事技巧為主要目的，也就不可避免地走向形式的疲憊，而讀者的缺失也影響了其継续先鋒的興致，80年代末開始分化，其創作也不再作為有突出特徵的潮流被描述。

在"先鋒小說"出現的同時或稍後，"新寫實"小說出現，被視為新時期小說的第三次審美變化。代表作家有池莉、芳芳、劉恒、劉震雲等。作家以生活自身的瑣碎平庸探索人的生存本相，展示原色魅力，再現民族生存形態。新寫實小說以"再現生活"為旨趣，力圖展示平凡、平庸、瑣碎、具體的生活原生狀，表現現代人的灰色生活和精神，規避價值判斷，力求超脫冷靜。敘事者往往採取所謂"還原生活"的純客觀敘述方式，以"零度情感"來再現現實。從大的方面說"新寫實"小說歸屬現實主義範疇，但具有開放性和包容性，吸收借鑒現代主義各種流派的表現藝術，故謂之"新寫實"。

20世紀90年代以降，新時期小說開始走向多元共生的時代。現代主義與後現代主義並進，新歷史主義、現實主義衝擊波、個人化寫作交織叢生。由此構成新時期小説的第四次審美變化。

從 90 年代初期起，"先鋒小説"和"新寫實"小説作家大都離開現實走向歷史，他們用現代眼光和精神描寫歷史，新歷史小説就此出現。兜底細查，新歷史小説與"新寫實"小説是同根異枝，描寫對象從現實轉向歷史。新歷史小説在處理歷史題材的時候，有意識地拒絕官方正統觀念對歷史的圖解，盡可能地突顯出民間歷史的本來面目。在任意解構傳統歷史觀的同時，戲説也顯示了諾大的讀者市場。90 年代中期，直接面對當下現實生活的"現實主義衝擊波"崛起於沉寂的文壇，引起對現實主義的關注，作家采用較爲傳統的現實主義的敘述方法，其創作傾向也表現出似闇且明的傳統現實主義特徵，既贏得喝彩，也不乏非議之聲。

市場經濟改變了時代審美走向，文學邊緣化成爲既定事實，作家們紛紛"躲避崇高"，"個人化寫作"成爲時髦的標示。作家們遠別宏大敘事，而將寫作回到個人自身，重視作家的個人生命體驗，性愛主題和物慾的狂歡成爲小説創作的重要内容，軀體寫作也成爲某些作家樂意張揚的旗幟。個性主義大旗之下，人文精神危機，金錢至上、性、暴力、死亡、色欲、醜陋等等均堂而皇之地出現在作品中，雖然遭到非議，雖然屬於極端的表現，但昭示着俗文學大潮的強度。這當然不是 90 年代文學的全部，俗文學大潮風生水起的同時，也有如張煒、張承志等作家韌性的堅守和堅持。而陳忠實的《白鹿原》、張煒的《九月寓言》以及賈平凹的《廢都》、張承志的《心靈史》等無疑是 90 年代的重要收穫。

新時期小説 30 年的歷史表明，中國當代小説已經走出了封閉狹窄的胡衕，走向多元共存、多向發展的廣闊天地，在廣泛借鑒、消化吸收中外小説藝術營養的基礎上，呈現繁榮昌盛、蓬勃發展的生機和活力。

第二節　"傷痕小説"與劉心武的《班主任》

"傷痕小説"是傷痕文學的重要組成部分，"傷痕文學"源於"文革"災難。"文革"期間極左路線及兩個反黨集團給社會帶來巨大的災難，舉凡冤假錯案、家破人亡、政治恐怖等都給人民的心靈深處刻下道道傷痕。

　　"文革"結束後，揭批反動集團的罪惡，清算極左路線的危害，盤點"文革"災難，人們深切地認識到，"文革"災難不僅表現為政治危機、經濟崩潰、社會混亂，而且還在人們心靈深處刻下了無法癒合的傷痕。作家們意識到傷痕的深重，通過文學創作加以表現，"傷痕文學"思潮就此形成。

　　"傷痕文學"緣於盧新華刊登於 1978 年 8 月 11 日《文匯報》的短篇小說《傷痕》。作品寫"文革"初期，初中生王曉華的母親被誣陷為叛徒，為表示進步，她先是決絕地與其劃清界限，而後遠離家庭，到遙遠的東北插隊落戶。此後十年時間，雖然也有思念和猶疑，但母親的冤案既得不到平反，她也就無法擺脫叛徒的陰影，她拒絕母親的一切信函和衣物。雖然與母親劃清了界限，但受其牽累，她不能當先進，不能入黨，甚至戀愛也受到影響，男朋友因為她的家庭關係不能進城工作，而她為了男朋友的前途，只好忍受巨大痛苦與其斷絕關係。她心如死水，孤獨地生活在貧困的農村。"文革"結束後，母親的冤案得到平反，她懷著急切的心情回上海看望母親，母親卻因遭受嚴重迫害，健康受損，住進醫院。她來到醫院，母親已經去世！作品不僅寫了家破人亡的悲劇，而且深刻地揭示了悲劇在人們心靈上留下的永遠無法熨平的傷痕，就像媽媽在給女兒的信中說的那樣，"雖然孩子身上沒有像我挨過那麼多'四人幫'的皮鞭，但我知道，孩子身上的傷痕也許比我還深得多"。作品感情深沉悲切，悲劇震撼心靈，在當時引起很大反響，"傷痕"這一詞語因深刻、生動、形象的概括性而廣為流行。隨後，揭露"文革"歷史創傷的小說紛紛湧現，形成"文革"後第一個文學思潮。影響較大的有王亞平的《神聖的使命》，王宗漢的《高潔的青松》，吳強的《靈魂的搏鬥》，陸文夫的《獻身》，孔捷生的《姻緣》，陳國凱的《我該怎麼辦》，叢維熙的《大牆下的紅玉蘭》，葉辛的《我們這一代》、《蹉跎歲月》，遇羅錦的《一個冬天的童話》等。

　　影響最大的傷痕小說是《班主任》。作者劉心武，作品刊載于《人民文學》1977 年第 11 期，被視為新時期文學的發軔之作，也是最早對"文革"進行否定的作品。通過兩個迥然不同的兩個中學生形象的塑造，深刻地提出了"文革"對人性戕害和異化的命題，控訴了法西斯文化專制對少年兒童精神世界的扭曲，突破了以往"社會主義無悲劇"的文學範式，發出了"救救孩子！"的呼聲。

作品寫光明中學班主任張俊石從黨支部領受任務，準備接收一個"曾被拘留的小流氓"宋寶琦入班學習。同事不理解，勸張老師別背這個包袱；學生有意見，膽小的女生甚至表示不來上課了。團支書謝惠敏則把宋寶琦看成敵人，認為這將是一場階級鬥爭！張老師開班會瞭解情況，並對宋寶琦家訪。在宋寶琦家裏，他發現宋寶琦其實並不具備什麼"資產階級思想"，而是因社會秩序不正常影響了家長情緒疏於教育，而學校教育的混亂則使這個精力充沛的學生由精神空虛和無知愚昧而走向犯罪。他去偷"禁書"卻連

劉心武

書名也認不下來，更不看內容，只是偷來賣，且以給插圖中女子畫鬍子為樂事。令張老師痛心的是，團支書謝惠敏竟然與宋寶琦一樣認為凡寫男女戀愛的一律都是黃書，凡書店不出售、報上不推薦的書都是壞書。她把女孩子穿短袖襯衫、花裙，傳播"文藝消息"看成"沾染資產階級思想"，發現石紅看《青春之歌》便"心跳神亂"即予以沒收。她認定團組織生活只能按照要求開展"讀報紙"、"批宋江"之類的政治活動，爬山則不行。張老師就此陷入深思，他認為"四人幫"的法西斯文化專制主義，愚民政策培養了多少宋寶琦、謝惠敏這樣的"畸形兒"，不僅從肉體，而且從心靈上給青少年一代留下創傷，就此發出"救救被四人幫坑害了的孩子"的呼聲。

作品所塑造的兩個不同類型的初中生是團支書謝惠敏和"小流氓"宋寶琦。表面上看兩人性格截然不同，但本質卻有驚人的相似之處——小說通過他們對《牛虻》的態度，揭示出他們無知愚昧的共性特徵。宋寶琦偷書是為了去賣，並隨意塗抹插圖，謝惠敏只看到書中有男女戀愛的插圖就認為這是黃書，並以嚴肅的神情要"狠批這本黃書"。他們所以得出這樣的結論是因為長期的極左教育使他們"什麼書也不讀而墮落到無知的深淵"。宋寶琦的流氓惡習固然使人憎惡，但謝惠敏的精神中毒卻更為深重和隱蔽，她極左的言行、僵化的思想都顯示了精神世界中毒之深，是長期文化專制和愚民政策使他們成為教條主義的奴性愚民。謝惠敏形象的出現

《班主任》

具有鮮明的時代意義。在"文革"的異常語境中,人們的思想都不可抗拒地被僵化,精神營養匱乏,思想方式簡單,"忠誠"被導向盲從,"堅定"被扭曲為偏執,純樸和荒謬糅合在一個積極上進的女學生身上,曾經是一種普遍的狀況。作品最後通過張老師發出"救救被四人幫坑害的孩子"的呼喚,與當年魯迅在《狂人日記》中發出的救救被封建禮教毒害的孩子的呼聲遙相呼應,使小說產生了一種深刻的歷史感,充滿了一種強烈的啟蒙精神。

"傷痕小說"的特點,其一是控訴性,作家們直面滿目瘡痍的社會現實,以家破人亡的故事、粗暴殘酷的場景、民生凋敝的破碎現實歷數極左路線及兩個政治集團的罪行,對十年動亂給人民造成的精神創傷予以"字字血、聲聲淚"的強烈控訴。其二是悲劇性,為達到控訴罪惡、強烈譴責、突出效果的目的,傷痕小說大都帶有悲劇色彩,寫家破人亡、妻離子散,寫某些有貢獻、受人尊敬的人遭到殘害,寫善良的人們受到侮辱和損害……均帶有悲劇性。其三是情感性,作家們是滿懷悲情進行創作的,所寫的大都是"文革"期間所經歷的深情體驗,經過情感煎熬的事實,因而舉筆落墨帶著濃郁的感情色彩。上述三個特點在新時期伊始出現,均帶有程度不等的突破性,是對多年形成的清規戒律的突破,因而在當時產生了巨大影響。但也存在配合政治運動、重視社會功利性、藝術上整體稚拙的不足。

第三節 城市改革小説與蔣子龍的《喬廠長上任記》

1978 年底中國共產黨召開的十一屆三中全會確立了改革開放的思想政治路線,其後中國便開始了社會經濟體制改革。社會各項改革的偉大實踐得到作家的熱切關注和迅速回應,他們滿懷熱情地創作了反映改革生活的作品,改革文學應運而生,并且隨著社會改革發展而不斷拓展表現領域。改革小說是改革文學的主體構成,其内容主要涉及工業改革、農村改革、城市改革等社會領域。改革小說最早出現於 1979 年,以蔣子龍的小説

《喬廠長上任記》為發端，在 1983～1984
年間，描寫社會改革的作品大量湧現，达
到高峰，成為時代文學主要思潮之一。

　　改革小説影響較大的作家作品，還有
蔣子龙的《開拓者》、《赤橙黃綠青藍紫》
等，柯雲路的《三千萬》、《新星》、《夜
與晝》，水運憲的《禍起蕭牆》，張賢亮
的《龍種》、《男人的風格》，張潔的《沉
重的翅膀》，李國文的《花園街 5 號》，陳沖的《無回饋快速跟蹤》，張鍥
的《改革者》，賈平凹的《雞窩窪人家》和《浮躁》等。

《喬廠長上任記》

　　改革小説最突出的成就在於塑造了各種類型的改革者形象，展示了各
條戰線上的人們不畏艱險、銳意進取的精神風貌。主要人物有喬光樸（蔣
子龍：《喬廠長上任記》）、車篷寬（蔣子龍：《開拓者》）、武耕新（蔣子
龍：《燕趙悲歌》）、徐楓（張鍥：《改革者》）、傅連山（水運憲：《禍起蕭
牆》）、鄭子雲、陳詠明（張潔：《沉重的翅膀》）、劉釗（李國文：《花園
街五號》）、李向南（柯雲路：《新星》）等。其形象性格的細部特徵因作
家而異，因塑造這些人物的社會背景和文學語境而異，因人物所面臨的具
體問題而異，但既然都是在社會改革大潮中弄潮搏浪的英雄，都帶有社會
英雄主義氣概，其精神品格具有很多相同或相似的地方。

　　首先，他們具有勇敢的精神。在國家經濟落後、現代化建設遭遇極大
困難的時候，改革者勇敢地站出來，義無反顧地承擔起改革的重任，排萬
難、興頹勢、斬亂麻、除暗礁，為民族振興衝鋒陷陣。他們直面“文革”
後中國落後的現實，更直面自己工作範圍內所存在的嚴重問題，不迴避，
不猶豫，不等待，不掩飾，採取果斷措施，全力扭轉混亂落後的局面。如
蔣子龍筆下的改革英雄喬光樸，他原是機電公司經理，這是一個很好的崗
位——“上有局長，下有廠長，能進能退，可攻可守。形勢穩定可進到局
一級，出了問題可上推下卸，躲到二道門內轉發一下原則號令。願幹者可
以多勞，不願幹者也可少幹，全無憑據；權力不小，責任不大，待遇不
低，費心血不多”。但國家落後、機電工業拖後腿的現實令他憂心如焚，
他自報奮勇，立下軍令狀，到電機廠任廠長。“我去後如果電機廠仍不能

完成國家計劃，我請求撤銷我黨內外一切職務"。誰都知道那是個爛攤子，政治鬥爭的旋渦：生產任務完不成，工人思想混亂，幹部素質不高，人事關係複雜。喬光樸本人曾在那裏栽過跟頭，與那裏的一些人結下說不清的恩恩怨怨。在常人眼裏這是不可思議的選擇，喬光樸更清楚到那裏去工作將遇到多大的困難。但他迎著困難上，頂著風浪走，表現出大無畏的英雄主義精神。其他改革者如丁猛、徐楓、劉釗、李向南……出山的姿態不同，出山后面臨的具體問題不一，大都表現出勇敢無畏、堅持真理、敢為人先、銳意改革的英雄氣魄和崇高精神。

其次，他們具有頑強的意志。改革者是經得起挫折和失敗的考驗、經得住沉重打擊和折磨的意志超常的英雄，是當代中國的硬漢子形象。改革是對既有的生產方式、經營方式的挑戰，也是對多年來形成的經濟體制、管理體制，乃至政治體制的挑戰。這種挑戰直接影響到許多人的切身利益，而利益的代表者大都是一些社會關係複雜、善於玩弄權術、能夠興風作浪的官僚主義者，他們背後既有巨大的社會關係網，也有陳舊的思想習慣勢力及其由生產經營體制所形成的社會保守勢力，更有來自上層的支持。改革者的工作得不到應有的理解和支持。他們的改革事業在一開始就牽動起各種敏感的神經，激發起尖銳激烈的矛盾衝突，而所有的矛盾、壓力、刁難、打擊，都集中在改革者身上。喬光樸的改革遇到各種阻力，有過去的夥伴和競爭對手，有的屬於管理體制造成的惰性，有明火執仗的叫板，也有暗地裏施展陰謀，喬光樸大刀闊斧打開了局面，但在發展生產過程中卻遇到麻煩。"改革文學"將社會改革者置於風口浪尖上，置於火山熱鍋中，在常人無法忍受的壓力和折磨中表現他們非凡的意志，揭示他們英雄主義性格，表現他們百折不撓的精神。

再次，他們具有非凡的才能。作家常常把改革者推到錯綜複雜的矛盾鬥爭中，讓他們處理棘手的問題，而這些改革英雄則憑藉超人的智慧、過人的膽識、強有力的行政能力、縱橫捭闔的手段克服常人無法克服的困難，做出一些常人想不到、做不到的事情。無論開局多麼困難，經過一番拚搏，最後他們大都以非凡的才能贏得包括他們的對立面在內的眾人的敬佩，贏得上下左右的理解和支持，取得改革事業的勝利或局部勝利。喬光樸動之以情、曉之以理動員經過"文革"災難心灰意冷的石敢同他一道出山，並且以其熾熱的工作熱情和人格魅力讓這個被動出山的黨委書記煥發了工作熱情，用霍大道的話説就是“把一個啞巴飼養員培養成了國家的十二級幹部”；他以強硬的態度處理不按操作程式工作的杜兵，改變了車間工人的工作態度，嚴肅了工作紀律，減少了不合格產品；他在沒有宣佈任命的情況下提前進廠視察並闖進黨委會，及時制止冀申發動的生產大會戰，為實施他的改革措施贏得先機；他恩威並重化解了與都望北的矛盾，並且以其非凡的領導才能贏得這個一向對他抱有敵對情緒、桀驁不馴的青年幹部的敬重，後者不僅消除了敵對情緒，而且認為“喬廠長是目前咱們國家不可多得的好廠長”，充分肯定他的魄力、作風和感召力，全力支持喬光樸的工作，為喬的改革事業順利開展創造了條件；他通過考核選拔管理人才，將那些有管理才能的人選拔到領導崗位，讓他們發揮才能，同時也平息了用人方面可能激發的矛盾，而當某些落選後不服氣的老資格們提出廠長也要考核上崗的時候，他欣然同意，將考核現場當作他宣講現代化企業管理的課堂，同時又把沒有管理才能、靠吃政治飯過日子的冀申淘汰出局；他一下子把全場九千多名職工推向大考核、大評議的比賽場，無論幹部還是職工凡不能勝任者一律成為“編餘人員”，車間留下精兵強將，生產出現有對比、有競爭的熱烈緊張氣氛；他將那些“編餘人員”組成服務大隊，替代臨時工，既嚴肅了勞動紀律和操作規程，也精簡了工人隊伍，為工廠節省了大量開支……這一系列措施充分顯示出改革家的領導才能，有力地推動了改革事業的發展。喬光樸為改革英雄的塑造提供了經驗，此後出現的改革家身上大都流著喬光樸的精神血脈。

最後，他們具有豐富的個性。改革者大都出現在批判“三突出”、“高大全”的理論語境中，作家在突出他們英雄主義精神的同時，也注意表現其富有人性的一面，寫他們在家庭關係中的表現，寫他們身上的人性和人情味。喬光樸與童貞的關係處理得有些武斷和草率，但總起來説合乎情理，顯示出符合人性的一面，他與童貞那番“情話”發自肺腑，真切感人。而在《喬廠長後傳》中，具有硬漢子性格的喬光樸還因童貞外地出差心裏空蕩蕩的，滋生孤獨寂寞的情緒。為迎接童貞回家，他打掃房間衛生、上街排隊買菜、下廚房做飯，甚至還當著童貞的面流出眼淚！可謂英雄氣短、兒女情長。

在 20 世紀五六十年代工業題材的小説創作中，常常拘泥於反映工業戰線上的矛盾鬥爭。作品圍繞某項工程設計故事情節，按照階級出身確定人物性格，根據政治需要確定主題，形成了見事不見人的模式。新時期改革小説突破了以往的模式，在情節結構、人物塑造、矛盾衝突等方面均有新的探索，並且取得可喜的成就，有力地促進了新時期文學的發展。

第四節　農村題材小説與高曉聲的《陳奐生上城》

中國是個農業國，農民占絕大多數，即使走進城市的很多人，包括某些作家，也有農村生活的經歷，或者與農村有著千絲萬縷的聯繫。作家們懷著巨大的熱情關注農村和農民命運，書寫農村的發展變化和農民的精神風貌，促進了農村題材小説的繁榮發展。新時期農村題材的小説數量多，成就大，且有相當數量的優秀作品。

影響大的農村題材小説多數集中在"伤痕"和"改革"兩大文學思潮中。"傷痕文學"思潮蓬勃發展的時候，一批反映農村生活和農民命運的作品應運而生，雖然算不上典型的傷痕文學，但很多作品真實地書寫農村貧窮落後的經濟、農民苦難的生活和悲劇性命運，以鮮血淋漓的書寫控訴極左路線和"文化大革命"給他們心靈刻下的嚴重創傷，揭露反動政治集團的罪惡。茹志鵑的《剪輯錯了的故事》、高曉聲的《李順大造屋》、張弦的《被愛情遺忘的角落》、張一弓的《犯人李銅鐘的故事》、錦雲和王毅的《笨人王老大》、古華的《芙蓉鎮》等是影響較為深廣的作品。

《許茂和他的女兒們》成就尤為突出。作者周克芹（1936～1990）四川省簡陽人。1959 年開始寫作，1979 年發表長篇小説《許茂和他的女兒們》，獲得巨大成功，被評為第一屆茅盾文學獎。其作品還有《勿忘草》、《山月不知心裏事》等。《許茂和他的女兒們》以農民許茂一家

周克芹

在大躍進、反右傾、"文革"等歷次運動中的不幸遭遇為線索，真實再現

了普通農民在新中國成立後 20 多年間的生活境遇，特別以其在"文革"中的不幸遭遇展現了"文革"對農村和農民的重創，反映了極左路線給農村和農民造成的危害。農民許茂在農業合作化時期擔任作業組長，全身心地投入集體的農副業生産，是一位深受人們敬重的積極分子。但隨著"左傾"思潮的氾濫和"文革"災難降臨，農民利益受到嚴重的侵害，許茂的性格也變得自私冷酷。他情願讓自己寬敞的三合頭草房空著，也不肯接納遭災的大女兒一家；連雲場趕集，他趁窮苦女人為孩子治病之危，壓價倒賣菜油。作品通過他的變化深刻地揭示出極左路線給農民的精神世界造成的巨大創傷。他的四女兒許秀雲是一個命運多舛、性格堅強的女性。少女時被鄭百如姦污被迫成婚，百般折磨後遭到遺棄，他愛大姐夫金東水，而後者身處逆境不敢接受她的愛，但這些都没能泯滅她對愛的追求和對生活的希望。面對鄭百如潑來的污水和村人的冷眼，面對父親和姐妹的誤解，她始終未放棄一個普通農家婦女所能採取的抗爭行動。她勇敢地突破世俗的羈絆，落落大方地跟金東水一家人走在眾目睽睽的街上，在夜間細雨中，她奔走於鄉親們中間，揭發鄭百如的罪行。傳統女性的美德和現代女性不屈的抗爭精神在她身上達成了完美和諧的統一。作品也寫了傷痕，但不是簡單的血淚控訴，許茂老漢的轉變和許秀雲終獲幸福的結局使作品超越了傷痕而獲得更豐富的現實意義。

隨著農村改革政策的實施，農村經濟和農民命運發生巨大變化。很多作家敏銳地發現這一現實，並通過小說這一藝術形式做出迅速反映。影響較大的作品有：高曉聲的"陳奐生系列"，何士光的《鄉場上》，張一弓的《黑娃照像》，張煒的《秋天的憤怒》，蔣子龍的《燕趙悲歌》，賈平凹的《臘月·正月》、《雞窩窪的人家》，王潤滋的《賣蟹》、《魯班的子孫》等。這些作品不僅反映了土地承包責任制促進了農村經濟發展，農民擺脫了貧困落後，生活條件獲得很大改善，而且也深刻地反映了富裕了的農民隨著經濟的翻身精神上也發生了很大改變，他們挺起腰杆堂堂正正地做人，開始尋求文化精神生活的改善和提高，難能可貴的是，有些作家在表現農民精神追求的過程中也表現出他們精神的重負。

何世光的《鄉場上》選擇農村生活的一個片斷，寫農民馮么爸不再依靠借貸生活，也不再看別人的臉色做事，在巨大的精神壓力面前他挺直脊樑堂堂正正的作證；張一弓的《黑娃照像》表現了富裕起來的農民開始追求精神生活的滿足。有的作家側重於表現農村改革的艱難，張煒的《秋天的憤怒》塑造了儼然一方宗主的農村幹部蕭萬昌的形象，賈平凹的小説反映了改革的阻力不僅來自於國家政體的弊端，還在於幾千年傳統文化的積澱下農民自身的惰性。對農村改革作出全面深入書寫的是高曉聲。

高曉聲

高曉聲（1928～1999年），江蘇武進人。從小酷愛文學，受古典名著薰陶，1957年與方之、陸文夫、葉至誠等江蘇青年文藝工作者發起"探索者"文學社團，發表探索小説《不幸》，被劃成右派，遣送農村"勞動改造"。新時期的重要作品有《李順大造屋》、《陳奐生上城》等。

短篇小説《陳奐生上城》是高曉聲寫的陳奐生系列中最為精彩的一篇。小説通過主人公陳奐生上城賣油繩、買帽子、住招待所的經歷及其微妙的心理變化，寫出了背負歷史重荷的農民，在跨入新時期變革門檻時的精神狀態。作品中的陳奐生已經摘掉"漏斗戶"主的帽子，"囤裏有米，櫥裏有衣"，抽空還可以進城賣農副產品。隨著物質生活的改善，他開始渴望過精神生活，希望提高自己在人們心目中的地位，於是總想能"碰到一件大家都不曾經過的事情"。這事終於在他上城時"碰"上了：因偶感風寒而坐了縣委吳書記的汽車，住上了招待所五元錢一夜的高級房間。在心痛和"報復"之餘，"忽然心裏一亮"，覺得今後"總算有點自豪的東西可以講講了"，於是"精神陡增，頓時好像高大了許多"。這種心理滿足雖然有些苦澀，但畢竟反映了農民的精神追求，説明陳奐生們正背負著沉重的歷史因襲走向新的生活高度。

《陳奐生上城》

《陳奐生上城》在藝術上也有獨到之處。作品主要通過人物個性化的動作、語言來表現人物的思想性，同時借鑒了外國小説心理描寫的長處，運用心理獨白、作者描述、人物語言等細緻入微地刻畫人物的心理活動，以揭示人物的精神世界；而把心理描寫與肖像描寫、行動描寫、景物天氣描寫結合起來，把人物心理描寫與情節發展結合起來，則又是傳統小説的寫法。小説情節基本按照時空順序展開，但也有跳躍和切入，且在敍述、描寫過程中表現人物的意識流動。作品語言樸實凝煉，幽默風趣，具有濃郁的鄉土氣息和輕鬆的喜劇色彩：

> "漏斗戶主"陳奐生，今日悠悠上城來。
> 一次寒潮剛過，天氣已經好轉，輕風微微吹，太陽暖烘烘，陳奐生肚裏吃得飽，身上穿得新，手裏提著一個裝滿東西的乾乾淨淨的旅行包，也許是氣力大，也許是包兒輕，簡直像拎了束燈草，晃蕩晃蕩，全不放在心上。他個兒又高、腿兒又長，上城三十里，經不起他幾晃蕩；往常挑了重擔都不乘車，今天等於是空身，自更不用説，何況太陽還高，到城嫌早，他儘量放慢腳步，一路如遊春看風光。

第五節　反思小説與魯彦周的《天雲山傳奇》

反思小説稍晚於傷痕小説，從文學發展的歷史邏輯上看，反思小説是傷痕小説的發展和深化。與傷痕小説相比，反思小説不滿足於展示苦難與創傷，不滿足於控訴和宣洩，而是以較為清醒的理性意識回顧共和國幾十年間所走過的道路，在承認存在痛苦和災難、悲劇和荒謬的同時，追尋極左路線和"文革"發生的歷史原因。"反思"含有反省、回顧、再思考、再評價、懷疑以往既成的結論等多層意思。回顧歷史，探究是非，對過去認為正確的路線、方針、政策和運動提出懷疑，並以藝術的方式加以充分而深刻的評判。"反右"擴大化、"大躍進"、"文革"等是反思的主要對象，也是反思小説的主要題材。

反思小説的社會背景是揭批"四人幫"鬥爭和撥亂反正運動的深入延續，理論前提是思想解放和實事求是。思想解放為作家們實事求是地審視共和國幾十年的歷史進程創造了輿論環境，而開放的視野則為作家們的反思提供了新的理論尺度。反思的主旨在於追索極左路線形成及"文革"發生的歷史原因。反思小説開闊了新時期文學的視界，拓寬了文學表現的時間和空間，使新時期文學具有了更豐厚的容量與更深刻的蘊含。

從某種意義上説，任何有思想深度的小説都帶有反思的成分，因此也有人把張煒的《古船》、陳忠實的《白鹿原》以及張賢亮的"勞改小説"視為反思小説。但這裏所説的反思小説特指 20 世紀 70 年代末、80 年代初的小説思潮。其代表作有王蒙的《蝴蝶》、茹志鵑的《剪輯錯了的故事》、張一弓的《犯人李銅鐘的故事》、高曉聲的《李順大造屋》、魯彥周的《天雲山傳奇》、古華的《芙蓉鎮》等。茹志鵑的《剪輯錯了的故事》將歷史鏡頭和現實鏡頭疊加在一起，形成鮮明對比：一方面通過現實描寫深刻地揭示"左"的虛假浮誇風給黨和人民帶來的巨大危害：政治上破壞了黨的崇高威信、破壞了黨與人民的血肉聯繫；經濟上影響和阻礙生產力的發展，使人民生活得不到保障。另一方面又通過歷史的回憶，用歷史的光榮來鞭笞現實的醜惡。作家熱情地讚揚老甘在革命戰爭時期為革命出生入死、處處事事為群衆利益著想的革命優良作風，以此來喚醒甘書記蛻變的靈魂，使之重新回到人民中間，重新做黨的好幹部。《李順大造屋》寫農民李順大土地改革後立志造三間屋，為此他精打細算，省吃儉用，開始艱苦卓絶的奮鬥，苦幹十幾年也沒能實現造屋的願望，直到"文革"結束，他才蓋上三間屋子，而這時他已經滿頭白髮，生命能量將近耗盡。作品通過李順大造屋的經歷反思幾十年的歷史，形象地説明極左路線給人民造成了多麼嚴重的危害。《蝴蝶》借用莊生夢蝶的故事寫張思遠對自己一生命運沉浮的反思，他原是八路軍的指導員，進城以後由軍管會副主任一直升到市委書記，職位一天比一天高，生活一天比一天舒適，與人民的距離卻一天比一天遠，由人民的公僕異化成了人民的老爺。"文革"期間他成為走資派，批鬥、挨打、低頭認罪、最後被關進監獄。他走出監獄大門，接受勞動改造，什麼也沒有，什麼也不是，成了背著糞筐走在崎嶇山路上的老張頭。恢復工作後，重進市委大院，不斷升遷，成為張部長，人一闊臉就變，他又恢復了官樣，拉長聲音説話。他為自己的變化臉紅，要找回他失去的東西，找回他的魂。作品通過張思遠的變化和尋找進行多層面的反思：反思幹群關係，反思人性異化，反思人的本質和價值，也反思幾十年間黨和國家所經歷的路程。

　　《天雲山傳奇》也是一篇影響較廣的反思小說。作者魯彥周（1928～2006）安徽巢湖市人，50 年代中期開始電影創作。《天雲山傳奇》通過幾個青年知識份子的情感糾葛和命運遭遇反映了從反右鬥爭前夕到十一屆三中全會召開後的二十幾年間，我國政治生活的風風雨雨和艱難曲折的歷史進程。

魯彥周

　　50 年代初，羅群和宋薇、馮晴嵐、吳遙幾個青年學生響應党的號召滿懷豪情地走進天雲山，致力於天雲山區的經濟開發和建設事業。羅群有火一般的熱情，生龍活虎的性格，大刀闊斧的工作作風；宋薇是一個美麗、活潑、單純的少女，愛笑、愛唱、愛跳。他們在明朗歡快的時代氛圍中建立了愛情。羅群因為坦誠正直，堅持和捍衛真理而被羅織罪名，打成右派，宋薇因為幼稚、虛榮，在“組織”的威逼之下離開羅群。羅群被開除公職後，發配到山區生產隊接受監督改造，身患重病，獨居斗室，昏睡在薄薄的行軍被裏，處境極其淒涼。在這危難之際，馮晴嵐來到他身邊，將羅群接到自己的住處，照料他的生活起居，恢復他的健康，幫助他調查研究，撰寫關於天雲山的改造與建設規劃。他們相濡以沫，十幾年間省吃儉用，花錢購買圖書，以頑強的毅力撰寫了《論天雲山區的改造與建設》、《過去、現在和未來》等多部著作，勾畫了天雲山建設規劃藍圖。馮晴嵐為自己的追求付出了生命的代價，在羅群即將平反昭雪走出困境的時候，因病重不治而逝。在“文革”結束、落實政策過程中，已是組織部副部長的宋薇反思自己的生活和情感歷程，回首往事，懊悔不已。作品以第一人稱的口吻敍事，主要寫宋薇和馮晴嵐對自己與羅群關係的回顧，她們的回顧是從個人情感的角度出發的，其實包含著對共產黨和國家二十幾年所走過的道路進行反思的內容。個人情感的反思使作品更加生動感人，更加真實深刻。

　　作品具有很強的抒情性。宋薇和馮晴嵐兩個女性的深情回憶猶如心靈上彈起的音樂，沁人心扉，扣人心弦。尤其是馮晴嵐給宋薇的信，情真意切，催人淚下，在一定程度上顯示出魯彥周作品的風格。馮在羅群最困難的時候帶著深深的愛走來，陪伴著羅群走過淒風苦雨，卻在即將看到黎明曙光的時候因病去世。她理解羅群，疼愛羅群，關心他，支持他，情願為他獻出一切。在即將離開人世的時候，她看到羅群遲遲不能平反昭雪，死不瞑目，只好給過去的好友、現在掌管羅群一案的宋薇寫信，訴說衷情。寫信原本就是訴說衷腸的方式，而她與羅群的經歷又是那樣酸辛，她對羅群的愛情那樣真摯深沉，因而她的信字字血淚，感人肺腑。她高尚的人格境界、犧牲精神、她的溫情、她那帶有革命浪漫主義色彩的愛情追求，也伴隨著她的敘述得到些許表現：

> 什麼才是真正的人生？難道追求一個淺薄得庸俗的生活方式，追隨一個你並不愛的權貴，取得某種物質上和虛榮心的滿足，就叫做幸福？事實上，我對自己所選擇的路，從來沒有後悔過，即使我今天離開人世，我也驕傲地宣告：我是真正幸福的，是對得起養育我的人民和這個世界的。即使用一個較高的標準來要求，我也不感到慚愧，因為我在我的能力範圍內，完成了我應該完成的事。

第六節　尋根小說與韓少功的《爸爸爸》

韓少功

從新時期小說發展的邏輯關係上考察，尋根小說是改革小說、反思小說延續的深化。因為改革艱難而要追尋受阻的原因，由此歸結到文化；而隨著反思的深化有些作家的探索也指向民族文化。“文化尋根”熱醞釀於 80 年代初期，正式打出旗幟則是 80 年代中期。1985 年夏天韓少功、李杭育等在報刊上撰文提出有關文學“尋根”的主張，阿城的《文化制約人類》、李杭育的《理一理我們的“根”》與《文化的尷尬》、鄭萬隆的《我的根》都集中闡釋了表述相異而傾向相同的主張。他們試圖通過對民族文化和民族心理的挖掘重新認識自己的民族，構建新型的民族文化。在這種尋根情緒的作用下，他們創作了尋根文學，希望立足於民族文化土壤，創造具有民族風格和民族氣派的文學。尋根小說是多種社會文化因素作用下形成的小說創作思潮。

尋根小說作家衆多，作家的生活經歷和居住地域分佈廣泛，每個人都在自己認知的領域尋找民族文化的根，故他們對於“根”的理解及創作傾向表現出較為複雜的形態。賈平凹的“商州”系列透射出秦漢文化所固有的粗獷質樸；鄭義的《遠村》、《老井》以與現代文明相隔絕的太行山深處的人物命運傳遞著悠久的晉文化的回聲；李杭育的“葛川江”系列小說致力於吳越文化的開拓；阿城的《遍地風流》和鄭萬隆的《異鄉異聞》則通過對邊緣的、反文化的野性人格的高度肯定，來否定中國傳統文化制約下的懦弱人格——原始的野性只是一個軀殼，作家要表達的是隱藏其中的精神內涵：強健、舒展、自由、開放，這與具有現代性色彩的“人”的內涵達成了某種契合。《棋王》通過王一生表現對壓抑與束縛人性的傳統文明的反抗，而鄭萬隆的《異鄉異聞》則在女真人落後、愚昧、野蠻的生活之中，發現了他們赴湯蹈火的勇敢精神和宏大剛強的人格；楊志軍的《環湖崩潰》撕下現代文明的遮羞布，張揚草原大湖的原始力量和草原女性的野性欲求；王安憶的《小鮑莊》通過描寫淮北平原上一個村莊近乎原始性的生活狀態，展示了當代農民在傳統文化心理制約下的生活和精神狀態，開掘出儒家文化對中國人的精神制約和影響。

尋根小說的代表作家韓少功（1953～），湖南長沙人，1979 年開始發表作品，長篇小說《馬橋詞典》曾引起較大爭議，《西望茅草地》和《飛過藍天》獲全國優秀短篇小說獎。《爸爸爸》、《女女女》被視為尋根文學的代表作。

《爸爸爸》以魔幻現實主義的手法描寫湘山鄂水之間一個原始部落的歷史變遷，把祭祀打冤、迷信掌故、鄉規土語糅合在一起，描繪出一幅具有象徵色彩的初民風俗畫，其中蘊涵了凝滯、落後、愚昧、封閉的民族文化形態。小說對這種文

《爸爸爸》

化形態的各種劣根性給予深刻的揭露和批判，顯示了強烈的理性批判精神。

故事發生在頗具神秘色彩的一個地方：雞頭寨，這是一個散發著原始的野蠻和慘烈氣息的地方。雞頭寨的人崇尚死亡，死亡被寫成慘烈悲壯的儀式。在人們的意識中，坐到削得尖尖的樹樁上去死是君子的死相，所以仲裁縫要去坐樁。他們認為為了宗族的生存而死是理所應當的，老小弱殘那樣認真、坦然且自豪地去喝毒汁，讓青壯年男女無牽無掛地去尋找新天地、創造新生活。"打冤"寫砍牛頭占卜、殺個男人和牛一起煮了分給大家吃，悲壯中散發著一股原始和野蠻的氣息。雞頭寨人愚昧混沌，缺少文明。丙崽的母親用"剪鞋樣、剪酸菜、剪指甲"的剪刀去為人接生，剪出了山寨裏整整一代人。主人公丙崽是一個"未老先衰"卻又總也"長不大"的小老頭，外形奇怪猥瑣，只會反復說兩個詞："爸爸爸"和"×媽媽"。但這樣一個缺少理性、語言不清、思維混亂的人物卻得到了雞頭寨全體村民的頂禮膜拜，被視為陰陽二卦，尊為"丙相公"、"丙大爺"、"丙仙"，正顯示了村裏人們愚昧而缺少理性的病態精神症狀。在雞頭寨與雞尾寨發生爭戰之後，大多數男人都死了，而丙崽卻活了下來。這個永遠長不大的形象，象徵了頑固、醜惡、無理性的生命本性，而他那兩句讖語般的口頭禪，包含了人類生命創造和延續的最原始最基本的形態，具有個體生命與傳統文化之間息息相通的神秘意味，同時暗含著傳統文化中那種長期以來影響和制約人類文明進步的"二元對立"思維方式的恆久難變。作品在對雞頭寨的原始生存方式的審視中，發掘出其文化構成的巨大缺陷，這就是在其"文化之根"中缺少理性的自覺，並且這種缺陷延伸至今日。

《爸爸爸》解剖了古老、封閉近乎原始狀態的文化陋習，表現了對傳統文化所持批判和否定態度。在以強烈的憂患情緒中審視民族劣根性的同時，以寓言、象徵等藝術手段，復活了楚文化中光怪陸離、神秘瑰奇的神話意味，使文本塗抹上浪漫神秘的色彩。神秘性的形成得力於多種藝術手段。首先是作者有意淡化故事的背景，把雞頭寨放在白雲繚繞的深山裏。從小說提及的汽車、報紙看，故事發生在不久以前，而從人物原始、愚昧的生存方式看，又似乎發生在很久很久以前。故事的空間坐標和時間坐標都有些遊移不定。其次是寫出人物、事物的怪異性。最有代表性的是小說主人公、永遠長不大的小老頭丙崽。他含意不明的兩句話、怪異的外貌乃至喝完毒汁而未死的結局，都難以理解。那個用公雞血引各種毒蟲乾製成粉，藏於指甲中，彈到別人茶杯中致人死命的婦人，山裏那鳥觸即死、獸遇則僵的毒草，都具有神異色彩。再次是有意識地寫出人物活動的不確定性。比如關於丙崽爹德龍的去向就有好幾種説法，於是德龍這個人物也變得晃晃忽忽、難以捉摸了。最後，神話傳説的引入也給作品披上神秘的色彩。比如關於刑天的傳説、關於五支奶和六支祖跟著鳳凰西行的傳説。神秘性使作品主題隱晦，語言晦澀，人物費解，氣氛沉悶，使故事帶有象徵性，意蘊複雜，給閱讀理解增加了難度，也增強了作品的藝術張力。

第七節　知青小説與張承志、梁曉聲的創作

知青小説是新時期文學史上較為重要的文學現象。"知青"是中國20世紀一個特殊的群體，其狹義單指那些生長在城市、有過"上山下鄉"經歷的群體；知青文學則是擁有上述經歷的作家創作的反映知青生活遭遇和思想情感歷程的文學。知青小説是知青文學的重要構成。知青群體十分複雜，對於知青生活及其書寫的感受也比較複雜。回首往事，有人覺得"青春無悔"，滿懷豪情地回顧那段蹉跎歲月以及與苦難相伴的悲壯人生；也有人悲觀慨歎、痛苦詛咒，視過去的經歷為災難噩夢、"血色黃昏"。另外，知青文學經歷了新時期文學的整個過程，至今還時常有作家步入這一領域，且有不俗的創作，在新時期文學發展的不同階段，知青小説也表現出不同的時代特色。從整體上看，知青小説是新時期文壇上一道亮麗的風景。

初期，知青作家懷著憂傷的情感書寫知青生活，借助自己的生活經歷和情感歷程訴説"文革"災難，揭露"文革"給人們心靈上造成的傷痕，以適應揭露和批判"四人幫"的時代政治的需要。其作品有陳建功的《萱草的眼淚》，竹林的《生活的路》，鄭義的《楓》，孔捷生的《在小河那邊》，靳凡的《公開的情書》，王安憶

《生活的路》

的《廣闊天地的一角》，葉辛的《我們這一代年輕人》、《蹉跎歲月》等。從時代文學思潮的角度看，屬於"傷痕文學"範圍。

但數百萬知青返城之後沒有找到自己的位置，在遭到城市拒絕的同時他們對城市生活也頗感失望，有些作家開始懷念知青生活，到曾經生活過的地方尋找失去的青春，尋找"精神家園"。寫過傷痕之後，孔捷生以"忠實於我們許多老知青的感情"的心態創作了《南方的岸》。作品寫知青易傑經過痛苦思考毅然離開火熱的"老知青粥粉鋪"，離開燈紅酒綠的城市和年輕漂亮的姑娘，在猜疑和非議聲中與同屬老知青的暮珍返回海南農場。對他來説，返回鄉村，不是對城市生活的逃避，而是實現人生理想。史鐵生則以詩意的回顧表達了知青的精神理想。在許多知青當中，史鐵生是極其不幸的一個。他獻出了青春，也獻出了健康。貧困的鄉村生活和簡陋的醫療條件耽誤了疾病的救治，他下肢癱瘓，回到北京，被安置在街道小廠與老弱婦女一起糊紙盒，庸常乏味的環境，單調無趣的生活，常常使他想起"插隊"的日子。他懷著無限眷戀的情思創作《我遙遠的清平灣》。在他筆下，清平灣沒有苦難血污，沒有醜惡欺詐，沒有其他知青所遭遇的身體和精神的折磨，那裏不是地獄，那段生活也不是可怕的夢魘。相反，那裏的人純樸可愛，那裏的生活充滿情趣，那裏有溫馨的關懷和純真的情誼，那灣清淩淩的水，那片廣漠的黃土地，那些調皮的牛，都令人難以忘懷，都勾起濃濃的"鄉戀"情思。

張承志、梁曉聲以自覺的知青意識回顧知青生活，在"紅色經典"時代形成的文學觀念影響下書寫知青經歷，創作的是帶有革命浪漫主義色彩的知青小説。他們也寫苦難和悲劇，寫青春的荒廢和生命的毀滅，但他們鄙視眼淚和哭泣。在他們看來，知青生活是痛苦艱辛的，但他們的青春卻是悲壯的。張承志是"第一屆"知青，離開都市到草原牧區從事艱苦的勞動，接受"再教育"，固然是身體和精神的"煉獄"，但在"煉獄"的日子裏與牧民密切接觸，對底層人民的生活狀況和精神世界有深切認識，其靈魂受到巨大震動。與其他知青作家相比，他更多地看到長期生活在那裏的人民身上所表現出來的美好品質，更多地表現牧民那大地般博大的胸懷，堅韌頑強的生命，純樸高尚的人格，以及知青所受到的救助和教育。在書寫知青受到牧民深切關懷和救助的同時，執意表現他們在接受教育和洗禮後的靈魂昇華。《騎手為什麼歌唱母親》寫北京知青鐵木爾插隊住在蒙古族老額吉家裏，受到老額吉無微不至的關懷和教育，他頂風出牧遭遇暴風雪襲擊，在羊群即將散失、因皮袍開口凍得半身麻木的危難關頭，老額吉迎著風雪縱馬趕來，脫下哈達給鐵木爾穿上，自己受了凍寒，從此半身癱瘓。老額吉聽說鄰隊失火兩個知青在滅火中受傷，堅持要鐵木爾套車送她去公社探望。這看上去是一個"捨己救人"的故事，但作者卻賦予崇高而豐富的主題。老額吉是大地、人民和母親的化身，她以博大的愛心教育和救助知青，彼此結下骨肉情誼；知青受到深刻教育，靈魂得到昇華，他們牢記勞動人民的恩惠，歌唱偉大的母親——人民。這一情緒在《黑駿馬》等涉及知青生活的作品中也時常流露。在他看來——

> 無論我們曾有過怎樣觸目驚心的創傷，怎樣被打亂了生活的步伐和秩序，怎樣不得不時至今日還感歎青春；我仍然認為，我們是得天獨厚的一代，我們是幸福的人。在逆境裏，在勞動中，在窮鄉僻壤和社會底層，在思索、痛苦、比較和揚棄的過程中，在歷史推移的啟示裏，我們也找到過真知灼見；找到過至今仍感動著、甚至溫柔著自己的東西。[①]

梁曉聲以豪邁的姿態、熱情的筆墨激情昂揚地書寫"悲壯的青春"，書寫那些在北大荒艱苦奮鬥、英勇創業的青年英雄，用典型化的方法塑造了李曉燕、王志剛、梁姍姍、曹鐵強、孫國泰、裴曉雲、劉邁克等具有英雄品格的人物，他們以英雄主義、集體主義、奉獻和犧牲、激情和熱血譜寫了一曲曲悲壯的青春讚歌。《這是一片神奇的土地》寫北大荒生產建設兵團某連因收穫欠佳瀕臨解散，他們知恥圖強，為了集體榮譽和個人尊嚴，在副指導員李曉燕帶領下組成十幾人

《這是一片神奇的土地》

---

① 張承志：《老橋·後記》，《老橋》，北京十月文藝出版社，1983。

的墾荒隊，向一片叫作"鬼沼"的沼澤地進發，他們要穿越這片令人恐怖的"沼澤地"，為連隊開墾萬頃沃土打開一條通道。"鬼沼"兇險暴虐，途中就吞没了十幾條生命，李曉燕、王志剛、梁姍姍也在穿越成功後悲壯地死去。但他們征服了"鬼沼"，為連隊開進"滿蓋荒原"闖出一條道路。知青的墾荒生活，"鬼沼"的神秘兇險，墾荒隊員的血淚與痛楚，純潔的愛情和昂揚的青春，神奇的大自然，悲壯的生命和事業，連同作者充滿激情的豪邁書寫，使作品貫穿著英雄氣概，籠罩著濃烈悲愴的情緒。

《今夜有暴風雪》以知青大返城為背景展開英勇悲壯的浪漫主義畫卷。某團接到上級關於知青返城的命令後召開連級以上幹部會議，團長出於個人目的試圖扣發上級命令把知青留在北大荒，真相被揭穿後引起 800 名知青的極大憤怒，返城工作被延緩後連夜辦理。暴風雪肆虐，危及衆多知青的生命，由此激發起尖銳複雜的矛盾衝突。作品以抒情的筆觸謳歌了北大荒建設兵團知青們的勞動和收穫，青春和熱情，以深切的理解生動地記述了他們離開北大荒時的複雜心情：

> 此時此刻，他們對北大荒是懷著一種由衷地留戀心情的。或者換一種説法，他們對他們的青春，對他們當年的熱情，對他們付出的汗水和勞動，對他們已經永遠逝去的一段最可寶貴的生命，懷著由衷的留戀之情。

第八節　"現代派"小説與王蒙的《春之聲》

現代派小説概指西方 20 世紀以降在小説藝術形式方面超越了傳統、運用現代藝術手法進行創作的小説流派和思潮，或曰小説現象。現代派小説流派和思潮很多，現象紛雜，對中國小説產生影響的也很多很雜。中國改革開放 30 年，而文學藝術卻走過了西方近百年的歷程，是説中國新時期作家將西方近百年文學史上出現的文學現象及思潮流派均拿來操練一番，且成就了很多作家作品，對於繁榮新時期文學、促進藝術發展產生了積極影響。在此，我們所説的現代派小説特指最早出現在新時期文壇上的"意識流"小説。

　　"意識流"是西方現代小說及影視藝術中廣泛應用的表現手法，意識流小說是現代派小說的一個重要現象。它與傳統小說的最大區別在於淡化了傳統小說所強調的人物、情節和環境等要素，打破時空界限和生活邏輯，改變表層的因果關係，打碎情節結構，既不是按照情节的邏輯順序寫人敘事，也不按照人物心理邏輯描寫心理活動，而是按照人物意識的流動進行組織結構。人物的意識流動是雜亂無序的，意識流小說中的人物、故事、情節、結構等也因遵從意識流動展開而處於紛亂無序狀態。這種小說藝術減少了環境描寫、因果關係介紹和過渡性內容的交代，減少了人物外在動作的表現和性格刻畫所需要的情節細節，省略了肖像描寫及衣著打扮，直奔人物內心世界，裸現人物意識活動，增加了作品的心理含量，深化了人物心理表現，因而對於表現現代人的生活和精神狀態帶來很大便利，取得巨大成就。如愛爾蘭的詹姆士·喬伊斯的《尤利西斯》，法國的馬賽爾·普魯斯特的《追憶逝水年華》，英國弗吉利亞·伍爾芙的《達羅衛夫人》、《到燈塔去》和美國威廉·福克納的《喧嘩與騷動》都是具有世界影響的作家作品。

　　中國自改革開放之後，封閉的國門洞開，具有探索精神的作家廣泛借鑒，大膽拿來，首先引進的便是意識流這一藝術形式和表現手法。王蒙是新時期中國意識流小說最早的嘗試者。

　　王蒙（1934～），河北南皮人，中學時期參加革命，50年代因發表《組織部新來了個年輕人》被錯劃為右派，在京郊、東北、新疆等地勞動改造。"文革"結束後平反，著有長篇小說《活動變人形》、《季節四部曲》（《戀愛的季節》、《失態的季節》、《躊躇的季節》、《狂歡的季節》、《青狐》、自傳《半生多事》、《大塊文章》等。其作品廣泛地反映了當代社會現實和人民生活命運，深刻地表現了中國社會曲折坎坷的發展歷程，記錄了時代前進的腳步，也留下了他由初期的熱情純真到後來的成熟清醒、由青春激

王　蒙

情的抒發到深刻理性的表達、洞察人生社會卻始終保持著積極進取、執著

探索的腳印。王蒙從 1979 年就開始嘗試意識流小説的創作，陸續推出
《夜的眼》、《春之聲》、《布禮》、《蝴蝶》等。其中《春之聲》影響很大。

《春之聲》

　　《春之聲》突破了傳統的人物、情節、環境的描寫方式，而把反映現
實生活的焦點集聚在人物心理内象的直接袒露上，以有限的篇幅充分展示
主人公在特定的環境中湧現出的複雜、豐富的内心活動和意識的自然流
動。作品情節淡化而内蘊充實，顯示出意識流藝術的特點和優勢。作品
寫：剛剛從國外考察歸來的工程物理學家岳之峰，在接到剛剛摘掉地主帽
子的父親的信後，決定回一趟闊別 20 多年的家鄉。小説主要寫他歸鄉的途
中，在兩小時零 47 分的悶罐子車裏的所見、所聞、所思、所感，讓人們感
悟擁擠的、令人窒息的悶罐子車外帶有歷史傷痕的、目前正在出現的前所
未有的生活變化。一方面，全黨、全國人民正在奮力清除“十年内亂”的
影響，充滿信心地向“四化”目標邁進；另一方面，由於歷史的積澱和長
期“左”傾思潮的干擾，生活像這行進中的“悶罐子”車一樣，噪音特
大，令人不適。這是一個新舊交替的時代，是交織著痛苦與希望的“蟬
蛻”時期。主人公正是在這樣的時代背景下浮想聯翩。有對個人生活經歷
的回顧，有對社會歷史嬗變的思索，也有對國内外現代生活的橫向比照。
悶罐子車裏的氣氛令人窒悶，但從人們那七嘴八舌的交談中，他捕捉到生
活轉機的種種資訊：“自由市場。百貨公司。香港電子石英表。豫劇片
《卷席筒》。羊肉泡饃。醪糟蛋花。三接頭皮鞋。三片瓦帽子。包產到組。
收購大葱。中醫治癌。差額選舉。結婚筵席。”而用答錄機專心學著外語
的婦女更使他的情緒為之一振。悶罐子車讓他苦悶，而車廂裏那些極富忍

耐力、充滿樂觀情緒的人們使他意識到：與其怨氣沖天而無所事事，莫若忍辱負重去埋頭苦幹。"悶罐子車也罷，正在快開"。"快點開，快點開"，"趕上，趕上！不管有多麼艱難"。岳之峰的情緒由低落變得昂奮起來。嶄新、清潔的内燃機車頭，在"春之聲圓舞曲"中奮然前行，"如今每一個角落的生活都在出現轉機，都是有趣的，有希望的和永遠不該忘懷的。春天的旋律，生活的密碼，這是非常珍貴的"。《春之聲》雖然不乏控訴和針砭，但傳遞春天的資訊、表現生活的轉機和希望是作品的主旋律，因而鼓舞人心，催人奮進。

在人物塑造方面，《春之聲》隱去肖像，省略外飾，突出心理感受，還原人物意識流程。岳之峰的心靈就像一個蘊含著巨大能量的發射點，隨著外部世界的變化而變化無定。時而是德國的萊茵河畔，時而折回中國的黄土高原，從法蘭克福到北京故宮，從鄉下人打鐵聯想到美國的抽象派音樂，由火車過橋聯想到連接著過去和未來、中國和外國、城市和鄉村的"橋"……有一閃即逝的畫面及畫面的疊合，有時空交錯大跨度的跳躍及跳躍的回蕩，有如節奏突變的音響及音響的不和諧，也有如色彩斑駁的色塊及色塊的變形。這些隨想而至的"意識流"看上去雜亂無章，各不相干，而實際上這些由意識流動而形成的心理畫面之間具有深刻的内在聯繫。這是對主人公的心靈所做的多側面、多層次的觀照，展示的是一顆因感受到春天資訊而充滿騷動的心靈，一顆有著敏銳的生活感受力、豐富的想象力和深邃的思辨力，廣聞博識，對中國的歷史和現實有著深刻觀察的心靈。從表現手法上看，王蒙雖然吸收借鑒了意識流的手法，但沒有生吞活剝地搬用，而且結合自己的理解和創作追求進行大膽改造，使之既滿足大膽探索、促進小說藝術發展的欲望而又盡可能地適應中國讀者的欣賞能力和口味。

就此而言，王蒙的意識流小說，是中國化的意識流。

第九節　"詩性小說"與汪曾祺的創作

"詩性小說"是一個不甚確定的概念。小說而具有詩性，是說作品篇幅相對短小，情節結構比較簡單，人物質樸，語言簡潔，含蓄蘊藉，有詩的意境和品位。詩性小説是對小説藝術品位的充分肯定和高度評價。在現當代文學史上，廢名、沈從文等少數作家享有這樣的評價。在新時期小説作家中，汪曾祺享有這種美譽。

汪曾祺

汪曾祺（1920～1997）江蘇高郵人，從小受傳統文化精神薰陶，1939 年考入西南聯大中國文學系，師從沈從文等名家學習寫作，1940 年開始發表小説、詩和散文。小説《受戒》、《大淖記事》等作品影響甚大。

汪曾祺繼承了沈從文小説的美學風格，以清新恬淡的筆調描繪了田園式的理想生活意境。他追求和諧美，創造和諧的意境。"和諧"是一種生活情調，一種人生境界，也是一種審美心態。從思想淵源上講，和諧與道家的"天人合一"、儒家的"中庸"有著密切的關聯。從汪曾祺創作來看，和諧是由健康的人性、濃郁的人情、淳厚的風俗民情所形成的人生態式，由樂觀的人生態度、曠達的心理境界、平靜的創作心境所創造的超越了功名利祿等世俗追求，超越了生死愛恨而形成的自由、歡快、明朗的審美情調。簡潔地説，和諧就是將世俗人生及生活形態予以詩化書寫。汪曾祺的詩化小説主要表現在如下幾個方面。

首先，生存和生活形態的詩化書寫。他以樂觀的態度看取生活，從日常的、瑣屑的、單調的、粗糙的，甚至沉重的、污濁的、世俗的、艱辛的生活中捕捉積極向上的質素，然後詩意地寫出。如作為生活和人生主要内容的勞動，在其筆下，不是被迫的謀生手段，不是對於身心的痛苦折磨，而是創造美且本身就很美的過程。他在古樸和枯燥中尋求詩意，在繁瑣和無聊中尋求詩性，並且賦予生活和生存形態以美感。《大淖記事》寫當地人世代相傳靠肩膀吃飯，男人、女人、大人、小孩都是挑夫。"挑運"是非常辛苦的勞動，但在汪曾祺筆下不僅無苦可言，反而生出不盡的樂趣："單程一趟，或五六里，或七八里、十多里不等。一二十人走成一串，步子走得很匀，很快。一擔稻子一百五十斤，中途不歇肩。一路不停地打著號子。換肩時一齊換肩。打頭的一個，手往扁擔上一搭，一二十副擔子就同時由右肩轉到左肩上來了。"——像優美的群體舞。《受戒》寫江南水鄉最繁忙、也是最繁重的幾類重活如栽秧、車高田水、薅頭遍草、割稻子、打場子，"這幾薦重活，自己一家是忙不過來的。這地方興換工。排好了日期，幾家顧一家，輪流轉。不收工錢，但是吃好的。一天六頓，兩頭見肉，頓頓有酒。幹活時，敲著鑼鼓，唱著歌，熱鬧得很"。

其次，風俗民情的詩化書寫。風俗民情是汪曾祺創作的重要内容，他可以淡化故事，淡化場景，淡化事件發展過程，淡化結局，但一定要不惜筆墨交代風俗民情，以至於在某些作品中風俗民情書寫成為作品的主體内容。因為在他看來，"風俗中保留著一個民族的常綠的童心，並對這童心加以聖化。風俗使一個民族永不衰老"。他説："我對風俗有興趣，是因為我覺得它很美。"其風俗民情的書寫著重于素樸、淳厚的一面，透露出和諧與寧靜。《大淖記事》寫錫匠們"很講義氣，他們扶持疾病，互通有無，從不搶生意。若是合夥做活，工錢也分得很公道"。當地人重禮儀，守規矩，無貴賤，等貧富，重情義，講誠信，友好相處，互幫互助，每個人都按照既定的風俗習慣生活和謀生，誰都不輕易地違規越矩，做有損風化的事情，與風俗習慣相背離的事情，幹坑蒙拐騙、爾虞我詐的勾當，也很少激烈的矛盾鬥爭。為表現素樸的民情，營造和諧的氣氛，

《大淖記事》

汪曾祺常常將易於引起情緒波動或情節起伏的大事，如婚喪嫁娶之類都以平淡的筆墨寫出，以簡約的文字淡化處理，而風俗民情卻是汪曾祺最傾心的地方，巧雲遭姦污後，"束頭的幾家大娘、大嬸殺了下蛋的老母雞，給巧雲送來了。錫匠們湊了錢，買了人參，熬了參湯。挑夫，錫匠，姑娘，媳婦，川流不息地來看望十一子。他們把平時在辛苦而單調的生活中不常表現的熱情和好心都拿出來了。他們都覺得十一子和巧雲做的事都很應該，很對。大淖出了這樣一對青年人，使他們覺得驕傲。大家的心喜氣洋洋，熱乎乎的，好像在過年"。巧雲的戀人對巧雲被強姦並不十分在意，他没有忌恨，没有憤怒，照樣深愛巧雲，即使巧雲自己，也"没有淌眼

淚，更沒有想到跳到淖裏淹死"。

再次，人際關係的詩化書寫。汪曾祺性平和，喜歡平淡清靜，厭倦矛盾紛爭。他筆下的人物，有貧富之差別但無貴賤之區別，貧者不生貪婪之心覬覦富者的財富，富人不依仗財勢欺人，相反還會接濟貧困者，幫助貧者渡過難關。大家平靜地生活，沒有精神壓力，沒有心理負擔，坦蕩率真，自然輕鬆，達觀灑脫，坦然地面對貧窮和困頓，也能夠輕鬆地面對災難和不幸的降臨。男人講仁義，女人重性情，由此構成一個和諧的群體世界。如《大淖記事》所寫："這裏人家的婚嫁極少明媒正娶，花轎吹鼓手是挣不著他們的錢的。媳婦，多是自己跑來的；姑娘，一般是自己找人。他們在男女關係上是比較隨便的。姑娘在家生私孩子；一個媳婦，在丈夫之外，再'靠'一個，不是稀奇的事。這裏的女人和男人好，還是惱，只有一個標準：情願。有的姑娘、媳婦相與了一個男人，自然也跟他要錢買花戴，但是有的不但不要他們的錢，反而把錢給他花，叫作'倒貼'。"汪曾祺所描繪的是一個理想的君子國，也是一個純真和諧的人倫關係的烏托邦。

汪曾祺受孔子詩性人格和老莊思想影響，以平淡曠達的心態感受現實，在創作中追求寧靜的藝術心境。表現之一是節制感情。汪曾祺的小說具有濃郁的感情色彩，但其表現形態卻是別一種風格：淡淡的，然而也是悠深的——是謂寧靜致遠。他從不渲染，更不煽情。汪曾祺愛水，他的作品充滿水的感覺。"水不但於不自覺中成了我的一些小說的背景，並且也影響了我的小說的風格。水有時是洶湧澎湃的，但我們那裏的水總是柔柔的，平和的，靜靜地流著"。汪曾祺的創作就像他家鄉的水，緩緩地流淌，形成和諧的藝術風格。表現之二是輕盈明快的敘述風格。汪曾祺取法戲文的語言精神——節奏感，音樂性，因而顯得高貴，典雅，簡約，具有表現力。無論人物語言還是作家語言，都以敘述為主，輕盈，簡潔，明快。人物語言不追求文雅華美，但抓住核心簡約地寫出，充滿靈氣，富有韻味，如明海與小英子蘆花蕩邊的對話；敘述語言將修飾性語言刪減到最低限度，不滿，不贅，不過，不絮，不碎，不塞，不擠，從審美效果看給讀者留下許多想象空間，從閱讀感受說長短句搭配，而以短句為主，音節和諧，朗朗上口，抑揚頓挫，具有音樂美。他的創作是水墨畫，淡淡的，一兩個人物，幾個場景，整體佈局簡潔，但韻味無窮。因為每一個人物，每一處場景，都經過作家達觀、淡泊的心境過濾，看上去淺淺的，淡淡的，其實，作家的情感是濃郁的。

第十節 莫言《紅高粱家族》的野性精神

莫言（1955～），原名管謨業，山東高密人，其創作有《透明的紅蘿蔔》、《紅高粱》、《生死疲勞》、《丰乳肥臀》等。2012年獲得諾貝爾文學獎。

莫言創作，對20世紀中國歷史發展進程做出了卓有個性的藝術闡釋，在政治、哲學、歷史、戰爭、和平、民族、人種、文明、文化、美學等方面，顯示出一定的探索性意義。

莫言是講究趣味的作家。其創作的優勢在於有情趣，也就是有藝術魅力，能夠吸引讀者的眼球，勾起閱讀欲望。其作品被翻譯成多種文字、

莫 言

在很多國家擁有廣泛的讀者市場，在很大程度上源於其作品講究趣味，且趣味廣泛，能夠激發不同層次、不同國家、不同民族廣大讀者的閱讀情緒，滿足多種審美需求。莫言創作之趣，既有雅的一面，故事、人物、事件、情節、場景、語言以及這些“載體”所包含的社會歷史和思想文化內涵，融合了先鋒藝術和民間敘事所形成的藝術魅力，均表現出優雅的情趣；而他藉助於“高密東北鄉”對中國20世紀所作的對中國人生存形態和社會萬象的描繪，對中華民族生死榮辱的藝術表現，對生活優越與人種退化問題的感慨唱嘆，對文明與野蠻、戰爭與和平的審視，以及所達到的反思深度和批判強度，都是嚴肅莊重的雅文學的醒目標識，即使挑剔的研讀者也能夠在閱讀中引發諸多凝重的思考。

比較而言，野趣似乎更能彰顯莫言創作的特色，體現其自由創作的野性精神。性愛，血性，暴力，生死輪迴，家族秘史，吊詭的傳說，強悍的民俗，血腥的殺戮，銷魂蕩魄的愛恨情仇，陰森可怕的荒原鬼叫……佐以

凌厲的村野語言，奇異的想象，超強的夸張，揮霍的渲染，還有《聊齋志異》式的狐仙神怪，南美魔幻現實主義的荒誕，以及他融合中外古今藝術表現手法而創造的狂歡而"虛幻"書寫，都給莫言創作增加了野味和野趣。僅就《紅高粱家族》而粗略地説，莫言創作的野趣主要源於如下幾個方面。

其一，彪悍生猛的人物。"高密東北鄉"的人物因未"馴化"而性情粗野兇猛，匪性十足，如余占鰲由着野性橫闖江湖衍生出"强男霸女"、"精忠報國"、殺人越貨以及"陰謀愛情"等驚天動地的事端，是作品野趣衍生的主渠道；其他人物如羅漢大爺、"我"奶奶戴鳳蓮、二奶奶戀兒等雖然没有他那般匪性强悍，但大都是未被"馴化"、性情暴戾的野性人物，古怪的行爲是透着怪異、恐怖的"黑色幽默"。"家族"以外的若干人物，也大都有或野或蠻、或狷或狂的個性，他們以其出格、離譜的行爲與"家族"人物一起演繹出野趣横生的故事。

其二，野味十足的故事。且不説天高放火、夜黑殺人、白晝宣淫、抑或墨水河大戰、人狗對峙、鐵板隊火拼、靈棚陰謀、出殯遇襲這些野趣横生的故事，即如某些細節也足以表現出莫言創作的野趣表征。如《紅高粱》寫羅漢大爺被剥皮的現場，空氣凝重，氣氛緊張，全場鴉雀無聲，親歷者"父親"卻聽見"那條大狼狗哈達哈達的喘氣聲，和牽狗的日本官兒放了一個嘹亮的屁"，緊張的空氣因俗料的添加而得到些許緩和；凌遲羅漢大爺卻又特别提到割掉其生殖器，並由日本兵用磁盤端到狼狗嘴下，"狼狗咬了兩口，又吐出來"的細節，將殘忍的現場做了"戲虐化"處理，雖然仍舊殘忍，但因所割部位特殊而增添了俗趣；《狗道》寫大戰過後，死屍遍野，群狗争食，爲使鄉親們的屍體不被狗吃，父親幾人與數以百計的野狗發生慘烈的激戰，最後"我家"那條陰險的紅狗突然發難，竟把父親的小鷄兒"咬了一個對穿的窟窿，咬破了皮囊"，掉了一個睾丸，惡性叙事因此轉化爲惡趣敍事；因爲父親成了"獨頭蒜"，又衍生出諸多吊人胃口、富有野趣的故事。諸如此類的野趣故事，遍及作品各處，不勝枚舉。

其三，與人物故事直接關聯的動物人性化，滋生出許多野趣。如"我家"的那兩匹騾子，紅、黑、綠三隻大狗，野地裏的黄鼠狼、狐狸等，這些動物野性十足卻又粗通人性，與人物形成諸種關係，衍生出奇異古怪、殘暴驚險、野趣叢生的故事。《紅高粱》寫"我"家兩匹大黑騾子平時溫順，與飼養它們的羅漢大爺關係友好，但在危機時刻野性發作，對頭上掛彩的羅漢大爺又踢又咬，羅漢大爺怒火中燒，掄起鐵鍬狠命地鏟殺騾子，結果被日偽軍抓住遭受凌遲；以打獵爲生的耿十八刀，專心致志打紅毛狐狸，卻被十八個日本兵逮住刺了十八刀，紅毛狐狸以德報怨，伸出冷森森的舌頭舔他的傷口，救活了他的性命；吊詭的是，鬼子的十八刀沒有要他的命，他卻在"文革"期間飢寒交迫，乞食無果，在刺骨的寒風中脫光衣服慘死在公社門前，而公社幹部還要細數傷疤，以確認死者是否為遠近聞名的抗日英雄耿十八刀。這些描寫頗有黑色幽默的味道。

其四，語言村野。莫言不避村言粗語，有時刻意使用；其小説人物語言不多，但粗話野語不少，蠻橫粗野的狠話連篇，似乎非粗詞糙語不足以解恨。其中，有些語言由粗而俗而穢，實不足取；但更多的村言粗語運用得準確、生動、形象，且機智、俏皮、幽默、詼諧、矛盾、反諷，是作品野趣的重要構成因素。他將意義相遠甚至相反的語匯混在一起，用反差鮮明的語言製造陌生驚奇的效果，刺激讀者的審美心理，給人以深刻印象，如寫高密東北鄉人是生活在"地球上最美麗最醜陋、最超脱最世俗、最聖潔最齷齪、最英雄好漢最王八蛋、最能喝酒最能愛的"未經馴化的"優良人種"；將廣爲流傳的書面語言，以普通白話爲主體的日常生活語言，流行廣泛的詩詞成語和從民間打撈的村言土語混合在一起，在曉暢净雅的詞匯群中"插播"村語，在規範流暢的白話中穿插土話，製造出語義豐富張力闊大的語體效果，狀寫原始混沌的事態，表達復雜的思想感情。如寫二奶奶戀兒被掩埋："黃色的潮濕砂土埋住了她的彈性豐富的年輕肉體，埋住了她的豆莢一樣飽滿的臉龐和死不瞑目的瓦藍色的眼睛，遮斷了她憤怒的、瘋狂的、無法無天的、向骯臟的世界挑戰的、也眷戀着美好世界的、洋溢着強烈性意識的目光。"《紅高粱家族》最後，二奶奶告誡"我"說，"可憐的、孱弱的、猜忌的、偏執的、被毒酒迷幻了靈魂的孩子，你到墨水河浸泡三天三夜"，洗净肉體和靈魂的毒素，高舉着墨水河之陰那株"純種的紅高粱"，"去闖蕩你的荆棘叢生、虎狼橫行的世界"，紅高粱

"是你的護身符，也是我們家族的光榮的圖騰和我們高密東北鄉傳統精神的象徵"。諸多修飾語和無可理喻的修飾關係打破了邏輯常規，透着野性。這種語言富有彈性，意象豐饒，初看矛盾重重，再讀野趣叢生，細品餘味深長，屬於莫言所說的那種遺失在民間的"彈性強大的模糊語言"。

莫言的野性創作具有深刻的社會意義和審美意義。既滿足了讀者的社會思想文化方面的認知需要，更以野味野趣滿足了讀者放鬆身心的閱讀期待和探險獵奇、追求俗趣的審美心理。其野味野趣中包含着刺激麻木、振作精神、張揚個性的意義，具有啓人深思和反思的意義。就像高粱地裏的野合敍事，既有反對封建禮教、個性解放的意義，又滿足感官刺激，獲得雄性勃起、情緒振奮的愉悦。

第十一節　軍事題材小説與涂懷中的《西線軼事》

新時期軍旅小説獲得長足發展，取得重大成就，形成重大突破。改革開放初期，最先打破沉寂的是成名於"十七年"的老一輩軍旅作家，如劉白羽、魏巍、王願堅、徐懷中、李瑛、鄧友梅、劉克、石言、黎汝清、彭荊風、寒風、白樺、葉楠等。與前相比，他們的作品無論是創作題材、創作手法還是人物塑造、語言運用上都有了突破，甚至可以說是質的飛躍。他們以自己新的創作成就為新時期軍旅文學搭建了承前啟後的桥梁。

隨後，第二代軍旅作家迅速成長。影響較大的作家有李存葆、朱蘇進、莫言、喬良、韓静霆、劉兆林、苗長水、張廷竹、周大新、王樹增，女作家王海、劉宏偉、成平、丁小琦、畢淑敏、張欣、裘山山等。他們以集團軍的陣勢湧向文壇，佔據文壇的半壁江山。這次集團衝鋒的"信號彈"是 1982 年問世的兩部中篇小説：朱蘇進的《射天狼》和李存葆的《高山下的花環》。它們的出現震動了全國，不僅宣告新時期青年軍旅作家群的崛起，而且以此為象徵，開闢了反映"和平軍營"和"當代戰爭"的兩條戰線，昭示了一大批青年軍旅作家在這兩個方面頻頻出擊大顯身手。

《高山下的花環》是李存葆的代表作，也是他的成名作。它通過對越戰爭中一支前線連隊的曲折經歷，將前方與後方、高層與基層、人民與軍隊、歷史（"文革"）與現實有機地勾連起來，大刀闊斧地揭示了軍隊的現實矛盾和歷史傷痛，令人振聾發聵。作品被改編成電影和譯成多種外文後，更擴大了它的轟動效應，為作者也為新時期之初軍旅文學贏得了巨大的聲譽。《高山下的花環》的文學史意義，不僅意味著軍旅作家思想上的撥亂反正，也意味著軍旅文學創新局面已經開始，意味著以李存葆為代表的新一代軍旅作家的崛起。受其影響，當代戰爭題材的軍旅文學創作呈現了勃勃生機，其中較出色的有雷鐸的《男兒女兒踏著硝煙》，何繼青的《橫槊搗 G 城》，韓静霆的《凱旋在子夜》、《戰爭讓女人走開》，江奇濤的《雷場上的相思樹》，朱蘇進的《欲飛》，周大新的《漢家女》等。

　　朱蘇進的《射天狼》與李存葆的《高山下的花環》同年發表，同時獲獎。它的獲獎奠定了朱蘇進在新時期軍旅文壇的地位，也標誌著和平時期軍營生活戰線的開展。其後，朱蘇進陸續發表的《凝眸》、《第三只眼》、《絕望中誕生》、《祭奠星座》等中篇小説，均以其角度新穎、立意深邃而在讀者中引起很大反響。朱蘇進的小説在和平環境中展開一系列軍人的理想設計與現實失落、無私奉獻與自我價值悖論的追問，最終逼近對人的根本生存困境的終極關懷，超越軍人和軍旅題材的局限，達到開闊人生和藝術的境界。朱蘇進雖然所作不多，但幾乎是一步一個台階，把反映和平時期軍人生活的中國軍旅小説穩健地推向前進。

　　《射天狼》之後，一批以和平時期軍營生活為描寫對象的作品如雨後春笋般迅疾出現。其中較出色的作家作品有劉兆林的《啊，索倫河谷的槍聲》、《雪國熱鬧鎮》、《船的陸地》等，以及唐棟的《沉默的冰山》，李本深的《沙漠蜃樓》，李鏡的《冷的邊山熱的血》，簡嘉的《沒有翅膀的鷹》，王樹增的《鴿哨》等等。這些作品在軍人職業倫理上進行了可貴的探討，對後來的軍旅文學創作也影響頗多。

　　在新時期軍旅作家創作中，《西線軼事》居於重要位置。作者徐懷中，河北邯鄲人，1956年發表長篇小説《我們播種愛情》，1959年因電影劇本《無情的情人》受到批判；1980年的《西線軼事》大放異彩。《西線軼事》打破了新

《西線軼事》

中國成立以來戰争題材小説單一的模式，把筆觸深入軍人的内心世界進行正面描寫；同時打破了神聖化的"英雄"偶像，代之以有血有肉的普通戰士形象，實現了人物的英雄壯舉和人性美的藝術融合。

作為戰争題材中的悲劇主人公，劉毛妹不再是通體光明的英雄塑像，他作為一個有血有肉的普通人出現在讀者面前，使人感到親切、真實、可信，因而整個作品所産生的悲劇美感更能引起廣大讀者的共鳴。悲劇時代賦予劉毛妹這一代青年迷惘、彷徨和頹唐等心理表徵，但其内心深處的軍人品格未曾泯滅。儘管劉毛妹身上還有許多不盡如人意的"疵痕"，然而在祖國的命運和人民的利益面前，面對殘酷的戰争，他自豪地"倒在同敵人廝殺的戰場上"。值得注意的是，作者在描寫英雄性格過程中，始終是以主人公的内心世界為視角，很少像過去的戰争題材作品那樣，把炮火硝煙的戰争畫面和英雄的悲壯性格直接顯示在讀者的視覺前沿，而是以内在的心理衝突和戰場之外的生活作為描寫視角，多方位地描寫英雄的性格特徵。即便是寫劉毛妹壯烈犧牲的場面，也是通過小戰士的平淡叙述間接反映出來的，這種"冷處理"引起的感情反差，卻更能激起讀者對這位英雄的景仰之情。作者把戰争與歷史相聯繫，構成了整個作品更深層的歷史内容與時代意義。

同樣，在六個女電話兵的描寫中，作者亦以樸素的描寫線條勾勒出接近於生活原色的人物。作者抓住每個人的個性特徵，生動地描寫了女兵們生活小節中充滿著青春活力的癖好、脾氣和性格，乃至不良習氣。這些瑣聞軼事的描寫非但没有損害形象的美感，反而增加了整個作品生活化、真實化的審美效果。當六個女兵在關鍵時刻都出色地完成了任務時，人們就覺得人物更加可愛可親。

《西線軼事》是一部充滿人情味的小説，這在過去的戰争題材作品中是少見的，而且作者敢於用大量筆墨描寫男女主人公細膩的愛情心理，這就為軍事題材小説的生活化開了先河。

第十二節　長篇歷史小説《李自成》的成就

中國有五千年的歷史，漫長的歷史長河裏有數不清的人物和故事，這為歷史題材小説創作提供了極其豐富的資源。20世紀五六十年代强調為政治服務，並且把題材限制在當前現實和幾十年的革命歷史範疇，歷史題材的小説受到一定的限制。進入新時期之後，創作空氣民主，作家的藝術視野開闊，很多作家到歷史深處選取創作題材，歷史小説取得重大成就，作品數量可觀，且創作品質與藝術品位也十分驕人。"茅盾文學獎"中就有姚雪垠的《李自成》（第二卷）、淩力的《少年天子》、徐興業的《金甌缺》三部作品入選。此外，淩力的《暮鼓晨鐘》，二月河的《康熙大帝》、《雍正王朝》、《乾隆盛世》，唐浩明的《曾國藩》、《張之洞》、《楊度》，楊書案的《老子》、《九月菊》，劉恩銘的《皇太極》，任光椿的《戊戌喋血記》，劉斯奮的《白門柳》，顏廷瑞的《莊妃》，顧汶光、顧樸光的《天國恨》，熊召政的《張居正》……也達到相當的藝術水準，是新時期小説的重要收穫。

　　堅持在歷史領域勤奮耕耘、取得重大創作成就，對歷史題材的小説創作做出重要貢獻的是姚雪垠。

　　姚雪垠（1910～1999）是一位老作家，30年代開始寫作，抗日戰爭爆發後，積極從事抗日文化活動。他的《差半車麥稭》、《牛全德和紅蘿蔔》、《戎馬戀》、《長夜》等在現代文學史上有一定影響。1957年被錯劃為右派，在逆境中開始創作歷史小説《李自成》，至1996年5卷本長篇歷史小説全部完成。《李自成》是規模宏大、成就輝煌、結構宏偉、氣勢非凡、筆力雄勁、藝術非凡的歷史小説。

姚雪垠

　　《李自成》以明末清初的農民起義與明王朝的戰爭為中心內容，在廣闊的歷史背景上描繪了明清之際的民族戰爭、明朝統治集團內部的矛盾鬥爭及農民起義軍之間錯綜複雜的關係，把重大歷史事件、驚心動魄的戰爭場面、縱橫交錯的歷史場景、矛盾鬥爭和風土人情熔為一爐，構成一幅幅生動的歷史畫卷。小説以一種清明上河圖式的筆法，真實地再現了歷史風雲，揭示了明末歷史進程的軌跡。作品的成就主要有如下幾個方面。

　　首先，宏偉謹嚴的藝術結構。《李自成》是清明上河圖式的作品，作者試圖全方位、立體式地反映明末清初的社會歷史，規模宏偉，結構嚴謹，充分顯示出作家非凡的藝術造詣和功力。作品採用多線條的複式結構展開敍事，推動情節。前三卷以農民起義軍和明王朝在政治、軍事方面的生死搏鬥為主線，在此主線之外又穿插了表現農民起義軍內部的矛盾鬥爭、明王朝統治集團內部的勾心鬥角和明清間民族矛盾的副線。第三卷之後主線副線置換，明清間的民族矛盾上升為主要線索，而明王朝和農民起義軍之間的矛盾成為副線。主次分明，虛實得當，繁而有序，形成整體的多樣性。在情節的設置上，採取了單元集中的描寫方法：全書分成許多章，數章一個單元，這些單元大小不一，但都圍繞一個中心事件，或寫主線，或寫副線，既有平行又有交錯，單元與單元輕重搭配，隔斷穿插，縱橫馳騁，靈活多變。每個單元既有相對獨立性，又有關聯，首尾呼應，脈絡貫通，情節發展亦是跌宕起伏，時而金戈鐵馬、硝煙彌漫，時而風光霽月、鳳管鸞弦。此外，作者還巧妙地運用了懸念、釋念的方法，使線索和情節層層推進，照應對比，收到了良好的藝術效果。

其次，人物眾多且成功者眾。作品描寫的人物之多在中外文學史上都是罕見的，前三卷就寫了350多人，從皇帝後妃到鄉紳役吏，從義軍將士到巫婆乞丐，三教九流，應有盡有，組成了一個宏大的形象體系。而充分顯示作品藝術成就的卻在於塑造了一大批個性鮮明的藝術形象，作者堅持歷史真實和藝術真實的原則，準確地為人物性格定位，細心刻畫性格，塑造了劉宗敏、宋獻策、牛金星、李岩、紅娘子、崇禎、袁崇煥、楊嗣昌、洪承疇……等眾多性格鮮明的人物形象。李自成是作家著重塑造的人物形象，小説通過一系列的情節集中表現了他政治家的氣魄和卓越的軍事指揮才能，如在潼關南原大戰中表現他的臨危不懼，在穀城相會和商洛山保衛戰中表現他的雄才大略和高瞻遠矚，而赦免王吉元、義送郝搖旗和揮淚斬鴻恩等情節則進一步對他的道德世界和情感世界進行了發掘，豐富了人物的性格。與此同時，作家也對他性格中的局限性作了揭示，揭示了他思想深處濃厚的帝王意識和狹隘的農民意識。雖然帶有理想化的成分，但還是頗具深度和力度。既充分展現了他作為一名農民領袖所具有的氣魄，也深入挖掘了他性格中的悲劇因素。

崇禎也是一個性格鮮明的形象。作家沒有因其是亡國之君而將其臉譜化，而是將其置於明王朝即將覆滅這一歷史境遇中刻畫性格，表現他宵衣旰食、事必躬親、勵精圖治和中興王朝的種種努力，但由於王朝的積患已久，以及他個人性格上的嚴重缺陷，使他的一切努力都最終付之東流。作家通過下棋、占卜等細節深刻揭示了他複雜矛盾的性格特徵：剛愎自用、殘忍多疑而自以為英明神武，處事昏聵卻自以為有深謀遠慮，易受蒙蔽卻自認為明察秋毫。這是一個具有豐富的心理內涵的皇帝形象。

再次，鮮明的民族風格和豐富的語言藝術。作品真實而生動地再現了富有民族色彩的歷史生活畫面，對各地的鄉土民情、風俗習慣、社會風情都有所描繪，對明末的社會風貌作了細緻的描摩，展現出一幅幅獨具特色的民俗風情畫：米脂的鄉俗、河南的婚禮、北京的燈市、相國寺的風光、百姓的朝山、巫婆的下神……以及運用了詩詞歌賦、對聯、燈謎等傳統形式寫人議事，加強了作品的民族色彩。作者依據人物的身份為人物設置了不同的語言。封建官僚的政治活動，文人學士的書信往來，用的是淺顯的文言；描寫義軍將士、官人、侍役和老百姓，用的是鄉野白話。豐富多樣的語言對於人物塑造、再現歷史場景起到很好的作用。

《李自成》的出版是當代歷史小說的重要收穫，為長篇歷史小說創作提供了成功的經驗，對歷史小說發展起到了重要的促進作用。

第十三節　新寫實小說與池莉的《煩惱人生》

新寫實小說因1989年《鍾山》雜誌第3期推出"新寫實小說大聯展"而得名，並很快成為一種蔚為壯觀的創作潮流。其實在此之前，小說創作中已存在與傳統現實主義不盡相同的"新寫實"傾向，被視為"新寫實小說"典型文本的《煩惱人生》就是1987年發表的作品。關於"新寫實小說"的含義，《鍾山》在推出"新寫實小說大聯展"專號的"卷首語"中指出：

　　所謂新寫實小說，簡單地說，就是不同於歷史上已有的現實主義，也不同於現代主義"先鋒派"文學，而是近幾年小說創作低谷中出現的一種新的文學傾向。這些新寫實小說的創作方法仍以寫實為主要特徵，但特別注重現實生活原生形態的還原，真誠直面現實，直面人生。雖然從總體的文學精神來看，新寫實小說仍劃歸為現實主義的大範疇，但無疑具有了一種新的開放性和包容性，善於吸收、借鑒現代主義各種流派在藝術上的長處。

新寫實小説是在解構主義思潮影響下生成發展起來的，與激情高蹈的啟蒙主義、理想主義者相比，新寫實小説作者大都以情感"零度"的姿態介入，對於生活和人生既不是反應，也不是干預，而是客觀地呈現，呈現人的生存本態，呈現生活的原生態，呈現普通人的平庸和生活的日常瑣事。因此表現出與現實主義迥然不同的特點。

新寫實小説在人物塑造上既不刻意追求人物性格的典型性，也不想費力地賦予人物特別的社會意義，人物就是人物，順應社會，隨遇而安，是生活著的生命個體，作家有意淡化人物性格，著意展現普通平民的原本色相、生存狀態和生命意識。在所生活的社會環境中，人變得軟弱無力，只是被動地接受環境的"塑造"，缺少主動的精神活動，失去了選擇能力。支配人的命運的是環境，並且環境又由"物"佔著，人接受環境的支配，接受"物"的役使。人只能放棄——放棄價值與尊嚴，於是人生成為不可展示的灰色風景。

新寫實小説作家廣泛，創作內容複雜。最初被歸入"新寫實"的作家包括劉震雲、方方、池莉、范小青、蘇童、葉兆言、劉恒、王安憶、李曉、楊爭光、朱蘇進等，隨著對"新寫實"研究的深入和界定的明晰，新寫實小説的特徵逐漸明確。在人們心目中，新寫實小説作家作品概有劉震雲的《塔輔》、《一地雞毛》，池莉的《煩惱人生》、《冷也好熱也好活著就好》，方方的《風景》、《行雲流水》，劉恒的《狗日的糧食》、《伏羲伏羲》；葉兆言的《夜泊秦准》、《棗樹的故事》，蘇童的《紅粉》、《米》，余華的《活著》、《許三觀賣血記》等也被視为新写实小说。

《煩惱人生》被視為"新寫實"小説的經典文本。

作者池莉（1957～）湖北仙桃人，武漢大學中文系成人班畢業，1979年開始發表作品，著有《煩惱人生》、《不談愛情》、《來來往往》等。《煩惱人生》描述了武漢的一名普通工人印家厚一天的瑣碎生活。印家厚從半夜兒子掉下床被驚醒，開始了他一天瑣碎、煩惱的生活。從清晨起床排隊上廁所排隊洗臉，給兒子熱奶，催孩子起床到帶著兒子擠車換渡輪，送兒

池　莉

子進幼稚園，經過兩個小時的顛簸終於準時進入工廠，卻因從車間到班組要一分半鐘被記為遲到。上午評獎金一等獎取消輪流坐莊，而這個月恰好輪到他，午飯的菜裏發現了一隻青蟲，為父親和岳父籌辦花錢既少又體面的生日宴到廠副食店轉了一圈，下午給了同事婚禮的禮金，又被廠長叫去訓話，接下來又是接孩子擠車乘渡輪，回家吃飯。洗碗時聽到借住房將要拆掉的消息，接著洗衣服。上床時已是深夜 11 點 36 分，老婆告訴他：明天她表弟來武漢，就住他家。這一椿椿雜亂繁瑣的事糾纏著印家厚，使一天變得漫長無奈。對這些日常生活瑣事的敍寫構成了這部小說的全部情節。作品所敍述的小說人物的生存狀態，既未被理想化，也未被醜化，是對現實生活的還原。它所全盤端出的是一種不容置疑的刻骨真實的生活。

《煩惱人生》充分體現了"新寫實"小說的特點：拒絕典型化，在庸常細瑣的生活中展示小人物的灰色生活和精神狀態。印家厚這個人物是以往文學作品中不多見的"中間人物"，他既不是高大全式的英雄，也絕不是卑瑣的小人，而是一個有血有肉的真實形象。有時他顯得沒有男人的陽剛之氣，一大早就辛酸地聽著老婆的責罵："窩囊吧唧的，八棍子打不出一個屁來，算什麼男人！"老婆與他打嘴仗時的惡聲惡氣，毫不留情，讓他在拿起子弄滅電燈時竟然閃過了可怕的念頭。這使讀者很是同情他的遭遇——沒有房

《煩惱人生》

子、沒有票子、沒有位子的印家厚在生活的重壓下，自覺愧對妻子，難免底氣不足而選擇了忍氣吞聲。但在家中的印家厚與出了門的印家厚還是有區別的。他可以使小壞，表現出好鬥的一面，對人也常常動些歪心眼。他並不是個只知道謙讓的君子，為搶時間他擠到水池邊洗漱，惹得一個婦女罵他"好沒教養"。他帶兒子上車，因車上的胖臉嘲弄他，所以印家厚瞅

准胖子在中間下車的當兒，使勁擠撞他，成功後報復的快意使他長長地出了口氣。但印家厚也還是個心存仁厚的男人，在車上，兒子替他打了破口大罵他的姑娘，父子倆本是大獲全勝，但他卻快快不快。

小人物印家厚的生活中先後出現過幾個女人。老婆既不漂亮也不溫柔，其他的幾位卻都是美人。他下鄉時的戀人蠹玲也非常漂亮。因此印家厚也招來許多豔羨的眼光。徒弟雅麗對他一往情深，在幼稚園裏見到兒子的老師蕭曉芬，她的眉眼像極了一個人，幾乎使他忘情。印家厚有點“好色”，但婚姻卻很不幸。下鄉時與蠹玲愛得刻骨銘心，分手的痛苦，成為他心中抹不去的陰影，這從幼兒教師曉芬帶給他的難以自製可以看出。但印家厚卻是個有責任感的男人，老婆不洗臉，穿拖鞋，光著腳，不體面，根本與俏佳人不沾邊，不美滿的夫妻生活使他有眾多煩惱，但他能夠正確地處理好與女徒弟雅麗的感情問題，做到發乎情而止乎禮，這在一般人看來是難能可貴的。

印家厚的生活單調古板，每天他都冒著被老婆知道後責罵的風險，只吃兩角錢就能塞飽肚子的熱乾面，瑣事纏身時，儼然就是一個“家庭婦男”；然而他在與小白等談詩時，能以“夢”來寫生活，卻也顯出他不乏浪漫情趣，儘管這浪漫的背後有著太多的無奈與悲涼；獎金分配不公，他心情懊惱；但有人參觀時，他親自操作，與大夥配合默契，即使車間主任也找不出毛病。在亂而煩惱的一天裏，印家厚經歷了許多事，受了不少氣，説不盡的煩惱，讓人壓抑得忍無可忍，但又必須拿出耐心來挨著。透過小説，讀者分明感到作者不僅僅寫了一個印家厚，而是千千萬萬個返城知青在 80 年代生活的真實寫照。

第十四節　現實主義小説與陳忠實的《白鹿原》

進入 20 世紀 90 年代之後，市場經濟逐漸鋪展開來，文學邊緣化已成定局，當代文學格局發生深刻變化。有些作家無力忍受寂寞離開文壇，留下來的作家，有的走向通俗文學追求經濟效益，有的沉下心來致力於精品力作，有的調整思路在經濟大潮衝擊下尋求突破。在人文精神出現危機、俗文學的西風漫捲之際，也有作家堅持現實主義精神，創作出一批擁抱現實、關注人生的作品，有人稱其為現實主義衝擊波。影響較大的作家作品有劉醒龍的《分享艱難》、《挑擔茶葉上北京》，何申的《年前年後》、《鄉鎮幹部》、《信訪辦幹部》，談歌的《大廠》、《年底》、《車間》，關仁山的《大雪無鄉》、《九月還鄉》，李佩甫的《學習微笑》等。這些作品著力表現時代困境，比如國有企業的瀕臨破產、鄉鎮改革步履維艱、工人農民生活的困頓，等等。這一創作潮流的敍事方法和文體風格對長期渴望故事性的讀者具有一定吸引力。但作家們處理題材時所表現出的人文立場、情感傾向，以及其所反映出來的文學觀念、价值標準卻遭到質疑，甚至有人説距真正的現實主義有一定的距離，甚至可以説從另一角度反映人文精神所存在的嚴峻問題。

　　在世俗大潮波濤洶湧、人文精神萎靡不振、躲避崇高時髦、身體寫作招搖的文學環境中，陳忠實潛心寫作，推出《白鹿原》。它所取得的巨大成就和所達到的藝術高度，震驚文壇乃至整個社會。陳忠實（1942～）西安市人，1965年開始寫作，《信任》獲1979年全國短篇小説獎，《渭北高原，關於一個人的記憶》獲1990～1991全國報告文學獎，《白鹿原》獲第四屆茅盾文學獎。

陳忠實

　　長篇小説《白鹿原》是陳忠實的代表作，被視為渭河平原50年變遷的雄奇史詩，中國農村斑爛多彩、觸目驚心的長幅畫卷。作品寫白鹿原鎮上白家和鹿家兩個家族之間為爭奪白鹿原的統治而進行的爭鬥，展示了一幕幕驚心動魄的血淚情仇：巧取風水地，惡施美人計，孝子為匪，親翁殺媳，兄弟相煎……並將大革命、日寇入侵、三年內戰，以及土改運動、"文化大革命"等歷史風雲寓於家族秘史之中。白鹿原翻雲覆雨，王旗變幻，家仇國恨交錯纏結，風俗文化和政治經濟、家族興衰與人物命運盡在其中。作品視野深邃廣闊，内涵豐富蘊藉，故事情節跌宕曲折，風土人情絢麗多彩，充分顯示出文學巨著的風采。作品通過人物命運書寫家族秘史，通過家族秘史反映社會發展史，形象地説明歷史不只是單線條的階級對抗史，同時也是在對

《白鹿原》

抗中互相依存、互相融合的歷史；歷史不是單純的政治史，同時也是經濟史、文化史、自然史、心靈史；歷史的生動性不只是在社會政治層面的展開，也是在人性和人的心理層面的展開，而且後者比前者更為生動，更為豐富，更有價值。

作者塑造了一系列真實而又有獨創意義的中國農民形象。白嘉軒之外，還有他的老對頭、具有濃厚的官貴思想和官場做派，且有一定官場經歷的鹿子霖；有聰明美麗、反抗封建束縛、秘密參加革命，在地下工作中做出成績、卻在黨內肅反中被處死的白靈；有勤勞樸實、恪守舊的道德理念、忠心為主的鹿三……他們以獨特的性格和命運給讀者留下深刻的印象。白嘉軒和朱先生的印象尤其深刻。

白嘉軒是作品的主人公。他出生在清朝末年，是接受過中國古代傳統封建主義思想教育並且身體力行的傳統而本分的農民，也是幾千年中國宗法封建文化所造就的一個人格典型。在他身上包容了中國文化傳統全部的價值，既有正面又有負面。他既是一個剛真的男子漢、富有遠見的一家之主、仁義的族長，又是一個封建文化、封建制度的身體力行者。白嘉軒作為白鹿村白家的族長，經歷了幾十年的風風雨雨和坎坷，但不管經歷怎樣的風雲變化，白嘉軒永遠是折不斷、壓不扁的農民英雄。他是白鹿原上一棵挺拔的樹，是白鹿村人民遮風擋雨的樹。他宅心寬厚，以德抱怨，為村民辦學堂、修祠堂、立鄉約，為了搭救老百姓，他自殘求雨；在黑娃被捕時，他不記前嫌極力搭救黑娃。他平等地對待長工鹿三，與鹿三同吃同住，視為兄弟。他反對結社，但積極參與“交農”事件，維護農民利益。他用自己的仁慈、寬厚、剛強贏得了白鹿村人民對他的尊敬和愛戴。在他的身上凝聚了中國農民許多優秀的品質。但生活在封建社會之中，他的身上不免附有封建社會一些消極落後的東西，封建思想意識非常濃厚，他自覺地維護封建傳統，是堅定的衛道者。他反對自由戀愛，因為那是違背封建社會倫理道德的行為，是辱家敗族的醜事，凡是有類似的現象，輕則被逐出家門，重則被活活燒死。愛女白靈反對父母包辦的婚姻，他無情地將其逐出家門；白孝文由於被田小娥勾引產生姦情被發現，也同樣被逐出家門；田小娥由於和黑娃自由戀愛，他視其為“婊子”，被放在木柴上活活燒死，寧肯得罪全村人也決不允許其名字進家族祠堂。在這些方面他是一個既冷漠又殘酷的人。他的仁慈、寬厚、剛強贏得了白鹿村人民對他的尊敬和愛戴，是作品中的正面形象；但作者也沒有對他的守舊冷酷放棄批判。在他的身上凝聚了中國農民許多優秀的品質，也表現出農民的狹隘落後的一面。他是一個性格複雜內涵豐富的形象。

朱先生是貫穿始終的人物，也是精心打造、個性非凡、內涵深奧的形象。“這個人一生留下了數不清的奇事逸聞，全都是與人為善的事，竟而找不出一件害人利己的事來”。作品對他的描寫文字不很多，但每當緊要關頭，他都會以特立獨行的姿態出現，給世人以警醒。他以清醒的眼光透徹地看待混沌的世界。如在大多數人瘋狂的種植罌粟的時候，他力挽狂瀾，親自駕犁毀罌粟禁煙，重展林則徐之雄風。在西方商品大肆擁入中國的時候，他堅持一生只穿土布不著洋線。他一生並沒有做驚天動地的事，更多的是安居室中，讀書寫文，冷眼觀世。世間混暗，他出淤泥而不染，卻並非迂腐書生。雖說終身不仕，卻本著孔子的“知其不可而為之”精神積極入世，做出許多造福人民的事情，如在辛亥革命時，他隻身赴乾州勸退清總督，避免了多場殘酷的殺戮，拯救了許多無辜之性命。在白鹿原的一次大旱饑荒之時，他挺身而出，作舍飯的監督者，確保官家的賑濟確確實實裝進百性腹中，讓許許多多即將拋屍荒野的饑民活了下來。在人民需要的時候，他挺身而出，在人民過得好的時候，他悄然身退。他不僅博古通今，而且預知未來。他死前，遺書中說明“不用棺材，不用磚箍墓”，並且在磚頭上刻下“天作孽，猶可違”、“人作孽，不可活”的大字。他似乎預測到幾十年後發生的一切！這是一個先知者的形象，也是一個仁者大儒的形象。

在藝術上，《白鹿原》在總體寫實的基礎上，糅以民間傳說和靈怪色彩，既表現出關中地區的民情風俗，又有一種亦真亦幻的感染力。小說的語言樸素、平實，是高密度的大筆勾勒，具有節奏感和耐人的韻味。厚重深邃的思想內容，複雜多變的人物性格，廣闊的生活畫面，幾十年的社會歷史風雲，各種政治文化勢力的較量，融會在一起，形成作品鮮明的藝術特色和令人震撼的真實感。《白鹿原》是不可多得的長篇力作。

第十三章　新時期話劇思潮及創作

　　儘管目前的話劇仍不很景氣，但誰都不能否認，新時期話劇文學曾經有過輝煌的歷史：進入新時期以後，話劇藝術擺脫了極左路線的干擾，恢復和發揚了現實主義傳統，關注現實，順乎民意，大膽探索，勇於創新，取得了重大成就，也有長足的發展。雖然沒有出現多少經典性的作品，但思潮湧動，佳作紛呈，營造出非同小可的聲勢，比起詩歌和小說並不遜色多少。本章以影響較大的話劇思潮更迭為線索對新時期話劇進行簡略分析。

第一節　社會問題劇和崔德志的《報春花》

　　社會問題劇是新時期第一個話劇思潮，火爆的時間為 20 世紀 70 年代末。它的出現有著堅實的現實基礎和深遠的歷史背景。"文革"結束，中國進入新的歷史時期，撥亂反正，百廢待舉，形形色色的社會問題十分尖銳地橫在作家面前，他們以強烈的使命感直面慘澹的現實，就人民群眾普遍關心的問題做出及時反映；而在這方面，中國話劇有著悠久的傳統：話劇是"舶來品"，從它的引進到"五四"時期易卜生話劇流行、30 年代的"國防話劇"、40 年代的"抗戰話劇"，再到五六十年代功利主義影響下配合政治運動、圖解政策的話劇，反映社會問題作為良好的傳統一脈相承。新時期劇作家接受了這一傳統，將劇作當作反映社會問題的形式，進而引發社會問題劇大量湧現。

　　任何戲劇都要反映社會問題。但並不是所有的戲劇都是社會問題劇。

作為一個特殊概念，社會問題劇是指以反映社會發展進程中重大的、迫切的、帶有普遍性的社會問題為主要創作目的的話劇。新時期最早出現的社會問題劇與揭露"文革"災難、批判極左路線緊密相關：所揭示的問題或者是"文革"時期造成的，或者是更早一些時間形成的，都禁錮著當下人們的思想觀念，阻礙社會健康發展。《於無聲處》（宗福先）及時反映並回答了如何看待對粉碎"四人幫"、結束"文革"災難產生過重大影響的"天安門事件"，以及如何對待事件參加者這一人民群眾普遍關心的問題；《救救她》（趙國慶）圍繞李曉霞"失足—轉變"的生活和心路歷程，探討青少年失足的社會原因，提出並回答了如何對待和救助失足青少年問題；《金子》（田芬）、《路燈下的寶貝》（王輝荃、姚明德）反映並回答了城市青年的待業和就業問題：在升學無路、就業無門的現實面前，青年人應該怎樣安排自己的生活？應該有怎樣的人生追求？《權與法》（邢益勳）揭露了"以權代法"造成的嚴重後果，鞭笞了"刑不上大夫，禮不下庶人"的封建思想，提出了在法律面前人人平等問題；《灰色王國的黎明》（中傑英）暴露了企業領導中普遍存在的官僚主義、封建家長制、宗派勢力和裙帶關係以及管理體制問題……

《報春花》（崔德志）被認為是社會問題劇的代表作。戲劇衝突圍繞白潔展開。白潔是紡織廠的女工。她工作認真勤奮，思想品質高尚。"文革"期間，她不顧個人安危幫助因悼念周恩來總理被捕入獄的吳曉峰，冒險給在挨鬥過程中心臟病突發而瀕臨死亡的李健喂藥治病。她四年幹了五年的活，創造了五萬米無疵布的驚人記錄。這樣優秀的青年女工，卻因"出身"不好而長期受到冷遇和歧視，"文革"結束後也仍然得不到公正的待遇：不能當勞模受表揚，先進事蹟不能宣傳報導，甚至不能像一般青年那樣戀

《報春花》

愛！她渴望自己的工作得到肯定，但聽說為樹自己當標兵，她敬重的黨委書記李健的生活和工作都遇到了麻煩——女兒與他決裂，工廠的安定團結受到影響時，她忍受著巨大的痛苦製造了出現疵布的假相，以犧牲自己的

榮譽維護李健的工作和工廠的利益；她渴望愛情，這是她的精神支柱，但聽説如果與心愛的人結婚就會影響他的前途甚至子孫後代時，她忍受巨大痛苦讓出愛情……作品通過白潔這一形象批判了"唯成分論"和"血統論"，提出為"出身"不好的青年落實政策這一尖鋭問題，對於恢復和發揚實事求是的思想路線，調動一切因素從事"四化"建設，具有積極意義。作品既有急切的現實意義，也有很高的藝術性：除白潔外，作品還塑造了李健、吳一萍、李紅蘭、由貴等形象；在形象塑造中，作品將人物置於錯綜複雜的社會和家庭關係中，運用對比、細節描寫等手法刻畫人物性格，取得很好的藝術效果。

社會問題劇隨著時代發展不斷變化"問題"的内容。進入 80 年代，作家將目光集中到當下社會，關注現實生活中的問題，有些與改革話劇聯繫在一起，此不贅述；有些則關注日常生活，其筆觸穿越政治層面而深入婚姻愛情、倫理道德、國民精神、婦女問題等文化心理領域：如《十五椿離婚案的調查剖析》（劉樹綱），以記實形式分析諸多離婚案件，探討離婚率昇高的原因，同時引發對愛情、婚姻、道德等問題的思考；《尋找男子漢》（沙葉新）通過舒歡尋找"男子漢"的過程，反映了中國青年男子精神"缺鈣"這一嚴重現象，指出重鑄民族性格、提高國民素質是一個迫切的問題；白峰溪的"女性三步曲"塑造了衆多女性形象，探討女性心理和女性命運問題；《明月初照人》寫方若明與兩個女兒在愛情婚姻方面的衝突，以及個人婚姻悲劇，説明世俗的婚姻觀念即使在她這個專門做婦女工作的領導幹部心靈深處也很嚴重；《風雨故人來》通過名醫夏之嫻的遭遇，表現了知識女性面臨家庭與事業之間的矛盾及其悲劇性選擇；《不知秋思在誰家》是"困惑作家寫困惑的問題"，反映的是蘇重遠與三個女兒之間在戀愛婚姻問題無法調和的矛盾，以及矛盾中的困惑和求索……

社會問題劇因關注問題而受到重視，上述劇作演出後大都引起不同程度的轟動效應；同時也因關注問題而影響了作家藝術才能的發揮和話劇藝術的發展。"關注問題"是誘惑性的怪圈。話劇傳統是把雙刃劍，過去的話劇走不出怪圈，新時期話劇也走不出怪圈。進入 80 年代話劇出現危機，劇作家為振興話劇付出了巨大勞動，但由於觀衆審美心理的變化（審美消閒心理增強而接受教化心理減弱）和影視藝術的發展（搶佔了人們的審美空間），話劇藝術積重難返又遭遇強大挑戰，因而始終不能擺脫危機的命運。

第二節 革命領袖劇與丁一三的《陳毅出山》

革命領袖劇與社會問題劇在大體相同的時間和背景中出現。以周恩來為代表的革命領袖為中國革命事業成功建立了不朽的功勳，在人民群衆中享有崇高威望，但在“文革”期間卻遭受林彪、“四人幫”的殘酷迫害。“文革”結束後，人們在揭露“文革”災難的同時，也深切懷念老一輩無產階級革命家。劇作家順乎民意，衝破束縛，把革命領袖搬上話劇舞台。最早表現革命領袖風采的是白樺的《曙光》。（載《人民戲劇》1977 年第 9期）作品寫在革命鬥爭最艱難的時刻賀龍出現，他駁回了極左路線對岳明華的宣判，保護了同志，為革命挽回了損失。隨後，蘇叔陽的《丹心譜》採用來電話的方式表現了周恩來總理對醫藥工作者的親切關懷。周恩來的形象沒有出現，反映了劇作者在直接塑造革命領袖問題上心存顧慮或禁忌；而間接描寫獲得成功則進一步鼓舞了劇作家。他們破除迷信，解放思想，大膽探索，勇於創新，歌頌革命領袖，再現偉人形象的劇作紛紛湧現，並在 80 年代前後形成不大不小的“領袖熱”。1979 年舉辦的建國 30周年獻禮演出優秀話劇一等獎 15 個，其中革命領袖劇就有 6 個。其中較為突出的是《報童》（邵沖飛等）、《陳毅出山》（丁一三）、《陳毅市長》（沙葉新）、《秋收霹靂》（趙寰、龐加興）、《東進！東進!》（所雲平、史超）、《彭大將軍》（王德英、靳洪）、《神州風雷》（趙寰、金敬邁執筆）等。

《陳毅出山》是較早的革命領袖劇。作者丁一三（1931～1996），天津寧河縣人，原名薄殿輔，1951 年開始發表作品，有作品《英雄虎膽》、《九一三事件》等。

劇本所寫的故事發生在 1937 年秋，陳毅在江西南部堅持遊擊戰爭，他遵照黨中央的指示，

丁一三

帶著警衛員到贛南與國民黨當局進行談判，建立抗日民族統一戰線。在贛南山區堅持鬥爭的遊擊隊長韓山河不瞭解"西安事變"後中國形勢的發展變化，聽說陳毅欲與國民黨建立統一戰線，誤以為是投降變節行為，把他關押起來審問他，還要砍他的腦袋，無論陳毅怎麼說韓山河都無法接受與國民黨建立統一戰線的政策，直到陳毅藝術地指揮打擊敵頑勢力的進攻才改變認識。在國民黨方面，各派政治力量之間存在錯綜複雜的矛盾，陳毅出山面臨複雜的局面，且由於頑固派的破壞，陳毅陷入危險境地。在錯綜複雜的矛盾面前，在生死存亡的考驗面前，陳毅從容以對，他大義凜然，痛斥反共頑固分子馮子煥，爭取了地方士紳趙亞甌及其子女的支持，打開了抗日統一戰線的局面。作品將陳毅置於尖銳複雜的矛盾鬥爭中，通過他在敵友面前的不同表現，展現了陳毅無產階級革命家的氣魄和才能，成功地塑造了大智大勇而又談笑風生的陳毅這一可親可敬的藝術形象。

《陳毅出山》和新時期革命領袖劇突出的特點和貢獻在於：打破了現代迷信，克服了"神話"或"聖化"傾向，多方面地表現了毛澤東、周恩來、朱德、陳毅、賀龍等革命領袖豐富的內心世界和崇高的精神境界。

這一特點有個發展過程。開始塑造革命領袖形象，作家顧慮重重，禁忌甚多，只表現雄才大略，不敢表現他們作為"普通人"的尋常性情，也不敢描寫他們逆境中的無奈和困境中的痛苦。《秋收霹靂》的作者趙寰的話代表了許多作家的創作心態："我們有意無意地還在避諱某些東西，不敢就毛澤東同志在秋收起義中的遭遇和命運來著墨。實際生活是，秋收起義中毛澤東同志既有個人的悲歡離合，又面臨革命的迂迴：別妻離子，秋風秋雨，跋山涉水，瀏陽遇險，絕處逢生，才到達起義部隊。接著又打了幾個敗仗。最後才上井岡山。"但"我們不敢把領袖放在絕境或者失利中去寫。我們寫領袖人物，經常是神機妙算，錦囊妙計，無所不知，無所不曉，事事都是諸葛亮"。[①] 類似的顧忌隨著思想解放運動的深入發展逐漸消除。1982年趙寰創作了《馬克思流亡倫敦》，自覺地把馬克思"當作一個好朋友、好丈夫、好父親、好學者來表現"。作品將馬克思置於家庭生活

---

① 《大膽實踐，塑造好老一輩革命家的藝術形象——記總政文化部1月9日召開的文藝創作座談會》，《解放軍文藝》1979年第2期。

中，寫饑餓、貧困、疾病、死亡，表現馬克思的夫妻之情，父子之情，戰友之情，表現他百折不撓的意志和曠達樂觀的襟懷，既標誌著趙寰創作追求的發展，也反映了革命領袖劇創作的進步。但與《馬克思流亡倫敦》，以及沙葉新的《馬克思秘史》（寫馬克思在反動政府驅逐、通緝中，顛沛流離、貧困饑餓的生活，債主盈門，愛子夭亡，病魔纏身，依然以頑強的毅力寫作《資本論》）相比，寫中國革命領袖的作品大都把領袖放在社會革命大舞台上，很少從家庭生活中進行描寫。這說明，革命領袖劇的創作還有空白和禁區。

　　總起來說，劇作家敢於面對革命領袖的真實生活，全面而深刻地認識和理解革命領袖，在具體創作中，比較正確地處理偉人與凡人的關係、偉大事業與日常生活的關係。優秀劇作把革命領袖置於重大場合、重大鬥爭、重大事件中，表現其高瞻遠矚、力挽狂瀾的巨大作用和豐功偉績，同時也將其置於日常的生活場景和人際關係中，置於危難和逆境中，從不同的方面和層面表現他們豐富的內心世界和心理活動，表現他們在日常事務中的行為方式和生活操守。但革命領袖劇寫偉人偉業充分淋漓，但寫凡人心態細事卻差強人意；而這也就成為優劣高低的分水嶺。優秀作品所以引人注目，就在於對革命領袖凡人心態的描寫成功。如《陳毅出山》寫陳毅一出場就尋找藉口違背戒煙諾言向蕭三郎要煙抽，極富生活氣息和人情味；寫陳毅跪在羅奶奶面前說：“我是你的兒子啊！”情真意切，感人肺腑；接下來又寫陳毅來到臥虎嶺韓山河遊擊隊，傳達抗日民族統一戰線政策，被疾惡如仇的韓山河當成叛徒，捆起來，用煙管敲擊頭，還要砍下腦殼，陳毅解釋不通，急躁無用，辯解無力，不由地慨歎：“獨我平生坎坷多，又有一樁生死坡。天南地北容易辨，世上真假最難說。”生動地表現了被“處死”時無可奈何的心情。這些描寫，不僅無損革命領袖的光輝，反使其形象更加真實感人，可敬可親，更具有人格魅力和藝術魅力。

　　革命領袖的崇高人格和豐功偉績為話劇藝術提供了良好的創作資源。進入80年代以後，話劇創作不景氣，話劇藝術在艱難的探索中呈現稀疏的多元走向。革命領袖劇也風光不再。但這方面的劇作卻時或出現，如《決戰淮海》（所雲平、劉星、王朝柱）、《朱德軍長》（所雲平）都是荒蕪的話劇舞台上斑斕絢麗的景點。

第三節　社會改革劇與《血，總是熱的》

社會改革劇略晚於社會問題劇。中國共產黨十一屆三中全會確定的改革開放戰略決策如強勁的東風，吹動著社會改革在工業、農業、文教衛生及政治體制、經濟關係、思想文化、倫理道德……各個方面和層面全面展開，它所激起的巨大動盪和變革，以及其間的矛盾鬥爭、破壞建設、解構重構、分化組合、發展滯後、悲劇喜劇、成就失敗、經驗教訓等等都引起話劇界的熱切關注，描寫改革開放的話劇迅速崛起，並在 80 年代初期形成非同小可的劇作潮：它沖淡了社會問題劇和革命領袖劇，佔據了非常搶眼的審美空間。1979 年舉辦的新中國成立 30 周年全國優秀劇本獲獎作品中沒有一個社會改革劇，1982 年舉辦的第一屆全國優秀劇本獲獎作品（1980~1981）中就有 6 個改革話劇，大大超過了社會問題劇和革命領袖劇。

從新時期話劇藝術發展的內在邏輯上看，社會改革劇與社會問題劇有直接承傳關係：社會改革劇是社會問題劇的必然發展，某些社會改革劇與社會問題劇扭結在一起，互相送合。社會問題激發起改革意識，問題劇的結局必然走向改革；改革則離不開“問題”，有問題才改革，改革也就是解決問題。社會改革劇一般包括社會問題劇的內容。但二者各有側重：社會問題劇重在“問題”，期待改革，但從“期待”到實施還有一定距離；改革劇不是反映問題，而是解決問題，有實實在在的改革措施。改革大潮滲透到社會各個方面和層面，劇作家的藝術筆觸也深入到社會各個領域。

《血，總是熱的》劇照

比較鮮明地體現了社會改革劇成就和特點的則是描寫工、農業兩種題材的話劇。

工業改革劇中影響較大的是《血，總是熱的》（宗福先、賀國甫），《誰是強者》、《陣痛的時刻》（梁秉堃），《大幕已經拉開》（沙葉新、李守成、姚明德），《特區人》（林驥）等。工業改革劇所描寫的具體內容、藝術成就和創作風格各不相同，但有比較明顯的共同性——其共性，與“工業戲”遺傳下來的“方案之爭”所形成的藝術思維習慣有關，與作家對工業改革的理解、思考和期待有關，但更重要的是工業改革在同樣的時代背景和工業生產關係的基礎上開始，不同的"單位"在改革過程中所遇到的問題大體相同，因而即使共性也體現了劇作家關注現實、揭露矛盾、干預生活的勇氣和藝術追求。

下面結合《血，總是熱的》對工業改革劇的思想成就做簡要分析。

其一，反映了工業改革的必要性。改革劇不約而同地寫道：由於"文革"及極左政治的影響，工業生產面臨許多嚴重的問題：生產混亂，產品積壓，工廠虧損，幹部隊伍龐雜，思想僵化，觀念陳舊，管理能力低下，嚴重影響著"四化"建設。作品通過具體描寫或人物之口反復強調工業改革的必要性。宗福先談到《血，總是熱的》時說："我們想表達的是三句話：頭一句是，我們這架龐大的機器，好多地方的齒輪都鏽住了，咬死了；第二句是，中國沒有退路了……"① 作品通過鳳凰絲綢廠的現狀說明：中國工業到了非改革不可的時候了！幾乎所有改革劇都發出如此急切的呼喊。

其二，表現了改革的艱鉅性。改革是大勢所趨，人心所向。但改革就要打破現有的關係和秩序，影響到某些人的地位和利益，勢必遭遇四面八方的反對和阻撓，在中國這個搬動一把椅子都要流血的國度裏，改革異常艱難。劇作家深刻地認識到改革的艱鉅性，並在作品中予以充分描寫：因循守舊的思想觀念和傳統習慣勢力，形形色色的官僚主義和不正之風，以及多年以來形成的管理體制和平庸而龐雜的管理隊伍……都以各種方式阻撓改革，向改革者施加壓力，致使改革者四面楚歌，艱辛備至，家庭破裂，身心疲憊，付出極其慘痛的代價。羅心剛大刀闊斧，銳意進取，改善了工廠的生產和經濟狀況，卻招來誹謗誣告，並被推到審查台上，因心力不支而倒下。

其三，展示了改革的光明前景。道路是曲折的，前途是光明的。劇作家堅信歷史發展規律。儘管極寫改革艱難，把改革者推向困境、逆境，甚至絕境，卻又通過不同的藝術方式展示了改革的光明前景：改革的"大幕"已經拉開，"陣痛的時刻"也將過去，即使"強者"倒下去，"血，

---

① 宗福先：《點燃激情，喚起希望》，《山西日報》1981 年 4 月 16 日。

也總是熱的"！無論艱難險阻還是驚濤駭浪都阻擋不住中國改革的大潮，都擋不住中國改革者的豪邁腳步。改革劇不同于"傷痕文學"。宗福先説他們要表達的第三句話就是："血，總是熱的。"改革者用火熱的血當作"潤滑劑"，使中國這部龐大的機器不僅鬆動了，而且轉起來了，越轉越快。羅心剛那可敬的改革精神和最後慷慨激昂的台詞給人以鼓舞和力量！

社會改革劇是在破除了舊的文學觀念，話劇創作取得較大成就，獲得較大發展，話劇文體獲得初步自覺的情況下出現的。劇作家重視社會效果，也沒有忽視藝術品質，在形象塑造、矛盾衝突、情節結構、語言形式等方面都很講究，且取得可喜的成就。工業改革劇最大的收穫是塑造了一批改革者形象。改革劇的藝術風格和藝術水準並不相同，但改革者的性格特徵和形象塑造卻有著明顯的共性。他們都處於領導崗位（有的曾遭受迫害又官復原職，有的是新提拔的幹部），且廠長和公司經理居多，這為他們推動改革、同時也為矛盾展開、刻畫人物提供了方便——這是高明的藝術聚焦；他們大都具有高度的事業心和使命感，具有改革者的膽識和魄力，正視困難，勇於挑戰，大刀闊斧，敢於碰硬，意志堅強，感情豐富，身陷重圍左沖右突，歷經磨難銳意進取，是工業改革大潮中的勇士和強者——具有很強的人格魅力。也許現實生活中改革者的遭遇就這樣曲折坎坷，也許這是劇作家的藝術策略；他們都處於錯綜複雜而又尖銳激烈的矛盾衝突中——改革者在改革過程中遭遇各方面的阻力進而形成錯綜複雜的矛盾，改革者的家庭生活在改革大潮中經受衝擊風雨飄搖形成錯綜複雜的矛盾衝突，改革者置身於事業與生活、家庭與單位、成功與失敗、原則與人情等錯綜複雜的矛盾鬥爭中形成内心世界的矛盾衝突……劇作者從不同的矛盾衝突中展示改革者内心世界的不同方面，因而改革者的形象如羅心剛、袁志成、盛子儀、慕容文華、武鳴等既有時代賦予的共性，又有個人遭遇形成的個性，性格鮮明而又血肉豐滿，是話劇藝術中難得的形象。

比較而言，農村經濟改革比較容易進行。土地承包責任制符合廣大農民的致富要求，政策很快得到落實，並且取得明顯成效，因而反映農村經濟改革的話劇只有少數作品如《高粱紅了》（李傑）、《趙錢孫李》（粟粟、李佩、龐家聲）等涉及"歷史"生活，描寫了農村經濟改革的艱難過程。《高粱紅了》含有"傷痕文學"的内容，作品寫"四人幫"覆滅前後幾年間中國農村社會的動盪和變革。矛盾衝突圍繞土地承包、生產自救、民主選舉而展開，表現了鄭毅軍與以郭雙成為代表的幫派體系進行的尖銳鬥爭，揭示了改革的艱難性和必然性。改革取得了勝利，也付出了沉痛代價：鄭毅軍積勞成疾病逝。大多數作品著眼於改革"後"，如《吉慶有餘》（王志安）、《落鳳台》（房純如、楊舒慧）等作品寫農村經濟改革得民心，成效大，使農民擺脫了貧困走上富裕道路。作品在熱情歌頌黨的富民政策的同時，也反映了農民生活內容和生活追求、思想觀念和文化心理已經發生和正在發生的變化。《吉慶有餘》寫農民富起來以後，感到豪邁，硬氣，但他們沒有被富裕衝昏頭腦，也沒有因襲"錢多了就擺闊"的傳統。崔玉山給兒子辦喜事不鋪張奢侈，也不搞封建迷信，追求的是越有錢越講文明，把錢花在正道上，表現出新時期農民嶄新的精神風貌和很高的思想境界。

有熱情歌頌，也有深刻反思、理性剖析和尖銳批判。隨著農村經濟改革的深入，各種矛盾和問題尖銳地表現出來。劇作家由熱情洋溢變得冷峻深沉。因為他們發現農民的精神現實並沒有像王志安所描寫的那般美好，封建思想觀念、國民劣根性等消極落後的東西嚴重地束縛著農民，影響改革深入和社會發展。80年代中期後出現的作品如《狗兒爺涅槃》（錦雲）等雖然也涉及農村改革，但不再是社會政治層面上的廉價歌頌，而是歷史、文化、心理層面上的理性審視。作品通過狗兒爺陳賀祥幾十年的命運遭遇反映了中國農村的滄桑變遷，在揭露極左政治對農民嚴重的精神傷害的同時，也對農民的自私、保守、狹隘、短視等小農意識進行了批判。與早期反映農村改革的作品相比，這些作品具有更豐富更深刻的歷史文化內涵。

第四節　社會風俗劇與《小井胡同》

新時期話劇文學中，有些作品不正面反映社會問題，也不描寫工農業改革，而是側重於表現風俗民情。雖然沒有形成頗有聲勢的創作潮，卻是話劇百花園裏的奇葩，格外惹人注意。其中比較重要的是李龍雲的《小井胡同》、《有這樣一個小院》，蘇叔陽的《左鄰右舍》，何冀平的《天下第一樓》，以及魏敏的《紅白喜事》、《正月十五雪打燈》，李傑的《田野又是青紗帳》等。

在社會風俗劇中，最突出的是"京華風俗"劇。作家自覺地師承老舍劇作的優秀傳統，並有所創新，表現出京味很濃的藝術風格。其特點主要有以下幾個方面。

語言特色。京華風俗劇的語言以普通話為主，適當穿插北京地區的方言俗語，形成北京味很濃的市民生活語言。這樣的語言在特定的戲劇情景中連同北京人說話的腔、韻、調、味和說話藝術一塊出現，生動活潑，樸實機智。如《小井胡同》寫石掌櫃在"大躍進"中為了表現自己積極，建議扒房子挖土炮煉鋼鐵，"文革"結束後回顧往事，感慨地說："那些年啊，生怕別人說咱們落了後，是事兒就想搶到頭裏。敢情這人哪，腦瓜子一熱就容易冒，兩腿蹦著走道兒，腳下就斷了根，著著實實地閃一下子，還得往回找……"（《鍾山》，1984 年第 2 期）這樣的語言，似俗且雅，耐人尋味。

環境特色。京華風俗劇的環境描寫頗具特色。既是生活寫真，也是自覺地師承，作家們往往選定具有北京特色的地點，設置具有北京特色的舞台，營造具有北京市民生活內容的氛圍，就像老舍把人物安置在龍鬚溝、大雜院、大茶館一樣，京華風俗劇也寫大雜院（《左鄰右舍》、《有這樣一個小院》）、小胡同（《小井胡同》）、百年老字号（《天下第一樓》）。特定的舞台環境不僅給人物活動、情節發展提供了活動場所，而且傳遞出濃郁的北京風俗和文化風味。

《小井胡同》是京華風俗劇的重要文本。

作者李龍雲（1948～），北京人，1968 年起在黑龍江歷經了 10 年的北大荒生活，1978 年入黑龍江大學中文系，同年創作《有這樣一個小院》，在北京

《小井胡同》劇照

公演後引起爭議，得到戲劇家陳白塵的賞識。1979 年被南京大學中文系破格錄取，師從劇作家陳白塵，在此期間創作了《小井胡同》。其劇作還有

《這里不是圓明園》、《荒原與人》、《正紅旗下》等。

新中國成立前老北京有句話"東富西貴、南貧北賤"，小井胡同位於北京南城。這裏住的都是些極尋常不起眼兒的老百姓，其中有開電車的、面鋪掌櫃的、國民黨軍隊的伙夫、當過巡警的鞋匠，賣水的、賣藝的、算卦的、從良妓女、潦倒旗人，總之沒有一位大富大貴的主兒。生活對於這些市井細民來說平凡，瑣屑，苦澀多於歡樂，但無論哪朝哪代，他們都以底層民眾特有的善良、寬厚與幽默面對著世道帶給他們的一切。巡警吳七和丁家少奶奶苦難的愛情，查老大與張媽奇特的婚姻，查六爺的忽發奇想和"俠舉"，劉家祥與厄運打哈哈兒，何二爺的剛正不阿，陳九齡啼笑皆非的"捨己為人"，春喜扭曲的靈魂，小環子犯壞石掌櫃、小李禿，這些老街坊們在災難面前的勇氣和相濡以沫，以及對"胡同政治明星"——小媳婦的周旋和較量，均與北京城特有的民俗風情交織在一起，構成了一曲深遠悠長的"胡同交響曲"。一條小胡同從 50 年代至 70 年代的歷史變遷和居民的命運，對政治動亂中種種荒誕現象進行了批判和嘲諷，對受命運撥弄的普通民眾寄予真摯的同情與愛。劇中生活場景、人物形象都極真實自然，小媳婦的形象刻畫尤其突出，語言質樸、生動，具有北方市井風味。而在那時而急管繁弦，時而低吟淺唱之中，人們也分明聽到了中國幾十年的風雨之聲。

京華風俗劇既寫風俗，更寫人物；風俗是人物的風俗，通過人物表現風俗，寫風俗是為了寫人物。在人物塑造上，表現出鮮明的北京特色。首先，京華風俗劇描寫了北京井市細民的本色生活，三教九流，五行八作，在北京堝占老的地方休養生息，婚喪嫁娶，他們的生活內容和生活方式承傳了北京風俗文化，也體現著北京風俗文化。其次，京華風俗劇生動地表現了井市細民的本色性格。他們承襲先人為人處事的傳統，勤勞善良，樸實機智，憑本事吃飯，不招誰惹誰，但他們不是愚弱的順民，也不是不辨是非的庸人，他們有正義感和人格尊嚴，有誰敢欺負，他們會用自己的方式進行抗爭。他們講義氣，有熱心腸，大家住在一起，相濡以沫，鄰里有災有難，他們慷慨相助，有錢出錢，有力出力，沒錢沒力的幫著分憂著急：《小井胡同》寫滕奶奶"募捐"、水三兒懲罰人販子、劉家祥"祭社"……都生動地表現了井市細民的精神風貌，也將北京特有的風俗民情表現得充分淋漓。

京華風俗戲通過風俗民情的變化寫社會的變化。人人都生活在時代浪潮中，風俗也隨著時代變化不斷注入新內容。劇作家通過風俗民情闡釋時代變遷，通過市井細民的生活和命運表現歷史風雲。《小井胡同》是五幕劇，每一幕的背景都定格在歷史發展的轉捩點上：舊中國崩潰前夕，“大躍進”年代，“文革”開始和結尾，新時期初期。作品依靠巧妙的藝術構思將重大的歷史變動寓於富有生活氣息和民俗色彩的畫卷中，小井胡同30年的滄桑濃縮了中國30年的風風雨雨。

與京華風俗劇相比，魏敏的作品更多地看到了社會風俗中消極落後的一面，帶有批判和警示意義。《紅白喜事》選取生老病死、婚喪嫁娶這些日常生活中最重要的關節，集中筆墨展示了諸如包辦婚姻、重男輕女、封建迷信、算命問卦，以及“借壽”、賭博等落後和腐朽現象，直到20世紀80年代還影響著中國農民的思想和生活，阻礙著社會健康發展，並深刻指出：“在意識形態領域，反封建的任務還遠遠沒有完成。”[①] 相比而言，李傑對中國農村風俗民情的描寫全面而客觀。《田野又是青紗帳》沒有中心事件和貫穿全劇的矛盾衝突——這和某些京華風俗戲一樣，真實地再現了自然樸素的農村生活圖景。下“五道兒”的，護小廟的，告狀的，賣耗子藥的，開飯店的，辦公司的，保烏紗帽的……伴著壓路機的轟鳴聲出現在三棵柳屯十字路口，組成青紗帳社會風俗畫或曰青紗帳生活文化交響樂。作者說：“呈現在諸君面前的，不是威武雄壯的戲劇，有的只是狹小的場景，凝固的空間，平淡的生活，普普通通的莊稼人；沒有神奇的想象，沒有時空的錯動，沒有字斟句酌的語言，沒有出神入化的結構，沒有自視甚高的英雄，當然也就沒有東拉西扯的高談闊論——有的只是青紗帳哺育的風俗和民情，一切全是自然。”[②] 這是一部帶有“新寫實”特點的劇作。

社會風俗劇具有濃郁的風俗民情和文化地域特色，也具有濃厚的歷史文化氣息，且在情節結構、人物塑造等方面都取得了突出成就，具有很高的藝術和審美價值。

---

① 魏敏：《〈紅白喜事〉創作瑣談》，《劇本》1984年第8期。
② 李傑：《田野又是青紗帳》，載《劇本》1986年第2期。

第五節　新潮話劇藝術形式的探索與創新

話劇藝術的綜合性既為作家掌握規律、從事創作帶來困難，也為作家創新提供了較大的空間——每個有創造追求的作家都可以從某些方面尋求突破，提供人所未有的東西。創新，對話劇創作來説，既不新鮮，也不神秘。中國話劇歷史不長，但創新的文本甚至範本卻很多，即以 20 世紀五六十年代的話劇而言，老舍的《龍鬚溝》、《茶館》，胡可的《槐樹莊》，王煉的《枯木逢春》，以及田漢的《十三陵水庫暢想曲》、段承濱的《降龍伏虎》都有可喜的藝術創新。新時期話劇藝術創新在《我為什麼死了》（謝民）和《假如我是真的》（沙葉新）中初現端倪，進入 80 年代，新潮話劇大量湧現，不僅在整個戲劇文學中形成強大聲勢，而且在整個新時期文學中也是不容輕視的一大景觀。

新潮話劇所以謂之“新潮”，其顯在的原因是藝術形式、表現手法、技術技巧的探索和前衛。為多方面地展示人物複雜的内心世界，表現深刻的哲理思考和複雜的人生體驗，劇作家解放思想，打破傳統，勇於探索，話劇異彩紛呈：荒誕怪異劇，象徵劇，夢幻意識流劇，多聲部的哲理劇，紀實、象徵異面融合劇……標新立異，彼此滲透，令人眼花繚亂，難以把握。大體説來，主要表現為兩個向度。

一是縱向承襲。斯坦尼斯拉夫斯基、布萊希特和梅蘭芳三大戲劇體系並存，為劇作家的藝術借鑒和藝術探索提供了深厚資源和廣闊空間，他們兼收並蓄，博採眾長，運用各種藝術形式推進話劇創新，從而形成多元發展的趨勢。有的“假戲真做”，追求戲劇情境的真實性，不僅要演員進入角色，而且也要讀者（觀眾）進入戲劇情境之中，追求身臨其境、感同身受的藝術效果。如《血，總是熱的》把舞台當作審查羅心剛的現場會，觀眾看戲的過程也是參加審查會的過程，“會議”結束時主持審查的老周還要問觀眾有什麼想説的？這樣“打破第四堵牆”，縮短與觀眾的距離，台上台下交流，同感共鳴，有助於加強演出效果。有的“真戲假做”，從另一層面上推倒“第四堵牆”，追求“間離”效果：要求演員與角色、與觀眾保持一定距離，讓觀眾明白自己是在看戲，台上的一切都是演戲，不可當真。《野人》中的演員既扮演角色表演，又離開劇情與觀衆交流；《魔方》中的主持人既是演員參加演出，又是節目主持人，向觀衆闡釋演出内容；《一個死者對生者的訪問》則運用"面具"製造"間離"效果：演員當衆帶上面具，告訴觀衆自己是在演出，扮演鬼魂、訪問生者等等只是探索心靈世界的一種手段……劇作家通過"間離"，讓觀衆保持清醒頭腦，在審美欣賞中思索。有的借鑒傳統戲曲的寫意藝術，不求形同，但求神似。這自然要借助和依靠導演、演員、美工的勞作和創作，但作品表現抽象的、怪異的、舞台上難以"再現"的内容卻是"寫意"的基礎；更有一些作品直接提示"寫意"内容。如《桑樹坪記事》中"打牛'犝子'"的情節、《WM（我們）》中的"偷雞"、"殺雞"、"吃雞"，以及龐芸投江自殺等動作，都借鑒"寫意"藝術，表現傳統話劇不能表現的内容。

"寫意"既是藝術手法，更是思維方法。它啟發了劇作家的藝術想象，啟動了創造思維，打破了話劇"惟話"的傳統，"撿回它近一個多世紀喪失了的許多藝術手段"，"回復到戲曲的傳統觀念上"，高行健作《野人》自覺地運用"戲曲中的唱、念、做、打這些表演手段"，追求"一種完全戲劇"。[①] 新潮話劇中的許多探索，也與"寫意"的戲劇體系有直接或間接的關係。而這也補充説明：作爲戲劇體系本身，三大戲劇理論各有獨立性、系統性；但對新時期劇作家來説，卻是一個開放的大戲劇體系，其借鑒大都相容並蓄，博採衆長。

開放的戲劇觀念創造了衆多的藝術資源。劇作家根據需要盡情地創造，創作真正成爲自由天地。在此特別一提的是劇作家借鑒現代派藝術，創造出變形、荒誕、虛幻、怪異、象徵、隱喻的藝術世界，充分表現劇作家的主體思考。高行健接受法國著名荒誕派劇作家貝克特《等待戈多》的影響，創作了《車站》，寫郊區群衆在一個廢棄了的站牌下等待車來進城，汽車一輛輛開過，總是不停，他們等啊等，百無聊賴，無所事事。三年過去了，五年過去了，十年過去了，他們浪費了大好時光，最後發現站牌是廢棄不用的。作品用荒誕的藝術形式表現了國民精神的一個重要方面：不思

---

① 高行健：《〈野人〉演出的説明與建議》，《高行健戲劇集》，群衆出版社，1985，第272頁。

進取，盲目等待。《車站》是整體性比較明顯的借鑒，其他作家作品則是局部性的或不確定的借取：有的表現為藝術思維方式的啟迪，有的表現為對戲劇假定性充分而大膽地運用，如《屋外有熱流》、《一個死者對生者的訪問》、《掛在牆上的老 B》、《狗兒爺涅槃》，等等，都具有荒誕性和前衛性。

《狗兒爺涅槃》劇照

　　二是橫向借鑒。劇作家從小說、散文、詩歌、報告文學、影視等藝術形式中大膽"拿來"，豐富話劇藝術的表現形式和藝術手法，使話劇成為更廣泛意義上的"綜合性藝術"。需要說明的是：橫向借鑒與縱向承襲在邏輯上是分向的，但在事實上相互滲透，因為話劇作為一種綜合性藝術，原本就"綜合"了其他藝術門類的某些手法，只是不如新潮話劇自覺和廣泛。有的作品借鑒意識流小說的手法，或者作為結構形式，以人物意識流動展開戲劇情節——局部的甚至整體的，如《狗兒爺涅槃》等；或者設計非現實的情境，把人物的意識流"物化"為生活流，通過具體可感的形象表現出來，如《一個死者對生者的訪問》等。有些作品借鑒散文的藝術手法，如《田野又是青紗帳》，沒有統一的故事情節和貫穿始終的矛盾衝突，作品描寫的是真實的生活場景：眾多人物來到三棵柳屯的十字路口，各行其是而又交流交叉，構成青紗帳的生活交響曲，散點透視，形散神聚，眾多人物的生活情境表現了改革大潮衝擊下青紗帳的風俗民情。有的借鑒了報告文學的手法，如《十五樁離婚案的調查剖析》運用紀實方法對種種離婚現象進行社會調查。有的借鑒影視文學的結構藝術，運用蒙太奇將複雜凌亂的戲劇內容組接在一起，如《血，總是熱的》打破了"三一律"的創作規範，不分場次，分段敘述，段與段之間時空錯亂，其轉換則運用燈光和蒙太奇手段。這只是比較明確的借鑒。更多的作品博採衆長，且將"衆長"熔為一爐，形成綜合性很強的藝術整體。多元的戲劇觀念，開放的藝術視野，廣博的借鑒天地，啟發了劇作家的藝術思維，開拓了話劇藝術發展的空間，促進了新潮劇的發展，給低迷的話劇帶來了生機和活力。

《魔方》在藝術形式和表現手法方面均有較大的突破。

《魔方》（陶駿執筆，王哲東）由《黑洞》、《流行色》、《女大學生圓舞曲》等九部分組成，各部分獨立成戲，由主持人串聯成一個藝術整體。作品取名"魔方"，是因為魔方有981個解；《魔方》的九部分色彩斑斕，既是真實生活場景的再現，又是寓言象徵，亦實亦虛，形成模糊朦朧、多向發散的藝術世界。據説，作品的主旨是"人應該怎樣認識社會？人應該怎樣生活？人應該怎樣成為一個'人'?"① 主旨統一全劇，各部分從不同角度和層面說明這個主旨；每個説明都帶有不確定性。每個讀者（觀衆）都可以根據自己的人生感受和審美經驗做出判斷，但每個判斷只能是若干"解"中的一個：一千個讀者（觀衆）有一千種解法。如第七節《無聲的幸福》寫丈夫和啞妻"組成和美的家庭，過著靜謐得令人陶醉"的幸福生活，"包治百病"的醫生治好了妻子的啞病，但她的話語無倫次，滿嘴過時的豪言壯語，表達欲強烈難以禁止，既給夫妻間交流溝通造成嚴重障礙，也破壞了和諧的幸福生活。丈夫承受不了妻子語言的壓力，拿針刺向啞門，妻子説不出話，幸福的家庭生活復如從前。關於這節戲的內容，王曉鷹在導演闡述中説："人與人的相互理解和溝通是極為可貴的，因為達到這一境界十分不易，有時語言顯得那麼笨拙、詞不達意，本身就成了一種心理障礙，可是當'心有靈犀一點通'時，語言又會顯得明晰、精闢，甚至被默契所代替。我們還會有另一種生活感觸：有缺憾的平衡是現實的，而對盡善盡美的一味追求往往會造成人為的悲劇，給人帶來深深的失落感。這個荒誕不經的短劇就是用怪異、變形的方式來表現這些人生體驗。"② 當然這種闡述也只是衆多理解的一種。

---

① 王曉鷹：《〈魔方〉導演闡述》，《探索戲劇集》，上海文藝出版社，1986，第504頁。

② 王曉鷹：《〈魔方〉導演闡述》，《探索戲劇集》，上海文藝出版社，1986，第502頁。

第六節　話劇觀念更新與探索

　　新潮話劇的大量湧現自然必然。思想解放運動啟動了劇作家的藝術思維，也激發他們跳出傳統框架創造和探索；開放的社會形態拓寬了劇作家的藝術視野，西方戲劇舞台上眼花繚亂的派別和新潮不僅給創新提供了豐富的藝術參照，而且更進一步啟發和引導劇作家走出陰影，打破束縛，努力開拓話劇藝術的表現天地。有創新的主觀願望，也有適宜的現實基礎。進入 80 年代，文學觀念和價值標準都發生了重大變化，"工具說"、"從屬說"等阻礙文學藝術發展的理論學說被廢除，"人學"觀念深入人心。文學藝術在經歷了長期"失落"之後回到無比豐富的自身，詩歌、小說藝術發展繁榮，報告文學崛起，特別是影視藝術的發展，搶佔了讀者（觀眾）審美的時間和空間；而話劇藝術則因自身機制複雜、傳統力量強大等原因顯得有些滯後，並因此遭到"冷落"，出現危機。

　　嚴重的現實煎熬著從業者的心靈。為擺脫危機，尋求發展，劇作家、導演、演員、評論者和理論工作者發起戲劇觀的熱烈討論。大家結合自己的實踐就戲劇的本質、特徵、功能、形式、技法等問題進行深入探討，打破了獨尊斯坦尼斯拉夫斯基戲劇體系的局面，現代的、開放的布萊希特理論體系受到高度重視，以梅蘭芳為代表的中國戲曲藝術體系也得到充分肯定和深刻的理論闡釋。多元的戲劇觀念和開放的理論形態為作家廣泛借鑒、大膽探索提供了方便條件，也為話劇創新和藝術發展奠定了堅實基礎，進而催生了新潮話劇的湧現。

　　與本分守譜的傳統話劇相比，新潮話劇既是結構、形式、方法、手法的探索和嘗試，也是戲劇觀念的更新和創作追求的變異。大體說來，其創新追求表現在如下幾個方面。

　　向人物內心世界開掘，塑造真實的藝術形象。在"人學"觀念作用下，劇作家切實把"寫人"當作重要的藝術追求。他們從生活實際出發，既寫鮮明的性格特徵，也寫複雜的內心世界，展示多重人格，表現深層意識，塑造真實的個體生命。作品重心由外在表現、動作描寫轉向對人物內心世界的開掘，以充分展示人性的複雜內容。話劇不便做深入靜態的心理描寫；劇作家只能充分利用戲劇的假定性及現代科技採取新的藝術手法尋幽探微。有的借助"鬼魂"這種靈活多變的特殊形式深入人物內心深處，展示人物心理活動和幽深的心理秘密。《屋外有熱流》是最初的嘗試：趙長康在遙遠的北國為搶救國家財產而犧牲，其"鬼魂"回到上海家裏，進入弟弟、妹妹的幻境和夢境，在撲朔迷離的狀態中與之交流，作品藉此展示了弟弟庸俗的內心世界和妹妹那被金錢鏽蝕了的靈魂。《一個死者對生者的訪問》也寫了"鬼魂"：葉蕭蕭與歹徒搏鬥無助而死，其"鬼魂"走進被害時每個在場者的心靈世界。在亡靈面前，生者有悔愧和隱情也無須避諱掩飾，一個個和盤端出。作品將意識流視覺化，展示了各種複雜幽暗的心靈世界。《絕對信號》、《路》等是另外的方法：前者寫黑子與蜜蜂這對久別的戀人相遇，都想急切地傾訴愛的思念，卻又不能言明真相，內心活動複雜微妙，作品利用追光間隔現實世界與心理世界，形象地表現了特定情境中人物心靈的對話；後者寫

《絕對信號》

築路工地主任周大楚忙於事業忘了家庭，妻子瓊妹提出離婚，周大楚愛瓊妹，也捨不得事業，於是陷入家庭和事業的矛盾之中，這時舞台上同時出現兩個"周大楚"，一個是作為社會角色的周大楚，一個是周大楚的"自我"，分別代表他思想鬥爭的兩端，作品通過兩個形象的對話交鋒表現了人物內心世界的多重性、複雜性。這些手法的廣泛運用，雖不能說塑造的就是典型形象，但足可以說表現的是真實的人物心理。

作品內涵的哲理性和多重性。西方人文思潮影響的深入促進了創作主體自我意識覺醒和個性意識張揚，文學觀念的更新強化了創新意識，加強了藝術追求的自覺。劇作家拒絕闡釋既定的理論觀念，也拒絕把文學當作"鏡子"對現實進行簡單地反映。他們在作品中表現自己對社會、歷史、人生、文化、道德等問題的思考，表現自己的人生體驗和生活感悟，展示自己的藝術才華和創造潛能。思考是深刻複雜的，體驗也是豐富深切的。話劇既不能像小說、散文和詩那樣做靜態的情景描寫和心理分析，劇作家也不想說得太實太滿直白無隱。他們力求表現得含蓄、隱蔽，留下想象的

空間和回味的餘地，於是借助象徵、隱喻、暗示、荒誕、變形、寓言等頗有藝術張力的方法和手法，創造象徵性形象，營造撲朔迷離、亦實亦幻的藝術世界，以承載複雜的哲理內涵。其中最突出的是高行健的《野人》。

高行健（1940～），出生于江西贛州，祖籍江苏泰州。法籍华人。2000 年 10 月 12 日獲得諾貝爾文學獎。新時期文壇上引人注目的劇作家，也是個藝術視野比較開闊的作家。他既搞創作又從事理論研究。① 其理論研究側重於現代派小説和戲劇。戲劇觀念開放前衛。在他看來，"一、戲劇是一種綜合的表演藝術，歌、舞、默劇、武打、面具、魔術、木偶、雜技都可以熔為一爐，而不只是單純的説話的藝術。二、戲劇是劇場裏的藝術，儘管這演出的場地可以任意選擇，歸根到底，還得承認舞台假定性。因而，也就毋需掩蓋是在做戲，恰恰相反，應該強調這種劇場性。三、一旦承認戲劇中的敍述性，不受實在的時空的約束，便可以隨心所欲建立各種各樣的時空關係，戲劇的表演就擁有像語言一樣充分的自由"。② 在創作實踐中，他勇於創新，大膽探索，推出了《絕對信號》、《車站》、《野人》、《彼岸》等新潮話劇。

《野人》是内涵博雜的哲理劇。全劇共三章：第一章，《薅草鑼鼓、洪水與旱魃》；第二章，《〈黑暗傳〉與野人》；第三章，《〈陪十姐妹〉與明天》。高行健説："本劇將幾個不同的主題交織在一起，構成一種複調，又時而和諧或不和諧地重疊在一起，形成某種對立。"作品從諸多角度和層面、運用多種藝術方法觀察人類社會及其發展演進，為審美欣賞提供了衆多可能，同時也為理解和把握帶來很大困難。有人認為：《野人》"重疊著四個層次：對野人的尋找和推理；保護森林維護生態平衡；通過一個老巫師表現非人文化；現代人的生活、感情、婚姻"。③ 也有人提出"可以從史學、倫理學、哲學、美學、心理學、藝術學等多方位地開掘埋葬在《野人》中的内涵"，它是一部"關於人演變的濃縮世界"，作者透過邊遠山區

---

① 理論著作有《現代戲劇手段初探》、《對一種現代戲劇的追求》及《現代小説技巧初探》，創作有《高行健戲劇集》，以及中篇小説集《有只鴿子叫紅唇》、《一個人的聖經》、《靈山》等。

② 高行健：《對一種現代戲劇的追求》，《文藝研究》1987 年第 6 期。

③ 唐斯復：《毀譽參半的〈野人〉》，《文匯報》1985 年 5 月 17 日。

的人情世態"縱覽了人類發展史上從野蠻到文明意識的遞變過程",探索了人類生存之謎和人類意識遞進層次(野蠻意識—封建意識—文明現代意識),"揭示了人與自然、人與生物圈、人與歷史、人與人的辯證關係"。[①]這些都是比較深刻的理解。但也只是若干理解中的幾種。作品取名"野人",以尋找野人為線索,展示了古老文化及其演進過程中的風俗民情:《黑暗傳》、《薅草鑼鼓》、《上樑號子》、《驅趕旱魃的儺舞》、《陪十姐妹》等既是輝煌古樸的文化標誌,也是愚昧落後的農業文明象徵。有對古老文明的"憑弔",也有對現代文明和現代人生存困境的焦慮:工業廢水,大氣污染,森林毀壞,垃圾成災,城市噪音……生態平衡橫遭破壞,現代人生活環境日趨惡化。現代人破壞了"天人合一"的境界,也破壞了古老的傳統文明:物欲橫流,財迷心竅,封建迷信,買賣婚姻,事業與愛情對立,情感與理智衝突……現代人在尋找野人,其實自己也生活在野人的水平線上!作者據此提出"救救森林"、"昇華人類"這一嚴峻的問題。

《野人》是高行健在探索道路上走得較遠的作品。其存在爭議和不被觀眾接受是值得深思的問題。

---

① 田旭峰:《多聲部的劇場》,花山文藝出版社,1988,第335、403頁。

第十四章 八九十年代的台灣文學

第一節 台灣詩歌創作概述

20世紀80年代以降，台灣詩壇呈現更為活躍的發展局面，詩人思想活躍，詩歌團體林立，詩歌期刊蜂起，作品數量空前。較重要的刊物有《腳印》、《掌握》、《山城》、《台灣詩季刊》、《曼陀羅》、《草原》、《地平線》等，加上此前的詩歌刊物《笠》、《葡萄園》、《現代詩》、《創世紀》、《大海洋》等，詩刊不下三四十種。在創作題材、主題、風格等的取向上，80年代前期延續著70年代詩歌風潮的餘波，僅見若干蛻變的端倪；中後期有較大的變化，視野擴大，題材領域開闊、新技巧採納等，説明詩壇邁向更為寬廣、多元的方向。

比較重要的詩歌現象有如下幾種。

政治歷史題材的詩歌放出異彩。以政治歷史為題材的力作是向陽的《霧社》，長達340行。它描寫了日本侵略台灣時，當地土著民族發動的悲壯的霧社起義，不但有強烈的政治意識，而且詩的結構、意象與語言都達到較高的藝術成就。其後，歷史敍事詩受到重視，白靈的長篇敍事詩《圓木》字字血、聲聲淚，控訴了日本侵略者將中國抗日志士作為細菌戰標本而進行的血腥試驗；《整個中國容不下一張安靜的書桌》意在提醒國人不忘屈辱的苦難歷史。洛夫的《雨中過辛亥隧道》，描述了辛亥革命武昌起義的歷史事實，從中尋求先人轟轟烈烈的革命精神。李敏勇的《暗房》、商禽的《用腳思想》、白荻的《廣場》、非馬的《一千零一夜》、侯吉諒的

《聽不到的說話》等從正面直接揭露了台灣當局對言論自由、思想自由的禁錮。

　　都市人的生活和命運受到關注。這類都市詩以寫下層社會小人物的作品居多，大都充滿著一片溫柔敦厚的情懷，具有一種樸素平實的韻味。如陳美蓮的《賣水果的老頭》，寫一個歷盡滄桑的老人背負著生活的重軛，在人生路上默然前行，老人一聲聲咽啞的叫賣聲，透出一種深深的孤絕感。在表現都市生活急遽變化方面，林耀德則表現了頗為不同的創作風貌，從而被認為是都市文學的擎旗者。他將現代機械文明、資訊文明的載體——都市，作為自己審視的焦點之一，用詩歌記錄著都市社會步入“終端機”時代，從外觀到內裏、從人的行為到人的心靈的種種特徵和變化。在都市的外觀方面，詩集《都市終端機》、《都市之甍》等著意於對散佈在各個角落的諸如路牌、銅像、公園、廣場、建築、道路等種種“都市符徵”的尋覓、觀察和描繪，以凸顯它們所記載的都市變遷歷史。而《你不瞭解我的哀愁是怎樣一回事》則從都市的內裏方面，傳達出詩人對都市文明使人異化的不安。這種異化使得即便連男女性愛也無法對人與人之間的隔閡稍加彌補。在《電腦 YT3000 的宣言》中，詩人以電腦的口吻宣稱比人類高超，要“即刻在地球生命史裏趕出墮落的人類”，道出一種既驚喜於現代科技文明的鉅大能力，又對人類遭受異化力量控制的可能深感憂慮的心緒，表現了對於“都市”既擁抱又排拒的複雜態度。

　　懷鄉思國仍佔相當比重。詩人思念家鄉的繾綣之情與日俱增，甚至到了刻骨銘心的地步。雨弦的《盆景的話》先以白描手法狀寫盆景，再用聯類比喻的方法，提煉出詩的意境，借盆景表現遊子淒涼寂寞的心境和他那千回百轉的鄉愁。全詩情思悠長，寫景、敘事、抒情、議論水乳交融，語言曉暢明朗，讀之使人神思飛越，回味無窮。魏予珍的《天末懷人》是一組愁腸百結的懷鄉組詩，共有 12 首，其中第 4 首寫道：“琴台人去夢成灰，雁斷衡陽去不回。知否漢皋江上月，有人倚閭望兒歸？”第 5 首：“夜闌銀燭照紅妝，不是邯鄲夢一場。哭罷長城哭南海，為誰浪跡走他鄉？”第 12 首寫道：“少年遊子白頭回，清淚浦江共舉杯。為道逼人心事惡，所需藥物是當歸。”組詩抒寫了漂泊孤島的遊子對故園魂牽夢縈的思戀之情，記憶中祖國壯麗的山河、明媚的風光宛若一幅幅美麗的圖畫，清晰地印在詩人的心屏上。詩中哀婉的韻致，溫柔纏綿的筆調，傳達出離人絲縷不絕的愁緒和赤子期盼葉落歸根的綿綿情懷。鍾鼎文的《留言》、左曙萍的《旅程》、沙軍的《雁》、李佩微的《井水》、洛夫的《邊界望鄉——贈余光中》、羅門的《遙指大陸》、商禽的《眼》等，也都傳遞出詩人深深的懷鄉之情，無不表現了濃濃的鄉愁。

多媒體詩是八九十年代出現的新詩，是"後現代文學"所熱衷的一個重要文學實驗。它將錄影、錄音、電視鐳射等新興科技手段以及繪畫、音樂等各類藝術，與傳統的依賴語言文字的文學創作方式相結合，從而開拓了新的藝術領域。從 80 年代末開始，多媒體詩便風行開來，各種"詩的聲光"演出、現代詩多媒體發佈會、視覺詩展覽、現代詩和民歌欣賞會、"詩的交響夜"乃至"藝術上街"活動等，以及"錄影詩"（羅青）、"電腦詩"（黃智溶等）常見不鮮，延綿到 90 年代仍不絕如縷，使得原本十分"尊貴"的詩文體，以較為可親的面貌出現在大眾面前。

白靈、羅青和杜十三是在台灣提倡新詩多媒體化最為積極的三位詩人。白靈認為電腦等科技的持續發展，資訊文明的變化性、多樣性和差異性等特徵，使人腦可能到達過去無法想象的地方去想象，去產生新的文學範式。他認為應該把詩注射到眾多的大眾媒體中，注射到聲光中，讓聲光有機會與詩等高。白靈對詩的多媒體化的富有創意的探索，極大地開拓了現代詩的多面向和可能，為台灣現代詩的發展做出了獨特貢獻。杜十三以郵寄方式舉辦了《杜十三藝術探討展》，即將散文、新詩、舞台劇、繪畫、歌曲 5 種創作輯印成冊寄交給特定對象，再將讀者回復的問卷整理匯總，寄返讀者，由此完成創作的全過程。這種"複數式創作方式"是一項極具創意的實驗。《人間筆記》大膽嘗試以繪畫、散文和詩的形式來傳達在造型、演出、聲音等方面的複合意象；《地球筆記》將多媒體詩實驗推向登峰造極。該書其實是一部"有聲散文詩畫集"，共分無聲卷、有聲卷、附卷三卷。附卷為杜十三有關"視覺詩"和"文學傳播理論"兩篇論述；無聲卷分為左、右兩卷，分別收錄散文詩與分行詩；有聲卷則為置於書中被挖空的內頁上半部的一卷錄音帶，A 面《詩的歌境》由杜十三作詞、陳黎鐘等演唱，B 面《詩的聲音》為趙天福等朗誦杜十三詩作。此外，書中還有大量的鉛筆畫、書法以及廣告式文辭等。由此，讀者可以獲得"各種藝術媒體綜合而成的視聽感應"那樣的一種全新的藝術感受。

多元走向為台灣詩歌發展拓寬了道路。

第二節　席慕容和她的《一棵開花的樹》

席慕容是台灣詩壇上卓有影響的詩人。

席慕蓉

席慕蓉（1943～）蒙古族，祖籍內蒙古，生於重慶，1949 年遷至香港，後隨家到台灣。席慕容很早就顯示出詩歌、散文、繪畫方面的才氣。有詩集、散文集、畫冊及選本等 50 余種。詩歌有《七里香》、《一棵開花的樹》、《無怨的青春》、《時光九篇》、《邊緣光影》、《迷途詩冊》、《我折疊著我的愛》等。

席慕容寫詩是為"紀念一段遠去的歲月，紀念那個只曾在我心中存在過的小小世界"。她說："年輕時因寂寞而寫詩，或許是一種對美的渴望；年紀稍長，因無法平撫心中的騷動而寫詩；初老時，因惆悵而寫詩，人也因此變勇敢了。"對於時間的流逝，對於生命的感動，還有許許多多生活中難於表述卻又感懷於心的東西，席慕蓉覺得只能以詩來表達。寫《七里香》時，她讀書，戀愛，結婚，生子，有淡淡的鄉愁，感覺靈敏而純粹，是生命最清靈的時刻。詩中充滿著一種對人情、愛情、鄉情的悟性和理解。

席慕容的詩所以在海峽兩岸都風靡一時，在很大程度上是被她的真情所感動。這種真情所描繪出來的憂傷帶給人們的是一片純淨的天空。正如她一直所相信的"生命的本相，不在表層，而是在極深極深的內裏"。席慕容將情與境，將愛情的千言萬語，都融會在短短的幾行詩句中。像"如果你願意 我將／把每一粒種子都掘起／把每一條河流都切斷／讓荒蕪乾涸延伸到無窮遠／今生今世 永不再將你想起／除了　除了在有些個／因落淚而濕潤的夜裏 如果／如果你願意。"（《如果》）"我只想如何才能將此刻繡起／繡出一張綿綿密密的畫頁／繡進我們兩人的心中／一針有一針的悲傷 與／疼

痛。"（《重逢之一》）她用看似平凡的意象，表達了最真最深的情。而情
到深處自然會生出感傷，愛必得憂傷，這種對愛的憂傷，在席慕容的愛情
詩中，表現最深，無論是重逢的喜悅、離別的惆悵，愛的坦誠，都流露出
一種溫潤、一種聖潔、一種執著而無悔的心情。如"你是那急馳的箭/我
就是你翎旁的風聲/你是那負傷的鷹/我就是撫慰你的月光/你是那昂然的
松/我就是那纏綿的藤蘿"（《伴侶》）。

　　席慕容的這種憂傷，並不是無病呻吟的感傷，也不是怨天尤人的悲
憫，而是以真為基礎，以善為旨歸，她經歷憂傷過後痛苦過後，對生和愛
有一種大悟和覺醒。席慕容是蒙古族後裔，雖然從小離開大陸，從來沒有
親眼看見過故鄉——內蒙古草原。但是小時候總在外婆的口中聽到故鄉，
在地理課上感受著故鄉。故鄉對於她來說，不是地圖上那遙遠的陌生的草
原，而是深深刻在心上，在心上想了千百遍的情懷，而對於這些懷念故鄉
的情懷，在席慕容的詩中，曾多次反復出現，對於她來說"故鄉的歌是一
支清遠的笛/總在有月亮的晚上響起/故鄉的面貌確實一種模糊的惆悵/仿
佛霧裏的揮手離別/離別後/鄉愁是一顆沒有年輪的樹/永不老去。"（《鄉
愁》）簡短的七行三個段落，作者就將這份鄉愁情緒概括出來，詩人用沒
有年輪的樹永駐遊子心中"永不老去"的形象，比喻抒發了似海深的愁
緒、懷念、悵惘的情感，使人讀之回味無窮。這首詩同余光中的早年發表
的《鄉愁》一樣，道出了遠離故土的遊子們的共同情感特徵，意境深遠。

　　鄉愁詩的抒寫，往往包含著很深的失落，因為喜愛，所以常感到不滿
和失落；因為愛得深，所以失落感也就特別強烈。而這些深深的失落感，
在席慕容的鄉愁詩中，也表現得非常明顯。如《狂風沙》中"風沙的來處
有一個名字/父親說兒啊那就是你的故鄉/長城外草原千里萬里/母親說兒
啊名字只有一個記憶//風沙起時 鄉心就起/風沙落時 鄉心卻無處停息/尋
覓的雲啊流浪的鷹/我的揮手不只是為了呼喚/請讓我與你們為侶 化遍長空
/飛向那歷歷的關山//一個從沒有見過的地方竟是故鄉/所有的知識只有一
個名字/在灰暗的城市裏我找不到方向/父親啊母親/那名字是我心中的
刺。"風沙起時，鄉愁頓起，揣想那風沙起處的模樣，希望從風沙帶來的
氣息中嗅出故鄉的花香，聽到鄉音憂長的思念，然而風沙過後，卻無論如
何也擺脫不去那份牽掛。於是詩人希望那漂遊無根的雲和鷹能夠聽到她的

呼喚，能夠攜帶她遨遊長空飛越關山，去尋找那日思夜想的故鄉。

　　席慕容善於將古典詩柔美的意象作用於自己的詩中，也善於用新的詩歌意象來傳達她的詩情，既古又變。她使用最多的意象是各種花的意象，還創造了些新的詩歌意象。如對“樹”的新解，將樹作為愛情的象徵，愛的淒美在《一棵開花的樹》中表現得最透徹。

　　　如何讓你遇見我
　　　這最美麗的時刻。

　　　為這──
　　　我已在佛前　求了五百年，
　　　求它為我們結一段塵緣。
　　　佛於是把我化做一棵樹，
　　　長在你每天必經的路旁。

《一棵開花的樹》

　　　陽光下，
　　　慎重地開滿了花，
　　　朵朵都是我前世的盼望！

　　　當你走近，
　　　請你細聽，
　　　那顫抖的葉，
　　　是我等待的熱情！

　　　而當你終於無視地走過，
　　　在你身後落了一地的……
　　　朋友啊！
　　　那不是花瓣，
　　　是我凋零的心。

這首《一棵開花的樹》深受海內外讀者喜愛。很多人都認為這是一首愛情詩，是女孩子寫給男孩子的情詩。席慕蓉則說這是"寫給自然界的一首情詩"。她回憶說，當時自己在台灣新竹師範學院教書。一次坐火車經過苗栗的山間，火車不斷從山洞間進出。當火車從一個很長的山洞出來以後，她無意間回頭朝山洞後面的山地上張望，看到高高的山坡上有一棵油桐開滿了白色的花。"那時候我差點叫起來，我想怎麼有這樣一棵樹，這麼慎重地把自己全部開滿了花，看不到綠色的葉子，像華蓋一樣地站在山坡上。可是，我剛要仔細看的時候，火車一轉彎，樹就看不見了。"就是這棵真實地存在於席慕蓉生命現場裏的油桐，讓她念念不忘。她心想，正如海是藍給自己看一樣，花當然也是慎重地開給它自己的，但是，如果沒有自己那一回頭的機緣，樹上的花兒是不是就會紛紛凋零？這促使她寫下了《一棵開花的樹》。對於有些人把作品解讀成愛情詩，她表示"有點猶疑"，但她同時認為詩人的解讀只是其中的一種，因為讀者的解釋也有權威性。

第三節　八九十年代散文概述

進入80年代以後，台灣散文呈現多元創作維度，鄉愁散文從一統文壇轉變成了多元中的一元。知性散文、女性散文、生態散文等新的散文形態逐漸彰顯，成為台灣散文的新現象。散文數量與品質皆達到空前水準。本時期散文園地引人注目的是如下幾種情況。

有成就的詩人、小說家如羅青、洛夫、夏宇、王文興、羅智成、黃凡、林德等紛紛涉足散文。他們的加盟不僅壯大了散文創作隊伍，而且為散文帶來新的氣象。他們的創作經驗和寫作習慣豐富了散文的藝術表現手法，散文突破傳統陳規，轉換範式成為可能。隨著隊伍壯大，散文創作視野更加開闊，題材更加豐富，手法更加純熟多變，文化背景更加豐富。有對傳統文化的思考，有對西方文化的接納，更有兩種文明的對比、整合和思考。

20世紀80年代以來的知性散文極為活躍。相對於感性，知性更偏重於人類精神作用的顯現，更注重理性的分析思考、知識的傳達和文化哲學層次的追求。知性散文與大陸的文化散文或者學者散文有相似又相異，後者處處透露出深邃的歷史意識、淵博的知識面和寬闊的學者胸懷，而前者卻執著於與感性的有機結合與互動，以避免論述文章那種說教，使感情與智慧在行文中流溢。台灣知性散文的代表作家有姚一葦、鍾怡雯等。姚一葦一生致力於教育，在劇作、美學、理論、批評、散文等方面成就斐然，以其深厚的傳統人文精神和古典美學信仰駕馭自己的文化事業。他的《說人生》是知性散文的一大集會，亦是其深厚的學養、通達的人情世故和峻峭的思考之集會。知性散文洗去以往散文中空洞說理、浮情氾濫的濁跡，注入富有真知灼見的個性思考，有力地凸顯了散文的智慧內涵，從文化、歷史等層面提昇了散文的品格，使散文的氣度得到加強。

生態散文是台灣80年代文壇中湧現出的又一大景觀。生態文學或稱為環境文學、綠色文學，包括描寫大自然，描寫人的生存處境，展示人與自然的關係，揭露生態災難，表現環境保護意識，抒發生態情懷的文學作品與文學現象。生態散文不僅僅是對自然的描摹、崇敬，還包含了對自然的懺悔，對工業文明的質疑，對人與自然關係的重新思考等哲學命題。代表作家為楊憲宏、心岱、劉克襄、陳煌等，代表作品有心岱的《大地反撲》、劉克襄的《隨鳥走天涯》和陳煌的《飛鴿的早晨》等。他們的作品旨在突出生態環境之於人類的重要意義，曉諭人們對於大自然所承擔的責任。

都市散文表現出強勁的創作勢頭。從深度方面說，林清玄、黃凡等作家著力探討都市社會的內在景況，表現生活於後工業社會中的現代人的種種困頓與異化。就廣度方面言，湧現了生態散文、政治散文等，它們就人們所關心的環保問題、住房問題、社會治安、能源緊張等做文章，幾乎面面俱到地展示了台灣的現代都市生活景象。

田園和山林一如既往地受到散文家的關注，主要作家有陳冠學、孟東籬、蕭白和栗耘等。他們以一種坦然灑脫的姿態面對自然山水，將自我融入其間，從中吟味人生的詩意和悠閒。代表作品有陳冠學的《田園之秋》、孟東籬的《濱海茅屋劄記》等。

隨著兩岸關係改善、回大陸探親潮的推湧，以大陸為題材的散文在80年代後期風行一時。如羅蘭、三毛、瓊瑤、洛夫等以各自的生花之筆寫出了大陸留給自己的深刻感受。

本時期台灣散文最引人矚目的收穫是女性作家的崛起和社會批評散文的發展。

女性散文作家是台灣散文園地的亮麗風景。隨著社會文明程度的提昇和女性的解放和開放，出自女性手筆的散文不再像過去那樣多愁善感、柔弱無力，而代之以一種從容自信、睿智大膽的新形象。作家們的個性藉散文文字得到空前張揚，她們的心態藉散文章句充分流露。鮮明的女性主體意識，成為 80 年代台灣散文的主要精神內涵之一。其中的代表作家有張曉風、夏宇、洪素麗、陳幸惠、方娥真和鄭寶娟等。她們的作品情智並茂，風格各異，為豐富台灣散文做出了不小的貢獻。其後，一批接受了西方文化教育的知識女性走進散文園地，藉散文表達她們對抑制女性做"人"的權利和尊嚴的傳統觀念的批判，對歧視女性的社會偏見的抨擊，建立男女平等、兩性和諧的理想社會，強調塑造自我完善，由此產生"新女性主義"散文。代表作家是曾心儀、李昂、蕭颯、廖輝英、朱秀娟、袁瓊瓊、施權青、蕭麗紅、蘇偉貞、曹又芳、荻宜等。她們的創作共同形成了新女性主義文學的潮流。這是台灣女性文學發展進程中一次不可忽略的飛躍。它突破了"主婦文學"、"閨閣文學"的框框，深入探討現代女性的命運和前途。新女性文學創作逐漸增強的時代氣息，使傳統文學中軟弱的女性形象為具有獨立、自尊、自強的現代女性意識的新女性所代替。這類被稱作"女強人"形象的作品，融會了作家本人的思想，向世界顯示了自己的力量，既有可讀性又有思想性，在社會上產生了一定的影響力。

柏楊

社會批評散文（以雜文成就最為顯著）是 80 年代台灣文壇的一個突出現象。其中，柏楊的雜文引人注目。柏楊（1920～2008）河南通許人，畢業于東北大學政治系，1949 年前往台灣，曾任《自立晚報》副總編輯及藝專教授。曾因"大力水手"案入獄。① 九年的鐵窗生活之後，仍以無畏的膽識和強

---

① 1968 年在《中華日報》代班主編"家庭"版，該版以每週五天的篇幅刊載美國連環漫畫《大力水手》，翻譯文中提及卜派父子流落至一個豐饒的小島後"樂不思蜀"，兩人要各自競選"總統"，撰寫競選文，將"Fellows"（夥伴們）翻譯為"全國軍民同胞們……"被台灣當局曲解為暗諷蔣介石父子，羅列罪名將其逮捕。

烈的社會責任感從事文化和社會批評型雜文創作。主要雜文集有《任雕集》、《倚夢閒話》10 集、《西窗隨筆》10 集、《牽腸掛肚集》、《雲遊記》和《醜陋的中國人》等。其作品以強烈的憂患意識傾力抉剔中國人人性的醜陋面，意在催促國人自省和覺醒，拋棄積弊，走向健康和興盛。但由於環境的制約和自身思想方法的限制，他在觀照民族傳統文化、國民性和外國文化時，都或多或少、或輕或重地存在以偏概全、失之武斷的局限性。

龍應台也是一位在雜文創作上知名度很高的作家。1985 年以來，她在台灣《中國時報》等報刊發表大量雜文、書評，掀起軒然大波。她以專欄文章結集的《野火集》、《龍應台評小說》，在很短時間內印行了近 20 版，被稱之為"龍捲風"。龍應台的雜文大多是對社會的不平之鳴，以敢講真話著稱。她抨擊時弊直言無忌，毫不吞吞吐吐，對於腐朽的思想觀念，表現出一種不可容忍的憎惡，觀點鮮明，勇於坦誠地披露自己的心胸。

80 年代以來的台灣散文，從總體上來看，創作空間比以往更為開闊，作家對內心世界的開掘較以往更為深邃。創作手法上呈現廣泛借鑒的趨勢，電影、小說、詩歌、戲劇的正宗技巧無不被散文作家們大膽拿來，為己所用。從小說家黃凡、蘇偉貞、吳錦發的散文中，我們不難窺到小說筆法；在詩人楊牧、白靈、許悔之和席慕蓉等的散文裏，我們也可見到詩性的語言和想象。

進入 90 年代，台灣社會日趨都市化、工業化，愈來愈受到西方社會思潮的影響，因而後現代主義文化也就自然而然地浸染了台灣散文創作。追求通俗、流行，避免深刻、厚重，似乎成為八九十年代散文創作的普遍取向，結果出現了大量短小、膚淺之作，滯礙了台灣散文品質的進一步提高。

第四節　三毛散文的創作特色

在群星燦爛的散文界，三毛以其充滿異國風情、文筆清麗浪漫而又獨具神韻的个性风格，風靡海峽兩岸文壇。

三毛（1943～1991），原名陳平，祖籍浙江省舟山群島，出生于四川重慶的一個律師家庭。因喜愛張樂平的《三毛流浪記》而取三毛作為自己的筆名。她從小便酷愛文學，廣覽古今中外文學名著。大學畢業後，赴西

班牙馬德里大學進修文學，後入德國歌德學
院學德語，到芝加哥伊利諾伊大學學習。在
歐美期間，為了維持生活，並為體驗人生，
她曾當過導遊、商店模特兒、圖書館管理員
等。在西班牙讀書期間，嫁給了西班牙青年
荷西。婚後從一本美國《國家地理雜誌》上
看到有關撒哈拉沙漠的介紹，決意浪跡天
涯，遂與丈夫荷西來到撒哈拉，並在西屬撒
哈拉定居。1979 年荷西去世，三毛精神上遭
致沉重打擊，1981 年返回台灣，1991 年自殺
身亡。

三 毛

　　三毛創作以散文為主。第一本散文集《撒哈拉的故事》於 1977 年在
台灣出版，此後她接連出版的散文集有《雨季不再來》、《稻草人手記》、
《哭泣的駱駝》、《溫柔的夜》、《萬水千山走遍》、《送你一匹馬》、《傾城》
和《我的寶貝》等，另有譯作兩部：《娃娃看天下》、《蘭嶼之歌》（與荷
西合譯）。三毛一生遊歷過數十個國家和地區，創作視野十分開闊，散文
內容涉及愛情、親情、友情、家庭、婚姻、自然、社會、文化、地理等廣
闊天地，以神奇的魅力向人們展示了異國風光和人情習俗，對沙漠邊緣的
蒙昧無知的鄰居滿懷同情和寬容。她是一個具有反叛精神的時代女性，她
那豪放不羈的氣質，勇於探奇歷險的精神，賦予她的散文一種灑脫、浪漫
的情調和絢麗斑斕的色彩。

　　三毛的生命充滿浪漫主義傳奇色彩。她眷戀沙漠生活，貧瘠廣漠的大
沙漠在她眼中充滿了無窮的誘惑，并用多彩的生命和積極樂觀的情調書寫
《撒哈拉的故事》。作品寫她和荷西勇敢地拋棄了繁華的都市生活來到大沙
漠，展現在面前的是黃沙滾滾、風聲嗚咽的惡劣環境，是水源奇缺、物質
匱乏的生活條件，還有那置於大墳場的破舊沙土房，狹窄簡陋，沒有傢
具，沒有床，頂上還有一個大窟窿。她和荷西生活在這裏，甚至將生命中
最神聖、最憧憬的婚禮也"搬"到了沙漠。她們動手設計房子，買石灰水
泥糊牆、補窗戶，用裝棺材的外箱改做傢具，到垃圾場拾汽車外胎自做
"鳥巢"式的坐墊，巧用鐵皮和玻璃自製風燈，用沙漠麻布縫製彩色條紋

《撒哈拉的故事》

窗簾……興趣盎然地建設著充滿情趣的"沙地城堡"。這些作品字裏行間反映著大沙漠獨有的地形地貌與風土人情，猶如走進一幅充滿異國風情的畫卷。這是三毛散文最具魅力的所在。

三毛散文的動人之處不僅僅在於她為讀者打開了一個豐富多彩的世界，還在於她那種濃烈的情感、兒童般純真的心以及對苦難的堅毅承擔。她在作品中表現出來的對親情的感恩，對友情的珍惜和對愛情的刻骨銘記，對弱者的同情，對自然的驚歎，無一不讓人體味出作者那種癡狂和鍾情。另外，作者一反中國傳統"含蓄"、"含而不露"的創作理念，總是把自己的情感作最飽滿最強烈地抒發，完全沉浸在情感傾泄的迷狂當中，並且總是用這種情感強烈地衝擊讀者的心靈，因此能夠一下子就攫取到讀者的同情和共鳴。在三毛那些描寫遊歷異國的作品如《哭泣的駱駝》中的許多篇章，她那種廣博的同情、豪邁的任俠精神，以及結實、潑辣、俏皮、無所不喜的壯闊，淋漓盡致地展現了她柔和中的強大，通過一己的生活經驗呈現一種偉大的關愛和人性之美。

最能代表三毛寫作迷狂的是她的《夢裏花落知多少》。在這篇散文中，作者彙集了對愛情、親人、友情、死亡和人生的描寫、思考、體悟和解脫，包含著大悲大喜、大徹大悟。她寫與丈夫荷西那種生死不渝的愛情，寫年邁父母的牽掛，寫朋友的關懷，特別是丈夫荷西去世後，對丈夫荷西的追憶、眷戀和懷念寫得那樣情深意切，哀傷感人："埋下去的是你，也是我。走了的，是我們。""就算你已成白骨，仍是春閨夢裏相思又相思的親人啊！"而作者的性格不僅僅停留在這個階段，而是把人生所遭遇的最悽愴的際遇寫得生氣勃發，筆端處處流露出灑脫渾厚，體現出作者對傷感、人生悲苦的超越以及對生之眷戀。而在《背影》裏，作者更把父母步行去看荷西墓地以及母親買菜歸來艱難獨行的背影，作為抒情泉口，字字融注了父母對女婿的哀悼和對女兒的痛惜，句句飽含了女兒對父母的感恩和親情。"孩子真情流露的時候，好似總是背著你們。你們向我顯明最深的愛的時候，也好似恰巧都是一次又一次的背影"。這種袒露真情實感的抒情，體現出一種真摯的美，常常能引起讀者強烈的共鳴。

三毛散文的魅力源於語言。其語言特色在於形象生動，行文直率，同時又帶有小孩子般的自然活潑，素樸雋永，通過生動的語言把人物刻畫得淋漓盡致。如用"毒熱的太陽像火山的岩漿一樣流瀉下來"來形容沙漠酷熱的正午，從不同角度寫雨：通過觸覺，寫稀稀落落的雨"打在身上好似撒豆子似的重"；通過視覺，用"終於成了一道水簾，便什麼也看不見了"來形容雨越下越大；通過聽覺，把沙漠的雨寫得那麼恐怖："雨滴重重地敲打在天棚上……"三毛的作品，在刻畫人物、表現主題上選用適應作者的心情和引起讀者思想情緒共鳴的語調語句。《大鬍子和我》的開頭，更是詼諧成趣：結婚以前，大鬍子問過我一句很奇怪的話："你要一個賺多少錢的丈夫？"我說："看得不順眼的話，千萬富翁也不嫁；看得中意，億萬富翁也嫁。""說來說去，你總是想嫁有錢的。""也有例外的時候。"我歎了口氣。"如果是我呢？"他很自然地問。"那就只要吃得飽的錢就夠了"。他思索了一下，又問："你吃得多嗎？"我十分小心地回答："不多不多，以後還可以少吃一點。"就這幾句話，她就成了大鬍子荷西的太太。三毛當然不可能僅僅因為這幾句對話就決定了她的終身大事，但這些幽默的對話和詼諧的語調，卻把一對早已深深相愛而且即將結婚的青年人幸福的心情，開朗的性格、俏皮的神態表露得何等鮮活生動！

三毛本身就是一個神奇的人物，在她身上有著眾多與常人所不同的個性魅力。她隻身闖蕩歐美，穿越撒哈拉沙漠，走遍萬水千山，大半個地球都印有她的足跡。她為讀者描繪的奇異風光、奇聞異事、風土人情和冒險故事等等無不展現著一個奇特而又富有異國情調的世界，滿足了讀者獵異求奇的渴慕心埋，特別是撒哈拉，在此之前是無人問津的，而經三毛這麼一介紹，那個常人眼中原始得無法容納現代人生活方式的地方，立刻變成了一個令人心馳神往的天堂。

第五節　八九十年代小說概述

進入 20 世紀 80 年代，台灣政治局勢發生了重大變化。其標誌性事件是中美正式建交、全國人大的《告台灣同胞書》和"高雄事件"（包括作家王拓、楊青矗在內的一百多人被捕）。台灣面臨著日益強大的民主運動的洪流，促使台灣當局做出若干改革措施：解除"戒嚴法"，開放報禁，允許反對黨參加競選，等等。這一切都深刻地影響著台灣文壇。也正是在此背景下，台灣文壇呈現絢麗多姿的藝術景觀：鄉土文學、現代派文學、懷鄉文學、漂流文學、女性文學、校園文學、少數民族文學和通俗文學等多種創作流派同時湧動，多元化、多色調、多風格成為 80 年代台灣文壇的重要標識。就小說而言，值得重視的是如下幾種創作現象。

政治小說風靡文壇。政治小說分狹義、廣義兩種概念，從狹義來說，政治小說即描寫政治題材的小說；從廣義上來說，政治小說則指那些直接或間接、正面或側面反映台灣政治生活、政治鬥爭、政治事件，並在一定程度上觸及政府當局政策的小說。1980 年，施明正的《渴死者》打開"牢獄小說"的大門，從此揭開了 80 年代台灣政治小說正式登場的序幕。1983 年，《台灣文藝》主編李喬和青年文學評論家高天生合編出版了《台灣政治小說選》，首次在台灣文壇樹起一面富於人民性和批判精神的旗幟。政治小說的創作者主要由幾部分作家組成：一是不少因批判國民黨黑暗政治而曾被捕入獄的作家成為政治小說的宣導者，如陳映真、施明正、王拓、楊青矗等。他們的作品常以政治犯的牢獄生活或以自己親身經歷為題材，揭示台灣監獄兇殘而黑暗的真相，旗幟鮮明地主張更有效地發揮文學改良社會的熱情和功能。二是宋澤萊、李喬、郭松、楊照等作家則站在社會底層人民的立場上，描寫日據時期台灣人民幾十年來艱苦卓絕的鬥爭歷程，以及在殘酷政治鬥爭中無辜受害者的悲慘命運，以此來激發台灣人民熱愛鄉土的政治意識。三是關心社會，具有強烈民主意識的知識份子，從人的尊嚴和自由出發，力求用文學手段揭示社會進步的道路，謳歌進步的動力，促進人類和社會的健康發展，如陳若曦、張系國、黃凡等。

就題材而言，台灣政治小說大致可分為三類：（1）對台灣政治鬥爭歷史的回顧與反思，敢於涉及歷史題材中比較敏感的政治禁區；（2）直接或間接描寫當代台灣重大政治事件，對台灣比較敏感的政治生活做出及時的反映；（3）政治寓意式的文學作品，如李喬的《泰姆山記》，郭松的《月印》，李渝的《夜琴》，林深靖的《西莊三結義》，宋澤萊的《抗暴的打貓市》，楊照的《黯魂》、《煙花》，林文義的《將軍之夜》、《阿公海漲羅》，葉石濤的《紅鞋子》、《牆》，王湘琦的《黃石公廟》及陳燁的《泥河》等，從不同的側面反映了台灣"二二八"事件；陳艷秋的《陌生人》，莘歌的《畫像裏的祝福》，李喬的《告密者》，宋澤萊的《廢墟台灣》，吳錦發的《消失的男性》，林雙的《大學女生莊南安》、《春鴨仔群》等，反映台灣大中學校生活中一些政治衝突，富有強烈的"人權意識"；李喬的長篇巨制《寒夜三部曲》，反映了日據時期為台灣人民解放事業付出過重大犧牲的台灣民族鬥士和左翼代表人物。

鄉土小說仍是台灣文壇的顯赫風景。進入 80 年代後題材進一步拓展，藝術風格也日趨繁複多樣。其代表作家為吳念真、宋澤萊、洪醒夫、廖雷夫、黃凡等人。在題材上，大多描寫七八十年代在美國經濟侵襲下台灣農村的破產和美國商人對農村和農民的盤剝；在藝術上則表現出多元化的傾向，或向前輩作家學習，或將現代融入傳統，或傾向於現代主義，其中宋澤萊的《打牛湳村》、《變遷的牛眺灣》，洪醒夫的《扛》、《黑面慶仔》，廖雷夫的《隔壁親家》、《竹子開花》等都具有這一代鄉土文學的新特點。在表現手法上更多地表現出對封閉藝術態勢的突破，注意融和現代派的某些表現技巧，如意識流、象徵、暗示，呈現中西融合、鄉土與現代互補的總態勢。這種態勢，不僅鍾肇政、陳映真、王拓、黃春明、李喬等中堅作家有明顯表現，而且在黃凡、吳錦發、林清玄等"新生代"作家的創作中表現得尤為鮮明。有的在借鑒西方文化上還表現得相當前衛。如吳錦發寫於 1985 年底的中篇小說《消失的男性》就有著濃烈的卡夫卡氣息。小說寫一個青年詩人身上突然長出了羽毛，在驚恐中他求助於外科和心理醫生，醫生發現這一奇怪的現象的產生是由於他對現實的逃避心理。由於逃避心理一再高漲熾熱，結果身上的羽毛一長再長，終於遍佈全身，變成了一隻野鴨。這篇荒誕小說強烈揭示了台灣現實生活中的逃避心理，並譴責了台灣人權受損的現實。這樣的作品出自鄉土作家筆下，體現了鄉土文學進入 80 年代後出現更加開放的趨勢。

"新女性小說"異常火爆。代表作家有李昂、廖輝英、朱秀娟、袁瓊瓊、曾心儀、蕭颯、蘇偉貞、蔣曉雲、楊小雲、李元貞和呂秀蓮等。她們的創作通過愛情婚姻透視了不少社會問題和社會內容，對現代女性意識、女性地位、女性生存處境、女性命運等進行了深入探討，從而大大超越了傳統女性文學，具有多方面的認識和審美價值。主要內容有如下幾個重要方面。一是從婚姻情感與事業前程的角度，描寫當代台灣女性的生存困境，呼喚女性擺脫依附于男性生存的局面，尋找獨立的生存空間。如袁瓊瓊的小說《自己的天空》中女主人公靜敏，面對丈夫的負情一度落入人生谷底。在歷經一番波折，事業上取得成功以後，才真正發現自己的價值，意識到女性原來可以有"自己的天空"。二是在展示現代女性生存困境的同時，也深刻地揭示出造成女性生存悲劇的男權社會中心秩序與封建文化的積澱。對傳統文化積澱的揭露和對男權中心秩序的顛覆，使文學達到對女性邊緣生存模式的反思和抗議。如廖輝英的短篇小說《油麻菜籽》通過兩代女性的生活命運，揭示出女性卑弱地位形成的複雜性，揭示出男權話語如何成為一種社會意志，一種包含女性自身在內的民族的集體無意識。李昂的《殺夫》是極具反叛精神與顛覆意義的小說，對封建勢力摧殘女性的罪惡給予了無情的揭露和痛擊。另有一些作家從女性意識出發，反映當代台灣社會種種政治、歷史問題的作品，如李昂的《暗夜》、李黎的《最後夜車》等通過女性的眼光來摹寫當代台灣工商業社會的各種社會問題，極大地開拓了女性創作的表現空間。此外，還有新女性主義文學，即所謂的"情色小說"，這是新女性主義作家顛覆傳統文化、性禁忌後的產物，它著力表現和書寫女性的情欲、性體驗，希望通過回歸女性自身肉體的層面來解構男權話語霸權，突出反映了女性意識尤其是性意識的覺醒和性解放的觀念。比較有影響的是平路的《行到天涯》、李昂的《北港香爐人人插》，女作家蘇偉貞、李元貞也寫過此類情色小說。

現代派作家回歸傳統是80年代以後現代派文學的總體態勢。它不僅在藝術上由西化向傳統回歸，而且更多地把目光投向社會現實。在思想內容上力圖避免早期遠離生活的表現，具有更強的現實性和理性色彩。如白先勇的小說《孽子》寫的是一個同性戀的故事，卻表現出作者對人性的剖析，對人倫親情的強調和主張用諒解與寬容來解決現實生活中一些原本無法解決的問題，有著強烈的人道主義精神；陳若曦的《遠見》真實地展示了中國海峽兩岸的社會風貌，對台灣社會的諸多病相表示了不滿和批評。在表現手法上，這些作品遠遠突破了早期現代派對西方現代派文學手法的表層模仿，一方面深入現代主義精神內層去探索適合表現台灣當代人心靈的藝術手法；另一方面又向傳統回歸，顯示出中西交融、現代與鄉土互補的總流向。

第六節 台灣鄉土文學與鍾肇政的《台灣人三部曲》

圍繞"鄉土文學"，台灣曾經開展過多次激烈爭論。有人深入具體分析鄉土文學的形成及其特點，有人則對此概念不以為然。鍾肇政被視為重要的鄉土文學作家，但他認為，沒有所謂"鄉土文學"，因文學作品幾乎都有"鄉土味"，與其說是"鄉土"不如說是"風土"，並表示不能贊同所謂鄉土文學是"鄉下的，很土的"說法。王拓則在《是"現實主義"文學，不是"鄉土文學"》一文中說：所謂"風土"或者"鄉土"，"所指的應該就是台灣這個廣大的社會環境和這個環境下的人民的生活現實；……凡是生自這個社會的任何一種人、任何一種事物、任何一種現象，都是這種（鄉土）文學所要反映和描寫、都是這種文學作者所要瞭解和關心的。這樣的文學，我認為應該稱之為'現實主義'文學……"鄉土文學通常指的是作家描寫家鄉生活（主要是農村生活），又具有鮮明地方色彩的作品。日據時期的作品，不少就是這種鄉土文學。當代"台灣鄉土文學"則指以描寫台灣城鄉生活為內容，具有台灣地區特色的文學。"台灣鄉土文學"的確就是台灣的現實主義文學。人們所以沿用"鄉土文學"這個概念，是為了在台灣的"全盤西化"的潮流下，強調它的地方特色，強調這種現實主義文學的民族精神和民族風格。

就此而言，鍾肇政是台灣重要的鄉土文學作家。

鍾肇政（1925 ~ ）台灣省桃園人，少年接受日語教育，畢業於師範學校，1945 年被徵召入伍，日本投降後返鄉，任國民小學教師。1948年入台灣大學中文系，後因聽力障礙退學自修。1951 年開始發表作品。主要作品有長篇小說《魯冰花》、《濁流三部曲》、《台灣人三部曲》、

鍾肇政

《高山三部曲》等，中短篇小説有《初戀》、《中元的構圖》等，另有理論著作及翻譯作品出版。

鍾肇政繼承了台灣新文學前輩作家純樸、健康的現實主義傳統。其作品植根於台灣土地，具有深厚的民族情感和濃烈的鄉土色彩，為台灣鄉土文學創立了清新淳樸的民族風格和本土風味。他还大膽吸收借鑒包括西方現代小説在內的各種表現技巧，以豐富創作的藝術表現力。《中元的構圖》以古老的民族中元祭典場面為背景，運用時空交錯手法表現人物的潛意識，注重人物心態的分析與揭露，展示主人公阿木的痛苦經歷，控訴日本侵略戰爭給台胞留下的心靈創傷。《輪回》探討了生與死的神秘境界，小説以患胃癌而瀕臨死亡的老人奇妙的夢為開端，把老人臨死前的醜惡自私及對生的留戀種種心態刻畫得畢露無遺，同時圍繞在老人周圍的老伴、兒女、鄉人的心理世界也得到了微妙披露。《白翎鷥之歌》採用象徵手法，用白翎鷥的內心獨白和意識流動來反映台灣工業污染和生態環境問題，給人耳目一新之感，顯示了作者傑出的藝術才能。

《台灣人三部曲》

鍾肇政的作品主要反映日據時代與光復前後台灣人民的痛苦和抗爭，也表現台灣青年知識份子的彷徨和憧憬。《台灣人三部曲》是作者迄今為止影響最大的一部百萬言的長篇小説。小説取材于台灣淪陷至光復的 50 多年歷史，以台灣北部九座寮陸家世代堅持抗日的情節為主線，再現了半個多世紀以來台灣同胞反抗日寇侵略的不屈不撓的歷史畫面。這是"用血，用淚，用骨髓"寫下的"一部可歌可泣的偉大民族史詩"，也是一座標誌當代台灣文學創作水準的豐碑，深受海內外文壇的推重。

小説共分三部，分別概括了台灣抗日歷史的三個階段。第一部《沉淪》著重反映 1895 年清政府割讓台灣，台灣同胞為抵抗日軍入侵而進行的奮勇鬥爭，這是台灣抗日運動的武裝鬥爭階段。小説著重描寫陸家子弟兵在陸家四世後裔陸仁勇的率領下慨然出征，與台灣各路義軍一起，用鮮血寫下的氣壯山河、保家衛國的悲壯史詩。第二部《滄溟行》以陸家第六代子孫陸維梁從事的抗日和民主運動為主線，再現了台灣抗日中期的鬥爭風貌。陸維梁生活的時代，台灣人民的武裝反抗由於受到敵人的殘酷鎮壓而漸趨低落，台灣的一些先進知識份子從中國大陸的新文化運動受到啟發，轉向教育和發動民眾從事合法的民主運動，以反抗日本統治當局。第三部《插天山之歌》以台灣光復前後為背景，寫陸家七世孫陸志驤自東京潛回台灣從事秘密抗日工作，被日寇追緝跟蹤而隱蔽於插天山的故事。小說雖然只寫陸志驤逃避追捕的經歷，但透過周圍鄉親們對他的愛戴保護，也反映了廣大台灣人民的愛國熱情和當時的時代風貌。

　　《台灣人三部曲》場面宏大，氣魄雄偉，具有史詩的規模和氣魄。從時間跨度來看，作品力圖展示半個世紀中台灣人民的抗日鬥爭。但作者並沒有採取流水賬般的連續性描寫，而只截取三個典型的橫斷面來展示整個歷史面貌。日據時期，台灣人民的抗日鬥爭分為三個階段：第一階段是從1895年清政府割台以後的20年間，日本侵台政策主要是武力征服和鎮壓。所以被任命為台灣總督的均為大將或中將的日本軍人。日軍對台灣人民的血腥鎮壓必然帶來台灣人民的武力反抗。然而，由於沒有統一的強有力的領導，加之武器的落後和原始，使得每次鬥爭均以失敗而告終。《沉淪》反映的正是這一段歷史，作品中洋溢著熾熱的愛國情感和對敵人誓不低頭的悲壯之氣。從1918年開始，日本對台政策有所改變，總督由軍人變為文職，並高唱"日台一體"的口號，宣稱要扶植台人自治。日本對台政策的鬆動，加之大陸"五四"精神促使了台灣知識界的覺醒，他們開始率領人民與日本帝國主義進行政治、經濟、文化的合法鬥爭。《滄溟行》把1927年到1934年初這段歷史作為背景，真實而準確地體現出這一時期的特點。1937年之後，抗日戰爭全面爆發，中日之間矛盾激化，日本對台統治又趨嚴酷，台灣人民的抗日鬥爭被迫轉入地下。《插天山之歌》中的陸志驤到處躲避日本員警的追捕與無所作為，表面上給人一種軟弱之感，實際上正反映出這一低潮時期的特徵。整個作品深刻而廣泛地反映了台灣的各個方面。既描寫驚心動魄的戰爭場面，又表現花紅草綠的牧歌風情；既反映抗日志士的鬥爭智慧，又抒寫了青年男女親密甜美的愛情。作家筆法多變，揮灑自如，使作品既是一曲英勇抗敵的悲歌，又是一幅如詩如畫的風俗長卷。

　　小説成功地塑造了愛國志士的英雄群像。深明大義、德高望重的信海公，身先士卒、沉著勇敢的陸仁勇，廣交豪傑、智勇雙全的抗日領袖胡老錦，立志獻身民主運動的陸維梁，精通法律、善於鬥爭的農民領袖黃石順，不畏風險、知難而進的陸志驤等等，都給人們留下了難忘的印象。正是這一組栩栩如生的人物塑像，使得整部作品構架宏闊而又血肉豐滿。

　　從總體看，《台灣人三部曲》取得了許多獨到的成就，但也存在着某些局限與不足，尤其是第三部，從主人公到一般群衆，反抗的情緒顯得過於低落，與前兩部相比，多少給人一種虎頭蛇尾的感覺。

第七節　武俠小説與古龍的創作

　　20 世紀 60 年代開始，台灣通俗文學得到快速發展，並以其不可小覷的銷售量、龐大的讀者群和驚人的傳播速度以及影響力而傲視群雄，儼然文壇的又一盛事。武俠小説和言情小説雙峰並峙，在文壇內外產生了很大影響。武俠小説的領軍人物為古龍，言情小説的代表人物是瓊瑤。這些作家雖然寫的是快意恩仇、兒女情長的舊話題，但是由於特定的歷史時期和新鮮的創作手法，已經走出了 20 年代的舊式武俠小説、公案小説和鴛鴦蝴蝶派小説的俗套，最大限度地拓展了自己的讀者群，把人的兩種本能 "生本能"（延伸為死本能，即仇殺）和 "性本能"（即情愛、求偶）揮灑得淋漓盡致。由於這些作品符合當時廣大市民階層的精神需要和生活節奏，情節複雜曲折，感情強烈細膩，能夠給各個階層和各個年齡段的人帶來精神愉悅，所以一產生便受到廣泛的好評，成為那個年代台灣最暢銷的讀物。

古　龍

　　古龍（1937～1985）本名熊耀華，祖籍江西南昌，生於香港。18 歲時父母離異，家庭破碎，離家出走，獨自住在台北縣瑞芳鎮，過著半工半讀、自食其力的艱苦生活，形成叛逆性格。

他自幼愛好文學，尤愛武俠小說。他說那時候"還珠樓主、王度盧、鄭證因、朱貞木以及金庸的小說我都愛看"。看多了手癢，便開始編寫武俠故事。1956年《晨光》雜誌發表處女作《從北國到南國》，受到鼓舞，有志做一個文藝青年。在淡江文理學院讀書期間接觸了西洋文學作品，廣泛閱讀大仲馬、毛姆、海明威、傑克倫敦、史坦貝克等以及尼采、薩特等作家、哲學家的作品。作品中常見到這些作家塑造的形象的影子，如海明威筆下的硬漢形象，尼采式的狂人，甚至有些人物形象具有"後現代主義"的特徵。中國傳統文化的深刻印記尤為顯著，許多作品充滿了道家"虛靜無為"、"逍遙"、"遁世"的意象，佛家的慈悲、大智慧以及儒家"平天下"的豪情。

古龍1960年開始步入武俠小說的創作行列。他的第一部小說是《蒼穹神劍》，並不出色，技巧笨拙，敘述平淡，但已經可以看出古龍式的語言風格，即簡潔精短、充滿睿智的哲理和幽默感。真正體現古龍武俠小說天才，把他從傳統的窠臼區分開來的，是完成於1964的《浣花洗劍錄》。這部小說文情跌宕，情節引人入勝，語言富有詩韻。這部作品標誌著古龍即將成為傳統武俠小說改革的"急先鋒"。他汲取了日本著名作家吉川英治《宮本武藏》所彰顯的"以劍道參悟人生真諦"的觀念，把劍理融入人生、命運、

《蒼穹神劍》

道德尺度當中，不再單純為寫功夫、仇殺、爭勝、英雄主義甚至正義而寫武俠小說，而是通過故事情節和人物命運探討人生的意義，寄寓自己的人格和人性理想。

其後，古龍沿着自己開闢的創作道路寫出了《陸小鳳系列》、《楚留香系列》、《名劍風流》、《邊城浪子》、《護花鈴》、《多情劍客無情劍》、《歡樂英雄》、《武林外史》等67部作品。其中《楚留香傳奇》、《多情劍客無情劍》、《絕代雙驕》等作品廣受讀者歡迎。他塑造了"陸小鳳"、"楚留香"、"小魚兒"、"李尋歡"、"葉開"等一大批性格特異、生動感人的武俠人物形象。這些形象離傳統的"英雄"很遠，不具備正面人物的品質，

卻更吸引人。比起傳統的英雄，他們缺少了道德倫理的束縛，更像一群放任自流、生活在自己的理想世界中的真小人。如風流倜儻的陸小鳳到處留情；與他同一類型的楚留香是個神偷，強盜頭子，並且還有歌訣紀實"盜帥楚留香，銷魂不知在何方"；小魚兒酷愛惡作劇；李尋歡面對感情懦弱無力，等等。儘管他們有這樣那樣的缺點，卻依舊能夠獲得大量讀者的喜愛。因為他們並不完美，或者說他們雖然從不打著"正義"的幌子行事，也不見得都光明正大，卻都有一顆善良、保護弱小的心和追求自由、平等以及和平的願望。他們為了這些願望而不畏艱難地奮鬥，創造了一個又一個奇跡，譜寫了一首又一首感人的歌。古龍為他的主人翁們鋪設了一條十分艱難的道路，通過這條艱難的道路，讓主人翁們一路磨礪意志，最終體悟人生的至美境界，拋棄狹小的恩仇、名利、得失，成長為真正的"英雄"。

古龍筆下的女性人物大都是類型化人物。她們很難有性格發展完善的機會，更多的時候是作為男人的附庸而存在；更有甚者，一些女性除了"修長的大腿"、"結實渾圓的屁股"之外，根本沒有任何機會表現自己的性格。在他前期的作品當中，還會讓故事中的男主角愛上一位女性。到了後期作品，女性出現在他的小說中基本上只有兩種類型，一類是"蛇蠍美人型"，代表人物有石觀音和邀月宮主。此類人物美則美矣，然而也是世上最心狠手辣的人物，所有痛苦、毀滅和罪惡的肇始者。另一類是"賢妻良母型"，此類代表為蘇蓉蓉、李細袖、宋甜兒三位清純可愛的姑娘，永遠乖乖地在家等待在外浪蕩的愛人，管理田產，治理內務，既能夠溫柔地排解糾紛，也能夠問一答十如武林大百科全書，更有一手好的烹飪和裁縫手段，實在是男人心目中理想的賢內助。

在寫作手法上，古龍對傳統武俠小說也有很大突破。首先是語言的突破。他拋棄了傳統武俠小說的長句敘述，採用簡潔有力的短句，敘述中帶有明顯的個人思考痕跡，既不乏幽默也不失機智，處處閃耀著生活哲理的光輝。其次，在人物描寫方面，他善於採用反襯手法，避實而就虛，雖不直接描寫，卻更能夠說服讀者，更有影響力。例如他在《絕代雙驕》描寫江楓的英俊瀟灑，他不直接寫江楓的相貌衣著，而是寫世人對江楓的印象。在對"武功"和兵器這兩個武俠小說的核心理解上，古龍已經超越了殺人越貨、強身健體之手段的境界，而把它與人生、命運聯繫起來，賦予它更深刻的內涵和寓意。再次，在作品的結構上，古龍也出人意料地簡潔，壓縮了許多不必要的場景，省略了許多累贅的敍述和交代，常常把鏡頭直接對準矛盾最突出、劇情最緊張的地方。但他的作品伏筆太多，網撒得過大以至於頭緒繁雜，到頭來不能自圓其說，留下漏洞。

第八節　歷史小說與高陽的《慈禧全傳》

　　歷史小說是本時期台灣文學的重要收穫。其中最重要的作家是高陽。作品數量多，成就大，影響廣。在華人社會中，有人把高陽的歷史小說同金庸的武俠小說並列，說"有水井處有金庸，有村鎮處有高陽"。高陽"以歷史入小說，以小說述歷史"，他細心地考據探索歷史的真相實況，並將求證索據所獲的資料運用於小說之中，寫下了無數有深度、趣味無窮的名著。

高　陽

　　高陽（1926～1992），浙江杭州人，本名許晏駢，字雁冰，出身於名門望族。到了高陽一代，時代風雲變幻，家族前清年代的輝煌早已煙消雲散。因抗戰關係，大學未畢業便進入國民黨空軍軍官學校，是有志抗戰報國的熱血青年。軍校出來後做空軍軍官，隨軍輾轉到了台灣。曾任台灣《中華日報》主編。他一生博覽群書，退伍後從事創作，很快進入佳境。一生著述89部，其中絕大多數是歷史小說。其中《慈禧全傳》影響比較廣泛。

　　所謂歷史小說，以史實為創作素材，以忠實於歷史原貌為宗旨。"七分史實，三分虛構"。高陽博覽群書，長於史實考據，曾以"野翰林"自道。他將史學知識用於創作歷史小說。在其歷史小說中，有細緻的、形象鮮明的人物刻畫，生動活潑的對話，逼真的人文地理風俗……讓讀者如歷其境、如見其人，字裏行間反映出作者對歷史發展的觀點和立場。高陽因為深受家世和自身經歷的影響，對於清代的治世有著獨特的看法，所以他的著作中描敍清代歷史的作品最多。他認為清代並非中國近百年屈辱的根源，反而對中國的社會起著一定的推動作用，在作品中形象地詮釋了這一觀點。晚清歷史，頭緒紛繁，變幻莫測，"剪不斷，理還亂"。高陽卻是從容駕御，諸條線索，分別寫來，又交錯相關。在一張一弛的故事敍述過程中，晚清的歷史面貌自然地顯現出來。

《慈禧全傳》

高陽歷史小說的整體特點：一是具有史詩品格。表現在情節結構的宏偉性，歷史事件的具體性，歷史人物的真實性，社會生活的廣闊性，藝術情感的豐富性。二是世俗化、生活化。在展示歷史風雲的同時，著力描摹世態人情，狀寫日常社會生活。三是傳統與現代的巧妙結合。他具有強烈的傳統文化精神，有著豐富的文化內涵，充溢著現代人的思想觀念和價值取向。《慈禧全傳》多方面地體現了高陽歷史小說的創作特色。

作為小說家，高陽擅長細節描繪。他的細節描繪合情合理，貼近生活，細緻入微，栩栩如生；心理描寫極其細膩，對上到皇后下到妓女的女性心理，對上到皇帝下到芝麻綠豆官的官員心理，對知識份子商人等各行各業的人的心理，揣摩得十分準確。描摹不惜筆墨，無論人物對白還是心理活動，都可稱得上細緻入微。此外，高陽筆下的人大都是"鮮活"的人，其一言一思，一顰一笑，都入情入理，使人信服。這些人物往往是好行非常之事的非常之人，言行舉止往往有常人難以理解之處。精心的描摹，有些時候甚至到了嘔心瀝血的地步，讓讀者不能不佩服作者的用力之深。

反映宮廷生活的長篇在高陽歷史小說系列中佔有相當重要的位置。高陽以史家的手筆揭開了皇室後宮神秘莫測的紗幔，同時把聚焦對準了人物，塑造了一批歷史上的帝王後妃形象。《慈禧全傳》中的光緒，是悲劇性人物。在這部長篇巨著中，高陽細緻地描述這位富有戲劇性經歷的年輕皇帝的悲劇人生。光緒本是醇親王之子，按常理他本該成為一名皇室顯貴，卻因同治帝的早逝，四歲被慈禧抱進宮中做"小皇帝"。這期間，一直由慈禧垂簾把持朝政。19歲親政，欲擺脫慈禧控制，做一位有所作為的皇帝。他接受康有為的變法主張，大力推行新政，將革新派主將譚嗣同、楊銳、林旭、劉光第等皆賞四品京堂充軍機章京，參預新政事宜。在百日維新期間，一時朝綱大振。然而光緒帝的革新遭到守舊派的頑固反對，舊黨通過各種管道向慈禧進言，要求採取決絕手段制止變法，請慈禧再度出山重掌朝政。小說逼真地再現了光緒與慈禧不可調和的矛盾衝突，已經歸政的慈禧竟然當著群臣審問皇帝，欲對光緒實行"家法"，杖責皇帝，並密謀廢光緒而另立新君，後來光緒雖未被廢掉，卻被慈禧幽禁於瀛台。十年後病死瀛台，走完可悲的人生歷程。

　　光緒的悲劇具有十分厚重的歷史感。其一，光緒的悲劇是改革者的悲劇。從表層看，光緒是宮廷權力爭奪中的失敗者，從歷史進程分析，光緒作為革新力量的象徵，他與慈禧的這場鬥爭實質上是新生事物在新舊較量中遭扼殺。高陽在小說中，藝術地表現了這種深厚的歷史感。中國歷史上的每次改革都要付出血的代價，而且大多以失敗而告終。光緒悲劇的特殊意義在於：改革者的悲劇性，即使是皇帝也概莫能外。其二，光緒是封建宗法制度的犧牲品。光緒雖然位於至高無上的帝位，接受文武百官的朝拜，然而回到後宮還得向慈禧下跪，因為在傳統的血緣關係中，慈禧是母后，她以家法、孝道來遏制光緒，光緒的革新信念頓時土崩瓦解。其三，性格悲劇，光緒從小懾於慈禧的威嚴、專橫、寡情，性格向來謹慎、小心、軟弱。對慈禧一向畏憚多於敬愛，即使親政以後，大事仍然是秉命辦理。其失敗是必然的。

《胭脂井》

　　《慈禧全傳》還塑造了譚嗣同這位改革者形象。雖著墨不多，卻被刻畫得光彩照人，感人肺腑。譚嗣同是江蘇候補知府，他積極主張新政，被光緒帝賞加四品卿銜，充軍機章京，參預新政事宜，是康、梁"百日維新"的主持者之一。光緒變法遭到以慈禧為首的守舊派的頑固反對，他深知守舊派勢力的強大，危急關頭仍慷慨陳詞："天下之事知其不可為而為之，亦是我輩的本分。"這是改革的先驅者清醒而坦然的自白。譚嗣同被捕以後在獄壁題詩曰："望門投止思張儉，忍死須臾待杜根，我自橫刀向天笑，去留肝膽兩昆侖！” 表現出他寧死不悔的志向，堅強不屈的品格。他死得英勇悲壯。他之死是時代的悲劇，亦是改革者的悲劇。他是魯迅稱為的 “中國脊樑式的人物”，是一位兼具英雄性與悲劇性的人物。

《慈禧全傳》把光緒失敗的無法挽回鋪展得淋漓盡致，具有震懾人心的悲劇效果。高陽筆下的悲劇作品，一般並未構置緊張激越的矛盾衝突。他塑造的人物，即令是皇帝、後妃，也都是現實生活的人，絲毫沒有什麼非凡特殊之處。高陽似乎是在冷靜地寫實，把歷史上一幕幕的悲劇，力圖按生活的本來面目展現出來。社會生活中雖然不乏驚風黑雨、狂濤巨浪，然而更多的卻是平常事、家常事。高陽按歷史的本來面目去寫悲劇，而非違背歷史去編造悲劇。

第九節　八九十年代戲劇概述

台灣戲劇自 20 世紀 70 年代以來，從歐美學習戲劇的專門人才陸續回到台灣，帶來了西方的劇場觀念和教育意識，不僅開展和推動小劇場運動在台灣蓬勃發展，也為戲劇教育在台灣高等院校生根發展做出了貢獻。截至 2003 年，已有台灣大學、中國文化大學等六所公私高校設有戲劇專業，培養戲劇人才，普及戲劇知識和理論，營造戲劇環境。這對台灣戲劇藝術發展發揮了重要作用。

本時段台灣戲劇影響較大的是 “實驗戲劇” 和 “行動戲劇”。

台灣 “實驗戲劇” 出現在 70 年代末。1979 年姚一葦出任 “中國話劇欣賞委員會” 主任委員，在台灣推動 “實驗劇展”，每年一屆，共計舉辦了五屆，催生了不少新的劇本，也帶動了一大批小劇團和小劇場的出現，起到了開風氣之先的作用。自 1980 年起，“蘭陵劇坊” 改組，“幾何”、“方圓”、“小塢”、“筆記”、“湯匙”、“表演工作坊”、“河左岸”、“環墟”、“屏風表演班” 等實驗性小劇團相繼成立。據統計，至 1987 年 10 月，僅台北一地就有 15 家小型實驗劇團成立。許多新生代編、導、演人員在劇展中或在劇展的影響下紛紛嶄露頭角，成為台灣實驗劇運動的中堅力量。正是這些編、導、演人員和小劇團，把台灣的舞台實驗劇推上了一個新的台階。

　　台灣當代實驗戲劇的探索基本上是在傳統的寫實主義劇場內部進行的。早期實驗戲劇內容基本上是寫實主義的傾向，強調對社會現實的冷峻審視與嚴肅批判，而在藝術上，則開始探索怎樣突破傳統寫實主義戲劇格式的種種局限，取得了不小的成績。其作品表現出現實與歷史相溝通、心靈與世界相交匯、表現與再現相滲透、敍述與象徵相糾結的特點。代表性作家有姚一葦、張曉風等。由於這些劇作家的現實道義感極強，其戲劇理念中古典的成分也比較大，所以，通常並不認為他們的劇作是典型的實驗戲劇，而只認為有某種實驗傾向。進入 80 年代，台灣舞台實驗劇的發展呈現強勁的勢頭。與早期實驗劇相比，"實驗" 已從一種局部性的嘗試變為整體性效果的追求，從少數劇作家個人的探索轉而變成了具有相當規模的集體性策劃與製作，一些新成立的小劇團在其探索過程中已漸趨成熟，並形成了自己的特色。"蘭陵劇坊"、"表演工作坊"、"屏風表演班"、"果陀劇團"、"河左岸" 各有特色。

　　馬森是一位在思想觀念上頗具先鋒性的劇作家，其劇作所涉及的都是一些諸如生與死、愛與恨、真與偽等直接關乎人生價值與生命意義的抽象而帶有本源性質的問題，代表性作品《腳色》簡直可以說是一部展示人類現實困境和未來命運的現代寓言。這是一齣沒有情節的象徵劇，在一片慘澹的月光下，一堆野火、一座墳墓、一群分別被冠以甲乙丙丁戊的沒名沒姓的人在尋找他們的父親，繼而在一陣莫名其妙而且混亂不堪的爭論後，茫然而徒勞地等待著。劇中人物雖然是在尋找父親，但這一行為卻象徵性地表達了人類尋找上帝的強烈渴望。然而，在一個上帝已死的世界中，這一切終歸是無結果的，人類就像這群茫然的尋找者一樣，被他們的父親（上帝）無情地拋棄在這片人性荒原上。月光清涼如水，而生命卻漸漸離他們而去，舞台中央那座不斷膨脹著直至佔據大半個舞台空間的墳墓帶著死亡的氣息將人包圍，而象徵著生命的小樹則在不斷擴大的死亡意象中逐漸縮小，暗示著人類未來永遠不能擺脫死亡劫數的陰暗圖景。《腳色》一劇極好地體現了馬森試圖用存在主義哲學來觀照現代人生存境況的探索性意圖。

　　"舊瓶裝新酒" 是台灣實驗劇的實驗性的突出表現之一。劇作家善於對大家所熟知的故事進行改編，注入當代人的觀念。1980 年金士傑改編《荷珠新配》獲得成功，吸引了很多的劇作家，紛紛到傳統戲曲中去取材。馬森根據關漢卿《趙盼兒風月救風塵》改編了《美麗華酒女救風塵》，魏子雲根據舊戲《蝴蝶夢》編寫了《新編蝴蝶夢》，"果陀劇團"則綜合關漢卿的《緋衣夢》、王實甫的《西廂記》、鄭光祖的《倩女離魂》和喬吉的《兩世姻緣》四本戲改編而成《兩世姻緣》。這些作品大都保留原戲的故事框架，利用現代戲劇語言，在古典故事原型中滲入了大量現代人的生活感悟。

與此相近的是將西譯名劇"中國化"。劇作家馬森認為改編西洋戲劇"是以西方文學性的劇本來補京劇中文學性之不足"。如《哈姆雷特》的京劇改編本《王子復仇記》既保留了莎劇高度的文學性意蘊，又不失京劇娛目動聽的劇場效果。該劇除了首尾各加一場《殺戮的賓士》和《殺戮的延續》外，人物、故事和場景均在原作基礎上稍加壓縮和精簡，而在台詞、聲腔、服裝和動作以及與此相配套的舞台設計、伴奏樂器等方面，作了大膽嘗試。改編後的《王子復仇記》，在保留莎劇原作古雅、深遂內涵的同時，又極盡京劇舞台聲色之美，唱念做打無一不透著京劇特有的風味和情韻，很受觀眾歡迎，開創了將西洋戲劇"中國化"的獨特思路。

在表現形式上，實驗戲劇試圖擯棄傳統"話劇"的種種形式陳規、不拘泥於戲劇狹窄的觀念定勢，將舞蹈、音樂、曲藝、電影等藝術門類的表現手法統統移植於戲劇領域之中加以實驗。

"行動戲劇"出現在 80 年代後期。1988 年前後，台灣戲劇界人士王墨林、黎煥雄、周逸昌等提出了"行動戲劇"的理念，説"社會就是我們的舞台，人民就是我們的演員，社會事件就是我們的藍本"。1989 年 3 月 12 日植樹節，零場、環墟、河左岸、臨界點、優劇場、觀點劇場等六個劇團的成員參加環保和文化界人士發起的"搶救台灣森林"的遊行活動。有人佈置一處遍地都是銅鐵、塑膠製品而沒有樹木的"絕地死境"；有人砸碎木椅，將椅腿"栽種"在土裏，種一棵"永遠長不大的樹"；有人鑽進大型塑膠網裏，猶如蜷曲在浴缸中做"最後的森林浴"；零場劇場的演員身著和服，臉戴假面，腳踏木屐，隨著日本鼓樂起舞，並高舉著上書"支持台灣林務局，我愛台灣千年紅檜———一群日本人敬書”的綠色橫幅，以此抗議政府有關部門砍伐珍貴檜木外銷日本見利忘本的行徑。

“行動劇場”延續了前衛戲劇的一些東西，更把自己的演出放在社會運動的具體實踐中，突破都市中產階級戲劇的形式美的限制。行動劇場是激進的藝術家直接投身於社會政治運動的重要手段。他們堅定地將戲劇活動與大街上的民眾抗爭融合起來，取消了戲劇演出與群眾集會、群眾遊行的界線，演出期間所發生的一切均與當前的現實密切相關。

90 年代之後，街頭劇、廣場劇廣泛被政客所挪用，成為政治人物競選的造勢手段。一部分以反體制、反主流為己任的藝術工作者轉向了別具叛逆色彩的另類藝術。

第十五章　八九十年代的香港文學

第一节　香港八九十年代文學概述

　　跨入 20 世紀 80 年代，香港文壇出現了新的歷史性轉折，形成了風格多樣的繁榮文學格局。

　　香港文學的演進，向來與内地的政治、經濟、文化氣候息息相關。1978 年後，内地推行"改革開放"政策，政治思想領域出現活躍、寬鬆的局面，文壇上也呈現喜人的新氣象。作家敢於對歷次政治運動進行反思，富有開創性的佳作紛紛推出，這些都大大鼓舞了香港文壇。80 年代伊始，香港《新晚報》發起召開"香港文學三十年回顧"座談會，不同流派、不同追求的作家共濟一堂，互相切磋交流，共商發展香港文學的大計。1984 年 12 月 19 日，中英兩國政府簽署了《中英關於香港問題的聯合聲明》，宣佈中國政府將於 1997 年 7 月 1 日收回香港主權。自此，香港開始步入為期 12 年的回歸 "過渡期"。"九七" 回歸作為這一時期香港社會關注的重大問題，也進入作家視野，對香港文學産生了深遠的影響。反映 "九七" 回歸的創作，貫穿整個過渡時期。"過渡期" 的頭一年，劉以鬯主編的純文學刊物《香港文學》創刊，作爲東西方文化交流的橋樑，它提倡創新、鼓勵文學批評，不僅為香港及各地華人作家提供發表文學作品的平台，同時對於促進創作，提高香港文學水準，發揮了重要作用。

香港作家隊伍發生了變化。不少香港作家由於家庭等方面原因移居海外。據不完全統計，十多年時間，離港作家有 40 餘人。他們移民海外後大多没有擱筆，有的仍爲港報寫專欄，或在香港發表文章，出版著作。同時，從 "文革" 後期開始，也有很多内地移民陸續涌入香港。據統計，香港回歸前後約有近百名作家（有些是到港後開始創作）移居香港，他們進入香港文化圈，以自己在内地和香港的雙重人生經驗，參與香港的文化和文學建設，成爲香港文壇的一支重要力量。香港本土作家陣容也在壯大。他們大多在戰後出生，在香港文化教育背景下成長，對香港有着與生俱來的認同感和 "草根性"。

香港與内地的文學交流得到加強。首先是兩地文學工作者、作家之間的互訪日益頻繁。據不完全統計，僅 1994 年内地來港進行文化藝術交流的就有 272 批，3400 多人次；香港作家到内地訪問的則有 37 批，300 多人次。其次是兩地出版界的合作增多，如内地長江文藝出版社和香港文學出版社合作出版了香港作家作品系列，中國文聯出版公司與香港作聯合作出版紫荆花書係。此外，有大批内地學者、教授到香港講學、參加各種文學活動。兩地文學交流日益頻繁，擴展了香港作家的藝術視野，對香港作家的創作理念産生了潛移默化的影響，爲 "九七" 後的香港文學與母體文學 "整合" 作好了鋪墊。

20 世紀 80 年代以後的香港文學步入繁榮期，形成了多元化發展的格局。"現代的" 與 "寫實的"，"外來的" 與 "鄉土的"，"通俗的" 與 "非通俗的"，"學院派" 與 "草根派" 等等，各種思潮、流派兼容並包，共存競爭；小説、散文、詩歌、戲劇、文學評論全方位發展，構成了近期香港文學的獨特風貌。小説方面，重要的長篇小説有劉以鬯的《島與半島》，西西的《我城》等。中短篇小説的成績也頗爲可觀。劉以鬯的《寺內》、《黑色裏的白色，白色裏的黑色》《天堂與地獄》，陶然的《旋轉舞台》、《平安夜》、《窺》，東端的《瑪依莎河畔的少女》，白洛的《香港一條街》，顏純鈎的《紅綠燈》、《天譴》，巴桐的《佳人有約》，西西的《哀悼乳房》，也斯的《島和大陸》、《布拉格的明信片》等等，都是具有較大影響的中短篇小説集。這些作品大多直接切入香港的現代社會生活，描寫香港人的生存狀態、感情和心態，表現城市的律動、城市的今昔、城市與鄉村的對立、城市文明的衝突。而在表現方法上，則現實主義、浪漫主義、現代主義多元並存。

　　詩歌和散文創作均有長足的發展。香港詩壇主要由三部分詩人組成。一部分是香港本土詩人，另一部分是南來詩人，還有一部分是從台灣、澳門和海外移居香港的詩人如余光中、鍾玲、原甸、陶里等。詩歌創作總的傾向是從現代主義向傳統回歸，既關注現實又抒寫性靈，既有現代意識又有本土情懷。散文最引人矚目的是學者散文，所謂學者散文，指的是學者創作的具有較強知識性和較高文化品位的散文、小品、隨筆等。香港作爲國際大都會，處於中西文化的交匯點上，政治意識澹薄，作家心態自由，因此它吸引著世界各地衆多的華人作家學者。學者們在教學、研究和工作之餘，創作散文，很多人有散文集出版。學者散文反映了有深厚文化背景的心靈，表現對社會、文化、人生深刻的思考和領悟。

　　通俗文學創作格局發生變化。言情小説突飛猛進。其作者多爲女作家。她們擅長寫長篇小説，作品相當生活化，内容通常描寫男女間的愛情糾葛，表現都市人在感情生活中遇到的困擾、煩惱與命運的跌宕，像亦舒的《曾經深愛過》，尹沁的《綠色山莊》、《古屋》，李碧華的《胭脂扣》、《秦俑》，林燕妮的《緣》、《九個人一個寶藏》，岑凱倫的《彩虹公主》，西茜鳳的《大學女生日記》、《第八夜》、《末世之戀》等，都頗有代表性。香港女作家的言情小説帶有很強的商業性，給人們在緊張的工作之餘提供娛樂，消除勞頓疲乏。但過於追求暢銷，給作品帶來諸多局限。如情節結構的模式化，語言形式粗糙等。相對於言情小説的輝煌，武俠小説則在走下坡路。70年代初，金庸"封刀"。緊接着梁羽生也退出"武林"。從此武俠小説風光不再，"金梁"之後，無人能取代他們的地位。科幻小説和歷史小説創作基本上還是一批在前一時期就較有成就的作家，如衛斯理、金東方、石人等。

　　進入 90 代，香港文學社團不斷涌現，大大活躍了文壇氣氛。主要有香港文學藝術協會、香港兒童文藝協會、龍香文學社、香港文學研究會、香港作家協會、香港作家聯誼會、《文學世界》聯誼會、世界華文詩人協會等。其中，1988 年 1 月成立的香港作家聯誼會，現已擁有會員 230 餘人，先後由曾敏之、劉以鬯任會長，出版《香港作家月刊》，經常舉辦各種文學研究活動，是香港影響最大的文學社團之一。"九七"回歸前後的文學活動開展得較爲活躍。一些文學機構、社團踴躍舉辦各類文學活動，如文學講座、研究會、筆會、詩朗誦會、徵文比賽、文學獎評選、文學成就展覽等。進入 90 年代以來，這類文學活動更爲頻繁，有力地促進了香港文學的繁榮。

　　香港文學與內地文學既有割不斷的聯係，又有獨到的特點。

　　第一，主題思想的開放性。香港是一座開放性城市，中西文化交匯，因此，文學創作中展示的人生觀、價值觀，以及愛情觀都超乎中國傳統，具有開放性特徵。如對於"性"的描寫，坦然而大膽；對"錢"的態度，不清高直言錢；主張"美麗的離婚"、"無怨的分手"；對戀愛，"不求永久，只求燦爛"；他們不宣揚古老的"婦道"，意欲喚起現代性愛的覺醒。香港文學中這種開放的思想特徵，是一種新的文化意識的體現，也是香港經濟發展在文化上的必然反映。

　　第二，題材內容的通俗性。香港文學作品作爲文化商品之一，十分看重市場行情，注重暢銷與否，作家必須"爲稻粱謀"。大多數作家爲了適應市場要求，或創作通俗文學，或將嚴肅文學通俗化。有人統計，香港通俗文學與嚴肅文學的比例，大約是六比四，這是世界各國少見的一種獨特的文化、文學現象。香港作家作品題材內容，表現家庭、婚姻、戀愛、日常生活、身邊瑣事的居多；近幾年來，也出現了一些表現香港市民對社會政治關心的作品。香港文學題材內容的通俗化正是社會生活世俗化的一種必然現象。

　　第三，藝術審美的多元性。香港作家構成複雜，決定了香港文學藝術審美的多元特徵。香港作家群中，有本土的，有南下的，還有從台灣及東南亞來的，而且每一撥中都有老一代新一代之分。由於他們生活的時空有別，所受的文化熏陶迴異，思維方式、藝術氣質以及審美趣味差別很大；因此，作品內容、創作方法、藝術追求也各有不同。老一代的本土作家，如心態作家夏易，側重揭示青年男女的內心奧秘；鄉土作家舒巷城，大多書寫凡夫俗子的生活與命運。新一代的本土作家，梁錫華注重在傳統的基礎上創新，作品多以學校生活為主；西西的作品充滿幻想個性，具有童真童趣，披有一抹魔幻色彩。香港文學審美的多元性，是香港文化結構多元性和國際性的結果。

第四，地道濃郁的港城特色。香港文學的地方色彩濃重，再現了香港獨特的自然風貌與社會文化環境。香港是個"自由港"，社會開放，信仰自由；還有亞熱帶的陽光，南中國的海浪，維多利亞港灣，賭馬賽馬，香港小姐競選，黃大仙膜拜，等等。這些具有香港特質的"鄉土人物"、"鄉土氣味"、"歷史塵煙"、"世俗色彩"，都在香港作家作品中得到描寫。再加上香港作家有意識摻進去的一些經過提煉加工的粵語方言，因此香港文學作品大多搖曳著一種獨到的港城風味。

1997年香港回歸之後，香港文學與台灣、澳門、大陸連在一起，構成兩岸四地的大中華文學。香港文學迎來新的時代。

香港出版的文學類書籍

第二節　八九十年代的詩歌

步入20世紀80年代，香港詩壇在詩人群體的形成、藝術風格的發展，以及對傳統的繼承、對香港現實的鍥入諸多方面，都展示出走向自覺和自立的態勢。本時期詩壇主要由三方面人士組成：中堅力量是在香港文化教育背景下成長起來的中青年詩人，如西西、也斯、羈魂、古蒼梧、黃國彬、何福仁、鍾玲玲、李國威、淮遠、葉輝等；二是從內地新移民中脫穎而出的南來詩人，如碧沛，藍海文、傅天虹、黃燦然等；三是從台灣、澳門或海外移居或客居香港的詩人，如余光中、鍾玲、犁青等。詩歌創作總的傾向是現代主義向傳統回歸，既關注現實又抒寫性靈，既有現代意識又有本土情懷。

八九十年代活躍於香港詩壇的中年詩人以南來的新移民表現最爲活躍，其陣容相當有氣勢，創作熱情高，作品水準高，結集出版詩集多是他們的特點，獲好評的詩人及其詩集有：王心果的《風物集》、《情愛，在香港》、《香港，誘惑的紅唇》，秦嶺雪、原甸、陳浩泉的《銅鈸與絲竹》，東瑞的《晨夢錄》，傅天虹的《天虹近作》、《花的寂寞》、《香港情詩》、《夜香港》，楊賈郎、林牧衷、施友朋的《香港三葉集》，等等。王一桃是一位有代表性的實力派詩人。他於 1980 年從內地移居香港。在爲生存而奮鬥的同時，表現出極爲旺盛的藝術創造力，發表了各種文體作品，以詩歌成就最高，出版了詩集《熱帶詩鈔》、《我心中的詩》、《香港詩輯》等。雖是新移民，但王一桃對香港社會有深刻而獨到的認識，他寫的大量香港生活爲題材的詩突破港島時空的局限，將城市的輪廓投射在廣闊的心屏上，發掘出獨特的詩意美，從而創造出別具一格的都市詩。以他的《香港詩輯》一書中的《香港斷章》組詩爲例，用 13 章的規模合成一個整體，將生活節奏極快的香港這一大都市令人眼花繚亂的動感呈現在讀者眼前。

本土中年詩人也不沉默。年輕詩人有樊善標、蔡智峰（筆名智瘋）、劉偉成等；女詩人也逐漸增多，尤其是捧着動人的情歌登上詩壇的鍾曉陽和陳麗娟；個別擱筆多年的老詩人如昆南，以及年輕一點的西西、鄧阿藍也重出江湖。比較引人注目的是羈魂即胡國賢，他是詩風社發起人之一。他早期的詩歌創作追慕超現實主義，過分追求意境的含蓄、比喻的奇特，失之於晦澀、雕琢。他新近的詩舍棄了原先晦澀和令人難以捉摸的意象，轉而采用較爲明朗曉暢的情感抒發，逐漸以其獨特的構思，新穎的意象和別辟蹊徑的表現手法而贏得了贊譽。他的《香石竹》、《給丫》等新作不是對生活現象作簡單的描摹，也不是某種浮光掠影的印象的捕捉，詩人對生活和人的心靈有相當深的認識，因而常能在詩中傳達出真切扎實的生活感受。1986 年，羈魂暢遊故國，寫下了《過惠陽東坡紀念館》等一系列熱情雋永的詩篇，從中表現出詩人對祖國的一往情深。夢如 1986 年開始寫詩，熱情甚高，短短幾年已在世界各地華文報刊發表數百首詩，並出版了詩集《季節的錯誤》、《穿越》，廣受好評。她的詩短小精悍，有深度，有意境，有情趣，語言樸實甘醇。路羽出版了詩集《紅翅膀的嘴唇》。她的詩以生活氣息濃厚、情趣淡雅見長，一些放情山水的詩尤具特色，善於對動景和靜景作巧妙搭配，於迷離恍惚之中使讀者領略如幻如真的大自然妙趣。施友朋的詩主題多元，章法多變，每每充滿火山噴發般的激情，透出一股陽剛之氣。

進入 90 年代，港人的民族意識、愛國熱情越來越高漲，詩壇對此也有及時呼應。如王一桃的四百行長詩《香港火鳳凰》在 1996 年 7 月《香港文學》月刊上發表，表現出香港詩人的積極態度。"九七" 前後，據統計，香港寫詩的人有二百人左右。在 70、80 年代，詩集的總數約 60 多本，而到了 90 年代，包括合集在內的詩集近 200 本，是此前 60 年的總和。1995年，"第三屆香港中文文學雙年獎" 被提名的詩集就有 17 部，都是近兩年香港詩壇涌現出來的詩歌佳作。

在此期間，中年詩人顯示出非凡的創作實力。曉帆以《南窗夢》、《望海樓風情》等詩集給詩歌愛好者帶來了驚喜。他的詩就像展開一幅多維的畫卷，別致的意象、鮮麗的色彩、悠遠的境界、細膩的感覺，令人醺醺欲醉。曉帆的漢俳詩聞名海內外，其作品被譯成多種外文。居港 30 多年的春華，稱得上 "香港通"，近年來出版了詩集《紫荆樹下的戀歌》，對故土的懷念，抒發海外遊子的思鄉之情，以及對友情與愛情的讚頌，是這部詩集的主旋律。春華的詩呈現一種平中顯奇，樸中見新，感情真摯，蘊藉含蓄的風格和氣質，幾乎看不到歐風洋雨冲刷的痕跡，具有純正的華夏詩風韵味。張詩劍的《阿香，你這嬌靈的女孩》寄託了詩人對香港充滿辛酸和苦痛的歷史的思考，並對 "九七" 後的香港進行展望。詩人把香港回歸祖國的這一重大的政治題材，付諸於擬人化表現手法，以抒情的筆調、明快的節奏、和諧優美的韵律熔於一爐，把香港比作靈氣逼人的阿香，把女媧比作親娘，把殖民主義者英帝國比作後娘，"並非生母舍棄你，而是被橫刀奪了愛"，後娘把阿香當作 "搖錢樹"，生母卻對其 "哭、笑、渴、餓、愁"，均寄予"殷切的目光"。現在生母通過禮節性的交涉，以和平方式向後娘討回阿香，阿香如今"成熟"了，"豐艷嬌美/靈巧精乖"，"將告別過去/一笑泯恩仇"。張詩劍以詩的語言表現香港的現實，全詩清新、亮麗、暢快淋漓。

受過高等教育的青年詩人思想活躍，才氣橫溢，憑藉年輕人的敏感和銳氣從現實生活中尋覓詩情。在他們的作品中，常常顯露出對詩歌藝術美的獨特見解，秀實、舒非、陳德錦、鄭鏡明等，是其中多產的詩人。青年詩人的作品中常常蘊涵他們對自然、生命、社會和哲學的思考。以秀實的《北山杉》爲例："一株北山杉矗立在酒店大堂的中央/五光十色的燈泡披在它的身上/門外，暴露在寒風中的/數株馬尾葵，顫抖地說：'生活雖然艱苦，但慶幸我們仍有根！'"詩人借自然界的植物來寄託人生的感慨。植物沒有意識，它受人擺佈。人類號稱萬物之靈，能跨類將萬物納入人的意識模版裏。此詩之言"根"，内蘊豐富，引人遐思。秀實的詩清新俊逸，寫都市往往另含別趣。舒非出版了一本名曰《蠱癡》的詩集，收 60 餘首詩，詩意明朗澄净，讀之有若清風拂面。其中不少詩篇將中國古典詩詞中的高潔情趣、幽深的詩境熔鑄爲新生代詩人的處世哲學與人生抱負，讀之耐人尋味。

香港結社自由，言論亦自由。詩壇詩人很多，詩社和詩刊亦多，同仁刊物，除 80 年代就有的《詩雙月刊》、《當代詩壇》外，另有新創辦的《詩學》、《詩網絡》、《呼吸詩刊》、《我們詩刊》、《香港詩刊》、《星期六詩刊》、《圓桌》和《詩版圖》等。其中，《詩網絡》可視爲當年《詩雙月刊》的"集團"刊物，他們不僅有前赴後繼的系列詩刊，還有以本土派爲中心的詩人群，出版社和詩叢，並搞"年度詩網絡詩獎"活動。1990 年以來，由於香港"藝術發展局"的資助，詩刊、詩集的出版豐富多元。"立足香港，胸懷祖國，放眼世界"的香港新詩，以自由的風姿屹立於兩岸四地詩壇上。

第三節　八九十年代散文概述

香港是散文王國。香港作家，可以不寫小說、詩歌、戲劇，卻極少有不寫散文的。許多作家都出過散文集子，少則一二種，多則幾十種。有些

作家每年都有一至兩種散文集問世。如果把發表在報章上的框框雜文（即
專欄文字）也歸入散文作品之列，其數量更多。有人統計，每年發表在報
紙上的專欄文字高達 18 萬篇。即使把約三分之一信息性、服務性的專欄文
字除外，也有 12 萬篇，加上作家出版的散文集，其數量相當驚人。散文是
香港文學的重鎮。80 年代後，主要呈現如下特點。

　　第一，香港散文日趨多樣化，學者散文、探索散文、女性散文、框框
雜文等異彩紛呈。學者散文家主要有余光中、也斯、董橋、小思、黃國彬
等，還有號稱學院“三劍客”的梁錫華、黃維梁和潘銘燊。這些人的散文
作品既有學貫中西的文化背景和濃郁的書卷氣息，又有豐富的知識和深刻
的思想力度，并體現出較高的審美趣味。其文字優美靈巧，清新典雅，引
經據典，知性與感性相結合，開卷有益。探索散文將現代主義和後現代主
義的文學理念和表現艺术引進散文領域，促成散文觀念的變化和表現手法
的更新。劉以鬯率先將意識流手法引進散文文體，採用主觀視角和意識流
手法改變散文情景化的再現傳統，在時空交錯、主客疊合中增加藝術容
量。其後也斯、西西、鍾曉陽等大胆探索，他們注重開掘散文文本形式自
身的意義，同時以情感零度描寫人的異化狀態，更真切地表現世界的原生
形態。女性散文引人矚目。以西西為代表，出現了不少女散文家，成爲香
港文壇一股不可小覷的生力軍。作品主要有議論性、抒情性和敘事性三
類。傾訴、詠嘆和描述是女性散文的突出格調。她們的創作雖仍帶有傳統
散文的印痕，但也顯示出現代性書寫特徵和思想內容，顯示出女作家辛勤
耕耘的身姿。

　　第二，題材廣泛，內容豐富。歸納起來，主要有六大興奮點：（一）
社會問題。對香港社會現實中存在的有關國計民生的問題提出質疑、責
難、批評或揭露，如：生存空間越來越窄的問題，色情氾濫與言論自由問
題，香港生活節奏快速緊張，影響家庭天倫之樂問題，包二奶問題，人與
人之間關係的虛假作態問題等。（二）人生問題。探討如何做人，做一個
什麼樣的人，人生的真諦，人生的苦樂，以及愛與愛情等問題。（三）親
情倫理問題。寫父子情、夫妻情、師生情、母子情、友情等。（四）讀書
與藝術問題。寫讀書的苦樂、藝術欣賞、發現美、挖掘美以及藝術不受重
視的感嘆等。（五）借物抒懷。所借之物多種多樣，所抒之懷也多種多樣，

山水自然，河流海洋，工廠街道，生活細物……均是作家書寫的對象，也均是作家抒情的因由，作家的人生境遇不同，寫作時的情緒不同，抒發的情感也千差萬別。（六）旅遊記趣。遊記在香港散文中是頗爲發達而又有成就的門類。香港作家足跡遍及世界各地，遊記是他們的副產品。其游踪較多的是美國、加拿大、英國、澳洲、歐洲等地，此外，還有生活記趣等等。

第三，作家個性鮮明。劉以鬯的散文《他的夢和他的夢》用荒誕手法寫散文，讓曹雪芹的靈魂進入高鶚的夢境大發雷霆，表達了作者對《紅樓夢》後四十回的看法。金庸的散文以平實質樸的文字，舒緩輕鬆的筆調，談他的感受和對問題的看法，有如與老朋友拉家常，自然、親切、娓娓道來，如《錢學森夫婦的文章》。曾敏之有豐富的文史知識和詩詞修養，在以古例今、借古諷今、索解考證中對所痛惡的事物作深刻的諷刺抨擊。忠揚對社會陰暗面、醜惡現象進行批評揭露，拒絕任何框框限制。《此尿撒得》對日本議員的無恥下流作尖銳的嘲諷，有時把筆觸伸向自己的内心世界乃至潛意識層面，大膽披露。女作家韋婭把自己生孩子時的痛苦與歡樂、害怕與企盼、生與死相交織的獨特體驗細膩地揭示出來，如《我的生命中有了你》；馮湘湘的《心魔的故事》把一個人所受的磨難和考驗，無情歲月中的煩惱、感傷、忽冷忽熱、變化無常的心緒作了傳神的描繪。作爲女強人名女人的林燕妮也敢於把自己對一個男人的愛、刻骨相思通過潛意識的夢境，赤裸裸地表達出來，如《昨夜夢魂中》。

第四，鮮明的香港意識。經濟迅速發展成就了香港作家的香港意識，作品往往表現出歷史自豪感，贊美香港，歌頌香港。如譚帝森的《今夜星光》，寫香港之夜星光燦爛，歌頌香港的繁華；金虹的《靜夜思》讚頌香港，把香港比喻爲風情萬種的淑女，贊其傾城傾國之美。他們都愛香港，把香港作爲“故鄉”，自覺維護香港的發達與繁榮。有的作品批判和揭露香港現實中的不良現象和歪風邪氣，初衷則是基於對香港的“愛”，爲了使香港變得更好。這種感情在本土作家中表現得最爲強烈。如小思，她對有些人誤解香港，帶着有色眼鏡把香港看成是“愛跑馬愛跳舞的紈絝子弟”深爲痛心，指出香港更多的是“埋頭苦干”的人。本土作家對香港的這種感情是與生俱來的，是對“故鄉”的感情。他們一旦離開香港，移民他國，就會表現出一種割舍不斷的依戀和眷戀之情。石貝的《別來無恙，香港》和楊明顯的《問候》就是這類作品。回到香港來，有一種回"家"的感覺，没有回來的則被深深的鄉愁所困擾。濃厚的香港意識是香港散文與其他地域散文迥然不同的情感傾向。

第五，形式多樣，手法多變。香港散文作家地處自由多元的社會文化環境中，他們思想解放，敢於創新，在表達方式的選擇上也較爲自由任性。講怪話，用曲筆，冷嘲熱諷，任由揮灑；有的采用荒誕派筆法，如唐至量的《走出洪荒》；有的用夢境，用假設語境進行表述，如《假如我是畫家》、《假如我有九條命》，等等。他們行文結體，没有模式，根據表現需要選擇合適自己的藝術趣味與藝術追求。他們在繼承"五四"時期現實主義文學傳統的同時，又自覺地吸收並融化了各種文學門類的藝術技巧。如小説的叙述方法、人稱轉換、視角移位；戲劇的對白、情景、衝突；詩歌的意境、意象、節奏、韻律；論文的辨析，電影的蒙太奇，繪畫的白描，瞬間印象等等藝術套路都拿過來加以運用。有的作家如余光中，很講究語言的"彈性"、"密度"、"質料"，充分挖掘方塊漢字的表現潛能。這一切都使香港散文顯得異彩紛呈，多種多樣，靈動多變。

總之，香港散文隨著散文文體實踐的發展和成熟，越來越體現出香港本土特有的主體化與多樣化特徵，豐富與繁榮了中國散文文學。

第四节　也斯与《也斯的香港》

也斯（1949～2013），本名梁秉鈞，廣東新會人，1978年夏赴美攻讀比較文學，研究中國新詩與西方現代主義的關係，1984年獲比較文學博士學位。也斯小時候過着寄人籬下的生活，童年的記憶中陰鬱灰闇，是文學撫慰了他那鬱鬱寡歡的心靈。用文學撫平人們心靈的傷痛，藉創作給人以溫暖，是他走上文學創作道路的動力和追求目標。他是香港典型的學院派作家，其代表作有散文集《山水人物》、《山光水影》以及詩集《雷聲與蟬鳴》、《游詩》，小説《剪紙》、《養龍人師門》和《記憶的城市 虚構的城市》等。

"也斯"爲兩個無意義字的組合。據他表示，過往人們使用的筆名本身，常帶有一定意思，令人未看作品就對作者有了感覺。他希望突破慣例，使用本身沒有什麼意思的字作筆名，遂選取文言句中常見的兩個虛詞作筆名。

也斯早期散文集有《灰鴿子早晨的話》、《神話午餐》，文筆略嫌粗疏，然從容不迫、娓娓道來、樸素清新、不事雕琢的風格已見端倪。《山水人物》的出版，標誌著其散文進入成熟階段。其作品人物，有氣質、風度迥異的音樂家、詩人、畫家、演員、作家、雕刻家等。但更爲動人的是對下層小人物的描繪，如船上賣菜的老婆婆、陶瓷藝人、排字房的童工、賣木履的老人、海灘上挖蜆的、釣魚的等。他從不同的角度，采取不同的構圖法，運用不同的色彩攝下了這些人物的音容笑貌，寫出他們生的艱難和卑微的願望，讚頌了他們高尚的人格，對他們不幸的命運寄予深切同情。

也　斯　　　　　　　　《也斯的香港》

散文集《山光水影》寫香港的山、水、街巷、人物。他熟悉香港，熱愛香港，對於香港這顆“東方明珠”的每一變化都觸發他無窮無盡的情思。其散文中有飽滿的感情，這種感情表現在作品中不是激情宣泄烈焰噴發，而是含蓄蘊藉，深沉且意味深長。也斯散文取材寬泛，開掘深切，看似無關聯的凡人小事，旅途中所見的零星景物，通過作者主觀感受的膠合熔鑄，顯現出醇厚的意蘊。對祖國和同胞，也斯懷着一份真誠的愛心。他以樂觀的態度面對坎坷的生活道路和多難的人生，作品中沒有感傷與消沉，而總是給人一種美的熏陶，引人向上、向善。即便是揭露社會陰闇面的散文作品也有積極向上的信息，這也使得其作品批判深度和力度有所欠缺，思想衝擊力不够強。

也斯藝術視野開闊，文學修養深厚，散文創作中常常借鑒外國現代主義和後現代主義理論方法，以現代和後現代理論透視香港現實，認識現實中存在的問題，進行文體實驗。如《書與街道》一文，表達了對一個"復製"時代的思考："物質總是復數的。這些街道上充滿性質不同的鋪子，走過一間你看見幾十把掃帚，另一間是幾千個藥瓶，一排排的原子筆，或者一疊疊的元寶冥鏹。連寵物店近日也在櫥窗上擺滿一瓶瓶的洗身水、消化劑、防蟲劑、杜蝨劑，終有一天杜蝨劑會比蝨子還多。"《從甕中長大的樹》將與自己一樣成長於六七十年代，在種種混雜文化背景下汲取營養的香港文化人譬喻爲"我們都是從甕中長大"，并且説"在香港長大，其實也是在種種限制中長大。因爲限制特別明顯，也分外自覺去超越它。幸好甕口總可以張望天地，甕內也有寬大的圓腹。"這種"甕中樹"的思想又貫穿於也斯的其他文章中，可以是在香港擠迫空間中無家可歸的詩（《蘭桂坊的憂鬱》），可以是在繁華喧囂的上環高樓間鮮艷的畫作（《在上環繪畫古詩》），也可以是北角破敗市井中不少朋友彼此交叉相匯的童年（《鏡像北角》）。他將"甕"的概念流線化，"甕"的體積在時間的長軸上越來越大，而"甕"中人的呼喊和抗争却越來越弱小。如《蘭桂坊的憂鬱》所寫——

　　香港作爲寫作的環境的確愈來愈不理想，發在綜合性的刊物上，作品被刊物自我檢查、删改，或因編者的疏忽、美術編輯的輕狂、校對的固執而變得面目全非。在這樣的情況下，特別感到寄人籬下之苦。在香港寫作這麽多年，最近可是愈來愈感到專欄的水平低落，不負責任的意見充斥，流行言論愈來愈張狂，要發表不同想法愈來愈難。香港是我的家，寫作是我的本行，但我的家好像也變成一個陌生的地方，找一個地方説想説的話也不是那麽容易了。

這是具有抗争意味的文字，也是憂心香港逐漸失去本我的吶喊。也斯沉浸於香港的瞬間意象，再演化成故事，娓娓道來。他所關注和憂心的是，香港的城市外貌老被地產商所支配，香港人的集體記憶老被媒體轟炸所淹沒，他有時在想："那些小路旁邊的事物，那些沒有放大登上報刊頭版的人，也許也有他們值得聽聽的故事呢。"

《也斯的香港》是也斯眼中的香港。書中有 34 篇文字和 165 幀照片將也斯眼中和心中的香港圖文並茂地呈現給世人。它與"老舍的北京"、"沈從文的湘西"等同屬"作家與故鄉系列"。有別於一些介紹香港的書籍，也斯的文字和圖片非常"現代"。他著重描寫香港這個國際大都市的"多元"和不同凡響。他以獨到的視角捕捉了香港一些典型或不典型的人物和地方，又從特殊的角度把他們表現出來。

第五節　八九十年代小説概述

20 世紀 80 年代歷史大轉折的背景下，香港小説也迅速步入發展繁榮期。在香港文學的整體格局中，較之詩歌、散文，小説創作成就堪稱之最。這時期，香港小説創作呈現出現代主義、現實主義與通俗化互滲互融、多元並舉的態勢。這裏有舒巷城表現香港風土人情的"鄉土小説"，夏易描繪港城人心態的"心理小説"，劉以鬯的"實驗小説"，西西超現實主義的"童話小説"，張君默的"異象系列小説"，鍾曉陽的"財經小説系列"，還有也斯、辛其氏的"旅行和離散"文學（Diaspora Literature），可謂多彩多姿。

舒巷城

"過渡時期"的香港小説除了"九七"和書寫香港百年這兩個話題外，還有南來作家小説、女性空間和新實驗小説三個向度。

這個時期香港小説最引人矚目的是"九七"題材創作。認識中國，關心"九七"漸漸成爲不少作家共同創作的内容。"九七"題材的小説政治意識得到加強，這與過去那些寫風花雪月或身邊瑣事的作品形成了鮮明的對照。梁錫華的"九七"題材長篇小説《頭上一片雲》，比其過去寫的長

夏 易

篇小説《獨立蒼茫》在思想容量和藝術空間上均有很大拓展，不再囿於個人生活領域，而利用主人公卓博耀的一舉一動去寫時代的變化。作品的情節也隨着局勢的轉變而發展，作者無論是寫宗教信仰還是寫婚姻愛情，人物身上都烙上明顯的時代印跡。白洛的《福地》寫的是牽動香港社會的重大題材，由於作家敏感地捕捉住變幻莫測的眼前生活，且能從大處着眼，使人感受到小説獨特的認識價值和審美情趣。陶然的中篇小説《天平》，沿着愛情—人性—社會的軌迹，描寫"九七"回歸前楊竹英、黃裕思之間的愛情心理，反映了港人對待"九七"的不同心理活動，並以嘲諷的態度批駁了那些對"九七"心存疑慮和不安並采取不正當手段搞移民的人。巴桐的《霧》以一個區議員競選活動爲中心事件，展示風雲際會的港島動蕩、微妙的世態人心。當父親顧慮"九七"前途未卜，故反對兒子參加競選。小説突出了兒子的崇高志向，並肯定了他對香港前途抱有信心的樂觀態度。梁鳳儀的系列長篇小説《歸航》則以寫實的筆調，立足於"九七"香港回歸的歷史潮頭，對香港百年滄桑進行回顧，並對回歸之前的香港社會進行全景式的描寫，特別是對港英政府爲"九七"回歸設置種種障礙，作了較爲深刻的揭示。

顏純鈎和王璞是過渡時期南來作家的代表人物。顏純鈎出生於福建晉江，1978年來到香港，長期在出版機構做編輯，出版有短篇小説《紅綠燈》、《天譴》，散文集《自得集》。《背負人生》是顏氏的成名作，其中描寫内地來港的新移民求生艱難，在生存的壓力下兄弟反目、叔嫂亂倫，在情欲和倫理不可調和的衝突中表現了人性的畸變。《天譴》主要是一些心理小説。《天譴》寫姐弟亂倫，作者以病弱人物變態的情欲，折射出他們生存的孤絕無助。他寫出了亂倫行爲裏交織

顏純鈎

著複雜心理：手足相護、自暴自棄、恐怖和自虐。《心惑》寫一個精神失常女子沒來由的懷疑，通過描寫人物的潛意識活動和人性弱點，表現現實生活中的人際關係問題。《耳朵》是荒誕小說，作者以卡夫卡式的情境折射出公理、規範等強勢力量下個人的毀滅。嚴氏善於抓住對人物有特殊意義的某一個時間片段來敍述，把長時間的事件包容在當下的心理瞬間，在人物此時此刻的聯想中呈現往事。在口語、俗語風格的日常故事里，貫徹著現代小說對心理深度的追求。

　　王璞 1989 年移居香港，現在嶺南大學中文系任教。作品有長篇小說《補充記憶》，小說集《女人的故事》、《雨又悄悄》，以及散文集《呢喃細語》、《整理抽屜》、《別人的窗口》。王璞的小說，有些是對往事的追憶。在往事與今日相遇的某個瞬間寫成長的感受。他的情愛故事是反浪漫風格的，《沒有喬爾西》、《四月的迷戀》等都拆解了所謂感情邂逅的傳奇。貌合神離的夫妻，心不在焉的情人，逢場做戲的交往是他小說中常見的人物關係。王璞嘗試著從各種敍述的途徑切入現代社會人心淡漠的奧秘，90 年代末發表短篇小說

王　璞

《知更鳥》、《旅行話題》和《辣椒的故事》，以緊張、意外的故事結局引起閱讀懸念，在荒誕情境上展開想象，以這種荒誕感燭照不同時空的人格缺陷。

　　新實驗小說指的是 90 年代出版小說集的一些新生代作者，如董啓章、羅貴祥、心猿的小說。羅貴祥有小說集《欲望肚臍眼》、心猿有長篇小說《狂城亂馬》。後者拚貼傳媒流行圖像，以魔幻手法、諷刺風格譜寫香港，融風俗畫、文化批評和末世寓言為一體。這三位作者都受過比較文學研究的訓練，有開闊的閱讀視野，他們質疑傳統敍述"真實"的傾向，致力於在小說形式中引進新的元素，尋求多元表達，是香港實驗小說新的傳人。董啓章是香港大學比較文學碩士，已出版中短篇小說集《紀念冊》、《小冬校園》、《安卓珍妮》、《家課冊》、《名字的玫瑰》、《地圖集》和長篇小說《雙身》等。《雙身》是雌雄同體主題的另一變奏。作品中有一個叫林山原的男子，在日本風流一夜後，變為女身。由於這種變化，她遭遇種種女性

處境，還有她和愛她的男子如何接受這個雙身變異，她如何重新建立與親人、朋友的關係等問題。小説的實驗性在於，選擇可變異的性別，也是選

《欲望肚臍眼》

擇一種出入男女雙性的敍事想象方式。例如當男主角變為女性後，"她"對自己過去的大男子主義進行了反省，也重新認識了自己。這本小説在敍述視角上有三種變化，用了你、我、他三種人稱。你，是作者在講故事；我，是變性人自述；他，是變性人的童年故事。這種角度頻繁的變化，呼應了性別角色的流動性這一主題。

武俠小説衰微之後，言情小説崛起。其作者大都是女作家，如亦舒、李碧華、梁鳳儀等。她們的作品産量多且暢銷；另有鍾玲玲、辛其氏、黃碧雲、陳寶珍、余非、關麗珊等，作品不多但是風格獨特。她們的學歷層次一般都較高，文字功底也不錯。她們擅長寫長篇小説，通常是描寫男女間的愛情糾葛，表現都市人在感情生活中遇到的困擾、煩惱與命運的跌宕。像亦舒的《曾經深愛過》，尹沁的《綠色山莊》、《古屋》，李碧華的《胭脂扣》、《秦俑》，林燕妮的《緣》、《九個人一個寶藏》，岑凱倫的《彩虹公主》，西茜凰的《大學女生日記》、《第八夜》、《末世之戀》等，都頗有代表性。這些小説的時代和社會背景被淡化，情調各異，或親切柔和，花好月圓；或痛苦感傷，惆悵困擾；或瘋狂宣泄，萬念俱灰。香港女作家的言情小説一般都帶有很強的商業性，給人們在緊張的工作之餘提供娛樂，消除勞頓疲乏，追求暢銷。這類小説的局限性也是顯而易見的，模式化可謂最突出的毛病，作者寫得飛快，筆走龍蛇，無暇推敲琢磨，出現這樣的問題在所難免。

在這些作家中，聞名遐邇的是亦舒和李碧華兩位。亦舒的作品文字簡潔、凝煉、句短、段短，節奏快，具有跳躍感。行文筆調辛辣犀利，揭示人物靈魂，亦莊亦諧，鞭辟入裏，對社會的抨擊直率無忌，一針見血，極少刻畫、描寫，多爲稜角分明、個性化的對話，讀來膾炙人口，她有《家明與玫瑰》、《獨身女人》、《我的前半生》、《香雪海》、《喜寶》、《寶貝》、《風信子》等80多部小説。李碧華的《霸王別姬》、《胭脂扣》影響很大。

其作品於言情之外，還包含著豐富的社會文化內涵。《胭脂扣》表面看是一個艷情故事：一個 30 年代已謝世的妓女如花，飄然從陰間來到 80 年代的香港尋找她的情人，結果大失所望，寧願回到陰間也不要再看到這個不可思議的世界。作品的深刻在於從一個女鬼的愛情中確立了一種地老天荒也不能拋棄的價值觀，以此來對應當代社會易碎的人倫關係。從藝術上看，她的小說讓人感到某種詭異風格和神秘氣息，代表了 80 年代香港作家另一種帶有"懷舊"色彩的獨特審美經驗。

"新移民作家"成爲香港文壇的重要群體。陶然、東瑞、白洛、陳娟、顏純鈎、張詩劍、巴桐等 70 年代中期後移居香港，被稱爲"第四批南來作家"。他們一來便成了香港社會的一分子，雖然不如同齡的本土作家對香港熟稔，然而也具備某些同齡本土作家所欠缺的創作優勢。比如他們大多受過完整的大、中、小學教育，文化底蘊比較豐厚和扎實；他們大都受過內地文學的熏陶，內地小說的閎放和深厚往往可以補香港小說纖巧和柔弱之不足，而他們最有條件融會內地文學和香港文學的兩種優點、排除它們的固有弱點，而在更高的層次上進行藝術創造。東瑞勤奮筆耕，創作了數十部中長篇小說和百餘篇短篇小說。長篇小說《夜夜歡歌》通過對香港娛樂圈裏追名逐利的醜惡現象的描寫，深刻揭露了社會的病態，穿透歌舞場紙醉金迷的表象，使人看到內裏的腐朽。陶然以短篇小說著稱，作品的思想立意總是貼近時代，以積極的態度"干預"生活。短篇小說集《平安夜》、《旋轉舞台》中的作品，均有鮮活的人物形象，結構和語言方面也頗具特色。陳浩泉的小說以反映青年生活爲主，愛情故事纏綿悱惻，人物命運悲歡離合，富有傳奇色彩，代表作有《扶桑之戀》、《香港狂人》等。程乃珊的《望盡天涯路》通過對祝景臣家族幾代人以及由婚姻利益紐帶所聯接起來的縱橫交錯的關係網的描寫，浮雕式地表現出三四十年代上海的社會本質。

第六節 西西与《我城》

西西（1938～），原名張彥，廣東中山人，生於上海，1950 年隨父母南遷香港。著有長篇小說《我城》、《哨鹿》、《美麗大廈》、《候鳥》、《哀悼乳房》、《飛氈》，短篇小説《春望》、《像我這樣一個女子》、《鬍子有臉》、《手卷》、《母魚》，中篇小説集《東城故事》、《象是笨蛋》，以及散文隨筆《像我這樣一個讀者》、《花木蘭》、詩集《石磬》等。

西　西

《我城》創作於 20 世紀 70 年代。在此期間，隨着新一代本土港人的成長，"香港意識"浮出地表。新一代港人或者生於香港，或者生於外地，但都成長於香港，他們不再有父母一代濃厚的"北望"情結和"過客"心態，相反，他們以香港爲家，以香港都市的繁榮爲自豪，他們的青春體驗凝聚於這個城市的發展中，故而他們對香港自覺地產生了認同感與歸屬感。《我城》代表了新一代本土作家對待香港這一城市的認同態度。

《我城》

《我城》是從出殯與搬家寫起的。我母秀秀、我姨悠悠、阿果（"我"）與我妹阿發因父親的殁去繼承了一座大屋，從此開始一段新的時間、地點的人生旅程。搬家後一家人開始新的生活，西西筆下着重寫了阿果、阿發、麥快樂、阿北、阿傻、阿游數位年輕人的生活狀態：阿果於畢業間歇尋找工作，阿發忙於學習與玩樂，麥快樂在不同工作之間流離，最後栖身電話局當修理工，阿游在海輪上擔任電工周遊世界……西西用歡快、樂觀的筆法書寫這些年輕人的言行，用散點的、流動的筆法突出這些年輕人歡快、樂觀的性格。如麥快樂，不被世俗規範約束而輾轉於不同工作，最後欣然找到電話局的工作，此過程中固然有不如意、有對社會現實的批判，但西西更多地關注年輕人屢敗屢戰的奮發精神；再如海輪上擔任電工的阿游，千里之外，心係香港，發問"我們的城怎樣了呢"；阿果做電話修理工，這種工作需要串街走巷、登高爬低，但阿果並沒有感到辛苦，"我覺得我的工作很有趣，這麼高高地站在大街上空，看得見底下忙碌的路人。有時候，也有一兩個路人抬起頭來朝我看，我就想問問他，你說我的工作有趣嗎，你的工作又是什麼呢？"沒有事的時候他們玩牌遊戲，"四個人坐在一起作牌的時候，氣氛是熱鬧的，他們會把牌拍在桌子上拍得很響，好像誰拍得最響誰人就贏，即使不贏，那姿式，也贏了"。香港的快樂甚至延續到了難民營裏："在難民營裏面，他們每人分配得一張床，有的是帆布床。他們就把帆布張開，把釘釘進木架。他們每人有一雙筷，有一個鐵碗，每天吃飯的時候排隊，他們在一間大的房間內選擇衣物，房內滿是衣物，他們可以高興拿多少就拿多少。"西西筆下的難民營內充滿詩意，仿佛難民的天堂。香港人都充滿了愛心，對待難民也會像對待家人一樣，仿佛來自天堂的使者。

"我的城"、"我們的城"處處可愛。小說重重疊疊地表達着興奮之情："如果早上起來看見天氣晴朗，我高興"。"如果早上起來看見天氣晴朗，牛在吃草你在喝牛奶，我高興"。"如果早上起來看見天氣晴朗，牛在吃草你在喝牛奶，大家一起坐着念一首詩，我高興"。書中的人物最後喊出："我喜歡這城市的天空"，"我喜歡這城市的海"，"我喜歡這城市的路"。在西西心目中，香港是"我的城"，她在小說中所表現出的喜悅，正是她的"我城"這一敍事立場的表現。《我城》用不合傳統的形式寫香港社會青年主體，寫他們的價值觀和社會心理意識，寫他們對社會、對"我城"的體認，彰顯的是他們與老一輩香港人、同時期大陸人的不同。

《我城》抒發的城民對城市的歸屬感、認同感是多層次、多角度的，既包含着如阿游這般身在異地、心係"我城"的主體順向情感，也包含着如阿果這般對社會現實批判後仍呵護、愛惜、認同"我城"（"天佑我城"）的復雜情感，同時還包含着城民與人陸國家之間的情感和文化建構。尤其令人動容的是西西解構"自我"的努力。《我城》本身是西西代言香港社會青年主體的發聲之作，是將主體情感投諸"我城"的鼓與呼，卻沒有惟我獨尊、固步自封，反將"自我"也隨着社會現實一同納入批判的視野，對"自我"作出建構與解構："目前的世界不好。我們讓你們到世界上來，沒有爲你們好好建造起一個理想的生活環境，實在很慚愧。但我們沒有辦法，因爲我們的能力有限，又或者我們懶惰……但你們不必灰心難過；你們既然來了，看見了，知道了，而且你們年輕，你們可以依你們的理想來創造美麗新世界。"至此，爲香港意識代言的《我城》，從體認、歸屬提昇到永無止境、變動不居的"創造美麗新世界"的水平上，市民與城市本質的交互關係由此可見。

　　小説語言簡潔明快。文字後面支撐的是信心、信任、批判、熱情和行動。"我對她們點我的頭"、"房牆門窗、幾桌椅、碗桶盆、人手足刀尺、山水田、狗牛羊"。這類語言屬於寫景白描，加上一點超現實主義想象，还有若干地方色彩的童謠。受益於散文文體"散"的精髓。西西的"童言"不是無忌的，是婉約、徘徊和壓抑的。對於搬家過程的描寫，繁冗而細緻，逼迫读者更費神、遲緩地認知外部世界。《我城》陌生化的技巧延展了審美過程，拖延了對外界事物做出的態度。雖然像一個孩童一樣，對社會的價值好奇不解，但始終肯定多於否定。羅貴祥認為，《我城》不排斥大衆文化與大衆社會；但同時也是對抗大衆文化的。因為兒童化的語言説明作者用兒童的身份掩藏女性作家的身份，從而使作品儘量回避女性作家所承受的壓抑。

第七節　八九十年代戲劇概述

　　這時期的香港戲劇，歷經 20 世紀 70 年代後期至 80 年代的轉型，逐步走上專業化道路。香港演藝學院將話劇編入課程，政府加強資助，話劇開始和音樂、舞蹈平起平坐。戲劇藝術獲得迅速發展。據調查統計，1989 年香港有 100 多個話劇社團，其中 4 個專業話劇演出團體，幾乎天天有話劇演出。其中 1989 年演出 576 場次，觀衆 19 萬人次；1990 年演出 546 場次，觀衆 22 萬人次；1991 年演出 543 場次，觀衆達 25 萬人次。香港中文話劇

的基本觀衆約爲 2 萬，這在全港 600 萬人口中不算一個大的數目，但這支基本隊伍卻撐起了香港話劇的繁榮局面。

80 年代香港話劇的本土文化意識漸趨强烈，戲劇取材香港本土生活，討論香港社會、文化、歷史、未來各種問題，藝術追求與文化意藴也與内地話劇迥然異趣。劇作家的創作大多取材於香港題材，描寫香港社會、港人生活與人生心態，剖析香港問題與探索香港的前途命運。《花近高樓》、《人間有情》以及《逝海》、《遷界》、《命運交響曲》、《天遠夕陽多》、《我係香港人》、《香港夢》、《末世風情》、《廢墟中環》、《風雨搖滾》、《大屋》等比較成功的劇作大都描寫"香港形象"。值得注意的還有，這些劇作的思想藴涵、藝術方法以及所流露的文化意識，受西方影響較多，流派衆多的外國當代戲劇紛至沓來，涌入香港劇壇。作家的文化思想意識是開放的，中西文化交流在話劇創作中明顯，作爲香港文化人，他們努力以香港本土意識來描寫自身所關心的"香港形象"。

90 年代初至香港回歸是"九七"政治劇式微的年代，取而代之的是流行文化滲入劇壇的局面。在這段日子裏，一些非主流的實驗劇團還繼續它對於本土和政治意識的探索。"九七"回歸之後，這種探索又重新流行起來，可以稱之爲"後九七情結"。在現今藝術發展局政策鼓勵之下，實驗劇更處於强勢的位置。就香港的文化形態來説，流行文化的普及滿足了都市文化消費的需要，并且有廣闊的市場傳播，成爲香港文化的特色。

概括地説，香港戲劇主要呈現三種類型。

先鋒劇場。從 1982 年榮念曾創辦"進念·二十面體"開始，香港實驗劇團的隊伍日漸强大，獲取不小的生存空間。它們的演出形式，例如非文本、非語言，重形體動作和舞台美學，以及强調後現代的解構和不定性的取向，頗受年青一代知識分子歡迎。它們對所謂主流劇場的演出，也有重要影響。這些劇團都堅持純劇場主義和演出可能性的探索，注重作品的思考和觀衆的參與，大部分都有高度的政治和社會意識，無論是主觀的投射，抑或極度客觀的展示。它們代表香港話劇求新的取向與活力，與主流和商業劇場相制衡。在文本創作方面，也提供了新的景觀和視野。

主流劇場以香港話劇團、中英劇團、演藝學院、赫墾坊劇團爲代表。香港話劇團和演藝學院上演一些中外經典名著，而且多是百老匯式或者是倫敦西區劇場的手法，規模也較大，中英劇團和赫墾坊近年以創作劇爲主，劇團較爲靈活，也較爲接近市民大衆。其他較有規模的劇團有新域劇團、致群劇社、沙田話劇團等。

商業劇場方面，中天製作是同類型劇場的始創者，1987～1997年，上演了不少哄動劇目，如1990年的《美人如玉劍如虹》。1993年的《撞板風流》也重演了兩次，主辦人麥秋堅持獨立製作，爲票房效果，常常邀請影視明星參與演出，爲拓展觀衆層面和增加話劇的知名度做出了貢獻。高志森、杜國威和古天農組合的春天製作以杜國威的劇作爲主。劇團有基本演員，演出時也邀請影視明星助陣。它不僅上演話劇，而且把話劇改編成電影，例如杜國威的《南海十三郎》便獲得台灣金馬獎的最佳編劇和最佳男主角獎。因爲自負盈虧的緣故，製作和演出方面多以觀衆的口味爲依歸和目標。

三種戲劇性類型代表三種審美取向，反映出香港話劇發展的軌跡和特性。但它們之間有區別也互相滲透，尤其是所謂主流劇場，有些演出以娛樂性爲主，以半流行文化的形式來贏取觀衆的認同，有時則藉助實驗性去維持高雅文化的姿態。近年來香港話劇團、演藝學院和沙田話劇團的劇目都有這種傾向。至於所謂實驗劇場，有時也通過流行文化的演出逼近本土文化和國民性的核心。商業劇場也演出一些流行的經典劇目，或者通過一些歷史和文化題材而提昇它的藝術性和藝術形象。所以，以上分類帶有若干程度的模糊性和浮動性。

第八節 "九七"戲劇與《我系香港人》

"九七"回歸給戲劇帶來了巨大震憾。在"九七"情結的刺激下，香港崛起一批"九七"社會寫實性戲劇。這些戲劇大多側重以寫實手法，反映面臨的"九七"回歸的香港歷史與現實。它的核心內涵是通過對香港獨特歷史與現狀的戲劇敘事，梳理和建構香港獨特的歷史與文化"譜系"，探尋處於中英兩個政治、歷史與文化邊緣地帶的香港，以及香港人自身的本土性與主體性。"九七"社會寫實性戲劇是80年代以來香港話劇發展的重要一脈，是對70年代香港校園戲劇寫實精神的繼承與延續。香港"九七"社會寫實性戲劇的主要作品有：袁立勳和曾柱昭的《逝海》（1984）、

曾柱昭的《遷界》（1985）、杜國威和
蔡錫昌的《我係香港人》（1985）、陳
尹瑩的《花近高樓》（1988），以及《人
間有情》（杜國威）、《命運交響曲》
（袁立勳、林大慶）、《元宵》（陳鈞潤）
等。從自我形象的構成來說，這些劇本
既排斥英國的統治，對於北望神州的中

杜國威

土，抱有既愛且恨的疑惑，從而突出了
"我係香港人"的意義，也表現了香港的歷史和過去，歌頌了香港原居
民——農民和漁民，以及他們的傳統，包括儀式、歌唱和習俗等。

《花近高樓》是一部反映香港50年變遷的力作。故事發生在港島東區
某處臨海邊的江、丁兩姓幾户普通人家之間，三幕戲的舞台空間都是臨海
邊這幾户人家的石屋。三幕戲分別寫他們歷經香港50年代困難時期、70
年代飛騰發展、80年代末期等待"九七"時期。隨着香港從困頓中風生水
起，飛騰發展，這幾户人家的生活方式與人生也在變化，劇中人心態的變
化更爲激烈。作品選取賣房爲主要衝突綫展開兩種道德信念的交鋒，以人
心變化之緯，寫出香港50年來飛騰發展中富庶的物質生活的贏得與信實、
忠誠、友愛、互助、勤勞質樸生命質素的失去，具有一定的思考深度。

《人間有情》

《人間有情》歷史跨度長達百年。傘廠自廣
州起家，歷經清朝與民國交替、抗戰及大陸解
放，自粤遷澳再遷港，雨傘款式幾經更新換代，
直至塑料雨衣風行代替雨傘，傘業蕭條。但產業
盛衰、時代變化不是目的，作品主要在此情節基
礎上展示百年風雨變化，表現"人間有情"這
一主題，戰爭使傘廠上下内外人物互相關心。第
三幕中傘廠經營冷清，第三代人要出洋留學，行
業後繼無人，面臨停業。但是戲劇把主要力量花
在寫人的内心感情。傘廠業主天賜與第三代小玲
的一場誤會，天賜要小玲出國，學成後不再從事
傘業，而小玲卻要留下來辦廠。雙方都因太爲對方着想而固執己見，發生

争執。小玲的內疚、憐惜、後悔、驚訝，天賜的茫然、惆悵、痛苦、自咎，親情洋溢，感人肺腑。天賜知道傘廠結束是早晚的事，感嘆"没法可想的了！"但是他們支撐下去了，支撐下去的目的是爲了這班老伙計能够享受到平靜無憂的晚年，擁有一個美好的回憶，遂決定"守得多久就多久吧！"

《我係香港人》是杜國威和蔡錫昌的十五場話劇。從 1841 年鴉片戰争後英軍登陸開始，一直到 80 年代的選舉風雲，勾畫出殖民地政府的偽善、欺詐、種族歧視和巧取豪奪，企圖在種種嬉笑怒罵的否定中，為"香港人"尋找一個定義。作品基本上採用剪報的形式，外面套上戲中戲的框子。整個編排和製作加插了不少俗文化的元素：舞蹈，流行曲，多媒體的佈景，觀衆熟識的題材，跳躍性的急速節奏，一般人保全大局的心理等都顯示出大衆文化的傾向。語言方面，不避俗語、俚語，同時也夾雜了不少英語，正好反映當時香港的實況。

該劇意在探討香港人的歷史命運和文化身份。劇作開宗明義說，有一班演員在導演的帶領下，要把香港人的感受表達出來，並不是要反映歷史事實，這是劇場主義的表現方法。因此劇中人物，可以天馬行空，而段落的推進也可大筆潑墨。整個劇的框架，就是一班演員與觀衆在劇場中共同經驗"我係香港人"種種。爲了探討香港人的歷史命運，戲由殖民時期中國人與外國人相遇開始，把殖民地時代英國人的統治政策，高等華人的生存策略，殖民地的特質和等級制度等，一幕一幕呈現；像政治劇，又像是遊戲性的回顧。一直到第八場，把香港的殖民地政治都高度概括地介紹了，衆演員以一曲《香港之歌》表示戲到了中段轉折。第九場是"中英談判"，接着"移民心態"、"遊子情懷"、"學生晚會"三場，跟前半部分的群體演出、喜劇式諷刺不同，這三場主調比較悲情，是劇作者要引起觀衆思考的關鍵，從結構來看像是高潮。這三場之後，回到第一場就提出的多項選擇題："九七"談判中三位主要人物是誰？鄧小平向香港人做出什麽保証？什麽是讀出"我係香港人"的正確語氣？那首爲這個劇而寫的《香港之歌》如主旋律般再次出現。最後一場，衆演員恢復演員身份，以"登記作選民"，積極參加香港政治活動作結。這個劇從喜鬧開始，繼而有一定的諷刺，中段後經悲情、惶惑、無奈，最後又回到現實的積極，是通過情緒的演變而使觀眾經驗"我係香港人"的情緒變化。劇作描述香港的政治意識形態變遷，從混融的文化背景到主體性認同，處處體現香港人本土意識的覺醒。從細節來看，是以戲劇形式展現的香港感覺；從宏觀來看，像是一部香港人的史詩。

《我係香港人》沒有中心人物，它的主角是概念化的香港人——殖民地居民。香港的歷史就是港人身份和在權力架構中地位轉變的過程：從趴在英軍腳下乞憐的漁民開始，演進為一個敢於面對未來的勇者，憑著自信站起來爭取自己的利益，更倒轉處境，使"鬼佬"淪為戲弄的受害者。這象徵強勢轉型的情節止於戲弄，絕非是出於復仇和仇恨的心理。在喜劇的氛圍裏，結局還是和氣收場，似乎香港人的定義可以容許高度的概括。

第十六章　澳門當代文學

第一節　澳門當代文學的發展與繁榮

澳門當代文學承繼着現代文學的傳統遺風，在自立自覺自強的艱難探索中，由 20 世紀 80 年代前的孤寂羸弱，逐漸發展步入興旺繁盛。

下面按三個時期分別概述澳門當代文學的主體構成、活動園地及創作特徵等。

第一，自立探索期：20 世紀 50 年代初至 70 年代末。這時期是澳門當代文學完成"移栽"尋求自立的開始。

從作家隊伍及文壇狀況看，有三種作家在文壇筆耕。一是"一批澳門本土成長起來的作者開始走進文壇，文學社團及同仁性質的文學期刊開始出現，而擁有廣泛讀者的報紙副刊，開始較多地關注文學，重視刊發本地作者的文學作品"。[①] 這些人後來成長為澳門當代文學的中堅。二是清末民初改朝換代之時或日寇侵華期間，來澳門落地避居躲難的文人雅士，安定後紮根立命於澳門，安然寫一些感時抒懷的詩文，以誌情思。

---

① 劉登翰主編《澳門文學概觀》，鷺江出版社，1998，第 104 頁。

三是一些澳門出生而後移居香港東南亞等地的作家（如韓牧等），雖然身居異地依然關注著澳門文壇，憑藉着對澳門社會的諳熟與理解，寫一些關於澳門的文字，發表在香港或海外，或寄回澳門共同支撐澳門文壇。由於這時作家群的中堅力量尚不強大，內驅力羸弱，再加作家流動性大，故文壇相對沉寂，文學的發展尚處於積蓄力量探索前行階段。

　　為澳門當代文學立下頭功做出開創性貢獻的，當是 1950 年 3 月 8 日創刊的最早刊登文學創作的《新園地》。該刊乃新中國成立不久，澳門的愛國人士譚立明、陳滿等為推動澳門的愛國民主運動，支持澳門同胞的進步事業，發起組織的“新民主協會”的屬下會刊，社長陳滿，主編張揚。最初為 4 開雙週刊，附在《大眾報》發行，

《新園地》

第四期後改爲旬刊，脫離《大眾報》單獨發行。自 1955 年起改爲週刊。綜合性週刊《新園地》雖算不上純文學刊物，但內容豐富多樣，以 4 開本有限的篇幅不僅開設諸如“二叔公講新聞”、“電影經”等文風活潑、尖銳潑辣，兼趣味性知識性於一體的十幾個小品和雜文專欄，而且重視刊登文學創作，發表了一些地方色彩濃郁，頗爲平民讀者青睞的武俠小説。當時澳門的年輕作者，今天的文壇老將，時任《澳門日報》社長兼總編輯的李鵬翥先生 80 年代曾説：“現在的中年人大概還記得在那裏刊登的詩歌、雜文、小品和短篇小説，澳門的文壇老將方菲、梅毅曦等在《新園地》發表了不少作品。”更難能可貴的是，《新園地》週刊是澳門自有中文報紙以來第一份使用標點符號的報刊。在此之前，澳門所有中文報紙都没有標點符號，只是採用所謂“文化點”（即黑色小圓點“．”，每一個句子之後均用此小圓點間隔）。可見，《新園地》是澳門文壇最初“立人”的“園地”。

　　同時期的刊物，還有 1950 年澳門學生聯合總會出版的會刊《學聯報》和《澳門學生》，這兩份刊物都闢有創作園地刊登青年作者的文學習作。李鵬翥先生曾回憶説：“如今活躍在澳門文化、文藝、教育線上的思放、

梅莩花、葆青、蓓爾等，都是當年這兩份刊物的作者。"①

《新園地》週刊的最後一期是 1958 年 6 月 28 日出版，爾後宣告停刊。後來，1958 年 8 月 15 日《澳門日報》創刊，其綜合性副刊沿用"新園地"爲刊名。前後同名的"新園地"雖無組織上的直接聯係，但其精神卻一脈相承。作爲報紙副刊的"新園地"既承繼了前者的愛國主義精神，又繼續承擔着澳門發表文學作品，培養澳門文學作者，推動澳門文學發展的重任，至今旗幟高揚。

60 年代的澳門文壇相對活躍，既有《澳門日報·新園地》的不懈堅持，又有文學月刊《紅豆》壯勢助陣。副刊《新園地》是澳門當代文學具有代表性的園地，重視文學性，極少轉載港穗作品支撐版面，這對於鼓勵本地文學愛好者積極創作起到了良好的推動作用；所以影響比較大，是讀者量最大的副刊。自費手工油印的文學月刊《紅豆》1963 年 5 月創刊，1964 年 7 月停刊，共出版 14 期，非賣品，主要是贈送學校和社團。這是澳門第一本雜誌型的新文學期刊，是澳門本土作者自立文學意識萌醒與初發的見證。《紅豆》發表的作品内容頗爲豐富，"有長篇小説、駁龍小説、街頭短劇、詩配畫、詩專頁、散文、特寫、漫畫及讀者園地。此外還有諷刺時弊的'牙牙語'"。②

六七十年代，澳門作家發表作品的情況比較複雜。由於澳門地域狹小，發表小説的園地也有限，加之作家流動性强，故有些澳門作家把作品寄到香港或外埠去發表，還有的作家離澳移居外地卻發表關於澳門的小説，於是有了"澳門離岸文學"現象。1995 年澳門基金會出版了淩鈍選編的《澳門離岸文學拾遺》（上下冊，上冊爲詩歌和散文，下冊爲短篇小説集），收入的有作家陶里、汪浩瀚、韓牧、江思揚、江映瀾、劍瑩等 34 位澳門作家的小説、詩歌、散文、評論數百篇。這些作品主要是從香港的文藝刊物中輯錄的，以上是澳門作家發表作品的情況。

---

① 陳大白：《八年艱苦奮鬥的〈新園地〉》，載《天明齋文集》，澳門歷史學會，1995；李鵬翥：《澳門文學的過去、現在及將來》，《澳門文學論集》，澳門文化學會、澳門日報出版社，1988；丘峰、汪義生：《澳門文學簡史》，香港人民出版社，2007，第 67 頁；劉登翰主編《澳門文學概觀》，鷺江出版社，1998，第 105 頁。

② 東山：《戀戀難忘的〈紅豆〉》，載《澳門筆匯》總第 5 期，1992。轉引自劉登翰主編《澳門文學概觀》，第 106 頁。

　　70 年代相對於前一個十年，澳門文壇有些靜寂。初期和中期，澳門文學在困頓中蹣跚前行，文學園地雖有些聲響但動靜不大。據記載，中國內地著名散文家秦牧、香港著名作家唐人等經常應邀為《澳門日報》撰稿。香港作家唐人也曾專程從香港到澳門主持文學創作講座。這既説明澳門當代文學還在默默地行進著，仍處於積蓄力量，培育人才的時期，亦顯示出澳門文學與中國内地及香港文學的緊密關係。後期，政治上伴隨著中國內地"文化大革命"的結束，澳門社會經濟也進入了空前的轉型期；文學上伴隨著內地新時期文學大潮的到來，澳門文壇也受到了巨大的震動和衝擊。澳門最具影響力的大報《澳門日報》緊跟時代步伐，銳意革新。1978 年報社遷址，開本由原先的每日兩張增至兩張半到三張，版面亦煥然一新，不僅突出了地方性、知識性、服務性、趣味性和通俗性，而且為作家的文學作品提供了發表的園地。這些都直接鼓舞了澳門作家的創作激情，為澳門當代文學的騰飛做了準備。

　　第二，自覺發展期：20 世紀 80 年代初至 90 年代末。這時期是澳門文學品格基本確立，步入自覺發展的過渡時代。

　　80 年代，澳門文學經歷了"鏡海"、"中文學會"和"筆會詩社"三個階段。[①]

　　"鏡海階段"。80 年代初，澳門既没有像樣的文學團體，也没有純文學雜誌，甚至没有一個可供發表純文學作品的報紙文學副刊，更遑論出版文學作品的出版社。貧瘠的澳門文壇，向澳門社會、澳門文學發出了懇切又急迫的時代呼喚。在澳門文學發展進程中具有里程碑意義的，是應運而生的《澳門日報》副刊《鏡海》。它於 1983 年 6 月 30 日面世，是澳門歷史上第一份純文藝副刊，也是當時澳門發表文學作品的主要陣地。《澳門日報·鏡海》的創刊，作為一個標誌性的存在，其意義和作用可以從三方面理解：一是象徵著整個澳門社會對澳門文學的存在價值、社會身份與地位的整體認同。二是文學劃時代的開始，自此澳門人開始自覺地有意識地去建立和完善自己的文學形象。自《鏡海》創立後，澳門各大報的副刊，如

　　①　參見鄭煒明《香港澳門文學》，載黃修己主編《20 世紀中國文學史》下卷，中山大學出版社，1998，第 480 ~ 481 頁。

《華僑報》、《市民日報》、《星報》、《正報》等都開闢了副刊，以刊登連載小說和專欄文章爲主，都程度不同地增加了文學作品的比重。《澳門人周報》也開闢專欄刊登小說。還有一份由澳門天主教教區青年牧民中心主辦的刊物《活流》也開闢了文藝專欄。無疑，這對於澳門當代文學的蓬勃發展也起到了製造聲勢，搖旗助威的重要作用。

"中文學會階段"。80 年代中期，澳門當代文學開始走向繁榮，努力樹立自己的文學形象。1985 年 1 月，旨在"提倡中國文化"的澳門東亞大學"中文學會"出版了澳門歷史上第一套文學作品集"澳門文學創作叢書"，含《大漠集》、《伶仃洋》、《心霧》、《雙子葉》和《三弦》五冊。1986 年 1 月，"中文學會"又舉辦了澳門文學座談會。參加座談會的有來自中國内地、韓國、中國香港和澳門的 17 位學者作家，他們"就中國文學在澳門的發展概況，香港、澳門與中國現代文學的關係，區域文學資料的搜集與研究，還有澳門的小說、散文、詩歌、戲劇的過去、現在及將來等問題進行了多方面的討論"。① 會後將其論文編纂成《澳門文學論集》一書。這是澳門文學史上首次對澳門從古到今 400 多年文學發展的深入探討。座談會之後，澳門文壇出現了人們期盼許久的文學景觀：專業性的文學刊物和文學社團如雨後春筍般湧現，文學内涵豐富了，澳門人對文學的認識和重視程度空前提高，澳門的文學形象鮮活起來。

中葡兩國在 1987 年 4 月 13 日正式簽署《中葡聯合聲明》

---

① 參見鄭煒明《香港澳門文學》，載黃修己主編《20 世紀中國文學史》下卷，中山大學出版社，1998，第 479～480 頁。

　　此時（1987 年），也正值中國和葡萄牙政府在北京發表聯合聲明，規定葡方於 1999 年 12 月 20 日將澳門歸還中國。自此，澳門文學和祖國文學乃至與世界文學的聯係密切了。由蕭軍、葉君健和韶華等率領的中國作家代表團訪問澳門，廣東作家秦牧、紫風、杜埃、陳殘雲等也先後到澳門訪問，他們出席文學座談會，舉行文學講座，為培養澳門作家，推動澳門文學的繁榮發展盡了心力。還有，澳門第一大報《澳門日報》副刊增至 20 多個版面，從 1988 年起，李成俊任社長，李鵬翥任總編輯，林中英任副刊課主任，他們三人都是港澳乃至珠三角地區著名的作家，他們自身的文學素養與情趣無疑對澳門文學有著領軍的作用與影響。

　　"筆會、詩社階段"。80 年代末期，澳門文壇的主要文學活動大多以澳門筆會和五月詩社的成員爲主。伴隨著澳門回歸祖國過渡期的來臨，1987 年 1 月 1 日，在澳門熱衷於文學創作的文藝界人士成立了"澳門筆會"。這個筆會從組織上把作家隊伍聚集起來，推動了澳門的文學活動。澳門筆會創辦澳門第一份純文學雜誌《澳門筆匯》（一年出版兩期），内容豐富，包括小說、散文、文學評論、新詩、舊體詩以及篆刻、書法、美術、攝影等，還從事一些澳門詩人的中文翻譯成外文的工作。1989 年 5 月，"澳門五月詩社"也宣告成立，聚集在這個詩社的 30 多位成

《澳門現代詩刊》
創刊號

員有老中青各個年齡層次的詩人，可謂之四世同堂。1990 年 11 月，五月詩社出版了專門發表現代詩和現代詩歌評論的刊物《澳門現代詩刊》。五月詩社在澳門當代文學史上的作用是至關重要的。正如詩人雲惟利所言："自澳門筆會和五月詩社成立以後，既編印刊物，又編印書籍，澳門文學日見豐富，而澳門文壇也漸漸修建起來了。"①

---

　　①　雲惟利：《十年來之澳門文學》，載李觀鼎編《澳門文學評論選》（上編），澳門基金會出版，1998，第 127 頁。

90 年代是澳門文學的過渡期。這時期，澳門文學中的殖民色彩明顯弱化，中國內地文學、世界文學的影響明顯強化。隨着中國作家代表團走進澳門，澳門作家也開始走出澳門，走進中國內地，走向世界。1990 年 6 月，澳門青年作家鄭煒明出席在曼谷舉行的第四屆亞洲華文作家協會筆會。自此，澳門作家多次參加中國內地、台北、香港等地的文學交流研討會，與中國內地作家和學會締結姐妹詩社等。澳門作家的創造力被啟動並迸發出來，澳門文壇的晴空出現了亘古未有的豔陽天。

《澳門寫作學刊》

1990 年 7 月，寫舊詩詞的"澳門中華詩詞學會"成立。1991 年 6 月，創刊《鏡海詩詞》，專門發表傳統舊詩、詞、曲之類作品及有關評論。從此，愛好中國傳統詩詞的人也有了切磋的平台和詩歌團體。1992 年，由一些從事教學和研究的學者自發組織的"澳門寫作協會"成立。1992 年 8 月，創刊號《澳門寫作學刊》出版，主要發表文藝理論、寫作學與方法論以及有關寫作教學之類的學術文章。90 年代，一些學生文藝團體也相繼創辦了一些刊物，諸如：天主教教區青年牧民中心出版了《創作坊》，供中心成員發表文藝作品。1994 年，鄭煒明等一群澳門大學師生也創辦了一份自費公開發行的綜合性純文學雜誌《蜉蝣體》，這個刊物一直堅持到澳門主權回歸，成績斐然。

澳門的作家隊伍也空前壯觀，"既有從本土文化背景上成長起來的作家，也有來自內地或香港、台灣地區的新移民，還有從東南亞和歐美等地來的華僑、華人作家。從創作經歷上看，堪稱'四世同堂'，既有三四十年代就從事文學創作和活動的老一輩作家如梁披雲、李成俊（方菲）等，仍在引領着澳門的文壇；也有五六十年代澳門新文學的拓荒者如李鵬翥、魯茂、周桐、李艷芳（凌稜）、余君慧、江思揚、汪浩翰等以及在這一時期已開始創作，在 70 年代後才進入澳門的陶里、馮剛毅等；還有在 80 年代開始創作的文壇中堅如林中英、徐敏、黃曉峰、陶空了、流星子、廖子馨、葦鳴等，和 90 年代才進入文壇的更年輕一輩的作家如凌鈍、懿靈、王和、黃文輝、林玉鳳、謝小冰、馮傾城等"。①

　　文學主題和創作特徵，誠若澳門作家緣源所言："隨著澳門回歸祖國日近，作家們自覺地賦予作品愛澳門、愛祖國的文學主題。作家們還注意對中西文學進行藝術探索，吸取營養，提高自身的藝術表現力；同時，作家們都自覺地凝聚成一股堅強的力量，努力發揮文學的社會意義。"因此，"80 年代以來的創作在傳統中已漸呈開放性、前衛性、多元性。題材廣泛，並從澳門與世界的深刻而廣泛的聯繫中，或濃或淡地反映澳門社會面貌；以現實主義創作手法為主流，又滲入了現代主義的創作手法，通俗文學廣泛流行，但又不乏純文學作品"。②

　　第三，自強繁盛期。回歸祖國後至今。這是澳門當代文學作品內涵不斷豐富，題材更加廣泛，主題逐步深化，手法多樣化的文學新時期。

澳門特別行政區區徽　　　　澳門特區政府辦公大樓

　　1999 年 12 月 20 日，是澳門歷史上一個劃時代的日子，它標誌著澳門長達 400 年的殖民地歷史結束；澳門從此回到了祖國的懷抱，跨入了嶄新的政治、經濟與文化歷史發展時代。

　　回歸的熱潮，將澳門當代文學推上了前所未有的位置。在"澳人治澳，一國兩制"的政治背景下，澳門文學出現了欣欣向榮的繁盛景象。繁榮發展的重要標誌是一批澳門本土作者脫穎而出並茁壯成長，一些來往於香港、內地的專業作家、評論家也積極參與澳門當代文學的創作，一批純

---

① 參見劉登翰主編《澳門文學概觀》，鷺江出版社，1998，第 112 頁。
② 緣源：《澳門文學現狀窺探》，載《澳門筆匯》總第 9 期，1994。

文學社團與同仁性質的文學刊物相繼出現。小説、詩歌、散文、戲劇多種文學樣式豐富多姿，文學作品的思想内容不斷由淺入深，藝術手法也漸趨純熟，屬於澳門自己的文學形象已經建立。

《澳門文學叢書》系列書影

2001 年 1 月，伴隨着新世紀的鐘聲，澳門基金會、澳門教科文中心和北京中國文聯出版社聯合出版的一套 20 冊的《澳門文學叢書》面世。這是澳門自有文學以來規模最大、部頭最巨的一部裝禎精美的文學叢書；分小説、散文、詩詞、評論和青年文學作品選五卷。小説卷有：《白狼》（魯茂）、《晚情》（周桐）、《愛你一萬年》（方欣）、《月黑風高》（寂然）、

《澳門日報·新園地》剪影

《長衫》（江道蓮）；詩詞卷有：《馬交石》（陶里）、《黃昏的再版畫》（陶空了）、《生命劇場》（流星子）、《自我審查》（葦鳴）、《忘了》（林玉鳳）、《馮剛毅詩詞選》（馮剛毅）；散文卷有：《愛在紅塵》（凌稜）、《自己的屋子》（林中英）、《次等聰明》（丁南）、《戲筆天地間》（穆欣欣）、《澳門風物志讀篇》（唐思）；評論卷有：《濠江文譚新編》（李鵬翥）、《邊鼓集》（李觀鼎）、《我看澳門文學》（廖子馨）；青年文學卷有：《澳門青年文學作品選》（黃文輝、林玉鳳、鄒家禮編）。可見澳門文壇作家陣容可觀，成就卓然。

另外，《澳門日報》的文藝副刊《新園地》和《鎮海》上也刊登了不少文學作品，這些作品較之回歸前的創作主題和題材明顯多樣化，"或寫事抒情、感時憂時，或針砭時弊，鋒芒畢露，或感懷故舊、刻畫人物，或捕捉隨感，怡情益智"。為澳門文壇也頗增光添彩。

為不斷開拓澳門當代文學的新局面，2000 年 12 月，澳門筆會和澳門基金會在澳門合辦"千禧澳門文學研討會"，本土作家與內地學者齊聚一堂，對澳門本土文學的形象特徵和鮮明個性進行了一次系統全面的檢閱和反思，會後出版了《千禧澳門文學研討集》，標誌著澳門當代文學已經深入整體有序的創作與理論思辨層面。

"九九"回歸之後，澳門文壇文學盛事頻繁，多次舉辦文學座談會、文學講座、徵文比賽、書市嘉年華等文學活動，澳門當代文學的市場不斷擴大，出版難的問題也有所緩解，澳門作家的創作熱情空前高漲，出現了一批既有時代精神和思想深度，又有濃郁的地方色彩與藝術價值的充滿著"澳味"的澳門當代文學佳作，澳門文壇呈現姹紫嫣紅的亮麗景觀。

第二節　小說創作概述

澳門當代小說繼承著中國小說的歷史與傳統，受中國現當代小說的影響，是中國新文學的組成部分。倘若以 1949 年斷代的話，澳門小說在這之前是它的孕育期，50～60 年代為過渡期，70 年代是發展時期，80～90 年代是繁盛期。

第一，過渡期的澳門當代小說，50～60 年代。

新中國成立後，澳門社會相對穩定，各種進步力量迅速壯大，報業也開始繁盛起來。領導澳門當代小說新潮流的是《澳門日報·新園地》和《澳門學生》（後改名《學聯報》）兩大陣地。由愛國人士主持創刊於 1950 年 3 月 8 日的《新園地》，重視刊登小說作品。可是，1958 年 6 月 28 日，出版了最後一期的《新園地》宣告停刊。同年 8 月 15 日復刊後的《澳門日報》，便沿用"新園地"作為報紙綜合性副刊的刊名。兩者雖無組織上的直接聯繫，但在精神上卻是一脈相承的。新的副刊"新園地"，是這時期有代表性的小說的"新園地"。"創刊的第一篇連載小說，就是阮朗的《關閘》".① 這部作品描寫了聚集在澳門半島東北部黑沙環漁翁街難民們的種種不幸遭遇和苦難人生，產生了較大的影響。澳門中華學生聯合會出版的《澳門學生》文學色彩更濃郁，它"在 50 年代後期到 60 年代初期，對短篇小說非常重視"②，曾破例在第一版刊登夏茵的短篇小說《失去的愛情》，以及胡培周、邱子維、鄭祖基等人的短篇小說創作。

據學者鄭煒明研究發現，"早在 1950—1960 年代，澳門已有相當成功的小說作者和作品面世"③，如 50 年代起就活躍於港澳文壇的小說家黃崖、余君慧。黃崖（1927～1992），福建廈門人，多產作家，擅長寫長篇。1959 年出版短篇小說集《秘密》（包括《圈套》、《驚人事件》、《羊》等），這個集子中的數篇小說皆有澳門文化因素，情節亦都與澳門有關。長篇小說《迷濛的海峽》（初版時間待考，再版時間為 1962 年 4 月）是以澳門及其四周的小島如路環島、伶仃洋的天堂島為背景，描寫的是一位 50 年代初加入海盜組織的青年人，墮落、殺人、後因得到刻骨銘心的愛情，而為自己的罪行後悔、反省和最終被殺的人生悲劇故事。熟悉澳門歷史文化環境的人都知道，這部作品至今仍有深刻的現實意義與藝術魅力。余君慧（1928～），號行心，廣東台山人，生於澳門，畢業於廣東國民大學文學院。50 年代隨嶺南畫派始祖高劍父入室弟子司徒奇習畫，是嶺南畫派畫家的第二代傳人，從事書畫藝術 40 多年，現任澳門世界美術文化交流協會理事長，澳門筆會秘書長。還曾於香港創辦晨窗出版社，與友人合辦鑽石出版社，並任香港報紙副刊及雜誌編輯、採訪部主任和總編輯等職。早年在香港發表文學作品，主要有短篇小說和散文，短篇小說有《絲士咖啡室》、《秘密》、《浴室驚魂》、《艷遇》、《靜電》、《成年人的童話》和《快活樓》等。他的短篇多為浪子艷事，情節浪漫幽默，但也能反映當時澳門社會的一些現實問題，具有警世作用。60 年代，青年文藝愛好者出版油印的文藝刊物《紅豆》，也發表了不少"短篇小說的作品"。④

---

① 李鵬翥：《澳門文學的過去、現在及將來》，《澳門文學論集》，澳門文化學會、澳門日報出版社，1988。
② 胡培周：《澳門的小說》，《澳門文學論集》，澳門文化學會、澳門日報出版社，1988。
③ 鄭煒明，《澳門文學：1591—1999》，《澳門史新編》第四冊，澳門基金會，2008，第1175 頁。
④ 胡培周：《澳門的小說》，《澳門文學論集》，澳門文化學會、澳門日報出版社，1988。

第二，發展期的澳門當代小說，70 年代。

20 世紀 70 年代，隨着澳門教育事業的發展，本地愛好文學的青年漸多，他們躍躍欲試各種文體的創作。就此，澳門日報社爲了提高他們的藝術鑒賞與寫作能力，因勢利導，1970 年邀請香港著名小說家阮朗（唐人）來澳門主持了一連兩晚的文學講座。緊接著，中華商會所屬的圖書閱報室、澳門歸僑總會、中華學生聯合總會、青年書屋等也相繼邀請知名作家、學者，如香港作家李怡等名家主持文學講座，聽衆頗多，效果極好。繼此，將澳門文學青年的閱讀與創作熱情推向高潮，爲八九十年代澳門當代文學的繁榮創造了良好的條件。

70 年代的小說創作，除了前面提到的凌鈍編輯的《澳門離岸文學拾遺》下冊中收入的爲數可觀的劍塋和江映瀾（謝雨凝）等作家的短篇小說外，還應該提及澳門 “離岸” 作家陶里和張錚先生的小說創作。陶里（1937 ~ ）原名危亦健，廣東花都人，1957 年到柬埔寨、老撾任華文中學教師及經商，1976 年回香港，1978 年到澳門，任職中學行政至今。現任澳門筆會理事長、文藝雜誌《澳門筆匯》主編、五月詩社社長、國際華文詩人筆會理事。著作有小說集《春風誤》、《百慕她的誘惑》，詩歌集《紫風書》、《蹣跚》、《冬夜的預言》，散文集《靜寂的延續》、《蓮峰擷翠》，文藝評論集《逆聲擊節集》、《從作品談澳門作家》等。陶里自敍：“70 年代住在老撾，寫了九個短篇，而後到了香港，又寫了兩篇，80 年代結集在北京出版，題名《春風誤》。”[1] 陶里小說的主題，大多是通過青年男女的愛情糾葛，表現客居海外的華人生活，如創作於 70 年代的《春風誤》，寫的都是華僑海外的生活，其題材別致獨特，情節驚險跌宕，善於用白描手法、人物對話、動作和服飾刻畫人物形象，富於傳奇色彩，充滿濃郁的東南亞異國情調，可謂 70 年代澳門短篇小說瑰寶。再者，香港著名電視劇演員張錚（1923 ~ ，原名張喬夫），他的處女作長篇小說《萬木春》[2]，“可以說是第一部以單行本形式發行的反映澳門社會生活的長篇小說，它不僅生動地展示了澳門下層社會民衆的生活情景，塑造了一個個性較爲豐滿的

---

① 陶里：《澳門小說發展概略》，《澳門短篇小說選》代序，澳門基金會，1996。
② 香港朝陽出版社，1979。

爆竹製作工人形象，而且融入了許多 50、60 年代澳門社會的一些珍貴史料，對於考察那段時期的澳門歷史和社會狀況很有價值，堪稱是一部生動的澳門鄉土小説"。①

第三，繁盛期的澳門當代小説，80～90 年代。

80 年代，隨著澳門社會的發展，經濟的繁榮，報業的興盛，澳門當代小説呈現欣欣向榮的景觀。小説家陣容空前齊整，既有筆耕不輟的老一代小説家魯茂、陶里等，又有功底深厚的中年作家周桐、林中英等，還有一批朝氣蓬勃的青年小説家沙蒙、梁淑琪等。小説創作，不僅發表在報紙副刊上的數量日增，而且還陸續有短篇小説集問世；更由於發表小説的園地增多，澳門文壇開始出現長篇小説連載，湧現出兩位最擅長寫長篇小説的作家魯茂和周桐。這時期，較重要的小説集有林中英的《愛心樹》、《雲和月》，葦鳴的《小城無故事》，李毅剛編的《澳門小説選》，陶里編的《澳門短篇小説選》，魯茂的《白狼》，周桐的《錯愛》等。小説的主題，大多聚焦於澳門這座蕞爾小城的日常生活，描寫這塊東西方交匯之地的歷史與文化變遷、悲喜劇，以及這些變遷給澳門社會以及人們帶來的欣喜、困惑與希望。在藝術風格上，老一代作家大多繼續運用現實主義的創作手法，嫻熟地以寫實的筆不事鋪張地訴説著人生的故事和人物的命運，平常卻不平凡。中青年小説家則既秉承中國寫實小説的傳統，又大膽借鑒西方

邱子維

小説中意識流、潛意識、象徵、荒誕以及蒙太奇等現代手法，澳門小説藝術呈現多樣化的品格。

魯茂（1932～）本名邱子維，原籍江西臨川，生於廣東佛山，後生活於香港，60 年代移居澳門，任教於濠江中學 40 多年。他自 1952 年起用"維三丘"的筆名在香港《文匯報》副刊發表小説、劇本；從 1967 年起，在《澳門日報》專欄"開顏集"、"晨窗小品"、"單刀集"發表小品文 50 餘萬字。1968 年 3 月開始，魯茂應《澳門日報》約稿，"右手寫小説，左手寫散文"

---

① 丘峰、汪義生：《澳門文學簡史》，香港人民出版社，2007，第 99 頁。

30 多年未曾中斷，共寫了 20 多部連載小說，作品達千萬字。他寫散文用筆名魯茂，寫小說用筆名梅若詩、柳惠。

魯茂的長篇連載小說，有描寫球員怎樣想經過奮力拚搏成為球星的《星之夢》，有描寫不同類型少女愛情故事和人生際遇的《小蘭的夢》、《黑珍珠》、《辮子姑娘》、《蒲公英之戀》等，有描寫夫妻家庭感情糾葛的《路漫漫》、《愛情的軌跡》、《百靈鳥又唱了》等，還有描寫民眾抗暴鬥爭和互相幫助的《打虎不離親兄弟》、《恩情》等，描寫知識分子對於愛情懺悔的《昨夜星辰》，描寫不同類型青年人闖蕩人生的種種社會遭遇的《莫負青春》、《誰是兇手》、《鐵漢柔情》、《護士夜記》與《白狼》等。這些小說大都是以澳門社會為背景的寫實小說。魯茂在澳門生活、工作了近 50 年，諳熟澳門人、事、歷史、自然與人文景觀，因此，他的小說有著濃郁的地方色彩，使人讀來倍感親切；又由於魯茂善於設置曲折的故事情節和錯綜複雜的矛盾場景，因而能引人入勝，扣人心弦。但魯茂的小說雖然命題立意嚴肅，可為了迎合報紙讀者的閱讀興趣，多採用通俗、流行的風格，藝術上不夠考究。

長篇小說《白狼》（1995），其題材對於澳門小說具有開拓性的貢獻。《白狼》的主人公黃白朗（諧音白狼）是澳門葡國高級官吏的私生子，從小缺少父母疼愛和家庭教養，長大後淪為作惡多端的黑社會成員。當時官場腐敗吏治鬆懈庇護重案犯白朗，他逍遙法外，依舊過著醉生夢死的荒唐生活。最後，白朗遭黑幫陷害鋃鐺入獄。當他得知真相後才幡然醒悟，決定洗心革面重新做人。白狼形象的塑造是前所未有的，為澳門文學人物畫廊增添了一個全新的富有澳門社會典型意義的藝術形象。

林中英（1949～），原名湯梅笑，廣東新會人。長期從事報刊編輯工作，現任《澳門日報》副刊主任。1970 年開始創作，寫過大量散文和小說。已出版的小說作品有兒童小說集《愛心樹》，短篇小說集《雲和月》，中篇小說《青春日記》以及散文集《人生大笑能幾回》。林中英的小說有著強烈的現代女性意識，她善於通過抒寫都市小人物人海微瀾的故事，挖掘生活內在的哲理內涵，抒發對生活的感性體悟，而且筆觸纖柔溫馨，特別見長於表現母性的愛。

短篇小說集《雲和月》，包括《雲和月》、《愛的夢魘》、《小夫妻》、

《結婚三周年紀念》、《擠提後》、《失業》、《老王退休》等 12 個篇什，大都通過描寫城市市民生活的日常瑣事，特別是家庭、婚戀等方面，刻畫人物，表現人的命運。林中英對她"筆下的人物，不管是瘋婦、酒鬼、情婦、小販、老處女、中學生、失業漢、退休職工、淺薄的小夫妻、受物欲引誘的伴侶……都注入了愛心和同情。'哀其不幸，怒其不爭'，以女性作家敏銳的觸覺，細緻的觀察，清麗的表現，將人物立體地躍出書中"。① 小說集命名篇《雲和月》，寫的就是一幕現代都市的家庭悲劇。丈夫與妻子因爲性格、志趣相悖，加上缺少溝通和理解，結果妻子整天花費心機"築方城"；丈夫則沉溺於情人的心靈慰藉，結果使原本充滿溫馨愛意的那個"家"名存實亡。在小說的結尾，作家特意給作品塗抹上一層濃重的淒涼哀婉色調，以警示世人。林中英有女作家特有的敏銳觀察力和細膩的藝術表現力，擅長對複雜的人物心理活動作精緻入微的刻畫，且文筆流暢、典雅，常給人以静謐、恬淡的美感。散文家李鵬翥先生在《林中英〈雲和月〉·序》中這樣評價她的作品："作者是以哲學家的眼光透視了問題，然後用文學家的技巧去描繪，通過精簡的場景和人物活動，使讀者發掘和咀嚼其主題，認識社會現實生活的悲歌。"②

第三節　周桐的創作及其《錯愛》

（一）生平與創作道路簡介

周桐（1949～），原名陳艷華，筆名沈實、沈尚青等，廣東新會人，澳門出生，從事新聞工作，創作上主要寫以澳門爲背景的文學作品，是典型的澳門本土作家。

1968 年開始，周桐在《澳門日報》和《華僑報》上發表作品，寫散文、隨筆等，而寫得最多、成就最突出的是小說。從 70 年代至 90 年代中期，她一共寫了 13 部長篇小說，每部二三十萬字，是與魯茂齊名的澳門報刊長篇小說連載創作高手。她在《澳門日報》副刊上發表長篇小說連載，

---

① 李鵬翥：《雲和月·序》，載《濠江文譚》，澳門時報出版社，1994，第50頁。
② 李鵬翥：載李觀鼎編《澳門文學評論選》（下編），澳門基金會出版，1998，第198頁。

第一部是《八妹手記》。

她的小說"大多環繞著兩性間的愛情軸心來開展它的情節"，有描寫殘疾少女自強不息故事的《半截美人》，有描寫各類愛情婚姻故事的《八妹手記》、《幻旅迷情》、《錯愛》、《狹路姻緣》、《晚晴》、《逃妻》、《澳門假期》、《綠羅漢》等，有描寫內地來澳青年艱難創業的《人生邊際》，有描寫流落澳門的越南難民故事的《流星》，還有宣傳環保意識的科幻小說《除卻天邊月沒人知》及其續集《再生緣》等。周桐以女性作家特有的細膩筆觸，創作了不少頗受讀者喜愛的愛情小說。

雜文集《雌雄同體》，收集的大多是作者在澳門回歸前後發表於《澳門日報》"新園地"專欄中的文字，涉及時事、政治、新聞自由、回歸問題、教育、家庭、愛情、性別、國際雜談等。所述內容大多是由一則本地或外地的見聞，反觀澳門現存狀況，指出澳門的政策、制度，甚至民生所存在的弊端。周桐的雜文文筆幽默諷刺，豪爽淋漓，大多直抒胸臆，常以敏銳的觀點和獨特的視角，敍述著人生哲理。難能可貴的是，周桐十年前提出的社會問題，至今依然是澳門人關心的熱點話題，時間證明了這些批評式雜文的社會和文學價值。

（二）小說《錯愛》

《錯愛》的前身為報刊連載小說《赤子情》，是周桐正式出版的第一部長篇小說，於 1988 年由澳門星光出版社出版，北京中央電視台曾改編為電視劇，是周桐的成名之作，它的出版使周桐一舉成名。

小說取材於現代都市常見的家庭男女複雜的戀愛關係。男主角李懷民因一次異國情緣，給幸福平靜的家庭激起了浪花；女主角尤琴患乳腺癌割去雙乳便疑神疑鬼，夫妻感情出現危機；小姨尤鈴又處心積慮謀害姐姐想搶走姐夫獨佔豐厚家産；李懷民之"錯愛"私生子小里蒙，因母親

《錯愛》

車禍過世繼父再婚，不知情下被生父"收養"。《錯愛》的結局是皆大歡喜式的，即善有善報，惡有惡報。男女主人公最終以真誠互愛戰勝一切，家

庭重歸圓滿。

《錯愛》的主題思想與藝術成就。

1. 探討人性的主題

周桐的小說繼承了中國文學"文以載道"的傳統精神，在俗味濃郁的奇情小說俗套鋪墊下，表現了不俗的刻畫人性的主題。作者試圖通過一個家庭四個人物李懷民、尤琴、小里蒙和尤鈴之間的矛盾衝突，探討人的雙重性格問題，即關於大愛的無私和自私的人性主題。作家在表現此主題時，並沒有將人物簡單化、概念化，而是透過有血有肉的人物形象塑造，鮮明獨特的人物個性描寫實現深化主旨的。小說男女主人公看似一對恩愛夫妻，丈夫李懷民是一家大型建築公司的總工程師，妻子尤琴患了乳腺癌，手術後需要療養，丈夫為此辭掉高薪的職位，從香港回到澳門陪伴妻子。一天，夫妻偶然間從一份香港英文報紙上發現一則尋人廣告，勾起了李懷民對塵封已久的一段往事的回憶：那是剛結婚不久後與一個外國女郎的一夜情。一次錯愛，他有了一個私生子。當這個曾為"養子"，實為"私生子"進入家門之後，家庭矛盾接踵而至。原本恩愛的夫妻感情出現裂痕：好丈夫、風流男人，善良太太、妒忌女人，又加上小姨子尤鈴陰謀奪取姐夫，使美滿幸福的"家"瀕臨崩潰。作家透過這個富有戲劇性的情節跌宕的家庭故事，展示了人性、愛情的深意，進一步詮釋了中國古語"一失足成千古恨"的深意。評論家李鵬翥先生道：這部小說"交織著主人公婚後的一夕風流，多角不正常的單戀、把愛與嫉妒、誤會，因一連串'情理之中、意料之外'的故事發展，給我們塑造了幾個有血有肉有性格的人物……"[1] 應該說，故事中的兩個配角，寫得相當成功。如尤鈴，她是故事裏成功的反面人物，作者在她身上的著筆較多，惡有惡報，尤鈴最終落個神經失常、流浪異國街頭的下場。而故事裏正面人物小里蒙，長得可愛又善解人意，叫人憐愛不已。作家透過這兩個鮮活的文學典型，豐富深化了小說主題內容。

2. 精湛的結構藝術

《錯愛》的整體結構值得稱道。它情節複雜，結構緊湊；富於懸念，

---

① 李鵬翥：《人生・愛情・即食文化》，《錯愛・代序》，澳門星光出版社，1988。

環環相扣，體現了作家寫奇情小說雜而不亂的功力，這也是《錯愛》的成功之處。小說中四個人物，四條線索，既平行發展，又相互交錯，其中許多情節以尤琴為軸心，網絡出錯綜複雜的故事內容。尤琴兩度出現乳癌，由自信的事業女性變成憂鬱、敏感的小婦人。如故事開始尤琴的出場，"胸圍底褲風波"，菲傭誤將自己的內衣褲放入男主人的抽屜裏，她為此大發脾氣，顯然是多疑以及對自己失去信心的反應。尤琴這種病後心態導致李懷民不敢直接相認親生兒子小里蒙，深怕刺激妻子會對她造成致命傷。尤琴的心理障礙未除，威脅這個家庭和諧的因素卻步步逼近，即小里蒙的出現。這條懸念效果強烈的伏線，作者輕描淡寫，讓它若一絲弦外之音：別人提起李懷民的中東之旅時，他"不大願意重復提起它，它使我感到荒唐。我怕翻起一些記憶的漣漪，而這又是我欲終生將它忘記的"。這種欲言又止緊緊扣住了讀者的好奇心。直到那則"尋人啟事"引出小里蒙，讀者方恍然大悟，唯有尤琴與小里蒙兩個關鍵人物還蒙在鼓裏，更吸引讀者追著看。小里蒙以養子身份住進李家，隨身帶著生母安琪的日記和李懷民送母親的定情物，無疑給李家置放了一顆"定時炸彈"；另一邊，小姨子尤鈴也住進李家來，"這個漂亮的軀殼底下鑲的是一副蠍子心腸"的女人又是個"引爆器"，要把李家炸個粉碎。環環相扣的故事情節營造著緊張氛圍，一步步將矛盾推向高潮，達到了奇情小說理想的戲劇效果。

　　作為通俗小說，《錯愛》的確具有不俗的特色。作爲通俗小說家，周桐確實對澳門小說做出了貢獻；但綜觀整部作品，仍存有長篇連載小說的局限。文學不能脫離歷史、文化和社會條件的制約，《錯愛》故然有不盡如人意之處，但以澳門 80 年代的文化背景看，周桐能寫出《錯愛》這種思想與藝術都耐讀的作品，亦屬難能可貴。

第四節　詩歌創作概述

　　詩人說："澳門是詩的基地"，世人稱："澳門是詩城。"蕞爾小城澳門被冠之以"詩的基地"、"詩城"，或許是她獨特的地理文化背景與歷史淵源使之然。

（一）澳門舊體詩和新詩

澳門現代詩歌園地中，舊體詩詞可以説是一朵奇葩，不管時光如何變遷，詩壇光景盛衰起落，詩人們總是苦心吟詠著。中國歷史上，每當改朝換代之際如清末民初，或戰亂時期如日寇入侵，澳門都有不少遺老作家或高人方士來此避難客居，不少文人墨客戰亂結束後便定居濠江這塊世外桃源，與澳門本土作家雅集、唱和，不僅為澳門詩壇留下了許多珍貴的舊體詩詞作品，而且使澳門小城形成一種喜好中華詩詞的風氣。因此，澳門當代詩壇喜歡吟詠舊體詩詞的老中青作者

《澳門詩詞箋注》

爲數可觀，如馮剛毅、黃坤堯、程遠、梁雪予、陳伯煇、馬萬祺、佟立章、莊文永、鄭煒明、譚任傑、羅金鳳等。1992 年，馮剛毅主編了一本《澳門當代詩詞選》①，收集 40 多位作者的 700 多首詩詞作品，雖然這些作者的"年齡、氣質、閱歷與修養"有差異，但"勾勒"出了澳門現當代舊體詩詞創作的基本面貌，是澳門當代詩歌的重要組成部分，顯示了中華詩詞歷久常新的藝術魅力。

《澳門新詩選》

澳門新詩雖然抗戰時期出現過零星幾首，如德亢、蔚陰、飄零客的創作，但總體來説，比中國內地、港台現代新詩創作要晚十幾乃至幾十年。"澳門新詩起於 50 年代"② 這是不少學者的共識。澳門新詩可分爲萌芽（50、60 年代）、成熟（70 年代）、繁榮（80 年代以後）三個時期。

第一，萌芽期的澳門當代詩歌，50 ~ 60 年代。

澳門新詩的春姑娘姍姍來遲。50 年代的《澳門日報·新園地》、《學聯報》、《中華教育》等刊物，

---

① 馮剛毅主編《澳門當代詩詞選》，澳門中華詩詞學會，1992。
② 見劉登翰主編《澳門文學概觀》，鷺江出版社，1998，第 118 頁。

培養了一些詩歌新人，如李丹、雪山草等；新詩破土而出，雖數量很少，但生機勃勃。李丹是澳門詩壇最早的新詩詩人之一，從 50 年代開始寫詩，一直寫到 80 年代，是澳門詩壇的元老。他寫於 1959 年的《巴拿馬怒吼》：

> 巴拿馬運河一把劍，
> 握在美國手上，
> 攔在巴拿馬腰間。
>
> 巴拿馬怒吼吧！
> 用你強有力的手奪回寶劍，
> 把美國強盜拋下巴拿馬灣！

　　詩人形象地將巴拿馬運河比作一把劍，這是一把雙刃劍，握在美國人手裏，巴拿馬人民將任美國人宰割，但若奪回這把劍，巴拿馬人民將把美國人趕進巴拿馬灣！這是一首思想內容與藝術俱佳的詩作，內容上顯示了澳門新詩人對世界反帝國主義侵略的關心和憤怒，藝術上音韻和諧，音節鏗鏘，朗朗上口又錯落有致，表現了詩人運用現代漢語入詩的純熟能力。

　　雪山草是澳門五六十年代最早寫新詩的多產詩人，他的詩作題材多樣，意象明晰，感情真摯，表現手法也不同凡響。如他寫於 50 年代末的《採茶姑娘的歌》①：

> 溪水嘩啦啦流淌
> 哪兒傳來清脆的歌唱
> 唱得滿山花草歡快舞蹈
> 唱得行路人立足凝神
>
> 歌聲是從那遍山嫣紅的山間傳來的

---

① 　凌鈍編《澳門離岸文學拾遺》上冊，澳門基金會，1995，第 2 頁。

採茶姑娘在歌唱友誼和愛情

一籃歌聲一籃山茶呵

一朵茶花一顆姑娘的心

一朵朵白雲天上飄呵

姑娘的歌聲打天邊飛旋

帶著赤誠的祝福和問候

姑娘的歌聲停在親愛的人心間

這首抒情詩畫面清醇,聲情並茂,歌頌了充滿樂觀情緒的勞動生活以及溫馨的愛情和友誼,襯托了姑娘的心靈美,她的美是與"一籃歌聲一籃山茶呵/一朵茶花一顆姑娘的心"的勞動美緊密聯繫在一起的。

另外,50年代的新詩還應該記住郭沫若先生的《鳳凰花》和哲學家謝康的《澳門》。1958年,郭沫若先生創作《百花齊放》,在寫到"鳳凰花"時寫道:

我們是大喬木,

原名本叫攀霞拿。

種在澳門鳳凰山,

故名鳳凰花。

這裏所説的"鳳凰山",是指澳門現在的白鴿巢公園山崗,在清代曾稱爲鳳凰山,當時山上長有很多鳳凰樹。據説"鳳凰花"因種在澳門而得名。有史學家考證指出,鳳凰樹是葡國人從緬甸、印度、新西蘭等地首先引進澳門的。

現代新詩進入60年代,開始煥發出勃勃生機。純文學副刊、刊物《澳門日報·新園地》和《紅豆》等創刊為詩人提供了發表園地。詩人群,重要的詩人有當時的青年學生李丹、汪浩瀚、江思揚和韓牧,這些年輕人到下一個十年,已經是澳門詩壇的中堅。詩歌題材領域,主要有表現勞工神聖的"勞工詩",如子規的《人力車夫》,以及署名"靜"的《的士司機》、《洗衣姑娘》、《棚工》、《清潔工人》等一系列勞工詩；還有表現澳門這個殖民地社會人們的苦難、屈辱和現實困境，以及覺醒抗爭的批判現實主義詩歌，如雪山草的《冷暖人生》，汪浩翰的《憤怒的黑色》等。藝術上，這時期的新詩，雖帶有萌芽期的粗糙與稚嫩，但情懷質樸，色彩豐富，風格清純，不僅一新讀者耳目，而且表現出一種可貴的勇於探索、敢於實踐的激情。

第二，成熟期的澳門新詩，70 年代。

70 年代，現代新詩破土剛出的嫩芽已經枝繁葉茂挺拔偉岸。當代詩人也由初露頭角成爲支撐詩壇的成熟詩人。澳門新詩已經匯入中國當代文學的大潮，與中國內地詩歌、港台詩歌一起在多元化的創作道路上闊步向前。這時期的澳門詩壇，有影響的詩人有江思揚（原名李江）、雲力（本名雲惟利）、汪浩翰（原名汪雲峰）等。詩作題材主要有發掘歷史題材和表現現實社會人生百態的，如江思揚的《船》，雲力的《瘋人院小景》等；有描寫 70 年代以來澳門社會變遷的厚重之作，如汪浩翰的《衛星城惡咒曲》等；還有不少格調清新的短小愛情詩作，如舒議的《電話》等。創作方法上，"遠承博大精深的中華文化傳統之源，近接五四新文學發展之流。現實主義和浪漫主義是其兩大主流"，藝術風格上"格調明朗"，"並且已脫盡舊體詩的格律束縛，就形式而言顯得自由不羈，但有相當一部分詩顯得比較直露、淺白，社會意識濃重而詩意淡薄"。[1]

汪浩翰自 60 年代起開始在港澳報紙副刊發表詩作，有詩集《五月詩壇》和《神往》兩部，是一位有思想有見地、詩風不拘一格的詩人。以下是他寫於 1976 年的《衛星城惡咒曲》。

　　　　當巴士或者轎車載著你
　　　　奔向那座綠色懷抱中的衛星城市
　　　　當滾滾的車輪輾過灰色的公路
　　　　馳過那條僵硬的沒有流水的天橋

---

① 丘峰、汪義生：《澳門文學簡史》，香港人民出版社，2007，第 90 頁。

......

繁榮是塗在那蒼白的臉上的胭脂
你可知道這座衛星城市的地層下
埋葬著多少木屋木艇的殘骸
你可知道你腳下的那條寬敞的大街
曾經是一塊塊綠油油的菜田

......

70 年代的澳門，正在由自然經濟社會向工商業經濟社會轉變。詩人深
惡痛絕那"兇殘"的非人道的"城市計劃"；表現了對行將解體的傳統自
然經濟，諸如捕魚、種菜等依依不捨的深厚感情，真實地記錄和抒寫了轉
型期的澳門社會與人心的變遷。

第三，繁榮期的澳門新詩，80 年代以後。

80 年代是澳門新詩崛起且最具創造力的時期，是現代派詩歌佔據中心
地位的時期。中國改革開放的巨浪，增強了澳門人"走出澳門"的開放意
識。澳門人渴望衝破"文化沙漠"，重塑澳門人自己的文學形象，澳門詩
壇呼喚嶄新的詩歌內涵與別樣的創作形式。順應這一時代與歷史要求的是
現代主義詩歌思潮的湧現。"現代派"詩人的創作，從內容到形式都呈現
一種銳意變革、推陳出新的趨勢，為澳門文學平添一道從未有過的絢麗
色彩。

成立於 1989 年 5 月的澳門五月詩社，是"澳門現代主義詩歌的一面旗
幟"。該詩社 1990 年出版的《澳門現代詩刊》創刊號，是澳門現代主義文
學的宣言，它向傳統的創作觀念發起挑戰，要求詩人"破除一切新舊八股
的陳腔濫調和傳統因襲的應酬老套，竭盡全力地自我突破古典文化的思維
定勢和傳統觀念的審美慣性，挺身而出大膽回應當代崛起的新的美學原則
和席捲全球的現代主義及後現代主義文學思潮"。① 五月詩社同仁合著的詩

---

① 見《澳門現代詩刊》創刊號，澳門五月詩社，1990 年 12 月。

集有《五月詩侶》，詩人單集有：《我的黃昏》（淘空了）、《下午》（凌鈍）、《落葉的季節》（流星子）、《蹣跚》（陶里）、《向晚的感覺》（江思揚）、《夢回春天》（高戈）、《澳門新生代詩鈔》（黃曉峰、黃文煇編），以及澳門詩人在香港出版的詩集如葦鳴的《黑色的沙與等待》、懿靈的《流動島》等。

80年代末，"後現代派"出現，90年代成爲澳門詩壇獨樹一幟的詩歌流派。主要倡導者、青年詩人懿靈，在她的詩論《90年代澳門詩壇發展勘探》一文中，曾這樣旗幟鮮明地對後現代詩歌的精神、內容與形式直接與簡潔地表述："後現代從建築走來，也份外的著重形式。""後現代主義之所以異常反叛，並不是因爲這個通則，而是它一生下來就有一個使命，要挑戰封建主義；挑戰現代主義；挑戰一切違反天人合一的行爲，它鄙視控制自由人的政權（在政治立場上，它異常複雜。它不是無政府主義者，它服膺於權力，但又憎恨權力，理由是它的臣民同出一幟，既是社會中間階層，習慣於資本主義所謂多勞多得的剝削形式，也深受現代社會自文藝復興，巴士底監獄被攻陷以來西方奉行的民主制度、人權、法治、人民有權監督政府等等所影響。因此它只有攻擊性，而毫無殺傷力，它是中肯的，而不是偏激的，它是有理由的，而不是無理的）。因此政治針對性強是它的特質。所以在內容方面，它不單是時事即興，而是有政治立場的作品。在形式方面，它是一種投入溶合，而不是現代主義作品的一種隔閡利用。它有懾人的外表而不是矯飾的包裝"。①

80～90年代，澳門新詩作者隊伍空前壯觀：四世同堂中最前輩的是在抗戰時期已于上海成名的詩人華鈴。華鈴本名馮錦釗，廣東新會人，1915年生於澳門，30年代開始發表詩作，作品反映社會生活，形象鮮明，文字流暢。著有詩集《向日葵》、《玫瑰》、《牽牛花》、《滿天星》、《火花集》、《舊體新詩》，歌集《華鈴抒情歌與藝術歌集》，論著《五十年詩作分析》等，譯著《譯詩集》等。承上啟下的中年詩人以陶里、雲惟利、韓牧爲代表，他們的詩歌在精神氣質上大體繼承了"五四"的文

---

① 懿靈：《90年代澳門詩壇發展勘探》，李觀鼎編《澳門文學評論選》（上編），澳門基金會，1998，第180～181頁。

學傳統，而在藝術技巧上則比較開放，呈現多樣化的風格。如陶里的《紫風書》以柔美婉約的筆致襯托壯烈激動人心的場景，詩中充滿瑰麗的意象，而且多用隱喻、象徵等現代手法抒發情思。雲惟利的《大漠集》充滿歷史滄桑感和色彩斑斕的現實人生畫面。韓牧的《伶仃洋》思路寬闊，對熙熙攘攘的塵世報有冷靜的觀察和熱烈的追求，藝術技巧也相當嫻熟。還有青年一代的葦鳴、懿霧、流星子等，以及更年輕的林玉鳳、黃文輝、馮傾城、馮小冰等一群詩人，他們沒有中老年詩人那豐富的生活閱歷，因此，他們熱衷於開掘自身心靈，大膽突破傳統詩歌的結構方式和寫作手法，拓寬了反映生活和人的心靈層次的探討，特色鮮明，增強了詩歌的藝術表現力。其中影響最大的詩人是葦鳴，迄今已經出版了《黑色的沙與等待》、《血門外無血滴沉思》、《無心眼集》等詩歌集子。葦鳴的詩作大膽打破既有的詩歌形式，在荒誕虛無的極端形式背後，流露出對人生生存狀況的深沉憂慮。

（二）詩歌藝術風格的三個流派①

新詩派，"是指作品的創作手法傾向於繼承'五四'以來新詩傳統的澳門詩人"，如馮剛毅、雲力、胡曉風、汪浩翰和江思揚等，這一派的共通特色是"詩風委婉含蓄，且有一定的旋律"。

現代派，"可說是三派之中陣容最鼎盛的"，詩人有深受內地朦朧詩派影響的高戈、流星子、淘空了等，有詩風傾向於台灣、香港，以及海外華文現代派詩的韓牧、陶里、吳國昌、玉文等。高戈（1941～），詩人、作家。本名黃曉峰，福建莆田人，青少年時代是在幽雅的仙遊縣寓所和濃郁的文學家庭氛圍中度過的。父母曾當過仙遊的中學和師範"國文"教師，課余寫得一手漂亮的詩歌、散文和雜文。高戈 70 年代旅居澳門，當過教師、報刊編輯、現任澳門"五月詩社"理事長、澳門寫作學會副會長、澳門筆會理事、澳門《文化雜誌》中文版主編、《澳門文化叢書》編審、《澳門藝術節報》總編、《澳門現代詩刊》和《澳門寫作學報》主編等。高戈具有詩人的氣質，擅寫現代詩，又熱衷澳門現代藝術和澳門文化的研

---

① 見鄭煒明《澳門文學：1591－1999》，《澳門史新編》第四冊，澳門基金會，2008，第 1172～1173 頁。

究，發表過不少詩作和評論文章。有詩集《夢回情天》，專著《澳門現代藝術和現代詩評論》；主編了《神往——澳門現代抒情詩選》和《澳門新生代詩抄》等。嚴格說來，高戈的詩屬於現代主義的“詩言志”。他的詩深受“五四”新詩的影響，詩的主題透露出五四新文化運動的影響，詩風別具一格，“他不追隨中國詩歌注重抒情的路徑，而刻意表現情緒的起伏跌宕和時空的大幅度跨越，其中可以看到西方現代主義詩風的印跡”，“又能不受其樊籬而超脫出來，形成自己獨特詩風”。

後現代派，青年詩人葦鳴是最早的後現代主義詩歌實踐者。“這一派詩人會對社會上既存的文學主流嚴格反思和提出求變的要求，同時，也會對自身所處的時空間一切事物的合理性和價值，進行深刻的重新評估；反思和求變的結果，在文學上主要表現在兩方面：（1）題材的無限拓展，故有突破禁區的傾向；（2）表達題材的手段與形式的無限度嘗試”。後現代派有成就的詩人有葦鳴、懿靈和凌鈍等。葦鳴的詩作“帶有很強的批判性思想和濃烈的後殖民主義內容，加上形式和語言都有創新的面貌，廣受中外詩壇注意，八九十年代間也曾在內地、台灣和香港贏得若干個詩獎，包括 1994 年的台灣創世紀詩刊/社四十周年詩創作大獎等”。葦鳴有詩集《黑色的沙與等待》、《血門外，無血的深思》、《無心眼集》、《傳說》、新詩合集《雙子葉》等。

澳門現代詩的異軍突起，是本土詩人和移民詩人共同努力構建的，有著深刻的文化選擇意義。黃曉峰在《澳門現代詩刊》創刊號上指出：“文化開放與文化交融應為澳門的文化特徵，正是 80 年代的移民潮為這塊因具有東西方生活方式浸透而產生誘人魅力的彈丸之地增添了生氣，這不僅表現在社會生產力的猛進方面，也表現在文學藝術創造力的突發方面。在文學領域，較具前衛性的澳門現代詩的突破趨勢頗為人注目，僅以五月詩社的澳門詩人群體而言，已明顯地呈現一種輻射性的格局，鼓吹超前意識，提倡創作多樣化。”①

---

① 黃曉峰：《澳門文學的預產期和現代詩的妊娠反映》，《澳門現代詩刊》創刊號，1990 年 12 月。

第五節　葦鳴的創作及其詩集
《黑色的沙與等待·蠔鏡意象十首》

（一）生平及創作簡介

葦鳴（1958～），本名鄭煒明，原籍浙江
寧波，生於上海，1962年移居澳門，青少年時
代在香港接受教育，後獲澳門大學學士、碩士
學位，北京中央民族大學博士學位。澳門後現
代主義文學的最早實踐者。現任香港大學饒宗
頤學術館研究中心主任、香港大學教授。已經
出版《雙子葉》（新詩合集）、《三絃》（散文
合集）、《心霧》（短篇小説合集）和詩集《黑
色的沙與等待》、《血門外，無血的深思》、《無
心眼集》、《傳説》等。文學創作以詩歌爲主。
20世紀90年代末21世紀初，曾有人稱葦鳴爲

葦　鳴

“當今最強先鋒詩人”。葦鳴的部分詩作，其形式和語言，至今仍然超
前；他的作品充滿著涉世的、干預的、質疑的、爭辯的獨立風格。詩人
葦鳴曾獲不同地區、國家多項詩獎，其作品亦被選入海峽兩岸的大學教
科書。

葦鳴及其工作室

葦鳴是一個有藝術個性的詩人。他的
詩歌內容具有強烈的政治思想性，形式
上，“更以廣告、報告、撮要等實用文體
做詩——毫無定格，大大拓展了詩體的畛
域”。修辭方面，“更不論工拙、不避鄙
俗、不拘文白地‘大放厥詞’！”① 如詩作
《巴拿馬事件分析報告》：

---

① 鄭煒明：《澳門中文新詩史略》，鄭煒明編《澳門新詩選》，澳門基金會，1996，第 VII
頁。

人物

布希（一個嫖客）

諾列加（一個開低級妓院的流氓）

過程

子彈頭（象徵龜頭）

出（其實是進；日文進出的進）

民主（往往就像妓女又松又腥的秘洞）

結局

諾列加下台

尋求梵蒂岡庇護

布希派重兵圍困教廷駐巴拿馬大使館

　　這首詩無論從內容還是形式上，可以說"都徹底地後現代了"。它沒有現代派詩人常用的意象、象徵等手法，而是直接採用了大膽直白的"報告"體式，在印刷符號上也沒有現代主義的抒情詩樣式，直接就是一張報告單，簡潔列舉出詩人所要"報告"的主要內容。

葦鳴手稿《澳門的無題》　　　　葦鳴作品《無心眼集》

　　葦鳴與澳門淵源很深，他曾說："澳門，像是我生命中的一個神秘的咒語；過去五十年裡，我人生的幾個關鍵點，似乎總與她有關，也許就是這個原因，造就了我對澳門非常特殊的感情，愛恨交纏而有怨無悔的感覺，是再真實和強烈不過的了。"

（二）《黑色的沙與等待·蠔鏡意象十首》

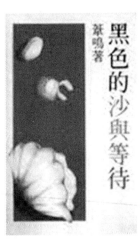

《黑色的沙与等待》

葦鳴的詩集《黑色的沙與等待》出版於 1988 年，其中組詩《濠鏡意象》，包括首篇《創世紀》、《之間——獻給所有會講話的人》、《薄》、《瞄準》、《牆》、《哲學—歷史》、《新詞解——給所有美麗的女人》、《今天，太公要分豬肉》、《大和尚的自白》，以及末篇《末世紀》十首，是他後現代詩歌的代表作。

1. 強烈的社會性與政治性

葦鳴的詩從不作無病之呻吟，具有強烈的社會與政治性。黃文輝先生曾説："在現代詩中，內容上像葦鳴這般貼緊社會時事和政治事件且是如此大膽直率、肆無忌憚，幾乎是不曾有過；在葦鳴詩中，我們看到法國哲學家薩特'介入'（engagement）的文學主張的實現，也看到中國詩歌傳統'文以載道'的重現。"[1] 如他的《創世紀》首先用 13 個黑暗、哭泣和呻吟，上下交錯並排出現：

黑闇　黑闇　黑闇　黑闇　黑闇　黑闇
黑闇　黑闇　黑闇　黑闇　黑闇　黑闇　黑闇

哭泣　哭泣　哭泣　哭泣　哭泣　哭泣
哭泣　哭泣　哭泣　哭泣　哭泣　哭泣　哭泣

呻吟　呻吟　呻吟　呻吟　呻吟　呻吟
呻吟　呻吟　呻吟　呻吟　呻吟　呻吟　呻吟

---

① 黃文輝：《葦鳴：當代詩歌的風格》，《澳門文學研討集——澳門文學的歷史、現狀與發展》，澳門日報出版社，1998，第 306 頁。

一隻螢火蟲　在沉思

於是
世界有了形相

渾沌的黑闇、無盡的哭泣和呻吟裏，一個弱小的生命"螢火蟲"挣扎著來到這個沒有光亮充滿苦難的世界上。然而，這個堅強的生命，"沉思"着人類的命運與出路，創造了這偉大的世界。這是詩人對人類創造力的讚嘆與祈望，對社會與政治的希冀與期待。

與之呼應的末詩《末世紀》：

　「光明」　　「光明」　　「光明」　　「光明」
　「光明」　　「光明」　　「光明」
　「和平」　　「和平」　　「和平」　　「和平」
　「和平」　　「和平」　　「和平」
　「友愛」　　「友愛」　　「友愛」　　「友愛」
　「友愛」　　「友愛」　　「友愛」
　「民主」　　「民主」　　「民主」　　「民主」
　「民主」　　「民主」　　「民主」
　「公正」　　「公正」　　「公正」　　「公正」
　「公正」　　「公正」　　「公正」
　「平等」　　「平等」　　「平等」　　「平等」
　「平等」　　「平等」　　「平等」
　「發展」　　「發展」　　「發展」　　「發展」
　「發展」　　「發展」　　「發展」
一個漢子　在挖土

於是
「更好的」明天有了墓穴

這裏，詩人吟詠"光明"、"和平"、"友愛"、"民主"、"公正"、"平等"、"發展"，每個詞重複七遍，直抒自己的政治和社會願望。同時，詩人又在提醒世人：美好的社會，昌明的政治環境里竟有一個漢子在"挖土"，他"挖"的是"更好的"明天的墓穴；他要埋葬光明與和平等，他要讓人類重新回到黑闇、哭泣和呻吟中。無疑，這是詩人對"創世紀"與"末世紀"的政治思考，是詩人對澳門現實政治、社會的反思感慨之作。

2. 傳統與現代結合的表現手法

葦鳴的詩歌，在藝術方面的"實驗"也是"很爲人稱道的，並且有很高的評價"。他既大膽借鑑西方現代主義的藝術技巧，又嫻熟運用中國傳統美學理論，將人與自然、時與空、情與理融合無間，借此闡發哲理，抒發情懷，頗有韻味。如《濠鏡意象·哲學—歷史》一首：

圓圈
像極了太陽
很偉大

拋物綫
像極了海浪
很偉大

直綫
像極了寶劍
很偉大

一點
就只是一點
非常不偉大

（後記：通常，非常不偉大的會比較永恆。一點是最原始的形態，歷史應該回歸一點。）

　　這裏，作者將抽象的"哲學"與"歷史"，具象化為"太陽"、"海浪"、"寶劍"，引領人們探尋深邃的遠古、跌宕的歷史進程、創造歷史的英雄；然而，最後一節詩歌陡然一轉，回到"非常不偉大"的"一點"。（詩人比較喜歡在詩歌結尾作註釋）這個註釋，乃畫龍點睛之筆，啓迪我們跟着詩人思索真正的"偉大"。其實，世俗人認為"很偉大"的光輝、權勢、戰功等，在詩人看來，並不比當下默默勞作的最不起眼的小人物辛苦付出的那"一點"更偉大。詩人在"歷史和哲學"的宏大命題下，啓示人們思索真正偉大永恆的東西：當下凡夫俗子常常視而不見的最無足輕重的一點一滴。葦鳴寫詩，深諳接受美學的道理，常給讀者留下寬闊的思維空間，讓讀者結合自己的知識、經驗等等去思考它、填補它、豐富它。再者，詩人用"很偉大"和"非常不偉大"構成反襯，説反話，這恰恰是後現代主義最常用的表現手法之一。

　　再如《濠鏡意象十首·獻給所有會説話的人》一首：

　　　　嘴巴與嘴巴之間
　　　　是空氣
　　　　也是監獄

　　　　上顎與下顎之間
　　　　是舌頭
　　　　也是蛇頭

　　　　咽喉與咽喉之間
　　　　有聲帶
　　　　也有利劍

　　這裏，人的口腔器官"嘴巴"、"上顎與下顎"、"咽喉"與塵世上陰森可怖的"監獄"、"蛇頭"和"利劍"構成並列關係，引領人們在這偌大的空間思考中國人常説的"禍從口出"、"舌頭殺死人"、"事要多知，話要少説"的箴言；思考人世間無數政治運動、社會事件中，無數悲劇慘案的發生幾乎無一不是因爲管不住自己的嘴巴，釀成禍患，殺人或被殺。葦鳴詩中這些具象化的空間設置，不僅有西方現代派表現技巧的藉鑑，也有中國詩歌美學中"空行"理論的成果嘗試。我們知道，中國傳統繪畫最大的審美價值就在於它總是給欣賞者留下無限的想象空間，所謂"圖畫空咫尺，千里意悠悠"的筆法，以及"萬古不壞，其惟虛空"的中國詩論中的"空行"，講究的都是"詩文妙處全在於空"的這個"空"字。

第六節　散文創作概述

澳門散文的創作時間要比小說早得多。在澳門古代文學作品中，除了古詩歌和楹聯外，就是一些散文。這些散文，當時大都以碑刻的形式出現。澳門現當代散文是澳門文壇上僅次於詩歌的重要文體，數量之多，遠遠超過詩歌。1933年，《小齒輪》創刊號上刊載了馮驟的《艙中之夜》，這是澳門最早的一篇現代散文。40年代初，澳門散文的重要發表園地《藝峰》，發表了不少散文作品，推出了不少散文作家。下面分三個時期敍述澳門當代散文的發展軌跡。

第一，探索時期，20世紀50～70年代。

50～70年代，《澳門學生》、《紅豆》、《新園地》以及《澳門日報・新園地》相繼創刊，豐富了澳門散文的發表園地，鼓勵了澳門的散文創作。

50年代的澳門散文，深受中國內地社會及文藝思潮的影響，內容單純，格調高亢；重視對社會現實的批判，提倡張揚民族

《澳門散文選》書影

主義精神。因此，散文的重要主題，是宣揚愛國主義思想，歌頌偉大祖國的富強。這與當時澳門華人與葡萄牙殖民統治者及土生葡人的地位不平等有關，他們將滿腔的希望寄託在新中國的誕生和強大上，如德新的刊於1958年3月16日《新園地》的《在冰室裡談人生》，丁兵的刊於1970年10月30日《新園地》的《是誰害了他？》。

60年代以後，澳門散文受內地政治氣候的影響更深，一度思想激進、

內容貧乏。如胡適先生逝世時，穆秀寫了《從胡適的怕老婆説起》，認爲胡適的"怕老婆論"是誘導青年一頭鑽進"毫無意義的瑣碎問題上"，強調青年應該把精力用在關心政治上。再如葉萌刊於 1962 年 3 月 13 日《新園地》的《對鬍子的感情》，可以看到政治令鬍子變得與衆不同，如魯迅、聞一多、古巴領導人卡斯特羅的鬍子"都是性格十分突出的，它們同樣代表著戰鬥，代表着覺醒了的新生力量，代表着毫不妥協的精神"。把魯迅等人的戰鬥精神搬到了澳門，這與當時澳門的氣氛不甚協調。

70 年代的澳門散文，開始由激進轉向平和，漸漸放棄生硬模仿，摸索和探求自己的發展新路。1970 年春節，《澳門日報》邀請香港著名作家阮朗來澳門舉行寫作演講，一連兩個晚上，對當時的文學青年影響很大，一定意義上也起到了引導作用。應該説 70 年代初的散文，還只是轉變時期的"試驗品"，停留在就事論事的表達方式中。如夏峰刊於《新園地》1973 年 3 月 6 日"説東道西集"專欄的《説"死"》，則是根據同一天報紙上報導的"三個人死亡的消息而來談論死：一個是舊病突發致死，一個是交通意外喪生的，另一個是自己了結性命的"，作者由三個事例總結性地表述了對人與生命的態度和感慨。70 年代中期，報刊專欄品種驟增，影藝、飲食、醫療、知識小品、方言文字、談詩書篆刻、賞字畫美文日益增多。1976 年有"望洋小品"問世，作者包括魯茂、叔華、楊明等。1978 年有麗莎的"八妹手記"發表。1979 年又有徐敏的"溫見錄"，以及魯茂、陶里、叔華、金中子等執筆的"斗室漫筆"等。這個時期成長起來的作家，到 80 年代末，幾乎都成為澳門文壇的支撐，如魯茂、林中英、沈尚青、凌稜等。

第二，長足進展時期，80 年代。

80 年代開始，澳門社會穩定經濟發展，從而也促進了澳門文化事業的迅猛進步。澳門本土作家的文學意識提高，加強了與外界的文學交流，因此散文創作在內容與形式上都有長足進展，其明顯特徵是：現實意識增強，表現手法多樣，呈現絢麗多姿的美好景象。這時期澳門散文壇主要有兩股創作力量：一是充滿活力的青年作家，敢於開拓，頗具實力。他們推波助瀾，把澳門散文創作推向高潮；再是功底深厚的散文老作家，他們出手不凡，代表了澳門散文創作的最高水準。前面講到的長篇小説作家魯茂，出版了澳門當代文學中由本地出版的第一本個人散文集《望洋小品》，該集收錄了魯茂 100 篇散文佳作。魯茂的散文不無病呻吟，不矯揉造作，篇篇都有特定的思想核心。還有，澳門東亞大學推出《澳門文學叢書》中的葉貴寶、葦鳴、黎綺華的散文合集《三弦》。另外，李鵬翥的《澳門古今》、陶里的《靜寂的延續》等也相繼出版。這些散文創作交相映襯著澳門文壇的絢麗輝煌。

第三，蓬勃發展時期，90 年代及以後。

90 年代及以後，是澳門散文成熟收穫的季節。澳門出版的散文集很多，計有徐敏的《鏡海情懷》，陳浩星主編的《七星篇》，劉羨冰的《南歐風采・葡國教育》，凌鈍的《一壺濁酒喜相逢》，林中英的《人生大笑能幾回》和《眼色朦朧》，鄧景濱的《語林漫筆》，以及 1996 年，由澳門基金會出版、林中英選編的《澳門散文選》共八部，收錄澳門 57 位作家 114 篇散文，基本上反映了澳門散文創作的實況。這本散文集的特點，正如饒芃子在其《序》中所道："文集中的絕大多數作品是來自澳門本土的生活，寫的是作者在澳門這塊土地上之所見、所思、所感，是它們在各自的人生途程中採擷到的，有世相、也有心象，是半島生活在他們心中的投影，很有 '澳味'。" 這 "澳味"，應該就是只有澳門才獨具的真實的生活情景、別一獨到的人生體驗以及中西合璧的風土人情。這些散文呈現給我們的，應該是最原汁原味的澳門人、澳門事、澳門情話，彌足珍貴。

梳理《澳門散文選》中的百來篇散文，內容主要是演繹賭城澳門的百味人生。如首篇丁璐的《賭局》，作者借最能反映澳門這個聞名世界的城市特徵，一個 "賭" 字，抒發人生的感謂："有人賭金錢，有人賭命運，有人賭性命"，一生有賭不完的賭局；顯然，是勸人戒賭的。葦鳴的《我不想知道》，則描寫一個人走進賭場，馬上感覺到賭場的種種氣味 "使人很不舒服"；賭場的張張面孔 "使人看了感到恐怖和不安"。這個人立刻感悟到：原來在賭場裏 "生命只是個賭注而已"。於是，他一片茫然地扔下所有的籌碼，頭也不回走出賭場，不想知道下注後的結果。顯然，是描寫賭客的真實感受。魯茂的《人生十拍》，反映了澳門城區又一 "景觀"，即節假日期間，酒樓座位供不應求、學校學額嚴重短缺、市區汽車泊位昂貴艱難的現象。而張裕的《澳門的秋天紅葉》，則讚頌了澳門秋天雖無紅葉，但山烏點綴松山的美態，等等。

總之，90 年代以後的澳門散文文壇，繁茂絢爛。它的內容健康向上，創作題材廣泛，表現手法多樣；而且種類繁多，有抒情散文，有報告文學，還有隨筆、社會速寫、遊記、小品文、雜感以及回憶錄等。由於澳門當代散文的創作大多為報紙副刊的專欄小品，所以散文篇幅短小，但思維敏銳，文字精煉，或抒情感悟，或針砭時弊，或談古論今，或談文說藝，充分顯示了作者個人的性情愛好，知識學養和文學才情。還由於作者大都是生於斯、長於斯的本土作家，對澳門半島有著濃厚的情懷，所以他們極注重取材於本土生活，發掘本土的悠長歷史掌故和濃濃的風土人情，因此，作品蘊涵著濃郁的歷史底蘊，散發着濃郁珍奇的"澳味"。

第七節　李鵬翥的創作及其《澳門古今》

（一）生平及創作簡介

李鵬翥（1934～2014），澳門本土作家、資深老報人，也是澳門文壇著名的"雜家"，散文、隨筆、評論等都有很高的建樹。曾任《澳門日報》社長，全國人大代表。

李鵬翥先生擅長或曰善於收藏與讀書。讀書與寫作，是他的追求，也是他的聖經。他自 50年代始就勤於寫作，樂於交友，善於收藏。他的著作以知識豐富、學識淵博著稱，有散文集《澳門古今》和《濠江文譚》兩部。現代老作家巴金、紅學家俞平伯、書法大家啓功、當代作家陳

李鵬翥

殘雲、杜埃、秦牧、峻青以及台灣女作家林海音、香港作家阮朗等都是他的好友。他不僅收藏了這些文友的作品，還精心收藏了周作人譯的《冥王旅行》毛邊本，胡適的《嘗試集》增訂四版本，徐志摩的《猛虎集》再版本、王統照的《夜行集》出版本，以及馮至在抗戰期間的《十四行詩》草紙本等，而這些，都是中國文集典藏中的珍品。

1995 年出版的《濠江文譚》，是一部關於文藝作品及文藝現狀的評論

集。作者透過對文史書畫的藝術評價，抒發胸臆，闡釋自己獨到的見解，閃爍著作者的學識智慧和真知灼見。學者錢谷融在該書的"序言"中，這樣評價李鵬翥其人及其文："他在文學藝術領域的許多門類中，都有很深的造詣，很高的成就。他的散文隨筆都寫得很好，名篇佳作，膾炙人口；也可以寫新詩舊詞。他所寫的評論文章，分析鞭辟入裏，褒貶銖兩悉稱，能令讀者讚賞，作者心服。他對書法、篆刻、音樂、美術、舞蹈等都十分愛好。"

（二）《澳門古今》

1986 年出版的李鵬翥散文集《澳門古今》，收入 200 多篇掌故小品，是一本藉寫地方色彩濃郁的澳門風物掌故，融知識、趣味和人生思考於一體的散文集。著名散文家秦牧在《探照燈下看澳門》一文中，指出《澳門古今》"這本書的價值在於它熔歷史、地理、風物、景觀於一爐"，"在世人知道香港多，知道澳門少的情形下，這本書可以作爲'澳門新志'來看待，它將在史地書籍中佔有一席之地，而且，作爲信史，它還可以成爲出自澳門人手筆的傳世之作"。

《澳門古今》既是談澳門人文掌故、歷史地理的知識散文，又是閃爍著作者廣博學識和人生智慧的智性散文。它寫澳門的過去與現狀，寫出了澳門濃郁獨特的人文環境，顯示出悠久的中華文化深厚博大的根基與強勁的生命力。它狀景寫人描事繪物，既有趣味又洋溢著激情，顯示了作者廣博的歷史文化知識和對澳門這塊土地的真情摯愛。而且，筆力老到，文字生動，涉筆成趣，既有哲理內涵又有藝術底蘊。確如他寫啓功，"筆隨意到，情真有詩"。

第八節　話劇創作概述

澳門話劇與中國話劇始終同淵同源。新中國成立後，澳門的話劇活動，繼續追隨著祖國戲劇藝術的足跡，一步一個腳印地穩健前行。雖然在澳門這個蕞爾小城不算短暫的戲劇史上，沒有產生過轟動四野的大事件，也沒有產生過震驚四座的大劇作家；但是，澳門戲劇發展的歷程，卻真實地印證了澳門人在歷史的重軛下奮進求索的艱難足跡，吟唱着對祖國的一片真情。

　　澳門戲劇的突出特色就是業餘戲劇發達。目前，澳門尚未出現由政府提供全額經費的專業劇團，但業餘戲劇團體頗多。在澳門劇壇持續時間較長、社會影響較大的業餘劇團主要有“海燕劇社”、“藝苗劇社”、“教區劇社”、“澳門劇社”、“澳大劇社”、“曉角劇社”等等。他們活躍在澳門的舞台上，演出校園戲劇、老人戲劇、土生葡人戲劇，大多有着近二三十年的歷史，它們是澳門戲劇的中流砥柱。

　　澳門戲劇的歷史進程，經歷了20世紀50～60年代的耕耘期；70～80年代的發展期；90年代及以後則進入繁榮期。

　　第一，澳門戲劇耕耘期，50～60年代。

　　50年代的澳門劇壇，主要以粵劇和曲藝爲主，話劇演出比較少，由陸昌、陳振華、李光輝、鄭虯等創辦的工人文娛組，曾演出過反映工人失業痛苦狀況的創作話劇《出路》。①

　　在50年代澳門劇壇佔舉足輕重地位的，是40年代後期獨領澳門戲劇風騷的海燕劇藝社。此劇社由趙鍵、黃新、錢拾粟、王強等組織領導，於1952～1954年間曾公開演出數十場中小型戲劇，如《雷雨》、《林沖夜奔》、《夜店》、《梁祝》、《搜書院》、《屈原》等劇目，爾後時沉時浮，現已在澳門劇壇沉寂。

50年代海燕劇社演出《搜書院》

60年代校園戲劇

---

　　①　鄧耀榮：《澳門話劇斷章》，《澳門文學論集》，澳門東亞大學中文學會編，澳門文化學會、澳門日報出版社，1998，第134～135頁。

　　50 年代至 60 年代前期，澳門劇壇最爲活躍的是校園戲劇，濠江中學、嶺南中學、粵華中學等都有自己的劇團組織。濠江中學劇社曾演出過《七十二家房客》、《十五貫》、《河伯娶妻》等劇。50 年代初，嶺南中學組成了由著名話劇界人士鄭鉄助陣的僑聯劇社。粵華中學劇團的戲劇活動更爲活躍，不僅演出過翻譯劇《風雨歸舟》、《巴黎之幼童》，改編自《聖經》的話劇《亡羊》，創作劇《路》和《荆棘叢中的菩提》等，還開設訓練班（分導演、演技、化裝、佈景和劇本創作五個小組），招收 60 多個學員，爲澳門日後的戲劇活動，培養了一批優秀的人才。該劇團曾參加"港澳公教學校校際戲劇聯賽"，兩屆榮獲冠軍。1956 ~ 1957 年間，澳門劇壇還出現"教師話劇"，如梁寒淡、邱子維等老師曾在崗頂劇院連演兩場莫里哀的名劇《迷眼的砂子》，轟動一時。50 年代末，澳門中華教育會康樂部劇組宣告成立。梁寒淡主持的教師文娛室及學生樂團成立，都曾經認真地開展過戲劇活動。

　　還應該一提的是，1963 ~ 1964 年間青年學生辦的油印文藝刊物《紅豆》對於澳門劇壇的貢獻。現在能看到的劇本有：筆名冬不拉寫的街頭短劇《咖啡與蛇》①，劇情是寫 60 年代初期澳門的貧窮華人老百姓與土生葡人生活上的一些矛盾衝突，有著較強的寫實性。還有筆名而華寫的街頭短劇《"利市"的喜劇》②，寫一位樸實的青年工人張明樂於助人反而惹來了女友誤會的故事。筆名橫眉寫的街頭短劇《拜山記》③，寫一個已經移居香港的花花公子，藉清明節返澳門祭掃先人之託辭，同澳門色情場地嫖玩，頗有喜劇性。這類短劇中比較有代表性的劇作，是發表於 1964 年第 4 期上的筆名叫楚竹寫的街頭短劇《車廂内》④。《車廂内》選擇了行駛於都市街巷的公共汽車車廂這一典型環境，透過車廂内幾對男男女女乘客談論賭城市民耳熟能詳的賭博問題，道出了賭博對個人對社會禍害無窮的共識，很有警示意義。綜觀《紅豆》上的幾部短劇創作，其特點有三：一是這類似微型小説的"街頭短劇"，雖然短小精悍，情節單純，但現

---

① 《紅豆》（澳門），1964 年第 1 期，第 9、11 頁。
② 《紅豆》（澳門），1964 年第 2 期，第 8、14 頁。
③ 《紅豆》（澳門），1964 年第 2 期，第 12、13 頁。
④ 《紅豆》（澳門），1964 年第 4 期，第 7、15 頁。

實性強，針砭時弊，謳歌美好，對於弘揚社會正氣發揮了一定的作用。二是這些短劇全都採用澳門華人社會通行易懂的粵方言演出，觀衆普及面寬廣，影響力大。三是《紅豆》經常發表短劇創作，改變了以往澳門劇團創作的劇本演完即棄的狀況，爲保存澳門戲劇作品做出了可貴的努力。

60 年代中後期，隨著中國"文化大革命"的發生和發展，澳門劇壇也深受影響，許多劇社停止了活動，曾經初具規模的澳門戲劇陷入了低谷。倒是原名爲工人文娛組的戲劇普及工作組織發展成爲工人劇團，還有中華教育會康樂部劇組和鏡湖醫院的員工及學護等演劇組織非常活躍。當時的演出劇目主要有：《南海長城》、《劉胡蘭》、《阿翠》、《紅梅花開》、《第三顆手榴彈》、《出航之前》、《檳榔薯的秘密》、《年青的一代》，改編劇《紅燈記》、《沙家浜》和《智取威虎山》等。

這時期，屬澳門原創作的劇本、資料較難看到，但有學者發現了一部寫於中國共產黨"九大"會議前後，由澳門戲院工會（一説爲會員陳軾）編寫成的活報劇劇本《幸福的時刻》（粵方言）。劇本透過一群澳門戲院工會工友，在準備放映九大會議的紀錄片時，一邊工作，一邊談話，從而歌頌了毛主席、歌頌了中國共產黨、歌頌了工人階級，批判了國民黨、批判了資本主義，也批判了"走資本主義道路的當權派"。顯然，劇本真實地表現了澳門同祖國大陸的密切關係，濃郁的政治色彩和時代特徵，反映了當時國內的政治形勢對澳門的影響，宣傳意味強烈，從多種意義上説，劇本有一定的歷史資料價值。

第二，澳門戲劇發展期，70～80 年代。

70 年代初，澳門劇壇一片沉寂；然而，沉靜的背後，兩個戲劇團體的幼苗正默默地孕育、成長，它們分別是衍生於利瑪竇中學的"曉角話劇研進社"的"曉角劇社"和慈幼中學的"藝苗劇藝社"。

曉角劇社的成立，要追溯到 1973 年秋。當時利瑪竇中學的校友會商討爲該校校慶籌辦節目演出，在一群畢業於該校的校友排演的節目中，有話劇。校慶結束後，校友會成員對演劇產生興趣，於是，有意在話劇藝術上尋求發展，開始籌備創建一個屬於澳門本土的話劇社。發起籌備劇社的成員共有 12 人：余明生、林桂英、李宇樑、陳寶瑛、鄭繼生、盧倩雯等。他們組織了一個劇社籌備委員會，在此期間演出了話劇《妙手回春》、《孤寒財主》、《父歸》、《子歸》、《罪痕》和《員警與小偷》等劇目。1975年8月，曉角話劇研進社正式成立。它屬於業餘性質的劇社，劇社由余明生、李宇樑、鄭繼生等7人擔任領導。取名"曉角"，意在喚起沉寂的澳門戲劇，凝聚起對話劇有興趣的朋友，共同切磋、探索並推進戲劇發展。曉角劇社20多年來一直注重劇本創作的文學性和舞台形式多元化的追求，並不斷在藝術手法、喜劇題材、表演形式上進行探索和嘗試。早期階段，由傳統表現手法開始，側重寫實主義及舞台技術效果，1977～1979年間，做出特別嘗試，出現首部象徵主義手法的作品《湯姆之死》（1977）、表現主義手法的作品《戲劇路上》、《受薪者》（1978）等。20多年來，曉角劇社製作的大小劇目達百多部，較有代表性的有：創作劇方面有《虛名鎮》、《來客》、《死巷》、《玻璃人》、《等靈》、《男兒當自強》、《亞當＆夏娃的意外》等。改編名著有《原野》、《裁決》、《車站》、《羅生門》、《麥克白》、《伊狄帕斯王》等。在第一屆澳門藝術節以後，曉角劇社參加了歷屆藝術節演出，劇目包括《馬》、《欽差大臣》、《烏龍鎮》、《費加羅的婚禮》、《吝嗇鬼》、《澳門特產》、《月黑風高殺人夜》、《一語三言》等。1983～1985年間，曉角劇社還為澳門電視台拍攝過四部電視劇：《羅密歐與朱麗葉》、《玻璃人》、《風若我情》、《天網》等。同時，為澳門電台擔任製作廣播劇節目（曉角劇場）累積達1200場。目前，曉角劇社有社員60多人。

第10屆澳門藝術節土生葡人演出　　　第6屆澳門藝術節，演出
《澳門滑頭》（1999）　　　　　　　《費加羅的婚禮》（1995）

藝苗劇社（1974～1977年）成立於1974年，它主要是由一位喜歡表演的學生鄧奕生創辦的。鄧奕生在慈幼中學的小學二年級時，欣賞過校內

盧修士所策劃的慈幼學校戲劇組演出的長劇《鬼車》，爾後對戲劇產生了濃厚的興趣，毅然寫信自薦加入。後隨盧修士學戲劇。待盧修士離開後，鄧奕生便擔當起推動表演的工作，並自編自導自演了一些短劇。70年代初，與慈幼中學的學生高富強等10人，組織了藝苗劇社。1974年聖誕節期間，藝苗劇社首次演出在聖若瑟修院（即海星中學前身）演出。藝苗劇社活動期間，演出劇目有《壓迫》、《一見鍾情》；創作劇有《近視者》（象形劇）；粵劇摺子戲《雙槍陸文龍》、《庵遇》等劇目。

具有宗教色彩的教區劇社，是1973年3月成立的澳門第三個業餘戲劇團體，是由隸屬於天主教的社區社會傳播中心衍生出來的。劇社主要成員包括聞心翔、胡鳳英、甘曉明等。成立伊始，教區劇社做過多次實習演出，演出的劇目大多數為當時的導師周樹利及其學生的作品，並以小品文為主。而較大型的演出是於1977年4月25～26日，在公教大會堂（即現今以放映電影為主的澳門大會堂前身）演出的《路》、《准經理》及《瘋子伊凡》。

海燕劇藝社在沉寂十多年後，於70年代末期，又重現生機。1977年，前海燕骨幹、資深戲劇人王強重回澳門，與其他骨幹成員許順、錢拾粟、張兆全等，重組海燕劇藝社，並演出大型舞台劇《夜天堂》，此次演出，陣容強大，影響很大。海燕劇藝社由誕生到發展，橫跨幾個年代，成員中出現老、中、青三代，不少成員更是來自一個家庭，他們是父子或母女，這也是海燕劇藝社獨有的現象。

澳門劇社，1979年3月成立，其宗旨為"推廣戲劇，服務社會"。成立初期，社長為聞心翔，往後幾年分別是謝銳圻、沈榮根、何永華等。劇社的導師是周樹利，主要社員多是文員、工人、學生。1980年初，澳門劇社首次公演，演出劇目是王爾德的《鴛鴦配》，爾後又演出《再見女郎》（1982），《編劇家妙計擒兇》（1986），《法庭的小故事》、《愛情三部曲》、《熱綫九二八》、《飛越瘋人院》、《紅色康乃馨》、《後台春秋》等劇目。80年代中期以來，澳門劇社興起一股改革力量，試圖在戲劇實踐上闖出新的路徑。1989年，藉香港戲劇人麥秋來澳授課之際，曾為澳門劇社執導約翰普里斯特利的《浮光掠影》，1995年該劇重演，並更名為《浮士曲》，這也是澳門劇社比較有影響的劇目。

據戲劇家李宇樑 1985 年底的非正式統計，1975～1980 年間，平均每年有四場演出，平均每場約有 400～500 名觀衆。應該説，澳門的戲劇已經過了"技術條件未成熟"的"實習期"，在經過了"自我培訓"後，澳門的戲劇已經走向"獨立期"，經驗和演出條件都漸趨成熟。

80 年代，是澳門戲劇穩步發展的時期。澳門劇壇充滿著無限生機，尤其是年青一代，在戲劇藝術探索上力圖有新的突破。而在劇團領導架構及劇場制度正規化方面，也逐步積累經驗，步入正軌。在戲劇走向及演繹風格上，均走向多元化，劇壇呈現出多姿多彩的絢麗局面。戲劇創作及演出的劇目既有受到新潮影響的探索性戲劇實驗，又有堅持傳統的現實主義演出。80 年代末澳門劇壇開始出現的"探索"、"實驗"話劇，是過渡期澳門戲劇最爲引人注目的現象。1988 年，中國戲劇家協會理事王貴應邀來澳，爲澳門戲劇教師培訓班執導荒誕劇《等待戈多》，這是澳門劇壇在話劇藝術形式和表現手法多樣化方面的大膽探索，拉開了澳門探索話劇的序幕。

在 80 年代澳門戲劇團體中，曉角劇社成就卓著。80 年代既是曉角劇社在戲劇交流上的豐碩時代，也是發展活躍時期。他們積極的活動，促進並推動了澳門政府文化政策的改變，如 1981 年後，政府成立了專門負責的文化部門，開始關注民間藝術團體的發展。1989 年，澳門與廣州戲劇界成功地進行了首次藝術交流，演出了《法庭内的小故事》等劇目，拉開了澳門與内地和香港戲劇界交流的序幕。1990 年，在曉角劇社推動和行政協助下，"第 1 屆澳門戲劇匯演"正式舉行。1991 年"第 2 屆全澳戲劇匯演"開始設立獎項，以兹鼓勵。

第三，澳門戲劇繁榮期，90 年代及以後。

澳門劇壇經歷了 80 年代的努力，迎來了 90 年代澳門戲劇文學前所未有的繁榮發展的嶄新局面。這時期，演出劇團之衆，創作劇本之多，都是澳門戲劇史上空前的。這些創作大多"關注現實，直面人生"，提倡"劇本創作與舞台藝術並重"，有校園新秀劇作、探索戲劇、"澳門人、澳門事"等。創作方法、藝術風格及表演藝術，亦都開始發生了根本性的變化。

90 年代之前，傳統的現實主義一直是澳門劇壇的主旋律創作，它體現了澳門話劇與中國話劇一脈相承的繼承精神。90 年代之後，戲劇創作一方面沿襲傳統的現實主義風格；另一方面又嘗試掙脫傳統，借鑒新的戲劇表現藝術，出現了探索劇、實驗劇、小劇場話劇、青少年音樂劇等，形成了多元多姿的戲劇大潮。

第 6 屆全澳話劇匯演 澳大劇社演出
《魂去來去兮》（1995）

土生葡人演出《畢哥去西洋》
（1994）

澳門話劇的主要特點是業餘性，特色是清新質樸。澳門話劇人對話劇始終保持著宗教般地虔誠，熱情洋溢的群眾參與是澳門話劇堅實的基石。進入 90 年代，澳門話劇團體由 80 年代初的 3 個發展為 14 個，"分別為澳門聖安多尼堂牙頤老之家、澳門大學學生會戲劇社、海燕劇藝社、慈藝話劇社、映劇坊、澳門戲劇社、青苗劇社、曉角話劇研進社、澳門文娛劇社、校園純演集、朗妍劇社、晴軒劇社、面具劇社、土生葡人劇團"。[①] 劇社的成員既有大學生、中學生，也有年齡在 69～90 岁之間的老人，還有文員、教師、工人、公務員以及社會各階層人士。戲劇活動也開展得有聲有色。自 1989 年起，劇壇舉辦全澳老人話劇匯演。1990 年 10 月，澳門市政廳主辦 "第一屆澳門戲劇匯演"，此後連續十年不間斷，這既是本地戲劇團體的集中大匯演，也是對本地劇本創作水準的公開檢閱。這種比賽形式的匯演對澳門戲劇無疑起到了重要的激勵作用。隨著澳門戲劇活動的發展，澳門戲劇界與外界的交流也日益頻繁。1996 年暑假，首屆穗港澳大專學生戲劇匯演在澳門舉行。

90 年代的探索戲劇，給人以耳目一新之感。成績斐然的是曉角話劇研

---

① 穆欣欣：《九十年代澳門戲劇狀況》，《澳門文學研討集》，澳門日報出版社，1998，第367 頁。

進社榮譽劇藝總監、澳門著名劇作家李宇樑的話劇三部曲《亞當 & 夏娃的意外》、《男兒當自強》、《二月廿九》。他的這些創作突破了傳統話劇"三一律"和無形地間隔着舞台上下的"第四堵墻",打破了傳統話劇的結構方式,不注重劇情發展的表面敍述,而是通過回憶、人的幻覺等手法,著力表現都市現代人的情緒和心態,突出商品化社會人與人之間難以溝通而產生的疏離、孤獨感。其後,李宇樑又有新作《澳門特產》和《請於訊號後留下口訊》,借鑒了西方戲劇流派對舞台空間、時間藝術處理手法,用誇張、變形等形式,表現當代生活中某些失態的社會現象。李宇樑是立足澳門的本土作家,其劇作大多取材於當代澳門現實生活,反映了澳門戲劇人對本土文化的看重和自我身份的認同。他的劇作大多有完整的情節和適當的人物安排,並注重舞台呈現的形式,而且構思奇巧,佈局新穎,獨領澳門劇壇風騷。

90 年代澳門戲劇長足進展的一個重要標誌,是"新校園戲劇"的崛起。從事這項戲劇活動的是一批受過校園戲劇鍛煉的新劇社,其成員主要是學生。澳門校園戲劇的中堅力量是慈藝話劇社、朗妍劇社、晴軒劇社等。從 1994 年開始,這些劇社發起了戲劇藝術的新探索,以期突破以往校園戲劇的模式,闖出一條戲劇新路。他們先後上演了《青春三面睇》、《上帝搞乜鬼》等一批新劇目。這些"新校園戲劇"作品力圖打破傳統校園戲劇扳著面孔說教的陳規,探索用戲劇形式傾訴青年人的心聲,藝術形式上也不拘一格,將歌、舞、音樂等大膽引入劇中,產生了強烈的藝術效果。莫兆忠是"新校園戲劇"的代表人物。他不僅是位高產的劇作家,先後創作了《子君的手記》、《夢劇社》、《飛越自我》、《澳門狂想曲》等,而且還兼任戲劇教師、編、導、演,是校園戲劇的活躍分子。

隨着演出事業的日益繁榮,澳門戲劇界對劇本創作也重視起來。1995 年,澳門文學雜誌《蜉蝣體》首次開設了"澳門劇作專輯",刊登了澳門戲劇界的知名人士李宇樑、許国權以及劇壇新秀莫兆忠等的作品。戲劇家周樹利出版了澳門文學史上第一個個人戲劇文學作品集《簡陋劇場劇集》,集子中收入的作品種類多樣,有倫理劇、兒童劇、多幕劇、獨幕劇等。

1997 年 3 月 21 日,澳門戲劇協會正式成立,標誌著澳門的戲劇活動進入了一個嶄新的發展時期。

澳門戲劇之所以有著如此鮮活的藝術朝氣與生命力，是因爲有着一批熱愛戲劇、爲了澳門戲劇事業不懈奮鬥的話劇人，他們是：梁寒淡、邱子維、錢拾粟、王強、張兆全、周樹利、李宇樑、許国權、穆凡中、鄭繼生等。其中，影響與貢獻最大的是周樹利。

第九節　周樹利的創作及其《簡陋劇場劇集》

（一）生平與創作簡介

周樹利（1938～），澳門戲劇元老，曾經是澳門唯一的戲劇專業人士。他曾獲美國伊利諾州立大學戲劇教育碩士、英國戲劇協會文憑教師榮銜。2004 年獲澳門特區政府頒發的文化功績勳章。

周樹利長期以教師、導演、編劇、統籌等多重身份組織澳門的話劇活動，為老人、孩子編劇寫戲，由他倡導的“簡陋劇場”理念也成爲澳門校園戲劇演出的主流模式。周樹利認爲戲劇是群衆性的藝術活動，在澳門有限的資源下，要長久地發展延續下去，必須將劇場演出回歸於演員的演出上，服裝、佈景、道具等則應“因陋就簡”。另外，他怕影響學生的學業，不主張學生為演出把過多精力花在製作佈景服裝之上。所以，他為中小學生創作的劇本大都是遵從上述條件而寫成的獨幕小品。客廳、公園及教師室則是他的劇作的主要場地。

周樹利的劇本以質樸簡潔見長，内容通俗易懂，以反映平民百姓的愛憎情感和青少年的美好願望為特點，從某種意義上説，可歸為“教育劇”。周樹利的劇作有審美、教育、娛樂三大功能。他尤其重視戲劇的教育功能，認爲戲劇的存在價值是娛己娛人，育己育人。

周樹利的戲劇特點是以真情實感狀寫平民的現實生活，具有清新樸實的美學品格。他的戲劇主角大多是小人物，劇作對他們，或歌頌褒揚或諷刺鞭笞，時而悲喜呼號時而插科打諢，意在把生活再現舞台，創造鮮活逼真的戲劇環境與戲劇人物。如志得意滿平步青雲，即將晉升為銀行分行經理的周主任（《步步高升》），正當他得意忘形之際，卻作了一個夢，夢見銀行工會代表告訴他，董事會決定讓他提早退休，周主任夢醒後方幡然醒悟。再如《孤寒財主》（"孤寒"在廣東話中意指吝嗇），劇作家以漫畫手法，極盡誇張地塑造了一個極爲性急而吝嗇的老爺形象。劇情寫"孤寒"老爺買了一條加大碼數的廉價長褲，先後吩咐老婆、兒子、兒媳婦與孫子把長褲改短，並把剪下的褲腳當桌布用，結果弄巧成拙，徒生許多煩惱。

周樹利的戲劇創作凝結著他對人生的關注情結和責任意識，幾十年如一日地致力於群衆戲劇的開拓和發展。時至今日，在澳門每年一度的校際戲劇比賽、新秀劇場、老人戲劇匯演等活動中，最常見的劇目依然是周樹利創作的短劇，可見其戲劇紮根民衆、深得民心。

（二）《簡陋劇場劇集》

周樹利的《簡陋劇場劇集》（1995），收集了 1975～1993 年間的 22 部小品短劇，是劇作家 20 年的心血結晶。不僅代表了他的戲劇創作風格，而且顯示了他的戲劇審美取向。這個戲劇集包括童話劇、神話劇、倫理劇、寓言劇（改編宗教劇）、諷刺喜劇、喜劇、趣劇、實況短劇、獨幕劇等，其中以倫理劇和實況短劇爲多。

《簡陋劇場劇集》中的 22 部劇作，不以離奇曲折的情節、複雜跌宕的場面取勝，而是以單綫敍事爲主，以演繹激烈的矛盾衝突見長，在結構上講究起、承、轉、合，努力透過平凡生活的表層，發掘人類蘊涵的人性光芒，歌頌真情教人育人、呼喚懲惡揚善的道德情操，因此，"愛"、"理解"與"希望"構成了他劇作的共同主題。他的劇作如《表的故事》、《媽媽好，好媽媽》、《爸爸好，好爸爸》、《我的女兒》、《紅色康乃馨》、《愛情三部曲》、《緣分》、《此情可待成追憶》等，寫情細膩委婉，寫人真實自然，風格樸實清新，都是"愛"的主旋律下的優秀之作。

周樹利的劇作語言也很有特色。他的劇作，對白部分大多是以非常生活化的、現實的、流行於港澳及廣東地區的粵方言；但敍述部分，則是規範化的現代漢語。可見，他的劇作的戲劇語言，完全是在自由意念下，根據作品需求而作的選擇。劇作《綿綿此恨》寫的是一個小孩，在學校內被老師誤會偷竊，當真相大白時，小孩卻因氣憤而遭慘劇。下面是一段劇作語言對白：

　　明：爸爸……（轉向李主任，哭著）李主任，我都唔知點解副

Gameboy 會向我袋波鞋入面……（放聲大哭）我咁耐連一毫子都未偷過呀。

文：你個死仔呀，你估剩系向度喊就得嘅咩，我唔打醒你都唔得嘅。（撲向明，一手牽著書包，一手連摑明數下耳光，李主任一時有點不知所措地予以調解，混亂間，明松開書包，趁避災李主任背那一瞬間，把李主任往前一推，眾有點愕然）

明：（頓足，哭著狂叫）我…真…系…有…偷…呀…（狂奔而下）

文：我睇你走得去邊。（手持書包追下。張上，差點與文碰個滿懷。鄧卓堯，小強，大雄上。）

張：（向鄧）即刻叫番小明同佢爸爸入嚟。（鄧下）

李：（向強，雄）你哋兩個……

張：李主任，……唉！大雄，你將頭先同我講嘅嘢話俾李主任聽刺。（大雄有點猶豫不決）

強：唔關陳小明事。

雄：嗰日我哋將鄧卓堯副 Gameboy 收埋向陳小明袋波鞋入面，想撚化嚇佢哋兩個，同佢哋玩下咋。

強：我哋估佢會一聲都唔出就告俾班主任聽。

由此可見，周樹利戲劇語言的特點：對白用方言，突出人物性格；敘述和解說用標準的現代漢語，方便、明白、規範。

第十節　澳門土生文學概述

澳門土生文學，是指澳門土生葡人這一特殊葡中混血族群作家創作的文學作品。土生作家通雙語（葡語、粵語），生存空間、活動空間比不諳華語的葡人或不通葡語的華人廣闊，他們對澳門中葡兩國文化與兩個不同社會的生活與人情，都有切身的體驗和廣泛的理解。他們的文化身份和心理比較微妙。作為葡中混血（有的混血情況還更為複雜）的後裔，特別是回歸前，他們在政治、經濟上都優越於華人，有較多的機會接觸以特權者為中心的上流社會。土生族群不乏出身於名門世家，不少土生作家本身就是來自這個階層。這些土生葡人生於澳門，長於澳門，和澳門華人社會有著許多直接和間接的接觸，對澳門各階層的生活狀況比較熟悉，對澳門人的精神特點比較敏感，這種得天獨厚的優勢使他們能將筆觸深入澳門社會的各個階層。因此，土生文學的題材廣濶，內容豐富，充滿鮮明的地方色彩，具有特殊的文化魅力。它反映的都是澳門本地的澳門人、澳門事、充分體現了這些土生"澳門之子"的情懷。在土生作家的筆下，澳門的自然景觀、風俗人情以及生活在這塊土地上的中國人、葡國人和土生人，都得到了一一體現，無疑，澳門土生文學是澳門乃至中國文學、世界文學的奇葩瑰寶。

澳門土生文學中，有代表性的作家作品如下。

第一，小說方面有江道蓮、飛歷奇。

飛歷奇（Henrique de Sanne Fernandos 1923－2010）是澳門葡語社會最為人知的作家。他出身於一個有葡國伯爵頭銜也有中國血統的富貴之家，在澳門完成中學學業，1946年赴葡萄牙科英布拉大學法律系就讀，1954年畢業後回澳門，一直為澳門執業律師。飛歷奇自小喜愛文學，閱讀過大量文學作品，包括英文版的《紅樓夢》。他12歲開始嘗試寫作，一生筆耕不輟。1978年首次在澳門出版了他的短篇小說集《南灣》，而後又出版長篇小說《愛情與小腳趾》（1986）、《大辮子的誘惑》（1994）等。他的短篇小說《疍家女阿張》曾獲葡國科英布拉大學1950年頒發的菲阿幼德阿爾梅達百花詩文學獎。他的上述兩部長篇小說，先後於1992年和1995年分別由葡國和澳門電影公司拍製成電影，並在葡國和中國澳門公映。飛歷奇一生除去過幾次葡國外，他生命的全部時光都是在澳門度過的。澳門鑄就了他的性格與思想，養育了他的文化靈魂。他的作品都是以非常典雅的現代葡語寫成。他在作品中以說故事人的身份，以他個人或群體的特殊社會角度，講述了澳門這個文化小城中一個個引人入勝的故事，為世人瞭解澳門提供了一幀幀彌足珍貴的圖書。

第二，詩歌領域成就卓著的詩人有馬若龍、李安樂。

馬若龍（Carlos Marreiros 1957～），畢業於葡國里斯本大學，1981年獲建築學碩士學位，是土生族群青年一代崛起的新秀。他多才多藝，既是專業建築師，又是風格獨具的畫家和詩人，還曾任過澳門文化司司長，也

是中葡人民友好協會負責人之一。由於他在促進
中外文化交流上的卓越貢獻，1987 年澳門政府
曾頒予他文化功績勳章，1999 年 6 月榮獲澳門
總督頒授英勇勳章；同年 10 月又榮獲葡萄牙總
統頒授葡萄牙大爵士勳章。2002 年榮獲澳門特
別行政區行政長官頒授的專業功績勳章。馬若龍
著有詩集《一年中的四季》等。馬若龍的詩歌
最顯著的特點就是有意識地表現中西兩種文化的
交融與滲透；而且，詩人自己對東西方文化的深
沉感情也潛意識地“介入”其中。如《祖母的
鏡子》一詩，寫道：“我的中國祖母／很久未在

馬若龍（Carlos Marreiros）

那中式鏡子中／出現在我眼前……”再如《黑舌頭的龍中》寫道：“我取得
／象牙的堅硬／偷來樟腦的清香／我向碧玉借取她的純潔／向墨汁求取它的才
華／我要用它們來創造／一種不被禁止的鴉片。”還有，他的詩篇《中國》、
《唐朝的瓷器》、《李白》等，僅從題目上就可以看出他的中國情結。

李安樂（Leonel Alves）

　　李安樂是澳門土生文學中的重要詩人。他生
於澳門，父親是葡國人，母親是中國人。李安樂
從小喜歡讀書，少年時代就愛上繆斯，一心“夢
想能成為一個優秀的中葡詩人”。中學畢業後，
他希望能像有些土生葡人一樣去葡萄牙深造，但
家境貧寒未能成行，此事他遺憾一生。他中學畢
業後就開始工作，服過兵役，後來一直在澳門衛
生司工作，直至退休。晚年，李安樂更埋頭於研
讀葡文譯本的中國哲學著作，同時寫下了大量詩
篇。1983 年，他的兒子歐安利律師首次將他的
部分遺作結集出版，題名《孤獨之路》。李安樂
是“愛的最熱情的讚頌者”，他的詩“漫溢”着“一股愛的巨流”：對人
的愛，對自然的愛，對故鄉的愛，對葡國的愛，對中國的愛。這種“愛”
源自於他的血緣，與他對中葡兩種文化深沉的體認。他的《澳門之子》抒
發了他作為一個土生葡人的澳門情結：

永遠深色的頭髮，

中國人的眼睛，亞利安人的鼻樑，

東方的脊背，葡國人的胸膛，

腿臂雖細，但壯實堅強。

思想融會中西，一雙手

能托起纖巧如塵的精品，

喜歡流行歌但愛聽 fados

心是中國心，魂是葡國魂。

娶中國人乃出自天性，

以米飯為生，也吃馬介休，

喝咖啡，不喝茶，飲的葡萄酒。

不發脾氣時善良溫和，

出自興趣，選擇居住之地，

這便是道道地地的澳門之子。

再看他的《知道我是誰》一詩，可見他的身份認證：

我父親來自葡國後山省，

我母親中國道教的後人！

我這兒呢，嗨，歐亞混血，

百分之百的澳門人！

我的血有葡國

猛牛的勇敢，

又融合了中國

南方的柔和。

我的胸膛是葡國的也是中國的，

我的智慧來自中國也來自葡國；

擁有這一切驕傲，
言行卻謙和真誠。
我承繼了些許賈梅士的優秀
以及一個葡國人的瑕疵，
但在某些場合
卻又滿腦的儒家孔子。

……

確實，我一發脾氣
就像個葡國人，
但也懂得抑止
以中國人特有的平和。

長著西方的鼻子，
生著東方胡髮。
如上教堂，
也進廟宇。

既向聖母祈禱，
又念阿彌陀佛。
總夢想有朝能成為
一個優秀的中葡詩人。

……

這些詩篇，顯然表達了一個土生葡人豐富複雜的感情，具有鮮明的土生文學特徵。

第三，土生散文方面的作品不多，"只知道江道蓮曾在第二次世界大戰後，寫過一些散文，但至今尚未有人作系統整理。幾乎可以說是現存唯一的一部散文作品集"，"以英文寫成的 The Wind Amongst The Ruins——A Childhonnd in Macao（《殘垣間的風——我在澳門的童年》）回憶錄"。①

第四，戲劇方面，澳門土生葡人的演出戲劇（包括喜劇與歌劇）歷史悠久。由於早期土生葡人都是天主教徒，平日言行保守，因而在嘉年華（注：狂歡節；通常兼有化妝遊行，尤指天主教國家在 4 月底前一周内狂歡）時往往會盡情癲狂地慶祝。他們用自己的土語（patoá，又稱"澳門語"或"澳門方言"）上演喜劇，利用土語的生動、詼諧與豐富多姿，竭盡搞笑嬉鬧。這種情況後來成爲土生葡人的一種傳統。的確，用土語演戲一直作爲一種傳統，一種身份的形式，為土生族群堅持、保留至今。

澳門土生葡人戲劇在當代已經出版或上演的，主要有《QUI-NOVA CHENCHO 陳卓你好》、《CHICI VAI ESCOLA 契可上學》②、《ROMEU CO JULETA，羅密歐與朱麗葉》③、《CESAR CO CLEOPATRA，凱撒與克萊奧帕忒拉》④、《MANO BETOVAI SAIYONG 畢哥去西洋》⑤、《聖誕夜之夢》⑥、《阿婆要慶祝》⑦、《西洋怪地方》⑧，還有《OLAPRESIDENT 見總統》（1993 年演出）。演出劇團是甜美的澳門語業餘話劇社。

阿 德

"甜美的澳門語業餘話劇社"（Doci Papia-cam Di Macau），1993 年初，以約瑟為主的一批土生葡人，有鑒於"澳門土語"的逐漸消失，旨在挽救、保留這種曾為早期土生葡人使用的語言，決心正式成立一個以"澳門土語"進行表演的話

---

① 見鄭煒明《澳門文學：1591–1999》，載《澳門史新編》第四冊，澳門基金會，2008，第1180 頁。

② 約瑟（Jose Dos Santos Ferreira, 1919~1993），見《QUI-NOVA CHENCHO》，澳門，1974。

③ 同上。

④ 約瑟（Jose Dos Santos Ferreira, 1919~1993），見《QUI-NOVA CHENCHO》，澳門，1974。

⑤ 約瑟（Jose Dos Santos Ferreira, 1919~1993），見《QUI-NOVA CHENCHO》，澳門，1974。

⑥ 約瑟（Jose Dos Santos Ferreira, 1919~1993），見《QUI-NOVA CHENCHO》，澳門，1974。

⑦ 約瑟（Jose Dos Santos Ferreira, 1919~1993），見《QUI-NOVA CHENCHO》，澳門，1974。

⑧ 約瑟（Jose Dos Santos Ferreira, 1919~1993），見《QUI-NOVA CHENCHO》，澳門，1974。

劇社。約瑟爲此寫了好幾個劇本，並進行了彩排。但他不幸於該年逝世。
他的精神激勵著同仁們繼續努力。這時恰逢葡國總統來澳訪問，又正值第
一屆土生葡人社團大會召開之際，劇社正式命名，該名取自約瑟同名澳門
土語詩作。1993 年 10 月，劇社在崗頂劇院上演了《見總統》。《見總統》
是一個十分短小的話劇，演出時間不足半小時，但大獲成功，在觀衆中
引起了極大的反響。劇社編劇和負責人飛文基認爲，這主要是因爲劇本
反映了大部分土生葡人的心聲，而土語也喚起了人們懷舊的情感。1994
年，劇社又上演了《畢哥去西洋》和《聖誕節之夢》。1995 年 10 月，劇
社應美國、巴西兩地土生葡人之邀，赴美國舊金山、巴西聖保羅演出。
1996 年 6 月，由澳門文化司推薦，劇社以《西洋怪地方》一劇參加了在
葡國波爾圖舉行的 “國際伊比利方言戲劇節”，這是在葡國舉行的第一
次有澳門劇社參加的戲劇節。甜美的澳門語業餘話劇社，基本成員只有
2 人，每次演出幕前幕後及樂隊工作人員共 25～30 人，全都是業餘戲劇
愛好者。劇社的主要負責人有李鳳德、包淑麗、飛文基等。甜美的澳門
語業餘話劇社用澳門土語演出，不僅使這種具有澳門地方特色並體現土
生族群文化身份的 “混血語”，得以在戲劇形式中存活下來，還以其題
材所反映的身份及文化認同問題，引起了人們的矚目。所以説，甜美劇
社獨特的個性，取得了相當的成功，為澳門土生葡人的文學生命譜寫了
嶄新的篇章。

飛文基（1961～），生於澳門，是著名作家
飛歷奇之子，母親是廣東番禺人。他畢業於澳門
利宵中學，後往葡萄牙攻讀法律，1988 年回澳
門，現爲澳門執業律師。《見總統》是飛文基創
作的第一個劇本。據作者稱，他的創作動機主要
爲繼承約瑟拯救澳門土語的努力。但演出激發了
他的創作熱情，鼓勵他向這方面發展，使他繼續
寫出了《畢哥去西洋》、《聖誕節之夜》、《阿婆
要慶祝》及《西洋怪地方》等劇本，並親自參
與了這些話劇的排練和演出等各項工作。

飛文基的劇作，都取材於土生葡人的生活，

飛文基

表現了 90 年代土生葡人的思想感情，突出反映了土生葡人在一個大轉折時代身份認同的困惑與無根的文化心態。如《見總統》一劇，土生葡人布契借迎接葡國總統來澳之際，向總統訴說他在美國表弟達度屢次向葡國領事館申領護照屢遭拒絕的事。他的表弟在"澳門出生"，"為葡國當過兵"，"背得出葡國境內所有的河道和鐵路線"，"認識很多很多'牛叔'（注：土生葡人習慣用'牛叔、牛婆'〔粵語音〕稱歐洲的葡國人，帶有貶義）朋友"等等——這些企圖獲得身份認可的理由卻都被葡國領事"晤得"（不行）回絕。布契對此喊出了心中的鬱悶，"我們不是葡國人，又不是中國人，究竟是什麼人？"

第十一節　江道蓮的創作及其小說集《旗袍》

（一）生平與創作簡介

澳門土生葡人女作家江道蓮（Deolinda da Conceicção，1914～1957），

江道蓮
(Deolinda da Conceição)

是澳門史上第一位葡文報刊女記者、女編輯、婦女專欄的主編；常以獨到的見解與敏銳的觸覺，撰文針砭時弊，嘲諷頹敗的社會風尚，表達卓爾不群的思想和立場。1956 年，在生命的最後時間，江道蓮完成了一部短篇小說集 Cheong-sam (A Cabaia)①。中文書名《旗袍》，副標題"中國故事集"（姚京明翻譯），由澳門文化司署與石家莊花山文藝出版社，1996 年 12 月第 1 次出版。這是作者留下的唯一一部小說集，是她生命的最後選擇。

江道蓮父親是葡國人，母親是中國人。她一生的多半時間是在澳門度過的。她有限的生命，經歷過抗日戰爭的動蕩、坎坷生活的磨難以及兩次婚姻的體驗。同時，"作爲一個對中國人生活的敏感的旁觀者"，獨特的文化身份又給了她雙棱

---

① 葡萄牙首都里斯本 Francisco Franco 書局，1956 年以葡萄牙語出版。

鏡的視角。她以這獨特的視角，觀察澳門人，葡國人，土生葡人；觀察這些不同國別人種的生存狀態，生活世界。

（二）短篇小説集《旗袍》

江道蓮以 26 個短篇連綴成集的《旗袍》，表述著一個土生葡人女作家對澳門華人社會生活的認識，對世界的認識，對人類的認識；同時，她也嚮往著透過這些或真實或虛構的小説敍述，讓人們認識人類"生活世界"的"無常"、"無序"、"無情"與"無奈"；履行著現代小説"認識"人類生活世界"生存"的"道義"。女性，在人類大部分文化中，一直是最受輕視的群體；抑或説，世界多數宗教文化幾乎都是男尊女卑，男主女從的。而在具有幾千年道統專制的中國文化，以及西方大航海時代的海上霸權國葡萄牙文

《旗　袍》

化中，女性更是没有身份、地位和權利。對此，江道蓮是有著切膚之痛的。因此，《旗袍》以她多重身份的獨到體驗，選擇女人下筆，完成了"女人要認識世界"，"人們要認識女人"，從而揭開"人類心靈的隱秘"，"認識"有關人類生存的點滴的創作意圖。

江道蓮和她的兩個兒子

小説集首篇冠名"旗袍"，以旗袍貫穿始終，訴説着女人張玉及其丈夫悲慘的故事，多舛的命運。張玉出嫁前見識過歐洲，學過外語，氣質優雅，清新文靜；婚宴上著"一件高雅的黑色絲綢旗袍。旗袍上繡著五顏六色的百花圖案，恰如其份地襯托出她窈窕誘人的身材"。那時的張玉光彩奪目，令眾人和丈夫滿意。五年後已是三個孩子母親的張玉，當"所有的財產只剩下兩個用繩子拴在一起的柳條筐"時，她又"從柳條筐裡拿出那上面繡滿百花圖案的黑絲綢旗袍"，穿著它去當"舞女"換取一家人不可缺少的"一日三餐"。這"犧牲男人的尊嚴而換來的"生活，使丈夫阿春無法忍受，他"仿佛是地獄裡惡魔"，"從窗台上抽出一把刀，狠狠地向妻子砍

去"，他成了殺人犯，最終被"判處無期徒刑"。黑夜裡牢房中，還是這件"旗袍"，似陰影幻覺，緊緊捆系着善良的阿春，使之不能掙脫。他嘴裡不停地嘟囔着："你們把它拿開，把這件旗袍拿開，它總是追着我。把它擲到火裡去，可惡的東西，像是在笑話我，像是附着她的魂似的，那個我殺死的女人。啊！她死了，死了，可她不想放過我，讓這件旗袍追着我。我要把它撕了，撕成碎片，就像我對她那樣。"應該説，是男性觀念釀造了這出家庭悲劇，殺死了為求生掙扎的張玉，也殺死了雖窮但仍然還要"尊嚴"的丈夫。一襲旗袍，引領我們思索傳統觀念與現代意識的衝突，思索中國女性無可奈何的悲劇命運。《旗袍》象徵着中國女性，它昭示我們閱讀關於中國女人的故事，引領我們思索中國女性的命運。

應該説，江道蓮的《旗袍》就是這種純中國化的小説，在静静地敍述一個個人生故事的同時，闡釋着一己"斷片的感想"。《旗袍》敍述的時間是 19 世紀 30 ~ 40 年代，空間是以澳門為中心，間或逃難或行走於上海、北京，主要聚焦於形形色色的女人：妻子、妾、寡婦、女巫、母親、繼母、女兒、女傭、丫環、情人，還有"不清楚自己是女傭，還是不受婚姻保護的妻子"（《告別》），以及與這些女人牽連在一塊兒的各色人等，發生在這塊"華洋雜處"，"多語共鳴"，人種膚色不同，儒釋道伊斯蘭相容的蕞爾之地的林林總總，看似單純平静，卻波瀾起伏著關於澳門的人生故事。從某種意義上説，小説集留住了澳門那段歷史，留住了那段人生，鑲嵌著鮮明的人類學印記。

人生的本能是生存、活着；然而，"生活"對於掙扎在三座大山重壓下的三四十年代的澳門人來説是沉重是艱難。所以，從某種意義上説，《旗袍》是一個土生葡人寫下的那個時代澳門真實生活備忘錄，"是苦難深重的中國的象徵"。

小説集中的《飢餓》篇開頭寫道：

> 生活，對有些人來説宛如慈祥的親生母親，對另一些人來説則如同兇煞惡神的繼母。誰能看破生活的變化莫測？誰能説清為什麼一些人擁有快樂的源泉，而另一些人則只能在淚水中飽受痛苦的煎熬？
>
> 生活充滿了痛苦，掩蓋了希望的光芒；生活充滿了快樂，迎來了

每一天都是新的太陽。①

在現實生活中，有些人生死無息，從未引起他人的注意，同時他們也極力掩飾著生活的痛苦和煩惱，如同掩飾身上的潰瘍，以逃避眾人的視線。

不是誰的錯，生活對一些人來說就是這樣。

是無奈？還是認命？誰能說清楚呢？②

從反映生活上看，《旗袍》中的故事，大多用"人生橫切面"的寫法，以一兩個人物為主幹，以某一地某一樁事為始末，單純地發展與結束。人生複雜的生命群體，女人、男人、富人、窮人、姨太太、傭人，以及社會各階層的人物、生活都包羅在她所攝取的"橫斷面"裏。正如傑出的文藝評論家李健吾（筆名劉西渭）評價林徽因的小說《九十九度中》所說："用她狡猾而犀利的筆鋒，作者引著我們，跟隨飯莊的挑擔，走進一個平凡然而熙熙攘攘的世界：有失戀的，有做愛的，有慶壽的，有成親的，有享福的，有熱死的，有索債的，有無聊的。"③

人生無常，命運多舛，戰爭無情，生存艱難是《旗袍》表述的人生主要内容。

招人喜愛的 18 歲女傭阿慧，爲了相配自己那件漂亮的"兩側開著大膽裙衩"的旗袍，朝思暮想，一分一毫積攢了八個月的零花錢，終於買下了那雙色彩繽紛的"繡花鞋"。可是，沒想到"阿慧的繡花鞋是她黃泉路上的通行證"（《阿慧的繡花鞋》）。

"天生麗質、美艷絕倫"的丹妮（《模特兒》），由於中國烽煙四起，戰亂連年，一家的財産喪失殆盡。丹妮的父親決定移居美國，以圖在銀行業東山再起。可是在美國的一次交通意外中父親突然喪生。一直無憂無慮的丹妮只得孤身面對各種意想不到的困難挣錢養活自己和母親。可是，正當她春風得意忙於工作時，一次攝影棚裡卻突然因一支點燃著的香煙燒著了她的長裙，大火把她那張光彩照人，熠熠生輝的"帶有歐亞混血特徵的

---

① 《旗袍》，姚京明譯，澳門文化司署/花山文藝出版社，1996，第 124 頁。
② 《旗袍》，姚京明譯，澳門文化司署/花山文藝出版社，1996，第 128 頁。
③ 劉西渭：《九十九度中》，《大公報》文藝版 1935 年 8 月 18 日。

鵝蛋臉燒得面目全非"。這麼無常、多舛的命運，叫生活在更底層的中國女人如何面對，何以生存呢？

還有，那個以前生活舒適安逸的她（《那個女人》），"丈夫原先是一個富有的商人，遭人綁架後，生死不明"。丈夫的消失，殘酷的戰爭，使這位兩個兒子一個女兒的母親，最終變成了祥林嫂：孤零零的一個人，步履蹣跚，身上的旗袍破爛不堪，臉被太陽曬得黧黑，頭髮凌亂……

《罪惡的金錢》中的寡婦彩玲娘，丈夫正值年輕力壯時，"在一次出海打漁後再也沒有回來"。長到18歲的彩玲原本是王家看孩子的女傭，為了傳宗接代，主人納她為妾。可是，女主人的嫉妒與仇恨，使可憐的彩玲與她健壯的男嬰一起被鋒利的尖刀刺死。

那個"一臉木訥，頭髮黏乎乎地貼在滿是污垢的額頭上，即使天氣再熱，也穿著一件厚厚的棉襖"的"瘋女"的故事（《瘋女》），更是令人驚愕："父親突然被一夥攔路搶劫的土匪殺死，這天夜裡人們把父親的屍體抬回家"。戰爭來臨，"年輕力壯的人都被抓去從軍"，"丈夫不知被差遣到何處，杳無音訊"。當日本人佔據了隔壁的房子，她看見一個"人影"心驚肉跳時，不由分說地"一刀刺去"，"門撞開了，這個倒下的人竟是她的丈夫"。而後，兒子送人，直到戰爭結束她才回來。這就是戰爭，戰爭使"她真的瘋了"。[1]

閱讀作品，我們從這幀幀慘淡淒涼的人生畫面中，不僅能感受到作者善良的本性與人道主義情懷，還"注意到江道蓮是通過旗袍來象徵中國的女性世界。她深入這一世界的深層，觸摸中國婦女多層面的心脈律動，敘說她們的眼淚和微笑，讚揚她們雖受磨難而不屈服的堅強性格。她們不願做任何人漠視、凌辱的無名氏，而是要走出男人的背影，打破男人主宰的世界，成為生活旋律中的強音"。[2] 還能透過這些羸弱女子，不管是作者還是作品中的女人，感應到中國女性骨子裡透著的剛強。《旗袍》終篇《噩夢》的結束語是這樣說的：

---

① 《旗袍》，第119頁。
② 林寶娜：《評介：作家及作品》，載《旗袍》，姚京明譯，澳門文化司署/花山文藝出版社，1996，第4頁。

　　一天的生活又開始了，它時而給人幸福，時而讓人品嘗苦澀，快樂和苦難永遠互為交替著。

　　她笑了，繼續向前走，傾聽著內心安慰和鼓勵的聲音。生活宛如一首動人的歌曲，正在召喚著她……

　　讀着這段光明、輕快的結尾，似乎跟著作家進入了《賣火柴的小女孩》的夢境，歡快、悲涼；似乎聽到了一個貌似孱弱的女子骨子裡透著堅強的正氣歌。作者悲天憫人的情懷似乎也在這裡得到了解脫！

　　首尾對照着看，我們看出了作家堅韌的秉性與美好的嚮往。

　　從敍事的角度看，“冷靜”是一種觀察生活、觀察世界和把握生活、把握世界的方式，是一種敍述方式和方法。《旗袍》深切的人道主義情懷，認識人生，揭開“人類心靈的隱秘”的創作意旨，主要是通過“冷靜”的敍述實現的。

　　關於敍事視角在小說中的實踐，敍述學上分內、外兩種視點，它是以小說的敍述角度定位的。審視《旗袍》的敍事形式，可以說它採用的全部都是純外視點的敍述法：26 個短篇中有 23 篇是第三人稱全知的純客觀敍述（只有《“西洋鬼”》一篇，內中閃爍著作者自己的主觀感受，抑或可視爲不純的客觀敍述），只有三篇是以第一人稱“我”全知的純主觀敍述者出現。整個小說集可以看出是把形象學與敍述學結合在一塊，敍述聚焦在塑造形象上，敍述模式與敍述節奏也基本一致，作者努力以冷靜的敍述話語，勾畫鮮活的人物形象。

　　中國人常說，“男怕選錯行，女怕嫁錯郎”。可見婚姻在女人一生中何等重要。江道蓮以女人的切身感受與外國女性的清醒體驗，在《旗袍》中揭示了中國傳統婚姻的兩大弊病：婚戀物化現象、一夫多妻制。

　　《罪惡的金錢》裡財主王克的老婆“相貌醜陋，心腸歹毒”，“但王克娶她時，並沒有猶豫，因爲她的陪嫁使他搖身一變成了米商”。也正是因爲“錢”這萬惡之源，最終害死了幾條生命，王家也化爲灰燼。《翡翠戒指》裡的“著名畫家”，不能說不愛亭亭玉立的“她”。然而，五年時光，她只能像小鳥一樣困在金籠子裡，做畫家的玩偶。最終畫家還是娶了“性格怪癖，嬌氣蠻纏”的名門閨秀爲妻。結局是“她”跳海自溺，畫家"喜結良緣"。可見，這種物化的婚戀是對於人的傷害，對婚姻的褻瀆。

一夫多妻，是中國傳統婚姻的又一異化現象。《旗袍》中寫道，"在中國納妾是很普遍的"（《黎欣的愛情》），"納妾是中國男人的權利"（《內心的衝突》）。一個男人幾房姨太太，妻妾成群，似乎是男人富有的象徵。這在作者看來，是極不正常、極不人道的婚姻關係，是蹂躪婦女導致孩子心理變態的根源。《內心的衝突》篇章中，作者直抒胸臆："她在美國出生長大，在學校所受的教育與中國的習俗格格不入，她的價值觀也與這兒截然不同。她一回到中國，便毫無忌諱地譴責中國男人納妾的傳統。"[1] 就是這個當年充滿生氣，敢於"譴責"的"她"，回到中國15年後，40歲的軀體卻"宛如骷髏"，"面無血色的臉上只有兩隻眼睛閃爍著不安的光芒"。摧毀"她"心靈的是甚麼？70歲的丈夫"已經娶了四房姨太太"，手裡剩下一點點錢，還"用來追花逐蝶"。這樣的父輩長者如何給孩子做出好的榜樣？這樣的家庭關係怎麼能使家庭幸福？

應該説，《旗袍》冷靜的"外視點"敍述個性與作者獨特的文化視角，能使讀者在作者對"人"，以及人與人之間的關係詮釋中，不管苟同與否，發現其他的作品所不能發現的東西。下列有幾句《"西洋鬼"》中對當年澳門街上的那群饑餓的"乞丐"和那個好心的"西洋鬼"的敍寫：

他們是被遺忘的一群，孤苦無依，無家可歸，在飢餓中痛苦地掙扎著。

這群乞丐的悲慘處境令人同情，更令人心靈震動。他們沒有明天，不再憧憬美好的未來。他們在艱辛的生存之路上蹣跚著，世態的炎涼和嚐不盡的苦澀已使他們對生活心灰意冷。

他用悅耳溫和的聲音告訴他們離開大街，去一個為他們準備好的地方。之後，他不知從甚麼地方扛出一個沉甸甸的袋子，從裡面拿出熱乎乎的麵包分給這些饑腸轆轆的人們。

---

[1] 《旗袍》，第36頁。

這些臉頰上銘刻著只有痛苦和哀愁的人們第一次綻開了笑容，快樂的深情在他們的面龐上蕩漾。

人們不再互相猜疑，不再互不信任，開始小聲地攀談起來。雨停了，天邊露出了黎明的曙光。

人們自言自語道："菩薩保佑，讓世上多一些這樣好心的'西洋鬼'吧！"

這裡，我們可以間接地知道些當時澳門社會的狀況：葡萄牙人生活的優越與澳門下層人的疾苦。還可以瞭解到作者的思想與認識，"人們吃飽了也就不再會互相猜疑，不再互不信任"。

的確，無論怎樣歸屬，江道蓮都應該説是一位澳門作家。她《旗袍》集的副標題為"中國故事集"，而且小説採用的是"中國民間故事的敍事手法"。然而，我們亦不能不説，江道蓮小説中那映襯著"中國故事"的優美的情景敍述，那悠然蕩漾著西方文學風采的景物描寫，卻是江道蓮小説的魅力所在。這是一種能陶冶人之性情的藝術魅力。如《淚與米》，從題目上看我們就知道這是一個多麼現實的故事；可是，作者將揪心的故事與恬靜的景物融在一塊兒，讓故事發生"在一個寧靜炎熱的夜晚，星星快樂地眨著眼睛，俯視著大地。明月高懸，樹木沐浴在銀輝之中，片片簇葉被染成美麗而又柔和的藍色"。在這樣美好的夜晚，"純真的人們一定進入了甜美的夢鄉。月華如水，遠方的鐘樓敲響了子夜的鐘聲。生活是多麼美好啊！"作者覺得："面對這良辰美景，人的心靈仿佛得到昇華和淨化，誰還會棄善從惡呢？"可是"此時，從一個陰暗的街角傳來一個孩子的啼哭聲"。"孩子用中國的一種方言不停地哭叫。我聽不懂是什麼意思，只辨出'饑餓'這個字眼"。良辰美景裡有"饑餓"的孩子啼哭聲，"我血管內的血液一下子凝成了冰"。作者感慨："在中國廣袤的土地上，在這個苦難深重的國家，每天都有成千上萬的孩子像我筆下的孩子一樣發出痛苦的呼喊，仿佛在乞求上天的憐憫，因爲他們生活在你爭我奪的世界上，人們喪失了愛心，甚至變得禽獸不如"。應該説，在這裡景物描寫也是敍述，敍述作者的心情與心境，敍述作者的評價；敍述已不是一種手段，而是目的，是敍述的主體。

　　《旗袍》冷靜的"外視點"敍述方式，確實給作品帶來了臆想不到的美學效應：使我們在跟隨作者認識社會人生，窺探人心隱秘的同時；觸摸到了作者那顆靜美、純真、慈善的心，感受到她可貴的人道主義情懷；不知不覺中將人心的距離拉近，人群的心與心貼緊，這大概是作者始料不及的吧，這應該是文學作品真正的價值所在。

後　記

　　書稿擱筆的今天，正值澳門回歸祖國 15 周年紀念日。躬逢聖日，感慨不少。

　　我倆與文學有緣，學的教的研究的都是文學，特別是中國現當代文學。我們也與澳門有緣，崔明芬舉家定居澳門 13 載有餘，與石興澤同道習研澳門文學也有十年之多。現代社會和文化沿革大背景下發生發展的"中國當代文學"，碩果豐盈。內地的高校，它早已是文科院系一門非常成熟的基礎科目。然而澳門本土高校學生，關於中國當代文學的歷史演變、文學現象和經典作家作品卻知之甚少；而內地林林總總的教科書中，論及澳門當代文學的，亦幾近空白。回歸後，澳門不少高等院校相繼開設"中國當代文學"必修、選修課。教學與科研的需要，時代與心智的際會，令我倆攜手步入澳門文學這塊富礦，將學術研究的視野進一步打開，醞釀編寫一部涵蓋港、台，尤其是澳門文學在內的，實實在在的"中國"當代文學教學用書。

　　著名語言學家呂叔湘先生曾給一部教科書作序道："一門課程教學的成功，在很大程度上決定於所用的教材，評價一種教材的優劣，主要看它的時代性和針對性。所謂的時代性，指的是它是否概括了這門學科的最新成就。所謂針對性，指的是它是否考慮到學習的人的歷史和地方背景。"從這個意義上說，這部書稿，最大特色就是在充分考慮"學習人的歷史和地方背景"的情況下，既梳理分析了中國當代文學的歷史流程、思潮流派與作家作品，又闡釋了澳門當代文學的學科最新成就。其中澳門文學幾乎佔總字數的六分之一，台、港文學幾乎佔總字數三分之一。

　　本書是教學用書，考慮到學習者以及研究者的需要，在編寫過程中我們參考了諸多研究成果，插入了一些圖片，恕不一一致謝，僅奉上我們最誠摯的謝意。

　　書稿即將付梓，我們內心忐忑，因爲有太多的遺憾和不滿，只有留待今後再修正了。

　　致意澳門回歸祖國十五周年，致謝澳門理工學院。

崔明芬　石興澤
2014 年 12 月 20 日

圖書在版編目（CIP）數據

簡明中國當代文學/崔明芬，石興澤編著. —北京：
社會科學文獻出版社，2015.11
ISBN 978 - 7 - 5097 - 7741 - 1

Ⅰ. ①簡… Ⅱ. ①崔… ②石… Ⅲ. ①中國文學 - 當
代文學 - 文學史 - 教材 Ⅳ. ①I209.7

中國版本圖書館 CIP 數據核字（2015）第 147120 號

簡明中國當代文學

編　　著／崔明芬　　石興澤

出 版 人／謝壽光
項目統籌／宋月華　　楊春花
責任編輯／周志寬

出　　版／社會科學文獻出版社·人文分社（010）59367215
　　　　　地址：北京市北三環中路甲29號院華龍大廈　郵編：100029
　　　　　網址：www. ssap. com. cn
發　　行／市場營銷中心（010）59367081　59367090
　　　　　讀者服務中心（010）59367028
印　　裝／三河市尚藝印裝有限公司

規　　格／開　本：787mm × 1092mm　1/16
　　　　　印　張：25.5　字　數：399 千字
版　　次／2015 年 11 月第 1 版　2015 年 11 月第 1 次印刷
書　　號／ISBN 978 - 7 - 5097 - 7741 - 1
定　　價／98.00 圓